rowohlt
HUNDERT AUGEN

OLIVIA MANNING

DIE GEFALLENE STADT

ROMAN

Aus dem Englischen von
Silke Jellinghaus

Rowohlt Hundert Augen

Die Originalausgabe erschien 1962 unter dem Titel
«The Spoilt City» bei William Heinemann, London.

Die gekürzte deutsche Erstausgabe erschien zuerst
unter dem Titel «Wie Blätter im Wind» im Heyne Verlag.

Verse auf S. 89: Edgell Rickword:
To the Wife of Any Non-Interventionist Statesman,
übersetzt von Silke Jellinghaus.
Zitat auf S. 95 aus: George Gordon Lord Byron:
In ihrer Schönheit ... Deutsch von Otto Gildemeister,
zit. n. Das Buch der Liebe. Eine Blütenlese aus der gesammten Liebeslyrik
aller Zeiten und Völker in deutschen Übertragungen,
hg. v. Heinrich u. Julius Hart, Leipzig 1889, S. 242

Veröffentlicht im Rowohlt Verlag, Hamburg, Mai 2021

Redaktion Susann Rehlein
Satz aus der Scala
bei Pinkuin Satz und Datentechnik, Berlin
Druck und Bindung CPI books GmbH, Leck, Germany
ISBN 978-3-498-00150-6

Für Ivy Compton-Burnett

1

DAS ERDBEBEN

1

Die Karte von Frankreich war aus dem Schaufenster des Deutschen Propagandabüros verschwunden und durch eine Karte der Britischen Inseln ersetzt worden. Die Leute entspannten sich. Es herrschte Bedauern darüber, dass ihr alter Verbündeter zum nächsten Opfer werden sollte, aber es hätte schließlich auch Rumänien selbst treffen können.

Der ausgehende Juni brachte eine trockene, staubige Hitze nach Bukarest. Das Gras in den öffentlichen Parks verdorrte. An der Chaussée kräuselten sich die Blätter der Linden und Kastanien in einem Wind, der an den heißen Atem eines Hochofens erinnerte, wurden braun und trocken und fielen zu Boden, als wäre es bereits Herbst. Jeder Tag begann damit, dass unbarmherziges weißes Licht durch die Ritzen der Jalousien und Fensterläden gleißte. Wenn die Menschen auf den Balkonen frühstückten, hing der Geruch von Hitze in der Luft. Bis zur Mittagszeit hatte sich der Goldbarren der Sonne am Himmel aufgelöst wie in einem Bottich geschmolzenen Silbers. Über dem aufgeweichten Asphalt der Straßen schimmerten Luftspiegelungen. Die blendende Helle schmerzte in den Augen.

An den Nachmittagen ballte sich die heiße Luft zwischen den Häuserwänden. Erschlagen davon lagen die Menschen daheim und schliefen. Wenn die Büros zur Mittagszeit schlossen, hingen die Angestellten in Trauben an den Straßenbahnwaggons und kämpften sich nach Hause in ihre abgedunkelten Schlafzimmer. Um fünf, wenn sich die Luft anfühlte wie Filz, öffneten die Büros wieder, doch die Reichen und die Arbeitslosen regten sich bis in den Abend hinein nicht.

Es war Abend, als das Gerücht von dem Ultimatum Kreise zog. Auf den Straßen wimmelte es von Menschen, die im Licht des Sonnenuntergangs umherbummelten.

Passanten sahen sich die Karte im Deutschen Propagandabüro an und spekulierten darüber, wie lange die Briten wohl noch standhalten würden. Da hörten sie von der Forderung der Russen, und Großbritannien war vergessen.

Die Forderung war natürlich nicht offiziell bekanntgegeben worden. In den Abendzeitungen tauchte sie nicht auf. Wie es bei allem, was für Beunruhigung sorgen konnte, der Fall war, versuchten die Behörden sie geheim zu halten, doch in Bukarest konnte nichts lange geheim bleiben. Der sowjetische Gesandte hatte das Ultimatum kaum überbracht, da wurden die Einzelheiten bereits den Journalisten im Athénée Palace Hotel zugetragen. Russland verlangte die Rückgabe Bessarabiens sowie eines Teilstücks der Bukowina, auf das es nicht wirklich einen Anspruch hatte. Das Ultimatum sollte um Mitternacht des folgenden Tages ablaufen.

Nur wenige Minuten nach ihrem Eintreffen bei den Journalisten im Hotel drang die Nachricht hinaus auf die bevölkerten Straßen und wurde in den Restaurants und Cafés weitergegeben. Besorgnis steigerte sich augenblicklich zu großer Unruhe, denn schnell aufflammende Hysterie war in der Hauptstadt ein verbreiteter Gemütszustand.

An diesem Abend saß Guy Pringle, Englisch-Dozent an der Universität, mit seiner Frau Harriet im Mavrodaphne. Jemand kam herein, rief etwas in den großen, hell erleuchteten Raum, und augenblicklich brach Tumult aus. Die Leute sprangen auf, schrien etwas nach rechts und nach links, Fremde stritten mit Fremden. Die Pringles hörten, wie den Juden die Schuld gegeben wurde, den Kommunisten, den unterlegenen Alliierten,

Madame Lupescu, dem König und dem verhassten Oberhofmarschall des Königs, Urdărianu – aber woran gab man ihnen die Schuld?

Harriet, eine schmale Frau, die während ihrer Monate in dieser sich auflösenden Gesellschaft noch dünner geworden war, wurde inzwischen bei jeder Art von Aufregung um sie herum nervös. Sie sagte: «Bestimmt sind es die Deutschen. Wir sitzen in der Falle», denn Gerüchte über eine bevorstehende deutsche Invasion gab es ständig.

Guy versuchte, am Nachbartisch etwas in Erfahrung zu bringen. Der Mann, den er ansprach, erkannte ihn sofort als Engländer und schleuderte ihm auf Englisch entgegen: «Sir Stafford Cripps ist schuld an dieser Sache!»

«An welcher Sache?»

Der Mann antwortete: «Er hat die Russen dazu angestiftet, uns unser Bessarabien wegzunehmen.»

«Und», ergänzte seine weibliche Begleitung, «uns unsere Bukowina mit ihren herrlichen Wäldern zu stehlen.»

Guy, ein großer junger Mann, dessen sanfte und harmlose Ausstrahlung durch seine Brille noch unterstrichen wurde, antwortete mit der für ihn typischen Aufgeräumtheit und wies darauf hin, dass Cripps erst am selben Morgen in Moskau eingetroffen sei und deswegen kaum in der Lage gewesen sein dürfte, irgendjemanden zu irgendetwas anzustiften. Das Paar am Nachbartisch jedoch wandte sich unwillig ab.

Harriet sagte: «Man möchte beinahe annehmen, dass niemand die Russen zuvor für eine Gefahr gehalten hat.» Tatsächlich jedoch waren die Kommunisten mit ihrem gottlosen marxistischen Glauben in Bukarest gefürchteter als die Nazis.

Sobald er hörte, dass englisch gesprochen wurde, sprang ein älterer Mann von einem Tisch in der Nähe auf und rief allen in Erinnerung, dass Großbritannien Rumäniens Sicherheit garantiert hatte. Was würden die Briten also tun, jetzt, da Rumänien bedroht wurde? «Nichts, nichts!», schrie er erbost. «Sie sind erledigt!» Er stieß seinen Sonnenschirm aus Tussahseide in Richtung der Pringles in die Luft.

Harriet blickte sich unbehaglich um. Als sie vor zehn Monaten in Bukarest eingetroffen war, hatte man den Briten hier Respekt entgegengebracht. Jetzt, wo sie sich auf der Verliererseite befanden, respektierte man sie nicht mehr. Halb fürchtete Harriet schon, tätlich angegriffen zu werden – doch dazu kam es nicht. Man hegte nach wie vor etwas wie Zuneigung für die einstmals große Schutzmacht, die man nun dem Untergang geweiht glaubte.

Da sie keine Furcht zeigen wollten, blieben die Pringles inmitten des Aufruhrs sitzen, dessen Grundtenor sich plötzlich veränderte. Ein Mann hatte sich erhoben und zog durch die ruhige Besonnenheit seiner Rede Aufmerksamkeit auf sich. Er fragte, ob sie sich nicht vielleicht verfrüht Sorgen machten. Es stimme zwar, dass Großbritannien nichts für Rumänien tun könne, aber wie stehe es mit Hitler? Habe der König nicht kürzlich die Seiten gewechselt? Er könne nun die Deutschen herbeirufen. Wenn der Führer von diesem Ultimatum erführe, würde er Stalin zwingen, es zurückzuziehen.

Ah! Das Geschrei ebbte ab. Die Menschen sogen diese Beschwichtigung gierig auf und nickten einander zu. Diejenigen, die sich am meisten geängstigt hatten, wurden augenblicklich heiter und hoffnungsfroh. Diejenigen, die sich am lautesten beklagt hatten, taten nun laut ihre Zuversicht kund. Es war noch nichts verloren. Hitler würde sie beschützen. Ausnahmsweise einmal kam der König in den Genuss von Zustimmung. Seine Verschlagenheit, unter der das Land so lange gelitten hatte, wurde nun mit Beifall bedacht. Er hatte sich genau im richtigen Augenblick zugunsten der Achsenmächte ausgesprochen. Es bestand kein Zweifel daran, dass er sich als der Retter seines Landes erweisen würde.

Die plötzliche Euphorie verbreitete sich genauso schnell wie zuvor die Panik. Die Pringles gingen durch Straßen nach Hause, in denen sich die Menschen gegenseitig gratulierten, als hätten sie einen Sieg errungen. Doch am nächsten Morgen begannen die Flüchtlingswagen aus dem Norden einzutreffen. Grau von Staub und mit Gepäckbergen auf den Dächern, sahen sie aus, wie vor zehn Monaten die polnischen Automobile ausgesehen hatten, als sie in Bukarest Einzug gehalten hatten.

Die Automobile brachten die deutschen Landbesitzer Bessarabiens in die Stadt, die auf die Warnung der deutschen Gesandtschaft hin geflohen waren – nicht aus Furcht vor den Russen, sondern vor den Bauern, bei denen sie verhasst waren. Ihr Auftauchen sorgte für eine neue Welle der Beunruhigung, denn wenn jemand über Hitlers Absichten hätte Bescheid wissen müssen, waren wohl sie es, und doch waren sie geflohen.

Von der Wohnung der Pringles aus konnte man den großen Platz überblicken. Im Laufe des Vormittags strömten immer mehr Menschen dorthin, blieben stumm stehen und sahen in Richtung Palast.

Prinz Jakimov, ein Engländer russischer Abstammung, den Harriet widerwillig als Gast in ihrer Wohnung tolerierte, kam von seinem Lieblingsort zurück, der Englischen Bar, und verkündete: «Alle sind sehr optimistisch, mein liebes Mädchen. Ich bin sicher, man wird eine Lösung finden.» Und nachdem er gespeist hatte, zog er sich zu einem sorglosen Schläfchen zurück.

Guy beaufsichtigte die Semester-Abschlussprüfungen und kam zum Mittagessen nicht nach Hause. Am Nachmittag trat Harriet auf den Balkon hinaus und sah die Menschenmenge noch immer in der sengenden Sonne stehen. Die Siesta war traditionell die Zeit für die Liebe, aber nun hatte niemand mehr die Nerven, zu schlafen oder Liebe zu machen. Es gab noch immer keine Bestätigung des Ultimatums, doch war bekannt geworden, dass der König den Kronrat einberufen hatte. Die Minister waren in ihren weißen Uniformen nicht zu verkennen. Alle sahen, wie sie eintrafen.

Direkt unter Harriets Balkon befand sich eine kleine byzantinische Kirche mit goldenen Kuppeln und verzierten Kreuzen. Ihre Pforte knarrte andauernd, als die Leute kamen und um Hilfe beteten.

Die Kirche war von verwaisten Baustellen umgeben, denn der Krieg hatte die «Verschönerungsarbeiten» des Königs zum Erliegen gebracht. Hinter diesen Ruinen lagen unter der sengenden Sonne der Platz mit der wartenden Menge sowie der Palast, in dem Staatsbeamte ein und aus gingen. Innerhalb des Palastzauns standen dicht an dicht Wagen. Neuankömmlinge mussten draußen parken.

Harriet konnte ihr von der Sonne geröstetes Haar riechen. Die Hitze lag wie ein Gewicht auf ihrem Kopf. Trotzdem blieb sie eine Weile stehen und sah einem Bauern dabei zu, wie er über das Pflaster unter ihr ging. Von einer Schultertrage hingen zu beiden Seiten Käfige mit lebendigen Hühnern herab. Alle paar Minuten hob er den Kopf und gackerte wie ein Huhn. Ein Diener rief ihm von einem der unteren Balkone aus etwas zu und tauchte dann unten auf der Straße auf. Zusammen nahmen der Diener und der Bauer die Hühner in Augenschein, breiteten ihre Flügel aus und befühlten ihre

Brüste. Am Ende wurde eines ausgewählt, und unter dessen Gegacker und großem Federgestöber drehte ihm der Verkäufer den Hals um.

Harriet ging zurück in ihr Zimmer. Als sie wieder hinaustrat, saß der Bauer auf der Kirchentreppe, er hatte das Hühnchen schon gerupft und verkauft, die Federn lagen um seine Füße. Bevor er sich wieder auf den Weg machte, zog er Sackleinen über die Käfige, um seine Vögel vor der Sonne zu schützen.

Um fünf Uhr kam etwas Bewegung in die Menge, als die Büroangestellten sich wieder auf den Weg in die Büros machten. Etwas später erwachte der ganze Platz zum Leben, denn die Zeitungsjungen riefen eine Sonderausgabe aus. Die Menschen drängten auf die Jungen ein, entrissen ihnen die Zeitungen und blätterten sie hastig durch. Ein Mann, der schon auf der letzten Seite angekommen war, schüttelte die Zeitung in der Luft, warf sie auf den Boden und trampelte darauf herum.

Harriet fürchtete, Bessarabien sei verloren, doch nachdem sie eine Zeitung gekauft hatte, las sie die Schlagzeile, dass der Prinz sein Bakkalaureat mit 98,9 von möglichen 100 Punkten bestanden habe. Der König habe, auch wenn er blass und augenscheinlich sorgenvoll aussah, den Ratssaal verlassen, um seinem Sohn zu gratulieren. Um sich herum hörte sie von überallher die verächtlich und wütend hingespienen Worte *«baccalaureat»*, *«printul»* und *«regeul»*, aber in Bezug auf Bessarabien gab es keine Neuigkeiten.

Als der Sonnenuntergang den Himmel mit seinen Rot- und Lilatönen überzog, wurde die wartende Menge unruhig. Die Zeit verstrich. Auf dem Platz befanden sich vornehmlich Männer der Arbeiterklasse. Als es Abend wurde, erschienen auch Frauen, deren helle Kleidung im Zwielicht schimmerte. Der erste frische Luftzug ließ die ersten wohlhabenden Rumänen zum Abendspaziergang vor die Tür treten. Obgleich sie aus alter Gewohnheit auf der Calea Victoriei und dem Boulevard Carol promenierten, wurden sie immer wieder vom großen Platz, dem Zentrum der Nervosität, angezogen.

Als Guy aus der Universität zurückkehrte, sagte Harriet zu ihm, sie müssten schnell essen und dann hinausgehen und herausfinden, was vor sich gehe.

Als sie auf der Straße Bekannten begegneten, erfuhren sie, dass der König Hitler um Hilfe gebeten hatte, der seinerseits zugesagt hatte, vor Ablauf des Ultimatums eine persönliche Nachricht zu schicken. Alle schöpften wieder Hoffnung. Im Palast warteten der König und seine Minister auf die Nachricht. Berichten zufolge hatte der König gesagt: «Wir müssen auf den Führer setzen. Er wird uns in der Stunde unserer Not nicht enttäuschen.»

Dunkelheit senkte sich herab. Im Palasthof wurde ein Horn geblasen. Als handelte es sich um einen Ruf zu den Waffen, begann auf dem großen Platz ein Mann die Nationalhymne zu singen. Andere stimmten ein, aber die Stimmen klangen dünn, und bald erstarben sie ganz. Im Palast gingen die Kronleuchter an. Jemand rief nach dem König. Der Ruf wurde von vielen aufgenommen, aber der König zeigte sich nicht.

Der Mond stieg auf, bleich und groß, und schwebte über der Stadt. Unentwegt schlugen Wagentüren, als Menschen in den Palast kamen und ihn wieder verließen. Eine der Eintreffenden war eine Frau. Sofort ging das Gerücht, es sei ein Anschlag auf das Leben von Madame Lupescu verübt worden, die nun aus ihrer Villa in der Alea Vulpache zum König geflohen sei, um Schutz zu finden.

Erneut kam Bewegung in die Menge, als Antonescu eintraf, ein stolzer Mann, der in Ungnade gefallen war, nachdem er den Anführer der Eisernen Garde unterstützt hatte. Der General habe angesichts der verzweifelten Lage um eine Audienz beim König nachgesucht, wurde gesagt. Die Anspannung auf dem Platz wuchs. Etwas würde nun geschehen. Aber nichts geschah, und bald fuhr der General wieder davon.

Als sie sich das nächste Mal dem Athénée Palace näherten, sagte Guy: «Lass uns reingehen und etwas trinken.» Falls es echte Neuigkeiten gäbe, würden sie dorthin zuerst übermittelt werden.

Der Bereich vor dem Hotel war von bessarabischen Wagen zugeparkt, von denen viele noch mit Truhen und Koffern, aufgerollten Teppichen und kleineren, wertvollen Möbelstücken beladen waren. In der Hotelhalle stapelten sich unter den hellen Lampen weitere Truhen, Taschen, Teppiche und wertvolle Besitztümer. Als sich die Pringles einen Weg hindurchbahnten, standen sie plötzlich Baron Steinfeld gegenüber, einem der Bessarabier, der sich öfter in Bukarest aufhielt als auf seinem Anwesen. Die Pringles, die ihn erst einmal getroffen hatten, waren erstaunt, als er auf sie losging. Sie hatten ihn für einen charmanten Mann gehalten, aber nun war er nicht länger charmant. Sein kantiges, dunkles Gesicht war verzerrt, die großen Zähne waren gebleckt, und er schleuderte ihnen seine Vorwürfe mit bebendem Zorn entgegen. «Ich habe alles verloren. Alles! Mein Anwesen, mein Haus, meinen Apfelgarten, mein Tafelsilber, meine Meißener Figuren, meine Aubusson-Teppiche. Sie können sich nicht vorstellen, was ich alles verloren habe. Sehen Sie sich diese Sachen hier an – sie wurden von denen mitgebracht, die Glück hatten. Aber ich, ich war in Bukarest, und deswegen verliere ich alles. Ihr Engländer, was soll das denn, dass ihr gegen die Deutschen kämpft? Es sind die Bolschewiken, die ihr bekämpfen müsst. Ihr müsst euch mit den Deutschen zusammentun, das sind gute Männer, und zusammen müsst ihr gegen diese Russenschweine kämpfen, die mir alles rauben.»

Guy war schockiert von dem Schicksalsschlag, der den Baron ereilt hatte, und wusste nicht, was er sagen sollte. Harriet setzte an: «Bessarabien ist noch nicht verloren ...», verstummte aber bestürzt, als der Baron die Contenance völlig verlor und unter Tränen schluchzte: «Ich habe sogar meinen kleinen Hund verloren.»

«Das tut mir leid», sagte Harriet, doch der Baron wehrte ihr Mitleid mit erhobener Hand ab. «Es ist notwendig, dass wir kämpfen. Gemeinsam müssen wir die Russen vernichten. Seien Sie nicht dumm. Schließen Sie sich uns an, bevor es zu spät ist.» Mit diesem theatralischen letzten Satz schob er sich durch die Drehtür nach draußen und ließ die Pringles stehen.

Die Halle und das Vestibül waren verlassen. Selbst der Empfangsportier war hinausgegangen, um den Ereignissen auf dem großen Platz beizuwohnen, doch aus dem angrenzenden Raum waren englische Wortfetzen zu hören.

Guy sagte: «Die Journalisten sind zurück in der Bar.»

Die Bar – die berühmte Englische Bar – war bis vor einem Monat die Domäne der Engländer und ihrer Verbündeten gewesen. Dann hatten am Tag des Falls von Calais deutsche Geschäftsleute, Journalisten und Gesandtschaftspersonal von der Bar Besitz ergriffen. Die einzigen in dieser Stunde anwesenden Engländer – Galpin und sein Freund Screwby – hatten angesichts dieses triumphalen, pöbelnden Mobs den Rückzug angetreten und waren in den Hotelgarten ausgewichen. Nun waren sie zurückgekehrt.

Galpin war einer der wenigen Journalisten, die dauerhaft

in Bukarest lebten. Er arbeitete für eine Nachrichtenagentur, wohnte im Athénée Palace und hatte einen Rumänen angestellt, der für ihn auf die Jagd nach Neuigkeiten ging und sie ihm dann ins Hotel brachte. Die anderen Journalisten in der Bar waren aus benachbarten Hauptstädten eingeflogen, um über die Bessarabien-Krise zu berichten.

Als die Pringles eintraten, belegte Galpin sie sogleich mit Beschlag und beschrieb, wie er an der Spitze der Neuankömmlinge in die Bar marschiert war und dem Barkeeper zugerufen hatte: «Wodka, *towarisch*.»

Ob dies nun zutraf oder nicht, jetzt trank er jedenfalls Whisky. Er ließ sich von Guy einen weiteren ausgeben, dann warf er einen Blick auf die demoralisierten Deutschen, die in eine Ecke abgedrängt worden waren, und erhob sein Glas auf das Ultimatum. «Eine Backpfeife für jeden verfluchten Boche.» Anscheinend sah er in dem russischen Vorgehen einen Triumph für die Briten.

Es waren aber doch eher die Alliierten, dachte Harriet, die sich zum Gespött machten. Sie hatten 1918 gebilligt, dass Rumänien die russische Provinz annektiert hatte, und jetzt, 1940, erlaubte ihre Schwäche es den Russen, sie zurückzufordern.

Als sie dazu ansetzte, das auszusprechen, schnitt ihr der alte Mortimer Tufton, über ihren Kopf hinweg ins Unbestimmte blickend, das Wort ab. «Die Pariser Friedenskonferenz hat die Annektierung Bessarabiens nie anerkannt.»

Tufton war auf dem Balkan eine Berühmtheit, in Zagreb war eine Straße nach ihm benannt worden. Man sagte ihm nach, er könne kommende Ereignisse riechen und sei immer vor Ort, bevor sie geschähen. Stets informiert, kurzangebunden und einschüchternd, hatte er den Habitus eines Mannes, der an Ehrerbietung gewöhnt war, doch Harriet wollte sich nicht in die Schranken weisen lassen. «Sie meinen, Bessarabien war niemals Teil Groß-Rumäniens?»

Ihr Selbstvertrauen war nur vorgespielt, und Tufton, der sich an ihrem Geschlecht und ihrer Unverfrorenheit störte, entgegnete abschätzig: «Könnte man so sagen», und wandte sich ab.

Ungläubig und ohne zu wissen, wie sie sich gegen ihn behaupten sollte, warf sie Guy einen hilfesuchenden Blick zu, der daraufhin sagte: «Die Sowjets haben Bessarabien nie als Teil Rumäniens anerkannt. Sie haben jedes Recht, es sich zu nehmen.» Begeistert von der plötzlichen und unerwarteten Popularität des Landes, das seine Glaubenssätze umsetzte, fügte er hinzu: «Warten Sie nur ab. Russland wird diesen Krieg noch für uns gewinnen.»

Der alte Tufton stieß ein Lachen aus. «Es mag den Krieg gewinnen», sagte er, «aber nicht für uns.»

Das war zu viel für die Journalisten, die für den Gedanken, Russland könnte irgendeinen Krieg gewinnen, ganz zu schweigen von diesem, nur Spott übrig hatten. Ein Mann, der in Helsinki gewesen war, erging sich in längeren Ausführungen zum «finnischen Fiasko». Dann sagte Galpin, die angeblich so großartigen sowjetischen Waffen seien ein einziger Bluff, und erzählte, wie bei den Kämpfen in Spanien ein Freund von ihm einen russischen Panzer gerammt habe, der daraufhin in sich zusammengefallen sei wie eine Pappschachtel.

Guy entgegnete: «Das ist Unsinn, eine uralte Geschichte. Jeder Zeitungsschmierer, dem nichts Besseres eingefallen ist, hat die inzwischen gebracht.» Wenn seine Ideale angegriffen wurden, war er nicht mehr sanft, sondern wurde streitlustig. Harriet machte sich bereit, ihm beizuspringen, obwohl seine Ideale ihr zu politisch und zu unpersönlich waren, doch

Galpin zuckte mit den Schultern und tat so, als sei die ganze Sache völlig unwichtig.

Bevor Guy erneut das Wort ergreifen konnte, führte Mortimer Tufton, der für die Spekulationen irgendwelcher Grünschnäbel keine Geduld aufbrachte, Fakten der russisch-rumänischen Beziehungen ins Feld, die belegten, dass nur der Einfluss der Alliierten Russland davon abgehalten habe, sich den Balkan schon vor langer Zeit einzuverleiben. Die Russen, sagte er, seien schon achtzehn Mal in Rumänien einmarschiert und hätten es als «freundliche Besatzer» beherrscht. «Tatsache ist», schloss er, «dass Russlands Freundschaft für Rumänien desaströser war als die Feindschaft der gesamten restlichen Welt.»

«Das war das zaristische Russland», sagte Guy. «Mit den Sowjets ist es etwas ganz anderes.»

«Aber es ist dasselbe Volk – sehen Sie sich nur dieses neueste Beispiel für ihren Opportunismus an.»

Als Harriet bemerkte, dass Tuftons kleine, eitle, selbstverliebte Augen auf ihr ruhten, beschloss sie, ihn für sich einzunehmen, lächelte ihn an und fragte: «Und wem würden *Sie* Bessarabien zusprechen?»

«Hmmm!», machte Tufton. Er wandte den Blick ab, schien etwas Bissiges herunterzuschlucken. «Russland, die Türkei und Rumänien», sagte er dann, «streiten sich seit fünfhundert Jahren um diese Provinz. Die Russen haben sie 1812 endlich bekommen und bis 1918 nicht aus ihren Klauen gelassen. Ich nehme an, sie haben sie damit länger in ihrem Besitz halten können als irgendjemand sonst, insofern, wenn man darüber nachdenkt ...» Er unterbrach sich, machte eine Pause und verkündete dann: «Ich neige dazu, sie ihnen zu überlassen.»

Harriet lächelte Guy an, sollte er sich ruhig freuen, auch Galpin nickte.

Galpins dunkles, schmales Gesicht schwebte faltig über seinem abgewetzten Kragen. Den Ellenbogen auf den Bartresen gestützt, angesichts seiner Rückkehr auf seinen angestammten Platz in erbitterter Hochstimmung, sah er sich ständig nach Publikum um. Seine Augäpfel waren dabei so gelb wie der Whisky in seiner Hand. Beim Trinken ragte sein gelbes Handgelenk aus seinem zerknitterten, eingelaufenen, aschebestäubten Anzug. Ein nasser Zigarettenstummel klebte vergessen an seiner blauroten Unterlippe und bebte, wenn er sprach.

«Die Russkis lehnen sich ganz schön aus dem Fenster damit, dieses Gebiet gerade jetzt einzufordern, wo Carol seine Loyalität zu den Achsenmächten erklärt hat.»

Guy sagte: «Ich glaube, genau diese Erklärung hat sie dazu bewogen. Sie melden ihre Ansprüche an, bevor die Deutschen hier zu mächtig werden.»

«Könnte sein.» Galpin wirkte verunsichert. Er zog es vor, selbst derjenige zu sein, der Theorien aufstellte. «Trotzdem, sie lehnen sich aus dem Fenster.» Er blickte sich um Zustimmung heischend nach Tufton um, und als sie ihm grunzend zuteilwurde, fügte er selbstzufrieden hinzu: «Wenn sie von den Deutschen angegriffen werden, gebe ich den Russkis keine zehn Tage.»

Während sie über das russische Kriegspotenzial diskutierten, in das allein Guy Vertrauen setzte, huschte ein kleiner Mann in einem schäbigen grauen Baumwollanzug und einem vor die Brust gedrückten alten Filzhut in die Bar und stieß Galpin mit dem Ellenbogen an. Es war Galpins Kundschafter, ein Schatten, der davon lebte, Neuigkeiten zu erschnüffeln und eine Version davon den deutschen Journalisten im Minerva und eine andere den englischen ins Athénée Palace zu bringen.

Als sich Galpin zu ihm hinunterbeugte, flüsterte ihm der Kundschafter etwas ins Ohr. Galpin horchte mit immensem Interesse. Alle warteten darauf, dass er berichtete, was er erfahren hatte, doch er hatte damit keine Eile. Mit einem sardonischen, amüsierten Gesichtsausdruck holte er ein Bündel Papiergeld hervor und überreichte den Gegenwert eines Sixpence. Die Belohnung wurde mit andächtiger Dankbarkeit entgegengenommen. Dann hielt Galpin inne und lächelte in die Runde.

«Die heißersehnte Nachricht ist eingetroffen», sagte er endlich.

«Und, wie lautet sie?», fragte Tufton ungeduldig.

«Der Führer hat Carol gebeten, Bessarabien kampflos aufzugeben.»

«Ha!» Tufton stieß ein Lachen aus, das andeutete, dass er genau damit gerechnet habe.

Galpins enger Vertrauter Screwby fragte: «Ist das eine Weisung?»

«Weisung, Blödsinn», sagte Galpin. «Es ist ein Befehl.»

«Also ist es entschieden», sagte Screwby düster. «Nicht die kleinste Aussicht auf eine Rauferei?»

Tufton spottete: «Rumänien soll es eigenhändig mit Russland aufnehmen? Keine Chance. Und Hitler hat auch nicht vor, mit Russland Krieg anzufangen – jedenfalls nicht um Bessarabien.»

Die Journalisten leerten ihre Gläser, bevor sie sich in die Halle an die Telefone begaben. Niemand machte Anstalten, sich zu beeilen. Die Neuigkeit war negativ. Rumänien würde sich kampflos fügen.

Als sie das Hotel verließen, waren die Pringles überrascht, wie still es draußen war. Der Befehl des Führers musste nun allen bekannt sein, doch es gab keine Anzeichen für eine Revolte. Falls jemand seiner Wut Luft gemacht hatte, war das nun vorüber. Die Stimmung war gedrückt. Ein paar Menschen standen vor dem Palast, als gäbe es noch Hoffnung, aber die Mehrheit war schweigend abgezogen.

Nach den angespannten Stunden der Unsicherheit hatte man das Ultimatum vermutlich mit ebenso viel Erleichterung wie Enttäuschung akzeptiert. Neben allem, was es sonst noch bedeuten mochte, bedeutete es eben auch, dass das Leben in Bukarest im Wesentlichen so weitergehen würde wie zuvor. Niemand war aufgerufen, für eine verlorene Sache zu sterben.

Am nächsten Tag machten die Zeitungen das Beste daraus. Rumänien, schrieben sie, habe zugestimmt, Bessarabien und den nördlichen Teil der Bukowina abzugeben, doch Deutschland habe zugesichert, dass diese Provinzen nach dem Krieg zurückgegeben würden. In der Zwischenzeit füge man sich den Wünschen des Führers und nehme das Opfer auf sich, um den Frieden in Osteuropa zu erhalten. Dies sei ein moralischer Sieg, und die Offiziere, die ihre Männer von den aufgegebenen Territorien abzögen, könnten dies hocherhobenen Hauptes tun.

Die Flaggen hingen auf halbmast. Die Kinos wurden für drei Tage Staatstrauer geschlossen. Und es machte das Gerücht die Runde, dass die rumänischen Offiziere auf der Flucht vor den vorrückenden Russen in rasender Fahrt nach Süden ihre Einheiten, ihre militärische Ausrüstung und sogar ihre eigenen Familien zurückgelassen hätten. Ende Juni waren Bessarabien und die nördliche Bukowina Teil der Sowjetunion geworden.

Als die Pringles das nächste Mal der Englischen Bar einen

Besuch abstatteten, sagte Galpin: «Ist Ihnen bewusst, dass die russische Front weniger als einhundertzwanzig Meilen von hier entfernt ist? Die Mistkerle könnten sich auf uns stürzen, ohne dass wir überhaupt gemerkt hätten, dass sie losgefahren sind.»

2

Harriet hatte sich vorgestellt, dass sie nach Semesterende ungebunden sein würden und verreisen könnten. Sie sehnte sich danach zu entkommen, und sei es nur für ein paar Wochen. Sie dachte, sie könnten Rumänien vielleicht verlassen. Von Konstanza aus ging ein Schiff nach Istanbul, und von dort aus kam man nach Griechenland. Die Vorstellung einer solchen Reise beflügelte sie, doch als sie Guy darum bat, antwortete er: «Ich kann jetzt leider nicht weg. Inchcape hat mich damit beauftragt, Ferienkurse zu organisieren. Ohnehin hat er den Eindruck, dass keiner von uns im Augenblick das Land verlassen sollte. Das würde einen schlechten Eindruck machen.»

«Aber niemand verbringt den Sommer in Bukarest.»

«Dieses Jahr schon. Die Leute verreisen nicht, aus Angst, nicht mehr zurückzukommen. Für die Kurse haben sich schon jetzt zweihundert Studenten eingeschrieben.»

«Rumänen?»

«Ein paar. Die Juden kommen in Massen. Sie sind sehr loyal.»

«Ich würde sagen, da geht es nicht nur um Loyalität. Sie wollen sich in englischsprachige Länder absetzen.»

«Das kann man ihnen nicht vorwerfen.»

«Ich werfe es ihnen auch nicht vor», sagte Harriet, aber in ihrer Enttäuschung hätte sie gern irgendjemandem einen Vorwurf gemacht. Vermutlich am ehesten Guy selbst.

Je besser sie Guy kennenlernte, desto mehr begann sie sich ein Urteil über ihn zu bilden. Als sie vor zehn Monaten geheiratet hatten, hatte sie ihn völlig unkritisch als ein aus verschiedensten Tugenden zusammengesetztes Wesen betrachtet. Als Clarence ihn als «Heiligen» bezeichnete, hatte sie nicht widersprochen. Vielleicht hätte sie dem noch immer nicht widersprochen, aber sie wusste jetzt, dass ein Aspekt seiner Heiligkeit auf menschlicher Schwäche beruhte.

Sie sagte: «Ich glaube nicht, dass Inchcape sich diese Sommerkurse ausgedacht hat. Er hat doch gar kein Interesse mehr an der Englischen Fakultät. Ich glaube, das ist alles deine Idee.»

«Ich habe sie aber mit Inchcape besprochen. Er war ebenfalls der Meinung, dass man den Sommer nicht mit Müßiggang verbringen kann, während andere Männer im Krieg kämpfen.»

«Und was wird Inchcape unternehmen? Ich meine, abgesehen davon, in seinem Büro zu sitzen und Henry James zu lesen.»

«Er ist ein alter Mann», wehrte Guy jede Kritik ab. Seitdem Inchcape, der die Professur innehatte, zum Propagandabeauftragten gemacht worden war, hatte Guy die Englische Fakultät lediglich mit der Unterstützung dreier ältlicher ehemaliger Gouvernanten und Dubedats geleitet, eines Grundschullehrers, den der Krieg zwang, auf dem Balkan zu bleiben. Ohne zu klagen und mit ungebrochenem Optimismus leistete Guy viel mehr, als von ihm erwartet wurde, doch nie, das wusste Harriet, hätte er sich etwas aufzwingen lassen. Er tat, was er tun wollte, und er tat es, glaubte sie, um die Realität in Schach zu halten.

In den Tagen, als Frankreich gefallen war, hatte er sich mit Haut und Haaren einer Aufführung von *Troilus und Cressida* verschrieben. Und jetzt, wo ihre rumänischen Freunde sie zu meiden begannen, verschrieb er sich ganz diesen Sommerkursen. Damit wäre er bald nicht nur zu beschäftigt, um ihre Isolation überhaupt zu bemerken, sondern auch zu beschäftigt, um sich darum zu scheren. Sie hätte ihm am liebsten Feigheit vorgeworfen – aber er hätte sie nicht verstanden, harrte er doch unerschütterlich in der Gefahrenzone aus und war ein regelrechter Märtyrer. Dem Anschein nach war sie es, die flüchten wollte, nicht er.

Sie fragte: «Wann beginnen die Kurse?»

«Nächste Woche.» Er lachte über ihren resignierten Tonfall, legte den Arm um sie und sagte: «Schau nicht so trübselig drein. Wir fahren weg, bevor der Sommer zu Ende ist. Wir fahren nach Predeal.»

Sie lächelte und antwortete: «Na gut», aber sobald sie wieder allein war, ging sie zum Telefon und rief trostsuchend die einzige andere Engländerin in ihrem Alter an, die sie in der Stadt kannte. Das war Bella Niculescu, die sehr wenig zu tun hatte und normalerweise immer bereitwillig mit ihr plauderte. An diesem Vormittag jedoch schnitt sie Harriet das Wort ab und sagte, sie ziehe sich gerade an und wolle zum Lunch ausgehen. Dann schlug sie vor, Harriet solle am Nachmittag zum Tee kommen.

Harriet wartete, bis es beinahe fünf Uhr war, bevor sie sich in die Hitze hinauswagte. Um diese Uhrzeit warfen die Gebäude schon Schatten, aber auf dem Boulevard Brăteanu, wo Bella wohnte, waren die Häuser abgerissen worden, um Platz für

Wohnblocks zu schaffen, von denen erst zwei oder drei fertiggestellt worden waren, bevor der Krieg die Arbeiten zum Stillstand gebracht hatte. Die Gehwege waren zwischen den weiß gebackenen Böden der unbebauten Grundstücke ohne Schatten.

Im Sommer bot dieses Gelände Schlafplätze für Bettler und arbeitslose Bauern, und die staubige Luft trug einen eigenartigen Geruch heran, von der Sonne aus der von Urin und Kot durchtränkten Erde destilliert.

Bellas Wohnblock ragte wie ein Schiffsbug aus dem Wasser jäh empor. An einer Seitenwand hatte ein Bauer seinen schiefen Verschlag errichtet, aus dem heraus er Gemüse und Zigaretten verkaufte. Mehrere Bettler, die im Schatten des Verschlags schliefen, machten, als sie Harriets Schritte vernahmen, den Versuch, sich zu erheben, und setzten zu halbherzigem Gejammer an. Einen von ihnen kannte sie gut. Sie hatte ihn zum ersten Mal an ihrem ersten Tag in Bukarest gesehen: ein fordernder, schlechtgelaunter Kerl, der sie sofort als Ausländerin erkannt, ihr sein schwärendes Bein entgegengestreckt und sich geweigert hatte, sich mit dem zufriedenzugeben, was sie ihm überreicht hatte. Damals hatten die Bettler sie entsetzt, vor allem dieser eine. Nach der dreitägigen Reise ans östliche Ende Europas hatte sie ihn als böses Omen für ihr Leben in der seltsamen, schon halb orientalischen Hauptstadt betrachtet, in welche es sie mit ihrer Heirat verschlagen hatte.

Guy hatte gesagt, sie müsse sich an die Bettler gewöhnen, und auf gewisse Weise hatte sie das auch getan. Sogar mit diesem Mann hatte sie sich ausgesöhnt und er sich mit ihr. Nun reichte sie ihm dieselben kleinen Münzen, die ein Rumäne ihm gegeben hätte, und er nahm sie entgegen, mürrisch, doch ohne Protest.

Die Gerüche vom Boulevard drangen nicht bis in den klimatisierten Apartmentblock. In dem gemäßigten, geruchlosen Raumklima ging es ihr sofort besser, und sie dachte fröhlich an Bella, mit deren Gesellschaft sie für den bevorstehenden Sommer rechnete. Sie freute sich auf das Treffen, doch als sie das Wohnzimmer betrat, wurde ihr klar, dass etwas nicht stimmte. Sie fühlte sich so wenig willkommen, dass sie im Türrahmen stehen blieb.

«Nun setz dich doch», sagte Bella ungehalten, als wäre Harriet ein Fehler unterlaufen, indem sie auf diese Aufforderung gewartet hatte.

Während sich Harriet auf der Kante des großen blauen Sofas niederließ, sagte sie: «Es ist herrlich kühl hier drin. Draußen kommt es mir heißer vor als jemals zuvor.»

«Was hast du erwartet? Es ist Juli.» Bella zog an einer Klingelschnur und starrte dann ungeduldig zur Tür, als wisse sie nicht, wie sie ihren Gast unterhalten sollte, obwohl ihr das Plaudern sonst so leichtfiel.

Zwei Hausangestellte kamen herein, die eine mit dem Tee, die andere mit Kuchen. Bella sah ungehalten zu, wie die Tabletts abgestellt wurden. Harriet war verwirrt und wusste nicht, was sie sagen sollte. Sie warf einen Blick auf die frühe Ausgabe der Abendzeitung, die neben ihr auf dem Sofa lag. «Wie ich sehe, bekommt Drucker endlich seinen Prozess», sagte sie.

Bella neigte den Kopf und entgegnete: «Ich persönlich würde ihn verrotten lassen. Er hat so getan, als sei er pro-britisch, aber von seinem Wechselkurs hat immer nur Deutschland profitiert. Es gibt viele, die sagen, dass seine Bank das Land ruiniert hat.» Sie sprach in dem affektierten Ton, der Harriet an ihre erste Einladung zum Tee erinnerte, bei der Bella sie aus Furcht vor Harriets möglichen Vorbehalten hinsichtlich ihres familiären Hintergrunds oder ihrer Vermögensverhältnisse mit ihrer Vornehmheit förmlich erschlagen hatte. Nachdem sie sich schließlich entspannt hatte, hatte Bella eine herzhafte Vorliebe für Klatsch und Zotigkeit an den Tag gelegt, an der Harriet, die eine Freundin brauchte, Gefallen gefunden hatte. Und nun saß Bella erneut als beeindruckende klassizistische Statue vor ihr. Aus irgendeinem Grund waren sie wieder an dem Punkt, an dem sie angefangen hatten.

Harriet sagte: «Ich bin Drucker einmal begegnet. Sein Sohn war einer von Guys Studenten. Er war ein warmherziger Mann, sehr gut aussehend.»

«Pff!», machte Bella. «In sieben Monaten Gefängnis hat sich sein Aussehen bestimmt nicht verbessert.» Sie nahm hinter ihrem besten Teeservice eine bequemere Haltung ein und nickte vielsagend. «Er war ein Frauenheld wie die meisten gutaussehenden Männer. Und auf gewisse Weise ist ihm genau das zum Verhängnis geworden. Als er Madame zurückwies, hat sie das persönlich genommen und ist auf die Idee gekommen, ihm seine Anteile an den Ölfeldern abspenstig zu machen. Sie war eben wütend. Das wäre jede Frau gewesen. Also ist sie mit ihrer Idee zu Carol gegangen, der seine Chance erkannte, zu etwas Geld zu kommen. Er hat sich die Anschuldigung ausgedacht, Drucker handle mit fremder Währung. Drucker wurde verhaftet, und seine Familie ist getürmt.»

Zufrieden mit ihrer Zusammenfassung der Ereignisse, die zu Druckers Sturz geführt hatten, konnte sich Bella ein Lächeln nicht verkneifen. Harriet spürte, dass sich die Stimmung zwischen ihnen lockerte, und fragte: «Was, glaubst du, machen sie mit ihm?»

«O, man wird ihn für schuldig befinden – das ist selbstverständlich. Er wird natürlich seine Öl-Aktien einbüßen, aber dann gibt es da noch dieses Vermögen, das er heimlich in die

Schweiz geschafft hat. Carol kommt nicht an das Geld heran, wenn Drucker es ihm also überschreibt, kommt er vielleicht mit einem blauen Auge davon. Die Rumänen sind da ziemlich human, weißt du.»

Harriet sagte: «Aber Drucker kann es ihm nicht überschreiben. Das Konto läuft auf den Namen seines Sohnes.»

«Wer hat dir das gesagt?», fragte Bella scharf, und Harriet, die ihre Quelle nicht preisgeben konnte, wünschte, sie hätte ihr Wissen für sich behalten.

«Das habe ich vor einiger Zeit gehört. Guy mochte Sasha. Er hat versucht herauszufinden, was mit ihm passiert ist.»

«Der Junge ist doch sicher mit dem Rest der Familie abgehauen.»

«Nein. Man hat ihn mitgenommen, als sein Vater verhaftet worden ist, aber anscheinend ist er nicht im Gefängnis. Niemand weiß, wo er ist.»

«Wirklich!» Bella, die daran gewöhnt war, von ihnen beiden die Autorität in allen Rumänien betreffenden Fragen zu sein, gab sich gelangweilt. Also schnitt Harriet ein Thema an, das Bella stets interessierte.

«Wie geht es Nikko?», fragte sie.

Wie viele rumänische Männer war Bellas Mann zwar zum Militär eingezogen, aber meistens auf Urlaub. Es war Bellas Geld, das für seine Freiheit sorgte.

«Er ist zurückgerufen worden», sagte sie düster. «Sie haben natürlich alle Bammel wegen Bessarabien.»

In der Vergangenheit hätte Harriet diese Neuigkeit sofort bei ihrer Ankunft erfahren, und Bella hätte sich eine Stunde oder länger in Klagen darüber ergangen.

«Wo steht sein Regiment im Augenblick?», half Harriet ihr auf die Sprünge.

«An der ungarischen Front. An dieser verdammten Carol-Linie. Wenn es da nur etwas gäbe, was man Linie nennen kann.»

«Du wirst ihn doch bestimmt zurückholen können?»

«O ja. Ich werde nur wieder tief in die Tasche greifen müssen.»

Bella hatte nichts weiter zu sagen. Harriet sprach in dem Versuch, die Unterhaltung am Laufen zu halten, von der sich ändernden Haltung der Rumänen den Engländern gegenüber. «Sie behandeln uns wie Feinde – geschlagene Feinde. Schuldig, aber bemitleidenswert.»

«Ich könnte nicht behaupten, dass mir das nicht aufgefallen wäre», sagte Bella reserviert. «Mir gegenüber sind sie natürlich anders.»

Ein längeres Schweigen entstand. Harriet, erschöpft von ihren Versuchen, Bella aus der Reserve zu locken, stellte die Teetasse ab und sagte, sie habe noch Einkäufe zu erledigen. Sie nahm an, dass Bella erleichtert sein würde, wenn sie ging, doch stattdessen warf sie ihr einen beunruhigten Blick zu.

Sie gingen zusammen in den Flur, wo Harriet einen letzten Versuch machte, indem sie vorschlug, dass sie sich, wie sie es oft taten, zum Kaffee im Mavrodaphne treffen könnten. «Wie wäre es mit morgen früh?», fragte sie.

Bella legte ihre großen weißen Hände an ihre Perlenkette und starrte auf den karierten Marmorboden. «Ich weiß nicht», sagte sie unbestimmt und stellte ihren weißen Schuh mitten in ein schwarzes Quadrat. «Es ist schwierig.»

Da sie wusste, dass Bella beinahe überhaupt nichts zu tun hatte, fragte Harriet ungeduldig: «Wieso schwierig? Was ist los, Bella?»

«Also ...» Bella hielt inne und betrachtete ihre Schuhspitze, mit der sie die Kanten des Quadrats entlangfuhr. «Als Engländerin, die mit einem Rumänen verheiratet ist, muss ich vorsichtig sein. Ich meine, ich muss an Nikko denken.»

«Aber natürlich.»

«Also, ich glaube, wir sollten besser nicht zusammen im Mavrodaphne gesehen werden. Und was das Telefonieren angeht: Ich meine, wir sollten damit aufhören, solange die Dinge liegen, wie sie liegen. Mein Telefon ist wahrscheinlich angezapft.»

«Sicherlich nicht. Die Telefongesellschaft ist britisch.»

«Aber die Angestellten sind Rumänen. Du kennst dieses Land nicht so gut, wie ich es kenne. Gib ihnen einen Vorwand, und sie verhaften Nikko, nur damit sie Schmiergelder einstreichen können, bevor sie ihn wieder entlassen. So etwas passiert ständig.»

«Ich verstehe ehrlich nicht ...», setzte Harriet an, unterbrach sich jedoch, als Bella ihr einen kläglichen Blick zuwarf. Sie sagte: «Aber du kommst mich doch manchmal besuchen?»

«Das mache ich.» Bella nickte. «Versprochen. Aber ich werde vorsichtig sein müssen. Ich muss sagen, ich wünschte, ich wäre nie in *Troilus* aufgetreten. Damit habe ich auf gewisse Weise meine Loyalität erklärt.»

«Wozu? Deiner englischen Herkunft? Darüber weiß ohnehin jeder Bescheid.»

«Da bin ich mir nicht so sicher.» Bella zog ihren Fuß zurück. «Mein Rumänisch ist praktisch perfekt. Das sagen alle.» Ihre Miene verriet Trotz.

Vor sechs, auch noch vor drei Monaten hätte Harriet für Bellas Ängste nur Verachtung übrig gehabt. Nun verspürte sie Mitgefühl. Es mochte bald die Zeit kommen, in der die Engländer das Land verlassen mussten, und Bella würde dann allein hier zurückbleiben. Für diese Zeit musste sie sich schützen. Harriet berührte sie am Arm. «Ich verstehe, was du empfindest. Mach dir keine Sorgen. Du kannst mir vertrauen.»

Bellas Gesicht wurde weicher. Mit einem nervösen Kichern löste sie die Hand von der Perlenkette und legte sie auf Harriets Hand. «Aber ich komme auf jeden Fall bei dir vorbei», sagte sie. «Ich gehe nicht davon aus, dass das auffällt. Und sie können mich schließlich nicht meiner Freunde berauben.»

3

An diesem Abend trafen die Pringles auf dem Weg in den Cişmigiu Park auf Clarence Lawson.

Clarence war zu Beginn des Krieges mit Inchcape von der Englischen Fakultät ins Propagandabüro gewechselt. Von der dortigen Arbeit beziehungsweise dem Mangel an Arbeit gelangweilt, hatte er die Verwaltung der humanitären Hilfen für die Polen übernommen und die Flucht internierter polnischer Soldaten organisiert.

Guy sagte zu ihm: «Wir wollen im Park etwas trinken gehen. Komm doch mit.»

Clarence, der ebenso groß war wie Guy, aber deutlich schlanker, ließ bei dem Vorschlag den Kopf hängen, rieb sich zweifelnd über das schmale Gesicht und sagte: «Ich glaube, ich kann nicht.»

Harriet drängte: «Komm schon, Clarence. Ein Spaziergang wird dir guttun.»

Clarence warf ihr einen schiefen, argwöhnischen Blick zu und murmelte etwas von Arbeit. Harriet lachte. Sie wusste doch, dass er sehr gern mit ihr zusammen sein wollte, also nahm sie ihn beim Arm und führte ihn die Cala Victoriei hinunter. Er kam mit, brummte jedoch: «Na gut, aber ich kann nicht lange bleiben.»

Sie schritten durch eine Menschenmenge, die den Verlust Bessarabiens akzeptiert hatte und so lebhaft war wie immer. Harriet hatte sich daran gewöhnt, wie schnell dieses Volk, das mehr als ein Dutzend Eroberer überdauert und achthundert Jahre Unterdrückung überstanden hatte, sich erholte, aber jetzt kamen die Leute ihr beinahe selbstgefällig vor. Sie sagte: «Sie scheinen sich zu irgendetwas zu beglückwünschen.»

«Das tun sie wahrscheinlich auch», sagte Clarence. «Das neue Kabinett hat die anglo-französische Garantie zurückgewiesen und sich ganz auf Hitler festgelegt, er muss sie nun beschützen. Die Leute glauben, sie hätten das Schlimmste hinter sich, und ...» – er deutete auf ein Werbeplakat des deutschsprachigen *Bukarester Tageblatts*, auf dem stand: FRIEDEN IM HERBST – «sie glauben außerdem, der Krieg sei vorüber.»

Am Tor zum Park blieb er stehen und murmelte: «Also, ich glaube, ich muss jetzt wirklich ...», doch als die Pringles einfach weitergingen, folgte er ihnen.

Als sie von der eleganten Straße in den Park traten, verklang der Lärm, und es war nichts zu hören als das Zischen der Sprinkleranlage. Der schwere Duft nasser Erde hing in der Luft. Es standen nur ein paar Bauern herum und bewunderten den Anblick des *tapis vert*. Die einzige Blume, die in der Hitze gedieh, war das Indische Blumenrohr, das in seinen Rot-, Gelb- und Flammenfarben die Farbenpracht des Sonnenuntergangs spiegelte.

Unten am See standen die Verkäufer von Sesamgebäck und Lokum den ganzen Tag über stumm und demütig unter den Kastanien. Jenseits der Bäume führte ein Steg zu einem

Café, das hauptsächlich von Ladengehilfen und kleinen Angestellten frequentiert wurde. Hier war Guy mit seinem Freund David Boyd verabredet.

Als sie die durchhängenden Bretter der künstlichen Insel überquerten, erblickte Harriet David, der in Begleitung eines jüdischen Ökonomen namens Klein am Geländer des Cafés saß.

Guy und David hatten sich 1938 kennengelernt, als sie beide Neuankömmlinge in Bukarest gewesen waren. David hatte Rumänien als Student der Geschichte und der Sprachen des Balkans besucht. Im darauffolgenden Winter tauchte er erneut auf – er war an die Britische Gesandtschaft berufen worden. Die beiden Männer waren ungefähr gleichen Alters, sahen einander ähnlich und hatten vergleichbare Weltanschauungen, glaubten sie doch beide, die marxistische Gesellschaftsordnung sei die einzige Möglichkeit, der feudalen Misswirtschaft Osteuropas beizukommen.

Beim Anblick der Neuankömmlinge sprang Klein auf und kam ihnen mit ausgebreiteten Armen entgegen. Die Pringles waren ihm zuvor erst zweimal begegnet, aber Guy griff sofort eifrig nach dem stämmigen, kleinen, rotwangigen Mann, und die beiden klopften einander voller Zuneigung auf den Rücken. David schniefte amüsiert angesichts der Szene.

Aus der Umarmung entlassen, schwang Klein aufgeregt herum, um Harriet zu begrüßen. Die Röte stieg von seinen Wangen bis hinauf zu seiner Glatze. «*Und* Doamna Priengel!», rief er aus. «Ist das nicht reizend!» Er wollte auch Clarence in seine Verzückung einbeziehen, doch Clarence hielt sich mit verlegenem Grinsen im Hintergrund.

«So reizend, ist das nicht *reizend*!», wiederholte Klein und bot Harriet seinen Platz am Geländer an.

sandtschaft innehatte, u
für sich. David war oft n
Donaudelta zu fahren, u
Inchcape behauptete,
doxen Priester verkleidet
ihn angesprochen: «Hal
und der andere habe im
o procul este, profani.» O
plikationen stimmte ode
Insider-Wissen bezüglich
er zum Teil von Leuten w
«Was für eine Geschic
weitere Flasche Wein. Sc
er, doch seine glänzende
wesenden hin und her. A
er: «Ich bin doch nur ein
dem Gefängnis geholt ha
weiß ich denn schon? Wi
‹Klein›, sagen sie gern zu
Einigermaßen ungedu
was ist der Grund für Ant
«Ach ja, die Verhaftun
in der Nacht des Ultima
hat darum gebeten, den
worden. Urdărianu hat ih
Männern ist eine Schläge
türlich gehört, nicht wah
Ein großer Skandal.»
«Ist er deswegen verhaf
«Nein, nicht deswegen,
des Königs erhalten. Aus A

ıd falls Guy es wusste, behielt er es
cht in Bukarest. Er gab an, dann ins
ı dort Vögel zu beobachten.
David einmal als griechisch-ortho-
in Braşov erkannt zu haben. Er habe
, was zum Teufel treiben Sie hier?»,
Vorübergehen geantwortet: *«Procul,*
diese Geschichte mit all ihren Im-
nicht, David war bekannt für sein
rumänischer Angelegenheiten, das
e Klein bezog.
ıte!», sagte Klein und bestellte eine
ange eingeschenkt wurde, schwieg
Augen huschten zwischen den An-
s der Kellner gegangen war, fragte
illegaler Einwanderer, den man aus
, damit er das Kabinett berät. Was
so sollte irgendwer auf mich hören?
nir, ‹Sie sind ein dummer Jude.›»
dig fiel David ihm ins Wort. «Aber
nescus Verhaftung?»
! Na ja – Sie wissen doch, dass er
ums zum Palast gefahren ist. Er
önig zu sehen, und ist abgewiesen
abgewiesen. Zwischen den beiden
ei entbrannt. Davon haben Sie na-
Jawohl, eine Schlägerei im Palast.

et worden?»
ıein. Gestern hat er eine Vorladung
ıgst, dass er zu angefasst wäre, um

sprechen zu können, hat er einen Brief geschrieben. Er hat geschrieben: *Eure Majestät, unser Land zerfällt um uns herum.* Na, habe ich Ihnen nicht vorhergesagt, dass das Land zerfallen würde? Sie erinnern sich vielleicht, ich habe Ihnen Rumänien als einen Menschen beschrieben, der ein großes Vermögen geerbt hat. Und der aus Unverstand alles wieder verliert.»

«Was hat Antonescu noch geschrieben?», fragte Clarence.

Entzückt davon, dass Clarence sich zu Wort gemeldet hatte, fuhr Klein fort: «Antonescu hat geschrieben: *Majestät, ich flehe Sie an, retten Sie unsere Nation,* und er hat den König gebeten, sich der falschen Freunde zu entledigen, die sich um seinen Thron versammelt haben. Nachdem der König den Brief gelesen hatte, ordnete er Antonescus sofortige Verhaftung an. Für Carols Hofmarschall Urdărianu ist das ein großer Sieg.»

Klein klang bedauernd, und Guy fragte: «Macht es einen Unterschied? Urdărianu ist ein Gauner, aber Antonescu ist ein Faschist.»

Klein schob die Unterlippe vor und wiegte den Kopf. «Das stimmt», sagte er. «Antonescu hat die Eiserne Garde unterstützt, aber auf seine Art ist er Patriot. Er möchte die Korruption ausmerzen. Wie er handeln würde, wenn er an der Macht wäre, kann niemand sagen.»

«Er wäre bloß ein weiterer Diktator», sagte Guy.

Das Gespräch drehte sich um die Herrschaft des Königs, bis Clarence plötzlich sagte: «Der König mag seine Fehler haben, aber er ist ein fühlendes Wesen. Als er erfahren hat, dass Bessarabien verloren ist, ist er in Tränen ausgebrochen.»

«Er hat die Austern beweint, die er vernascht hat – beziehungsweise hat er beweint, dass er sie wieder ausspucken musste», sagte David, sichtlich amüsiert von seinem eigenen Esprit.

«Jeder kann weinen», sagte Harriet. «In diesem Land bedeuten Tränen nicht viel.»

Clarence warf ihr einen gequälten Blick zu, kippte auf seinem Stuhl leicht nach hinten, um Abstand zu seiner mitleidlosen Tischgenossin herzustellen. «Da bin ich mir nicht so sicher», nuschelte er. Nach einer Pause, in der niemand etwas sagte, fügte er hinzu: «Er ist unser einziger Freund. Wenn er gehen muss, müssen wir gehen – falls wir das Glück haben, rechtzeitig davonzukommen.»

«Das stimmt», pflichtete ihm David bei. «Und daran dürfen wir allein uns selbst die Schuld geben. Wenn wir das Land vor dem König beschützt hätten und nicht den König vor dem Land, wären wir hier in einer ganz anderen Position.»

Klein streckte seine kurzen, hemdsärmeligen Arme aus und strahlte in die Runde. «Habe ich Ihnen nicht angekündigt, dass es interessant werden würde, wenn Sie blieben? Und das ist erst der Anfang. Dieses neue Kabinett hat bereits dafür gesorgt, dass Fleisch und Benzin rationiert werden.» Als die anderen ihn verwundert ansahen, warf er lachend den Kopf in den Nacken. «Dieses neue Kabinett! Ich habe noch nie so viel gelacht. Zuerst weisen sie die anglo-französische Garantie zurück. Das ging ganz leicht, und alle haben das Gefühl, ein gutes Stück Arbeit geleistet zu haben – aber was ist danach zu tun? Einer hat eine Idee. ‹Lassen Sie uns›, sagt er, ‹für jeden von uns einen großen Schreibtisch bestellen, einen Drehstuhl und einen edlen Teppich!› – ‹Gut, gut›, stimmen sie ihm alle zu. Erhebt sich der neue Außenminister. Früher war er ein Niemand, jetzt ist er ein wichtiger Mann. Er bedeutet mir, vorzutreten. Er sagt: ‹Klein, besorgen Sie mir eine Liste mit unseren Dichtern.› Ich verbeuge mich. ‹In welcher Reihenfolge möchten Sie sie haben?›, frage ich. ‹Manchmal wird eine solche Liste nach literarischen Verdiensten erstellt. Wie naiv! Wie zufällig! Wieso nicht nach Größe, Gewicht, Einkommen oder dem Jahr, in dem sie ihren Militärdienst abgeleistet haben?› – ‹Genauso machen wir es›, sagt der Außenminister, ‹nach dem Jahr, in dem sie ihren Militärdienst geleistet haben. Ich schlage nun vor, dass diese Dichter Gedichte auf den großen Anführer der Eisernen Garde, Codreanu, schreiben, der von uns gegangen ist, im Geiste jedoch unter uns weilt. Domnul Premierminister, was halten Sie von dem Vorschlag?› – ‹Hm, hm›, macht der Premierminister. Was kann er schon sagen? War Codreanu nicht ein Feind des Königs? Er ist sich nicht sicher. ‹Meine Meinung ist ... meine Meinung ist ... O!› Er sieht mich streng an. ‹Klein›, sagt er, ‹was ist meine Meinung zu diesem Vorschlag?› – ‹Sie halten ihn für eine gute Sache, Domnul Premierminister›, sage ich ihm.»

Klein erzählte immer weiter seine Anekdoten. Die anderen ließen ihn zufrieden gewähren.

Der Sonnenuntergang wich der Dunkelheit. Entlang des Geländers sprangen Glühbirnen in verschiedenen Farben an. Ein letzter pfirsichfarbener Abglanz rötete den Himmel im Westen und warf einen Schimmer über das dunkle Olivgrün des Wassers. Harriet betrachtete die Bäume am anderen Ufer, die sich im Zwielicht düster und gewichtig zusammendrängten wie die Bäume auf einem alten Wandteppich.

«Gestern dann», sagte Klein, «kam plötzliche Seine Majestät hereinspaziert. ‹Ich habe die Entscheidung getroffen›, sagte er, ‹dem Land meinen Sommerpalast in der Dombrudscha zu verkaufen. Es handelt sich praktisch um ein Geschenk an die Nation, denn ich verlange dafür nur eine Million *Lei*.› – ‹Aber wenn Bulgarien sich die Dombrudscha unter den Nagel reißt, ist der Palast auch weg!›, rief der Premierminister. ‹Wie bitte?›, rief der König. ‹Sind Sie etwa ein Verräter? Niemals wird Bulgarien unsere Dombrudscha bekommen. Vorher kämpfen wir, bis kein Rumäne mehr am Leben ist. Ich werde den Kampf selbst auf einem weißen Pferd anführen.› Und alle springen auf und jubeln und singen die Nationalhymne, doch als wieder Ruhe einkehrt, dämmert ihnen, dass sie den Palast für eine Million kaufen müssen.»

Harriet lachte mit den anderen, hielt aber das Gesicht weiter dem See zugewandt, von dem aus das Quietschen eines Ruders und das Plätschern vorübergleitender Boote zu hören war. Sie blickte hinab auf schmutzigen Schaum, auf dem filigrane Holunderblüten trieben, die Leute von den Booten aus abgerissen und ins Wasser geworfen hatten. Der Geruch von Levkojen wehte von irgendwoher heran und verflog. Aus dem Radio drang *Der Schwan von Tuonela* und rief ihr Bilder eines grünen nordischen Landes vor Augen, mit Seen, die den silbernen Himmel reflektierten. Sie waren hier vom Dekor des Friedens umgeben, dachte Harriet, sie saßen beisammen und redeten und lachten, und doch waren sie allesamt nervös, angesteckt von der Anspannung in der Stadt.

Sie begann an England zu denken, an ihren letzten Blick auf die mäandernden weißen Klippen, das ausgewaschene Blau und Weiß des Himmels, die vom Wind gekräuselte, glitzernde See. Der Anblick hätte sie berühren, hätte Bedauern in ihnen wecken sollen, doch sie hatten ihm den Rücken zugewandt. Die Aussicht auf Veränderung und auf ihr vor ihnen liegendes gemeinsames Leben hatte sie in Erregung versetzt. Guy hatte gesagt, sie würden Weihnachten wiederkommen. Wenn man sie beide gefragt hätte, wie sie dem Leben begegnen wollten, hätten sie gesagt: «Wir nehmen es so, wie es kommt.» Glück und Unsicherheit gehörten dazu. Das Letzte, was Harriet sich gewünscht hätte, wäre ein friedvolles, sesshaftes Leben in einer einzigen Stadt gewesen. Nun hatte sich ihre Einstellung dazu gewandelt. Sie hatte angefangen, sich nach Sicherheit zu sehnen.

«… und dann hält der neue Premierminister eine große Rede.» Klein hob die Hand und blickte feierlich in die Runde. «Er sagt: ‹Jetzt ist die Zeit für die großen Themen gekommen. Wir befassen uns nicht mit Kleinigkeiten …› Dann hält er plötzlich inne. Er zeigt auf die Sachen vor ihm auf dem Tisch. Seine Augen flammen auf. ‹Zigaretten!›, ruft er, ‹Pastillen, Mineralwasser, Tabletten gegen Verdauungsprobleme, Aspirin. Auguste!›, ruft er. ‹Kommen Sie augenblicklich her! Sagen Sie mir, Auguste, wo ist das Aspirin? Ah, hier. Gut, was ich sagen wollte … dies ist die Zeit für große Themen …›»

Eine Blumen verkaufende Zigeunerin, um deren mageren Leib ein riesiges altes Abendkleid aus resedagrünem Chiffon Falten schlug, kam an den Tisch und legte einige Kornblumensträuße neben Davids Ellenbogen ab. Sie sagte nichts, hielt aber die Hand auf. Er schob die Blumen beiseite und sagte ihr, sie solle gehen. Sie blieb, wo sie war, störrisch wie ein altes Pferd, das froh war, stehen zu dürfen und sich nicht bewegen zu müssen, und streckte die Hand aus. Ignorierte man sie, würde sie die ganz Nacht dort stehen bleiben. «Herrgott noch mal!», brauste David plötzlich auf und gab ihr ein paar *Lei*. Dann schob er die Blumen scheu und mit ironischem Grinsen zu Harriet herüber.

Der Park lag nun im Dunkeln. Im Frühsommer war er noch beleuchtet gewesen, doch nach dem Fall von Paris hatte man die Lichter aus- und nie wieder eingeschaltet. Das schwimmende Café, eine hell leuchtende Insel auf dem Wasser, zog die Boote an. Obwohl schlicht, hatte es gewisse Ambitionen.

Bauern in Bauerntracht hatten keinen Zutritt, aber sie durften die billigen und schäbigen Boote ausleihen. Nun hielten die Ruderer am leuchtenden Rand des Wassers inne und betrachteten mit neidvollem Respekt die Gäste in ihren Stadtanzügen.

Klein sagte gerade: «... dann verkündete der Premierminister: ‹Hier ist der Bericht. Domnul Sekretär, dieser Bericht darf niemals Herrn Dorf unter die Augen kommen. Haben Sie das verstanden?› Der Sekretär schreibt quer über den Bericht: ‹Darf niemals Herrn Dorf vorgelegt werden.› Eine Minute später geht die Tür auf, und Herr Dorf kommt herein. Der Sekretär drückt den Bericht an seine Brust. Niemals wird er ihn herzeigen, eher wird er sterben. Aber was sagt da der Premierminister? ‹Nein›, sagt er, ‹Herr Dorf soll den Bericht sehen. Ich spiele immer mit offenen Karten.›»

Guy röhrte vor Lachen, und damit wusste man in dem nächstliegenden Boot, dass es sich bei ihnen um Ausländer handelte. Es war eine zu gute Gelegenheit, um sie sich entgehen zu lassen. Man tauchte die Ruder ins Wasser: Man glitt ins Licht. Der Mann in der Mitte begann mit ein paar einfachen akrobatischen Übungen, schließlich glückte ihm ein schwerfälliger Handstand. Während seiner Darbietung starrten seine Begleiter die Engländer erwartungsvoll an. Als die Akrobatik vorüber war, begannen sie gemeinsam ein trauriges kleines Lied zu singen, wonach sie schüchterne Bettelversuche unternahmen. Harriet warf ihnen als Einzige ein paar Münzen zu. Sie lungerten noch ein Weilchen herum in der Hoffnung auf mehr, trauten sich aber nicht, darum zu bitten, dann endlich machten sie sich davon.

Das Gespräch kam nun auf den Drucker-Prozess. Es war Klein gewesen, der sich für Guy um das Wenige an Information bemüht hatte, das dieser über Sashas Verschwinden besaß. Als die anderen Klein über den Prozess ausfragten, verzog er das Gesicht und sagte, er sei nicht besonders interessiert an Drucker, der «gut gelebt hat und nun nicht mehr so gut lebt».

«Werden die Deutschen ihn schützen?», fragte Guy.

Klein schüttelte den Kopf.

«Da er mit Deutschland Geschäfte gemacht hat», sagte Clarence, «könnte der Prozess da nicht als anti-deutsche Geste aufgefasst werden?»

Klein lachte. «Eine Geste vielleicht, aber keine anti-deutsche. Rumänien will allen zeigen, dass es noch immer ein unabhängiges Land ist und sich nicht davor fürchtet, diesen reichen Bankier vor den Augen der Welt zur Rechenschaft zu ziehen. Der Prozess lenkt die Menschen ab. Er lässt sie weniger an Bessarabien denken. Und was die Deutschen angeht, was schert sie das alles? Drucker ist jetzt nicht mehr von Nutzen. Ah, Doamna Prien-gel» – als sich Klein zu Harriet vorbeugte, überzog ein zartes Rosa seine Wangen – «hatte ich nicht recht? Ich sagte, wenn Sie hierblieben, würde es noch interessant werden. Jeden Tag wächst die Notwendigkeit, die Deutschen mit Nahrungsmitteln zu bestechen. Glauben Sie mir, es wird der Tag kommen, an dem das hier» – er berührte die Schüsseln mit Schafskäse und Oliven, die zusammen mit dem Wein serviert worden waren – «ein Festmahl ist. Sie sind Zeugin historischer Ereignisse, Doamna Prien-gel. Bleiben Sie, und Sie werden sehen, wie ein Land zugrunde geht.»

«Werden Sie auch bleiben?», fragte sie ihn.

Er lachte erneut – vielleicht war aus seinem Blickwinkel Lachen die einzig mögliche Antwort auf das Leben. Zum ersten Mal jedoch kam ihr der Gedanke, dass es sich um das Lachen eines Mannes handeln könnte, der nicht ganz bei Trost war.

Ernst fragte David ihn: «Können Sie bleiben? Sind Sie hier sicher?»

Klein zuckte mit den Schultern. «Das bezweifle ich. Die alten Minister scherzten immer mit mir, sie sagten: ‹Klein, Sie sind ein Jude und ein Spitzbube. Sorgen Sie dafür, dass der Haushalt ausgeglichen ist.› Aber die Neuen scherzen nicht. Wenn ich ihnen nicht mehr von Nutzen bin, was werden sie dann mit mir anstellen?»

«Haben Sie denn niemals Angst?», fragte Harriet.

«Aber ich habe doch immerzu Angst», entgegnete Klein lachend und nahm Harriets Hand. «Vielleicht», sagte er und blickte Harriet eindringlich an, «sollte Doamna Prien-gel nicht mehr allzu lange hierbleiben.»

Ungefähr eine Stunde später saß Clarence immer noch bei ihnen, obwohl er seit seiner Bemerkung zum Drucker-Prozess nichts mehr gesagt hatte. Als alle aufbrachen, ließ er Guy mit David und Klein vorausgehen und trödelte in der Hoffnung, dass Harriet sich zu ihm gesellen würde. Sie hatte sehr wenig von ihm zu sehen bekommen, seitdem sie auf der Party im Anschluss an Guys Aufführung von *Troilus und Cressida* seinen Vorschlag abgewehrt hatte, mit ihm zusammen nach England zurückzukehren. Sie musste davon ausgehen, dass damit ihre Freundschaft beendet war, und nun stellte sie fest, dass sie das bedauerte. Da sie üblicherweise still wurde, wenn sich die Gesprächsteilnehmer gegenseitig zu überbieten versuchten, mochte sie die Gesellschaft nicht besonders, die Guy gerne um sich versammelte. In Gesprächen unter vier Augen ergriff sie bereitwillig das Wort. Als Kind geschiedener Eltern, die beide nicht willens gewesen waren, ihr ein Zuhause zu geben, brachte sie für Clarence und seine unglückliche Kindheit nur widerwillig Mitgefühl auf. Sie wollte sein Misstrauen gegenüber der

Welt nicht teilen. Sie hatte ihn gescholten und sich über ihn lustig gemacht, doch das Mitgefühl war trotzdem geblieben. Er hatte ihr vorgeworfen, ihm erst Hoffnungen gemacht und ihn dann zurückgewiesen zu haben – und vielleicht hatte sie das getan. Schweigend gingen sie unter den Kastanienbäumen hindurch und wichen den Bauern aus, die sich für die Nacht dort niedergelassen hatten. Sie bogen in einen Nebenweg ab, in dem hier und da im Dunkel verborgene Blumen die feuchte und kühle Luft mit ihrem Duft schwängerten.

Um ihn zum Reden zu bringen, fragte sie ihn, ob er viel zu tun habe, obgleich sie wusste, dass dem nicht so war. Er antwortete mürrisch: «Nein», und fügte nach einer langen Pause hinzu: «Ich weiß nicht, was ich hier überhaupt noch mache. Seit Dünkirchen ist im Büro gar nichts mehr zu tun. Inchcape zerbricht sich darüber natürlich nicht den Kopf. Er hat ja noch nie viel Aktionismus betrieben. Was hatten wir denn schon, womit wir hätten Propaganda machen können, abgesehen von der Evakuierung der Kanalinseln und der Niederlage auf dem Festland?» Er lachte bitter auf.

«Wie steht es mit den Polen?»

«Sie sind praktisch alle fort. Ich habe mich arbeitslos gearbeitet.»

«Wieso kehrst du nicht an die Englische Fakultät zurück? Guy braucht Unterstützung.»

«Ach!», seufzte Clarence. Sie konnte sich das beklommene Schuldbewusstsein auf seinem Gesicht gut vorstellen. «Ich hasse es zu unterrichten. Und die Studenten langweilen mich maßlos.»

«Was willst du dann machen?»

«Ich weiß es nicht. Vielleicht geben sie mir in der Gesandtschaft was zum Dechiffrieren.»

«Ich dachte, du verachtest die Gesandtschaft und alle, die dort arbeiten.»

«Irgendetwas muss man ja machen.»

Clarence ging mit einigem Abstand neben ihr her und gab sich distanziert, eine wenig überzeugende Darbietung. Allein aus dem Wunsch nach Zerstreuung heraus war sie versucht, ihn mit einer Geste ihrerseits zurückzugewinnen, aber sie unternahm nichts. Romantiker, der er war, würde er sich mit der prosaischen Kameradschaft, die sie ihm anzubieten hatte, niemals zufriedengeben.

Sie näherten sich dem Ausgang des Parks und konnten den Verkehr auf der Hauptstraße hören. Clarence ging langsamer. Jetzt, da er zu reden begonnen hatte, wollte er die barmherzige Deckung des Parks nicht verlassen.

Er seufzte erneut auf, sagte nachdenklich: «Ich weiß nicht!», und ließ seine Gedanken zu den metaphysischen Verschlingungen abschweifen, die sein Selbstmitleid und seine Selbstverachtung umkränzten. «Wie viel leichter das Leben doch wäre, wenn man dieses kleine zusätzliche Etwas hätte, das den Ausschlag zugunsten der manischen Züge gibt und nicht zugunsten der depressiven.»

«Du glaubst, das ist bloß eine Frage der Chemie?»

«Etwa nicht? Sind wir etwas anderes als eine Zusammensetzung von Chemikalien?»

«Ein wenig mehr als das bestimmt.»

«Die Wahrheit ist, ich bin schon mein ganzes Leben lang frustriert. Ich werde daran sterben. Aber ich sterbe bereits. Wenn man den Wunsch zu leben nicht mehr verspürt, ist das der Beginn des Sterbens.»

«Ach, wir sterben alle», entgegnete ihm Harriet ungeduldig.

«Manche von uns sind lebendig – jedenfalls im Augenblick. Sieh dir nur Guy an!»

Sie blickten beide nach vorn zu Guy, dessen weißes Hemd in der Dunkelheit schimmerte. Seine Stimme wehte zu ihnen heran. Er sprach über sein Lieblingsthema – das Leiden der Bauern, das Leiden der Welt. Ein Leiden, dachte Harriet, das noch lange, nachdem Guy sich ins Grab geredet hatte, andauern würde. Als sie das Wort «Russland» aufschnappte, lächelte sie.

Clarence hatte es ebenfalls gehört. Mit klagender Stimme erkundigte er sich: «Was ist eigentlich der Grund für diese Liebesbeziehung mit Russland?»

«Ich glaube, sein Bedürfnis, an irgendetwas zu glauben», antwortete sie. «Sein Vater war ein altmodischer Radikaler. Guy ist zum Freidenker erzogen worden, aber er hat ein religiöses Temperament. Also glaubt er eben an Russland.»

«Genau genommen», sagte Clarence, «ist er ganz einfach das, was Psychologen den rebellischen Sohn eines rebellischen Vaters nennen.»

Dieser Gedanke war Harriet neu. Sie würde vielleicht später darüber nachdenken, aber sie war nicht bereit, Guy von Clarence so einfach abstempeln zu lassen. «Es steckt mehr dahinter als das», sagte sie, und wahrscheinlich steckte mehr dahinter. Als Guy ein Kind gewesen war, hatten die Mühlen und Minen brachgelegen. Die meisten Männer, die er kannte, unter ihnen sein eigener Vater, hatten von der Wohlfahrt gelebt. Er hatte zusehen müssen, wie sein Vater, ein begabter und hochintelligenter Mann, verfiel und durch die Verzweiflung und die von der Verzweiflung ausgelöste Krankheit arbeitsunfähig wurde. Er hatte diese Verschwendung menschlicher Schaffenskraft übelgenommen und sich der Fürsorge für die Ausgebeuteten verschrieben.

Mit leichtem Hohn in der Stimme fuhr Clarence fort: «David ist auch so einer. Sie leben beide in der Vorstellung, man könnte das Leben durch den dialektischen Materialismus vollkommen machen.»

«David ist realistischer und wahrscheinlich auch dogmatischer.»

«Und Guy?»

«Ich weiß es nicht.» Es stimmte, sie wusste es nicht. Sie hatte erkannt, dass Guy der Sinn für das Praktikable abging, wollte das aber nicht ins Feld führen. Sie sagte: «Als ich ihn geheiratet habe, glaubte ich den Fels der Ewigkeit an meiner Seite zu haben. Bald habe ich dann herausgefunden, dass er zu absolutem Aberwitz fähig ist. Zum Beispiel hat er darüber nachgedacht, Sophie zu heiraten, nur um ihr einen britischen Pass zu beschaffen.»

Clarence tadelte sie: «Guy ist eben nicht wie die meisten dieser linken Idealisten. Er redet nicht bloß, er handelt. Zum Beispiel hat er die politischen Gefangenen im Gefängnis von Vacaresti besucht. Ein nicht geringes Risiko in einem Land wie diesem.»

«Wann hat er das getan?», fragte Harriet alarmiert.

«Vor dem Krieg. Er hat ihnen Bücher und Essen gebracht.»

«Ich hoffe, er macht das jetzt nicht mehr?»

«Ich weiß nicht. Er erzählt mir nichts.»

Harriet erzählte er ebenfalls nichts. Er mochte es nicht, wenn sie sich in seine Angelegenheiten einmischte, und konnte geheimniskrämerisch sein. Sie nahm ihm übel, davon ausgehen zu müssen, dass er – sobald er die Wohnung verließ, was er oft tat – zu allem Möglichen fähig war.

«Er ist eben ein Idealist», sagte Clarence.

«Leider ja.»

«Du siehst ihn allmählich kritischer.»

«Es ist nicht so, dass ich für seine zahlreichen Tugenden nicht mehr dankbar wäre, aber er ist zu großzügig, zu nachsichtig, fühlt sich allzu berufen. Die Leute haben das Gefühl, ihn um alles bitten zu können, aber wenn ich ihn brauche, ist er immer irgendwo anders.»

«Trotzdem, könntest du einen Besseren finden?»

Sie unternahm nicht den Versuch, diese Frage zu beantworten. Sie hatte das Gefühl, hereingelegt worden zu sein, und zwar zu leicht, vielleicht weil er so anders war als sie. In ihrer frühen Jugend war sie dünn und wenig charmant gewesen. Da sie sich ungewollt fühlte, hatte sie gleichzeitig mit Aggression und Verschlossenheit reagiert, und ihre Tante hatte deswegen an ihr herumgenörgelt. «Warum kannst du zu den Leuten nicht liebenswürdig sein? Willst du nicht, dass sie dich mögen?» Ob sie das nun wollte oder nicht, sie lernte bald, nicht damit zu rechnen. Wenn sie sich darum bemühte zu gefallen, erntete sie ihrer Einschätzung nach eher Argwohn als Zuneigung. Da sie selbst in der Welt keinen Erfolg hatte, musste sie jemanden finden, der besser reüssierte. Und wer wäre da geeigneter als Guy Pringle, dieses imposante, behagliche, großzügige, umarmenswerte Wesen? Aber sie hätte auf die Warnsignale achten müssen. Da war zum Beispiel der Umstand, dass er so wenige Besitztümer hatte. Sie hatte es auf seine Mittellosigkeit geschoben, dann aber schnell feststellen müssen, dass er, wenn er etwas bekam, es sofort wieder verlor. Sie begann den Verdacht zu hegen, dass er Besitz als Last ansah. Besitz definierte einen und schränkte ein. Guy ließ sich nicht definieren oder einschränken oder entlohnen.

Er behielt seine Gefühle für sich und entzog sich ihr. Dennoch, konnte sie, wie Clarence gesagt hatte, einen Besseren finden? Sie stellte sich ein Wesen vor, das ihm ähnlich war, aber abhängig, jemanden, den sie umfassen konnte, der ihr gehörte, der – vermutlich – ein Kind war. Das würde vielleicht eines Tages in den Bereich des Möglichen rücken, aber im Augenblick, fand Guy, war ihr Leben zu unsicher für Kinder. War das ein Grund oder eine Ausflucht? Immerhin waren Kinder ebenfalls so etwas wie Eigentum. Sie definierten ihre Eltern und schränkten sie auch ein.

Inzwischen sagte Clarence: «Ich glaube an Guy. Ich finde, du kannst dich glücklich schätzen, ihn gefunden zu haben. Er ist integer, aber das ist vermutlich genau das Problem. Du versuchst das zu zerstören.»

«Was meinst du damit?»

«Du trichterst ihm lauter bürgerliche Vorstellungen ein. Du zwingst ihn, jeden Tag zu baden und sich die Haare zu schneiden.»

«Er muss erwachsen werden», sagte Harriet. «Wenn er mich nicht geheiratet hätte, würde er sein Leben vermutlich als eine Art ewiger Student verplempern und aus einem Rucksack leben. Ich glaube, wahrscheinlich war er dankbar für einen Grund, Kompromisse machen zu müssen.»

«Das ist genau der Punkt. Man lässt sich von Kompromissen korrumpieren. Sieh mich an. Ich bin auf eine teure Schule gegangen, auf der man mich ausgepeitscht hat wie ein Tier. Ich wollte mich wehren, hatte aber nicht den Mut dafür. Ich wollte in Spanien kämpfen, hatte aber nicht den Mut dafür. Ich hätte jeden Beruf meiner Wahl ergreifen können, und ich habe keinen gewählt. Das war mein Aufbegehren gegen die mir anerzogene Wohlanständigkeit – und es hat zu nichts geführt. Ich bin Kompromisse eingegangen und korrumpiert worden.»

«Das wäre meiner Ansicht nach so oder so geschehen. Du flehst förmlich darum, korrumpiert zu werden.»

Er dachte einige Momente darüber nach und sagte dann abschließend: «Wie auch immer, ich bin verloren. Ich habe alle enttäuscht. Ich habe sogar Guy enttäuscht.»

«Das bezweifle ich.»

«Wieso bist du dir da so sicher?»

«Du bedeutest ihm nicht genug.»

«Ha!», rief Clarence voll düsterer Befriedigung darüber, dass sie ihn auf seinen Platz verwies.

Die anderen waren am Tor zum Stehen gekommen. Als sie sahen, dass Clarence und Harriet näher kamen, wandten sie sich zum Weitergehen. In dem Augenblick schoss jemand aus den Schatten hervor und sprach sie an. David und Klein gingen weiter, aber Guy blieb stehen und sprach mit dem Neuankömmling.

Clarence fragte angewidert: «Wen hat Guy denn jetzt wieder aufgegabelt? Ist das ein Bettler?»

«Er sieht nicht nach einem Bettler aus», sagte Harriet. Bei all ihren Meinungsverschiedenheiten waren sich Clarence und sie einig in ihrer Missbilligung von Guys Bereitschaft, allen und jedem ein Ohr zu leihen.

Sobald sie in Hörweite waren, rief Guy Harriet begeistert zu: «Was glaubst du, wen ich hier habe?»

Harriet wusste es nicht, und sie sah keinen Anlass zur Begeisterung. Der Mann, an dem ihr nichts bekannt vorkam, trug die heruntergekommene, schmutzige Uniform eines Rekruten. Aus der Entfernung hatten seine Bewegungen sie auf einen jungen Mann schließen lassen. Im spärlichen Licht von der Hauptstraße jedoch hatte er etwas Hinfälliges, wie man es bei in Armut lebenden Alten sah.

Er war groß und knochig wie ein Skelett, hatte schmale Schultern und stand gebückt wie ein Schwindsüchtiger. Auf seinem rasierten Schädel zeigten sich erste gräuliche Stoppeln. Sein weißlich graues Gesicht mit den eingesunkenen Wangen hätte ausgesehen wie das Gesicht einer Leiche, hätte er nicht die eng beieinanderstehenden dunklen Augen auf sie gerichtet, die voller Leben waren in ihrer bangen, qualvollen Not.

So viel Leid stieß sie ab. Sie wollte es nicht sehen. Sie schüttelte den Kopf.

«Aber Darling, das ist Sasha Drucker.»

Sie wusste nicht, was sie sagen sollte. Als sie Sasha neun Monate zuvor kennengelernt hatte, war er der wohlgenährte, gutgekleidete Sohn eines reichen Mannes gewesen. Jetzt sah er halbtot aus.

«Was ist mit ihm geschehen? Wo ist er gewesen?»

«In Bessarabien. Als sein Vater verhaftet wurde, hat man ihn mitgenommen, damit er seinen Militärdienst ableistet. Man hat ihn an die Landesgrenze geschickt. Als die Russen einmarschiert sind, haben die rumänischen Offiziere die Beine in die Hand genommen, und in dem Durcheinander konnte Sasha fliehen. Seitdem ist er auf der Flucht. Er ist am Verhungern. Darling, er muss mit zu uns kommen.»

«Ja, natürlich.»

Sie war zu schockiert, um noch mehr zu sagen, ging mit Clarence voraus und löste sich aus dem Dunstkreis von Sashas Elend. Wenn Sasha etwas gegessen hätte, wohin würde er gehen?

Als sie den großen Platz vor dem Wohnblock der Pringles überquerten, hatte Harriet das Bedürfnis, die Bürde von Sashas Anwesenheit mit jemandem zu teilen, und bat Clarence, mit hinaufzukommen.

«Nur keine Angst», sagte er ausweichend.

«Was zum Henker sollen wir mit diesem Jungen machen?», fragte sie flehend, aber an diesem Abend konnte sie von Clarence weder Hilfe noch Mitgefühl erwarten. Er lachte. «Steckt ihn zu Jakimov ins Zimmer», sagte er im Gehen.

Sie hatten außer Brot und Eiern nichts zu essen da. In dieser Hitze, in einem Land, in dem Kühlschränke noch beinahe unbekannt waren, musste man frische Nahrungsmittel jeden Tag neu kaufen. Während Harriet ein Omelette machte, konnte sie aus dem schrankgroßen Raum nebenan ihr Dienstmädchen Despina und deren Ehemann schnarchen hören.

Als Sasha das Omelette mit schamvoller Gier vertilgte, kehrte etwas Farbe in sein Gesicht zurück. Er sah, dachte Harriet, aus wie ein vom Sturm zerstörter Setzling. Sie hatte sich an Sasha Drucker als einen liebenswürdigen, behüteten Jugendlichen erinnert, den Augenstern seiner Familie, mit dem sanftmütigen und arglosen Wesen eines Hündchens. Als er sie nun ansah, hatte er den wachsamen Blick eines Gejagten.

Guy saß ihm gegenüber und betrachtete ihn, und sein Gesicht war von Sorge um den Jungen gezeichnet. Sashas Zustand schmerzte ihn zutiefst. Er wandte sich in dem beschwörenden Ton, mit dem sie inzwischen beinahe schon rechnete, an Harriet. «Wir können ihn doch irgendwo unterbringen, nicht wahr? Er kann doch bleiben?»

Sie entgegnete: «Ich weiß nicht», denn sie war verärgert darüber, dass Guy so offen darüber sprach. Sie fand, dass solche Entscheidungen unter vier Augen besprochen werden müssten. Wo sollten sie Sasha denn unterbringen?

Sasha selbst saß stumm da. Unter gewöhnlichen Umständen hätte er sich bestimmt dagegen gewehrt, ihrer Gastfreundschaft derart aufgedrängt zu werden, aber jetzt war sie seine einzige Hoffnung. Als er aufgegessen hatte, sah er sie mit einem gequälten, leeren Lächeln an.

Guy bot ihm den Sessel an. «Mach es dir gemütlich.»

Sasha rutschte schüchtern auf seinem Platz herum und erhob sich nicht. «Dieser Holzstuhl ist mir lieber. Weißt du … ich habe Läuse.»

«Möchtest du ein Bad nehmen?», fragte Harriet.

«Ja, bitte.»

Nachdem sie ihm Handtücher gegeben und ihn zum Badezimmer geführt hatte, kehrte sie ins Wohnzimmer zurück, wo sie nun frei mit Guy sprechen konnte. «Wir können ihn unmöglich hierbehalten», sagte sie. «Unsere Lage ist unsicher genug. Was würde geschehen, wenn man uns dabei erwischte, wie wir einem Deserteur Unterschlupf gewähren – und auch noch Druckers Sohn?»

Mit gequältem Gesichtsausdruck fragte Guy: «Wie können wir uns weigern? Er kann nirgendwo anders hin.»

«Hat er keine Freunde?»

«Niemand würde es wagen, ihn aufzunehmen. Er ist mit seiner Kraft am Ende. Wir können ihn nicht auf die Straße hinausschicken. Wir müssen ihn hier schlafen lassen, jedenfalls heute Nacht.»

«Tja, und wo?»

«Auf dem Sofa.»

«Was ist mit Jakimov?»

Verdutzt blickte Guy sie an und sagte dann: «Ach, mit Jaki geht das in Ordnung», aber er wusste, dass es nicht in Ordnung ging. Sie durften nicht wagen, ihm zu vertrauen.

Die Bestürzung in Guys Gesicht flößte Harriet Mitleid ein, doch er hatte sich diese festgefahrene Situation selbst zuzuschreiben. Gegen ihren entschiedenen Widerspruch hatte er Jakimov aufgenommen, und nun konnte sie nicht umhin, eine gewisse Genugtuung zu empfinden, während sie darauf wartete, dass er sich eine Lösung ausdachte. Er konnte mit keiner aufwarten.

Unglücklich fragte er: «Fällt dir jemand ein, der ihm ein Bett zur Verfügung stellen würde?»

«Mir?» Es entstand ein längeres Schweigen, in dem Guys Gesicht immer bekümmerter wurde, dann sagte sie: «Du könntest Jakimov sagen, dass er ausziehen muss.»

«Wohin sollte er gehen? Er hat keinen müden Heller.»

In dem darauffolgenden Schweigen dachte Harriet darüber nach, wie unterschiedlich sie waren. Es war typisch für Guy, dass er Sasha aufnehmen wollte, ohne einen Gedanken an das Problem zu verschwenden, das seine Anwesenheit darstellte. Ihr dagegen waren die Schwierigkeiten vielleicht allzu bewusst. Wenn alles Guy allein überlassen bliebe, gäbe es möglicherweise überhaupt keine Schwierigkeiten. Er würde Jakimov vertrauen, und vielleicht würde sich Jakimov als vertrauenswürdig erweisen. Gleichzeitig betrachtete sie Guys Bereitschaft, Sasha aufzunehmen, verärgert als eine Art spirituelle Flucht – die Flucht vor der weniger dramatischen Verantwortung seiner Ehefrau gegenüber.

Guy warf ihr einen bittenden Blick zu, als könnte sie auf eine Lösung kommen, wenn sie nur wollte. Und es gab tatsächlich eine Lösung. Schließlich erbarmte sie sich seiner und sagte: «Auf dem Dach gibt es doch eine Art Zimmer, das zweite Dienstbotenzimmer.»

«Das gehört uns?»

«Es gehört zur Wohnung. Wir könnten es nutzen, ohne Despina Bescheid zu sagen. Sie hat ein paar von ihren Sachen dort stehen.»

«Darling!» Sein Gesicht leuchtete förmlich auf vor Begeisterung über sie. Er sprang auf und schlang die Arme um ihre Schultern. «Was für eine Frau! Du bist wunderbar!»

«Er kann nur eine Nacht bleiben. Du musst etwas anderes für ihn finden. Ich bin mir nicht sicher, ob wir Despina vertrauen können.»

«Natürlich können wir Despina vertrauen.»

«Wieso glaubst du das?»

«Sie ist ein anständiger Mensch.»

«Na gut, wenn du das für eine gute Idee hältst, musst du sie aufwecken. Sie weiß, wo dieses Zimmer ist. Ich nicht.»

Guy, der schon auf dem Weg zu Sasha war, um ihm mitzuteilen, dass alles geregelt sei, erstarrte vor Überraschung darüber, dass er die lästige Aufgabe bekam, Despina zu wecken.

«Weck du sie», bettelte er, doch sie schüttelte den Kopf.

«Nein, du musst sie wecken.»

Als sie sah, mit welchem Widerwillen er in Richtung Küche ging, hätte sie beinahe gerufen: «Na gut, ich mache es», aber dann riss sie sich zusammen. Zum ersten Mal in ihrem gemeinsamen Eheleben blieb sie standhaft.

4

Jakimov hatte in Guys Bühnenproduktion von *Troilus und Cressida* den Pandarus gespielt. Seitdem die Aufführung vorüber und sein Triumph in Vergessenheit geraten war, litt er an einem Gefühl der Antiklimax und Kränkung. Guy, der ihn durch die Sache hindurchgehätschelt hatte, überließ ihn nun sich selbst. Was, fragte Jakimov sich, war dabei herausgesprungen, dass er all die Stunden in die Proben gesteckt hatte? Nichts, überhaupt nichts.

In der Hitze der Mittagsstunde war er auf der Calea Victoriei unterwegs, sein trauriges Kamelgesicht troff von Schweiß. Er trug einen Panamahut, einen Anzug aus Kordseide, ein rosa Seidenhemd und eine Krawatte, die einmal die Farbe von Parma-Veilchen gehabt hatte. Seine Kleidung war sehr schmutzig. Die Krempe des Huts war gebrochen und vergilbt. Sein Jackett war zerfleddert und unter den Achseln ganz dunkel, außerdem dermaßen eingelaufen, dass es ihn umklammert hielt wie ein Stützkorsett.

Im Winter hatte er die gefrorene Schneedecke durch die Löcher in seinen Schuhen hindurch spüren können. Nun spürte er, ebenso schmerzhaft, das grau schimmernde Natursteinpflaster. Da er ständig vom Elan der ihn umgebenden Fußgänger ganz nach außen an den Randstein gedrängt wurde, versengte ihm der heiße Luftzug vorbeifahrender Autos den Ellenbogen. Das Getöse der Straßenbahnen, das Aufblitzen von Windschutzscheiben, das Hupen und das Kreischen von Bremsen, alles bedrängte ihn – und das zu einer Uhrzeit, in der er sich normalerweise in die Zuflucht des Schlafes gestürzt hätte.

Am Morgen war er durch das erbarmungslose Läuten des Telefons geweckt worden. Der Lichteinfall sagte ihm, dass es nicht später als zehn Uhr sein konnte, anscheinend war Harriet ausgegangen. In Ermangelung jeglicher Energie blieb er schweißfeucht und regungslos unter seinem einzelnen Laken liegen und wartete darauf, dass das Läuten aufhörte. Es hörte nicht auf. Zu vollem Bewusstsein gefoltert, rappelte er sich mühsam auf und stellte fest, dass der Anruf ihm galt. Der Anrufer war sein alter Freund Dobbie Dobson von der Gesandtschaft.

«Wie schön, Ihre Stimme zu hören», sagte Jakimov. Er ließ sich nieder und machte sich bereit für nettes Geplauder über ihre gemeinsame Zeit mit *Troilus*, aber für Dobson gehörte das Stück wie für alle anderen der Vergangenheit an.

«Hören Sie, Jaki», sagte er, «was diese Transitvisa angeht ...»

«Welche Transitvisa, mein lieber Junge?»

«Sie wissen, wovon ich rede.» Dobson sprach mit der Schärfe eines gutmütigen Mannes, dessen Geduld überstrapaziert worden ist. «Jeder britische Staatsbürger ist aufgefordert, für den Fall einer plötzlichen Evakuierung gültige Transitvisa in seinem Pass bereitzuhalten. Der Konsul hat das nachgeprüft und stellt fest, dass Sie sich keine besorgt haben.»

«Das war doch sicher keine ernsthafte Anordnung, mein lieber Junge? Es gibt keinen Grund zur Beunruhigung.»

«Eine Anordnung ist eine Anordnung», sagte Dobson. «Ich habe Sie entschuldigt, aber Tatsache ist, wenn Sie sich diese Visa nicht heute besorgen, werden Sie nach Ägypten abgeschoben.»

«Lieber Junge! Aber ich habe keine Piepen.»

«Lassen Sie mir die Rechnung schicken. Ich werde die Kosten von Ihrer nächsten Geldsendung abziehen.»

Bevor er an diesem Morgen die Wohnung verließ, kam Jakimov auf die Idee, auf Beutejagd zu gehen. Guy ging mit Geld vollkommen sorglos um. Jakimov hatte mehr als einmal Scheine aufgesammelt und eingesteckt, die sein Gastgeber zusammen mit seinem Taschentuch aus der Tasche gezogen hatte. Zuvor hatte er nie gezielt nach Geld gesucht, aber jetzt, in seiner bedrängten Lage, hatte er das Gefühl, Guy schulde ihm etwas. Im Schlafzimmer der Pringles durchsuchte er die Hosen und Handtaschen, stieß jedoch auf nichts. Im Wohnzimmer zog er die Schubladen der Kommoden und des Sekretärs auf und verbrachte einige Zeit damit, die abgerissenen Kontrollabschnitte von Guys Scheckheften durchzugehen, die Zahlungen an hiesige Juden auf Konten in London verzeichneten. Im Lichte der Tatsache betrachtet, dass Drucker wegen Schwarzmarktgeschäften der Prozess gemacht wurde, erwog Jakimov die Möglichkeit einer Erpressung. Aber das war nicht besonders aussichtsreich. Der Schwarzmarkt wurde so verbreitet in Anspruch genommen, dass die Juden ihn selbst jetzt noch auslachen würden.

In der kleinen mittleren Schubladen des Sekretärs stieß er auf einen versiegelten Umschlag, auf dem «streng geheim» stand. Er war nicht der Einzige, dem schon einmal der Verdacht gekommen war, dass Guys Tätigkeit in Bukarest weniger unschuldig war, als es den Anschein hatte. Guy mit seiner liebenswürdigen, sympathischen, nahbaren Art gab in Jakimovs Augen den perfekten Agenten ab.

Der schlecht verschlossene Umschlag klappte auf, als er ihn berührte. Darin befand sich die Zeichnung eines Querschnitts – aber wovon? Eines Rohrs oder Brunnens. Da er in der Englischen Bar so viel Gerede über Sabotage mitbekommen hatte, tippte er auf einen Ölbrunnen. Eine Verstopfung im Rohr war mit «Sprengkörper» beschriftet. Hier hielt er eine einfache Anleitung dafür in Händen, wie und wo ein Amateur-Saboteur seine Sprenggelatine platzieren musste.

Was für ein Fund! Er schloss den Umschlag wieder und legte ihn zurück, den Plan aber steckte er sich in die Tasche. Er wusste noch nicht, wozu er ihm letztlich dienlich sein konnte, aber es würde Spaß machen, ihn in der Englischen Bar herumzuzeigen als Beweis für die gefährlichen Aufgaben, die ihm der Dienst an König und Land auferlegte. Er verspürte ein kurzes Hochgefühl. Als er schließlich lostrottete, um die Konsulate abzuklappern, war der Plan vergessen und die Hochstimmung verflogen.

Die Konsulate machten sich die Zeiten zunutze und verlangten hohe Preise. Jakimov besorgte sich Visa von Ungarn, Bulgarien und der Türkei. Damit blieb nur noch Jugoslawien übrig, das Land, aus dem man ihn vor neun Monaten hinausgeworfen und das seinen Wagen gepfändet hatte. Widerstrebend betrat er das jugoslawische Konsulat und überreichte seinen Pass. Man ließ ihn – er hatte nichts anderes erwartet – eine halbe Stunde warten.

Als der Beamte ihm den Pass zurückgab, machte er eine Handbewegung, als schlösse er zwischen ihnen einen Klappladen. *«Zabranjeno»*, sagte er.

Man hatte Jakimov das Visum verweigert.

Er hatte immer im Hinterkopf gehabt, sich, sobald er sich nur genügend Geld leihen konnte, seinen Hispano-Suiza zurückzuholen. Jetzt begriff er, dass daraus nichts werden würde.

Während er die Calea Victoriei entlangschlenderte, schwoll in ihm die Entrüstung an. Er begann über seinen Wagen nachzusinnen – ein letztes Geschenk seiner alten Freundin Dollie, abgesehen von seiner sich in Auflösung befindlichen Garderobe das letzte Souvenir ihres herrlichen gemeinsamen Lebens. Die Entrüstung wandelte sich zu Trauer. Er beschloss, seinen Freund Dobson aufzusuchen. Doch zuerst musste er sich mit einem Drink etwas Trost verschaffen.

Als Jakimov an diesem Vormittag die Englische Bar betrat, sah er Hadjimoscos mit seinem Freund Horvatz und Cici Palu mit leeren Gläsern herumstehen und nach jemandem Ausschau halten, der sie ihnen auffüllte.

Bevor er sich ihnen näherte, bezahlte er seinen eigenen Drink. Als er sah, wie sie den Whisky in seiner Hand beäugten, begann er sich sogleich zu verteidigen und über die hohen Kosten für die Visa zu klagen, die er zu kaufen gezwungen gewesen war. Hadjimoscos lächelte boshaft, glitt einen Schritt vor und legte Jakimov die Hand auf den Arm. «Cher prince», sagte er, «was spielt es für eine Rolle, wofür genau Sie Ihr Geld ausgeben, da es doch für sie selbst ist!»

Palu kicherte verhalten. Horvatz' Gesicht blieb vollkommen ausdruckslos. Jakimov wusste, dass sie seine Gesellschaft nicht wünschten. Sie wollten nicht einmal einander. Sie standen in einer Runde beisammen und langweilten sich gegenseitig mit ihrer Ziellosigkeit. Jakimov kam der Gedanke, dass er einer von ihnen war – er, einstmals Mittelpunkt einer munteren Truppe. Er bemühte sich auch jetzt noch, unterhaltsam zu sein: «Haben Sie schon gehört? Als der französische Gesandte, der arme alte Junge, vom Vichy-Regime nach Frankreich zurückzitiert worden ist, hat Prinzessin Teodorescu zu ihm gesagt: *‹Dire adieu, c'est mourir un peu.›*»

«Ist es wahrscheinlich, dass ausgerechnet die Prinzessin so wenig Takt besessen hat?» Hadjimoscos wandte Jakimov in dem Versuch, ihn aus der Unterhaltung auszuschließen, den Rücken zu und sagte: «Es ereignen sich allerhand Dinge! Was habe ich heute Morgen im *cordonnier* erfahren? Man muss auf ein Paar handgenähte Schuhe drei Wochen warten und dafür fünftausend bezahlen!»

«Beim *tailleur*», entgegnete Palu, «ist es dasselbe. Der Preis von englischem Tuch ist ein Skandal. Und jetzt haben sie fleischlose Tage eingeführt. Was, frage ich, soll ein Mensch essen?» Er sah ausgerechnet Jakimov an, als seien es die Briten und nicht die Deutschen, die das Land plünderten.

Jakimov versuchte, sich an dem Gespräch zu beteiligen. «Ein wenig Fisch», schlug er milde vor, «etwas Wild, das Saison hat. Ich selbst sage zu einer Scheibe Putenfleisch niemals nein.»

Hadjimoscos schnitt ihm geringschätzig das Wort ab. «Das sind bloß *entrées*. Wie soll ein Mann ohne Fleisch seine Männlichkeit erhalten?»

Verunsichert suchte Jakimov nach einer Möglichkeit, die Aufmerksamkeit zu bekommen, die er so liebte, und da fiel ihm der Plan ein, den er an diesem Morgen gefunden hatte. Er holte ihn hervor. Seufzend studierte er ihn. Die Unterhaltung stockte. In vollem Bewusstsein ihres Interesses senkte er das Stück Papier, sodass alle es sehen konnten. «Was wollen sie als Nächstes von mir!», fragte er die Welt.

Hadjimoscos wandte den Blick ab. «Ich gebe Ihnen den guten Rat, *mon prince*», sagte er, «wenn Sie etwas zu verbergen haben, ist jetzt der Augenblick, es zu verbergen.»

In dem Wissen, dass er an diesem Morgen keinen Gefallen finden konnte, steckte Jakimov den Plan wieder ein und ließ seine Aufmerksamkeit umherschweifen. Ihm wurde bewusst, dass ein in der Nähe stehender Fremder versucht hatte mitzuhören. Der Fremde lächelte. Seine schäbige, zerzauste Erscheinung gab nicht viel Anlass zur Hoffnung, doch Jakimov, der stets entgegenkommend war, trat auf ihn zu und streckte ihm die Hand hin. «Lieber Junge», sagte er, «wo sind wir uns schon einmal begegnet?»

Der junge Mann zog seine Pfeife unter dem großen, puscheligen Schnurrbart hervor, röchelte wie eine Siphonflasche mit zu wenig Kohlensäure und brachte schließlich hervor:

«Mein Name ist Lush. Toby Lush. Ich bin Ihnen einmal mit Guy Pringle begegnet.»

«Das ist wahr», bestätigte Jakimov, der keinerlei Erinnerung daran hatte.

«Darf ich Sie auf einen Drink einladen? Was nehmen Sie?»

«Na, Whisky, lieber Junge. Den hiesigen Fusel vertrage ich nicht.»

Lush wieherte über Jakimovs Humor und ging zur Bar. Jakimov hatte entschieden, dass seine neue Bekanntschaft ein ziemlicher Esel war, und so überraschte es ihn, als er zielstrebig zu einem der Tische an der Wand geführt wurde. Er erhielt sein Glas nicht, bevor er sich nicht gesetzt und begriffen hatte, dass man im Gegenzug etwas von ihm verlangte.

Nachdem er ein paar Momente lang nervös an seiner Pfeife gesogen hatte, sagte Lush: «Dieses Mal bin ich dauerhaft hier.»

«Tatsächlich? Das sind hervorragende Neuigkeiten.»

Lush hielt die Ellenbogen eng am Körper und die Knie zusammengepresst, sodass er dasaß, als würde er in seinem sackartigen Sportjackett und der zu großen Flanellhose zusammengedrückt. Er schnaufte und keuchte und rasselte, dann sagte er: «Als die Russkis Bessarabien übernommen haben, habe ich mir gesagt: ‹Toby, mein Alter, es ist an der Zeit, dass du deine alten Knochen bewegst.› Es besteht immer die Gefahr, dass man zu lange an einem Ort bleibt.»

«Woher kommen Sie?»

«Cluj. Siebenbürgen. Hab mich dort nie sicher gefühlt. Und ich bin mir nicht sicher, ob ich hier sicher bin.»

Jakimov fiel ein, dass er den Namen Toby Lush schon einmal gehört hatte. War der liebe Junge nicht im Frühling wegen Gerüchten über einen russischen Vormarsch aus Cluj geflohen und für ein paar Tage hier aufgetaucht?

Jakimov, der für Ängste jeder Art Mitgefühl aufbrachte, beschwichtigte ihn: «Ach, hier sind Sie gut aufgehoben. Angenehmes kleines Nebengewässer. Die Deutschen kriegen ja alles, was sie wollen. Uns werden sie nicht behelligen.»

«Ich hoffe, damit haben Sie recht.» Lushs blasse Augen inspizierten die Bar. «Sind aber nicht wenige von denen unterwegs. Ich habe das Gefühl, ihnen gefällt nicht, dass wir hier sind.»

«Die alte Geschichte», sagte Jakimov. «Erst infiltrieren und sich dann über die Einheimischen beklagen. Trotzdem, letzte Woche war es noch schlimmer. Da habe ich zu Albu gesagt: ‹Dry Martini›, und er hat mir drei Martinis gegeben.»

Lush schwankte im Sitzen hin und her und würgte vor Lachen. «Sie sind ein Scherzkeks», sagte er. «Haben Sie noch einen auf Lager?»

Als er mit dem zweiten Whisky zurückkehrte, wurde deutlich, dass Lush nun über das zu sprechen beabsichtigte, was er auf dem Herzen hatte. «Sie sind ein Freund von Guy Pringle, nicht wahr?»

Jakimov bestätigte das. «Ein sehr alter, guter Freund. Sie wissen bestimmt, dass ich im Stück den Pandarus gespielt habe?»

«Ihr Ruhm ist bis nach Cluj vorgedrungen. Und Sie wohnen bei den Pringles?»

«Wir teilen uns eine Wohnung. Hübsches kleines Apartment. Sie müssen zum Essen vorbeikommen.»

Lush nickte, doch er wollte mehr als nur das. «Ich bin auf der Suche nach Arbeit», sagte er. «Pringle leitet die Englische Fakultät, nicht? Ich werde ihn natürlich selbst aufsuchen, dachte mir aber, Sie könnten vielleicht ein gutes Wort für mich einlegen. Sagen Sie einfach: ‹Ich habe heute Toby Lush getroffen. Netter Kerl›, so etwas in der Art.» Toby sah Jakimov ernst an, der ihm sogleich versicherte: «Wenn ich ein Wort sage, haben Sie morgen den Job.»

«Falls es einen Job gibt.»

«So etwas kann arrangiert werden.» Jakimov leerte sein Glas und stellte es ab. Lush erhob sich, sagte aber mit unerwarteter Bestimmtheit: «Noch einen, aber dann muss ich zur Gesandtschaft fahren. Muss mich dort melden.»

«Sie haben einen Wagen? Ob Sie mich wohl mitnehmen könnten?»

«Mit Vergnügen.»

Lushs Wagen war ein alter, schlammfarbener Humber, hochgelagert und verhängt wie eine Sänfte.

«Reizender kleiner Bus», sagte Jakimov. Er setzte sich auf einen Sitz, aus dem das Füllmaterial hervorquoll, und dachte an die Schönheit seines Hispano-Suiza.

Die Gesandtschaft, eine Klinkervilla in einer Seitenstraße, war von Autos eingerahmt. Auf dem trockenen, fleckigen Rasen im Vorgarten stand eine große Gruppe von Männern herum – Männer in khakifarbener Arbeitskleidung, die alle dieselbe Bedrücktheit ausstrahlten. Sie verfolgten die Ankunft des Humber, als wäre davon etwas zu erhoffen. Als Jakimov die Menge durchschritt, stellte er überrascht fest, dass die Männer Englisch sprachen. Er erkannte keinen von ihnen.

Lush empfing man in der Gesandtschaftskanzlei. Jakimov wurde von einer Sekretärin abgefangen, wie es schon öfter geschehen war.

«O, Prinz Jakimov, kann ich Ihnen behilflich sein?», fragte sie und streckte ihren betagten Arm aus. «Mr. Dobson ist so beschäftigt. All die jungen Herren sind heutzutage so beschäftigt, die Armen. In ihrem Alter sollte der Dienst eigentlich aus

Partys und Bällen bestehen, aber in diesem abscheulichen Krieg müssen sie arbeiten wie alle anderen auch. Ich vermute, Sie sind wegen Ihres *permis de séjour* hier?»

«Es ist eine persönliche Angelegenheit. Recht wichtig. Ich muss leider Mr. Dobson sprechen.»

Sie schnalzte mit der Zunge, aber er wurde vorgelassen.

Dobson, den er seit dem Abend des Stücks nicht mehr gesehen hatte, sah argwöhnisch von seiner Arbeit auf. «Hallo, wie geht es Ihnen?»

«Eher schlecht als gut, wegen des Krieges», sagte Jakimov. Dobson ließ die Andeutung eines Lächelns erkennen, aber sein rundliches, sonst so sanftes Gesicht war stumpf, die Augen waren rot gerändert. Seine gesamte Haltung war nicht eben ermutigend. «Wir hatten wegen der Krise eine anstrengende Woche. Und obendrein sind nun auch noch die Ingenieure auf den Ölfeldern entlassen worden.»

«Die Männer draußen vor dem Haus?»

«Ja. Man hat ihnen acht Stunden Zeit gegeben, um das Land zu verlassen. Ein Sonderzug wird sie nach Konstanza bringen. Die armen Teufel stehen hier herum in der Hoffnung, dass wir etwas für sie tun können.»

«Das tut mir leid, mein lieber Junge.»

Das echte Mitgefühl in Jakimovs Stimme veranlasste Dobson dazu, den Stift fallen zu lassen und sich mit den Händen über die Augen zu reiben. «Seine Exzellenz telefoniert seit zwei Stunden herum, aber es hilft nichts. Die Rumänen tun das, um die Deutschen milde zu stimmen. Manche dieser Ingenieure sind seit zwanzig Jahren im Land. Sie haben hier Häuser, Autos, Hunde, Katzen, Pferde und was nicht sonst noch alles. Das wird uns jede Menge Arbeit machen.»

«Meine Güte, ja.» Jakimov glitt auf einen Stuhl und wartete

darauf, seine eigenen Probleme anbringen zu können. Als Dobson schwieg, wagte er es: «Ich möchte Sie in solchen Zeiten nicht behelligen, aber ...»

«Geld, schätze ich?»

«Nicht nur. Sie erinnern sich doch noch an meinen Hispano-Suiza. Die Jugos versuchen, ihn sich unter den Nagel zu reißen.» Er erzählte seine Geschichte. «Lieber Junge», bat er, «Sie dürfen sie damit nicht durchkommen lassen. Der Hispano ist eine ganze Stange Geld wert. Na, das Fahrgestell allein hat schon zweitausendfünfhundert Zacken gekostet. Die Karosserie ist von Fernandez – der Himmel weiß, was Dollie dafür bezahlt hat. Prachtvoll gearbeitetes Stück. Alles, was ich auf der Welt noch besitze. Besorgen Sie mir ein Visum, lieber Junge. Leihen Sie mir ein paar tausend. Ich hole den Wagen und verhökere ihn. Dann gönnen wir uns ein Festessen, einen königlichen Abend im Cina – Champagner und das ganze Programm. Was sagen Sie dazu?»

Dobson hörte ihm mit trübsinniger Duldsamkeit zu und sagte dann: «Sie wissen vermutlich, dass die Rumänen Automobile beschlagnahmen.»

«Aber doch gewiss keine britischen Automobile?»

«Nein.» Dobson musste zugeben, dass an der Tradition der Privilegien für britische Staatsbürger trotz allem festgehalten wurde. «Hauptsächlich jüdische Automobile. Die Juden haben immer Pech, aber sie *haben* einfach auch die dicksten Autos. Was ich meine: Es ist keine gute Zeit, um zu verkaufen. Die Menschen sind nicht bereit, einen teuren Wagen zu kaufen, der dann vielleicht beschlagnahmt wird.»

«Aber ich will ihn ja nicht verkaufen, lieber Junge. Ich liebe die alte Kutsche. Sie ... wäre nützlich, falls es zu einer Evakuierung kommt.»

Dobson sog die Wangen ein und zupfte an seinem runden, rosa Mund. «Ich sage Ihnen was. Einer von uns wird in ungefähr einer Woche nach Belgrad fahren – vermutlich Foxy Leverett. Sie haben doch die Quittung und die Autoschlüssel und so weiter? Bringen Sie ihn dazu, den Wagen abzuholen und damit zurückzufahren. Ich gehe davon aus, dass er in gutem Zustand ist?»

«Er war in erstklassigem Zustand, als ich ihn abgegeben habe.»

«Gut, dann sehen wir, was wir tun können.» Dobson erhob sich und entließ ihn.

Vor der Gesandtschaft standen noch immer die Öl-Leute herum, aber der Humber war verschwunden. Als Jakimov sich in der schwülen Mittagshitze auf den Heimweg machte, sagte er sich: «Kein Herumgelatsche mehr auf meinen armen alten Beinen. Und außerdem», fügte er nachdenklich hinzu, «ist er eine Stange Geld wert. Falls ich ihn verkaufe, mache ich ein Vermögen.»

5

Eine Woche nach ihrem Besuch im Parkcafé wurde Harriet vom Klang roher Gesänge auf den Balkon hinausgelockt. Direkt unter sich sah sie eine Doppelreihe marschierender Männer in Richtung des großen Platzes die Kirche umrunden.

Solche Umzüge waren in Bukarest nichts Ungewöhnliches. Sie wurden zu allen möglichen Gelegenheiten veranlasst und reichten von eindrucksvollen Veranstaltungen, an denen selbst die Minister des Kabinetts teilzunehmen hatten, bis hin zu Schulkindern, die in den Uniformen der Jugendorganisation des Prinzen aufmarschierten.

Der Aufmarsch, dessen Zeugin sie nun wurde, hatte jedoch nichts Erhabenes, es herrschte eine harsche Zielstrebigkeit. Die Anführer trugen grüne Hemden. Das Lied war ihr unbekannt, aber sie erhaschte ein Wort, das immer wieder in aufsteigender Tonhöhe wiederholt wurde: *«Capitanul, Capitanul ...»*

Der Hauptmann. Wer der Hauptmann war, wusste sie nicht.

Sie sah die Kolonne in die Calea Victoriei einbiegen, und die Marschierenden verschwanden außer Sicht. Als sie alle weg waren, blieb Harriet in dem Gefühl, nichts tun zu können, auf dem Balkon stehen.

Die Wohnung lag still hinter ihr. Despina war zum Markt gegangen. Jakimov lag im Bett. (Manchmal wünschte sie, sie könnte sich so wie er im Schlaf abschotten.) Sasha – der trotz des Dekrets «nur eine Nacht» immer noch bei ihnen wohnte – war irgendwo oben auf dem Dach. Guy war natürlich an der Universität und beschäftigt.

Dieses «natürlich» war Ausdruck einer wachsenden Resignation. Die Sommerkurse hatten so viele Juden angezogen, die auf ihre Visa für die Vereinigten Staaten warteten, dass er zusätzliche Klassen hatte einrichten müssen. Und nun unterrichtete er sogar schon in der Siesta-Zeit und hielt Vorlesungen.

Am Tag, an dem die Öl-Ingenieure aus Ploesti vertrieben wurden, erhielten die Pringles wie andere britische Staatsbürger ihre erste Aufforderung, das Land zu verlassen. Guy war gerade dabei, die Wohnung zu verlassen, als ein Bote der *prefectura* ihm einen gelbbraunen Zettel überbrachte. Er reichte ihn an Harriet weiter. «Geh damit zu Dobson», sagte er. «Er wird sich darum kümmern.»

Guy sprach in beiläufigem Tonfall, doch Harriet war von dieser Aufforderung, ihre Sachen zu packen und abzureisen, beunruhigt. «Aber wenn wir in acht Stunden wegmüssen?»

«Das müssen wir nicht.»

Seine Sorglosigkeit steigerte ihre Unruhe nur noch, und doch behielt er recht. Dobson ließ ihre Aufforderung zusammen mit denjenigen anderer britischer Staatsbürger in Bukarest widerrufen, doch die Öl-Ingenieure mussten gehen.

Den ganzen Tag über sah Harriet die Frauen und Kinder dieser Männer in Cafés und Restaurants herumsitzen. Die Kinder wurden reizbar, störten und fingen sich missbilligende Blicke von den Rumänen ein, die Kinder nicht mit in Cafés nahmen. Die Frauen sahen erstaunt und doch vertrauensvoll drein und glaubten vielleicht, dass sich am Ende alles als Fehler herausstellen würde und sie in ihre Häuser zurückkehren dürften. Stattdessen mussten sie den Zug nach Konstanza nehmen und von dort aus das Schiff nach Istanbul.

Obwohl die Rumänen als Entschuldigung anführten, die Vertreibung sei auf deutsche Anordnung hin geschehen, wurde gemunkelt, der deutsche Gesandte habe gesagt: «Jetzt wissen wir, wie Carol uns behandeln würde, wenn wir die Verlierer wären.»

Die Ingenieure, auch wenn sie unfreiwillig gegangen waren, konnten sich nun jedenfalls in Sicherheit wiegen. Harriet wünschte sich beinahe, Guy und sie wären gezwungen worden, mit ihnen abzureisen.

Als sie so auf dem Balkon stand und diesen Gedanken nachhing, erbebte plötzlich die Stadt. Einen Augenblick lang hatte sie den Eindruck, dass der Balkon absackte. Sie sah die Pflastersteine vor der Kirche oder glaubte sie zu sehen. In ihrem Schrecken streckte sie die Hand aus, um sich an irgendetwas festzuhalten, doch alles bewegte sich zusammen mit ihr, und es gab nichts, woran man sich festhalten konnte. Ein Augenblick – dann war das Beben vorüber.

Sie rannte zurück ins Zimmer und nahm ihre Tasche und die Handschuhe. Sie konnte es hier im neunten Stock nicht länger aushalten. Sie musste Boden unter den Füßen spüren. Als sie den Gehweg erreicht hatte, der glühte wie Saharasand, war ihr erster Impuls, ihn mit den Händen zu berühren.

Während sie den Platz überquerte und die unversehrten, unbewegten Gebäude sah, zudem keine Anzeichen von Beunruhigung in der vertrauten Menschenmenge wahrnahm, klang ihre Furcht allmählich ab. Vielleicht waren hier in dieser im Landesinneren gelegenen Stadt mit ihrem leeren, lohen Himmel Beben nichts allzu Außergewöhnliches. Doch als sie auf der Calea Victoriei auf Bella Niculescu traf, vergaß sie alle vereinbarte Vorsicht und rief: «Bella, hast du das Erdbeben gespürt?»

«Und ob!» Bella antwortete, wie sie sonst geantwortet hätte. «Ich war ganz steif vor Schreck. Alle reden darüber. Jemand hat eben gesagt, dass es gar kein Erdbeben war, sondern eine Explosion in Ploesti. Es geht das Gerücht, dass britische Agenten die Ölquellen in die Luft jagen. Lass uns hoffen, dass es nicht stimmt. Es ist so schon schwierig genug für uns.»

Nach der ersten Freude über ihr Zusammentreffen blickte sich Bella betroffen um, um zu sehen, wer Zeuge davon geworden war. Harriet hatte das Gefühl, etwas falsch gemacht zu haben, indem sie auf ihre Freundin zugelaufen war. Da keine von ihnen wusste, was sie sagen sollte, wollten sie sich gerade entschuldigen und ihrer Wege gehen, als sie plötzlich von dem entfernten Klang herzhafter Gesänge abgelenkt wurden.

Harriet erkannte wieder das *«Capitanul»*. Die Männer in den grünen Hemden kehrten zurück.

«Wer ist das?», fragte Harriet.

«Die Eiserne Garde natürlich. Unsere hiesigen Faschisten.»

«Aber ich dachte, man hätte sie ausgelöscht.»

«Das hat man uns gesagt.»

Als die Anführer im Stechschritt auf sie zukamen, sah Harriet, dass es sich um dieselben jungen Männer handelte, die im Frühling von ihrer Ausbildung in deutschen Konzentrationslagern zurückgekehrt waren. Schäbig und geächtet, hatten sie ohne Beschäftigung an den Straßenecken herumgelungert. Nun marschierten sie mitten auf der Straße und zwangen den Verkehr, an den Randstein auszuweichen, füllten die Luft mit ihrer Hymne und waren voll aggressiven Selbstvertrauens.

Wie alle anderen von dem *«Capitanul»*-Gegröle zum Schweigen gebracht, blieben Harriet und Bella stehen und sahen zu, wie die Kolonne vorüberzog. Sie war nun länger als am Morgen. Die gutgekleideten Anführer ernteten ehrfürchtige Aufmerksamkeit, die mittleren Ränge jedoch, die keine Uniformen trugen, hatten Schwierigkeiten, im Gleichschritt zu bleiben, und das Ende des Trupps wurde von einer Gruppe Arbeitsloser gebildet, die zweifellos erst am Morgen von der Garde bekehrt worden waren. Manche trugen Lumpen. Sie schlurften und stolperten voran, warfen nervöse Blicke um sich und grinsten die Umstehenden an, und ihr einziger Beitrag zu dem Lied war ein gelegentlich laut ausgestoßenes *«Capitanul»*. Das sprach den rumänischen Humor allzu sehr an. Die Leute begannen kichernde Kommentare zu machen, dann lachten sie lauthals.

«Hast du so etwas schon mal gesehen!», sagte Bella.

Harriet fragte: «Wer ist dieser *‹Capitanul›*?»

«Na, der Anführer der Garde – Codreanu. Man hat ihn auf Carols Befehl hin ‹auf der Flucht erschossen›. Viele seiner Kameraden sind mit ihm erschossen worden. Manche konnten nach Deutschland fliehen, aber die Bewegung wurde aufgelöst. Wer hätte gedacht, dass sie die Dreistigkeit besitzen würden, auf diese Weise wiederaufzutauchen? Carol büßt offenbar an Macht ein.»

Die Bemerkungen der anderen Zuschauer deuteten darauf hin, dass sie dasselbe dachten. Der Aufmarsch zog vorüber, der Verkehr kroch hinterher, und die Menschen zerstreuten sich. Aus der Entfernung brandete noch einige Mal das *«Capitanul»* auf und verebbte dann ganz.

Bella sagte gerade: «Sie haben versucht, aus diesem Codreanu einen Helden zu machen. Dafür ist viel Phantasie vonnöten. Ich habe ihn einmal gesehen. Er sah widerwärtig aus mit seinem fettigen grauen Haar, das ihm über die Ohren hing. Außerdem hätte er dringend eine Rasur gebraucht. Ach, übrigens», fügte sie plötzlich hinzu, «du hast doch über diesen Drucker-Jungen gesprochen. Lustig, dass du ihn erwähnt hast. Ein oder zwei Tage danach habe ich einen Brief von Nikko bekommen, der auch etwas über ihn gehört hatte. Anscheinend haben sie ihn nur zum Militärdienst eingezogen. (Ich wette, der alte Drucker hatte für eine Freistellung bezahlt. Darauf kannst du wetten!) Der Junge ist jedenfalls desertiert, und das Militär sucht nach ihm. Sie haben den Befehl, ihn um jeden Preis zu finden. Ich vermute, es geht darum, dass das Vermögen auf dem Papier ihm gehört. Sie werden ihn dazu zwingen, das Geld zu überschreiben.»

«Und wenn er sich weigert?»

«Das würde er nicht wagen. Nikko sagt, man könnte ihn als Deserteur erschießen.»

«Rumänien befindet sich nicht im Krieg.»

«Nein, aber dies ist eine Zeit nationalen Notstands. Das ganze Land ist zum Dienst verpflichtet. Sie sind jedenfalls wild entschlossen, ihn einzufangen. Und ich wette, sobald ihnen das gelungen ist, wird er für immer von der Bildfläche verschwinden.» Bella beendete das Thema Sasha mit einer wegwerfenden Geste. «Ich überlege, nach Sinaia zu fahren. Ich bin es leid, in dieser Hitze vor mich hinzuköcheln und darauf zu warten, dass etwas passiert. Meiner Meinung nach wird nichts passieren. Du solltest Guy dazu bringen, mit dir in die Berge zu fahren.»

«Wir können nicht weg. Er hat mit Ferienkursen angefangen.»

«Bekommt er um diese Jahreszeit überhaupt Studenten dafür?»

«Er hat ziemlich viele.»

«Juden, schätze ich?»

«Ja, die meisten sind Juden.»

Bella verzog den Mund und hob die Augenbrauen. «Ich würde das nicht befürworten, meine Liebe. Wenn die Eiserne Garde hier wieder Randale macht, kann keiner wissen, was passiert. Letztes Mal haben sie jüdische Studenten zusammengeschlagen. Aber sie sind nicht bloß Antisemiten, sie sind auch anti-britisch eingestellt.» Sie nickte düster und bedeutungsvoll, und als sie befriedigt festgestellt hatte, dass sie mit ihren Worten den gewünschten Effekt erzielt hatte, hellte sich ihre Miene wieder auf. «Ich muss weiter», sagte sie heiter. «Ich habe einen Termin beim Friseur.» Sie wedelte zum Abschied mit der Hand und verschwand in Richtung des großen Platzes.

Harriet konnte sich nicht rühren. Während die Menge sich

um sie schloss, stand sie wie erstarrt da. Sasha befand sich unter einem Dach mit Jakimov, einem potenziellen Verräter – sie wusste nicht, welche Strafe darauf stand, einem Deserteur Unterschlupf zu bieten, doch sie stellte sich Guy in einem dieser berüchtigten Gefängnisse vor, die Klein ihnen beschrieben hatte. Das war eine unmittelbarere Bedrohung als die aufmarschierenden Gardisten.

Ihr Instinkt drängte sie, sofort zu Guy zu laufen und ihn dazu zu überreden, die Sommerkurse abzubrechen, aber sie wusste, dass sie das nicht tun durfte. Guy würde ihre Einmischung nicht gutheißen. Er hatte sie von seiner Theateraufführung mit der Begründung ausgeschlossen, dass kein Mann seine Arbeit gut machen könne, wenn seine Frau um ihn sei. Sie setzte sich in Bewegung, ohne zu wissen, wohin sie ging und was sie tun sollte.

Als sie vor dem Britischen Propagandabüro ankam, blieb sie stehen und dachte daran, dass Inchcape den Sommerkursen ein Ende setzen konnte, wenn er nur wollte. Vielleicht sollte sie ihn um Hilfe bitten?

Einige Minuten stand sie da und betrachtete die Fotografien von Kriegsschiffen und das Modell der Strände von Dünkirchen, die sich seit einem Monat im Schaufenster befanden und vermutlich dort bleiben würden, da es nichts gab, womit man sie ersetzen konnte.

Sie zögerte, nicht aus Furcht vor Inchcape, sondern aus Furcht vor Guy. Sie hatte bereits einmal durch ein Gespräch mit Inchcape Guys Umtrieben eine Ende gesetzt und damit ihre erste Ehekrise heraufbeschworen. War sie bereit für eine zweite?

Das Entscheidende war aber doch wohl, dass ihre Einmischung damals dazu geführt hatte, Guy aus einer gefährlichen Situation zu befreien, sagte sie sich. Jetzt konnte sie dasselbe wieder erreichen.

Sie betrat das Büro. Inchcapes Sekretärin, die hinter ihrer Schreibmaschine strickte, sagte unbestimmt, der Domnul Direktor sei möglicherweise zu beschäftigt, um jemanden zu empfangen.

«Ich werde ihn nur einen kleinen Augenblick behelligen», sagte Harriet und rannte nach oben, bevor die Frau Inchcape anrufen konnte. Sie fand ihn auf dem Sofa ausgestreckt vor, umgeben von sämtlichen Bänden von *Auf der Suche nach der verlorenen Zeit*. Er trug nur Hemd und Hose. Als er sie erblickte, erhob er sich widerwillig und zog sich sein Jackett über, das über der Rückenlehne seines Stuhls hing.

«Hallo, Mrs. P.», sagte er mit einem Lächeln, das seine Irritation über die Störung nicht verbarg.

Harriet war nicht mehr in diesem Büro gewesen, seitdem sie von hier aus Calinescus Beerdigung verfolgt hatten. Damals waren es schäbige Räume gewesen, Arbeiter waren gerade dabei gewesen, Regale einzubauen. Nun war alles weiß gestrichen, die Regale waren mit Büchern gefüllt, und ein blauer Teppich bedeckte den Fußboden. Auf dem Biedermeierschreibtisch lagen zwischen aufgeschlagenen Büchern ein paar Reuters-Blätter.

«Was führt Sie zu mir?», fragte Inchcape.

«Die Eiserne Garde.»

Er musterte sie mit gereiztem Amüsement. «Sie meinen diesen Haufen Neurotiker und Nichtsnutze, der gerade unter dem Fenster vorbeigekrochen ist? Sagen Sie mir nicht, dass die Ihnen Angst einjagen!»

Harriet antwortete: «Die Nazis haben auch einmal als ein Haufen von Neurotikern und Nichtsnutzen angefangen.»

«Das ist wahr!» Inchcape lächelte, als hätte sie einen Witz gemacht. «Aber in Rumänien ist der Faschismus eine Art Spiel.»

«1937, als sie jüdische Studenten aus den Fenstern der Universität geworfen haben, war das kein Spiel. Ich mache mir Sorgen um Guy. Er ist dort mit Ausnahme von drei alten Damen, die ihn unterstützen, allein.»

«Es gibt ja auch noch Dubedat.»

«Und was würde ihm Dubedat nutzen, wenn die Gardisten kämen?»

«Außer wenn Clarence in Erscheinung tritt, was nicht oft geschieht, bin ich hier auch allein. Aber ich lasse mich davon nicht bange machen.»

Sie hätte beinahe gesagt: «Niemand interessiert sich für das Propagandabüro», hielt sich jedoch gerade noch zurück und antwortete: «Die Ferienkurse sind eine Provokation. Alle Studenten sind Juden.»

Obwohl Inchcape den Anschein weltläufiger Sorglosigkeit aufrechterhielt, vertieften sich die Linien um seinen Mund. Er rollte seine Hemdsärmel hinab und musterte seine Manschettenknöpfe. «Ich gehe davon aus, dass Guy auf sich aufpassen kann», sagte er.

Sein gepflegtes napoleonisches Gesicht hatte einen distanzierten Ausdruck angenommen, der seinen Unmut verbergen sollte. Harriet ließ sich davon zum Schweigen bringen. Sie war in der Annahme hergekommen, dass die Ferienkurse Guys Idee gewesen seien – nun sah sie, dass sie damit falschgelegen hatte. Inchcape war ein einflussreiches Mitglied der Organisation, in der Guy Karriere machen wollte. Zwar hatte sie nichts gegen Inchcape – sie hatten sich früh miteinander arrangiert –, aber er war für sie eine unbekannte Größe geblieben. Nun hatte sie seine Eitelkeit verletzt. Sie konnte nur hoffen, dass er ihnen keinen Strick daraus drehen würde.

Als sie Inchcape in der Vergangenheit einmal mit den Worten kritisiert hatte: «Er ist so seltsam kleinlich, spart an Essen und Trinken und gibt ein Vermögen für Porzellan oder Möbel aus, um seine Gäste zu beeindrucken», hatte Guy ihr erläutert, dass solche Besitztümer für Inchcape einen Schutzschild darstellten gegen die emotionale Leere in seinem Leben. Harriet wurde jetzt klar, dass auch die Ferienkurse diesem Zweck dienten.

Sie begriff, dass sie ihn nicht würde überzeugen können, und so beschloss sie, ihn stattdessen zu besänftigen. «Die Kurse sind ja auch wirklich wichtig, denke ich», sagte sie.

Er blickte erfreut auf und war gleich viel freundlicher. «Auf alle Fälle. Sie sind ein Signal dafür, dass wir hier noch nicht besiegt sind. Wir halten die Moral hoch. Und wir werden uns noch übertreffen. Ich habe für die Zukunft große Pläne ...»

«Sie glauben, wir haben eine Zukunft?»

«Natürlich haben wir eine Zukunft. Niemand wird uns belästigen. Die rumänische Strategie war immer, mit einem Fuß in jedem Lager zu stehen. Und was die Deutschen angeht, solange sie bekommen, was sie wollen, sind wir ihnen doch egal. Ich bin zuversichtlich, dass wir hier weitermachen können. Genau genommen bin ich so zuversichtlich, dass ich mich gerade dafür einsetze, einen alten Freund von mir einzufliegen, Professor Pinkrose. Er hat sich bereit erklärt, die Cantacuzino-Vorlesung zu halten.»

Auf Harriets erstaunten Blick reagierte Inchcape mit einem befriedigten Grinsen. «Dies sind Zeiten, in denen man Flagge zeigen muss», sagte er. «Die Vorlesung befasst sich üblicherweise mit einem Aspekt der englischen Literatur. Sie wird den Rumänen in Erinnerung rufen, dass die englische Literatur ihresgleichen sucht. Und die Vorlesung ist ein großes gesellschaftliches Ereignis. Beim letzten Mal hatten wir acht Prinzessinnen in der ersten Reihe sitzen.» Er begann sie zur Tür zu führen. «Natürlich erfordert das eine Menge Organisationsaufwand. Ich muss einen Saal finden, und ich werde für Pinkrose ein Hotel buchen müssen. Ich bin mir nicht sicher, ob er alleine kommt.»

«Bringt er vielleicht seine Frau mit?»

«Du lieber Himmel, er hat keine Frau», sagte Inchcape, als sei die Ehe ein lächerlicher Brauch unter primitiven Stämmen. «Aber er ist nicht mehr so jung wie früher. Vielleicht nimmt er jemanden als Begleitung mit.»

Er öffnete die Tür und sagte zum Abschied: «Meine Liebe, wir müssen uns unser inneres Gleichgewicht erhalten. Das ist nicht so einfach bei diesem Wetter, bei dem man das Gefühl hat, dass man in seinen Kleidern dahinschmilzt, ich weiß. Auf Wiedersehen.»

Er zog hinter ihr die Tür zu, und sie stieg die Treppe hinunter in dem Wissen, nichts erreicht zu haben.

Kurz bevor die Gardisten an der Universität vorbeizogen, suchte Sophie Oresanu Guy in seinem Büro auf. Das Büro hatte einmal Inchcape gehört, und der Schreibtisch, an dem Guy saß, war noch voll mit Inchcapes Unterlagen. In den ihn umgebenden Regalen standen Inchcapes Bücher.

Sophie Oresanu, die Guy gegenüber auf der Armlehne eines Ledersessels hockte, hatte sich begeistert für den Sommerkurs angemeldet. Jetzt sagte sie: «Ich kann in dieser Hitze nicht arbeiten», und lehnte sich unbekümmert zurück, um ihre Figur zur Schau zu stellen. Sie zog mit ihrem dunkel geschminkten Mund eine Schnute, seufzte und drückte sich den

Zeigefinger in eine ihrer vollen Wangen. «Um diese Jahreszeit ist es hier in der Stadt entsetzlich», sagte sie.

Guy blieb Sophies schmachtendem Gehabe gegenüber gleichgültig und erinnerte sich an eine Unterhaltung zwischen zwei Studenten, die er einmal mitbekommen hatte:

«*La* Oresanu ist nicht nett, sie ist eine Heißmacherin.»

«*Ah, j'adore le* heiß.»

Er lächelte darüber, wie sie sich dort drüben auf der Sessellehne wand und unter Einsatz all ihrer Reize mit ihm flirtete. Das arme Mädchen. Sie war ein Waisenkind ohne Erbschaft, das sich einer Freiheit bemächtigt hatte, die sie in rumänischen Augen minderwertig machte, und sie musste unbedingt irgendwie einen Ehemann finden. Er erinnerte sich an ihren Kummer, als er mit einer Ehefrau nach Bukarest zurückgekehrt war, und sagte nachsichtig: «Die anderen Studenten scheinen es auszuhalten.»

Sie tat die anderen Studenten mit einem Schulterzucken ab. «Ich habe eine empfindliche Haut. Ich vertrage nicht viel Sonne.»

«Trotzdem ist es in diesem Sommer in der Stadt sicherer für dich.»

«Nein. Man sagt, die Russen seien nun zufrieden und von ihnen sei kein Ärger mehr zu erwarten. Außerdem» – sie machte eine niedergeschlagene kleine Geste – «bin ich mit dem Ferienkurs nicht glücklich. Alle Studenten sind Juden. Sie sind nicht nett zu mir.»

«Ach, komm schon!» Guy lachte sie aus. «Früher hast du dich beklagt, dass die Rumänen nicht nett zu dir seien, weil du Halbjüdin bist.»

«Stimmt», bestätigte sie. «Niemand ist nett zu mir. Ich gehöre nirgendwohin. Ich mag die rumänischen Männer nicht.

Sie lassen sich von Frauen aushalten und verachten sie gleichzeitig. Sie sind so arrogant! Und die Frauen hier sind solche Närrinnen. Sie werden gerne verachtet. Wenn der junge Mann ihnen einen *coup de pied* versetzt, machen sie so.» Sie wand sich und verdrehte die Augen in einer Parodie sexueller Ekstase. «Ich möchte respektiert werden. Ich bin eine fortschrittliche Frau, deswegen bevorzuge ich Engländer.»

Guy nickte. Er hatte für diese Vorliebe Verständnis. Zwar war er selbst einer Verehelichung mit ihr ausgewichen, aber er hätte sie liebend gerne mit einem Freund verheiratet, der einen britischen Pass besaß. Er hatte den Versuch unternommen, bei Clarence Interesse für ihre missliche Lage zu wecken, doch Clarence hatte nur entgegnet: «Sie ist eine affektierte Langweilerin.» Sie ihrerseits hatte über Clarence gesagt: «Wie schrecklich muss es sein, wenn man als Mann für Frauen dermaßen unattraktiv ist!»

«Außerdem», fuhr sie fort, «ist es teuer hier in Bukarest. Jedes Quartal geht mein Geld – puff – zum Fenster hinaus. Sonst vermiete ich in den Sommermonaten meine Wohnung unter und ziehe in ein kleines Hotel in den Bergen, um Geld zu sparen. Ich wäre längst gefahren, aber ich habe mein ganzes Geld bereits ausgegeben.»

Sie hielt inne, sah ihn mit kläglich zur Seite geneigtem Kopf an und rechnete mit seiner üblichen Frage: «Wie viel brauchst du?»

Stattdessen sagte er: «Nächsten Monat bekommst du wieder Geld. Warte bis dahin.»

«Mein Arzt sagt, meine Gesundheit leidet. Möchtest du, dass ich sterbe?»

Er lächelte verlegen. Harriet hatte ihn dazu gezwungen, Sophies Schliche zu erkennen, und nun fragte er sich, wie er auf sie jemals hatte hereinfallen können. Vor seiner Eheschließung hatte er Sophie alles geliehen, was er entbehren konnte, und diese Leihgaben, die niemals zurückgezahlt wurden, als Preis für ihre Freundschaft betrachtet. Seitdem er mit einer Frau verheiratet war, die zusätzlich zu seinen Eltern finanziell auf ihn angewiesen war, sah er sich gezwungen, Sophie abzuweisen, was ihm äußerst unangenehm war.

Sie beugte sich mit einer der beschwörenden Gesten nach vorn, die sie auch im *Troilus* so effektiv eingesetzt hatte, und sagte: «Ich habe für das Stück hart gearbeitet. Es war schön, solchen Erfolg zu haben, aber ich bin nicht kräftig. Es hat mich erschöpft. Ich habe ein Kilo Gewicht verloren. Dir gefallen dünne Mädchen vielleicht, aber hier findet man so etwas nicht hübsch.»

Das war es also! Sie wollte für ihre Dienste entlohnt werden! Er blickte auf seinen Schreibtisch hinab und war ratlos, wie er ihre Forderung zurückweisen sollte. Ihm fiel nur Harriet ein. Wenigstens konnte er sie als Vorwand benutzen. Sophie wusste, dass sie von Harriet nichts bekommen würde.

Er begann zu erkennen, dass Harriet auf gewisse Weise stärker war als er selbst. Er hatte in seinen eigenen moralischen Kompass vollstes Vertrauen. Sie aber konnte eine Hartleibigkeit an den Tag legen, zu der er nicht fähig war. Gegen seinen Willen sah er sich jedoch von ihrer Klarsichtigkeit beeinflusst. Er selbst war kurzsichtig. Er konnte Menschen nicht erkennen, wenn sie nicht direkt vor ihm standen. Ihre Gesichter waren für ihn Milchbrötchen. Gutartige Milchbrötchen, hätte er gesagt, doch Harriet stimmte ihm da nicht zu. Sie sah die Menschen in all ihren Einzelheiten, was nicht dafür sorgte, dass sie von ihnen besonders eingenommen war.

Ihre stete Kritik an ihren gemeinsamen Bekannten störte

ihn. Er zog es vor, die Menschen sympathisch zu finden, und wusste, dass sich darauf sein Einfluss auf andere gründete. Das Gefühl, dass er sich um sie bemühte, flößte ihnen Selbstvertrauen ein, und so mochten sie ihn ebenfalls. Er konnte erkennen, dass Harriet über das Potenzial verfügte, sein erfolgreiches Lebenskonzept zu unterminieren, und so glaubte er, sich ihr widersetzen zu müssen. Und doch gab es Gelegenheiten, bei denen er sie gerne für sich hartleibig sein ließ.

Während er diesen Gedanken nachgehangen hatte, war Sophies Geplauder verstummt. Er sah auf und stellte fest, dass sie ihn beobachtete, verwundert und verletzt darüber, dass er sie ohne Unterbrechung einfach immer weiterreden ließ.

Mit mutloser, leiser Stimme schloss sie: «Und ich brauche bloß ungefähr fünfzigtausend, nicht mehr.» Dabei verzichtete sie auf ihre Kniffe und Tricks, und er sah die Naivität hinter der ganzen Darbietung. Er hatte in der Vergangenheit oft gefunden, Sophie würde vom Schicksal ungerecht behandelt. Sie war viel zu jung gezwungen gewesen, es alleine mit dem Leben aufzunehmen, mit nichts ausgestattet als den Waffen einer Frau. Er dachte: «Die Wahrheit ist, sie ist nichts als ein verängstigtes Kind.» Nichtsdestotrotz war er dankbar dafür, dass er keine fünfzigtausend besaß, die er ihr leihen konnte.

Er sagte so leichthin wie möglich: «Harriet kümmert sich jetzt um unsere Familienfinanzen. Sie ist darin besser als ich. Wenn mich jemand um ein Darlehen bittet, muss ich ihn an sie verweisen.»

Sophie setzte sich abrupt auf, beleidigt, weil er Harriet erwähnte, wo sie doch unter sich waren. Sie erhob sich, um verärgert aus dem Zimmer zu rauschen, doch dann wurde sie von Stiefelschritten und Gesang abgelenkt. Sie hörten den Refrain «*Capitanul*».

«Aber das ist ein verbotenes Lied», sagte sie.

Sie kamen gerade rechtzeitig beim Fenster an, um die Anführer der Grünhemden an der Universität vorbeiziehen zu sehen. Sophie hielt den Atem an. Er rechnete mit einem entsetzten Aufschrei, aber sie schwieg, bis die letzten vorüber waren, und dann sagte sie lediglich: «Wir bekommen also wieder Unruhen.»

«Du musst während der Pogrome von 1938 schon an der Universität gewesen sein, nicht?», sagte er.

Sie nickte. «Es war natürlich schrecklich, aber für mich selbst ungefährlich. Ich trage einen guten rumänischen Namen.»

Da fiel ihr wieder ein, dass sie wütend auf ihn war, und sie wandte sich urplötzlich ab und rauschte ohne ein weiteres Wort aus dem Zimmer. Anscheinend war sie durch den Anblick der marschierenden Garde nicht allzu beunruhigt. Guy jedoch, der an seinen Schreibtisch zurückkehrte, saß einige Zeit gedankenverloren da. Er hatte soeben erlebt, wie sich eine Bedrohung manifestiert hatte, und er wusste genau, was ihm bevorstand.

Als sie besprochen hatten, wie die Ferienkurse zu organisieren seien, hatte Guy zu Inchcape gesagt: «Es spricht nur eines dagegen. Der Kurs wird dazu führen, dass jüdische Studenten gesammelt auftreten. Das könnte sie angesichts der neuen antisemitischen Strömung in eine gefährliche Lage bringen.»

Inchcape hatte dafür nur Spott übrig gehabt. «Es gab in der rumänischen Politik schon immer antisemitische Strömungen, und trotzdem werden die Juden nur immer reicher und reicher.»

Guy hatte das Gefühl gehabt, nicht weiter dagegen argumentieren zu können, ohne den Anschein zu erwecken, er lasse sich von Furcht um die eigene Person leiten. Inchcape als Leiter der Englischen Fakultät wollte Ferienkurse. Seine Organisation musste etwas vorweisen, um ihre Anwesenheit in der Stadt zu rechtfertigen. Noch wichtiger war sein Bedürfnis, der Gesandtschaft Konkurrenz zu machen. Wenn er vom britischen Gesandten sprach, sagte er: «Der alte Charmeur hat keine Angst hierzubleiben, wieso sollte also ich Angst haben?» Wies ihn dann jemand darauf hin, dass der Gesandte anders als Inchcape und seine Männer unter diplomatischem Schutz stand, entgegnete er: «Solange es die Gesandtschaft gibt, sind wir auch geschützt.»

Guy wusste, dass Inchcape ihn mochte, und deswegen mochte er Inchcape ebenfalls. Außerdem schätzte er wagemutige Menschen wie Inchcape und Harriet und neigte gleichzeitig dazu, sie zu bemitleiden. Inchcape hielt er für einen einsamen Junggesellen, der in seinem Leben nichts besaß als die Autorität, die seine Position ihm verlieh. Wenn Ferienkurse Inchcape glücklich machten, würde Guy sich bis zum Schluss dafür einsetzen.

Bei Harriet hatte er das Gefühl, sie vor dem Misstrauen beschützen zu müssen, das aus ihrer unglücklichen Kindheit erwachsen war. Er sagte sich: «Du musst dich zwischen sie und ihre Seelenkämpfe stellen.» Ihn rührte dieser kleine, schmächtige Körper, der ihren Geist umfing. Und er hielt sie für bedauernswert, weil das Leben, das ihm so leichtfiel, für sie so unnötig schwer war.

Er nahm eine Fotografie zur Hand, die an die Schreibgarnitur auf seinem Schreibtisch gelehnt stand. Sie war in der Calea Victoriei aufgenommen worden, man benötigte solche kleinen Fotografien, wollte man sich um einen *permis de séjour* bewerben. Harriets Gesicht – an dem vor allem seine ovale

Form und die weit auseinanderstehenden Augen auffielen – war darauf in einem Ausdruck nachdenklicher Traurigkeit eingefangen. Sie sah zehn Jahre älter aus, als sie war. Der Ausdruck unterschied sich so sehr von ihrer üblichen Lebendigkeit, dass er sie, als er es zum ersten Mal gesehen hatte, gefragt hatte: «Bist du wirklich so unglücklich?» Sie hatte abgestritten, überhaupt unglücklich zu sein.

Und doch, hatte er gedacht, verriet das Foto die innere Unzufriedenheit eines haltlosen Menschen ohne Beschäftigung. Er stellte das Bild mit einem Gefühl des Bedauerns zurück. Er wäre in der Lage, ihr zu helfen, wenn sie ihn ließe, aber würde sie ihn lassen?

Er entsann sich, dass sie ihm, als er sich um ihre politische Bildung hatte kümmern wollen, eine Abfuhr erteilt hatte. «Ich halte solch strukturiertes Denken nicht aus.» Und nachdem sie diese Position einmal bezogen hatte, war sie nicht mehr davon abzubringen.

Bevor sie geheiratet hatten, hatte sie in einer Kunstgalerie gearbeitet und war mit zumeist armen und verkannten Künstlern befreundet gewesen. Er hatte sie darauf hingewiesen, dass diese, wenn sie in der Sowjetunion tätig wären, anerkannt und angemessen entlohnt werden würden. Sie entgegnete: «Nur, wenn sie sich anpassen würden.» Er hatte dagegengehalten, dass man sich in jedem Land auf die eine oder andere Art anpassen müsse. «Aber Künstler brauchen Privilegien, wenn sie etwas wirklich Bedeutendes erschaffen sollen», hatte sie gesagt. «Sie können nicht bloß das Bestehende nachbilden. Sie müssen frei sein, selbständig zu denken und zu schöpfen. Deswegen fördern totalitäre Staaten keine Künstler.»

Er musste zugeben, dass sie ebenfalls selbständig dachte. Sie ließ sich nicht beeinflussen. Im Kleinen mochte sie weiblich intolerant sein, doch sie war in der Lage, eine allumfassende, allgemeine Perspektive einzunehmen. Obwohl sie der engstirnigsten, mit den meisten Vorurteilen behafteten Gesellschaftsschicht entstammte, hatte sie sich von ihren Klassenschranken befreit. Umso bedauerlicher war es, dass sie das ablehnte, was seinem eigenen Leben Sinn und Zweck gab. Er sah, wie durcheinander sie war, verloren zwischen Anarchie und einem kindischen Mystizismus.

Was wollte sie? Die Frage war für ihn umso schwerer zu beantworten, als er selbst so genügsam war. Er wollte nichts für sich. Besitz fand er peinlich, Besitz erschien ihm seiner Familie gegenüber illoyal, die von so wenig leben musste. Während seines Studiums hatte er in Teilzeit als Lehrer gearbeitet. Seine Mutter hatte ebenfalls gearbeitet. Gemeinsam hatten sie die Miete bezahlt und die Familie durchgebracht.

Trotz seiner schwierigen Lage hatte er niemanden beneidet, außer vielleicht jene Männer ohne Verpflichtungen, die frei gewesen waren, nach Spanien zu gehen und zu kämpfen. Diese Männer der Internationalen Brigaden waren seine Helden gewesen. Er sagte im Stillen noch immer ihre Gedichte auf.

Der Same des Bösen war in der Erde,
als man Generäle zu Freunden erklärte,
als in der Schule wurde gelehrt,
das einfache Volk sei dumm und nichts wert.
Nun blutet Spanien, England ist aus dem Lot,
besticht den Schlächter, erkauft den Tod.»

Der Aufmarsch der Gardisten an diesem Vormittag hatte ihm die «Monster-Kundgebung» der Schwarzhemden in seiner Heimatstadt in Erinnerung gerufen. Damals war sein Freund

Simon zusammengeschlagen worden, und er hatte verstanden und akzeptiert, dass er eines Tages ebenfalls für seine politischen Überzeugungen würde bezahlen müssen.

Simon war damals zu spät gekommen und hatte allein gesessen. Die anderen hatten im Block die Versammlung aufzulösen versucht und waren von der Polizei auf die Straße abgeführt worden. Simon war allein zurückgeblieben und hatte mit fanatischem Mut, ohne Unterstützung weiterhin gestört. Die Schläger hatten ihn ganz für sich gehabt. Sie hatten ihn aus einer Hintertür hinausgezerrt vor eine Werkstatt hinter dem Saal. Dort hatte man ihn schließlich bewusstlos aufgefunden.

Zu dieser Zeit war Berichten über die Brutalität der Faschisten nur halb Glauben geschenkt worden. Brutalität war in der zivilisierten Welt etwas Neues. Der Anblick von Simons geschundenem, schwarzblauem Gesicht hatte Guy erschreckt. Er hatte sich vorgehalten, dass er nun wenigstens einschätzen könne, was auf ihn zukam – und von da an hatte er nie mehr daran gezweifelt, dass er an die Reihe kommen würde.

Als er nun an seinem Schreibtisch saß und sich mit seiner überaus körperlichen Angst auseinandersetzte, öffnete sich die Tür. Sie öffnete sich verdächtig langsam. Ein Strubbelkopf erschien.

Scherzhaft feierlich sagte Toby Lush: «Hallo, alter Freund! Ich bin zurück, wie du siehst!»

Harriet machte sich auf den Weg nach Hause. Ihre Ängste hielt sie mehr schlecht als recht in Schach durch den Entschluss, irgendetwas zu unternehmen. Wenn sie die eine Gefahr nicht bannen konnte, musste sie sich eben der nächsten zuwenden. Es gab ja auch noch das Problem in der Wohnung – das wenigstens musste sie nicht hinnehmen.

Sie musste Guy klarmachen, dass sie nicht gleichzeitig Jakimov und Sasha bei sich behalten konnten. Er hatte beide in die Wohnung gebracht, jetzt war es an ihm zu entscheiden, welcher von ihnen bleiben sollte, und den anderen fortzuschicken.

Als sie jedoch im Wohnzimmer Jakimov antraf, wie er auf das Mittagessen wartete, traf sie die Entscheidung selbst. Sasha war derjenige, der ihrer Hilfe und ihres Schutzes bedurfte. Jakimov hingegen hielt nur seine eigene Trägheit davon ab, für sich selbst zu sorgen. Und sie war seinen Anblick leid. Sie hatte ihren Entschluss gefällt. Er musste gehen. Sie würde es ihm umgehend sagen.

Jakimov lümmelte im Lehnsessel und trank *ţuică*. Despina hatte die Flasche gerade am Morgen gekauft. Er rutschte unbehaglich auf dem Stuhl herum, als er ihrer ansichtig wurde, und legte entschuldigend eine Hand über die Flasche. «Ich war so frei und habe sie mir aufgemacht, liebes Mädchen. Als ich hereinkam, war ich etwas unsicher auf den Beinen, die Hitze bringt mich um. Möchten Sie auch ein Schlückchen?»

Sie lehnte ab, setzte sich aber zu ihm. Da er daran gewöhnt war, dass sie ihn ignorierte, wurde er ganz fahrig, und seine Hand zitterte, als er sich nachschenkte.

Sie hatte sich vorgenommen, ihn auf der Stelle anzuweisen, seine Sachen zu packen und die Wohnung zu verlassen, aber nun wusste sie nicht, wie sie beginnen sollte.

Er hatte die Beine übereinandergeschlagen, und einer seiner schmalen Schuhe wippte in ihre Richtung. Der Fuß zitterte. Durch einen Spalt zwischen Sohle und Leder konnte sie seine Zehenspitzen und die Fetzen seiner violetten Seidenstrümpfe sehen. Seine Verwahrlosung beinhaltete einen Vorwurf an sie. Er lehnte sich mit vorgeblicher Nonchalance zurück, doch seine großen, flach wirkenden grünen Augen flackerten furchtsam, blickten sie an und sahen wieder weg, und sie vermochte nicht zu sprechen.

Er bemühte sich um ein Gespräch und fragte: «Was steht denn heute auf dem Speiseplan?»

Sie sagte: «Es ist ein fleischloser Tag. Despina hat irgendwelche Flussfische gekauft.»

Er seufzte. «Heute Morgen», sagte er, «habe ich an *blini* gedacht. Wir haben sie immer bei Korniloff bestellt. Dort bekam man einen ganzen Haufen. Man bestreicht den untersten mit Kaviar, den nächsten mit Sauerrahm, den nächsten wieder mit Kaviar und so weiter. Dann schneidet man das Ganze durch. Ah!» Er gab bei dieser Erinnerung ein kehliges Geräusch von sich. «Ich weiß nicht, warum man sie hier nicht bekommt. Ist doch jede Menge Kaviar vorhanden. Die frische, graue Sorte schmeckt natürlich am besten.» Er blickte sie erwartungsvoll an. Als sie nicht anbot, das Gericht zuzubereiten, wandte er den Blick ab. «Ich gebe zu, dass der russische Beluga mit nichts zu vergleichen ist. Auch der Osetrova übrigens.» Er seufzte erneut auf und fragte sehnsuchtsvoll: «Erinnern Sie sich noch an den Geschmack von Ortolanen? Sie waren köstlich, nicht?»

«Das weiß ich nicht. Aber ich bin gegen das Töten von Kleinvögeln.»

Er sah verblüfft aus. «Aber Sie essen doch Hühnchen! Alle Vögel sind Vögel. Wieso sollte die Größe eine Rolle spielen? Das Entscheidende ist doch der Geschmack.»

Da sie darauf keine Antwort hatte, blickte sie zur Uhr, was ihn veranlasste zu sagen: «Der gute Junge ist spät dran. Was *treibt* er nur?» Sein Tonfall verriet Harriet, dass er sich, da er in Guys Plänen keine Rolle mehr spielte, vernachlässigt fühlte.

Sie sagte: «Er hat ein Programm von Ferienkursen an der Universität ins Leben gerufen. Sie vermissen wohl die unterhaltsamen Proben?»

«Sie waren natürlich unterhaltsam, aber der liebe Junge hat uns ganz schön Beine gemacht. Und was ist am Ende dabei herausgekommen?»

«Was sollte schon dabei herauskommen? Ich meine, Sie hatten doch wohl nicht gehofft, aus der Schauspielerei einen Beruf machen zu können, so weit weg von zu Hause und im Krieg?»

«Einen Beruf! Daran habe ich nie gedacht.»

Seine echte Überraschung ließ sie begreifen, dass er sich vermutlich keinen größeren Lohn erhofft hatte, als lebenslang umsonst zu essen und zu trinken. Tatsache war, er war niemals erwachsen geworden. Sie hatte einmal gedacht, Jakimov sei ein Nebelfleck, der unter Guys Einfluss allmählich aufklarte. Doch Guy hatte Jakimov in Bewegung gesetzt und dann dem Nichts überlassen, und jetzt wusste er kaum, wie ihm geschah.

«Ich bin froh, dass ich dem lieben Jungen behilflich sein konnte», fügte er hinzu.

«Zuvor sind Sie noch nie als Schauspieler aufgetreten, nicht?»

«Nie, liebes Mädchen, nie.»

«Was haben Sie vor dem Krieg gemacht? Hatten Sie irgendeinen Beruf?»

Er wirkte durch die Frage ein wenig gekränkt und begehrte auf: «Ich hatte eben meine Zuwendung, wie Sie wissen.»

Sie nahm an, dass er davon lebte, so zu tun, als sei er reich. Eine Trickbetrügerei, so gut wie jede andere auch.

Da er sich ihrer Missbilligung bewusst wurde, versuchte er, sich etwas besser darzustellen: «Ich habe hier und da ein wenig gearbeitet. Ich meine, wenn ich gerade nicht so flüssig war.»

«Was für Arbeit war das?»

Er wand sich unter ihrer Befragung. Sein Fuß begann wieder zu zittern. «Ein Weilchen habe ich Automobile verkauft», sagte er. «Natürlich nur die besten Wagen: Rolls-Royce, Bentley ... Mein eigenes Schätzchen ist ein Hispano-Suiza. Die schönsten Autos der Welt. Muss ihn zurückholen. Dann nehme ich Sie mit auf eine Spritztour.»

«Was haben Sie sonst noch gemacht?»

«Gemälde verkauft, Antiquitäten ...»

«Wirklich?» Harriets Interesse war geweckt. «Kennen Sie sich mit Gemälden aus?»

«Das könnte ich nicht behaupten, liebes Mädchen. Ich erhebe nicht den Anspruch, ein Fachmann zu sein. Ich habe nur gelegentlich einem Bekannten ausgeholfen. Hatte eine kleine Wohnung in der Clarges Street. Dort habe ich ein Bild aufgehängt, ein paar Antiquitäten aufgestellt, einen betuchten Leichtgläubigen aufgetrieben und angedeutet, ich wäre gewillt zu verkaufen. ‹Ihr armer alter Jaki muss sich von ein paar Familienschätzen trennen.› So etwas in der Art, Sie wissen schon. Keine wirkliche Arbeit. Nur ein kleiner Nebenverdienst.» Er sprach, als schilderte er einen respektablen Lebensentwurf, doch dann, als sein unsteter Blick ihrem begegnete, fiel sein Gehabe plötzlich in sich zusammen. Er kämpfte sich auf dem Stuhl in eine aufrechte Position, blickte mit hängendem Kopf in sein leeres Glas und murmelte: «Rechne täglich mit meiner Überweisung. Keine Sorge. Ich werde Ihnen jeden Heller zurückzahlen, den ich Ihnen schulde ...»

Sie waren beide erleichtert, als sie hörten, wie Guy die Wohnungstür aufschloss. Er trat mit einem breiten Lächeln ins Zimmer, als hätte er eine wunderbare Überraschung für Harriet. «Erinnerst du dich noch an Toby Lush?», fragte er und schob ihn herein.

«Es ist so schön, Sie wiederzusehen! So schön!» Toby musterte Harriet, und die Augen fielen ihm vor Bewunderung fast aus dem Kopf. Er tat so, als hätten sie beide dieses Wiedersehen innig herbeigesehnt.

Sie war ihm einmal zuvor begegnet und konnte sich kaum an ihn erinnern. Sie tat ihr Bestes, angemessen auf ihn zu reagieren. Lush war Mitte zwanzig, grobknochig und schwerfällig. Er hatte ausgeprägte Züge und raue Haut, und doch schien sein Gesicht aus einem allzu weichen, zu nachgiebigen Material gemacht.

Er sog an seiner Pfeife, wandte sich zu Guy um und stieß krampfhaft hervor: «Wissen Sie, woran ich immer denken muss, wenn ich sie sehe? Diese Verse von Tennyson: *In ihrer Schönheit wandelt sie / Wie wolkenlose Sternennacht.*»

«Byron», sagte Guy.

«O, Scheibenkleister.» Toby schlug sich in übertriebener Scham die Hand vor den Mund. «Das passiert mir dauernd.» Plötzlich bemerkte er Jakimov und rief aus: «Hallo, hallo, hallo!» Mit ausgestreckter Hand lief er auf ihn zu.

Harriet ging in die Küche und teilte Despina mit, dass sie zum Mittagessen einen Gast haben würden. Als sie zurückkehrte, beschrieb Toby unter viel überflüssigem Gewiehere die Situation in der siebenbürgischen Hauptstadt, aus der er geflohen war.

Obwohl Cluj seit zwanzig Jahren unter rumänischer Herrschaft stand, war es noch immer eine ungarische Stadt. Die Bürger warteten nur darauf, dass das verhasste Regime zu Ende ging.

«Sie sind nicht direkt für die Deutschen», sagte er, «sie wollen bloß die Ungarn zurück und verschließen die Augen vor der Tatsache, dass die Deutschen den Ungarn auf dem Fuß folgen werden. Wenn man sie darauf hinweist, bekommt man Ausflüchte zu hören. Eine Frau, die ich kenne, eine Jüdin, hat mir gesagt: ‹Wir wünschen es uns nicht für uns selbst, wir wünschen es uns für unsere Kinder.› Sie glauben, dass es nun jeden Tag geschehen kann.»

Toby stand vor der offenen Balkontür, das gleißende Licht von draußen illuminierte seine struppigen Konturen. «Ich kann Ihnen sagen», fuhr er fort, «als einziger Engländer in dem Haufen durfte ich nicht den Kopf verlieren. Und was, glauben Sie, ist passiert, bevor ich abgereist bin? Die Deutschen haben einen Gauleiter eingesetzt – einen Grafen Friedrich von Flügel. ‹Mach dich vom Acker, solange der Weg frei ist›, habe ich mir da gesagt.»

«Freddi von Flügel!», rief der überraschte Jakimov entzückt aus. «Na, der ist doch ein alter Freund von mir. Ein guter alter Freund.» Er blickte beseelt in die Runde. «Sobald ich den Hispano bekomme, könnten wir alle zusammen nach Cluj fahren und Freddi besuchen. Ich bin sicher, er wird uns mit allen Ehren empfangen.»

Toby starrte Jakimov mit offenem Mund an, dann zuckten seine Schultern, als er in künstliches Gelächter ausbrach. «Sie sind ein Witzbold», sagte er. Jakimov schaute überrascht drein, schien dann jedoch zufrieden damit, einer zu sein.

Beim Essen fragte Harriet Toby: «Werden Sie in Bukarest bleiben?»

«Wenn ich irgendwo unterrichten kann», sagte er. «Ich bin selbständig, habe keine Organisation im Rücken. Bin auf eigene Faust hergekommen, den ganzen Weg in meiner alten

Kiste gefahren. Kleines Abenteuer. Tatsache ist, wenn ich nicht arbeite, habe ich auch nichts zu essen. So einfach ist das.» Er sah flehentlich und fragend zu Guy hinüber. «Als ich gehört habe, dass Sie unterbesetzt sind, stand ich sofort im Türrahmen.»

Das Thema seiner Anstellung war offenbar schon angeschnitten worden, denn Guy nickte nur und sagte: «Ich muss Inchcape fragen, bevor ich jemanden einstelle.»

Harriet sah wieder Toby an. Sie betrachtete ihn weniger als Dozenten denn als mögliche Unterstützung in Krisenzeiten. Ihr waren seine schweren Arbeitsschuhe aufgefallen. Zwar trug er eine graue Flanellhose, die an den Knien ausgebeult war, und ein ausgeleiertes Tweedjackett mit zahlreichen Lederflicken. Es war die Uniform der meisten jungen englischen Zivilisten, doch an ihm wirkte sie wie eine Verkleidung. Wie würde er reagieren, wenn plötzlich Gardisten angriffen? Gut, er war damals Hals über Kopf aus Cluj geflohen, aber mittlerweile konnte sie das nachfühlen, und die ganze pfeifenschmauchende Männlichkeit, die lässige Kleidung waren doch sicher ein Anzeichen dafür, dass er sich, wenn es ernst wurde, verhielt wie ein Mann? Sie sah Guy an, der gerade sagte: «Wenn Inchcape zustimmt, bin ich geneigt, Ihnen zwanzig Stunden die Woche anzubieten. Damit sollten Sie sich über Wasser halten können.»

Toby neigte dankbar den Kopf und fragte dann: «Was ist mit Vorlesungen?»

«Ich brauche Sie nur zum Unterrichten.»

«In Cluj habe ich Vorlesungen gehalten – moderne englische Literatur. Ich muss sagen, ich halte sehr gern hin und wieder eine Vorlesung.» Toby blickte Guy an wie ein alter Schäferhund, der von seinem Nutzen überzeugt ist. Harriet empfand Mitleid für ihn. Er ging vermutlich wie schon viele vor ihm davon aus, dass Guy leicht zu überzeugen wäre. Die Wahrheit war, Guy konnte unbeugsam sein. Selbst wenn er jemanden für die Vorlesungen brauchte, würde er garantiert niemanden nehmen, der Byron mit Tennyson verwechselte.

«Gestern habe ich gedacht», ergriff Jakimov, aus seiner Hingabe ans Essen aufgetaucht, plötzlich trübsinnig das Wort, «dass ich doch tatsächlich seit einem Jahr keine Banane mehr gesehen habe.» Der Gedanke brachte ihn zum Seufzen.

Die Pringles hatten sich zu sehr an ihn gewöhnt, um auf solche Äußerungen zu reagieren, aber Toby wurde vor Lachen geschüttelt, als sei Jakimovs Beitrag von urkomischer Unanständigkeit gewesen.

Jakimov erläuterte bescheiden: «Ich mochte Bananen immer sehr gerne.»

Als das Mittagessen vorüber war und Jakimov sich in sein Zimmer zurückgezogen hatte, wartete Harriet darauf, dass Toby aufbrach. Als er schließlich Anstalten dazu machte, hielt Guy ihn jedoch auf. «Bleiben Sie doch noch zum Tee. Auf dem Weg zurück zur Universität nehme ich Sie ins Büro mit, damit Inchcape Sie kennenlernt.»

Harriet ging ins Schlafzimmer. Entschlossen, Guy zum Handeln zu bewegen, solange sie die Kraft dazu besaß, rief sie Guy herein, schloss die Tür zum Wohnzimmer und sagte: «Du wirst mit Jakimov sprechen. Sag ihm, er muss gehen.»

Verblüfft über ihre Dringlichkeit und widerwillig, ihr zu gehorchen, sagte er: «Na gut, aber nicht jetzt.»

«Doch, *jetzt.*» Sie stellte sich zwischen ihn und die Tür. «Geh zu ihm hinein. Es ist zu riskant, ihn hierzubehalten, wenn auch Sasha hier ist. Er muss gehen.»

«Tja, wenn du das sagst.» Guys Zustimmung war vorläufig,

er spielte auf Zeit. Nach kurzem Schweigen sagte er: «Es wäre besser, du würdest mit ihm reden.»

«Du hast ihn mitgebracht, also musst du ihn auch wieder loswerden.»

«Das ist keine einfache Situation. Ich war froh, ihn hier zu haben, während wir geprobt haben. Er hat hart gearbeitet und geholfen, das Stück zu einem Erfolg zu machen. Auf gewisse Weise bin ich ihm etwas schuldig. Ich kann nicht einfach jetzt, wo die Aufführung vorbei ist, hingehen und ihm sagen, dass er fortmuss, aber bei dir ist das etwas anderes. Du kannst ihm gegenüber standhaft bleiben.»

«Was du meinst, ist, wenn etwas Unangenehmes getan werden muss, soll lieber ich diejenige sein, die es tut?»

In die Ecke gedrängt, reagierte er, was selten vorkam, verärgert: «Hör zu, Darling, ich hab wirklich wichtigere Dinge zu bedenken. Sasha ist oben auf dem Dach. Es ist unwahrscheinlich, dass Jakimov ihn zu sehen bekommt, und wenn er ihn tatsächlich zu Gesicht bekäme, wäre er vermutlich nicht an ihm interessiert. Warum sollten wir uns also Sorgen machen? Ich muss jetzt wieder hinüber und mit Toby sprechen.»

Sie ließ ihn gehen, da sie wusste, dass durch Reden nichts zu gewinnen war. Und sie begriff, dass es immer dasselbe sein würde. Wenn gehandelt werden musste, würde sie diejenige sein, die handelte. Es war der Preis für eine Beziehung, die ihr mehr Freiheiten ließ, als sie haben wollte. Schließlich war Freiheit nicht das Konzept, das der Ehe zugrunde lag. Was Guy anging: Er wollte kein Privatleben, er zog es vor, eine öffentliche Person zu sein. «Er ist wirklich maßlos egoistisch», dachte sie – ein Vorwurf, der seine Bewunderer erstaunt hätte.

Sie ging zum Fenster hinüber und lehnte sich hinaus. Als sie den Abgrund von neun Stockwerken hinunter auf die

Pflastersteine sah, dachte sie an das Kätzchen, das fünf Monate zuvor vom Balkon gefallen war. Tränen stiegen ihr in die Augen, und erneut durchlitt sie den unfassbaren Schmerz, den sie empfunden hatte, als sie vom Tod des Kätzchens erfahren hatte. Es war ihr Kätzchen gewesen. Es hatte sie erkannt. Es hatte sie nicht gebissen. Die Erinnerung daran, wie der kleine, rotgoldene Feuerball von einer Katze, dieses kleine Knäuel aus Fell und Krallen, ein paar Wochen lang durch die Wohnung geflitzt war, ergriff ganz von ihr Besitz, und sie schluchzte auf. «Mein Kätzchen. Mein armes Kätzchen.» Sie hatte das Gefühl, das Tier geliebt zu haben, wie sie nie wieder etwas oder jemanden lieben konnte.

Guy jedenfalls ließ nicht zu, dass man ihn auf diese Weise liebte.

Sie kehrte nicht ins Zimmer zurück, bis sie hörte, dass Despina das Teegeschirr hineintrug. Toby sagte gerade: «Aber es ist sicher, dass früher oder später irgendjemand hier einmarschiert. Ich hoffe, die Gesandtschaft wird uns rechtzeitig warnen.»

Guy sagte nichts dazu, und es schien ihn auch nicht besonders zu kümmern. Er sagte: «Das Wichtigste ist, nicht die Nerven zu verlieren. Wir müssen diese Kurse weiterlaufen lassen.»

Toby nickte inbrünstig. «Trotzdem sollte man wachsam bleiben», sagte er.

Jakimov war in seinem zerschlissenen Morgenmantel aus Brokat zum Tee erschienen, und als Guy und Toby aufbrachen, um Inchcape aufzusuchen, saß er noch immer da, hatte all seine Befürchtungen vergessen und mampfte sich behaglich durch die übriggebliebenen Kuchen und Sandwiches. Hier war nun also ihre Gelegenheit zu sagen: «Sie sitzen uns seit

Ostern auf der Pelle. Ich habe genug von Ihnen. Bitte packen Sie Ihre Sachen und gehen Sie.» Worauf Jakimov mit seiner mitleiderregendsten Miene entgegnen würde: «Aber wohin kann der arme Jaki gehen?» Auf diese Frage hatte es vier Monate zuvor keine Antwort gegeben, und es gab auch jetzt keine. Er hatte seinen Kredit in Bukarest aufgebraucht. Niemand würde ihn aufnehmen. Wenn sie ihn loswerden wollte, musste sie seine Taschen selbst packen und ihn aussperren. Und wenn sie das tat, würde er vermutlich vor der Tür sitzen bleiben, bis Guy ihn wieder mit hereinbrachte.

Nachdem er die Teller leergegessen hatte, streckte er sich und seufzte: «Ich glaube, ich gehe in die Badewanne.» Er ging, und sie hatte noch immer nichts gesagt. Ihr war bewusst, dass sie selbst genauso unfähig war wie Guy, Jakimov vor die Tür zu setzen, doch sie hatte sich einen anderen Schachzug ausgedacht. Sie würde zu Sasha gehen. Der Junge nahm vermutlich an, dass sie wie Diplomaten nicht dem rumänischen Gesetz unterworfen seien. Sie konnte ihm auseinandersetzen, dass dem nicht so war und Guy dadurch, dass er ihn versteckte, ein großes Risiko einging. Was würde Sasha dann tun?

Der einzige Ausweg aus dieser verzweifelten Situation war, dass Sasha ein Freund einfiel, der ihm Zuflucht gewähren würde, vielleicht ein alter jüdischer Schulfreund. Oder seine Stiefmutter, die ihren Anspruch auf das Drucker'sche Vermögen aufrechterhielt. Irgendjemand würde ihn sicherlich bei sich aufnehmen.

Sie ging hinaus in die Küche. Despina stand auf der Feuertreppe und blökte zu anderen Hausangestellten hinunter, die vor der Abendessenszeit ungefähr eine Stunde freihatten. In dem Gefühl, in dieser Gegend der Welt als Anomalie zu gelten, schob sich Harriet an ihr vorbei und begann die Eisentreppe hinaufzusteigen, doch Despina entging nichts. «Gut so», rief sie. «Besuchen Sie den armen Jungen. Er ist einsam da oben.»

Despina hatte Sasha unter ihre Fittiche genommen. Obwohl man ihr gesagt hatte, dass er nicht in die Wohnung kommen dürfe, hatte Harriet die beiden schon mehrmals in der Küche zusammen lachen gehört. Despina machte sich über ihre Ängste lustig und behauptete, sie könnte den Jungen jederzeit als Verwandten von sich ausgeben. Sasha gewöhnte sich an den Tagesablauf hier und würde, wenn man ihn unbehelligt ließ, bald ein fester Bestandteil des Haushalts sein.

Das Dach lag hoch über den benachbarten Dächern. Hitze ergoss sich nicht nur von oben auf den Beton herab, sondern wurde auch von ihm abgestrahlt.

An der nördlichen Brüstung stand eine Reihe hölzerner nummerierter Hütten, die Badekabinen glichen. Als Harriet auf dem Dach ankam, konnte sie Sasha vor seiner Hütte sitzen sehen. Er hielt einen Stock in der Hand, den er für einen Hund warf. Der Hund, ein struppiger, weißer Straßenköter, lebte offenbar hier oben.

Sobald er sie erblickte, kam Sasha auf die Beine, wobei der Hund ihn weiter erwartungsvoll anblickte und mit dem Schwanz wedelte, der aussah wie eine schmutzige Feder.

Sie fragte: «Wie kommst du hier oben zurecht? Sorgt Despina für dich?»

«O ja.» Er bestätigte das eifrig und fügte Dankesbezeugungen für all das an, was man für ihn tat. Der Gedanke, dass seine Anwesenheit für sie eine Gefahr darstellen könnte, schien ihm noch nicht gekommen zu sein.

Während er sprach, sah sie an ihm vorbei durch die offene Tür in die Hütte hinein, in der er wohnte. Die Hütte hatte kein Fenster und wurde durch ein Loch in der Tür belüftet. Auf dem

Boden lagen ein Strohbett, das Despina für ihn gekauft haben musste, eine Decke, einige Bücher, die Guy heraufgebracht hatte, und ein Kerzenstummel.

Bevor sie England verlassen hatte, hätte sie es für unmöglich gehalten, dass ein Mensch in einer solchen Zelle den eiskalten Winter und den sengenden Sommer überleben konnte. In Rumänien hatte sie festgestellt, dass es Millionen von Menschen gab, für die ein solcher Zufluchtsort Luxus bedeutet hätte. Sie machte einen Schritt darauf zu, blieb jedoch, abgeschreckt von dem Geruch und der Hitze darin, stehen und sagte: «Es ist sehr klein.»

Sasha lächelte, als wäre es an ihm, sich dafür zu entschuldigen. Er war erst seit ein paar Tagen hier, aber er hatte bereits an Gewicht zugelegt. Als sie ihn an dem Abend gesehen hatte, an dem er wiederaufgetaucht war, hatte seine elende Verwahrlosung sie abgestoßen. Nun, da er sauber vor ihr stand, ein Hemd und eine Hose trug, die Guy ihm gegeben hatte, der furchtsame Ausdruck aus seinem Gesicht verschwunden war und sein Haar als Schatten auf seinem Kopf zu wachsen begann, war er bereits wieder der Junge, dem sie erstmals in der Wohnung der Druckers begegnet war.

Er war mit seiner langen Nase, den eng zusammenstehenden Augen und dem langen, schlaffen Körper ein recht hässlicher Mensch, aber sein sanftes Gebaren hatte etwas Anziehendes.

Da sie ihm gegenüber keinerlei Befangenheit verspürte, hielt sie ihm die Hand hin und sagte: «Setzen wir uns auf die Mauer.» Sie zog sich auf die Umrandung des Dachs hoch und machte es sich bequem. Von hier aus konnte sie beinahe die gesamte Stadt überblicken, deren Dächer durch den Hitzedunst hindurch glänzten, der jetzt am Abend dichter und goldener wurde. Sasha kam herüber und lehnte sich neben sie an die Mauer. Sie fragte ihn, als was er sich den Dienstboten gegenüber ausgab, die in den anderen Hütten schliefen.

Er entgegnete: «Despina sagt denen, ich käme aus ihrem Dorf.»

Er sah überhaupt nicht wie ein Bauer aus, doch er hätte der Sohn eines jüdischen Buchhalters sein können. Jedenfalls schenkte ihm anscheinend niemand besondere Beachtung. Despina behauptete, die Dienstbotenunterkünfte von Bukarest beherbergten unzählige Deserteure.

«Wie lange warst du schon in Bukarest, bevor du uns getroffen hast?», fragte sie.

«Zwei Nächte.» Er erzählte ihr, dass er in Czernowitz von seiner Einheit getrennt worden und als blinder Passagier in einem Güterzug in die Hauptstadt gefahren sei. In der Nacht nach seiner Ankunft hatte er unter einem Marktstand in der Nähe des Bahnhofs übernachtet, war aber kurz nach Mitternacht von ein paar Bettlern verjagt worden, die sonst dort schliefen. In der darauffolgenden Nacht hatte er versucht, im Park zu schlafen, aber dort hatte man wie so oft nach Spionen gesucht. Die Polizei war in ihrem Eifer die ganze Nacht unterwegs gewesen, sodass er immer wieder gezwungen war, den Ort zu wechseln.

Er hatte nicht gewusst, was mit seiner Familie geschehen war. Aus Bessarabien hatte er seinen Tanten geschrieben, aber keine Antwort erhalten. In Bukarest angekommen, hatte er zu den Fenstern der Wohnung der Familie hinaufgeblickt und bemerkt, dass dort andere Vorhänge hingen. Auf den Straßen hatte er Bekannte gesehen, aus Furcht vor einer erneuten Verhaftung aber nicht gewagt, irgendjemanden anzusprechen, bis er Guy erblickt hatte.

Beim Reden warf er ihr schüchterne Blicke zu und lächelte, aller Kummer war aus seinen Augen verschwunden.

Sie sagte: «Du weißt doch, dass deine Familie Rumänien verlassen hat?»

«Guy hat es mir gesagt.» Falls ihm bewusst war, dass sie sich aus dem Staub gemacht hatten, ohne auch nur einen Gedanken an ihn oder seinem Vater zu verschwenden, schien ihn das nicht weiter zu bekümmern.

Sie beschloss, dass es nun an der Zeit sei, die Sprache auf die Frage zu bringen, ob er in der Lage war, eine andere Unterkunft zu finden. Sie sagte: «Deine Stiefmutter ist natürlich noch hier. Meinst du nicht, dass sie dir helfen könnte? Möglicherweise lässt sie dich bei sich wohnen.»

Er flüsterte «O nein», erschrocken und entsetzt von dem Vorschlag.

«Sie würde dich nicht verraten, oder?»

«Bitte, sagt ihr nichts von mir.»

So viel dazu. Was war also mit anderen Freunden? Sie sagte: «Du musst in Bukarest viele Leute gekannt haben. Gibt es niemanden, der ein besseres Versteck für dich hat als das hier?»

Er erläuterte, dass er, weil er auf einer englischen Privatschule gewesen war, keine Freunde hatte, die seit langem hier lebten. Und was war mit seinen Bekannten von der Universität?, wollte sie wissen. Er schüttelte bloß den Kopf. Es schien niemanden zu geben, dem er sich jetzt aufbürden konnte. Juden schlossen nicht schnell Freundschaften. Sie bewegten sich in dieser antisemitischen Gesellschaft argwöhnisch und vorsichtig, und Sasha war stets von einer großen Familie umgeben gewesen. Die Druckers hatten ihre eigene Gesellschaft gebildet, eine, deren Sicherheit auf Druckers Macht beruht hatte. Seine Verhaftung war das Signal zur Flucht gewesen. Hätten sie gezögert, hätten sie möglicherweise alle zu leiden gehabt.

Während sie ihn betrachtete und überlegte, was sie mit ihm anstellen sollten, begegnete Harriet Sashas Blick und sah, dass ihre Fragen ihn verstört hatten. Nun hatte er wieder den furchtsamen, wachsamen Blick eines Gejagten, und sie wusste, dass sie auch nicht talentierter war als Guy, wenn es darum ging, Obdachlose umzusiedeln. Genau genommen war sie schlechter, denn anders als er hatte sie den festen Vorsatz gehabt und war gescheitert.

Sasha wandte den Blick von ihr ab und sah den Hund an, der mit dem Stock im Maul geduldig wartete. Sasha streckte ihm die Hand hin.

Die schiere Güte dieser Geste berührte sie. Plötzlich spürte sie seine Bedürftigkeit, und sie begriff, dass es dieselbe Bedürftigkeit war, die auch ihr verlorenes rotes Kätzchen ihr entgegengebracht hatte, die all die Tiere ihrer Kindheit ihr entgegengebracht hatten, denen sie ihre Liebe geschenkt hatte, weil niemand sonst sie haben wollte. Sie fragte sich, wieso Jakimov sie nicht auf diese Weise berührte. Lag es daran, dass ihm die Unschuld fehlte?

Sie sagte zu Sasha: «Es lebt jemand bei uns in der Wohnung, ein gewisser Prinz Jakimov. Wir müssen ihn im Augenblick bei uns wohnen lassen, er kann nirgendwo anders hin, aber ich traue ihm nicht. Du musst dich vorsehen. Sorge dafür, dass er dich nicht zu sehen bekommt.» Sie ließ sich von der Mauer gleiten und sagte im Gehen: «Das ist eine erbärmliche Hütte. Etwas Besseres haben wir im Augenblick nicht. Wenn Jakimov auszieht – und ich hoffe, das tut er –, kannst du sein Zimmer haben.»

Sasha lächelte ihr nach, seine Angst war vergessen. Er war so zufrieden wie ein Streuner, der einen Ruheplatz gefunden und nichts daran auszusetzen hat.

Am nächsten Morgen erwähnte nur die *Timpul* «das Gelichter in grünen Hemden, das auf der Calea Victoriei für Gelächter sorgte». Bis zum Abend hatte sich diese Haltung geändert. Jedes Blatt berichtete mit schockierter Entrüstung von dem Aufmarsch, denn der König hatte angekündigt, dass man das Militär, sollte sich dergleichen wiederholen, anweisen würde, das Feuer auf die Marschierenden zu eröffnen.

Die Gardisten tauchten wieder unter, doch das, munkelte man, sei nicht die Folge der königlichen Drohung, sondern die einer Rede des Gardistenführers Horia Sima, der frisch aus dem Exil in Deutschland zurückgekehrt war und seine Gefolgsleute dazu aufforderte, ihre grünen Hemden nicht zu tragen und *«Capitanul»* nur in ihren Herzen zu singen. Es sei noch nicht an der Zeit zu kämpfen.

Die Anhänger der Bewegung lungerten erneut untätig auf den Straßen herum, düster, schäbig und heimtückisch warteten sie auf ihre Stunde. Diese Menschen, die im Frühjahr nur Harriet aufgefallen zu sein schienen, wurden nun für alle sichtbar, sorgten für eine neue Welle der Beunruhigung und unter den Juden für neuen Schrecken.

2

DER ANFÜHRER

6

Als Harriet das nächste Mal hinaufstieg, um Sasha zu besuchen, nahm sie eine Schüssel Aprikosen und eine Ausgabe der *L'Indépendence Romaine* mit. Die Zeitung nannte das Datum, an dem Druckers Prozess beginnen sollte. Die Bekanntgabe wurde durch die Nachricht in den Schatten gestellt, dass dem ungarischen Premier und seinem Außenminister eine Audienz beim Führer gewährt worden war. Was hatten die Ungarn vor?

Harriet hatte ihr Abendessen allein eingenommen und sich durch den Leitartikel über Siebenbürgen gekämpft, «*le berceau de la Nation, le cœur de la Patrie*». Ungarns alter Anspruch auf dieses Gebiet wurde mit keinem Wort erwähnt, doch am Schluss stellte der Artikel die Frage: Hatten die Rumänen nicht genug gelitten, um den Frieden auf dem Balkan zu erhalten? Würde man ihnen noch ein weiteres Opfer abverlangen? Und er beantwortete sie selbst: Nein, und nochmals nein. Falls Gerüchte über eine solche Forderung in Umlauf kämen, müsse man sie sofort unterbinden.

An diesem Abend waren die Pringles bei einem jüdischen Paar eingeladen, das Visa für die Vereinigten Staaten erhalten hatte und wissen wollte, wie man sich in der englischsprachigen Welt benahm. Solche Einladungen erhielten sie nun häufig. Obwohl Guy all sein Wissen über die Staaten aus amerikanischen Filmen hatte, erteilte er gerne und bereitwillig Ratschläge. Harriet jedoch langweilte sich zunehmend dabei, ihm zuzuhören. Sie hatte gesagt: «Geh du. Sie wollen ja eigentlich gar nicht mich», denn sie hatte vor, Sasha einen erneuten Besuch abzustatten.

Als sie nun die Eisentreppe zum Dach erklomm, traf die Erhabenheit des Himmels sie unvorbereitet, an dem die untergehende Sonne rostbraune und purpurfarbene Schlieren malte. Der Beton glänzte wie Marmor, doch obwohl das Licht hell war, fühlte sich die Luft schwer an, beinahe nach Gewitter, obwohl es kaum je welche gab.

Sasha saß auf der Brüstung, eine einsame, konzentrierte Gestalt, und kritzelte etwas. Als sie auf das Dach trat, sah sie, wie er den Kopf hob und auf die Kathedrale starrte, die von ihrem Hügel aus die gesamte Stadt überblickte. Ihre goldenen Kuppeln standen jetzt in Flammen, und das gesamte Bauwerk erhob sich wie Emailmalerei vor der Dunkelheit der unteren Himmelhälfte.

Beim Geräusch ihrer Schritte fuhr sein Kopf herum, und seine Miene erhellte sich bei der Aussicht auf Gesellschaft. Deswegen hatte sie nicht das Gefühl, für ihren Besuch Gründe angeben zu müssen. Sie fragte, wo der Hund abgeblieben sei.

Er sagte: «Er hat hier nicht gewohnt. Despina hat für irgendjemanden auf ihn aufgepasst. Jetzt ist er wieder zu Hause.»

«Schläft jemand von den Hausangestellten hier oben auf dem Dach?»

«Nein, hier bin nur ich.»

Wie sie angenommen hatte, waren die «zweiten Dienstbotenzimmer», mit denen die Wohnungen angepriesen wurden, also nur ein Versuch, den billig gebauten, schlecht geplanten Wohnblock aufzuwerten. Niemand brauchte zusätzliche Angestellte oder konnte sie sich leisten.

Der Junge, der hier oben so allein war, tat ihr leid. Sie stellte die Aprikosen auf die Mauer und sagte: «Die sind für dich.» Dann schaute sie sich seine Zeichnung der Kathedrale auf dem Beton an, die er mit einem groben Klumpen Kohle angefertigt hatte, den sicher Despina irgendwo für ihn aufgetrieben hatte. Sie sagte: «Das ist ziemlich gut.»

«Ja?», fragte er eifrig. «Gefällt es dir wirklich?» Er setzte so viel Vertrauen in ihr Urteil, dass sie sich für ihr unbedachtes Lob schämte und noch einmal genauer hinsah. Das Bild war mit plakativen Strichen gezeichnet, und die raue Oberfläche des Betons verzerrte die Linien auf beinahe groteske Art und Weise.

«Ja, es ist gut», bestätigte sie ihr Urteil, und er lächelte kindlich.

«Wenn dir das gefällt», sagte er, «dann würden dir auch ein paar der Sachen gefallen, die ich in Bessarabien gesehen habe. Die waren großartig.»

Sie schwang sich auf die Mauer und fragte: «Wo in Bessarabien war das denn?»

Er war an der Grenze stationiert gewesen, in einer Festung, die so kahl, kalt und düster gewesen war, dass man sich im Mittelalter gewähnt hatte. Die Gegend war vollkommen verlassen gewesen, abgesehen von einem Dorf, das aus zwei Reihen ärmlicher Hütten mit einer ausgewaschenen Lehmstraße dazwischen bestanden hatte. Das Gebiet war so oft überfallen worden, dass es wie das Umland eines Vulkans wirkte: Nur diejenigen, die keine Wahl hatten, ließen sich dort nieder. Im Winter wurde es von Schneestürmen heimgesucht, und im Frühling, wenn der Schnee schmolz, wurde es zum Sumpf.

«Das Dorf war dennoch wundersam heiter», sagte er. «Alle, die dort lebten, waren Juden.»

«Und warum haben sie dort gewohnt, wenn es doch so unwirtlich war?»

«Ich weiß es nicht. Vermutlich sind sie überall sonst vertrieben worden.»

Sie hatte gedacht, dass es schwer werden würde, ihn dazu zu bringen, dass er über seine Erlebnisse sprach, doch da er sich geborgen fühlte, konnte er plaudern, als läge alles weit hinter ihm und könne ihn nicht mehr erschüttern. Während er sprach, wunderte sie sich über die Schlichtheit seines Gemüts, darüber, dass er sich so schnell wieder aufrappeln konnte.

«Und was waren das für Sachen, die du vorhin erwähnt hast? Zeichnungen?»

«Nein. Gemälde. Es waren Ladenschilder.»

Er beschrieb ihr die Juden des Dorfes – die Männer hagere Erscheinungen im ausgefransten Kaftan, die Frauen mit schwarzen Wollperücken auf ihren geschorenen Köpfen, weil sie an irgendeiner Hautkrankheit litten. Sie waren listig und unterwürfig, und Sasha, der sich immer in der wohlhabendsten Gesellschaftsschicht bewegt hatte, war erstaunt gewesen, solch heruntergekommenen Juden zu begegnen.

«Nicht einmal lesen konnten sie», sagte er. «Sie waren fürchterlich arm – aber sie waren in der Lage, diese Gemälde zu erschaffen.»

«Wie sahen die Bilder aus?»

«O, irgendwie phantastisch. Menschen, Tiere und Dinge in den tollsten Farben. Ich bin hingegangen, wann immer ich konnte, um sie mir anzusehen.»

Es klang, als seien die Ladenschilder seine einzige Unterhaltung gewesen, und sie fragte: «Hattest du in der Armeezeit Freunde?»

«Ich habe im Dorf einen Jungen kennengelernt. Seinem Vater gehörte die Kneipe, in der die Soldaten ihre *ţuică* tranken. Sie bestand nur aus einem schmutzigen Raum, und die Soldaten sagten alle, der Mann sei ein schlimmer Betrüger und würde Geld nur so scheffeln.»

Sasha beschrieb ihr den Jungen: dünn, mit weißem Gesicht, schwarzer Scheitelkappe und Knickerbockern, die unter den Knien gebunden waren, schwarzen Strümpfen und Stiefeln. Büschel von rotem Flaum hatte man auf seinen glänzend weißen Wangen sehen können, und rote Schläfenlocken hingen vor seinen Ohren herab. «Du hast bestimmt noch nie jemanden gesehen, der so drollig aussah», sagte Sasha.

«Aber alle orthodoxen Juden sehen doch so aus», entgegnete Harriet. «Kennst du nicht die unten in der Dâmbovița?»

Sasha schüttelte den Kopf. Er war nie auch nur in der Nähe der Elendsquartiere gewesen. Seine Tanten hatten es ihm nicht erlaubt.

«Hast du mit dem Jungen gesprochen?», fragte Harriet.

«Ich habe es versucht, aber es kam nicht viel dabei heraus. Er konnte nur Jiddisch und Ukrainisch, und er war äußerst schüchtern. Manchmal ist er weggelaufen, wenn er mich auf der Straße gesehen hat.»

«Aber hattest du unter den Soldaten keine Freunde?»

«Na ja ...» Sasha saß einen Moment schweigend da, starrte zu Boden und strich mit der Handfläche über die raue Kante der Mauer. «Doch, ich hatte einen Freund.» Es klang wie ein schmerzhaftes Geständnis, als er fortfuhr: «Er war ebenfalls Jude. Er hieß Markovic.»

«Ist er zusammen mit dir geflohen?»

Sasha schüttelte den Kopf und sagte nach kurzem Schweigen: «Er ist gestorben.»

«Wie ist er gestorben?»

Einige lange Minuten antwortete Sasha nicht, und sie sah, dass er nur widerwillig zu diesen Ereignissen, die ihn die kindliche Unschuld gekostet hatten, zurückkehrte. Beschwörend sagte sie: «Erzähl mir, was passiert ist.»

«Also ... Du weißt doch, wie es hier läuft», sagte er schließlich. «Wenn irgendetwas passiert, rufen sie: ‹Das waren die Juden.› In der Armee war es genauso. Sie haben den Juden die Schuld an Bessarabien gegeben. Sie behaupteten, wir hätten wegen der neuen Gesetze, die man gegen uns erlassen hatte, die Russen gerufen. Als könnte man das!» Er sah sie an und lachte. «Es war einfach albern.» Sein unsicherer Versuch, weltgewandt zu klingen, machte ihr nur noch bewusster, wie jung er war.

«Hat man dich misshandelt?», fragte sie.

«Nicht sehr. Einige von ihnen waren recht anständig eigentlich. Eingezogen zu werden war für alle brutal. Die Kasernen waren voller Ungeziefer. Anfangs war ich so zerbissen, dass ich aussah, als hätte ich die Masern. Und jeden Tag Mais oder Bohnen, aber nicht viel. Es gab Geld für Essen, aber die Offiziere haben es einbehalten.»

«Bist du deswegen geflohen?»

«Nein.» Er nahm sein Stück Kohle und begann, die Konturen seiner Zeichnung dunkel nachzuziehen, die zusammen mit dem Licht zu schwinden begannen. «Das war wegen Marcovic.»

«Weil er gestorben ist? Wann ist er gestorben?»

«Nachdem man uns aus Bessarabien abgezogen hat. Wir waren im Zug, und er ist den Gang hinuntergegangen und nicht wiedergekommen. Ich habe alle nach ihm gefragt, aber sie sagten, sie hätten ihn nicht gesehen. Als wir in Czernowitz gewartet haben – wir waren drei Tage lang auf dem Bahnsteig, weil es keine Züge gab –, sagte jemand, man hätte auf der Bahnstrecke eine Leiche gefunden, halb von Wölfen aufgefressen. Dann sagte einer der Männer zu mir: ‹Du hast doch gehört, was mit deinem Freund Marcovic passiert ist? Das war seine Leiche. Sei besser vorsichtig, du bist auch Jude.› Und da wusste ich, dass sie ihn aus dem Zug gestoßen hatten. Also bin ich in der Nacht, als alle schliefen, die Gleise entlanggelaufen und habe mich in einem Güterzug versteckt, der mich nach Bukarest gebracht hat.»

Während sie sich unterhielten, drang dünn und klar der Zapfenstreich aus dem Palasthof herüber. Die Wolken des Sonnenuntergangs waren schmaler geworden und am Himmel verblasst. Sie hatten ein dunkles Türkis zurückgelassen, an dem ein paar Sterne sichtbar wurden. Der Platz unter ihnen wurde von den Laternen erhellt, und wie auf Wasser spiegelte sich der Himmel darauf.

Harriet glitt von der Mauer und sagte: «Ich muss gehen, aber ich komme bald wieder.» Sie gab Sasha die Zeitung. «Da steht, der Prozess deines Vaters beginnt am vierzehnten August. Je schneller er vorüber ist, desto besser. Immerhin könnte er auch freigesprochen werden.»

Sasha nahm die Zeitung, die er bei diesen Lichtverhältnissen nicht lesen konnte, und sagte «ja», doch es war reine Höflichkeit. Er wusste genauso gut wie sie, dass man Drucker verurteilen musste, damit seine Anteile an den Ölfeldern an die Krone fallen konnten. Welche Hoffnung gab es da auf Freispruch?

Sie überquerte das Dach, und Sasha zog sich in seine Hütte zurück. Als sie sich umwandte, um die Treppe hinabzusteigen, konnte sie sehen, dass er bereits seine Kerze angezündet hatte und sich über die Zeitung beugte, die er auf dem Boden vor sich ausgebreitet hatte.

7

Jakimov erblickte den teuren gelben Wagen vor der Gesandtschaft im selben Moment, als er in die Straße einbog. Das Verdeck war zurückgeschlagen und verstaut, sodass nichts die lange, elegante Linie vom Bug bis zum Heck unterbrach. Seine Augen füllten sich mit Tränen. «Das alte Mädchen höchstselbst», sagte er und fügte hinzu: «Ich liebe sie», wobei er kaum zu unterscheiden vermochte, ob er sich auf den Hispano-Suiza bezog oder auf Dollie, die ihm den Wagen geschenkt hatte, der nun sieben Jahre alt war. Jakimov hatte auf ihn achtgegeben, wie er auf sich selbst nie achtgegeben hatte. Er öffnete die Kühlerhaube und nahm den Motor in Augenschein. Als er sie wieder schloss, tätschelte er den Storch, der mit herabhängenden Flügeln die Kühlerhaube zierte. Er ging um das Auto herum und stellte fest, dass die Karosserie zwar staubig war, aber keine Kratzer aufwies, und dass das Schweinsleder der Sitze sich in gutem Zustand befand. «Gott segne die Jugos», dachte er. «Sie haben mein Mädchen nicht allzu schlecht behandelt.»

Er frohlockte so lange vor seinem Wagen, dass Foxy Leverett ihn vom Fenster aus erblickte und herauskam, um ihm die Schlüssel zu bringen.

«Was für eine Schönheit», sagte Foxy.

Selbst in den Tagen seines Triumphs im *Troilus* hatte Jakimov von Foxy, der jeden mit demselben gleichgültigen Wohlwollen zu bedenken pflegte, nicht so viel Aufmerksamkeit erfahren. Nun erkannte Foxy in dem Besitzer eines Hispano-Suiza einen Gleichgestellten und wurde redselig: «Ist geflogen wie ein Vogel. Die schlechteste Straße Europas, aber das Mädchen hat durchgehend hundert hingelegt. Wenn ich nicht den De Dion-Bouton hätte, würde ich Ihnen für den Wagen ein Angebot machen.»

«Ich würde ihn für keine noch so königliche Summe verkaufen, mein lieber Junge», sagte Jakimov und fügte mit einem Hauch von Überheblichkeit hinzu: «In diesem Teil der Welt würde ich dafür nie das bekommen, was er wert ist. Das Fahrgestell allein hat zweieinhalbtausend gekostet, in Sterling. Wunderbare Arbeit. Davor hatte ich schon einmal so einen Wagen. Entzückend. Karosserie aus Tulpenbaumholz. Sie hätten ihn sehen sollen. Hatte damals natürlich einen Fahrer dafür. Er hat ihn umsorgt wie ein Chippendale-Stück.»

Jakimov redete eine Weile, zu beschwingt, um die drückende Sonnenhitze zu spüren. Foxy mit seinem ringelblumenfarbenen Haar und Bart und den porzellanblauen Augen färbte sich in der Hitze pfingstrosenrosa. Als Jakimov Luft holte, unterbrach er dessen Lebenserinnerungen, indem er sagte: «Ich habe den Tank in Predea mit zweihundert Litern aufgefüllt. Sollte noch reichlich Benzin übrig sein.»

«Ich stehe in Ihrer Schuld, lieber Junge.» Jakimov wurde etwas zurückhaltender. «Ich weiß nicht, was Sie bekommen, aber wir begleichen das alles, wenn meine Überweisung eingetroffen ist.»

«In Ordnung», entgegnete Foxy.

Seine Nonchalance flößte Jakimov den Mut ein, sein Glück zu versuchen: «Würde das Mädchen gern reinigen lassen, lieber Junge. Ich frage mich, ob Sie wohl einen Tausender übrig hätten?»

Foxys Schnurrbart zuckte, doch er fügte sich in das Unvermeidliche, zog ein paar Scheine heraus und überreichte sie.

«Lieber Junge!» Jakimov nahm sie dankbar entgegen. «Wissen Sie, wenn Sie mir ein Diplomatenkennzeichen besorgen würden, könnten wir damit alles Mögliche ein- und ausführen. Und wohlgemerkt nicht nur Valuta. Es gibt eine große Nachfrage nach Rhinozeroshorn – ein Aphrodisiakum, wie Sie wissen. Man bekommt es in der Türkei. Und Haschisch ...»

Foxy stieß ein abschätziges Lachen aus, drehte sich auf dem Absatz um und kehrte eilig in die Botschaftskanzlei zurück.

Jakimov stieg in den Wagen und startete den Motor – der Hispano war eine Extravaganz, denn trotz seiner Größe und Motorstärke war er nur für zwei Personen ausgelegt. Als Jakimov über die zwei Meter lange Kühlerhaube blickte, fand er seinen Status wiederhergestellt und seinen alten Glanz erneuert. Er war seit elf Monaten nicht gefahren. Für eine Probefahrt steuerte er die Chaussée an. Obgleich ihn das wahnhafte Hupen vorbeifahrender Autos zunächst aus dem Gleichgewicht brachte, gewann er bald sein altes Selbstbewusstsein zurück und verspürte den Impuls, die anderen zu überholen. Er umrundete den Brunnen am äußersten Ende der Chaussée und trat auf dem Rückweg das Gaspedal ganz durch. Mit Befriedigung nahm er zur Kenntnis, dass er gute hundertvierzig Sachen erreichte. Unbeirrt von den Hupen, die ihn von allen Seiten anquakten, schwenkte er auf den großen Platz ein, umrundete ihn einmal und kam vor dem Wohnblock der Pringles zum Stehen. Er bemerkte, dass er, da er kein Abendessen gehabt hatte, eine Spur hungrig war.

Nach dem Essen zog er sich die wenigen anständigen Kleidungsstücke an, die er noch besaß. Am Morgen im Athénée Palace hatte er bemerkt, dass die Haupträume für einen Empfang geschmückt wurden.

Die Rumänen waren dieser Tage bester Stimmung, denn die ungarischen Minister waren aus München anscheinend ohne Ergebnis abgereist. Hadjimoscos hatte seinem Zirkel nüchtern mitgeteilt: «Der Führer hat zu den Ungarn gesagt: ‹Sie dürfen nicht vergessen, ich bin auch der Vater der Rumänen.› Sehr erfreulich, dass er das so empfindet, nicht wahr? Baron Steinfeld hat mir gesagt, dass wir es der Eisernen Garde zu verdanken haben, dass wir in der Gunst der Deutschen so hoch stehen.»

Für Jakimov waren die Gardisten lediglich die Mörder Calinescus. Die Tatsache, dass sie behaupteten, noch immer von einem jungen Mann angeführt zu werden, der seit zwei Jahren im Grab lag, amüsierte ihn. Als sie nun auf diese Weise Erwähnung fanden, ergriff er die Gelegenheit, um einen Witz zu machen: «Ich nehme an, Sie beziehen sich auf die nichtexistenten Mitglieder der vollkommen ausgelöschten Partei, die von einem Geist angeführt wird, lieber Junge?»

Hadjimoscos starrte Jakimov kalt an, bevor er sagte: «Solche Witzeleien sind in diesen Zeiten nicht *de rigeur.*» Er machte eine kurze Pause, bevor er eindrucksvoll hinzufügte: «Sie sind übrigens auch nicht ungefährlich.»

Jakimov war an Hadjimoscos' wechselhafte Launen gewöhnt. An diesem Morgen hatte er schweigend dem Gespräch über den Empfang gelauscht. Es bestürzte ihn, dass keiner der Anwesenden dazu eingeladen war. Es sollte ein Empfang der Eisernen Garde werden, der darauf abzielte, dem König zu trotzen und den wachsenden Einfluss der Partei publik zu machen.

«Unter diesen Umständen», sagte Hadjimoscos selbstgefällig, «ist es kaum überraschend, dass Menschen wie wir, Mitglieder der alten Aristokratie, keine *offiziellen* Einladungen erhalten haben, ich bin jedoch zuversichtlich, dass man uns noch signalisieren wird, dass unsere Anwesenheit erwünscht ist.»

Es überraschte Jakimov, dass dem König zum Trotz überhaupt irgendeine Versammlung abgehalten werden konnte, aber er sagte sich: «Hadji ist ein pfiffiges Kerlchen. Hadji weiß, woher der Wind weht.» Und so bereitete er sich an diesem Abend, obwohl er nicht eingeladen war, darauf vor, selbst zu dem Empfang zu gehen.

Das Hotel war nur hundert Meter entfernt, doch als er aufbrach, nahm er als Pfand vergangener Opulenz und als Visum für bessere Zeiten den Hispano. Er fuhr gerade vor dem Hotel vor, als Baron Steinfeld mit Prinzessin Teodorescu eintraf, beide in Abendgarderobe. Er war für einen Moment betroffen, denn er war nicht davon ausgegangen, dass der Anlass nach einer solchen Ausstaffierung verlangte, nahm aber befriedigt zur Kenntnis, dass der Baron den Hispano interessiert beäugte.

Die Prinzessin hatte Jakimov seit dem letzten September nicht mehr zur Kenntnis genommen, als Hadjimoscos ihn zu ihrer Party mitgebracht hatte. Nun aber hob sie den Schwanz ihrer Silberfuchsstola, wedelte scherzhaft damit und rief ihm zu: «Ah, *cher prince*, Sie haben sich lange versteckt gehalten!» Jakimov eilte auf sie zu und küsste ihre Hand, die in einem roséfarbenen Handschuh steckte. Die Prinzessin war für ihre Direktheit bekannt, und nun sagte sie ohne jede Einleitung: «*Cher prince*, ich hätte so gerne Eintrittskarten für den Drucker-Prozess.»

In dem schwindenden Licht wirkten die Falten in ihrem attraktiven, ausgezehrten Gesicht wie mit Tinte gefüllt. Sie richtete ihre Augen mit den theatralisch geschminkten Lidern gierig auf Jakimov und führte aus: «Ich habe natürlich meine zwei, drei Karten bekommen, aber ich werde ständig von Freunden gebeten: ‹Bitte, besorge mir doch eine Eintrittskarte.› Aber was kann ich ausrichten? Sie hingegen, *mon prince*, sind *Journalist*. Sie haben viele Karten, nicht wahr? Tun Sie mir einen kleinen Gefallen. Geben Sie mir zwei, drei davon ab!»

Die Karten für den Prozess waren an wichtige Personen vergeben worden, die sie nun für enorme Summen an weniger wichtige Personen verkauften. Überflüssig zu sagen, dass Jakimov keine hatte, aber er lächelte beseelt. «Liebes Mädchen, natürlich tue ich, was ich kann. Meine habe ich leider abgegeben, aber ich werde mehr besorgen. Es gibt immer Mittel und Wege. Überlassen Sie das ganz Ihrem Jaki.»

«Wie freundlich!», sagte die Prinzessin und stapelte als Zeichen ihrer Gunst ihre Fuchspelze auf Jakimovs Arme. Entzückt über diese heiße, schwere Bürde sagte er: «Wir müssen für Ihre Füchse eine Leine besorgen, liebes Mädchen», und die Prinzessin lächelte.

Als sie ins Hotel schlenderten, merkte der Baron an: «Es ist erstaunlich, dass die Deutschen noch nicht auf den Britischen Inseln einmarschiert sind, finden Sie nicht?» Sein Tonfall legte nahe, dass er das nicht nur für erstaunlich, sondern für bedauerlich hielt. Als Jakimov nicht antwortete, fuhr der Baron fort: «Trotzdem gibt es schlechte Nachrichten aus England. Wie man hört, gibt es die Pferderennen nach den Regeln des Jockey Clubs nicht mehr. Da drüben ist eindeutig nicht alles in bester Ordnung.» Er drehte sich flehentlich zu Jakimov um. «Es ist doch nun sicher an der Zeit, die Meinungsverschiedenheiten zwischen unseren großen Nationen zu beenden. Sie sind ein Prinz des alten Russland. Können Sie Ihre englischen Freunde nicht dazu überreden, ihre Waffen gegen die Sowjets zu richten?»

Jakimov vermittelte den Eindruck, als könnte er, wollte aber nicht. «Wir möchten ja nicht noch größeren Ärger verursachen, nicht wahr?», sagte er. Sie hatten den roten Teppich erreicht, nun konnte er das Thema wechseln. «Großer Bahnhof, wie ich sehe.»

«Ein Empfang der Anführer des Eisernen Garde», sagte Steinfeld. «Ein wichtiger Anlass. Horia Sima wird anwesend sein.»

Das Vestibül war dekoriert mit Unmengen an Nelken, Tuberosen und Farnen. Ein Hinweisschild informierte darüber, dass nur Inhaber von Eintrittskarten vorgelassen werden würden. Durch die Glastüren hindurch konnte man sehen, dass der Salon schon jetzt überfüllt war. In dem Bestreben, sich mit dem Anlass zu identifizieren, sagte Jakimov: «Ich habe gehört, dass mein alter Freund Freddi von Flügel zum Gauleiter von Cluj ernannt worden ist. Er hat mich zu sich eingeladen.»

«Gauleiter? Tatsächlich. Ein einflussreicher Posten», sagte Steinfeld, doch die Prinzessin war weniger beeindruckt. «Sie sind doch Engländer? Ist es denn in Kriegszeiten angemessen, den Feind zu besuchen?»

Der Baron fegte diesen Einwand beiseite. «Menschen unseres Kalibers dürfen sich über solche *convenances* hinwegsetzen», sagte er, und Jakimov stimmte ihm begeistert zu.

Sie näherten sich dem Eingang zum Salon, an dem einige junge Männer Wache standen. Jakimov hielt sich dicht bei seinen Begleitern und hoffte noch immer, in ihrem Windschatten Einlass zu finden, aber die Prinzessin wollte davon nichts wissen. Er war ausreichend entlohnt worden. Sie blieb stehen, nahm ihre Pelze aus seinen Armen und sagte: «Also dann, bye-bye, wie ihr Engländer sagt. Vergessen Sie nicht meine zwei, drei Eintrittskarten», dann reichte sie die Pelze an Steinfeld weiter. Jakimov wusste, damit war er entlassen.

Er sah zu, wie das Paar den Eingang zum Salon erreichte. Dort hielt man sie an und forderte sie auf, ihre Eintrittskarten vorzuzeigen. Im Salon war kein Buffet zu erkennen, und die Gäste tranken Wein. Jakimov entschied, dass dies ein eher spärliches Fest zu sein schien und ging in die Englische Bar.

In diesem Augenblick vernahmen die Pringles, die gerade über den Platz gingen, das wütende und anhaltende Tröten einer altmodischen Autohupe. Sie wichen auf den Gehweg aus. Das Hupen hielt an. In der Annahme, dass es sich um eine anti-britische Demonstration handelte, drehten sie sich nicht um. Man munkelte, dass Großbritannien versucht habe, seine Öl-Anteile an Russland zu verkaufen. Die Ressentiments gegen Großbritannien wuchsen.

Das Hupen kam näher und verlangte nach Aufmerksamkeit. Die Pringles drehten sich um und sahen, wie Toby Lush mit einem alten, schlammfarbenen Wagen auf sie zuhielt. Toby grinste. Inchcape hatte seiner Anstellung zugestimmt, und er hatte mit seiner Arbeit an der Universität begonnen. Er hielt den Wagen an. In zuversichtlicher Erwartung eines freudigen Empfangs streckte er seinen strubbeligen, strohfarbenen Kopf heraus und rief: «Hallo da drüben!»

«Hallo», sagte Guy.

Neben Toby saß Dubedat. Die beiden Hilfslehrer hatten eine dieser engen, spontanen Freundschaften geschlossen, über die sich alle wunderten außer die Betroffenen selbst. Harriet war darüber weniger erstaunt als verärgert. Sie betrachtete

Toby als einen Verbündeten im Falle einer aufkommenden Gefahr und war bereit gewesen, ihn in ihren Kreis aufzunehmen, doch sie war nicht bereit, Dubedat aufzunehmen.

Dubedat saß auf dem durchgesessenen Wagensitz und grüßte die Pringles nicht, sondern blickte starr geradeaus. Sein Profil mit der dünnen Hakennase und dem fliehenden Kinn sah so angespannt und missbilligend aus wie eh und je.

Sie hatten mitten auf dem Platz neben dem Standbild des alten Königs mit dem zu großen Pferd angehalten. Rund um den Sockel waren Wagen geparkt. Toby sagte: «Ich lasse die alte Klapperkiste hier stehen und vertrete mir die Beine.»

Die Pringles waren von David in die Englische Bar eingeladen worden, und es wurde deutlich, dass die beiden Hilfslehrer mitkommen würden. Harriet sah Guy an, und als er ihren Blick mied, wusste sie, dass er Toby aufgefordert hatte, sich zu ihnen zu gesellen. Hätte sie ihn gefragt: «Warum?», dann hätte er sicherlich geantwortet: «Warum nicht?» Es musste doch wohl jeder der Meinung sein, dass es besser war, in einer größeren Gruppe zu trinken als nur mit einem oder zwei Begleitern?

Guy freute sich über die zusätzliche Gesellschaft, ging mit Toby voraus und überließ es ihr, mit Dubedat zu folgen. Sie fragte sich nicht zum ersten Mal, ob das Zusammenleben mit Guy nicht eher ein Ärgernis war als ein Gewinn.

Sie warf Dubedat einen Blick zu und bemerkte, dass ein Lächeln seine Lippen umspielte – «wie der Schmutzrand in der Badewanne», sagte sie zu sich selbst. Sie war sicher, dass er ihre Wut spürte. Das ärgerte sie nur noch mehr. Sie hatten einander nichts zu sagen. Sie unternahm keinen Versuch, das Schweigen zu brechen.

Dubedat, ein Grundschullehrer aus Liverpool, war per Anhalter in Galizien unterwegs gewesen, als der Krieg ausbrach. Man hatte ihn in einem der Flüchtlingswagen mitgenommen, die aus Polen in Richtung Bukarest fuhren, als Polen zusammenbrach. Er bezeichnete sich selbst als «Anhänger des einfachen Lebens» und war in kurzen Hosen und T-Shirt durch Bukarest spaziert, bis der Winterwind ihm eine Schaffelljacke aufgezwungen hatte.

Seit diesen ersten Tagen hatte sich sein Anblick verbessert. Er unterrichtete nun seit beinahe einem Jahr an der Universität, hatte als Ergebnis seines Wohlstands die «Uniform des einfachen Lebens» abgelegt und trug einen schmuddeligen Anzug aus khakifarbenem Drillich. Inzwischen wohnte er nicht mehr im Dâmbovița-Viertel, sondern hatte sich eine moderne Wohnung im Stadtzentrum genommen. Toby war bei ihm eingezogen. Guy hatte Dubedat anfangs mit dem Hinweis in Schutz genommen, dass es in seiner alten Unterkunft keine Waschgelegenheit gegeben habe, doch Harriet kam es so vor, als habe sein Körpergeruch sich seit dem Umzug nicht verändert. Oder war, was sie roch, lediglich die Ausdünstung ihrer eigenen Abneigung gegen ihn?

Vor ihnen strebte Toby mit großen Schritten voraus und gab immer wieder ein krähendes nervöses Lachen von sich. Trotz der Hitze trug er noch immer sein Tweedjackett mit den Lederflicken. Beim Gehen schlurfte er mit den Stiefeln durch den Staub, zog die Schultern hoch und beulte mit den Fäusten seine Jackentaschen aus. Sie hörte ihn sagen: «Ich will nicht mein Leben lang Tellerwäscher bleiben.»

«Selbst in diesen Zeiten muss ein Dozent einen Abschluss vorweisen können», entgegnete Guy.

Dubedat schnaubte vor Abscheu über diese Aussage.

Sie kamen am Hotel an, dessen gestreifte Markisen ausgefahren waren. Der Empfangsteppich lag bereit, und die Fassade wurde in ihrer gesamten Breite von einer gigantischen rumänischen Flagge verdeckt. Ein Lastwagen fuhr vor, von dem ein Dutzend junge Männer in dunklen Anzügen heruntersprangen und sofort die gefügigen Schaulustigen zur Seite drängten, um ein Spalier zu bilden. Bevor jemand dieses Verhalten in Frage stellen konnte, kam ein Mercedes angefahren, und ein Mann stieg aus – ein kleiner, schmaler Mann von ungewöhnlichem Aussehen. In dem Spalier flogen sofort alle Arme zum faschistischen Gruß nach oben, zackig, geschäftsmäßig und gänzlich unrumänisch. Der Neuankömmling erwiderte den Gruß und harrte in der Haltung dramatisch einige Augenblicke aus, den Kopf in den Nacken geworfen, damit alle sein hohlwangiges, knochenbleiches Gesicht und das strähnige schwarze Haar sehen konnten.

Guy flüsterte: «Ich glaube, das ist Horia Sima.»

Wer auch immer er war, er war eindeutig ein Intellektueller und Fanatiker, jemand, der sich vollkommen von den nachgiebigen, genusssüchtigen rumänischen Männern unterschied, die gerade auf der Calea Victoriei umherschlenderten. Schließlich ließ er den Arm sinken und ging mit großen Schritten auf die Schwingtür zu. Wie einem unwichtigen Hindernis versetzte er ihr einen Stoß, doch die Tür ließ sich nicht nötigen. Sie öffnete sich knarzend langsam und zwang ihn zum Innehalten. Den jungen Männern, die ihm folgten, erging es nicht besser.

Harriet hörte, während sie zusah, wie Toby nervös an seiner Pfeife sog. «So was habe ich noch nie gesehen», sagte er. Nachdem die Gardisten im großen Salon verschwunden waren, betrat das englische Grüppchen ernüchtert die Hotelhalle, wo sie auf David trafen. «War das Horia Sima?», fragte Guy ihn.

David nickte. «Er wird ins Kabinett aufgenommen. Das ist natürlich der Vorwand für den Empfang, aber im Grunde geht es um eine Geste des Widerstands. Ich frage mich, wie Seine Majestät das aufnimmt.» David warf Dubedat ein wenig begeistertes «Hallo» hin und sah dann ausdruckslos Toby an, den er noch nie zuvor gesehen hatte.

Guy stellte die beiden einander vor. «Toby kommt aus Cluj. Ich dachte, dich interessiert vielleicht, was dort so los ist.»

«O», sagte David, und dann sagte er nichts weiter.

Sie begaben sich zur Bar, wo Guy eine Runde Getränke ausgab.

Toby hatte offensichtlich von David gehört, denn er drückte sich in seiner Nähe herum und fragte mit vor Aufregung hervortretenden Augen: «Stimmt es, dass sie in den Karpaten Konzentrationslager einrichten?»

«Mit eigenen Augen hab ich keine gesehen», sagte David und hielt den Blick auf sein Glas gerichtet.

Toby stellte weiter Fragen zur Lage im Land und erhielt kurze und abweisende Antworten. Dubedat hielt sich abseits und ärgerte sich sichtlich über Tobys Eifer und Davids fehlenden Eifer.

Sobald Guy sich an der Unterhaltung beteiligte, ergriff Dubedat die Gelegenheit und zupfte seinen Freund am Ärmel, woraufhin Toby herumfuhr und beim Anblick von Dubedats Stirnrunzeln verwirrt fragte: «Was ist? Was ist los?» Dubedat zischte etwas durch seine Zähne, sodass er aussah wie eine wütende Ratte, und machte eine Kopfbewegung, die Toby dazu auffordern sollte, mit ihm zur Seite zu treten. Vor Bangigkeit schnaufend, ließ sich Toby fortführen.

«Wo hast du bloß diesen unmöglichen Trottel aufgegabelt?», fragte David Guy.

Guy sah überrascht aus. «Er arbeitet für mich. Er ist kein schlechter Kerl.»

David senkte die Stimme. «Ich muss dir etwas sagen. Klein ist weg.»

«Er hat das Land verlassen?»

«Keiner weiß es. Vielleicht ist er verhaftet worden, aber das glaube ich nicht. Ich glaube, er ist über die Grenze nach Bessarabien gegangen. Es gibt eine geheime Fluchtroute über den Pruth. Tausende fliehen, habe ich gehört. Ich bezweifle jedenfalls, dass wir ihn jemals wiedersehen werden.»

Guy nahm diese Nachricht mit einem traurigen Nicken zur Kenntnis, und Harriet dachte daran, wie Klein ihr mehrmals geraten hatte, abzuwarten und sich den Zusammenbruch des Landes anzusehen: «Revolution, Ruin, Besatzung durch den Feind – alles so interessant.» Er selbst jedoch hatte nicht abgewartet. Diese Flucht betrübte sie zutiefst, als hätte ein Verbündeter sie im Stich gelassen.

Während die anderen redeten, ließ sie den Blick durch die Bar schweifen und nahm unter Vermeidung genaueren Hinsehens wahr, dass Jakimov bei seinen rumänischen Freunden stand. Clarence saß allein an einem der Tische. Sie hatte seit dem Abend im Park nichts mehr von ihm gehört, und als sie nun zu ihm hinsah, wandte er den Blick ab.

Etwas an seiner Kopfhaltung ließ sie an diese Jungen denken, von denen Klein erzählt hatte, die in ihren ersten Tagen im Gefängnis brutal vergewaltigt worden waren, Geschmack an der Erniedrigung gefunden und sich anschließend selbst allen Neuankömmlingen angeboten hatten. Clarence war ebenfalls vergewaltigt worden. Seine Seele war durch körperliche Gewalt gebrochen worden. Als Harriet ihm zunickte, wurde sein Gesichtsausdruck lauernd und abwehrend, als rechnete er mit einer Züchtigung, die er gleichzeitig fürchtete und herbeisehnte.

Galpin betrat entschlossen den Raum, gefolgt von seiner Freundin Wanda. Ihn umwehte etwas Triumphales. Harriet wandte sich von Clarence ab, um zu hören, was für Neuigkeiten Galpin hatte.

Die Hitze des Tages ballte sich in der Bar. Zwar gaben die rumänischen Konventionen vor, dass Männer sich niemals unvollständig bekleidet in der Öffentlichkeit zeigten, doch mitten im Sommer durften sie ihre Jacketts umgehängt tragen. In Hadjimoscos' Runde war allein Jakimov lax genug, davon Gebrauch zu machen. Sein Jackett aus Tussahseide hing schlaff und ausgefranst an seinen knochigen Schultern und gab den neben ihm Stehenden den Blick frei auf die sich unter den Achseln in Auflösung befindliche Seide seines Hemdes. Das Hemd war von sattem Indischgelb, und er trug dazu keine Krawatte, sondern ein Halstuch aus weinrotem Samt. Das Halstuch erschien Hadjimoscos übermäßig gewagt, und er hatte nur dazu gebracht werden können, es hinzunehmen, indem man ihm versichert hatte, es stamme von einem der exklusivsten Herrenausstatter Monte Carlos.

Hadjimoscos selbst tauschte im Sommer lediglich seinen dunklen Wollanzug gegen einen aus dunklem Alpaka. Er sagte, er habe noch niemals zuvor einen Sommer in Bukarest verbracht und bezeichnete die Hitze häufig als *incroyable*. An diesem Abend war er schlechter Laune, genauso wie Palu und Horvatz. Niemand hatte ihnen signalisiert, dass ihre Anwesenheit bei dem Empfang erwünscht sei. Jakimov hatte den Großteil seiner tausend *Lei* für Getränke für seine Begleiter ausgegeben, doch deren Trübseligkeit blieb bestehen. «Für mich sieht das nach einer ziemlich langweiligen Veranstaltung aus», sagte er.

Hadjimoscos ignorierte Jakimov und jammerte in Richtung von Palu und Horvatz: «Wir müssen wohl davon ausgehen, dass wir als Mitglieder der alten Aristokratie in Ungnade gefallen sind.»

«Ach, das würde ich nicht sagen», erwiderte Jakimov. «Die Prinzessin ist eingeladen.»

Aus irgendeinem Grund schien dieser Hinweis, der tröstlich gemeint war, Hadjimoscos nur noch mehr zu verärgern. Er drehte sich zu Jakimov um und sagte: «Die Prinzessin, das kann ich Ihnen versichern, wurde lediglich als Begleitung von Baron Steinfeld eingeladen. Seit seinen Verlusten in Bessarabien hat sich der Baron mit ganzer Kraft der nationalsozialistischen Sache verschrieben, mit dem Ergebnis, dass er anders als die Mitglieder der alten Aristokratie bei der Garde *très bien vu* ist.»

«Wirklich, lieber Junge», widersprach Jakimov bestürzt, «ich weiß nicht, worüber Sie alle sich dermaßen Sorgen machen. Offenbar sind doch diese Gardisten vom König niedergeschlagen worden – viele von ihnen wurden erschossen oder so. Was schert es Sie, ob die Sie zu ihren Lustbarkeiten einladen oder nicht?»

«Glauben Sie mir», sagte Hadjimoscos, «der Tag wird schneller kommen, als uns lieb ist, an dem diejenigen, die von ihnen nicht erkannt werden, genauso gut tot sein könnten.»

Das Pathos, mit dem Hadjimoscos dies vorbrachte, ließ Jakimov zum ersten Mal ernsthaft über die Eiserne Garde nachdenken. Ihm fiel wieder ein, wie er in seiner kurzen Zeit als Journalist auf Galpins Rat hin Meldungen abgeschickt hatte, in denen er in deutlichen Worten Calinescus Mörder verdammt hatte. Der Hauptschurke war jemand namens Horia

Sima gewesen. Man hatte die Meldungen damals abgefangen und nicht außer Landes gelangen lassen. Was war daraus geworden? Schmerz durchfuhr seinen Magen, und während er da so mit leerem Glas in der Runde stand, ergriff der Trübsinn der anderen auch von ihm Besitz.

«Ja, ja», Galpin deutete mit dem Daumen über seine Schulter, «wenn dieser Haufen da wüsste, was ich weiß, würde hier heute Abend kein Empfang stattfinden.»

Alle blickten ihn erwartungsvoll an.

David fragte lächelnd: «Was ist jetzt wieder geschehen?»

«Die rumänischen Minister sind nach Salzburg zitiert worden – die Ungarn und Bulgaren auch. Herr Hitler befiehlt ihnen, ihre Grenzstreitigkeiten beizulegen.»

«Das ist alles?», fragte Harriet.

«Es reicht wohl», entgegnete Galpin scharf. «Woraus bestehen denn die Grenzstreitigkeiten der Rumänen? Lediglich aus Forderungen von anderen. Man will hier nur an dem festhalten, was man besitzt. Warten Sie ab! Es wird hier jede Menge Ärger geben.»

Davids Lächeln hatte sich in einen Ausdruck interessierter Verblüffung verwandelt. «Wann haben Sie das gehört?», fragte er.

«Vor einem Moment. Das Kabinett ist einberufen worden. Ich habe meinen Informanten draußen auf dem Platz getroffen. Er hat eine Kontaktperson im Palast. Das sind heiße Neuigkeiten, aber ich brauche gar nicht erst zu versuchen, sie rauszuschicken. Die Behörden tun alles, um es geheim zu halten. Seht sie euch an», sagte er, und sie blickten alle zur offenen Tür der Bar hinaus auf die Gäste des Empfangs, die auf ihrem Weg zum großen Salon vorübergingen. «Die armen

Schweine! Sie glauben, sie tanzen da, wo die Musik spielt. Sie nennen es die *Neue Morgenröte*. Und dann tritt wieder der Führer auf den Plan und fordert ein neues Opfer im Interesse des Friedens auf dem Balkan.»

David kicherte in sein Glas. «Vielleicht findet der Führer es doch nicht so leicht, Diktator der ganzen Welt zu sein. Ich vermute, wenn er könnte, würde er all diese Probleme auf Eis legen, bis der Krieg vorüber ist, und sie dann auf seine Weise klären. Aber Ungarn und Bulgarien wollen davon nichts hören. Sie verlangen sofortige Bezahlung für ihre Unterstützung.»

«Was ist mit Rumänien?», fragte Harriet.

«Es ist nicht in der Position, irgendwelche Forderungen zu stellen.»

Clarence hatte sich zu ihnen gesellt, um sich nach dem Grund für die Aufregung zu erkundigen. Als Harriet ihm erzählte, dass die Rumänen nach Salzburg zitiert worden seien, zuckte er nur leicht mit den Schultern, er hatte Schlimmeres erwartet. Sie hatte ebenfalls das Gefühl, dass man in einer Welt, die so voller Gefahren war, diejenigen, die einen nicht direkt betrafen, erst einmal verdrängen konnte.

Clarence blieb am äußersten Rand der Gruppe stehen. Harriet spürte, dass er mutloser war als sonst, und fragte: «Was ist los?»

Er reagierte sofort auf ihr Mitgefühl und sah auf. «Steffaneski ist heute Morgen abgereist. Er versucht, sich Weygand anzuschließen. Das war der letzte meiner Polen.»

«Wir werden alle früher oder später hier wegmüssen.»

«Er war mein Freund.» Clarence ließ den Kopf hängen, nahm den Trost nicht an.

Harriet entgegnete: «Du hast noch andere Freunde.» Er antwortete nicht, nach einem Augenblick deutete er jedoch mit dem Kinn auf Guy und David und sagte: «Sie werden noch die ganze Nacht reden. Geh doch einstweilen mit mir essen.»

Sie fasste das als Friedensangebot auf, lehnte aber bedauernd ab. «David hat uns eingeladen, ich fürchte also ...»

«Ach, du musst dich nicht entschuldigen.» Clarence wandte das Gesicht ab. «Wenn du nicht mitkommen willst, will bestimmt jemand anders.»

Harriet lachte. «Wer denn zum Beispiel?»

Clarence schniefte und grinste, und da begriff sie, nicht ohne dass es ihr einen Stich versetzte, dass er tatsächlich einen Ersatz in petto hatte. Sie konnte sehen, er wartete darauf, dass sie ihn fragte, wer es sei. Stattdessen rückte sie von ihm ab und geriet in die Lage, Dubedat zuhören zu müssen, dem man inzwischen mehrere Drinks ausgegeben hatte.

Im nüchternen Zustand wortkarg, im betrunkenen schwatzhaft, redete er auf Toby ein. Im Augenblick war sein Thema die Armut, seine eigene Armut, ein Zustand, den er früher einmal wie eine Tugend zur Schau gestellt hatte.

Vor dem Krieg hatte er mit Mühe ein Stipendium von 150 Pfund im Jahr errungen. Er war Grundschullehrer geworden. Harriet erinnerte sich noch gut daran, wie er die in der Dâmbovița lebenden Juden als «die Ärmsten der Armen und die einzigen anständigen Leute in dieser schmutzigen, verkommenen, gottverlassenen Hauptstadt» bezeichnet hatte, und sie begriff, dass sich seine Einstellung passend zu seiner Kleidung änderte. Jetzt sagte er gerade: «Gott, wie ich die Armut hasse. Sie ist keine Sünde, sie ist eine Krankheit, und wenn man sie nicht loswird, dann ist sie tödlich. Sie frisst dich von innen her auf. Du wirst mutlos. Du kriechst. Du bist dir selbst nichts wert. Wenn du arm bist, kannst du es dir nur leisten, mit Leuten zusammen zu sein, die genauso arm sind wie du. Wenn sie dumm sind, langweilen sie dich. Sind sie intelligent, sind sie unzufrieden und deprimieren dich. Also entkommst du nie. Deine Nase bleibt ins schmutzige Wasser der Realität getaucht. Sie ist die mächtigste zerstörerische Kraft auf der Welt, die Armut. Die Hälfte der klugen Geister auf dieser Erde ist davon zermürbt worden. Keiner von uns entkommt ihr jemals ganz.»

All das wurde sehr schnell gesprochen und in einem einschüchternden Tonfall, den Harriet als den Ton erkannte, in dem er in Guys Aufführung des *Troilus* den Thersites gespielt hatte. Er hatte in der Rolle brilliert, und ein Teil davon schien ihm in Fleisch und Blut übergegangen zu sein. Hier war der verwandelte Dubedat, dachte sie, ein Dubedat, der die Eloquenz für sich entdeckt hatte.

Der große Salon quoll offensichtlich über, denn nun konnte man die Gäste in der Hotelhalle stehen sehen. Bald war auch die Halle voll mit Menschen. Plötzlich vernahmen die Bar-Besucher erstaunt einen Chor, der sowohl aus dem Salon als auch aus der Halle erklang. Gemeinschaftliches Singen bei einem Empfang im Athénée Palace!

Die Leute sahen einander an, als sie das Lied erkannten.

«*Capitan-ul, Capitan-ul*», erschollen die Stimmen der prächtig gekleideten Gäste draußen.

Bevor einer der Engländer etwas sagen konnte, drängelte sich der Mann, den Galpin als Informanten beschäftigte, zwischen den an der Tür der Bar versammelten Presseleuten hindurch, blieb kurz stehen, um sich sein zerknittertes Baumwolljackett gerade zu ziehen, und huschte dann zu Galpin hinüber. Galpin beugte sich zu ihm hinab, um die Neuigkeiten in Empfang zu nehmen, wobei seine Blicke mit konzentrierter Aufmerksamkeit durch den Raum huschten.

«Also», sagte er, als er alles erfahren hatte, «das ist schon ein starkes Stück! Habe ich Ihnen nicht gesagt, dass uns Unruhe ins Haus steht? Es hat sich eine Stimme erhoben, eine einsame, aber bedeutsame Stimme – und sie hat den König dazu aufgefordert abzudanken.»

Seine Zuhörer starrten ihn sprachlos an, zu verblüfft, um darauf zu antworten. Er berichtete weiter, dass sich beim Anblick der eintreffenden Minister des Kabinetts eine Menschenmenge vor dem Palast versammelt hatte. «Dann begann die Neuigkeit durchzusickern. Den Leuten wurde klar, dass es als Nächstes um Siebenbürgen gehen sollte – und plötzlich brüllte jemand ‹*Abdicati!*›.»

David sagte: «Du lieber Gott.»

«Was ist dann passiert?», fragte Guy.

«Nichts – das ist ja das Außergewöhnliche. Natürlich haben sich alle fluchtartig vom Acker gemacht. Sie haben vermutlich damit gerechnet, dass die Wachen das Feuer eröffnen, aber nichts ist passiert. Kein Mucks vom Palast ...»

Wanda fiel ihm ängstlich ins Wort: «Aber der König würde doch wohl nicht abdanken? Oder?» Sie ergriff so selten das Wort, dass nun alle sie anstarrten. Mit einem dramatisch gepeinigten Ausdruck blickte sie von einem zum anderen.

Wanda war von einer englischen Sonntagszeitung akkreditiert gewesen, die es mit der Wahrheit dessen, was sie abdruckte, nicht allzu genau nahm, hatte aber kürzlich ihre Stelle verloren, weil die Nachrichten, die sie abschickte, überhaupt nichts mit den Nachrichten zu tun hatten, die andere in die Welt hinaussandten. Als Resultat hatte sie Galpin um Hilfe gebeten, und sie hatten ihre in die Brüche gegangene Beziehung wiederaufgenommen.

Sie trug ein schwarzes Schiaparelli-Kostüm im Stil eines

Smokings, das nur von einem leuchtend pinken Schal aufgelockert wurde. Die Absätze ihrer Schuhe waren ebenfalls pink und so schiefgetreten, dass ihre Füße seitlich herausrutschten. Sie hatte sich einen Miniatur-Zylinder schräg über ein Auge gezogen, und darunter floss pechschwarz ihr Haar hervor und fiel ihr bis hinab zur Hüfte. Sie war so schmuddelig wie eh und je und auf theatralische Weise schön, und als sie nun Clarence ansah, blickte dieser zurück und murmelte mit düsterer, lustvoller Schwermut: «Ich weiß nicht.» Das bedeutete, wie Harriet wusste: «Wie kommt es, dass andere Männer Frauen abbekommen und ich nicht?»

Als Wanda nun David ansah, gluckste dieser und antwortete ihr: «Wer weiß? Ich habe gehört, er hat für den Fall der Fälle ein Flugzeug im Garten stehen. Man kann diesen Balkan-Königen nicht wirklich vorwerfen, dass sie ein bisschen klebrige Finger haben. Sie können sich nie sicher sein, was am nächsten Tag so passiert.»

Wanda quittierte Davids Leichtfertigkeit mit einem angewiderten Keuchen und richtete ihren theatralischen, fragenden Blick auf Galpin, der sagte: «Kein Grund, sich um Carol Sorgen zu machen. Er und seine Freundin haben riesige Summen im Ausland in Sicherheit gebracht. Und außerdem werden die Deutschen dafür sorgen, dass er hierbleibt. Man braucht einen Gauner, um dieses Land zusammenzuhalten.»

Davids Mundwinkel verzogen sich vor Verachtung nach unten, und er widersprach herrisch: «Die Deutschen fallen bestimmt nicht auf ihn herein. Die neuen Machthaber in Deutschland sind auf ihre Weise Idealisten. Sie sind nicht wie die alten Diplomaten, denen es egal ist, wie unehrlich ein Mann ist, solange er nur ihr Spiel mitspielt. Es sind Männer mit Passion, die Carol ohne mit der Wimper zu zucken an ein Erschießungskommando weiterreichen würden.»

«Das ist ja fürchterlich», jammerte Wanda. «Er ist so ein prächtiger König mit seinem Helm und dem weißen Umhang und dem schönen Schimmel.»

«Es mag fürchterlich sein», stimmte David nachsichtig zu, «aber er hat es sich selbst zuzuschreiben. Er hat versucht, die Großmächte gegeneinander auszuspielen – und es ist ihm nicht gelungen. Was uns angeht, wir haben es nicht viel besser gemacht. Wir hätten die Eiserne Garde jederzeit nach Belieben ausschalten können. Hätten wir der Bauernpartei auch nur einen Funken Anerkennung entgegengebracht, hätten wir sie auf unserer Seite. Es ist nicht zu spät dafür. Maniu könnte in Siebenbürgen noch immer einen pro-britischen Aufstand anzetteln. Doch selbst jetzt noch zerbricht sich die gesamte Gesandtschaft nur darüber den Kopf, wie sie sich mit dem verdammten Souverän gutstellen kann.»

Wandas Empörung schlug förmlich Funken. «Sie sind Engländer!», warf sie ihm vor. «Sie haben ein großes Empire und einen feinen König, und trotzdem wollen Sie, dass Ihre Gesandtschaft hier das Bauerngesindel aufpeitscht! Kann man das glauben?» Sie war so erregt, dass eine ungewohnte Redseligkeit von ihr Besitz ergriff, und sie blickte erneut von einem zum anderen und rief: «Die letzten Worte, die ich an meine Zeitung geschickt habe, lauteten: ‹Ein Wort der Aufforderung, und jeder Mann in Rumänien wird aufstehen und den Thron verteidigen.›»

David gluckste und schniefte vergnügt vor sich hin und flüsterte Guy zu: «Genau das, was man von den Polen erwarten würde. Die singen noch immer ‹Noch ist Polen nicht verloren.›»

Ob die Nachricht über die Konferenz in Salzburg die Teilnehmer des Empfangs erreicht hatte oder nicht, jedenfalls wurde weitergesungen. Harriet fiel auf, dass der Blick nach draußen nun von den Rücken der Männer blockiert wurde, die Schulter an Schulter im Eingang der Bar standen.

Kurz wurde es still in der Halle, dann erhoben sich die Stimmen der Gardisten zum Horst-Wessel-Lied. Jemand bellte einen Befehl, und nach und nach stimmten die Gäste des Empfangs in das Lied ein.

Auf der anderen Seite der Bar meldete sich bewundernd Hadjimoscos zu Wort: «Solch eine Bezeugung treuer Gefolgschaft habe ich noch nie erlebt!»

«Ich glaube, wir sollten besser gehen», sagte Harriet.

David pflichtete ihr bei. «Es ist ein bisschen unheimlich.»

Sie verabschiedeten sich von Galpin und gingen auf die Tür zu. Guy blickte sich um und bemerkte, dass Clarence zögerte. «Kommst du mit?», fragte er.

«Ich weiß nicht. Ich ...» Clarence sah Harriet fragend an, doch dann folgte er ihnen.

Sie kamen bei der Reihe von Leibern an, die die Tür versperrten. Hinter ihnen konnte man das Glitzern von Kleidern, das Weiß von Oberhemden erhaschen. Hier stand Bukarests reichste und frivolste Gesellschaftsschicht stramm und sang die Nazi-Hymne.

David beugte sich zum Ohr der mittleren Gestalt im Türrahmen vor und sagte: *«Scuză, domnuli.»* Die Gestalt rührte sich nicht vom Fleck. David wiederholte seine Bitte und legte, als sie ignoriert wurde, die Hand auf die Schulter des Mannes und rüttelte daran.

Wütend wandte der Mann sein Gesicht ein Stück zu ihm um und sagte auf Deutsch: «Hier ist eine geschlossene Gesellschaft. Der Eintritt ist nicht gestattet.»

Sachlich und amüsiert entgegnete David ebenfalls auf Deutsch: «Wir wollen einfach nur hinaus.»

Der Mann wandte sich ruckartig ab und schnauzte: «Verboten.»

David blickte sich um. «Wir sind – wie viele?» Er bemerkte Clarence, Dubedat und Toby hinter sich, verzog in komischer Resignation das Gesicht und sagte: «Je mehr, desto besser, schätze ich. Also, kommt her. Stemmt euch mit den Schultern gegen diese Kerle, und wenn ich ‹Drücken!› sage, dann drückt ihr.»

«Warte», sagte Harriet, «ich weiß etwas Besseres.» Sie löste eine große Brosche aus indischem Silber von ihrer Bluse und fuhr die Nadel aus. Bevor irgendjemand einschreiten konnte – Clarence keuchte entsetzt: «Harry!» –, rammte sie die Nadel in den Hintern des Kerls in der Mitte. Dieser jaulte auf und tat einen Satz nach vorn, womit er die Lücke freigab, durch die Harriet ihre Gruppe hinausführte.

Als die Rumänen diesen Zwischenfall beobachteten, wurde das Horst-Wessel-Lied leiser, aber niemand grinste.

Mit dem Erreichen des Vestibüls wollten die Männer schnell ihrer Wege gehen, aber Harriet verspürte den Wunsch, am Schauplatz ihres Triumphs noch ein wenig zu verweilen. Der Anlass, fand sie, erforderte eine gewisse Darbietung. Sie trat an den Tisch, auf dem die Zeitungen auslagen.

«Harriet!», sagte Guy warnend, aber sie ließ sich nicht aufhalten.

Früher einmal hatte auf diesem Tisch jede englische Zeitung gelegen, die überhaupt gedruckt wurde. Nun war zwischen den deutschen und rumänischen Publikationen lediglich die letzte Ausgabe der *Times* zu finden, die Bukarest erreicht hatte. Sie trug das Datum 12. Juni 1940. Harriet nahm sie zur Hand und las einen Bericht über den Rückzug der Franzosen über die Marne. Über die welken, zerknitterten Seiten hinweg sah sie, dass sie von einer Frau beobachtet wurde, deren Gesicht ihr vertraut vorkam.

Guy umfasste ihren Ellenbogen. «Komm mit», sagte er, «du bist albern.»

Die in schlichtes Schwarz gekleidete Frau hielt ein Glas in der Hand, als sei sie sich dessen nicht bewusst. Auf ihrem flachen, verblichenen, farblosen Gesicht glaubte man förmlich den Abdruck einer Schuhsohle zu erkennen. Solches Elend umwehte sie, dass es die Luft wie Gifthauch verpestete.

Harriet sagte: «Ja, ich bin albern ...» Als sie sich von Guy davonführen ließ, fiel ihr wieder ein, wer die Frau war: Doamna Ionescu, die Frau des ehemaligen Propagandaministers, der einmal pro-britisch gewesen war und es nun nicht mehr war.

Der Gesang hatte wieder an Inbrunst zugenommen, aber niemand ließ das englische Grüppchen aus den Augen, während dieses sich entfernte.

«Tja», sagte Clarence draußen auf dem großen Platz, «das hier ist vielleicht Ruritanien, aber unterhaltend ist es nicht mehr.»

Guy sah sich nach Dubedat und Toby um. Die beiden hatten nicht gewartet, um Harriet beizustehen, sondern waren geflüchtet. Man konnte Dubedat, der den halben Platz bereits überquert hatte, in unziemlichem Tempo von dannen streben sehen, wohingegen Toby mit hochgezogenen Schultern, gesenktem Kopf, in die Taschen geschobenen Händen und an den Körper gepressten Ellenbogen hinforttrippelte wie ein Mann, der in Flammen steht.

8

Wenn Jakimov am Nachmittag gelegentlich verschlief und die Pringles bei seinem Erwachen die Wohnung bereits verlassen hatten, musste er feststellen, dass Despina – um ihn zu ärgern – die Teegedecke abgeräumt hatte. Als das an einem der glutheißen Tage im späten August der Fall war, empfand er plötzlich die volle Wucht der Verschlechterungen in seinem Leben und hätte weinen mögen. Es hatte eine Zeit gegeben, in der die Welt ihm alles geboten hatte: Annehmlichkeiten, Essen, Unterhaltung, Liebe. Er war für seinen Mutterwitz bekannt gewesen, hatte im Mittelpunkt gestanden. Und nun bekam er nicht einmal mehr etwas zum Tee.

Empört warf er sich in den Armsessel. Seit Dollies Tod liebte ihn niemand mehr. Vielleicht würde ihn niemals mehr irgendjemand lieben – aber wieso sollte er in dieser armseligen Wohnung leiden, in dieser strapaziösen Hitze? Er wollte nur noch fort.

Die länger werdenden Finger des Sonnenlichts griffen nach seinen Schienbeinen, und er schob den Sessel in den Schatten zurück und fragte sich: Wieso lebte er – wieso lebte irgendjemand! – hier auf dieser ungeschützten Ebene, wo man im Sommer geröstet wurde und im Winter erfror? Und nun auch noch verhungerte! Nichts gab es zu essen außer Früchten.

Aprikosen! Er konnte keine Aprikosen mehr sehen.

An diesem Morgen war ihm ein Karren voller Himbeeren begegnet – ein riesiger Haufen zermatschter Himbeeren –, und der Bauer hatte daneben geschlafen. Der Mann war vermutlich die ganze Nacht über zu Fuß unterwegs gewesen, um seine Erzeugnisse in die Stadt zu bringen, aber der Markt war überschwemmt damit. Die Himbeeren verfaulten in der Hitze, und das Hemd des Mannes war leuchtend rot von ihrem Saft.

In seiner Jugend in einem anständigen Land hatte Jakimov immer behauptet, er könnte allein von Himbeeren leben. Nun träumte er von Fleisch. Wenn man hier welches bekam, war es von einer alten Aue oder einem so jungen Kalb, dass es nur aus Knorpeln bestand. Was er wollte, war ein Rinder- oder Schweinesteak, und er glaubte zu wissen, wo er eines bekommen konnte.

Als er behauptet hatte, Baron Freddi von Flügel habe ihn eingeladen, hatte es sich nur um einen kleinen Scherz gehandelt. Er hatte von Freddi rein gar nichts gehört, aber das war kein Grund, Jakimov von einem Besuch abzuhalten. Freddi hatte Dollies Gastfreundschaft reichlich genossen. Warum sollte er sie jetzt nicht entgelten, wo er sich in einer einflussreichen Position befand und der arme alte Jaki am Hungertuch nagte?

Jakimov war so gut wie entschlossen abzureisen – das Einzige, was ihn noch davon abhielt, war der Umstand, dass er Geld brauchte. Er hatte sich Karten von Siebenbürgen angesehen und begriffen, dass die Reise von Bukarest nach Cluj lange dauern würde. Er würde übernachten müssen. Er würde essen müssen. Kurz, er würde warten müssen, bis seine Überweisung eintraf.

Als er Hadjimoscos gegenüber erwähnt hatte, nach Cluj reisen zu wollen, hatte dieser ihm abgeraten. Anscheinend lag Cluj aufgrund irgendeiner leidigen Konferenz in Salzburg nun in umstrittenem Gebiet und konnte jeden Tag in andere Hände übergehen. Nachdem er das vernommen hatte, fing Jakimov an, sich bei Galpin und Screwby nach dem Verlauf der Konferenz zu erkundigen, und kam bald zu dem Schluss, dass überhaupt nichts passieren würde. Und er behielt recht. Selbst Hadjimoscos stimmte nun mit ihm darin überein, dass die Konferenz vermutlich andauern würde, bis der Krieg dem Ganzen ein Ende bereitete.

In der Zwischenzeit musste er nun hier in dieser Wohnung ohne jede Annehmlichkeit ausharren, in der die Gastgeberin ihn nicht haben wollte und der Gastgeber, nachdem er ihm von Nutzen gewesen war, kaum ein Wort für ihn übrig hatte. Die akute Beschwerlichkeit seines Lebens wurde ihm mit neuer Schärfe bewusst, als er aus der Küche Gelächter vernahm. Seine Neugierde war geweckt.

Das Gelächter war nicht das übliche Dienstbotengekicher. Er hatte Despina lachen hören, er hatte ihren Ehemann gehört. Dieses Lachen kannte er nicht. Wen hatte sie da drin bei sich? Er hatte den Einfall, einfach seinen Kopf zur Tür hineinzustecken und sich spaßhaft nach seinem Tee zu erkundigen.

In die Küchentür war eine Glasscheibe eingelassen. Er näherte sich leise und spähte hinein. Indem er selbst von dem Spitzenvorhang verdeckt wurde, konnte er Despina und einen jungen Mann beim Gemüseschneiden für das Abendessen sehen. Einen jungen Mann, soso! Despina war mit einem Taxifahrer verheiratet, der öfter außer Haus war als hier. Sieh einer an! Die beiden am Tisch plauderten auf Rumänisch. Der Bursche begann erneut zu lachen.

Jakimov öffnete die Tür. Bei seinem Anblick hörte der junge Mann augenblicklich auf zu lachen. Jakimov hatte das eigentümliche Gefühl, dass der Jüngling wusste, wer er war, und Angst vor ihm hatte. Erstaunt darüber stellte er seine Frage – sein Rumänisch war schlecht – auf Englisch: «Ich glaube, wir sind uns schon begegnet, lieber Junge?»

Der junge Mann stammelte: «Ich glaube nicht.» Totenbleich kam er auf die Beine und stand zitternd da. Er war so groß und schlank wie Jakimov selbst und zweifellos Jude.

«Sind Sie ein Gast der Pringles?», fragte Jakimov.

«Nein», sagte der junge Mann und fügte dann hinzu: «Ich meine, ja.» Wenige Augenblicke später ergänzte er, ermutigt durch Jakimovs Ungezwungenheit: «Ich bin auf Besuch.»

Jakimov war verblüfft, nicht, weil der Junge Englisch sprach, denn Englisch war unter den Bukarester Juden weitverbreitet, sondern weil er es mit Privatschul-Akzent sprach. Woher kam er? Was machte er hier? Doch bevor Jakimov weitere Fragen stellen konnte, mischte sich Despina in dem schrillen, beleidigenden Tonfall ein, in dem sie immer mit Jakimov sprach. Er entnahm ihren Worten, dass sie behauptete, der junge Mann sei ihr Neffe.

Ein gebildeter Jude Despinas Neffe, pah, sehr wahrscheinlich! Jakimovs Argwohn war geweckt. Er sah den Jungen an, der allmählich wieder etwas Farbe bekam. Dieser nickte, als wäre er erleichtert über diese Erklärung für seine Anwesenheit.

Jakimov sagte: «Ihr Englisch ist außerordentlich gut.»

«Ich habe es in der Schule gelernt.»

«Tatsächlich?» Da er nun keinen Grund mehr hatte, noch länger zu bleiben, bat Jakimov um seinen Tee und trat den Rückzug an. Despina rief ihm nach: *«Prea târziu pentru ceai!»*, und bevor er wieder im Wohnzimmer war, hörte er sie schon johlend lachen. Sie glaubte doch wirklich, sie hätte ihn zum Narren gehalten. Sein Argwohn vergrößerte sich.

Er ging ins Badezimmer und ließ die Badewanne einlaufen. Als er im Wasser lag, dachte er über die Anwesenheit des jungen Mannes in der Küche nach. Er konnte bloß annehmen, dass es sich bei dem Burschen um einen Flüchtling handelte, den Guy versteckte. Er verspürte eine vage Eifersucht, dann fiel ihm der Querschnitt des Ölbrunnens ein, den er in Guys Sekretär gefunden hatte. Möglicherweise war der junge Mann in der Küche ein englischer Spion. Seine Eifersucht ging in Missbilligung und Sorge über.

Er deutete zwar selbst oft an, dass er mit Spionage zu tun habe, aber alle wussten, dass es sich dabei nur um einen kleinen Scherz handelte. Das hier war womöglich eine ernste Angelegenheit. Er dachte: «Wenn Guy geschnappt wird, sieht es düster für ihn aus», und begriff dann mit Schrecken, dass es in dem Fall für sie alle düster aussähe. Er, der arme alte Jaki, der unschuldig in diese heikle Sache verstrickt war, würde wie die anderen darunter leiden müssen.

Spione wurden erschossen. Selbst wenn man ihn nicht ernstlich erschießen würde, so würde man ihn doch ausweisen. Und wohin sollte er gehen? So schlimm, wie die Dinge lagen, war Bukarest der letzte Außenposten der europäischen Küche. Levantinische Gerichte schlugen ihm auf den Magen. Das lauwarme Essen Griechenlands konnte er nicht ausstehen.

Und was noch schlimmer war, er würde niemals nach Cluj zu dem guten alten Freddi gelangen. Nicht einmal die Zuflucht dieser Wohnung würde ihm bleiben, alternd und mittellos müsste er es mit der unfreundlichen Welt draußen aufnehmen.

Er setzte sich auf, hatte jegliche Freude an dem Bad verloren, und erwog die Möglichkeit, als Informant seine eigene Haut zu retten. Das war natürlich unmöglich. «Der liebe Junge hat Glück», sagte er zu sich selbst, «dass Jaki niemand ist, der plaudert.»

Die Konferenz von Salzburg dauerte nicht etwa länger als der Krieg, sondern verlief im Sande. Jakimov schloss daraus wie jeder andere in Bukarest, dass das Thema damit beendet sei.

«Was habe ich Ihnen gesagt, lieber Junge?», sagte er zu den wenigen Menschen, die bereit waren, ihm zuzuhören. «Ich war Journalist, müssen Sie wissen. Ich habe ein Näschen dafür, wie die Dinge sich entwickeln.» Und er war glücklich, dass nichts außer dem Nichtvorhandensein von ein wenig Bargeld seinem Besuch bei Freddi im Weg stand.

Während die Siebenbürgen-Frage in Vergessenheit geriet, war der Drucker-Prozess wieder von Interesse. *L'Indépendence Romaine* prophezeite, dass der Prozess *l'évènement social le plus important de l'été* zu werden versprach.

In jedem Café und jedem Restaurant, das Harriet frequentierte, redeten die Menschen über Drucker – seine Herkunft und die Herkunft seines Vermögens und seine Liebe zu Frauen. Sie hörte Frauen neidvoll von seiner jungen zweiten Frau sprechen, die wieder ihren Mädchennamen angenommen und eine Affäre mit dem deutschen Militärattaché begonnen hatte und die fünfzig Prozent des Erbes ihres Mannes forderte und vermutlich erhalten würde.

Galpin wusste eine Geschichte, der zufolge Drucker, als er das erste Mal in eine gewöhnliche Gefängniszelle gesteckt worden war, von alten Zuchthäuslern zu Boden gedrückt und vergewaltigt worden war. Es gab jede Menge ähnlicher Geschichten. Um die Sache ging es nie. Gewiss, niemand zweifelte an der Unschuld dieses freundlichen Mannes, aber dieser Faktor war nicht von Belang. Niemand konnte ihm helfen. Er war ein Opfer seiner Zeit.

Was den Krieg anging, der war zum Stillstand gekommen. Die Lage schien sich in der drückenden, staubigen, windstillen Hitze des Hochsommers zu beruhigen. Die Menschen glaubten, das Schlimmste sei vorüber. Euphorie beherrschte die Stadt, eine der periodisch auftretenden Unterbrechungen ihrer chronischen Angst. Der Frohsinn kehrte zurück.

Dann schwang von einem Moment auf den anderen die Stimmung um. Die Pringles machten nach dem Essen einen Abendspaziergang, da hörten sie in der Menge spitze, panische Schreie. Die Zeitungsjungen liefen unter gellenden Rufen mit Sonderausgaben durch die Straßen. Diejenigen, die es noch nicht wussten, erfuhren, dass der Führer eine weitere Konferenz einberufen hatte. Die nach Rom beorderten ungarischen und rumänischen Minister waren aufgefordert, sich schnell zu einigen.

Die Empörung war umso größer, als erst am Morgen der neue Außenminister im Radio eine höchst optimistische Rede gehalten hatte. Er hatte aufgezeigt, dass die Deutschen 1918 so schwach gewesen seien wie die Russen und dass sie heute dank ihrer Energie und Entschlossenheit die Welt regierten. Die Implikation war gewesen, dass die Rumänen es ihnen gleichtun konnten – und nun hatte man ihnen befohlen, sich mit einem Feind zu einigen, dessen einzige Absicht es war, Rumänien zu verschlingen.

Unter wütendem Geschrei beschwerten sich die Leute, sie seien betrogen worden. Rumänien solle zwischen Russland, Ungarn und Bulgarien aufgeteilt werden. Ganz Moldawien würde zum Preis von Russlands Neutralität an die Sowjets gehen. Die Dobrudscha würde natürlich Bulgarien zugeschlagen werden. Und die Ungarn marschierten in diesem Augenblick in Siebenbürgen ein.

Das Kabinett tage, hieß es, dann, der König habe die Generäle einbestellt. Plötzlich waren die Menschen überzeugt, dass Rumänien sein Gebiet verteidigen würde, und sie begannen, den Krieg zu fordern. Während sie massenweise zum großen Platz strömten, um ihren momentanen Widerstand zu demonstrieren, machten sich Guy und Harriet auf den Weg zur Englischen Bar, wo sie Galpin im Zustand höchster Erregung antrafen. Sein Informant hatte ihm die Nachricht zugetragen, dass Maniu, der Anführer der siebenbürgischen Bauern, dabei war, eine Rede zu halten, in der er den König dazu aufforderte, Hitler die Stirn zu bieten und das, was von Großrumänien noch übrig war, zu verteidigen. «Das bedeutet Krieg», sagte Galpin, «das bedeutet Krieg.»

Auf dem Heimweg fragte Harriet: «Glaubst du, sie werden kämpfen?»

«Ich bezweifle es», antwortete Guy, doch die Gefühlsaufwallungen um sie herum waren so heftig, dass sie halb in der Erwartung zu Bett gingen, am nächsten Morgen in einem Land aufzuwachen, das mobilmachte.

Am nächsten Morgen war alles ruhig. Als Guy David anrief, erfuhr er, dass Maniu tatsächlich in einer leidenschaftlichen Rede zur Verteidigung Siebenbürgens mit Waffengewalt aufgerufen hatte, doch man hatte ihn verhöhnt. Die neuen, der Eisernen Garde angehörenden, Minister hatten zu Bedenken gegeben, dass Russland, wenn die rumänische Armee an der Westfront kämpfte, von Norden her einmarschieren könnte. Sie waren der Überzeugung, dass man nur durch bedingungslosen Gehorsam Hitler gegenüber auf Schutz vor dem Erzfeind Russland hoffen konnte. Daraufhin war ein alter Staatsdiener in Tränen ausgebrochen und hatte zur Entrüstung aller ausgerufen: «Besser vereint unter den Sowjets als von den Achsenmächten zerstückelt!»

Doch die Rumänen, die man derart vor sich hertrieb, beschlossen, ihrerseits andere vor sich herzutreiben. Als Guy am nächsten Morgen dabei war, zur Universität aufzubrechen, überreichte ihm ein Bote eine zweite Aufforderung, das Land binnen acht Stunden zu verlassen.

Er gab sie Harriet und sagte: «Ich habe keine Zeit, mich darum zu kümmern. Geh damit zu Dobson.»

«Aber was, wenn wir fortmüssen?», protestierte sie.

Er sagte genauso wie letztes Mal: «Wir werden nicht fortmüssen», doch Dobsons Aussagen fand Harriet weniger beruhigend.

Als sie mit dem Schriftstück sein Büro betrat, seufzte er auf und sagte: «Wir bekommen im Augenblick viel von diesem Papierkram auf den Tisch.» Er rieb sich mit der Hand über seine Haarbüschel und stieß ein bitteres Lachen aus. «Ich frage mich», sagte er, «*wollen* Sie wirklich bleiben? Die Lage ist verzwickt, das müssen Sie wissen. Es findet hier eine immer weiterreichende deutsche Unterwanderung statt. Ob Sie es wahrhaben wollen oder nicht, die sind dabei, dieses Land zu übernehmen. Ich bezweifle stark, dass man der Englischen Fakultät zu Herbstbeginn erlauben wird, wieder zu eröffnen.»

Harriet sagte: «Wir dürfen ohne Anweisung aus London nicht abreisen.»

«Das ist natürlich eine theoretische Angelegenheit. Aber wenn Guy mit seiner Arbeit hier fertig ist ...»

«Er sieht seine Arbeit nicht als beendet an. Im Augenblick hält er die Sommerkurse und ist extrem beschäftigt.»

«Ach ja.» Dobson rieb sich ein letztes Mal über den Kopf und sagte: «Ich sehe, was ich tun kann. Aber erhoffen Sie sich nicht zu viel.»

Sie kehrte in die Wohnung zurück, um auf einen Anruf von ihm zu warten, ohne große Hoffnung, eher in der Erwartung, dass man ihnen keine Wahl lassen würde, als auszureisen.

Sie wanderte im Zimmer herum, besah sich ihre Besitztümer und fragte sich, was sie mitnehmen und was sie hierlassen sollten. Sie schaute in die Schubladen des Sekretärs und stieß auf den Umschlag, auf dem «streng geheim» stand. Als sie ihn in die Hand nahm, klappte die Lasche auf, und sie sah, dass nichts darin war. Es verstrichen einige Augenblicke, bis ihr wieder einfiel, was er enthalten hatte.

Im vorausgegangenen Winter war ein gewisser Kommandant Sheppy nach Bukarest gekommen, um die jungen Männer der britischen Kolonie für eine Sabotagetruppe zu gewinnen. Seine Absichten waren abrupt von seiner Festnahme und Abschiebung durchkreuzt worden. Von «Sheppys Kampftruppe» war nur noch ein Plan übrig geblieben, der an alle Männer verteilt worden war. Eine Kopie davon hatte sich in diesem Umschlag befunden: der Querschnitt eines Ölbrunnens, der einem Saboteur verraten hätte, wo er seinen Sprengsatz zu platzieren hatte. Guy und Harriet hatten beide vergessen, dass er existierte. Und hier war nun dieser Umschlag, geöffnet und leer. Der Plan war verschwunden.

Dieser Umstand versetzte sie in verwirrte Besorgnis, ihr wurde ganz kalt.

Sobald Guy zum Mittagessen hereinkam, sagte sie: «Jemand hat den Plan des Ölbrunnens gestohlen, den Sheppy dir gegeben hat.»

Noch während sie sprach, fiel ihr ein, dass sie gar nicht wissen sollte, was sich in dem Umschlag befunden hatte, aber Guy hatte das vergessen. Er sagte bloß: «Aber wer sollte ihn mitnehmen?»

«Vielleicht Jakimov.»

«Das ist unwahrscheinlich.»

«Wer dann? Sicher nicht Despina oder Sasha. Das bedeutet,

dass jemand hier gewesen ist, als wir außer Haus waren. Vielleicht der Vermieter. Despina sagt, er ist ein Mitglied der Eisernen Garde. Und er hat vermutlich einen Schlüssel.» Diese Erkenntnis schien ihr eine schmerzhafte Verheißung des Untergangs. Guy sah ihre Verzweiflung, änderte seine Haltung und sagte: «Es *könnte* Jakimov gewesen sein ...»

«Dann solltest du besser mit ihm reden.»

«O nein, das würde der ganzen Sache eine völlig unangemessene Bedeutung geben. Sagen wir lieber nichts, aber du könntest dich bemühen, netter zu ihm zu sein. Lass ihn merken, dass wir ihm vertrauen.»

Gereizt vor Sorge sagte sie: «Und du glaubst, das wird einen Unterschied machen? Wenn Jakimov uns jetzt nicht dankbar ist, wird er es nie sein. Genau genommen ist er gekränkt, weil du ihm keine Beachtung schenkst. Warum hast du ihn nicht sich selbst überlassen? Du mischst dich in die Leben anderer Leute ein. Du vermittelst ihnen eine falsche Vorstellung von sich, eine Illusion ihrer Möglichkeiten. Wenn du jemanden betrunken machst, wird er dir doch auch am nächsten Morgen die Schuld an seinem Kater geben. Wieso machst du das?»

Getroffen von diesem Angriff protestierte er: «Um Himmels willen! Vielleicht hat den Plan schon vor Monaten jemand mitgenommen. Wir können nicht sagen, wer ihn hat – aber wer auch immer es ist, wenn er uns hätte Ärger machen wollen, hätten wir mittlerweile welchen.»

Das hielt sie für einen zweifelhaften Trost.

Nachdem Guy zur Universität gegangen war, warf sie sich auf das Bett und gab sich dem beklemmenden Gefühl hin, dass ihr die Ereignisse zu viel wurden. Vor ein paar Tagen hatte ihr Despina auf scherzhafte Weise davon erzählt, wie Jakimov Sasha in der Küche entdeckt hatte. «Aber ich war bereit für ihn», sagte sie. Sie hatte ihm erzählt, der Junge sei ihr Neffe, und er hatte es geglaubt. «Der Schwachkopf», rief sie mit Lachtränen in den Augen, Harriet jedoch konnte nicht glauben, dass Jakimov so einfach getäuscht worden war. Sie hatte gehofft, dass er das Thema selbst ansprechen würde, damit sie ihm sagen konnte, Sasha sei einer von Guys Studenten, doch er erwähnte es nicht, und sein Schweigen beunruhigte sie mehr, als seine Fragen es vermocht hätten.

Als ihr der Gedanke an Sasha kam, setzte sie sich plötzlich kerzengerade auf. Die Erkenntnis, dass sie ihn zurücklassen mussten, wenn sie abreisten, erschreckte sie. Was würde aus ihm werden? Wohin würde er gehen?

Sie dachte an Sashas Vertrauen in sie, an seine Unschuld und seine Bedürftigkeit, und ihre eigene Zuneigung zu dem Jungen setzte ihr zu. Sie konnte ihn genauso wenig seinem Schicksal überlassen wie ein Kind oder ein Kätzchen. Aber er war kein Kind oder Kätzchen, das man in Sicherheit bringen konnte. Er war ein erwachsener Mann, der das Land nicht ohne Pass, Ausreisevisum und Transitvisa verlassen konnte, und er war ein Mann, der von jedem Grenzbeamten gesucht wurde.

Sie hatte gelegentlich gedacht, dass ihre Abreise, falls sie ausreisen müssten, einen Knoten von Ängsten in ihr durchschlagen würde. Nun waren diese Ängste unbedeutend angesichts der Sorge um Sasha.

Sie stellte die Füße auf den Boden, wollte nach oben zu ihm laufen, wollte darauf bestehen, dass er sich jemanden, irgendjemanden einfallen ließ, den sie in seinem Namen ansprechen konnten, doch sie hielt sich zurück. Sie hatten dieses Thema erschöpft. Es gab niemanden, wozu sollte sie also den armen Jungen ängstigen?

Sie saß noch immer auf dem Bettrand und brütete über diesem Problem, als das Telefon klingelte. Dobson war am Apparat und sagte: «Es ist alles in Ordnung. Ich habe Kontakt zur *prefectura* aufgenommen und ihnen mitgeteilt, dass Seine Exzellenz Guys Anwesenheit hier benötigt. Die Aufforderung ist zurückgezogen worden.»

«Dem Himmel sei Dank dafür», sagte sie mit einer Inbrunst, die ihn überraschen musste.

«Übrigens», sagte er noch, bevor er auflegte, «Sie werden im Konsulat verlangt. Nur eine Formalität. Eilt nicht besonders. Schauen Sie vorbei, wenn Sie die Gelegenheit dazu haben.»

Am nächsten Nachmittag hatte Guy keinen Unterricht, und sie gingen zum Konsulat.

Tavares, der Vizekonsul, rief: «Kommen Sie rein, kommen Sie rein, kommen Sie rein.» Betont zwanglos und heiter sagte er: «Es ist so ...» Er öffnete eine Schublade und zog einige Bögen heraus, die er vor Guy und Harriet hinwarf. «Jeder britische Staatsbürger muss das ausfüllen. Man weiß heutzutage nie, stimmt's? Wir brauchen also, nur für die Akten, ein paar Angaben: Religionszugehörigkeit, nächste Verwandte, wer im Falle des Todes benachrichtigt werden soll, wohin der Nachlass geschickt werden soll et cetera, et cetera. Sie verstehen das.»

«Ja», sagte Harriet.

Als die Formulare ausgefüllt waren, fiel Tavares auf, dass Guy keine Religionszugehörigkeit angegeben hatte. Guy sagte, er fühle sich keiner Religion zugehörig. Tavares fegte diese Auskunft mit einem Lachen beiseite. «Wie wurden Sie getauft?»

«Ich wurde nicht getauft.»

Tavares schnippte mit dem Finger, um zu zeigen, dass ihn

nun nichts mehr überraschen konnte. «Sie müssen da etwas hinschreiben», sagte er. «Sie wollen doch nicht ganz ohne Zeremonie verbuddelt werden. Warum schreiben Sie nicht Baptist? Die Baptisten werden nicht getauft.»

Am Ende gab Guy «freikirchlich» an, nachdem man ihm gesagt hatte, dass Anhänger dieser Glaubensrichtung von kirchlichen Prozessionen verschont blieben.

Auf dem Heimweg fragte Harriet: «Warum hast du mir nicht erzählt, dass du nicht getauft bist?»

«Ich habe nicht daran gedacht. Aber du wusstest ja, dass ich Rationalist bin.»

«Aber niemand wird als Rationalist *geboren*.»

«Ich in gewisser Hinsicht schon. Mein Vater hat nicht erlaubt, dass ich getauft werde.»

«Das heißt, wenn wir sterben, werden wir an unterschiedlichen Orten sein. Du wirst im Nirgendwo schweben.»

Lachend sagte Guy: «Das glaube ich nicht. Wir werden am selben Ort sein, keine Sorge. In hundert Jahren werden wir genau dort sein, wo wir vor hundert Jahren auch waren – nämlich nirgendwo.»

Doch damit war Harriet nicht zufrieden. Beim Tee grübelte sie die ganze Zeit über ihre postmortale Trennung nach. Dann plötzlich, als Jakimov ein Bad nehmen ging, griff sie nach der Teekanne und goss Guy kalten Tee über den Kopf. Er blieb sitzen und ließ ihre Narrheiten über sich ergehen. «Hiermit taufe ich dich, Guy, im Namen des Vaters und des Sohnes und des Heiligen Geistes», sagte sie, womit sie alles ausgesprochen hatte, was sie vom Taufgottesdienst wusste.

9

Vor dem Abend des Gardisten-Empfangs hatte Harriet das Wort «*abdică*» noch nie gehört, jetzt war es in aller Munde. Der König war für seine Vergehen bereits einmal zuvor entthront worden. Die Idee einer Absetzung des Monarchen war nicht neu, und doch warfen sich die Menschen darauf, als handelte es sich dabei um die wundersame Lösung all ihrer Probleme. In den angespannten Tagen der Konferenz von Rom sprachen sie von nichts anderem.

Der König hatte schon immer seine Feinde gehabt – wenn er den Palast verließ, tat er das nur in einem kugelsicheren Wagen –, aber für die meisten war er lediglich ein Schurke unter vielen anderen, ein hinterlistiger, unterhaltsamer Schurke, Held der Hälfte aller Witze, die in Umlauf waren. Diese Haltung änderte sich über Nacht. Plötzlich fand ihn niemand mehr unterhaltsam. Er war der Fluch des Landes. Es stimmte, er hatte sich klug verhalten: Er hatte sich den Achsenmächten angeschlossen – jedoch zu spät. Er war zu gewitzt gewesen. Er hatte ein doppeltes Spiel gespielt und verloren. Jedenfalls verabscheute Hitler ihn und traute ihm nicht. Und das Land bezahlte für seine Sünden. Er musste abdanken, denn mit einem solchen Mann auf dem Thron blühte dem Land nichts als Unglück.

Diese Meinung war so weit verbreitet, dass sie selbst in die Gemächer des Königs vordrang und ihn schließlich zu einer Radioansprache veranlasste. Eine Sache, die er selten tat und niemals besonders gut. Die Wagen der Radiosender standen bereits vor dem Palast, als die Pringles frühstückten. Ein weiterer Wagen mit Lautsprecher auf dem Dach parkte neben der

Statue Carols des Ersten. Angekündigt war, dass der König um zehn Uhr sprechen würde; um kurz vor zwölf trat er ans Mikrophon.

Im Laufe des Morgens hatten sich ein paar Dutzend Müßiggänger um den Lautsprecherwagen versammelt, als die Rede begann, wurden es noch ein paar mehr. Die Zuhörer ließen keinerlei Begeisterung erkennen. Harriet, die sie vom Balkon aus beobachtete, schaltete das Radio ein. Sie hatte im Jahr zuvor eine Radioansprache des Königs gehört (in der er versprochen hatte, dass Rumänien niemals eine Niederlage werde hinnehmen müssen) und hegte wenig Hoffnung, sein stockendes Rumänisch zu verstehen, doch als er zu sprechen begann, wurde ihr klar, dass man mit ihm für diese Gelegenheit eingehend geübt hatte. Er sprach jedes Wort mit ernstem Bedacht aus, mit veränderter Stimme. Der Schreck hatte ihn wohl, dachte sie, zu einer schmerzlichen Einsicht gebracht.

Während er sprach, beobachtete sie eine Reihe junger Männer, die aus der Calea Victoriei kamen, Spruchbanner trugen und Flugblätter verteilten. Was auch immer ihre Botschaft war, sie erregte größere Aufmerksamkeit als die Rede des Königs, der den Menschen Harriets Verständnis zufolge in Aussicht stellte, dass er bei allen Entbehrungen, die auf sie zukommen mochten, an ihrer Seite stehen und mit ihnen leiden würde. Theatralisch, mit brechender Stimme (wie damals, als er versprochen hatte, dass Rumänien niemals eine Niederlage erleiden werde), versprach er, dass er niemals abdanken werde.

Als er die Worte «*Nu voi abdică niciodată*» aussprach, waren die jungen Männer am Zaun des Palasts angekommen, wo sie stehen blieben und ihre Spruchbanner in Sichtweite der Palastfenster in die Höhe hielten.

Harriet hatte keinen Zweifel daran, wer diese jungen Männer waren. Sie waren Mitglieder der Eisernen Garde. Die Gardisten trugen keine Uniformen oder marschierten in Formationen auf oder sangen *«Capitanul»*, aber sie nahmen schon eine Weile zunehmend die Straße in Besitz. Nachdem Harriet nach der Amnestie im Frühjahr die ersten aus Deutschland zurückgekehrten Versprengten bemerkt hatte, wunderte sie sich nun, wie viele von ihnen sich inzwischen mit dem größten Selbstvertrauen versammelten und Anhänger hinzugewannen – nämlich die Mittellosen und Notleidenden. Einst hatten sie in den Seitenstraßen herumgelungert, nun stolzierten diese Männer die Calea Victoriei entlang, und eingeschüchterte Passanten traten zur Seite und ließen sie vorbei.

Als die Rede zu Ende war, beschloss Harriet, sich die Spruchbanner der Gardisten genauer anzusehen. Die Sonne stand hoch. Der Platz leerte sich in der Mittagshitze, aber die jungen Männer blieben unbeirrt stehen. Harriet, die in der Ferne scharf sehen konnte, blieb neben der Statue stehen und las, dass ein Banner den König zum Abdanken aufrief. Ein weiteres forderte die Verhaftung der Lupescu, Urdărianus, des Polizeichefs und anderer «Ausbeuter des Landes». Das dritte Banner stellte in Aussicht, dass die Achsenmächte nach der Entmachtung des Königs und seiner Anhänger dem rumänischen Volk Bessarabien zurückgeben würden.

Harriet war nicht die Einzige, die es vorzog, diese Forderungen aus sicherer Entfernung zu lesen. Um sie herum hörte sie erstauntes und beklommenes Gemurmel. Und sie war ebenfalls erstaunt darüber, dass diese Demonstration in Sichtweite des Palasts stattfinden konnte, ohne dass die Wachen sich rührten.

Im Inneren des Palasts zog jemand die cremefarbenen

Jalousien herunter, verdeckte ein Fenster nach dem anderen – vielleicht als Schutz vor der Sonne, vielleicht vor dem Anblick auf dem Platz. Sonst geschah nichts.

Auf dem Weg zurück ging Harriet an den jungen Männern vorbei, um sich ein Pamphlet zu holen – ein mit den Worten *«Corneliu Zelea Codreanu»* betiteltes Manifest. Sie eilte nach Hause, um es zu lesen, während sie auf Guys Rückkehr wartete. Mit einem Wörterbuch setzte sie sich an den Tisch.

Die Wahrheit, hieß es in dem Manifest, konnte nun endlich erzählt werden. Codreanu war nicht auf der Flucht erschossen worden. Er war auf Befehl des Königs hingerichtet worden.

Die Eiserne Garde, auch Legion des Erzengels Michael genannt, hatte bei der Wahl 1937 sechsundsechzig Sitze gewonnen. Der König, wie von Sinnen vor Neid auf Codreanus Macht, hatte sofort alle Parteien aufgelöst und sich zum Diktator ausgerufen. Daraufhin hatte Hitler gesagt: «Für mich gibt es nur einen rumänischen Diktator, und das ist Codreanu.» Codreanu hatte sich die Liebe und das Vertrauen erworben, das der König, der korrupte Herrscher eines korrupten Regimes, verspielt hatte. Der junge, vornehme, fromme, große, göttlich schöne Codreanu war unmittelbar vom Erzengel Michael dazu angeregt worden, sein Land zu erlösen, indem er die Eiserne Garde gründete. Er verfügte über eine geheimnisvolle Macht, die all jene spürten, die in seine Nähe gelangten. Wenn er weiß gekleidet auf seinem weißen Pferd erschien, erkannten ihn die Bauern sofort als des Erzengels Stellvertreter auf Erden. Sein Ziel war es, alle Rumänen brüderlich zu einen, nicht nur die Lebenden, sondern auch die Seelen der Ungeboren und der Toten ...

Harriet beschleunigte ihre Lektüre, um zum tragischen Ende vorzudringen. Sie übersprang die Unterdrückung der Eisernen Garde, die Beweise für die Fälschung des Briefs und die Farce von einem Prozess, in dem Codreanu des Hochverrats schuldig gesprochen wurde, woraufhin man ihn ins Gefängnis steckte. Dann kam sie zu der kalten Novembernacht, in der man Codreanu und seine dreizehn Kameraden gefesselt und geknebelt auf Lastwagen in den Wald von Ploesti fuhr, wo man einen nach dem anderen mit einem Lederriemen erwürgte. In der Festung von Jilava wurden die Leichen mit Säure übergossen. Man verbrannte die Überreste, und was dann noch übrig war, begrub man in einem Grab, das mit einer dicken Betondecke verschlossen wurde.

Doch all diese Vorkehrungen waren umsonst gewesen. Codreanu war unsterblich. Auch in diesem Augenblick wanderte sein Geist durch das Land, versammelte Streitkräfte ... beflügelte ... ermahnte ... leitete ... und so weiter.

Harriet hatte genug gelesen. Ihre Phantasie war angeregt durch dieses romantische Märchen eines jungen Anführers, der von einem neidischen König ermordet wird, und sie dachte an die Männer, die es ihr unten auf dem Platz überreicht hatten. Es mochten Handwerker gewesen sein, in ihren Unterhemden oder einfachen, kragenlosen Hemden, ohne Kopfbedeckung und mit der dunklen Haut. Jedenfalls waren sie kaum mehr als Bauern. Guy hatte beim Anblick der gardistischen Gruppen auf den Straßen gesagt: «Wie schnell sie unter ihresgleichen Zuwachs verzeichnen, unter Hoffnungslosen, Unfähigen, unter Grobianen.» Und doch, dachte sie, waren sie die einzigen Leute in dieser verwöhnten Stadt, die Ideale hatten und nach anderem strebten als Geld, Essen und Sex. Warum sollte man Grobianen keine Ideale einflößen, den Hoffnungslosen keine Hoffnung geben, den Unfähigen keine Stärke?

Auch die Entdeckung, dass dieses vergnügungssüchtige Volk eine mystische Ader hatte, munterte sie auf. Es war leicht nachzuvollziehen, dass ein Visionär wie Codreanu halbverhungerte und abergläubische Bauern aufstacheln konnte, aber man wäre doch eigentlich davon ausgegangen, dass die Städter sich eher im König mit seinen Geliebten, seinen Täuschungsmanövern und seiner Liebe zum Geld wiedererkannten. Sollten die Menschen tatsächlich so widersprüchlich sein? Es war jedenfalls hier in Bukarest gewesen, dass die Menschen Codreanu beim Begräbnis eines in Spanien gefallenen Gardisten einen solch begeisterten Empfang bereitet hatten, dass der König beschloss, seinen Rivalen zu töten und dessen gesamte Bewegung zu zertreten.

Als Guy nach Hause kam, hatte Harriet das ungeduldige Bedürfnis, über Codreanu zu sprechen, doch er zeigte daran kein Interesse. Er hatte all die Geschichten schon gehört.

«Du musst zugeben», sagte sie, «dass die Ideen der Eisernen Garde sich nicht allzu sehr von deinen unterscheiden.»

Guy blickte scharf auf und deutete mit einer Handbewegung an, dass er in der Absurdität dieser Behauptung das gesamte Übel der Welt ausmachen konnte. «Codreanu», sagte er, «war ein Mörder, ein Judenhetzer und ein Verbrecher. Er hatte eine Gefolgschaft von dahergelaufenen Nichtsnutzen, die nur eines wollten – Macht um jeden Preis.»

«Aber wenn sie an die Macht gekommen wären, hätten sie das Land besser machen können ...»

«Glaubst du das wirklich? Die Inkompetenz von Carols Kreis wäre nichts im Vergleich zu der Inkompetenz von Codreanus Verbrecherbande.»

«Man könnte ihnen zumindest eine Chance geben.»

«Vor dem Krieg gab es recht viele Schwärmer wie dich. Ihre

Faszination für die romantischen Aspekte des Faschismus führte sie in die Irre und brachte sie dazu, ihre Seelen zu verkaufen …»

Da er versehentlich das Wort «Seele» gebraucht hatte, stockte er, und Harriet, die sich gemaßregelt vorkam, fiel ihm ins Wort: «Wenn die Faschisten einen dazu bringen, dass man seine Seele verkauft, dann bringen die Kommunisten einen dazu, sie zu verleugnen.»

Guy stieß ein Grunzen aus und griff nach der Zeitung. Sie wusste, dass er Religion als Teil der Verschwörung betrachtete, mit der die Reichen reich und die Armen gefügig gehalten werden sollten. Mit Gesprächsthemen, die nicht zu einer praktischen Verbesserung der Lage der Menschheit beitrugen, konnte er nichts anfangen. Harriets eigene Theorien waren natürlich zu einfältig, um ihn zu interessieren.

Im Augenblick schottete er sich mit der aufgefalteten Zeitung vor weiterem Unsinn von ihrer Seite ab. Um ihn zu provozieren, sagte sie: «Clarence sagt, du seist bloß der rebellische Sohn eines rebellischen Vaters.»

«Clarence ist ein Esel», sagte Guy, doch er senkte die Zeitung. «Man könnte eher sagen, dass ich auf meinen Vater mit Abgrenzung reagiere. Der arme alte Kerl war so etwas wie ein Romantiker. Er stellte sich die wohlhabenden Schichten als einen Hort der Kultur vor. Er sagte immer: ‹Das ist ihre Aufgabe. Wenn sie nicht Bewahrer der Künste wären, was zum Teufel würden sie den ganzen Tag machen?› Als ich zum ersten Mal reichen Leuten begegnet bin, war ich schockiert über ihre Ignoranz und Vulgarität.»

«Wo bist du diesen reichen Leuten begegnet?»

«Auf der Universität – es waren Fabrikantensöhne, keine Aristokraten, das stimmt, aber sie waren reich. Und übrigens nicht in der ersten Generation. Sie gehörten zu der Schicht in den Midlands, die Landsitze besaß. Sie redeten dauernd über ‹Parvenus›, aber selbst die Intelligentesten von ihnen bevorzugten das, was in Mode war, vor dem, was gut war.»

Sie lachte. «Wie ungefähr alle anderen auch. Wie viele Menschen lieben schon das Erhabene, wenn sie es zu sehen bekommen? Wie sehr muss man sie drängen, damit sie auch nur bereit sind, es zu tolerieren.»

Er stimmte ihr zu und wollte sich gerade wieder seiner Zeitung zuwenden, als sie sagte: «Aber hast du diese Leute gut gekannt? Bist du bei ihnen zu Hause gewesen?»

«Ja. Ich schätze, sie haben mich adoptiert – auf gewisse Weise. Zuerst wollten sie gar nicht glauben, dass ich ein echter Proletarier war. Ich war zu groß und unordentlich. Ihnen zufolge hätte ich ein knochiger kleiner Mann in dunklem Anzug sein müssen, der permanent Seelenqualen litt. Als sie feststellten, dass ich tatsächlich echt war, nahmen sie mich als ihren Lieblingsproletarier in ihren Kreis auf.»

«Und das hat dir nichts ausgemacht? Du mochtest sie? Du mochtest diese Druckers?»

Das musste er zugeben: Er konnte nicht anders, als Leute, die ihn mochten, zu mögen. Sie wurden und blieben für ihn Freunde.

«Aber ich weiß», sagte er, «dass die Menschheit von der intellektuellen und moralischen Beschaffenheit einiger weniger abhängt: von Leuten wie meinem Vater zum Beispiel, die fast niemals Geld oder Macht besitzen und gar nicht ahnen, wie wichtig sie sind.»

Damit brach Guy wieder auf zu seinen Studenten, und Harriet ging, sobald die Hitze nachzulassen begann, aufs Dach, um mit Sasha zu reden.

Guy hatte einmal gesagt, dass sie, obwohl sie beinahe dreiundzwanzig war, die Mentalität einer Heranwachsenden habe. Vielleicht war ihre Beziehung zu Sasha eine Beziehung unter zwei Jugendlichen.

Guys Allwissenheit und Phantasielosigkeit frustrierte sie. Sie fühlte sich davon gegängelt. Sasha dagegen sagte selbst nicht viel, hörte ihr aber mit der interessierten Aufmerksamkeit eines Menschen zu, der neu auf der Welt ist. Er war entzückt davon, unterhalten zu werden, und betrachtete sie mit einem warmen, achtsamen Blick, der ihr das Gefühl gab, alles, was sie sagte, sei erhellend und aufregend. Er glaubte – oder vielmehr veranlasste seine stillschweigende Zustimmung sie zu glauben, dass er genau wie sie glaubte –, dass das Leben eher an die Ewigkeit angebunden war als an die Zeit.

Jetzt hatte sie einen Ort, an den sie gehen konnte, wenn Guy nicht da war. Tagsüber hatte sie genug zu tun. Erst am Abend, wenn das sich ändernde Licht der Stadt eine größere Geräumigkeit verlieh, empfand sie eine gewisse Einsamkeit, und dann dachte sie an Sasha, der ebenfalls einsam war.

Als sie ihn an diesem Abend nach dem Tee aufsuchte, sprach sie über Codreanu. «Er hat die Bauern geliebt. Er hat ihnen diese Idee einer brüderlich vereinten Nation eingeflößt. Das Entscheidende war doch wohl, dass die Leute an ihn glaubten?»

Sasha hörte ihr mit Unbehagen zu. «Aber er hat schreckliche Dinge getan», entgegnete er. «Er hat die Pogrome in Gang gesetzt. Mein Cousin ist in der Universität aus dem Fenster geworfen worden. Seine Wirbelsäule war gebrochen.»

Das war natürlich die Realität. «Aber warum muss die Realität so aussehen?», fragte sie. Die Ziele waren doch gut. Man hatte sie formuliert, um ein korruptes Regime zu bekämpfen, unter dem die Faulen, Selbstsüchtigen und Unehrlichen gediehen. Wieso also, wollte sie wissen, hatten diese Ziele zu einer Realität von Erpressung, Verfolgung und Mord geführt? Waren die Menschen so fehlbar und selbstbezogen, dass dieses Resultat unausweichlich gewesen war?

Guy, der jegliches gedankliche Techtelmechtel mit der Legion des Erzengels Michael untersagte, kannte die Antwort auf die Frage nach der Fehlbarkeit der Menschen: eine im Sozialismus vereinte Welt. Sasha kannte die Antwort nicht.

Um ihr zu gefallen, versuchte er unparteiisch über das Problem nachzudenken, aber als er sie mit seinen sanften, verletzlichen, liebevollen Augen ansah, war sein Blick sorgenschwer.

Sie erinnerte sich an einen Moment am Esstisch der Druckers, als eine seiner Tanten gefragt hatte: «Wieso hassen sie uns?» Drucker hatte die kleinen Mädchen aus dem Zimmer geschickt, nicht aber Sasha. Sasha musste auf die Wirklichkeit vorbereitet werden. Sein Reichtum mochte ihn zwar schützen, aber vor Vorurteilen konnte er nicht beschützt werden. Doch natürlich war er nicht vorbereitet gewesen. Behütet und geliebt, wie er war, konnte er diese Geschichten über Verfolgung nicht auf sich selbst beziehen.

Nun sagte er: «Die Bauern sind sehr einfache Menschen. Es wäre nicht schwer, sie dazu zu bringen, an Codreanu zu glauben. Sie würden an alles Mögliche glauben.» Er sah sie flehend an, als wollte er sagen: «Können wir damit bitte den rätselhaften Einfluss des Gardismus erklären oder das Thema wechseln?» Vermutlich wollte er gerne über die Bauern sprechen, deren ruppige Freundlichkeit er schätzen gelernt hatte. Sie hatten ihn respektiert, weil er Englisch sprach, wenn sie auch kaum glauben konnten, dass er tatsächlich in England gewesen war. England hielten sie für eine Art Paradies, den Wohnsitz von Titanen.

Er beschrieb ihr, wie sie den ganzen Tag so geduldig wie ihre Tiere in Winterkleidung in der hochsommerlichen Hitze Wache gestanden hatten, weil das für ihre Baumwolluniformen bestimmte Geld anderweitig verplempert worden war. Wer waren sie, sich darüber zu beklagen?

«Was hast du bewacht?», fragte Harriet.

«Ach, irgendeine Brücke oder einen Bahnhof oder ein Viadukt. Es war albern. Als die Russen kamen, haben sich die Offiziere einfach in ihre Autos gezwängt und sind weggefahren. Wir wussten nicht, was wir tun sollten ...»

Sie sah, wie sich seine Miene veränderte, als ihm bei der Erwähnung der Flucht der Armee unweigerlich Marcovic einfiel. Inzwischen hatte sie noch ganz andere Geschichten gehört – von orthodoxen Juden, denen die Schädel eingetreten worden waren «wie Tonkrüge». Von dem bedeutenden Volkskundler, der von seinem Feldwebel verprügelt worden war und am nächsten Tag mit einer Medaille um den Hals erschien. «Sie haben sich also selbst ausgezeichnet!», sagte der Feldwebel. «Nein», antwortete der Gelehrte, «der König hat mich ausgezeichnet.» Für diese Dreistigkeit hatte man ihn brutal ins Gesicht geschlagen.

Sasha selbst war nichts besonders Schreckliches passiert, aber unvorbereitet, wie er war, hatte ihn diese Misshandlung seines Volkes entsetzt. Er war geflohen.

«Ich weiß noch ein paar der Lieder, die die Bauern gesungen haben. Der Volkskundler hat sie gesammelt», sagte er.

Während er sprach, blickte sie über die Brüstung und sah Guy quer über den großen Platz nach Hause kommen. Zu Beginn ihrer Ehe wäre sie die Treppe hinuntergeeilt, nun lehnte sie bewegungslos an der Mauer und beobachtete ihn. Sie dachte über Sashas Theorie nach, dass der Gardismus nicht wegen der Stärke seines Gründers, sondern wegen der Schwäche seiner Gefolgsleute groß geworden war. Sie hatte das Gefühl, dass die Diskussion, wie es oft geschah, zu ihrem Ausgangspunkt zurückgekehrt war. Wunder wurden aus Ignoranz und Aberglaube geboren. Merzte man Ignoranz und Aberglauben aus, gab es keine Wunder mehr, nur noch ein aus gleichgültiger Materie bestehendes Universum, in dem Guy sich zu Hause fühlte, sie jedoch nicht. Selbst wenn sie diese Diskreditierung ihrer Sichtweise nicht akzeptieren konnte, musste sie Guy, der so oft recht hatte, doch eine freudlose Anerkennung entgegenbringen.

Sie unterbrach Sasha mit den Worten: «Ich muss leider gehen.»

Er lächelte, wie ein Bauer murrte er nicht und stellte nichts in Frage, doch als sie sich abwandte, sagte er leise: «Ich wünschte, ich hätte mein Grammophon hier.»

«Du solltest studieren», entgegnete sie. Guy hatte ihm nämlich auf ihre Anregung hin Aufgaben gestellt: einen Essay, den er schreiben, Bücher, die er lesen sollte. Die Bücher lagen auf dem Boden verstreut. Er hatte sie aufgeschlagen, doch sie bezweifelte, dass er mehr damit angefangen hatte. «Warum nicht ein bisschen arbeiten?»

«Na gut», sagte er, doch als sie die Leiter hinabstieg, sah sie, dass er sein Stück Kohle genommen hatte und gelangweilt auf die Mauer kritzelte.

10

Eines Morgens, die Stadt zitterte als Luftspiegelung in der Sommerhitze, stand Harriet auf der Calea Victoriei Bella gegenüber. Bella warf ihr ein Lächeln zu und betrat hastig ein Geschäft. Also war sie letztlich doch nicht nach Sinaia gereist, sondern hiergeblieben, wie alle anderen eine Gefangene von Unsicherheit und Furcht.

Die Konferenz von Rom war abgebrochen worden. Dieses Mal machte sich niemand vor, dass das Thema damit erledigt sei. Es würde eine nächste Konferenz geben. Als sie angekündigt wurde, gab es keinen Aufruhr mehr und keinen Aufruf zum Widerstand. Das neue Kabinett hatte dem Führer unbedingte Gefolgschaft geschworen, und der Führer forderte eine friedliche Einigung. Jede Einigung konnte nur einen Verlust für Rumänien bedeuten. In den Cafés und Bars wurde diese Tatsache mit halb belustigter Resignation akzeptiert. Was sollte man sonst tun? Jakimov hatte sich, angeregt vom Grundtenor der Unterhaltungen um sich herum, einen kleinen Scherz ausgedacht. «*Quel débâcle!*», sagte er, wenn sich die Gelegenheit bot. «Tut man einen Schritt, bilden sich gleich Risse im Boden.» Nicht einmal Hadjimoscos brachte es über sich, ihn dafür zu rüffeln.

Die jungen Männer standen noch immer mit ihren Spruchbannern auf dem Pflaster vor dem Palast, inzwischen von einer Menschenmenge unterstützt. Was den König anging, hatte er sich nach seiner Rede aufs Schweigen verlegt, und es kursierte ein Lied, das David nach seinen besten Möglichkeiten folgendermaßen übersetzt hatte:

Sie können Bessarabien haben. Wir mögen keinen Mais.
In uns'rer neuen Ordnung gibt's Weißbrot frisch und heiß.

Lasst ihnen die Dombrudscha. Und auch meinen Palast,
dafür haben die Bürger eine Million gelatzt.

Was soll uns Siebenbürgen? Vielleicht macht es sie satt.
Gebt ihnen, was sie wollen. Ich danke niemals ab.

Dieser letzte Satz «*Eu nu abdic*» war der Spruch des Augenblicks. Man erzählte sich Witze, deren Pointe «*Eu nu abdic*» lautete. Rätselfragen kursierten, auf welche die Antwort «*Eu nu abdic*» war. Passend oder nicht, es war die gewitzteste Antwort auf jede Frage. Man erzielte damit immer einen Lacher.

Angesichts der Bedrohung Siebenbürgens verschwendeten die meisten nicht viele Gedanken auf den südlichen Teil der Dombrudscha, aber es machte eine Geschichte die Runde, der zufolge der alte Minister, der um Bessarabien geweint hatte, vermutlich aus reiner Gewohnheit erneut geweint hatte, als die bulgarische Forderung eintraf. Er rief dem Kabinett ins Gedächtnis, dass das Herz der Königin Marie im Palast in Baltschik begraben sei und die Königin geglaubt hatte, ihre Untertanen würden es mit ihrem Leben beschützen. Er stand auf und rief: «Zu den Waffen! Zu den Waffen!», doch niemand, nicht einmal der alte Mann selbst, konnte diesen Aufruf ernst nehmen. Die Königin, seit kaum zwei Jahren tot, stand für eine Ritterlichkeit, die genauso aus der Mode gekommen war wie der Begriff der Ehre ... oder auch nur Ehrlichkeit.

Die Übergabe der südlichen Dombrudscha war für den siebten September angekündigt.

Damit war ein Grenzkonflikt friedlich beigelegt, dachte

Harriet, doch als sie etwas in dieser Richtung zu Galpin sagte, musterte er sie mit eisigem Hohn.

Sie waren sich auf dem Gehweg vor dem Athénée Palace begegnet, und Galpin hatte einen Koffer in der Hand. «Was mich angeht», sagte er, «ich sitze auf gepackten Koffern und sorge dafür, dass der Tank meines Wagens immer voll ist.»

«O?»

Er ging zu seinem Auto hinüber, stellte den Koffer in den Kofferraum und fügte in milderem Tonfall hinzu: «Ich fand es ziemlich eigentümlich, dass sie sich mit diesem schäbigen Stückchen Land im Süden haben abspeisen lassen, wo sie sich doch die gesamte Küste hätten unter den Nagel reißen können.»

«Wollen Sie damit sagen, dass sie sich die ganze Küste unter den Nagel reißen *werden*?»

«Die Bulgaren und noch jemand anders. Ich vermute, das ist schon vor Monaten so entschieden worden. Wenn die Bulgaren den Süden einnehmen, werden die Russen den Norden besetzen. *Zusammen* besitzen sie dann die gesamte Küstenebene. Es ist eine slawische Verschwörung.»

Als Harriet nicht angemessen erschrocken aussah, fügte er gereizt hinzu: «Verstehen Sie nicht, was das heißt? Rumänien wird vom Meer abgeschnitten sein. Die Gesandtschaft plant, alle britischen Staatsbürger von Konstanza aus zu evakuieren. Sie werden eine derjenigen sein, die darunter zu leiden hat. Es gibt dann keinen Fluchtweg mehr.»

«Wir können nach Belgrad gehen.»

«Wenn die Deutschen in unsere Richtung marschieren, besetzen sie auf dem Weg Jugoslawien.»

«Na gut, wir können ausfliegen.»

«Was, die gesamte britische Kolonie? Das möchte ich aber

sehen. Außerdem, wenn es Gefechte gibt, wird der Flugverkehr als Erstes eingestellt. Das habe ich immer wieder gesehen. Gut, ich gehe jedenfalls kein Risiko ein. Sobald ich von dem Einmarsch Wind bekomme, sitz ich in meiner Blechkiste und bin über alle Berge.»

«Tja», sagte Harriet in dem Versuch, die Situation etwas zu entschärfen, «vielleicht nehmen Sie uns ja mit?»

Galpins Augäpfel traten hervor. «Das kann ich jetzt nicht zusagen. Ich habe Gepäck. Ich habe Wanda. Der Austin ist alt. Die Straße durch den Balkan ist schlecht. Wenn uns eine Achse bricht, sind wir geliefert.» Er sah sie herablassend an, stieg in den Wagen, schlug die Tür zu und fuhr davon.

Als sie in die Wohnung kam, klingelte das Telefon. Inchcape war auf der Suche nach Guy. «Sagen Sie ihm, dass ich nach dem Mittagessen vorbeikomme», rief er, und sie spürte die Wucht, mit der er den Hörer aufwarf.

Er traf ein, als die Pringles und Jakimov noch am Tisch saßen. Guy hatte über Galpins Theorie einer slawischen Verschwörung gespottet und behauptet, die Russen würden kein Gebiet einnehmen, auf das sie keinen Anspruch hatten. Selbst wenn sie die nördliche Dombrudscha besetzten, würde das nicht bedeuten, dass britische Staatsbürger nicht von Konstanza aus abreisen könnten.

Jakimov brachte seinen *«Quel débâcle!»*-Witz an und zeigte eine gewisse Neigung, sitzen zu bleiben und zu reden, aber Inchcape streifte mit solch offen zur Schau gestellter Ungeduld durch den Raum, dass Jakimov schließlich dämmerte, dass er nicht gewollt war. Als er aus dem Raum gegangen war, drehte sich Inchcape einen Stuhl um, setzte sich rittlings darauf und sagte: «Sie versuchen, uns aus dem Land zu werfen. Sie wollen uns weghaben.»

«Wer will uns weghaben?», fragte Guy. «Die *prefectura* oder die Gesandtschaft?»

«Die Gesandtschaft. Sie versuchen, die britische Kolonie auszudünnen. Sie wollen die ‹Kultur-Burschen› loswerden, wie sie uns nennen.»

«Wegen dieser Dombrudscha-Geschichte?», fragte Harriet.

«Unter anderem. Dobson hat die Dreistigkeit besessen, mir auseinanderzusetzen, dass unsere Zeit hier abgelaufen ist. Er hat gesagt: ‹Ihnen muss klar sein, dass Ihre Anwesenheit hier für uns zusätzliche Arbeit bedeutet.›»

«Glauben Sie, das ist eine endgültige Anordnung?»

«Jedenfalls der Versuch dazu.» Inchcape zündete sich eine Zigarette an und wedelte wütend das Streichholz aus. «Aber sie können uns nicht ohne guten Grund ausweisen. Erst wenn die Englische Fakultät geschlossen wäre, könnten sie fragen: ‹Aus welchem Grund sind Sie noch hier?› Ich bin entschlossen, die Fakultät offen zu lassen.»

Guy nickte, um seine Unterstützung anzuzeigen, und Harriet fragte sich, ob wohl auch über das Propagandabüro gesprochen worden war. Bevor sie fragen konnte, drückte Inchcape seine Zigarette, die er nur zu einem Drittel geraucht hatte, auf einem Untersetzer aus und sagte: «Als ich heute Morgen in die Gesandtschaft gerufen wurde, habe ich darauf bestanden, mit Sir Montagu persönlich zu sprechen.»

«Und?», fragte Guy.

Inchcape zündete sich mit zitternder Hand eine neue Zigarette an. «Dobson sagte: ‹Ich glaube es wäre besser, wenn wir die Ferienkurse beenden.› Ich habe mich geweigert, das mit ihm zu besprechen. Auch mit Wheeler hab ich mich nicht abspeisen lassen. Am Ende, glauben Sie mir oder nicht, wurde ich zu dem alten Schmeichler vorgelassen. Und der hat doch tatsächlich gefragt: ‹Ferienkurse? Welche Ferienkurse?› Ich habe ihm gesagt, dass wir eine direkte Anweisung aus dem Londoner Büro bekommen müssten, bevor wir die Arbeit einstellen könnten. Die wird ja nicht so schnell kommen. Niemand zu Hause hat eine Vorstellung davon, was hier los ist.»

«Und?»

«Der alte Junge hat ein bisschen gepoltert. Ich bin standhaft geblieben. Schließlich hat er gesagt: ‹Wenn Sie hierbleiben, bleiben Sie auf eigene Gefahr. Ich garantiere Ihnen nicht, dass ich auch nur einen Ihrer Burschen lebend hier rausbekomme.»

«Was ist mit Woolley und den anderen Geschäftsleuten?»

«Er sagte, die könnten auf sich selbst aufpassen. Sie haben Autos. Wenn der Zeitpunkt kommt, fahren sie nach Bulgarien. Er sagte: ‹Ihr Burschen ohne Fahrzeuge werdet es nicht so leicht haben. Die Züge werden Truppen zur Grenze bringen. In der zivilen Luftfahrt wird die Armee das Kommando übernehmen. Wenn die Russen Konstanza kontrollieren, wird es nicht mal ein Schiff geben.› Ich erwiderte, das sei ein Risiko, das wir bereit sind einzugehen.» Inchcape sah Guy um Bestätigung heischend an.

Guy sagte: «Natürlich.»

«Warum?», fragte Harriet.

«Weil wir eine Aufgabe haben», sagte Guy. «Solange wir hier von Nutzen sind, müssen wir bleiben.»

«Exakt», pflichtete ihm Inchcape bei. «Außerdem», fuhr er fort, «steht ja noch die Cantacuzino-Lesung an. Pinkrose wird einfliegen. Er bekommt einen Vorzugsflug nach Kairo. Das wird nicht jedem zugestanden. Ich werde auf alle Fälle hier sein, um ihn in Empfang zu nehmen.»

«Was hat Sir Montagu sonst noch gesagt?»

«Er hat versucht mich zu überreden. ‹Sie können nur für sich selbst sprechen›, hat er gesagt. ‹Man sollte die Meinungen der anderen Männer einholen.› Ich sagte: ‹Ich kenne meine Männer. Ich kann für sie sprechen.› – ‹Trotzdem›, meinte er, ‹sie sollten zusammenkommen und die Lage besprechen. Lassen Sie Dobson mit ihnen reden.› – ‹Wie Sie wünschen›, erwiderte ich. ‹Ich werde für heute Abend eine Besprechung anberaumen. Jeder kann teilnehmen. Ich kenne meine Männer, ich weiß, was sie sagen werden.› Inchcape blickte Guy gespannt an, der erneut nickte. Zufrieden stand Inchcape auf. «Dann also um sechs im Konferenzraum.»

«Kann ich auch mitkommen?», fragte Harriet.

Inchcape sah sich nach ihr um, überrascht von der Frage. «Wenn Sie möchten», sagte er, dann wandte er sich wieder an Guy. «Benachrichtigen Sie die anderen. Dubedat, Lush und die alten Damen. Ich denke, alle werden hinter uns stehen. Niemand möchte seine Stelle verlieren.»

Um sechs Uhr lag leblos und gelblich wie eine dünne Rauchschicht Dunst über den wenig belebten Straßen.

Auf der Calea Victoriei wurde der eine Gehweg im honiggelben Sonnenlicht gebacken, der andere war preußischblau. Harriet ging im Schatten, bis sie das Deutsche Propagandabüro erreichte, und bevor sie die Straße überquerte, blieb sie dort stehen. Die Karte von Frankreich war in weniger als einem Monat im Schaufenster aufgetaucht und wieder verschwunden gewesen, aber die Karte der Britischen Inseln hing nun schon so lange darin, dass die Menschen das Interesse zu verlieren begannen. Harriet war die Einzige, die sich das Schaufenster ansah. Sie sagte sich: «Die werden da nie hinkommen», und sah, dass sich unter den mit einem Ring aus Flammen eingekreisten Städten ihr Geburtsort befand – eine Stadt, die sie hasste. Ihre Augen füllten sich mit Tränen.

Auf der anderen Straßenseite besprühten Zigeuner ihre Blumen mit rissigen Klistierkolben. Der süße, schwere Geruch von Tuberosen hing über der Treppe zur Universität. «Doamna, doamna», kreischten die Zigeuner, als Harriet hinaufstieg.

Als sie in das gotische Dunkel des Gebäudes trat, hörte sie Guys Stimme. Er war noch im Vorlesungssaal. Sie ging zurück, setzte sich auf das Geländer und sah zu, wie die Straße zum Leben erwachte. Als die Studenten herauskamen, war sie überrascht zu sehen, wie schnell sie sich zerstreuten. Sie blieb sitzen, in der Erwartung, dass noch weitere kommen würden, doch stattdessen erschien Guy.

Sie sagte: «Warum habt ihr nur so wenige Studenten?»

«Eine gewisse Anzahl ist ausgeschieden», gab er zu. «Das ist recht normal. Manche langweilen sich. Komm mit. Die Besprechung hat schon angefangen.» Er eilte ihr voraus, einen hohen, schmalen Gang hinunter, und öffnete die Tür zum Aufenthaltsraum. Inchcape sagte gerade: «... ein absurder Zustand. Tatsache ist, die Gesandtschaft versucht die Sommerkurse zu schließen. Ich habe Sie einberufen, um das zu besprechen. Immerhin geht es um Ihren Lebensunterhalt.»

Er saß in einem grauen Seidenanzug auf dem Tisch im Aufenthaltsraum, einen Fuß auf der Querstrebe eines Stuhls. Bei der Erwähnung der frechen Gesandtschaft lächelte er. Sein Groll war anscheinend verpufft, doch seine Hände umfassten fest die Rückenlehne des Stuhls, während er die Pringles aufmerksam musterte, wie sie ihre Plätze einnahmen.

Clarence lümmelte in dem Sessel aus Guys Büro und

warf Harriet einen Blick zu, als sie sich neben ihn setzte. Er runzelte die Stirn, rutschte tiefer in seinen Sessel und begann seitlich am Nagel seines rechten Zeigefingers zu kauen. Toby fing ihren Blick auf und grinste, als bestünde zwischen ihnen ein besonderes Einverständnis. Die drei Lehrerinnen bedachten Guy mit warmen Blicken. Dubedat hielt den Blick auf Inchcape gerichtet, der fortfuhr: «Zufällig habe ich auch gute Nachrichten in petto. Sie kam gerade herein, als ich mein Büro verlassen habe.» Alle Augen richteten sich erwartungsvoll auf ihn, er lächelte, kostete die Situation einen Augenblick aus und sagte: «Wenn unser Freund Dobson eintrifft, werden wir möglicherweise feststellen, dass die Gesandtschaft ihren Kurs geändert hat.»

War es möglich, dass der Krieg zu Ende war?, fragte sich Harriet. Wundersamerweise und natürlich auch unbefriedigenderweise? Nein, der Krieg konnte nicht enden, ohne dass der Feind geschlagen war.

«Ich habe eben erfahren», fuhr Inchcape fort, «dass die Royal Air Force vergangene Nacht Berlin bombardiert hat.»

«Na, das ist ja großartig!», sagte Guy. Alle murmelten etwas Zustimmendes.

«Das ist phantastisch. Es bedeutet, dass wir jetzt zurückschlagen», sagte Inchcape. «Es ist das erste Mal, dass die deutschen Zivilisten diesen Krieg zu spüren bekommen. Es ist nur eine Frage der Zeit, bis wir sie im Westen so unter Druck setzen, dass eine Ostfront nicht mehr zur Diskussion steht.»

Mrs. Ramsen stieß ein anerkennendes «Ah!» aus.

«Bevor es so weit ist, kann noch viel passieren», entgegnete Dubedat düster.

«Da bin ich mir nicht so sicher.» Inchcape verschränkte die Arme. Sein Lächeln deutete an, dass er seine Überzeugung untermauern könnte, wenn er nur wollte. Die anderen warteten, aber er sagte nichts weiter.

In dem Gefühl, dass sich das Schweigen zu lange hinzog, stand Guy auf. Die Lehrerinnen wandten sich ihm zu, als würde er gleich eine Lösung anbieten. Er sagte: «Das Wichtigste ist, dass wir hierbleiben. Ich meine, wir sollten nicht fortlaufen. Es gibt hier zu viele Menschen, die unsere Unterstützung brauchen.»

«Das finde ich auch.» Clarence' Stimme drang volltönend und edelmütig aus den Tiefen seines Sessels.

Die Tür flog auf. «Tut mir sehr leid», sagte Dobson, als er in seinem zerknitterten Leinenanzug hereineilte. «Man lässt uns Tag und Nacht schuften.» Er blickte niemanden an, riss aber, amüsiert von der Situation, die Augen auf und suchte nach einem Taschentuch. Sein Gesicht und sein Kopf waren rot. Tropfen standen zwischen den Büscheln von Haarflaum auf seinem Schädel.

Inchcape streckte die Beine aus und richtete sich ruckartig auf. «Die Bühne gehört Ihnen», sagte er.

Dobson fand sein Taschentuch und tupfte sich den gesamten Kopf ab. «Na gut!» Er lächelte, anscheinend im Vertrauen auf den gesunden Menschenverstand der Anwesenden, in die Runde. «Es gibt nicht viel zu sagen. Ich spreche, versteht sich, im Namen Seiner Exzellenz.» An diesem Punkt hörte er auf zu lächeln und wurde ernst. «Die Dinge beginnen sich hier aufzulösen. Das sehen Sie selbst. Nicht einmal Seine Majestät fühlt sich auf dem Thron noch besonders sicher. Niemand kann wissen, was als Nächstes passiert. Wir vermuten, dass die Deutschen versuchen werden, die Stadt zu überrennen. Es gibt derzeit ein ziemlich konsistentes Muster, dem die Ereignisse folgen. Eine fünfte Kolonne – in diesem Fall die

Eiserne Garde – verursacht Unruhen und gibt den Truppen der Achsenmächte einen Vorwand, einzumarschieren und für Ordnung zu sorgen. Wenn das hier geschieht, gibt man Ihnen möglicherweise die Gelegenheit das Land zu verlassen, möglicherweise aber auch nicht. Selbst wenn Sie gewarnt werden, ergattern Sie möglicherweise kein Transportmittel. In jedem Fall aber werden Sie vermutlich Ihre gesamten Sachen zurücklassen müssen. Es kann jeden Moment so weit sein – nächste Woche, morgen, sogar heute Abend ...» Er sah sich düster um, begegnete bedrückten Blicken und musste gegen seinen Willen lächeln. «Ich möchte Sie nicht verschrecken ...», er schluckte sein Lächeln hinunter, «aber es hat keinen Zweck zu warten, bis es zu spät ist. Die Englische Fakultät hat das Ihrige getan. *Troilus und Cressida* war einfach ein phantastischer Einsatz. Die Aufführung hat die Moral hochgehalten, als sie gerade dringend hochgehalten werden musste. Ich möchte beinahe sagen», er stieß ein Kichern aus, «Sie haben Ihre Posten gehalten wie echte Trojaner. Doch jetzt», seine Miene wurde wieder ernst, «ist Ihre Arbeit hier getan. Das müssen Sie einsehen. Seine Exzellenz ist der Ansicht, dass die Fakultät schließen muss und die Angestellten ihre Sachen packen und geordnet den Rückzug antreten sollten.»

Am Ende seiner Worte angelangt, sah er Inchcape an und rückte ihn damit wieder in den Mittelpunkt der Aufmerksamkeit. Inchcape, wie er mit vor dem Körper gefalteten Händen auf seine weißen Wildlederschuhe starrte, erweckte den bescheidenen Anschein, niemanden beeinflussen zu wollen. Nach langem Schweigen blickte er auf, um zu unabhängigen Meinungsbekundungen aufzufordern. Mrs. Ramsdens mit Fasanenfedern geschmückter Hut schwang herum, als sie nach dem nächsten Redner Ausschau hielt, und ihr Taftkleid knarzte. Als niemand anders das Wort ergriff, sagte Miss Turner, die Älteste der drei, mit ihrer wehmütigen leisen Stimme: «Uns ist bewusst, dass es hier nicht gut steht, aber jetzt, wo unsere Flugzeuge Berlin unter Beschuss genommen haben, ist doch sicher ... Ich meine, das macht doch bestimmt einen Unterschied?»

Dobson beugte sich höflich in ihre Richtung und erklärte ihr wie einem Kind: «Wir sind alle hocherfreut über den Luftangriff, der natürlich unserem Ansehen enorm guttut, aber die Lage hier hat sich dermaßen verschlechtert, dass er darauf keine Auswirkung hat. Die Wahrheit ist – und wir müssen der Wahrheit ins Gesicht sehen –, dass sich Rumänien faktisch in Feindeshand befindet.»

Miss Turner blickte bekümmert Inchcape an und hoffte auf einen positiveren Kommentar, aber Inchcape hatte nichts zu sagen. Guy erhob sich wieder. «Wir wissen alle seit einiger Zeit, dass unsere Lage hier prekär ist. Trotzdem haben wir uns entschlossen zu bleiben. Vermutlich fallen wir der Gesandtschaft zur Last, aber es geht um ...»

«Mein lieber Freund», protestierte Dobson, «wir sorgen uns um Ihre Sicherheit.»

«Ich bin gerade erst vierundzwanzig», sagte Guy. «Clarence, Dubedat und Lush sind alle im wehrpflichtigen Alter. Unsere Altersgenossen tragen Uniformen. Ich glaube nicht, dass wir hier in größerer Gefahr sind, als wir es in der Wüste in Nordafrika wären.»

Guy hatte dies mit geradliniger Festigkeit vorgetragen, doch Harriet konnte sehen, dass er unter Anspannung stand und lange überlegt hatte, was er sagen würde. Nervös drückte er sich die rechte Handkante an die Stirn. Er kam von einer Provinzuniversität und aus ärmlichen Verhältnissen, es fiel ihm nicht leicht, sich der Amtswürde eines britischen Gesandten und seiner Gesandtschaft entgegenzustellen.

Er hielt inne und sagte dann schnell, beinahe aggressiv: «Ich finde, wir sollten in Bukarest bleiben, solange es hier für uns noch etwas zu tun gibt.»

«Hört, hört!», sagte Mrs. Ramsden.

«Aber gibt es denn noch etwas zu tun?», fragte Clarence matt und unentschlossen. «Was können wir schon tun – oder auch die Gesandtschaft – als verlorener Posten einer in Misskredit geratenen Streitmacht, gewissermaßen in Feindesland?»

Guy sagte: «Es stimmt, die Briten haben hier versagt. Aber wenn wir bis zum Ende hierbleiben, können wir vielleicht jemandem etwas geben, woran er in der Zukunft glauben kann. Es gibt hier viele Menschen, die in weit größerer Gefahr schweben als wir. Für sie repräsentieren wir alles, was von der westlichen Kultur und ihren demokratischen Idealen noch übrig ist. Wir können sie nicht im Stich lassen.»

«Nehmen Sie Vernunft an, Pringle!» Dobson klang noch immer recht freundlich. «Was haben Sie denn noch hier? Eine Handvoll Juden!»

«Solange die jüdischen Studenten uns die Treue halten, müssen wir ihnen die Treue halten», antwortete Guy.

Dubedat kratzte mit einem seiner langen, schmutzigen Fingernägel an einem Eckzahn herum. Toby sog unmittelbar hinter ihm an seiner Pfeife, beugte sich vor und flüsterte etwas. Dubedat brachte ihn mit einem Zischen zum Schweigen.

Inchcape trat nun mit mildem Lächeln einen schlenkernden Schritt vor und sagte: «Wir dürfen auch die Cantacuzino-Vorlesung nicht aus dem Blick verlieren. Professor Lord Pinkrose wird deswegen eingeflogen.»

«Wer zum Teufel ist Professor Lord Pinkrose?», fragte Clarence. Wie er da so träge auf dem Sitz fläzte und zwischen Aufsässigkeit und Sentimentalität schwankte, begriff Harriet, dass er betrunken sein musste.

Inchcape sah ihn lächelnd an. «Hat es jemand nötig, dass ich diese Frage beantworte?», fragte er.

«Den Studenten gilt unsere erste Sorge», sagte Guy, hartnäckig im Kampf gegen die Gleichgültigkeit der Gesandtschaft gegenüber seinem Anliegen.

Harriet verspürte eine Aufwallung von Stolz auf ihn, ärgerte sich aber im selben Augenblick darüber, dass seine erste Sorge nicht ihrer beider Sicherheit galt. Sie wusste, wenn Sasha nicht wäre, würde sie an nichts anderes denken als daran, Guy von hier fortzubringen, bevor es zu spät war. Da ihr Verantwortungsgefühl Sasha gegenüber sie hier festhielt, empfand sie auch ihm gegenüber beinahe Groll. Und sie hatten es Guys unbeschwerter Bereitschaft, sich der ganzen Welt anzunehmen, zu verdanken, dass der Junge nun in ihrem Haus lebte.

Sie gab sich nicht wirklich der Vorstellung hin, dass die Gesandtschaft diese Menschen hier überzeugen konnte, den «geordneten Rückzug» anzutreten. Inchcape würde bleiben, wusste sie, solange es einen Vorwand dafür gab, aber sie begriff auch, dass das Problem Sasha irgendwie gelöst werden musste. Wenn der Zeitpunkt gekommen war, mussten sie ohne Skrupel in der Lage sein zu gehen.

Inchcape stand nun wieder mitten im Raum und sagte gerade: «Pinkrose ist erste Liga. Und so etwas kommt bei den Rumänen gut an.»

Anscheinend kam es auch bei Dobson gut an. Er befand sich bereits auf dem Rückzug. Guys Aufruf zur Loyalität mit den Studenten hatte ihn nicht beeindruckt, aber er nickte ehrfürchtig, als Inchcape die Bedeutung der Vorlesung und des Dozenten schilderte. Sie war überrascht, dass Dobson keinen Kommentar zu dem Umstand abgab, dass man es im Londoner Büro nicht besser wusste, als diesen Professor auszufliegen. Inchcape hatte das Büro natürlich über die hiesige Lage im Unklaren gelassen – schon weil er sie selbst nicht klar sah. Harriet lächelte düster, als ihr der Gedanke kam, dass Lord Pinkrose dank Inchcapes Eitelkeit auf dieselbe Weise enden könnte wie sie alle, nämlich in einem deutschen Konzentrationslager.

«Die Vorlesung muss berücksichtigt werden, da stimme ich Ihnen zu», sagte Dobson, «auch wenn ich annehme, dass Seine Exzellenz Ihnen raten würde, Lord Pinkrose hinsichtlich dessen, was ihn hier erwartet, zu warnen. Wenn er die Risiken kennt, überlegt er sich vielleicht zweimal, ob er wirklich kommen ...»

«Das bezweifle ich, das bezweifle ich», fiel ihm Inchcape leutselig ins Wort.

«Na gut», sagte Dobson abschließend, «wenn Ihre Männer entschlossen sind zu bleiben, werden wir sie bleiben lassen müssen, zumindest noch für eine Weile. Aber», er wandte sich an Mrs. Ramsden, Miss Turner und Miss Tuslove, «bei den Damen ist es eine andere Sache. Seine Exzellenz sagt, er kann für unverheiratete englische Damen keine Verantwortung übernehmen.»

Ein Stöhnen kam von der Seite der drei Frauen. Die Federn auf Mrs. Ramsdens Hut zitterten. Die drei sahen Dobson an, der sie so freundlich anstrahlte, blickten dann hilfesuchend zu Inchcape, doch Inchcape war wegen seines Sieges bester Laune und bereit, die Lehrerinnen zu opfern. «In diesem Punkt», sagte er, «stimme ich mit Seiner Exzellenz überein.

Ich bin mir sicher, Sie möchten nicht das Gefühl bekommen, meine Damen, hier im Wege zu sein. Abgesehen davon geht Ihnen die Arbeit aus. Wie viele Studenten haben sich zu den Ferienkursen angemeldet? In etwa zweihundert. Und wie viele haben wir jetzt noch?» Er neigte fragend den Kopf in Guys Richtung, der widerwillig antwortete.

«Ungefähr sechzig. Aber die Kurse sind in fünf Stufen eingeteilt.»

«Das lässt sich neu organisieren. Tatsache ist», Inchcape sah die Lehrerinnen an, «Ihre Stellen werden bald wegfallen. Anderswo werden Sie es besser haben.»

«Wir wollen nicht weg», sagte Mrs. Ramsden.

«Es bleibt natürlich Ihnen überlassen», sagte Dobson verträglich, «aber wenn Sie das nächste Mal die Aufforderung erhalten, das Land zu verlassen, werde ich nicht mehr geltend machen können, dass Ihre Anwesenheit hier erforderlich ist. Es wäre besser für Sie, in Ihrem eigenen Tempo abzureisen.»

«Aber sehen Sie doch!» Mrs. Ramsden sprach mit großem Nachdruck. «Wir hatten das alles schon einmal, als der Krieg begann. Mr. Woolley forderte allgemein alle Damen auf, Rumänien zu verlassen. Er hat seine Frau nach Hause geschickt. Dutzende andere sind gleichzeitig abgereist, und die meisten von ihnen sind nie zurückgekehrt. Wir drei sind nach Istanbul gefahren. Wir mussten in einer sogenannten *pension* unterkommen – ein schmutzstarrendes Loch und trotzdem teuer. Es ging uns elend. Wir haben herumgesessen, ohne irgendwo anders hin zu können und ohne etwas zu tun zu haben. Wir haben unsere Ersparnisse aufgebraucht – für nichts, wie sich herausstellte. Am Ende sind wir alle wieder hergekommen. Hier gehören wir hin. Wir sind hier zu Hause. Wir sind nur alte Tanten. Die Deutschen werden uns nichts tun.»

«Und ich habe hier mein kleines Einkommen», sagte Miss Turner, deren Gesicht die bläuliche Färbung entrahmter Milch angenommen hatte. «Der Prinz lässt es mir zukommen, wissen Sie. Ich habe mich zwanzig Jahre lang um seine Kinder gekümmert. Dieses Geld kann ich nicht außer Landes mitnehmen. Das lässt man nicht zu. Wenn ich hier weggehe, stehe ich ohne einen Heller da.»

«Wir würden lieber das Risiko eingehen und bleiben», sagte Mrs. Ramsden.

«Werte Dame», führte Dobson geduldig aus, «wenn die Deutschen kommen, werden die Sie nicht zu Hause wohnen lassen. Man wird Sie in Gefangenenlager schicken, schreckliche Orte wie Dachau. Dort werden Sie vielleicht jahrelang bleiben müssen. Sie würden niemals überleben.»

Miss Tuslove betupfte ihre Augen mit einem Baumwollhandschuh. Sie konnte nur mit Mühe sprechen. «Wenn ich noch einmal weggehen muss, wird mich das umbringen ... umbringen.» Ihr Satz verebbte in einem Schluchzen.

Inchcape tätschelte ihre Schulter, aber er ließ sich nicht erweichen. «In Kriegszeiten», sagte er munter, «müssen wir alle Dinge tun, die uns nicht behagen.»

Miss Turner zupfte ihn am Ärmel. «Aber Sie haben doch gesagt ... dieser Luftangriff auf Berlin ...»

«Bedeutet leider nicht das Ende des Krieges.» Mit einer kleinen Handbewegung beendete er das Thema.

Miss Tuslove, die den Tränen nahe war, begann mit ihren Handschuhen zu ringen. «Ich bekomme sie nicht an. Ich bekomme sie nicht an.»

Harriet betrachtete die alten Damen, sah, wie bemitleidenswert sie waren, und musste doch Dobson recht geben. Mrs. Ramsden würde vielleicht ein paar Jahre Gefangenenlager überstehen, aber für Miss Turner und Miss Tuslove, zerbrechliche, nervenschwache Wesen, würde das den Untergang bedeuten. Sie blickten nicht so weit voraus. Mrs. Ramsden fing ihren Blick auf und sagte: «Ich bin mir sicher, Mr. Pringle möchte nicht, dass wir gehen. Ich würde gerne mit ihm sprechen, aber» – sie sah sehnsüchtig zu Guy hinüber, der mit Dobson redete – «ich schätze, ich sollte ihn jetzt nicht behelligen.»

Harriet sagte: «Professor Inchcape leitet die Fakultät. Ich fürchte, er hat das letzte Wort.»

Als sie aufbrachen, blickten die drei sich nach Guy um, in der Hoffnung, dass er sie sehen und retten würde. Doch was konnte er schon tun? Er hielt ihnen den Rücken zugewandt, vermutlich war ihm ihre Not schmerzhaft bewusst. Da sie keinen Vorwand hatten, noch länger zu bleiben, gingen sie.

In Harriets Rücken sprach Toby gerade über Cluj – wie weitsichtig und weise von ihm es gewesen war, abzureisen, bevor die aktuelle Krise sich entwickelt hatte. Er behauptete, sein Professor habe ihn mit allen denkbaren Drohungen drangsaliert, damit er seinen Vertrag erfülle, doch Toby hatte gewusst, dass er sich als Ausländer auf eine *force majeure* berufen konnte. Es war eine von Tobys typischen Geschichten. Er ließ einen immer wieder glauben, dass nur seine Gerissenheit ihn befähigte zu überleben – etwa in einem Sumpf von verfehlter Universitätspolitik. Als sie sein weiches, fleischiges Gesicht ansah, sein nachgiebiges Kinn unter seinem Schnurrbart und ihn selbstzufrieden sagen hörte: «Ein Bursche muss eben zusehen, dass er überlebt», da kam ihr in den Sinn, dass es sehr gut sein konnte, dass er überlebte und der Rest von ihnen nicht.

Plötzlich trat Dubedat entschlossen auf Dobson zu und unterbrach dessen Gespräch mit Guy. «Wegen dieser Slawen-

Verschwörung», sagte er hastig, «gibt es Anlass anzunehmen, dass wir von Konstanza abgeschnitten werden?»

Dobson blickte kurz betreten drein, fing sich sogleich wieder und antwortete dann leichthin: «Soweit wir wissen, nicht den geringsten.» Dann wandte er sich umstandslos wieder seiner Unterhaltung mit Guy zu. «Hitler sind die politischen Schachzüge hier völlig egal. Er interessiert sich lediglich für die Wirtschaft auf dem Balkan. Er hat die Rumänen angewiesen, ihre Grenzstreitigkeiten zu klären, um sie beschäftigt zu halten, damit seine Truppen Zeit haben, hier einzumarschieren. Und es könnte nun jeden Tag so weit sein.»

Dubedat blickte Toby an und machte eine Kopfbewegung. Toby folgte ihm wortlos.

Der Pförtner kam herein, um zu fragen, ob er abschließen könne. Inchcape führte Dobson, Clarence und die Pringles aus dem Gebäude. Im grünlichen Leuchten des Abends blieben sie auf der Terrasse stehen. Die Fesseln der Hitze hatten sich gelöst, die Luft war in Bewegung geraten und kühlte, Menschen strömten in Scharen aus den Häusern. Es war die angenehmste Stunde, in der noch Tageslicht herrschte. Dobson bot an, alle in seinem Wagen mitzunehmen, doch die anderen zogen es vor, zu Fuß zu gehen. «Dann mache ich mich auf den Weg», sagte er und trippelte mit vorgewölbtem Bauch im Eiltempo die Treppe hinunter.

Inchcape wartete, bis er außer Hörweite war, dann lachte er. «Der Tag gehört uns», sagte er.

Guy ließ sich nicht anstecken. Sein Gesicht lag in Sorgenfalten, er dachte an die Opfer ihres Sieges. «Vielleicht könnten wir Mrs. Ramsden und den anderen Empfehlungsschreiben an unseren Vertreter in Ankara mitgeben? Sie sind vorzügliche Lehrerinnen. Er könnte sie dort gut einsetzen.»

«Warum nicht? Warum nicht?», sagte Inchcape und fügte sofort hinzu: «Also, womit wollen wir Pinkrose unterhalten? Er ist leider ein wenig steif.»

Harriet lehnte sich an das Geländer und blickte hinunter in die Blumenkörbe der Zigeuner. Wie erwartet kam Clarence zu ihr herüber, wenn auch langsam und, wie sie das Gefühl hatte, auch unwillig. Als er bei ihr ankam, fragte sie: «Ob wir hier jemals wegkommen?»

Clarence war nicht in Stimmung für Mitgefühl. «Du hast die Freiheit, jederzeit zu gehen», sagte er. «Du hast nicht einmal eine Stelle, die dich hier festhält.»

«Ich habe einen Ehemann. Selbst wenn ich bereit wäre, ohne ihn zu gehen, könnte er sich zwei Haushalte nicht leisten.»

«Du könntest dir irgendeine Arbeit suchen.»

«Das ist im Ausland nicht einfach. Jedenfalls bleibe ich, solange Guy bleibt.»

Die Zigeunerinnen, angesichts der anschwellenden Menschenmassen in Erregung versetzt, sprangen in ihren Volantröcken aus Chiffon umher und versuchten, die Menschen mit ihren Rufen anzulocken: *«Domnuli ... domnuli ... domnuli.»*

Harriet bemerkte Sophie, die in einem gelben Kleid, das so geschnitten war, dass es ihre Brust und die schmale Taille betonte, zwischen den Blumen stand. Auf wen wartete sie? Sophie blickte auf, bemerkte Clarence über sich und begann sich mit der Präzision von jemandem, der sich seines Publikums bewusst ist, von Korb zu Korb zu bewegen. Sie lächelte bewundernd in alle Richtungen und blieb dann vor einem Korb voller Rosenblüten stehen. Sie suchte sich eine aus, roch beseelt daran und hielt sie auf Armeslänge von sich. Halb rechnete Harriet schon damit, dass sie sich auf die Zehenspitzen erheben und eine Pirouette drehen würde. Stattdessen sprach sie die Verkäuferin an.

Im vorangegangenen Sommer hatte Harriet Sophie dabei beobachtet, wie sie um Veilchen gehandelt hatte. Damals hatte sie mit Schärfe um die Blumen gefeilscht, dieses Mal war sie ganz ungekünstelte Sanftmut. Als die Zigeunerin ihr einen Preis nannte, machte sie eine kleine protestierende Handbewegung, doch dann bezahlte sie ohne zu streiten, hilflos in einer Welt, in der Schönheit ihren Preis hatte.

Harriet sah Clarence an. Clarence betrachtete Sophie mit einem eigenartigen Lächeln. «Wartet sie auf dich?», fragte Harriet.

«Ich schätze, ja.» Clarence grinste schief, er wusste, dass er sie überrascht hatte. «Sophie scheint aus irgendeinem Grund eine Schwäche für mich entwickelt zu haben. Gestern hat sie gesagt, wenn ich betrunken sei, bekäme ich einen gefährlichen Blick.»

«Ach wirklich!» Harriet lachte eher aus Ärger als aus Belustigung. «Ich habe dich oft genug betrunken erlebt, aber nie gefährlich.»

Clarence stieß ein Schnauben aus und sagte nach kurzer Pause: «Sophie behauptet, du hättest kein Herz. Bestimmt hat sie unrecht.»

«Willst du eine Frau, die ein Herz hat?»

«Nein. Ich will jemanden, der zäh ist wie altes Schuhleder. Genau genommen will ich dich. Gleich, als ich dich zum ersten Mal gesehen habe, wusste ich, dass du zu meiner Lieblingssorte Frauen gehörst. Du könntest mich retten.»

«Da wirst du mit Sophie besser fahren.»

Guy rief nach Harriet und stieg mit Inchcape die Treppe hinab. Sie folgte den beiden an Clarences Seite. Sophie tat unten auf dem Gehweg so, als sei sie überrascht, Clarence zu sehen, doch die Darbietung wurde dadurch verdorben, dass Clarence sie nur widerwillig zur Kenntnis nahm. Sie musste nach seinem Arm greifen.

«Ich habe», sagte sie, «ein wenig mit Mr. Dubedat und Mr. Lush geplaudert. Wie nett dieser Mr. Lush doch ist! So geradeheraus, so ehrlich, so schlicht und voller Herzensgüte. Ein wahrhafter Botschafter Englands, würde ich sagen.» Ihr Blick in Guys und Inchcapes Richtung deutete an, dass die beiden wohl besser einmal bei Mr. Lush in die Lehre gehen sollten, dann lächelte sie Clarence an. Betreten murmelte er die Frage, wohin sie gehen wollten.

«Ich mag das Capşa sehr gern», sagte Sophie. «Der Garten dort ist so hübsch.»

Clarence sah Inchcape und die Pringles an, aber sie ließen ihn hängen. Während sie in die eine Richtung gingen, wurde er in die andere abgeführt.

11

Druckers Prozess wurde zweimal verschoben, und dann, Ende August, kündigte man ihn für den folgenden Tag an.

Unter den Karteninhabern machte sich eine gewisse Bestürzung breit, denn man gab ihnen damit nur vierundzwanzig Stunden, um die Lunches und Cocktailpartys zu organisieren, die bei einem solchen Anlass anstanden. Prinzessin Teodorescu, die mit vielen Freunden zum Gerichtsgebäude gefahren werden wollte, war gezwungen, selbst im Foyer des Athénée Palace zu erscheinen und jeden Wagenbesitzer in Beschlag zu nehmen, mit dem sie eine gewisse Bekanntschaft geltend machen konnte. Unter diesen befand sich auch Jakimov. Entzückt davon, bei dem Spaß mitmachen zu dürfen, wenn auch nur als Chauffeur, gab er seine letzten hundert *Lei* dafür aus, den Hispano säubern zu lassen.

Es waren die Hundstage des Sommers, in denen der Himmel um die Mittagszeit ein offener Schmelzofen war, doch Jakimov ließ sich von der Hitze nicht allzu sehr beeinträchtigen. Er ging nirgendwohin zu Fuß. Selbst die Strecke von der Wohnung der Pringles zum Hotel fuhr er, obwohl der Hispano so schnell beschleunigte, dass er kaum losgefahren war, als er ihn schon wieder bremsen musste. Jakimov genoss das, was er «die Hitzigkeit» des Bukarester Verkehrs nannte. Er war inzwischen wieder im Vollbesitz seiner alten Fahrkünste. Als Foxy Leverett ihn vor dem Athénée Palace vorfahren sah, merkte er an: «Sie fahren diesen Wagen, als sei er ein Teil von Ihnen.» Auch wenn sich Jakimov eingestehen musste, dass der Alkohol und die Missgeschicke des Lebens seine Nerven malträtiert hatten, so konnte er, wenn er es wollte, sein «altes Mädchen» doch noch konstant auf hundertsechzig halten.

Am ersten Prozessmorgen stand er früh auf, nahm ein Bad, kleidete sich in seine besten Sachen und trat in der Hotellobby an.

Galpin war schon dort und beobachtete die Vorbereitungen. «Gehen Sie zum Prozess?», fragte er.

«Aber ja, lieber Junge», entgegnete Jakimov lächelnd.

Die englischen Journalisten waren die Einzigen, die nicht geladen waren, und Galpin sagte missmutig: «Eine Zeitverschwendung, dieser ganze Klamauk. Seine Majestät wird keinen Penny daran verdienen.»

«Sie meinen, er kann die Ölanteile nicht konfiszieren?»

«Ich meine, man wird ihn hochkant aus dem Land werfen.»

Bevor Jakimov die Zeit hatte, von dieser Vorhersage verstört zu sein, wurde er von Baron Steinfeld gepackt, der ihm befahl, Prinzessin Mimi und Prinzessin Lulie zu eskortieren. Die beiden Mädchen waren offensichtlich wenig erfreut, zu Jakimov abgeschoben zu werden, der bloß hoffen konnte, dass der Anblick des frisch polierten Hispano mit seinem blitzenden Chrom sie trösten würde. Mimi ließ sich tatsächlich zu einem kühlen Lächeln herab, aber Lulie hielt ihr schmales, verhärmtes Gesicht abgewandt und den Blick in die Ferne gerichtet. Selbst mit ihm zusammen auf die Sitzbank gezwängt blieben die Mädchen distanziert. Er betätigte den Anlasser. Der Motor brummte und erstarb. Er betätigte ihn erneut. Wieder brummte der Motor und erstarb, brummte und erstarb.

Die Mädchen blickten mit ausdruckslosen Gesichtern durch die Windschutzscheibe.

Die Kraftstoffanzeige war schon vor einigen Jahren kaputtgegangen und stand permanent auf *demi*, aber der Tank war leer. Er war die ganze Zeit mit Foxys zweihundert Litern herumgefahren und hatte völlig vergessen, Benzin nachzufüllen.

Lulie senkte die Lider und murmelte: «*Quel ennui!*»

«Wir werden ein Taxi nehmen müssen», sagte Mimi und blickte Jakimov an, aber Jakimov hatte kein Geld für ein Taxi. Er sprang aus dem Wagen, versprach «in null Komma nichts» wieder zurück zu sein und eilte in die Bar, wo er versuchte, sich Geld zu leihen. Galpin verlieh kein Geld. Niemand anders hatte Geld, das er verleihen konnte. Inzwischen hatte sich die Lobby bereits geleert. Die anderen Autos waren losgefahren. Als Jakimov ohne einen müden Heller aus dem Hotel trat, waren die Prinzessinnen verschwunden.

Lange Zeit blieb er neben seinem Wagen stehen, bejammerte ihn und bat jeden Bekannten, der das Hotel betrat oder verließ, um Geld – aber in diesen Tagen gab es in Bukarest niemanden mehr, der bereit war, ihm irgendetwas zu leihen.

Am Ende musste er den Wagen dort stehen lassen, wo er stand, unmittelbar vor dem Hoteleingang, und nach zwei Tagen forderte der Manager ihn auf, ihn wegzufahren.

Er hatte Dobson angefleht, ihm einen Vorschuss auf seine Überweisung zu geben, doch dieser hatte ihn daran erinnert, dass die gesamte Summe bereits für seine Visa und die Kosten der Rückholung des Hispano aus Jugoslawien draufgegangen war. Jakimov wurde bange. Wie sollte er nun zu Freddi gelangen?

«Könnten Sie Ihrem Jaki nicht ein- oder zweitausend leihen?»

«Nein», sagte Dobson. Guy sagte ebenfalls: «Nein.» Das war das Ende. Seine glanzvollen Tage waren für immer vorüber. Er war nicht nur mittellos, er ging beinahe in Lumpen. Er besaß auf der Welt nur noch zwei Dinge – seinen Wagen und den zobelbesetzten Mantel, den der Zar seinem Vater geschenkt hatte.

Er würde das Auto verkaufen müssen. Nachdem er diese Entscheidung getroffen hatte, war er plötzlich wieder ganz vergnügt. Er würde zu Geld kommen. Einen ganzen Batzen würde er verdienen. Mit diesem Vorsatz ging er los, um Fahrzeughändler aufzusuchen, die lediglich bestätigten, was Dobson ihm vorausgesagt hatte. Nur wenige Menschen konnten es sich leisten, einen Wagen wie den Hispano zu unterhalten, und diese wenigen waren allesamt Juden. Da jüdische Fahrzeuge von der Armee beschlagnahmt wurden, war es äußerst unwahrscheinlich, dass jemand den Wagen kaufen würde.

Am Ende lieh ein Autoverkäufer, dessen Schauraum an

der Kreuzung von Calea Victoriei und Boulevard Brăteanu lag, ihm einen Kanister Benzin, mit dem er den Wagen zu seinem Geschäft bringen sollte. «*C'est beau*», gab er zu, als er ihn schließlich sah, aber er wollte ihn nicht kaufen. Immerhin erklärte er sich bereit, den Wagen auszustellen und nach Möglichkeit für Jakimov zu verkaufen. Also fuhr man den Hispano vor das große dreieckige Fenster und ließ ihn dort stehen.

In der Bar brachte man Jakimov für den Verlust des Hispano kein Mitleid entgegen. Als der Wagen in Bukarest aufgetaucht war, hatte sich Hadjimoscos geweigert, hinauszugehen und ihn sich anzusehen. Mit einer Geste hatte er angedeutet, dass sein Leben geradezu überladen gewesen sei mit solchen Fahrzeugen. Jetzt sagte er: «Selbst wenn es keine Beschlagnahmungen gäbe, würde nur ein Narr einen solchen Wagen kaufen. Er frisst Benzin und bietet keinen Platz. Ohne Zweifel stehen jede Menge solcher Fahrzeuge zum Verkauf. Die Engländer haben darin versagt, uns zu beschützen, und nun laufen sie weg, um sich selbst in Sicherheit zu bringen.»

Jakimov wandte ziemlich bestürzt ein: «Es stimmt zwar, mein lieber Junge, dass ein paar ältere Damen abgereist sind – Mrs. Ramsden und ihre Entourage ... aber ...»

«Ich rede nicht von älteren Damen.». Hadjimoscos, funkelnd vor Häme, sprach überdeutlich. «Ich rede von Mr. Dubedat und Mr. Lush.»

«Lush und Dubedat? Da täuschen Sie sich bestimmt, lieber Junge.»

«Ich glaube nicht. Man hat gesehen, wie sie die Stadt mit reichlich Gepäck verlassen haben. Die Leute erzählen sich, dass sie nicht mehr an der Universität sind.»

Da er davon nichts wusste, konnte Jakimov nur den Kopf schütteln. Als er zum Mittagessen nach Hause kam, sprach er Guy darauf an: «Es geht das *canard* um, Lush und Dubedat hätten ihre Siebensachen gepackt und sich vom Acker gemacht. Das ist doch wohl nicht wahr.»

Guy sagte nichts.

«Sie sind doch noch hier, nicht?», fragte Harriet.

Guy schüttelte den Kopf. «Leider sind sie wirklich fort.»

«Du hast nichts davon erzählt. Wohin sind sie gefahren?»

«Ich bin davon ausgegangen, dass sie wiederauftauchen. Sie haben mir gesagt, sie wollten übers Wochenende verreisen. Ich habe am Montag ihre Stunden übernommen, und als sie Mittwoch immer noch nicht wieder da waren, habe ich einen Pförtner zu ihrer Wohnung geschickt. Es war niemand da, aber der Hauswart sagte ihm, sie hätten ihren Diener ausbezahlt und all ihre Sachen mitgenommen. Heute Vormittag habe ich im Konsulat erfahren, dass Tobys alter Wagen auf der Kaianlage in Konstanza stehen gelassen wurde.»

«Sie sind abgehauen! Sie sind nach Istanbul gegangen.»

Nach kurzem Schweigen antwortete Guy: «Man kann ihnen daraus keinen Vorwurf machen, schätze ich.»

«Wieso kann man ihnen keinen Vorwurf machen?»

«Sie sind nicht bei der Organisation angestellt. Für sie war es ein Gelegenheitsjob. Wieso sollten wir von ihnen erwarten, ein solches Risiko einzugehen?»

«Und jetzt hast du überhaupt niemanden mehr, der dich unterstützt? Du bist an der Universität allein!»

«Ich werde es schon irgendwie schaffen», sagte Guy.

Als Jakimov sich zurückgezogen hatte, merkte Harriet an: «Bei all dem, was geschieht, habe ich das Gefühl, dass wir nicht mehr allzu lange hier sein werden.»

«Ach, ich weiß nicht. Es könnte sich alles wieder beruhigen.»

«Ich fange an, mir wegen Sasha Sorgen zu machen.»

Geistesabwesend fragte Guy: «Es geht ihm doch gut da oben, oder?»

«Ja, es geht ihm gut. Aber was passiert mit ihm, wenn wir gehen?»

«Darüber müssen wir uns Gedanken machen. Würde Bella ihn aufnehmen?»

«Bella? Du bist wohl verrückt.»

«Du hast gesagt, sie wäre ein anständiger Kerl.»

Sie lachte über die Tatsache, dass Guy ihr das einfach geglaubt hatte, und entgegnete: «Das ist sie auf gewisse Weise auch, aber man kann von ihr nicht erwarten, dass sie einen jüdischen Deserteur bei sich aufnimmt, den sie noch nie zuvor gesehen hat. Wenn sie hier allein zurückbleibt, wird sie ohnehin ihre eigenen Probleme bekommen. Was ist mit deinen Studenten? Gibt es unter denen keinen, der ihn verstecken würde?»

«Einige würden es machen, da bin ich mir sicher», sagte er und fügte nach kurzem Nachdenken hinzu: «Aber wäre es fair, sie darum zu bitten? Außerdem hoffen sie alle darauf, hier wegzukommen. Sasha würde lediglich einen einstweiligen Unterschlupf gegen den nächsten eintauschen.»

«Was schlägst du also vor?»

«Im Augenblick nichts.» Leicht gereizt angesichts ihrer Hartnäckigkeit setzte er hinzu: «Jetzt, wo Lush und Dubedat weg sind, muss ich alle Kurse neu einteilen. Wir können das Sasha-Problem besprechen, wenn wir mehr Zeit haben.»

«Na gut», sagte sie und fragte sich, ob er bislang einen Gedanken daran verschwendet hatte. Was empfand er für Sasha? Als sie Lehrer und Schüler gewesen waren, hatte er Sasha ins Herz geschlossen. Er war den Druckers, als er in der Stadt noch allein gewesen war, für ihre Freundschaft dankbar gewesen. Aber wie sehr galt das jetzt noch? Das Problem bestand darin, dachte sie, dass Guy zu viele Menschen in sein Herz schloss. Man konnte nicht gegenüber allen gleichzeitig loyal sein. Sie selbst hatte beinahe aufgehört, von ihm Loyalität zu erwarten. Es würde ebenso schwer werden, ihn in Sashas Interesse in die Pflicht zu nehmen wie in ihrem eigenen.

Ihr langes Schweigen veranlasste ihn zu der Beschwichtigung: «Mach dir keine Sorgen. Wir reisen ja nicht morgen ab. Wir lassen uns etwas einfallen.» Als sie noch immer nichts sagte, kam er um den Tisch, griff nach ihren Händen und zog sie auf die Beine. «Du vertraust mir nicht genug», sagte er.

Sie schlang ihre Arme um seine Taille und fühlte sich von der Wärme seines muskulösen Körpers besänftigt. «Natürlich vertraue ich dir», sagte sie. Sie vergaßen ihre Meinungsverschiedenheiten und begaben sich auf ihr Zimmer. Doch Guy konnte sich nicht lange dem Vergessen hingeben. Da die gesamte Arbeit, die durch die Ferienkurse anfiel, in seinen Händen lag, blieb er nicht einmal mehr bis zum Tee.

Als er sich anzog, fragte sie: «Könnte ich nicht ein paar Stunden für dich übernehmen?»

Er schüttelte den Kopf. «Du hast keine Lehrerfahrung, du bist nicht qualifiziert, und es ist schwieriger, als du dir vorstellst.»

12

Nachdem Guy gegangen war, trat Harriet, gequält von der Fadheit des Lebens um diese Uhrzeit, hinaus auf den Balkon und blickte über den leeren Platz unter ihr. Die Luft war pelzig vor Hitze. Auf dem Gehweg versuchten die jugendlichen Gardisten mit ihren Spruchbannern und Flugblättern noch immer, einen Aufstand auszulösen. Obwohl der Aufstand in der Luft lag wie ein Gewitter, lag die Stadt in Lethargie versunken da, der Palast schlief, die weißen Jalousien gegen die Langeweile des Nachmittags heruntergezogen.

Eine dritte Konferenz war gescheitert, und nun wurde über die Siebenbürgen-Frage in Wien verhandelt. Die Menschen begannen zu glauben, dass sie sich von selbst lösen würde, indem sie sich als unlösbar erwies. Jakimov hatte die vorherrschende Meinung aus der Bar wiedergegeben: «Mein liebes Mädchen, es wird alles in Gerede versanden, bla, bla, bla.»

Es war kaum fünf Uhr, doch das Licht hatte bereits eine herbstliche Färbung angenommen. Der Hochsommer war vorüber. Im Cişmigiu loderten die Dahlien. Auf der Chaussée waren die Bäume ausgetrocknet, ihre wenigen Blätter hingen wie verkokeltes Papier herunter, genau, wie sie es schon beim ersten Mal gesehen hatte. Die prächtigsten Monate waren in Furcht und Aufbruchsstimmung verstrichen.

Sie war nun seit einem Jahr verheiratet. Es war, wie Guy gerne betonte, eine Vorkriegsehe. Mit einer Niedergeschlagenheit, die von der dichter werdenden, staubigen Farbe der Luft ausgelöst zu sein schien, überlegte sie, dass sie sich vielleicht nicht, wie es zuerst den Anschein gehabt hatte, als eine ewige Ehe erweisen würde. Sie konnte sich nun vorstellen, dass sich das Band zwischen ihnen lockerte. Guy hatte zu ihr gesagt: «Du vertraust mir nicht genug.» Damals, als sie mit ihm nach erst drei Wochen Bekanntschaft quer durch Europa gereist war, hatte er noch keinen Grund gehabt, so etwas zu sagen. Wenn sie ihm jetzt nicht vertraute, wenn sie, einsam und auf sich selbst zurückgeworfen, andernorts nach Gefährten suchte, hatte er sich das selbst zuzuschreiben.

In diesem Augenblick fiel ihr ein, dass Sasha sie um einen Gefallen gebeten hatte. Er hatte sie gebeten, den Versuch zu unternehmen, seinen Vater zu aufzusuchen.

Im Augenblick war Drucker der Mann, über den in Bukarest am meisten gesprochen wurde. Despinas Mann hatte ihnen die Information zugetragen, dass der Angeklagte zu unterschiedlichen Tageszeiten dabei beobachtet werden konnte, wie er das Gerichtsgebäude durch einen Hintereingang betrat oder verließ. Despina gab Neuigkeiten stets eifrig weiter und war damit sofort zu Sasha gelaufen. Als Harriet das nächste Mal aufs Dach gestiegen war, hatte er bereits in großer Aufregung auf sie gewartet. Er bettelte inständig darum, noch am selben Abend losgehen zu dürfen, um seinen Vater beim Verlassen des Gerichts zu sehen und vielleicht sogar anzusprechen.

Das Vorhaben entsetzte Harriet. «Das kommt gar nicht in Frage», sagte sie. «Die Militärpolizei fahndet nach dir. Möglicherweise warten sie dort auf dich, außerdem besteht die Gefahr, dass du von jemandem erkannt wirst, insbesondere, wenn du mit ihm sprichst ...»

Ungeduldig fiel er ihr ins Wort: «Ich könnte mich irgendwo hinstellen, wo mich keiner sieht. Ich könnte ihn einfach nur anschauen.»

«Wo auch immer du dich hinstellst, wird man dich sehen. Das Risiko ist zu hoch.»

Da sie an seine sanfte Willfährigkeit gewöhnt war, überraschte es sie, wie hartnäckig er blieb. Sein Gesicht glühte von dem ungestümen Verlangen hinzugehen. Sie redete ihm gut zu wie einem Kind.

Nach ein paar Minuten brach sein Eifer plötzlich in sich zusammen. Er sah so verzweifelt aus, dass sie sich schuldig fühlte und sich fragte, wie viel von ihrer Abwehr gegen sein Vorhaben dem Wunsch entsprungen war, ihn zu beherrschen. Guy war ihr auf gewisse Weise entglitten, aber Sasha war nicht nur ihr von ihr abhängiger Liebling, er war ihr Gefangener. Nichtsdestotrotz konnte sie ihm nicht erlauben, in eine Falle zu gehen.

Er löste seinen Blick nicht von ihrem und fragte: «Wenn du mich schon nicht gehen lässt, gehst du dann für mich? Falls du ihn siehst, bietet sich dir vielleicht die Gelegenheit, mit ihm zu sprechen.»

Erschrocken über diesen Vorschlag, fragte Harriet. «Wenn ich hinginge, was sollte ich dann zu ihm sagen?»

«Sag ihm, dass ich bei euch bin. Sag: ‹Machen Sie sich keine Sorgen um Sasha. Wir kümmern uns um ihn.›»

Das war gestern Morgen gewesen. Auch wenn sie nicht versprochen hatte hinzugehen, so hatte sie es genau genommen auch nicht abgelehnt. Sie erfuhr, dass Drucker das Gericht um die Mittagszeit verließ, um drei Uhr wiederkam und um sechs wieder ging, doch sie unternahm keinen Versuch, ihn zu diesen Zeiten zu sehen. Wenn sie hinginge, würde sie nicht mit ihm sprechen. Zum einen würden die Wärter so etwas vermutlich nicht gestatten. Zum anderen standen die Engländer hier ohnehin unter Generalverdacht. Sie durfte der Außenwelt keinen Anlass geben, sie mit den Druckers in Verbindung zu bringen. Abgesehen davon hegte sie nicht den Wunsch, einen Mann anzustarren, der neun Monate lang die Härten eines rumänischen Gefängnisses erduldet hatte.

Sie entschied, dass sie nicht hingehen konnte. Gestern Abend, Sasha hatte damit gerechnet, dass sie ihm Neuigkeiten über seinen Vater bringen würde, hatte sie ihn nicht besucht. Als sie sich nun fragte, womit sie ihr Versäumnis entschuldigen konnte, hatte sie plötzlich das Gefühl, dass er so viel gar nicht von ihr verlangt hatte. Sie wandte sich an ihr inneres Bild von Guy und protestierte: «Wenn du dich für andere aufopferst, darf ich das ja wohl auch tun.»

Sie ging direkt nach dem Tee los. Als sie den Platz überquerte, bemerkte sie, dass im Palast die Jalousien hochgezogen waren und Autos durch die Palasttore fuhren. An den weißen Uniformen konnte sie erkennen, dass die Neuankömmlinge Kronräte waren. Der Platz erwachte ebenfalls zum Leben. Die Menschen schlenderten aus den Seitenstraßen herbei und versammelten sich auf dem Gehweg vor dem Palastgitter. Die Vorgänge rund um den Palast deutete weniger auf ein Ereignis hin als auf die Hoffnung, dass es eines geben würde.

Als Harriet die Hauptstraße erreichte, waren die Zeitungsjungen unterwegs. Sie kaufte *L'Indépendance Romaine* und las die zwei Zeilen der letzten Meldung. In Wien war es zu einer Vereinbarung gekommen. Die Details würde man bekanntgeben.

Der Zeitpunkt der Bekanntgabe wurde nicht genannt, aber die Leute strömten auf die Straßen, aus irgendeinem Grund bester Dinge, als erwarteten sie gute Nachrichten.

Der Drucker-Prozess war damit in die zweite Reihe gerückt. An den vorangegangenen Tagen hatten sich Menschenmengen versammelt, um die Besitzer der Eintrittskarten und die berühmten neunundvierzig Zeugen zu sehen, die gegen den Beschuldigten aussagen sollten. An diesem Abend standen kaum ein Dutzend Menschen um die Stufen zum Eingang herum. Hinter dem Gebäude, wo kleine Lagerhäuser und Werkstätten angesiedelt waren, in denen noch gearbeitet wurde, standen sechs bis acht. Sie diskutierten über die Neuigkeit der Einigung in der Siebenbürgen-Frage und beachteten Harriet nicht.

Der Geruch nach Salzfisch hing in der Luft, und die schmalen, gepflasterten Gehwege waren mit Sand bedeckt. Am Randstein stand ein fensterloser Wagen mit für Drucker bereits geöffneten Türen. Harriet stellte sich hinter eine Gruppe von Büroangestellten und entnahm deren Unterhaltung, dass der allenthalben spürbare Optimismus sich auf die Tatsache gründete, dass Rumänien als Partner der Achsenmächte akzeptiert worden war. Der Führer würde dafür sorgen, dass man das Land fair behandelte. Einer der Angestellten sagte, sie müssten vielleicht eine oder zwei Provinzen hergeben, aber nicht mehr. Seiner Meinung nach bevorzugte die deutsche Minderheit in Siebenbürgen die Rumänen, weil sie als Volk umgänglicher seien als die arroganten, eigenwilligen Ungarn.

Die Tür zum Gericht flog auf, und zwei Wärter erschienen.

Harriet, die Drucker zehn Monate zuvor nur einmal begegnet war, erinnerte sich an ihn als einen Mann mittleren Alters, groß, bedeutend, elegant, gutaussehend, der sie mit warmem, bewunderndem Blick empfangen hatte.

Nun erschien ein ältliches, gebücktes Skelett, ein Krüppel, der die Treppe hinunterstieg, indem er immer denselben Fuß zuerst eine Stufe hinabsetzte und den anderen nachzog. Das allgemeine Murmeln «Drucker» sagte ihr, dass er es war, ob sie es nun glauben konnte oder nicht. Dann erkannte sie den Anzug aus englischem Tweed, den er getragen hatte, als er die Pringles zum Mittagessen bewirtet hatte. Der Anzug war nun kaum mehr ein Anzug. Die Hose war an den Knien so abgewetzt, dass Harriet den weißen Knochen seiner Kniescheibe hindurchschimmern sah, wenn er das Bein beugte, aber das große Fischgrätmuster war durch den Schmutz hindurch erkennbar.

Auf der untersten Stufe lächelte er halb, als wollte er sich bei seinem Publikum entschuldigen, dann erblickte er Harriet, die einzige anwesende Frau, und wirkte verblüfft. Er hielt inne, und einer der Wärter versetzte ihm einen Tritt, der ihn der Länge nach hinschlagen ließ. Er rappelte sich von dem schmalen Gehweg auf und dünstete dabei einen Gestank aus, der an den Gestank eines Aasvogels erinnerte. Der Wärter trat erneut nach ihm, und er fiel nach vorn, umklammerte den Tritt des Wagens und murmelte in fieberhaftem Gehorsam *«Da, da»*.

Sobald sich die Wagentüren hinter ihm geschlossen hatten, eilte Harriet, ohne auf das Treiben auf den Gehwegen zu achten, zurück in die Calea Victoriei. Als sie am Ende der Straße angekommen war, hatte sie entschieden, dass sie Sasha gefahrlos anlügen konnte. Es war unwahrscheinlich, dass er seinen Vater jemals wiedersehen würde.

Inzwischen hatte sich auf dem Platz eine beträchtliche Anzahl von Menschen versammelt. Als sie sich dem Wohnblock näherte und zum Dach hinaufblickte, sah sie Sasha auf der Mauerbrüstung stehen und zu ihr hinunterstarren. Als sie bei ihm ankam, war sie in der Lage, überzeugend zu berichten: «Dein Vater sah sehr gut aus.»

«Du hast ihn wirklich gesehen?» Er war bei ihrem Anblick heruntergesprungen und hatte sich mit den Handrücken die Wangen abgewischt, aber sie konnte sehen, dass er geweint hatte. Ungeduldig fragte er: «Und konntest du mit ihm reden? Hast du ihm gesagt, dass ich hier bin?»

«Ja, natürlich.»

«Da war er sicher erfreut.»

«Sehr erfreut. Es tut mir leid, ich kann nicht bleiben. Guy bringt einen Freund zum Abendessen mit.» Und sie ging, um weiteren Fragen auszuweichen.

Bei dem Freund handelte es sich um David Boyd, den Harriet seit ihrem letzten Treffen in der Englischen Bar nicht mehr gesehen hatte. Er war dann «zur Vogelbeobachtung» ein Wochenende lang weggefahren, das sich so sehr ausgedehnt hatte, dass Guy schließlich bei der Gesandtschaft angerufen und sich nach ihm erkundigt hatte. Foxy Leveretts Sekretärin war nicht bereit gewesen, mehr zu sagen als: «Die Gesandtschaft ist über Mr. Boyds Abwesenheit nicht beunruhigt.»

Als David am Morgen angerufen hatte, war Harriet über seine Rückkehr erleichtert gewesen und hatte festgestellt, dass er ihr als Mitglied ihres kleinen und schwindenden Freundeskreises wichtig geworden war. Sein robustes Nervenkostüm hatte eine aufmunternde Wirkung. Und er war Guys Freund. Alle möglichen Leute mochten sie verlassen, bei David war sie sich sicher, dass er bis zum Ende bleiben würde.

Während sie auf die Männer wartete, hörte sie unten auf dem Platz erregte Stimmen und stand kurz davor, Despina hinunterzuschicken, um den Grund dafür zu ermitteln, als Guy und David zur Haustür hereinkamen. David sprach laut. «Es ist genau so, wie Klein es vorhergesagt hat. Weißt du noch, seine Metapher vom großen Vermögen? Tja, jetzt ist das letzte bisschen davon flöten gegangen. Das Land zerfällt in Einzelteile.»

Als die beiden hochgewachsenen Männer ins Zimmer kamen, sahen sie einander auffallend ähnlich, und was sie unterschied, wurde von ihrem Sonnenbrand verdeckt. Allerdings war Guys Haar in der Sonne ausgebleicht, Davids schwarze Locken glänzten vor Feuchtigkeit, und auch sein vorspringendes, dunkles Kinn war feucht. Beide trugen ihre Jacketts unter den Arm geklemmt. Sie waren zu Fuß gegangen, und ihre Hemden waren schweißnass. Mit ihnen kam ein Schwall Schweißgeruch ins Zimmer.

Guy sagte: «Die Bedingungen für die Einigung sind veröffentlicht. Rumänien muss den ganzen nördlichen Teil Siebenbürgens abgeben, den reichsten Teil.»

«Ein ordentliches Stückchen Land.» David schnaubte vor Vergnügen. «Ein Gebiet von ungefähr fünfundvierzigtausend Quadratkilometern, Bevölkerung zweieinhalb Millionen Menschen. Aber es bedeutet mehr als das. Die Rumänen sind, was Siebenbürgen angeht, sentimental, *Die Wiege der Nation* und so weiter. Das heißt, es wird einen Aufstand geben – wie Seine Majestät vermutlich bald herausfinden wird.»

Harriet fragte: «Was ist da draußen gerade los?»

«Die Menschen weinen auf den Straßen.»

Harriet war schockiert und hatte selbst das Bedürfnis zu weinen. Wenn man sie gefragt hätte, hätte sie behauptet, nichts anderes erwartet zu haben, und doch wurde ihr nun bewusst, dass sie die grundlosen, fiebrigen Hoffnungen der Rumänen irgendwie verinnerlicht haben musste.

Während sie zu Abend aßen, glitt die Sonne hinter die Sonnenuntergangswolken, die sich dunkelviolett im Westen ballten und den großen Platz verdunkelten. Die Menschenmenge war nun wie angesichts einer Katastrophe verstummt. Selbst der Verkehr war zum Erliegen gekommen. Harriet hatte nur wenig Appetit und verspürte wie nach dem Erdbeben kürzlich das Bedürfnis, unter freiem Himmel zu sein und den Boden zu berühren.

Sie fragte: «Sind die Rumänen denn verpflichtet, das so zu akzeptieren?»

«Was sollen sie sonst tun?», entgegnete David. «Die Bedingungen sind von Ribbentrop und Ciano diktiert. Man hat den rumänischen Ministern bedeutet, wenn sie sie nicht annähmen, würde Rumänien sofort von deutschen, ungarischen und russischen Truppen besetzt werden.»

«Die Rumänen könnten kämpfen», sagte Harriet.

David griff beherzt zu und sagte angesichts ihrer Torheit nachsichtig: «Ein Krieg zwischen Rumänien und Deutschland wäre wie das Leben eines primitiven Menschen: widerwärtig, bestialisch und kurz.»

«Warum werden die Rumänen so behandelt?»

«Ich schätze, man lässt sie für ihre alte Freundschaft mit Großbritannien bezahlen. Es geht außerdem das Gerücht um, dass Carol, während er vorgab, mit Hitler zusammenzuarbeiten, versucht hat, eine militärische Allianz mit Stalin einzugehen.»

«Glaubst du, das stimmt?», fragte Guy.

«Ob die Geschichte stimmt oder nicht, man wird sie glauben. Carol ist ein schlauer Mann, der sich durchgehend wie ein Narr verhalten hat. Das Schlimmste ist, dass diese Teilung keines der Probleme lösen wird, die Siebenbürgen betreffen. Hitler schneidet den Braten einfach in zwei Stücke. Ihm kann es ja egal sein. Damit hält er jedenfalls die Ungarn bei Laune, und wenn er jemals ihre Hilfe braucht, wird er sie vermutlich bekommen.»

Sie nahmen ihren Kaffee mit hinaus auf den Balkon, wo das Zwielicht schon beinahe in Finsternis übergegangen war. In den Haupträumen des Palastes brannten die Kandelaber. Eine große Menschenmenge füllte den Platz. Die fassungslose Stille war nun vorüber, und die Luft trug Unruhe zu ihnen nach oben. Die Schatten unter ihnen bewegten sich, irgendjemand sprach zu ihnen, dann erhob sich eine einzelne Tenorstimme und sang die Nationalhymne: *Tresca Regili* – Es lebe der König!

Kaum waren die ersten Worte erklungen, ging der Gesang in einem Durcheinander von ärgerlichen Rufen unter. Das Wort *«abdică»* erhob sich über den Tumult, wurde aufgegriffen und an unterschiedlichen Ecken des Platzes wiederholt, gewann an Lautstärke, bis es den Anschein hatte, als bündelte sich der gesamte Widerstand des Landes in der einen Forderung, der König solle abdanken.

13

Die folgende Woche verlangte Jakimov einiges ab. Wann immer er auf dem Weg zur Bar oder von der Bar nach Hause versuchte, den Platz zu überqueren, wurde er von Leuten angerempelt und mit Tiraden belästigt, die entweder für oder gegen den König Partei ergriffen – meistens gegen ihn. Man drückte ihm Flugblätter in die Hand, auf denen Carol als Verräter gebrandmarkt wurde. Die Gardisten behaupteten Beweise dafür zu haben, dass er eine Allianz mit Russland angestrebt hatte. Dieser entsetzliche Akt des Verrats habe die deutschen Freunde verstimmt, sagten sie. Angesichts dessen sei der Schiedsspruch der Achsenmächte in der Siebenbürgen-Frage gerecht. Das Land habe für die Sünden seines Herrschers zu bezahlen.

Die Gardisten waren in diesen Tagen allerdings die Einzigen, die sich für die Achsenmächte aussprachen. So behandelte der Führer also seine Kinder, sagten die Leute. Das war also der Dank dafür, dass sie ihre Tiere, Feldfrüchte und ihr Öl nach Deutschland geschickt hatten. Die Wahrheit sei doch, Hitler sei mit seinem Versuch gescheitert, in England einzufallen, und habe sich aus Trotz gegen Rumänien gewandt. Jakimov hatte tatsächlich beobachtet, wie jemand ein Hakenkreuz von einem Auto gerissen hatte und darauf herumgetrampelt war, doch der Anblick hatte seine Beklemmung angesichts dieser Tumulte nur noch verstärkt. *«Quel débâcle»*, sagte er, *«quel débâcle!»*, und jetzt war es kein Scherz mehr.

Hadjimoscos insbesondere verstörte ihn damit, dass er ihm die verheerenden Konsequenzen auseinandersetzte, die eine Entthronung des Königs zur Folge hätte. Da er sich von den Gardisten nichts erhoffen konnte, war Hadjimoscos zum glühenden Royalisten geworden. Der Abgang des Königs, verkündete er, würde «absolute Anarchie» nach sich ziehen. «Wir von der alten Aristokratie wären die Ersten, die darunter zu leiden hätten», sagte er zu Jakimov. «Sie müssten als Mitglied der englischen Oberschicht mit einer sofortigen Verhaftung rechnen. Die Gardisten sind zutiefst anti-britisch eingestellt. Ich schließe bei diesen Typen nicht aus, dass sie eine Guillotine aufstellen würden. *La Terreur* wird sich von Anfang bis Ende wiederholen, das versichere ich Ihnen. Wir sitzen in einem Boot, *mon prince.*» Er drückte Jakimov den Arm, denn in ihrer Verbitterung über die Deutschen erinnerten sich die Rumänen an ihre Zuneigung zu ihrem alten Verbündeten. Großbritannien hatte sich gegen die Teilung Siebenbürgens ausgesprochen, und plötzlich redeten alle davon, dass Großbritannien trotz allem den Krieg noch gewinnen und Rumänien seine Besitztümer zurückgeben würde.

Und vielleicht würde es so kommen! Allerdings nicht rechtzeitig, um den armen Jaki zu retten.

Da am Sonntagnachmittag jeder Zeit hatte, war auf dem großen Platz sehr viel mehr los als sonst. Irgendjemand grölte etwas inmitten der Menge und erregte damit solchen Zorn, dass Jakimov erwog, eine Kehrtwende zu machen, aber er war dafür zu müde. Noch ganz benommen von seiner Siesta und der schwülen Hitze tauchte er in die Menge ein und schob sich in ungefähr die Richtung des Hotels. Die ersten zehn Meter ging es ganz gut voran, dann stieß er auf ein undurchdringliches Menschenknäuel. Er änderte wieder und wieder seine Richtung, nur um festzustellen, dass das Gedränge um ihn dichter wurde. Als er den Sprecher erblickte, einen jungen Mann, der auf einem Podest wild herumsprang, wurde ihm klar, dass er in die falsche Richtung ging. Er versuchte es mit Rückzug, doch hinter ihm hatten sich die Reihen geschlossen. Um ihn herum standen die Menschen nicht nur eng gedrängt, sondern befanden sich auch noch in voller Hörweite der rasenden Rede und deswegen in heilloser Aufregung. Voller Anspannung, geradezu entflammt, reckten sie die Köpfe und schrien und bemerkten Jakimov gar nicht, der unter gemurmelten Entschuldigungen versuchte, sich durch jeden Spalt, den er entdeckte, hindurchzudrängeln.

Plötzlich schien es ihm so, als schnappten die Leute über. Nicht nur schrien sie herum, sie warfen die Arme in die Luft, schüttelten die Fäuste, stampften mit den Füßen, sodass er, unwillentlich zwischen ihnen eingeklemmt, bloß noch den Kopf einziehen und flehen konnte: «Ruhig Blut, lieber Junge, ruhig Blut!» Doch die Menschen drängten in einer Welle nach vorn, und Jakimov wurde unerbittlich mitgerissen, so fest eingezwängt, dass er nicht einmal mehr die Arme heben konnte. Er hatte das Gefühl zu ersticken, nicht nur wegen des Drucks auf seinen Bauch und auf die schmächtige Brust, sondern wegen der Hitze, die von der Menge ausging, wegen ihres Geruchs nach Schweiß und Knoblauch. Seine Lungen fühlten sich an, als seien sie kollabiert, sodass er nicht einmal um Hilfe rufen konnte. In entsetzlicher Angst hielt er sich an dem Mann vor ihm fest, denn er wusste, wenn er jetzt das Bewusstsein verlor, würde man ihn zu Boden reißen und niedertrampeln. Der Mann war ein Priester mit langem schwarzem Bart, dessen Kopfbedeckung zuvor in Jakimovs Gesichtsfeld herumgeschlingert war wie das Heck eines Schiffes bei Sturm. Der Priester brüllte im Chor der anderen mit – natürlich irgendetwas wegen Siebenbürgen –, und Jakimov hing an seinen Schultern, überzeugt, dass das Morden gleich beginnen würde. Flehentlich flüsterte er: «Um Himmels willen, retten Sie mich. Bringen Sie mich hier raus.» Er dachte gerade: «Das ist Jakis Ende», als der Aufruhr um ihn herum merklich nachließ. Warnende Rufe erschollen vom Rand der Menschenmasse. Einen Augenblick später hatte sich der Redner von dem Podest fallen lassen und war in der anonymen Menge verschwunden. Die Leute verdrehten die Hälse, und als *«Politeul!»*-Rufe zwischen ihnen weitergegeben wurden, verkehrte sich der Sog in Richtung außen. In dieser neuen Welle eingeschlossen, klammerte sich Jakimov, halbtot vor Angst, wie ein Ertrinkender an den Priester, der mitten im Strom stehen blieb, von seinem schieren Gewicht im Boden verankert.

Durch die ausgedünnte Menge hindurch konnte Jakimov den Grund dafür sehen, dass sich alle zerstreuten. Die Polizei bereitete gerade Wasserschläuche vor, die sie auf die Demonstranten zu richten beabsichtigte. Als sich ein Wasserstrahl nach dem anderen in die Luft erhob, versuchte Jakimov mit den anderen wegzurennen, doch nun klammerte sich der Priester, an den er sich geklammert hatte, an ihn, griff nach seiner Hand, um ihn aufrecht zu halten, während Männer an ihnen vorüberdrängten und gegen sie prallten wie Steinschläge gegen Felsen. Jakimov, der von diesen Schlägen in alle Richtungen geschleudert wurde, hatte das Gefühl, der Arm würde ihm ausgekugelt. Er rief dem Priester zu, er möge ihn loslassen, doch dieser hielt ihn fest und grinste ihn dabei die ganze Zeit über mit großen graubraunen Zähnen an.

Der Platz leerte sich. Niemand blieb bei Jakimov und seinem Beschützer, dem er noch immer zu entfliehen versuchte. Sie waren beide vollkommen durchnässt. Endlich hielt der Priester es für sicher, seinen Griff zu lockern. Mit gönnerhaftem Lächeln klopfte er Jakimov ab, tätschelte ihm den Rücken und entließ ihn.

Jakimov sucht auf direktem Weg Schutz. Stolpernd, zitternd, tropfnass taumelte er in die Englische Bar, die um diese Tageszeit brechend voll war mit Journalisten. Galpin und Screwby saßen hier mit dem alten Mortimer Tufton und Gästen aus benachbarten Hauptstädten zusammen, die immer auftauchten, wenn Ärger in der Luft lag.

Jakimov wartete nicht ab, ob ihm jemand einen Drink spendieren würde. Er ging an die Bar und bestellte sich selbst einen. Er wollte unbedingt über seine Erfahrung sprechen, doch die Umstehenden waren zu sehr damit beschäftigt, die neuesten Ereignisse zu diskutieren, um jemanden zu bemerken, der dabei gewesen war. Er leerte seine *ţuică* und stellte sich dann zitternd und schwitzend und Trost suchend so weit in Galpins Nähe, wie er sich traute.

Als Galpin eine Runde ausgab, gelangte ein Glas versehentlich in Jakimovs Hände, und er kippte es, bevor es ihm jemand wegnehmen konnte. Da ihm ein Getränk fehlte, blickte sich Galpin suchend danach um, bemerkte Jakimov, streckte den Arm nach ihm aus und packte ihn. «Ich habe nach Ihnen gesucht», sagte er.

Ein Schrecken folgte auf den anderen. Jakimov rief: «Ich wollte das nicht. Ich dachte, es wäre für mich.»

«Ruhig Blut. Ich werde Ihnen schon nicht den Kopf abreißen.» Galpin hielt ihn weiterhin gepackt und führte ihn aus der Bar in die Lobby. «Ich möchte, dass Sie für mich eine kleine Aufgabe übernehmen.»

«Eine *Aufgabe*, lieber Junge?»

«Sie haben einmal für McCann eine Aufgabe übernommen, erinnern Sie sich? Also, ich möchte, dass Sie mir aushelfen. Vermute, Sie haben gehört, dass die Ungarn am Fünften Siebenbürgen besetzen. Ich müsste eigentlich nach Cluj, um mir die Übernahme anzusehen, aber ich muss hierbleiben für den Fall, dass es hier losgeht. Deswegen will ich, dass Sie für mich nach Cluj fahren.»

Jakimovs erster Gedanke galt Freddi, aber sein ganzer Mut hatte ihn verlassen. «Ich weiß nicht, lieber Junge», sagte er zögernd. «Es ist eine lange Reise, und bei all der Empörung im Land ...»

«Dort sind Sie deutlich sicherer als hier», beschwichtigte ihn Galpin. «*Hier* wird es Unruhen geben. Alles spielt sich rund um den Palast ab. Cluj ist davon nicht betroffen. Gutes Essen, hübscher Ort, nette Menschen. Eine erholsame Reise. Alle Ausgaben wären gedeckt. Was wollen Sie mehr?»

«Was müsste ich dafür tun?»

«Halten Sie einfach nur Augen und Ohren offen. Nehmen Sie die Atmosphäre des Ortes in sich auf. Sehen Sie sich um, berichten Sie mir, was vor sich geht.» Als Jakimov noch immer keine Begeisterung erkennen ließ, fügte Galpin hinzu: «Ich habe Ihnen geholfen, als Sie Hilfe brauchten. Jetzt wollen Sie sich doch gewiss revanchieren, nicht wahr?»

«Natürlich, lieber Junge.»

«Also dann ... Sie wären nur wenige Nächte fort. Ich brauche die Neuigkeiten, solange sie heiß sind.»

Allmählich drang zu Jakimov durch, wie reizvoll eine solche

Reise wäre, und er holte tief Luft. «Fahre natürlich sehr gerne. Überglücklich, aushelfen zu können. Und ich muss sagen, Sie sprechen mit dem richtigen Mann. Ich habe dort einen Freund auf einem äußerst wichtigen Posten. Graf Freddi von Flügel.»

«Guter Gott! Den verdammten Gauleiter?» Galpin sprangen förmlich die gelben Augäpfel aus dem Kopf. «Sie können da nicht hinfahren und *den* treffen.» Als sich auf Jakimovs Gesicht Enttäuschung abzeichnete, ergänzte er hastig: «Letztlich bleibt es natürlich Ihnen überlassen. Immerhin ist er ein Freund von Ihnen. Das macht einen Unterschied. Treffen Sie sich mit ihm, wenn Sie unbedingt wollen, aber halten Sie mich da raus.» Galpin zog eine Brieftasche heraus. «Ich schieße Ihnen fünftausend für Ihre Auslagen vor. Wenn das nicht alles abdeckt, rechnen wir ab, sobald Sie wieder hier sind.»

Jakimov streckte die Hand aus, doch nach kurzem Nachdenken steckte Galpin die Brieftasche wieder ein. «Ich händige Ihnen das Geld aus, wenn Sie abreisen. Das wird am Mittwoch sein. Geben wir dem Kessel noch ein bisschen Zeit, Druck aufzubauen. Sie nehmen am besten den Mittagszug. Ich hole Sie um halb zwölf ab und bringe Sie selbst zum Bahnhof. Kommen Sie.» Er packte Jakimov, als wollte er ihn in Gewahrsam nehmen, doch dann sagte er unerwartet: «Ich gebe Ihnen noch einen Drink aus.»

14

Am Mittwochmorgen wurde Jakimov von seinem Reisefieber geweckt und war vor zehn Uhr angezogen und parat. Cluj beherrschte ihn nun vollkommen. Seine Gedanken galten seiner persönlichen Sicherheit, Freddi und gutem Essen, seine größte Furcht war, dass die Verbindungen dorthin eingestellt würden, bevor er aufbrechen konnte.

Die Unruhen der vergangenen Tage waren für ihn eine Qual gewesen. Auf dem großen Platz hatte beständig Aufruhr geherrscht. Im Palast waren Schüsse abgefeuert worden. Gerüchte jeglicher Art hatten die Runde gemacht. Antonescu war in den Palast bestellt und aufgefordert worden, eine Regierung zu bilden. Als er mitteilte, für eine nicht-konstitutionelle Monarchie nicht zur Verfügung zu stehen, hatte man ihn wieder ins Gefängnis gesteckt.

Jakimov hatte kaum zu hoffen gewagt, bis Mittwoch zu überleben. Und nun war endlich Mittwoch. Auf dem Platz war es ruhig. Der König befand sich noch in seinem Palast, und was Jakimov anging, war die Welt in Ordnung.

Harriet saß noch am Frühstückstisch, als er seinen zeitigen Auftritt hatte. Soeben hatte sie im Radio gehört, dass der Drucker-Prozess am Vorabend zu Ende gegangen war. Drucker war schuldig gesprochen und für drei verschiedene Währungsdelikte zu drei Gefängnisstrafen verurteilt worden: sieben Jahre, fünfzehn Jahre und fünfundzwanzig Jahre in Folge. Sie rechnete diese auf dem Rand der Zeitung zusammen und fand heraus, dass der Bankier siebenundvierzig Jahre hinter Gittern sitzen sollte. Und allen war es egal, niemand interessierte sich dafür. Der Gerichtssaal war bei der Urteilsverkündung beinahe leer gewesen. Der Prozess, der «das wichtigste Gesellschaftsereignis des Sommers» hatte werden sollen, war zu einer hastigen, belanglosen, von der Krise und der Furcht vor Invasion beschleunigten Nebensache verkommen.

Harriet war erstaunt, als Jakimov ihr mitteilte, er wolle nach Cluj aufbrechen. Ihr war niemals der Gedanke gekommen, dass er von allein gehen könnte, und sei es nur für ein paar Nächte.

Sie fragte: «Halten Sie es für eine gute Idee, Bukarest in solchen Zeiten zu verlassen?»

«Jaki wird zurechtkommen. Fahre in wichtigen Angelegenheiten, um genau zu sein. Man könnte es eine Mission nennen.»

«Was für eine Mission?»

«Das kann ich leider nicht ausführen, liebes Mädchen. Geheim, Sie verstehen schon. Aber unter uns Pastorentöchtern, man hat mich gebeten, Augen und Ohren offen zu halten.»

«Tja, dann hoffe ich, dass Sie nicht im Bistrita-Gefängnis landen.»

Er stieß ein nervöses Lachen aus. «Jagen Sie Ihrem armen Jaki keine Angst ein.»

Als er sein Frühstück zu sich genommen hatte, eine dieser knauserigen Mahlzeiten, die ihn ungeduldig Freddis Gastfreundschaft entgegenfiebern ließen, ging er zum Packen zurück in sein Zimmer. Die meisten seiner Kleidungsstücke waren inzwischen nicht mehr zu flicken. Er suchte die besten aus und legte sie in sein Krokodilsköfferchen. Als er seinen Reisepass aus der Schublade nahm, fand er darin zusammengefaltet den Plan der Ölquelle, den er aus Guys Sekretär genommen hatte. Da er nicht wusste, was er sonst damit anfangen sollte, steckte er ihn sich in die Tasche. Aus Furcht vor Galpins Argwohn war er gezwungen, seinen zobelbesetzten Mantel zurückzulassen, aber wenn nötig, konnte sein alter Freund Dobbie ihn ihm per Diplomatenpost nachschicken.

Jakimov reiste im Speisewagen. Selbst wenn er den Wunsch verspürt hätte, anderswo zu sitzen, hätte es für ihn keinen

Platz gegeben. Beim Einsteigen hatte er festgestellt, dass jedes Abteil des Mittagszugs überfüllt war und die Gänge wegen der darin zusammengepferchten Bauern, deren Gepäck sich um ihre Beine türmte, unpassierbar waren. Der Speisewagen war abgeschlossen. Vor jeder der beiden Türen standen wohlhabend aussehende Männer mit Aktentaschen und warteten darauf, eingelassen zu werden. Ein paar Minuten vor zwölf wurden die Türen aufgesperrt. Die Männer drängten hinein, Jakimov mit ihnen. «Na bitte», sagte Galpin zum Abschied, «Sie werden die Reise mit Stil absolvieren.» Jakimov fand einen Sitzplatz und war äußerst zufrieden.

Das Mittagessen wurde umgehend serviert – ein erbärmliches Mittagessen. Ein Ungar beschwerte sich, und der Chefkellner blaffte ihn an: «Sie werden überhaupt nichts mehr bekommen, wenn Ihre deutschen Freunde Ihnen nach Siebenbürgen folgen!»

Beklagenswerter Kaffee folgte, es gab keinen Zucker. Seitdem Zuckerrüben nach Deutschland exportiert wurden, war Zucker in Rumänien Mangelware. Als die Mahlzeit beendet war, verdichtete Zigarettenrauch die erdrückende Hitze in dem Waggon. Es war nach drei Uhr. Der Zug stand noch immer im Bahnhof von Bukarest. Für die Verspätung gab es keine Erklärung, und niemand schien sich daran zu stören. Den Fahrgästen reichte es aus, in einem Zug zu sein, der sich irgendwann in Bewegung setzen musste, während draußen die aufgeregte Menge derjenigen stand, die keineswegs in einem Zug waren.

Das Essen wurde bezahlt, die Tische abgeräumt. In der drückenden Hitze kam keine Unterhaltung auf, und ein Mann nach dem anderen – so auch Jakimov – verschränkte die Arme auf der weinfleckigen, faltigen Tischdecke, senkte den Kopf darauf und schlief zwischen den Krümeln. Die meisten bemerkten nicht, dass der Zug losfuhr.

Irgendwie kroch er hinauf in die Berge. Jakimov wurde davon geweckt, dass die Kellner Kaffee und Kuchen brachten. Jedem, der diese Erfrischungen ablehnte, wurde beschieden, in dem Fall müsse er seinen Platz aufgeben.

Jakimov mümmelte die trockenen Kuchen aus Sojamehl, nippte an dem grauen Kaffee und blickte hinaus auf die Felswände und Kiefern der Transsilvanischen Alpen. Der Zug hielt in jedem kleinen Bahnhof. Die Leute auf den Bahnsteigen trugen dicke Kleidung, aber die Luft im Waggon blieb warm, schal und wolkig wie abgestandenes Bier. Von dem majestätischen Ausblick deprimiert, verbarg Jakimov sein Gesicht in dem staubigen Ripsvorhang am Fenster und schlief wieder ein.

Der Nachmittag verblasste langsam, es wurde Abend. Ungefähr jede halbe Stunde wurde Kaffee serviert, und jede Tasse war schwächer als die vorherige. Jakimov begann sich um seine schwindenden Geldreserven zu sorgen. Er wusste, er sollte den Waggon besser verlassen, doch da er an den Türen dichtgedrängt die Männer stehen sah, die nur zu bereit waren, ihm den Platz wegzunehmen, blieb er, wo er war.

In Braşov wurde ein Platz frei, und der Erste der Wartenden stürzte sich darauf. Er patschte seinen Aktenkoffer und eine große, schwere Tasche auf den Boden, nahm seinen silbergrauen Homburg ab und setzte sich – er war ein bedeutsam aussehender Jude. Trotz seiner Wichtigkeit konnte er es nicht unterlassen, den Aktenkoffer nervös zu öffnen und zu schließen, Papiere herauszunehmen, sie anzusehen, wieder zurückzulegen und damit Jakimov vollends zu wecken. Er setzte sich auf, gähnte und blinzelte, und der Jude blickte ihn kritisch an und fragte auf Deutsch: «Sie fahren die ganze Strecke, ja?»

Als er feststellte, dass Jakimov Engländer war, änderte sich sein Verhalten, es wurde vertraulich und gleichzeitig überheblich. Er holte einen rumänischen Pass heraus und wedelte damit vor Jakimov herum. «Sehen Sie den?», fragte er. «Seit zwei Jahren meiner. Eine Million *Lei* habe ich dafür bezahlt. Und jetzt» – er schlug verächtlich mit der Rückseite seiner Finger dagegen – «was ist er jetzt? Eine Fahrkarte ins Konzentrationslager.»

«So schlimm wird es doch wohl nicht sein?», sagte Jakimov.

Der Jude rümpfte geringschätzig die Nase. «Ihr Engländer seid so einfach gestrickt. Ihr könnt euch nicht vorstellen, was anderen Leuten passiert. Haben Sie diese Verrückten von der Eisernen Garde nicht gesehen? Was haben die 1937 veranstaltet? Sie haben Juden in den Schlachthof gebracht und sie an Fleischerhaken aufgehängt.»

«Aber Sie fahren doch nach Cluj», sagte Jakimov. «Wenn die Ungarn dorthin kommen, können Sie sich einen ungarischen Pass besorgen.»

«Was reden Sie da?» Der Jude blickte ihn gleichzeitig verärgert und mitleidig an. «Sie glauben, ich fahre hin, um dort zu leben? Gewiss nicht. Ich fahre, um meine Zweigstelle zu schließen, und dann mache ich mich mit doppelter Geschwindigkeit wieder davon. Die Ungarn sind fürchterliche Menschen – beutehungrige Tiere. Es ist jetzt sehr gefährlich in Cluj.»

«Gefährlich?» Jakimov war verblüfft.

«Was glauben Sie denn?» Der Jude amüsierte sich über ihn. «Sie meinen wohl, die Rumänen übergeben das Land wie Gentlemen. Natürlich ist es gefährlich. In den Straßen wird geschossen. Die Geschäfte sind mit Brettern vernagelt. Niemand hat etwas zu essen ...»

«Wollen Sie damit sagen, die Restaurants haben geschlossen?»

Der Jude lachte. Dann tätschelte er seine Tasche und sagte: «Ich habe mir mein eigenes Fleisch und Brot mitgebracht.»

Als er Jakimovs ernüchterten Gesichtsausdruck gewahrte, sprach er genüsslich über Vergewaltigungen, Plünderungen, Massaker und Hungersnot. Die Rumänen hatten eine Landreform durchgeführt. Unter den Ungarn würden die Bauern ihre kleinen Äcker verlieren.

«Und deswegen», führte der Jude aus, «laufen sie in den Straßen Amok. Es sind bereits Menschen getötet worden, und die Ärzte packen ihre Krankenhäuser zusammen und verlassen die Stadt. Sie behandeln niemanden mehr. Es sind schreckliche Zeiten. Haben Sie nicht nachgefragt, warum wir so verspätet sind? Es liegt an den Randalen. Man hatte Sorge um den Zug.»

«Du liebe Güte!», sagte Jakimov, dem nun bewusst wurde, dass Galpin sich selbst die ungefährlichere Aufgabe vorbehalten hatte.

«Reisen Sie wohl geschäftlich?»

«Nein, ich bin Journalist.»

«Und Sie wissen nicht, wie die Dinge in Cluj stehen?» Der Jude lachte und sah Jakimov mitleidig an, während sich draußen düsteres Zwielicht über eine Landschaft ohne jedes Anzeichen von Leben senkte. Das Abendessen wurde serviert, das schlechteste, das Jakimov jemals zu sich genommen hatte. Den Preis dafür beglich er nur sehr widerwillig, zumal ihm nun kaum genug Geld blieb, um die Unterkunft für eine Nacht zu bezahlen.

An der schmutzigen Waggondecke flammten ein paar Glühbirnen auf. Die Landschaft versank in der Dunkelheit, und nun gab es nichts anderes mehr anzusehen als die erschöpften Gesichter der Mitreisenden.

Ungefähr um Mitternacht setzte, in der Hoffnung auf das Ende der Reise, allgemeines Aufstehen und Räumen ein. Seit dem Abendessen war kein Kaffee mehr serviert worden. Die Küche hatte geschlossen, doch der Zug schleppte sich noch zwei Stunden lang weiter.

Als sie Cluj erreichten, erhob sich Jakimov, um sich von seinem Gesprächspartner zu verabschieden, doch der Jude, der seine Besitztümer schon einige Zeit zuvor zusammengerafft hatte, war bereits aufgestanden und kämpfte sich aus dem Zug. Die meisten anderen Fahrgäste aus dem Speisewagen taten es ihm gleich, sodass Jakimov nach wenigen Minuten allein dastand. Der Bahnsteig lag, als er ihn erreichte, dunkel und leer vor ihm, es waren keine Beamten oder Kofferträger zu sehen. Die Diensträume waren mit Vorhängeschlössern versehen. In der Halle weckte ein Soldat mit Gewehr Jakimovs düstere Vorahnungen aufs Neue.

Vor dem Bahnhof erkannte er den Grund dafür, dass die anderen in solcher Eile aufgebrochen waren. Es gab keine Taxis, aber es hatte ein halbes Dutzend uralter *trăsurăs* dort gestanden, die nun alle belegt und im Aufbruch begriffen waren. Diejenigen, denen es nicht gelungen war, eine Kutsche zu ergattern, mussten zu Fuß gehen. Es war überraschend, wie wenige Leute da waren. Der Zug musste sich auf den Unterwegs-Bahnhöfen bereits geleert haben. Jakimov ging mit nur einer Handvoll anderer Menschen los, in Richtung Stadt, und bald darauf war er allein unterwegs.

Er hatte mit Mobs und Randalen gerechnet, aber nun jagte ihm die Leere Angst ein. Er ging eine lange, in der Fahrbahnmitte abgesackte Straße mit weißen kugelförmigen Straßenlaternen entlang, deren Licht sich auf dem glänzenden Teer spiegelte. Die Gehwege lagen im Dunkeln. In den Hecken konnte alles Mögliche lauern. Er war erleichtert, als er die ersten Häuser erreichte. Beinahe unmittelbar fand er sich auf dem Platz vor der Kathedrale wieder, der Galpin zufolge das Stadtzentrum markierte. Hier stand das wichtigste Hotel des Ortes. Galpin hatte versprochen, dort anzurufen und ihm ein Zimmer zu reservieren. Als er im Vestibül Licht brennen sah, nahm er dankbar an, dass man auf ihn gewartet hatte.

Als er eintrat und seinen Namen nannte, machte der deutsche Hotelangestellte eine hoffnungslose Handbewegung. Es konnte niemand angerufen haben, weil die Telefonleitungen demontiert worden waren – außerdem hätte ein solcher Anruf auch keinen Unterschied gemacht. Das Hotel war seit Tagen ausgebucht. Jedes Hotel in Cluj war voll. Die Rumänen kamen, um ihre Angelegenheiten in Siebenbürgen abzuwickeln. Die Ungarn strömten in die Stadt, um die Geschäfte zu übernehmen, die zurückgelassen wurden. «Das ist eben die Übernahme», sagte der junge Mann. «Man findet in der gesamten Stadt kein Bett mehr.» Er blickte Jakimov bedauernd an, der sich selbst ebenfalls bedauerte, und fügte hinzu: «Sie könnten auf einer Bank im Bahnhof schlafen.»

Jakimov hatte eine andere Idee. Er fragte nach dem Weg zur Residenz des Grafen Freddi von Flügel. Anscheinend erfreut darüber, dass Jakimov diesen Zufluchtsort hatte, kam der junge Mann mit ihm bis zum Hoteleingang und zeigte ihm keine hundert Meter weit entfernt ein weißes, viereckiges ungarisches Haus aus dem achtzehnten Jahrhundert.

Trotz der nächtlichen Hitze waren alle Schlagläden des Hauses geschlossen. Die mächtige, eisenbeschlagene Tür ließ es aussehen wie eine Festung. Jakimov hämmerte mindestens fünf Minuten lang an diese Tür, bevor sich ein vergittertes Fenster darin öffnete und der Pförtner ihn auf Deutsch aufforderte, zu verschwinden und wenn nötig am Morgen wiederzukommen. Jakimov steckte seine Hand durch das Gitter, um zu verhindern, dass ihm das Fenster wieder vor der Nase zugeschlagen wurde, und sagte ebenfalls auf Deutsch: «Ich bin ein Freund des Gauleiters, ein sehr geschätzter Freund. Er wird entzückt sein, mich zu empfangen.» Diese Aussage wiederholte er mehrmals, wobei ihm die Tränen kamen, und allmählich zeigte sie Wirkung. Die Tür wurde geöffnet.

Der Pförtner bedeutete ihm, sich auf einen steinernen Sitzplatz in einer steinernen Halle zu setzen, die so kalt war wie ein Keller. Da er in seinem Seidenanzug aus der Sommernacht gekommen war, begann er zu zittern wie Espenlaub. Es gab nichts, womit er sich die Zeit vertreiben konnte, abgesehen von gigantischen Fotografien von Hitler, Göring, Goebbels und Himmler, die er gleichgültig betrachtete. Für ihn waren sie nicht mehr als das Handwerkszeug des Lebensentwurfs eines anderen. Wenn Freddi bei dieser Truppe mit von der Partie war, umso besser für sie beide.

Endlich, endlich erschien oben an der Steintreppe eine Gestalt. Jakimov sprang auf die Beine und rief: «Freddi!»

Der Graf stieg mit zweifelndem Stirnrunzeln langsam die Treppe herab, dann erkannte er Jakimov, breitete die Arme aus und segelte die restlichen Stufen hinunter, wobei sich sein gelber Morgenmantel aus Brokat hinter ihm bauschte. «Ist es denn die Möglichkeit?», fragte er. «Jaki, *mein Lieber*!»

Tränen der Erleichterung traten in Jakimovs Augen. Er taumelte vorwärts und fiel Freddi in die Arme. «Lieber Junge», sagte er mit einem Schluchzen, «so viele Brücken sind eingestürzt, seit wir uns zuletzt begegnet sind!» Er umklammerte seinen Freund inbrünstig und atmete den starken Duft nach Gardenien ein, den er verströmte. «Freddi», murmelte er, «Freddi.»

Als der gefühlsschwangere Augenblick der Wiedervereinigung verstrichen war, trat von Flügel einen Schritt zurück und musterte Jakimov sorgenvoll. «Aber ist das hier weise? Wir sind doch jetzt in entgegengesetzten Lagern, sozusagen.»

Jakimov wischte solche Bedenken mit einer Handbewegung beiseite. «Ausweglose Lage, lieber Junge. Bin gerade aus Bukarest eingetroffen und musste feststellen, dass alle Hotels voll sind. In ganz Cluj bekommt man kein Bett mehr. Ich konnte doch nicht auf der Straße schlafen.»

«Gewiss nicht», pflichtete von Flügel ihm bei. «Ich hoffe nur für dich, dass dir niemand hierher gefolgt ist. Hast du gegessen?»

«Keinen Bissen, lieber Junge. Den ganzen Tag über keinen einzigen Happen. Der arme alte Jaki ist völlig ausgehungert und ganz wackelig auf den Beinen.»

Der Graf ging voran nach oben, öffnete eine Tür und betätigte Schalter um Schalter. In einem Raum von gewaltigen Ausmaßen sprangen Kronleuchter aus venezianischem Glas an.

«Was sagst du zu meiner *Lounge*?» Er sprach das Wort aus, als besäße es exotischen Schick. Jakimov war nicht übermäßig interessiert an solchen Dingen und sah sich in dem violett und gelb ausgestatteten Zimmer mit dem riesigen vergoldeten Kaminaufsatz um, der von lebensgroßen Gipsnegerinnen flankiert wurde, die abgesehen von den spielerisch um ihre Scham geschlungenen Lendenschurzen nackt waren.

«Entzückend!» Jakimov hinkte zu einem Sofa und ließ sich zwischen die Kissen sinken. «Erledigt», sagte er. «Erledigt vor Erschöpfung.»

«Ich habe alles selbst entworfen.»

«Und hungrig wie ein Bär», rief Jakimov ihm in Erinnerung.

Als sein Gastgeber sich durch das Zimmer bewegte und dabei bewundernd über seine Besitztümer strich, unterzog der ungeduldig auf einen Drink wartende Jakimov Freddi einer kritischeren Musterung. Wie verändert er aussah! Sein Haar, das ihm einmal seidig in die Stirn gefallen war, war nun zu einem Bürstenschnitt gestutzt. Seine nie besonders markanten Züge gingen nun in einer Masse graurosa Fleisches unter – und er hatte sich einen schockierenden kleinen Schnurrbart wachsen lassen, der wie gelber Schorf von seiner Oberlippe abstand. Seine berühmten blauen Augen waren nicht länger blau: Sie waren rosa. Hauptsächlich an seinen eigenartig fließenden Bewegungen war Freddi noch zu erkennen.

Als er Jakimovs Blick begegnete, kicherte von Flügel. Das Kichern erkannte Jakimov ebenfalls wieder. Es erinnerte an den goldenen Jüngling von 1931.

«Wie gut du aussiehst!», sagte Jakimov.

«Du auch. Keinen Tag gealtert.»

Befriedigt band sich Jakimov die Schuhe auf und sagte: «Sie bringen mich um.» Er schüttelte sie sich von den Füßen, blickte dann auf seine Füße hinab, sah, dass seine Socken Löcher hatten und dunkel waren vor Schweiß, und schlüpfte wieder hinein. «Eine Spur hungrig», sagte er, als Freddi sich nicht von der Stelle rührte.

Freddi zog an einer mit Stoff bezogenen Klingelschnur. Während sie warteten, traf Jakimovs schweifender Blick auf ein Tablett mit Flaschen. «Was hältst du von einem kleinen Schlückchen?», fragte er.

«Wie nachlässig von mir!» Von Flügel schenkte einen großen Brandy ein. Jakimov nahm ihn entgegen wie etwas, das ihm rechtmäßig zustand. Freddi hatte sich bei der alten Dollie schadlos gehalten, als ihr die Fortüne hold gewesen war und ihm nicht.

«Und was führt dich nach Cluj?», fragte von Flügel.

«Ah!», machte Jakimov, ganz auf sein Glas konzentriert.

«Ich vermute, das sollte ich nicht fragen?»

Jakimovs Lächeln bestätigte diese Vermutung.

Es ertönte ein hartes Klopfen an der Tür. Von Flügel setzte sich auf und nahm die Schultern zurück, bevor er befahl: «Herein.»

Ein junger, uniformierter, muskulöser Mann marschierte ins Zimmer und vermittelte ohne auch nur die Andeutung eines Mienenspiels den Eindruck aggressiver Verärgerung. Jakimov mochte sein Gesicht nicht, aber von Flügel sprang in einer fließenden Bewegung auf, kicherte erneut und sagte auf Deutsch: «Axel, *mein Schatz*!» Er trat dicht an den jungen Mann heran und flüsterte beschwörend auf ihn ein, bis sie sich auf etwas einigten. Als Axel auf dem Weg nach draußen die Tür hinter sich zuwarf, erläuterte von Flügel: «Der Arme ist ein wenig ungehalten. Wir haben ihn aus dem Bett geholt. Der Koch ist ein Ortsansässiger. Er ist nach dem Abendessen nach Hause gegangen, deswegen muss ich auf die Jungs zurückgreifen.»

Als Axel zurückkehrte, trug er einen Teller voller Sandwiches, den er ruckartig und mit angewiderter Miene absetzte, um unter Türenschlagen wieder abzugehen.

Jakimov, dem der Brandy wohltuend ins Blut gegangen war, setzte sich vor die Sandwiches, die grob waren, aber Truthahnstücke von beachtlicher Größe enthielten. Er brachte Freddi, der sich dafür entschuldigte, mit den Worten zum Schweigen: «Der arme Jaki ist an ein hartes Leben gewöhnt.»

Der Graf beobachtete ihn mit schalkhaftem Blick, und nachdem Jakimov gegessen hatte, ging er in eine Ecke hinüber, die von einer Recamière verstellt war. «Ich besitze ein paar Kuriositäten, die ich dir unbedingt zeigen muss», sagte er.

Jakimov kämpfte sich erschöpft aus den Kissen. Von Flügel hatte die Liege zur Seite geschoben, winkte seinen Freund zu sich in die Ecke und reichte ihm eine Lupe. Rechts und links von ihm hing jeweils eine persische Miniatur. Jakimov nahm sie in Augenschein, kicherte in sich hinein und sagte: «Mein lieber Junge! Lieber Junge!», doch er hatte kein Interesse an solchen Dingen und hoffte, dass er nicht den ganzen Abend damit zubringen musste.

«Hier herüber, hier herüber», sagte von Flügel und führte ihn durch den Raum zu einem großen Vitrinenschrank mit flachen Schubladen. «Du musst dir meine japanischen Drucke ansehen.»

«Ach du meine Güte», sagte Jakimov und nahm die Drucke, die ihm gereicht wurden, entgegen. «Man muss sich hinsetzen, um so etwas zu würdigen.»

Er versuchte, zum Sofa zurückzukehren, doch von Flügel hielt ihn fest, zog ihn zwischen den violetten und gelben Sesseln hindurch hierhin und dorthin, öffnete chinesische Lackschränkchen und führte seine Sammlung von Dingen vor, die er «ergötzliche *objets*» nannte.

Als die Wirkung des Brandys nachließ, war Jakimov nicht länger lediglich gelangweilt, er wurde regelrecht ärgerlich. Er hatte vergessen, dass Freddi so ein alberner Esel war.

«Da ich ein offizielles Amt bekleide», sagte von Flügel, «bin ich zur Diskretion verpflichtet, aber eines Tages hoffe ich, alle meine Sachen herausholen und in der *Lounge* ausstellen zu können.»

«Lounge!», sagte Jakimov. «Wo hast du denn diesen abscheulichen Makler-Jargon her?»

«Klinge ich ordinär?», fragte von Flügel, zu aufgeregt, um sich darum zu kümmern. «Ich *muss* dir meine mexikanischen Töpferwaren zeigen!»

Nachdem Jakimov alles gezeigt worden war, schien von Flügel davon auszugehen, dass er derjenige sei, der eine Belohnung verdiente. Er beklagte sich scherzhaft: «Du hast mir immer noch nicht gesagt, was du in Cluj machst.»

Jakimov sank auf seinen Platz. «Zuerst brauche ich einen Drink, lieber Junge.» Als sein Glas voll war, nippte er daran, schon wieder besser gelaunt. «Wenn ich dir erzählen würde, dass ich Kriegsreporter war», sagte er, «würdest du mir ohnehin nicht glauben.»

Freddi sah überrascht aus. «Ein Kriegsreporter! In welcher Zone?»

«Na, in Bukarest, lieber Junge.»

«Aber Rumänien ist nicht im Krieg.»

Jakimov fand das haarspalterisch. «Jedenfalls war ich Journalist.»

«Tatsächlich!» Von Flügel lächelte ermutigend.

Wie Freddi so mit im Schoß gefalteten Händen vor ihm saß, sah er, dachte Jakimov, wie ein freundliches altes Tantchen aus, und sein Herz erwärmte sich für seinen Freund. Er kicherte: «Du und Dollie, ihr habt immer gedacht, der alte Jaki sei nicht besonders helle. Tja, ich habe für eine bedeutende Zeitung über diese Calinescu-Geschichte berichtet.»

Von Flügel hob in erstaunter Bewunderung die Hand. «Und jetzt bist du hier, um über die Rückkehr der Ungarn auf ihren Grund und Boden zu berichten?»

Jakimov lächelte. Entzückt über den Eindruck, den er schinden konnte, verspürte er das Bedürfnis, diesen noch zu verbessern. «Ich kann dir genauso gut sagen, dass dieser Auftrag bloß eine Tarnung darstellt. Der wirkliche Grund für meine Anwesenheit hier ist ... Na ja, er ist ziemlich geheim.»

Von Flügel betrachtete ihn eingehend, und als er dieser Enthüllung nichts hinzufügte, sagte er: «Du bist heutzutage offensichtlich eine bedeutende Persönlichkeit. Aber sag mir, was genau machst du?»

Da er die Antwort auf diese Frage nicht kannte, griff Jakimov auf eine bewährte Ausflucht zurück. «Es steht mir nicht frei, das zu sagen, lieber Junge.»

«Darf ich wild raten?», erkundigte sich von Flügel neckisch. «Dann würde ich sagen, du hast mit der Britischen Gesandtschaft zu tun.»

Jakimov hob die Augenbrauen vor Verblüffung über von Flügels Treffsicherheit. «Unter uns», sagte er, «unter alten Freunden: Ich bin eingeweiht. Ich weiß das eine oder andere. Tatsache ist, dass es wenig gibt, was ich nicht weiß.»

Von Flügel nickte langsam. «Du arbeitest zweifellos mit diesem Mr. Leverett zusammen?»

«Der alte Foxy!» Jakimov bereute seinen Ausruf sofort, der, wie ihm klar wurde, seine Ignoranz preisgab. Von Flügel lächelte und sagte nichts. Jakimov war wegen des verlorenen Vorteils etwas unwohl zumute, und er starrte einige Augenblicke lang in sein leeres Glas, bevor ihm einfiel, dass er Mittel besaß, das Interesse an seiner Person neu anzufachen. Er zog den Plan, den er in Guys Sekretär gefunden hatte, aus der Tasche. «Habe hier etwas», sagte er. «Um dir eine Vorstellung zu geben ... soll es natürlich nicht herumzeigen, aber unter alten Freunden ...»

Er reichte das Papier Freddi, der es lächelnd entgegennahm, einen Blick darauf warf und aufhörte zu lächeln. Er starrte es von beiden Seiten an und hob es dann gegen das Licht. «Woher hast du das?», fragte er.

Beunruhigt durch Freddis veränderten Tonfall streckte Jakimov die Hand nach dem Papier aus. «Steht mir nicht frei, das zu sagen.»

«Ich würde das hier gern behalten.»

«Das kann ich nicht zulassen, lieber Junge. Gehört nicht wirklich mir. Muss es zurückgeben ...»

«Wem?»

Diese Frage wurde in einem Ton gestellt, der Jakimov schmerzte und bestürzte. Wenn er vergessen hatte, dass Freddi ein alberner Esel sein konnte, so hatte er niemals gewusst, dass Freddi ein Rohling sein konnte. Gekränkt sagte er: «Das ist alles sehr geheim, lieber Junge. Kann dir leider nicht mehr dazu sagen. Brauche das Papier wirklich zurück.»

Von Flügel erhob sich. Ohne Jakimov eine Antwort zu geben, ging er zu einer seiner Kommoden hinüber, legte den Plan hinein und schloss die Tür ab.

Jakimov war sich nicht sicher, ob das ein Scherz sein sollte oder nicht, und protestierte: «Aber das kannst du nicht machen, lieber Junge. Ich brauche es zurück.»

«Du kannst es haben, bevor du abreist.» Von Flügel steckte sich den Schlüssel in die Tasche. «In der Zwischenzeit stellen wir fest, ob es echt ist.»

«Natürlich ist es echt.»

«Wir werden sehen.»

Bei diesem Wortwechsel hatte von Flügel streng und humorlos gewirkt, nun änderte sich sein Verhalten wieder. Er kam auf Jakimov zu, verschränkte unter seinem Kinn die Hände und schien sich mit seinem Gang selbst zu karikieren. Jakimov betrachtete ihn und fühlte sich durch ein Verhalten in Verlegenheit gebracht, das er nur als eigenartig bezeichnen konnte. Seine Verlegenheit verwandelte sich in Furcht, als Flügel bei ihm angekommen war und mit dem bösartigen Blick eines alten Krokodils auf ihn herabstarrte.

«Was ist denn los, lieber Junge?», fragte Jakimov mit zitternder Stimme.

«Was ist das hier für ein Spiel? Hältst du mich vielleicht für einen Einfaltspinsel?»

«Wie kannst du das glauben?»

«Begibt man sich in die Höhle des Löwen und sagt: ‹Friss mich. Ich bin ein saftiges Steak›?»

Von Flügels ganze Körperhaltung drückte eine Drohung aus, doch Jakimov schien das eine solch erbärmliche Vorstellung zu sein, dass er glaubte, das Ganze müsste sich jeden Moment in Gelächter auflösen. Stattdessen fuhr von Flügel mit wachsendem Grimm fort: «Geht man zu einem nationalsozialistischen Beamten und sagt: Ich bin ein feindlicher Spion. Hier ist mein Sabotage-Plan. Bitte übergib mich der Gestapo.»

«Also wirklich, lieber Junge, der *Gestapo*!»

«Ja, der *Gestapo*!» Von Flügel imitierte brutal Jakimovs entrüsteten Ton. «Was soll ich sonst mit einem britischen Spion machen?»

Jakimov war zum ersten Mal ernsthaft alarmiert. Von seinem alten Freund Freddi schien nichts mehr übrig zu sein. Der Mann neben ihm war tatsächlich ein nationalsozialistischer Beamter, der ihn möglicherweise der Gestapo ausliefern würde. Bei dem Gedanken ging er vor Angst beinahe in die Knie. «Lieber Junge!», flehte er mit einem Schluchzen.

Freddi, ein Fremder, ein gefährlicher Fremder, unterzog ihn einem Verhör. «Welchen Streich wolltest du mir hier spielen? Wie nennst du das? Den doppelten Bluff? Das finden wir schnell heraus. Ich habe eine ganze Reihe von jungen Männern mit starken Fäusten in diesem Haus.»

«Ach, Freddi», wimmerte Jakimov, «sei nicht so lieblos. Es war nur ein kleiner Scherz zwischen Freunden.»

«Dieser Plan war kein Scherz.»

«Ich habe dir doch gesagt, dass er nicht mir gehört. Ich habe ihn mitgehen lassen. Um dich zu amüsieren, lieber Junge.»

«Du hast gesagt, du gehörst zum britischen Geheimdienst.»

«Nein, lieber Junge, nicht in diesen Worten. Kannst du dir den armen Jaki als Geheimagenten vorstellen? *Ich bitte dich!*» In seiner Sofaecke kauernd, betrachtete Jakimov mit blankem Entsetzen Freddi, der ihn seinerseits misstrauisch musterte. Wenn er selbst, von Flügel, sich in einen Nazifunktionär verwandeln konnte, was konnte Jakimov in diesen seltsamen Zeiten dann nicht alles werden? Allmählich wurde von Flügels Gesicht weicher und verächtlicher. Er setzte sich. In einem Tonfall, der keinen weiteren Unsinn duldete, fragte er: «Woher hast du diesen Plan?»

Jakimov war vor Erleichterung nicht nur bereit zu antworten, er war bereit, mehr zu antworten, als man ihn fragte. Er sei, berichtete er, Untermieter in der Wohnung von Guy Pringle, ein Engländer, der an der Universität lehrte. Er habe den Plan in der Wohnung gefunden und ihn nur zum Spaß ausgeliehen. «Ich habe mir dabei nichts Böses gedacht», sagte er. «Wusste nicht genau, was das ist, aber ich hatte so meinen Verdacht. In dieser Wohnung gehen zweifelhafte Gestalten ein und aus, muss ich schon sagen ...» Wie er da so eine ganze Weile noch über seine Verdachtsmomente weiterredete und über die zweifelhaften Gestalten, mit denen die Pringles verkehrten, rief er sich wieder ins Gedächtnis, wie hart er für Guys Aufführung gearbeitet und wie schnöde Guy ihn danach seinem Schicksal überlassen hatte. Er sagte: «Wenn du mich fragst, ist Pringle ein Bolschi.»

Von Flügel nickte bedächtig und fragte: «Was für zweifelhafte Gestalten?»

«Da ist dieser Bursche David Boyd. *Er* arbeitet wirklich mit Leverett zusammen, und niemand weiß, was er tut. Und es gibt da einen sehr eigenartigen Kerl, der in der Küche herumlungert. Er behauptet, mit dem Dienstmädchen verwandt zu sein, spricht aber das vornehmste Englisch. Die Pringles haben ihn versteckt. Er hatte die Hosen voll, als ich in die Küche geplatzt bin.»

Von Flügel setzte die Zähne auf seine Unterlippe und schien darüber nachzudenken. Schließlich fragte er: «Was machst du bei solchen Leuten in der Wohnung?»

«Bin ganz unschuldig dort gelandet, lieber Junge. Zuerst habe ich sie für sehr nett gehalten.»

Von Flügel nickte und sprach bedeutungsschwanger: «Charme gehört zum Handwerkszeug solcher Leute. Er soll dafür sorgen, dass man seine Wachsamkeit verliert.»

Jakimov nickte. Er hatte tatsächlich seine Wachsamkeit verloren – und wer hätte das besser erreichen können als Guy Pringle? Er begann sich im Recht zu wähnen, alles an Freddi auszuplaudern. Freddi war ein Freund, ein guter, alter Freund, und Jaki hatte ihn lediglich gewarnt. «Als ich diesen Plan gesehen habe, hatte ich das Gefühl, ich sollte ihn dir zeigen.» Bereitwillig beschrieb Jakimov jede verdächtige Gestalt, die er dort gesehen, den verdächtigen Charakter von allem, was sich dort ereignet hatte.

Von Flügel hörte ihm distanziert und kommentarlos zu, doch am Ende sagte er: «Ich möchte dir eines raten: Zieh aus dieser Wohnung aus, so schnell du kannst. Noch mehr, ich würde dir raten, Bukarest zu verlassen. Das sage ich zu deinem eigenen Besten.»

Jakimov nickte kleinlaut. Er hegte nicht den Wunsch, irgendetwas anderes zu tun. Er hatte das Gefühl, dass er sich jetzt, wo er Freddis Gunst wiederhergestellt hatte, recht behaglich hier einrichten konnte. Er lehnte sich zurück und schloss die Augen. Körperlich und emotional erschöpft, wie er war, fühlte er sich wie eine Feder, die durch die Weichheit der Welt nach unten schwebt. Er hörte von Flügel sagen: «Komm mit. Ich zeige dir dein Zimmer», aber er hatte nicht die Zeit zu antworten, bevor er in den Schlaf sank.

Am nächsten Morgen wurde er in seinem Glauben bestärkt, dass das Leben bei Freddi seinen Bedürfnissen entgegenkam. Nachdem er sein Bad genommen hatte, legten sich Freddi und er in Morgenmänteln in Liegestühle auf dem Balkon, um dort ihr Frühstück einzunehmen. Der Kaffee war Vorkriegsware, das Essen exzellent. Freddi war genauso charmant wie früher. Leider waren ein paar dieser schaurigen jungen Männer um sie, aber Axel war der einzige von ihnen, den Freddi mit Nachsicht behandelte. Den anderen gegenüber war er der gestrenge Kommandant des *Braunen Hauses*.

Seine Erinnerung an den vergangenen Abend verursachte Jakimov das unbehagliche Gefühl, dem armen alten Guy nicht die angemessene Gerechtigkeit widerfahren lassen zu haben, aber wie er da so in rekonvaleszenter Verträumtheit dalag, konnte er sich keine übermäßigen Sorgen machen. Immerhin hatte Guy ihn auch unfair behandelt.

Nach dem Frühstück blieben die beiden Männer in der Morgensonne liegen und blickten auf den uralten, mit Möbeln und Bettzeug beladenen Citroën hinab, der von einem Esel in Richtung Bahnhof gezogen wurde. Das gesamte Benzin, erläuterte Freddi, war von den abziehenden Rumänen geplündert worden, die sich nun weigerten, Nachschub zu liefern. «Ein unmögliches Volk!», sagte Freddi. In einer Seitenstraße sah man eine Schlange von Menschen, die vor einer geschlossenen Bäckerei anstanden. Irgendwo aus der Ferne waren Schüsse zu hören. Jakimov machte Anstalten, sich zu erheben. «Ich sollte mich wohl anziehen», sagte er. «Ich habe den Auftrag, den Modus der Stadt aufzunehmen.»

«Also bist du wirklich Journalist?», fragte Freddi.

«Auf gewisse Weise. Leider keine angemessene Beschäftigung für einen Aristokraten.»

«Das ist nicht der Krieg eines Aristokraten.»

Jakimov kämpfte sich in eine sitzende Position hoch.

«Ist diese Tätigkeit wirklich notwendig?», fragte Freddi. «Auf den Straßen ist es nicht sicher. Ich würde dir nicht raten herumzuschlendern. Wenn es Neuigkeiten gibt, können wir sie von den Jungs erfahren.» Er läutete eine Glocke, und sofort trat ein junger Mann ein. «Ah, da ist ja Philipp. Philipp, was gibt es Neues?»

Philipp zählte die neuesten Ereignisse auf. Ein Mann, der Ähnlichkeiten mit dem ungarischen Konsul besaß, war von rumänischen Bauern überfallen und anschließend bewusstlos liegen gelassen worden. Leute, die den ganzen Tag vor einem Lebensmittelgeschäft angestanden und dann festgestellt hatten, dass der Laden leer und der Inhaber nach Braşov gegangen war, hatten den Laden in Brand gesetzt, und die darüber wohnende Familie war umgekommen. Im Krankenhaus hatte es Ärger gegeben, denn ungarische Ärzte hatten rumänische Ärzte beschuldigt, Material entfernt zu haben, das ursprünglich den Ungarn gehört hatte. Ein Arzt war über ein Balkongeländer gestoßen worden und hatte sich das Genick gebrochen.

Diese Aufzählung chaotischer Verhältnisse ging immer weiter, und Jakimov zuckte nervös mit den Zehen und murmelte: «Ach du meine Güte!»

«Lass dich davon nicht verschrecken», sagte von Flügel. «Das sind kleine Unannehmlichkeiten, wie sie mit Veränderungen eben einhergehen. Kein Essen, kein Benzin, kein Telefon, keine öffentlichen Verkehrsmittel. Die Cafés sind geschlossen. Bald geht das Licht aus, das Wasser wird abgestellt, es kommt kein Gas mehr aus den Leitungen – aber hier ist alles gut. Wir haben reichlich Vorräte an Essen und Trinken. In der Küche gibt es einen großen Eisenherd, der mit Holz befeuert wird. Im Hof befindet sich ein Brunnen. Wir könnten einer Belagerung standhalten.» Er warf Jakimov einen Blick zu. «Vielleicht möchtest du dir ein paar Notizen machen.»

«Ich habe mein kleines Notizbuch vergessen.»

Von Flügel befahl Philipp, Stift und Papier zu bringen. Als Jakimov beides in Händen hielt, erläuterte von Flügel, warum es so wichtig war, Siebenbürgen der Kontrolle durch die nichtsnutzigen, inkompetenten Rumänen zu entziehen und es den gewitzten, arbeitsamen Ungarn zu übergeben. Nach einer Stunde hatte Jakimov in seiner unregelmäßigen Handschrift oben auf die Seite geschrieben: «Die Machtübernahme – eine gute Sache.»

Nachdem dies erledigt war, sagte von Flügel: «Es ist doch gewiss nicht zu früh für einen Apéritif?»

Jakimov pflichtete ihm feurig bei.

Da seine Zukunft nicht gesichert war, brachte er nun die lästige Tatsache zur Sprache, dass er noch am Abend mit dem Orient-Express nach Bukarest zurückkehren müsse. «Ich möchte nicht lügen, lieber Junge», fügte er vertraulich hinzu, «ich will da nicht wirklich wieder hin. Das Essen ist abscheulich, und dauernd gibt es irgendwelche Krawalle. Du hast mir ja geraten, Rumänien zu verlassen, deswegen habe ich beschlossen hierzubleiben.»

«Hier? In Cluj?» Von Flügel starrte ihn an. «Das ist ausgeschlossen. Wenn die Rumänen abgezogen sind, gehört der Ort hier zum Gebiet der Achsenmächte.»

Jakimov lächelte überzeugend. «Du könntest für den alten Jaki sorgen.»

Einen Augenblick lang sah von Flügel ihn auf diese Anregung hin entgeistert an, dann sagte er entschieden: «Ich könnte nichts dergleichen tun. Als Mitglied der alten Oberschicht muss ich selbst äußerst vorsichtig sein. Ich könnte auf keinen Fall einen feindlichen Ausländer schützen.» Angesichts Jakimovs betrübter Miene wurde er milder. «Nein, nein, *mein Lieber*», sagte er, «du kannst hier nicht bleiben. Kehre wie geplant heute Abend nach Bukarest zurück. Ich schicke Axel, damit er für dich einen *wagon-lit* bucht. Sobald du angekommen bist, bringst du deine Angelegenheiten in Ordnung und dich ohne Verzögerung in Sicherheit.»

«Aber wohin kann ich gehen?», fragte Jakimov, den Tränen nahe.

«Ich fürchte, das musst du selbst entscheiden. Europa ist für dich natürlich passé. Als Nächstes kommt Nordafrika an die Reihe. Vielleicht also Indien. Es wird eine Weile dauern, bevor wir dort angelangt sind.»

Den restlichen Tag über speiste und trank Jakimov in dem traurigen Gefühl des Abschieds von einem ihm gemäßen Leben. Gegen Abend deutete von Flügel an, dass sein Freund sich für die Abreise bereitmachen müsse, und versprach, Axel würde ihm belegte Brote mitgeben. Von Flügel selbst war an diesem Abend von der ungarischen Gemeinde zu einem

Abendessen zu seinen Ehren eingeladen und konnte Jakimov deswegen nicht zum Bahnhof begleiten.

«Eine Sache noch, *mein Lieber*», sagte er, als Jakimov traurig aufstand, «kennst du das Teppichgeschäft gegenüber dem Mavrodaphne? Als ich das letzte Mal in Bukarest war, habe ich dort einen prächtigen oltenischen Teppich gesehen. Da ich ihn ein wenig teuer fand, habe ich unklugerweise gezögert, jetzt wünschte ich, ich hätte ihn genommen. Könntest du ihn, frage ich mich, für mich kaufen und an die Deutsche Botschaft liefern lassen?»

«Aber gewiss doch, lieber Junge.»

«Er ist nicht zu verwechseln: ein schwarzer Teppich mit Kirsch- und Rosenmuster. Wenn du meinen Namen nennst, werden sie ihn herausrücken. Er hat ungefähr fünfundzwanzigtausend gekostet. Soll ich dir das Geld gleich mitgeben?»

«Das wäre gewiss das Beste, lieber Junge.»

Von Flügel zog eine Schublade voller Bündel neuer Fünftausend-*Lei*-Scheine auf. Sorgfältig schälte er fünf davon heraus und hielt sie so in die Höhe, dass Jakimov nicht danach greifen konnte. «Ich sollte vielleicht besser deine Adresse in Bukarest aufnehmen, nur für den Fall ...»

Jakimov gab sie ihm bereitwillig, und die Scheine wechselten den Besitzer. «Übrigens», sagte Jakimov, «du hast noch den Plan, den ich dir gestern Abend gegeben habe.»

«Ich schicke ihn dir morgen per Post zu. Und vergiss diesen Teppich nicht. Ein *schwarzer* Teppich mit Kirschen und Rosen, ein ganz entzückendes Stück. Und trödele nicht in Bukarest herum. Ich kann dir streng im Vertrauen sagen, dass Rumänien als Nächstes an der Reihe ist.»

Die Freunde trennten sich einvernehmlich, Jakimov voller Bedauern, von Flügel mit einer gewissen Abgeklärtheit. Er hatte es eilig, sich fertigzumachen, und wies den Chauffeur an, Jakimov zum Bahnhof zu fahren und unverzüglich zurückzukehren.

Als der Wagen im Abendlicht den zentralen Platz überquerte, neigte sich der schwarze Flügel eines Flugzeugs mit der Aufschrift *«România Mare»* über der Turmspitze der Kathedrale. Pulks von Bauern sammelten sich an den Straßenecken, rannten in Gruppen kampfbereit in die eine und dann wieder in die andere Richtung, doch es fehlte ihnen an Führung. Beim Anblick des Mercedes des Gauleiters schrien sie herum und schüttelten die Fäuste.

Der Chauffeur, ein Sachse, lachte über die Drohgebärden. Er erzählte Jakimov, die Bauern glaubten, Maniu würde jeden Moment eintreffen und einen Aufstand gegen den Wiener Schiedsspruch anführen. Den ganzen Tag über hatte eine Abordnung am Bahnhof gewartet, dann hatten sie erfahren, dass Maniu sich in seinem Haus außerhalb von Cluj befand, da er auf der Straße angereist war. Sie eilten dorthin und trafen ihn dabei an, wie er seine Sachen packte. Er riet ihnen, friedlich in ihre Häuser zurückzukehren und die Situation hinzunehmen.

«Deswegen sind sie enttäuscht», sagte der Chauffeur selbstgefällig, «und Domnul Maniu ist zweifellos betrübt.»

«Zweifellos», bekräftigte Jakimov, der selbst betrübt war.

Die lange Straße zum Bahnhof war voll mit Ortsansässigen und Bauern auf dem Weg zu den Zügen. Sie wuselten mit Handkarren voller Habseligkeiten vor dem Auto herum und ignorierten das Hupen des Mercedes, der inzwischen nur noch kroch.

«Ach, diese Rumänen!», sagte der Chauffeur verächtlich. «1918 haben sie die Ungarn brutal vertrieben, und jetzt fürchten sie ihre Rache.»

Der Orient-Express mit Jakimovs Schlafwagen sollte kurz nach acht Uhr eintreffen. Der Chauffeur beglückwünschte Jakimov dazu, zeitig da zu sein, überreichte ihm seine Tasche und überließ es ihm, sich durch die Menge zu kämpfen, die sich rangelnd vor dem Eingang zum Bahnhof drängte.

Als er endlich zu seinem Bahnsteig gelangte, war dieser überhäuft mit Möbeln, auf denen die Bauern es sich bequem machten. Einige hatten Gaskocher auf Tische oder Kommoden gestellt und bereiteten sich Mais oder Bohnen zu. Andere hatten sich zwischen aufgerollten Teppichen schlafen gelegt. Die meisten sahen aus, als wären sie schon seit Stunden hier. Über die vergoldeten Stühle und Sofas hinweg, die geliebten Besitztümer vertriebener Beamter, herrschte reger Verkehr. Nun, wo der Zug jeden Augenblick erwartet wurde, spielten sich dramatische Szenen ab. Ungarische Mädchen hatten Rumänen geheiratet, und während die Paare auf ihre Abreise warteten, lamentierten Eltern wie bei einer Beerdigung. Jakimov stieg über zwei Frauen hinweg, die Arm in Arm schluchzend am äußersten Rand der Schienen lagen. Er schob sich durch die *mêlée,* bis sie sich am Ende des Bahnsteigs etwas lichtete, und dort wartete er.

Die Zeit verging. Der Express kam nicht. Nach ungefähr einer Stunde versuchte er sich zu erkundigen, für wann er erwartet würde, aber ganz gleich welche Sprache er sprach, es schien die falsche zu sein. Auf sein Rumänisch erhielt er die Antwort *«Beszélj magyarul»*, auf sein Ungarisch *«Vorbeşte româneşte»*, auf sein Deutsch erntete er Schweigen. Als er herumschlenderte, traf er auf den Juden, dessen Bekanntschaft er im Speisewagen gemacht hatte, und erfuhr, dass der Zug zwei Stunden Verspätung haben sollte. Er würde möglicherweise um zehn Uhr eintreffen. Daraufhin begab sich Jakimov zurück ans Ende des Bahnsteigs, wo er einen leeren Sessel fand, die Imitation eines Louis-XIV-Stücks, nicht bequem, aber besser als nichts, und verspeiste seine belegten Brote.

Dunkelheit senkte sich herab. Zwei oder drei Lampen gingen an, weite Bereiche blieben im Schatten, waren lediglich von den bläulichen Flammen der Gaskocher erhellt. Plötzlich, erstaunlicherweise, fuhr ein Zug ein – ein Regionalzug jedoch nur. Die Bauern wurden augenblicklich von hitziger Energie erfasst. Sie rafften ihre Habseligkeiten zusammen und warfen sich gegen die Türen, nur um festzustellen, dass sie verschlossen waren. Unverzüglich machten sie sich daran, die Scheiben einzuschlagen. Einmal an Bord, zogen die Männer Frauen, Kinder und Gepäck hoch und stießen dabei ein Gebrüll aus, in dem sie jedem Beamten, der sie daran hindern wollte, mit dem Tod drohten. Die Luft war erfüllt von Schreien der Wut und Furcht und vom Bersten von Holz und Glas.

Jakimov sah bestürzt zu. Er wusste, das konnte nicht der Express sein, doch der Gedanke daran, was geschehen würde, wenn der Express nicht kam, verursachte ihm Beklemmungen.

Der Regionalzug war nach einer Minute voll, danach erklommen die Bauern das Dach der Waggons und zogen ihre Familien mit hinauf. In dem Durcheinander ging der warnende Pfiff unter. Der Zug setzte sich in Bewegung, noch während Frauen und Kinder an Armen und Beinen daran herunterbaumelten, unfähig, die Muskelkraft aufzubringen, sich höher hinaufzuziehen. Ihre Schreie durchdrangen sogar das Gezeter der Zurückgebliebenen, welche brüllend vor Verzweiflung und Drohungen ausstoßend die Schienen entlangrannten, bis Gewehrfeuer von einer Brücke sie zum Stehen brachte. Als der Zug aus dem Blickfeld verschwand, war Klagen und Stöhnen zu hören, aber anscheinend war niemand ernsthaft verletzt. Die auf dem Bahnsteig Zurückgebliebenen setzten sich, um weiter zu warten.

In der Ferne schlug eine Uhr. Es war elf. Jakimov stand auf, er war sich sicher, der Express würde nun jeden Moment kommen, doch eine halbe Stunde später setzte er sich wieder. Die Zeit verging, und ihm wurde immer beklommener zumute. Ein zweiter Regionalzug fuhr ein und füllte sich ebenso schnell wie der letzte. Während er am Gleis stand, traf ein weiterer Zug ein und hielt auf dem Gleis hinter dem Regionalzug. Die Leute begannen einander zuzurufen, es handele sich um den Express.

Jakimov wartete in qualvoller Erregung zitternd darauf, dass der Regionalzug aus dem Bahnhof fahren würde, aber er fuhr nicht. Dann erscholl der Ruf, der Express fahre ab. Die Menschen rannten in beiden Richtungen an dem Regionalzug entlang, der den Weg blockierte, und Jakimov rannte mit den anderen mit. Er stolperte über Müllberge und Schienen, umrundete die heiße, feuerspeiende Lok des Regionalzugs und erreichte den Express. Er fand den *wagon-lit* und stieg hinauf, aber die Tür war verschlossen. Er hämmerte gegen das Glas und rief den im Gang Stehenden auf Deutsch zu: «Lassen Sie mich hinein!» Sie sahen ihn an, aber niemand rührte sich. Plötzlich begann sich die Lok mit dem *wagon-lit*, jedoch ohne die anderen Waggons, in Bewegung zu setzen. An den Türgriff geklammert, den Koffer zwischen den Beinen, wurde Jakimov in die Dunkelheit gerissen. Dann hielt der *wagon-lit* mit einem Ruck, der ihn beinahe von der Stufe schleuderte. Sie standen draußen in der kahlen, windigen Landschaft. In dem Wissen, dass er verloren wäre, wenn er hinunterstiege, hing er schluchzend vor Angst auf dem Tritt, als der Waggon wie nach einem elektrischen Schlag wieder zurückruckte. Er war froh, als der Bahnhof wieder in Sicht kam. Der *wagon-lit* hielt. Jakimov stieg zwischen die beiden Züge hinunter. Sofort setzte sich der Regionalzug in Bewegung. Die Fußplatte streifte ihn, die Lok am Ende des Zuges zog in einem Funkenregen an ihm vorüber, und er schrie vor Panik auf. Mittlerweile hatte der Express sich wieder zusammengesetzt. Jakimov eilte auf sein Ende zu, wo er aus einer offenen Tür Licht fallen sah. Er erreichte die Tür, warf seinen Koffer hinein und kletterte hinterher. Er hatte panische Angst davor, dass ihn jemand am Einsteigen hindern könnte, doch da war niemand. Es handelte sich um den Hintereingang des Speisewagens. Er warf einen Blick in die Küche. Der Koch, eine kleine Vogelscheuche von Mann, schnitt Fleisch. Verblüfft und demütig wie jemand, der, aus einem wütenden Sturm kommend, einen ruhigen Ort erreicht hat, blieb Jakimov stehen und lächelte ihn an. Das Fleisch sah dunkel, sehnig und hart aus, aber der Koch arbeitete sich mit der Hingabe eines Künstlers daran ab. Sanft und freundlich fragte Jakimov, ob er vielleicht durch die Küche gehen dürfe. Der Mann winkte ihn hindurch, ohne ihn eines Blickes zu würdigen.

Im Wagen waren die Jalousien heruntergezogen. Es gab eine ganze Reihe freier Plätze. Die Restaurantgäste unterhielten sich, gleichgültig dem Geschrei draußen gegenüber. Als er wohlbehalten auf einem Platz saß, zog Jakimov die Jalousie beiseite und blickte auf die Menschenmenge hinaus, die hilflos die Gleise auf und ab lief. Jemand sprach mit einem Kellner, der erläuterte, die Waggons seien abgeschlossen, weil der morgendliche Express von Bauern erstürmt worden sei, die das Fahrgeld nicht hatten aufbringen können. Sie hatten sich geweigert auszusteigen und mussten bis nach Braşov mitgenommen werden. Das durfte nicht noch einmal geschehen.

Jemand am Gleis sah den hinausblickenden Jakimov, schlug an das Fenster und schrie erbärmlich, man solle ihn hineinlassen. Jakimov fühlte sich nun genauso distanziert wie die anderen Fahrgäste. Was konnte *er* schon tun?

Es ertönten weitere Schüsse und Schreie und schweres Getrappel. Gesichter schienen sich an das Glas zu pressen und dort wie nasse Blätter einen Moment kleben zu bleiben, bevor sie verschwanden. Dann begann sich der Zug in Bewegung zu setzen. Leute rannten schreiend neben ihm her, ihre Münder öffneten und schlossen sich, aber es gab keine Hoffnung für sie. Etwas – vermutlich ein Stein – schlug direkt neben Jakimov an das Fenster. Er ließ die Jalousie herab und gab bei dem Kellner seine Bestellung auf. Als er gegessen hatte, stand er auf, um seinen Schlafwagenplatz zu suchen, stellte aber fest, dass die Tür zum Rest des Zuges abgeschlossen war. Er wandte sich an den Kellner, aber niemand verfügte über Macht und Mittel, sie zu öffnen. Schließlich kehrte er streitmüde zu seinem Platz zurück, legte den Kopf auf den Tisch und schlief.

Die Rückreise dauerte noch länger als die Hinreise. Der Express hätte am nächsten Morgen in Bukarest eintreffen sollen. Er kam dort bei Einbruch der Dunkelheit an. Jakimov musste die gesamte Zeit im Speisewagen verbringen und wieder eine Mahlzeit nach der anderen zu sich nehmen, die er mit Freddis Geld bezahlte.

Im Bukarester Bahnhof gab es keine Kofferträger. Niemand kontrollierte die Fahrkarten. Das Gebäude war leer, abgesehen von den neu angekommenen Fahrgästen, die sich flüsternd am Eingang zusammenscharten und davor zurückschreckten hinauszutreten. Jakimov warf einen Blick hinaus. Die Straße, die normalerweise um diese Uhrzeit von Gasfackeln erleuchtet wurde und von Menschen wimmelte, lag verlassen da, aber er konnte nichts sehen, was man hätte fürchten müssen. Das Schlimmste war, dass es keine Taxis oder *trăsurăs* gab. Ein langer Fußmarsch lag vor ihm! Er lungerte noch eine Weile herum, in der Hoffnung, jemand würde ihm erläutern, was zu befürchten war, aber niemand sprach mit ihm, und nichts geschah. Also beschloss er aufzubrechen.

Die Verkaufsstände in der Calea Crivitei lagen verlassen da. Die Gehwege waren leer. Gelegentlich sah er in Hauseingängen Gestalten, aber sie glitten zurück ins Dunkel, bevor er sie erreichte. Die Stadt war unnatürlich still. Er hatte die Straßen noch nie zuvor so leer gesehen.

An der Kreuzung zur Calea Victoriei traf er endlich auf eine Gruppe Militärpolizisten mit Pistolen im Anschlag. Einer von ihnen befahl Jakimov, stehen zu bleiben. Erschrocken ließ er seinen Koffer fallen und hob die Hände. Ein Beamter trat vor und fragte streng, was er im Freien zu suchen habe. Die Frage ängstigte ihn; er begriff, dass seine Mitreisenden etwas gewusst hatten, was er nicht wusste. Er begann auf Deutsch – der sichersten Sprache in diesen Tagen – zu erläutern, dass er mit dem Orient-Express eingetroffen und nun auf dem Weg nach Hause sei. War etwas nicht in Ordnung? Was war geschehen? Er erhielt auf seine Fragen keine Antwort, wurde jedoch aufgefordert, seinen *permis de séjour* vorzuzeigen. Er überreichte ihn zusammen mit seinem Reisepass. Man nahm beides mit unter einen Laternenpfahl, studierte die Dokumente und diskutierte, während ein Soldat die Waffe auf ihn gerichtet hielt. Die Diskussion dauerte lange. Immer wieder drehte sich einer der Männer um und starrte ihn an, sodass er fürchtete, verhaftet oder kurzerhand erschossen zu werden. Am Ende gab man ihm seine Papiere wieder. Der Beamte salutierte. Jakimov dürfe weitergehen, müsse aber einen Umweg machen, damit er nicht den großen Platz überquere.

Gehorsam ging er eine Seitenstraße zum Boulevard Brăteanu hinunter und erreichte nach weiteren achthundert Metern noch immer sehr aufgewühlt den Wohnblock der Pringles. Das Foyer lag im Dunkeln. Der Pförtner war vor einiger Zeit eingezogen und nicht ersetzt worden. Als Jakimov mit dem Fahrstuhl nach oben fuhr, war er plötzlich überzeugt, die Invasion habe begonnen. Die Stadt schien nicht nur leer zu sein, sie *war* leer. Die Menschen waren geflohen. Gleich würde er feststellen, dass die Pringles mit all den anderen auf und davon waren.

Bei dem Gedanken, dass er in einem von den Deutschen besetzten Gebiet auf sich allein gestellt sein könnte, brach er beinahe zusammen. Wenn er nur daran dachte, dass er einfach im Orient-Express hätte sitzen bleiben und sich in Sicherheit hätte bringen lassen können! Sein Selbstmitleid war allumfassend.

Er zitterte so heftig, dass es ihm kaum gelang, den Schlüssel ins Schloss zu stecken. Bei seinem Eintreten lag die Wohnung im Dunkeln, aber es waren darin Stimmen zu vernehmen. Sofort beruhigt, schaltete er das Licht im Wohnzimmer an.

«Machen Sie das Licht aus, Sie verdammter Idiot!», flüsterte jemand vom Balkon her.

Er schaltete das Licht aus, aber die kurze Erleuchtung hatte ihm verraten, dass Harriet am Türrahmen der Balkontür kauerte und Guy und David Boyd bäuchlings auf dem Fußboden des Balkons lagen und durch die Brüstung spähten. David war derjenige, der gesprochen hatte.

Jakimov schlich auf Zehenspitzen hinein. «Was ist denn nur los, lieber Junge?», fragte er.

Als Antwort bekam er von David zu hören: «Halten Sie die Klappe. Oder wollen Sie, dass die auf uns schießen?»

Jakimov kauerte sich Harriet gegenüber in die Türöffnung und blickte hinaus auf den Platz. Zuerst konnte er nichts erkennen. Der Platz war wie die Straßen verlassen, die Lampen beschienen Pflastersteine und geteerte Flächen. Der Palast war dunkel.

Nach längerem Schweigen flüsterte Jakimov Harriet zu: «Liebes Mädchen, sagen Sie Jaki doch, was los ist!»

«Die Armee ist mobilgemacht worden», sagte sie. «Sie rechnen mit einem Angriff auf den Palast. Wenn Sie da drüben genau hinsehen», sie zeigte auf die Einmündung der Calea Victoriei, «erkennen Sie die Spitze eines Maschinengewehrs. Überall sind Soldaten.»

Er spähte hinaus und begann im Schatten sich bewegende andere Schatten wahrzunehmen. Das erste Geschäft in der Calea Victoriei war zu sehen, und aus seinem Eingang ragten Köpfe heraus. Zwischen den Gerüsten und den halb abgerissenen Gebäuden auf dem Platz war ebenfalls Bewegung zu erkennen. Alles erfolgte vorsichtig, leise. In der Ferne hörte er Gesang.

«Wer wird den Palast angreifen?», fragte Jakimov kläglich in dem Empfinden, dass niemand ihm irgendetwas sagen wollte.

«Das wissen wir nicht», antwortete Harriet. «Wir glauben, es muss sich um die Eiserne Garde handeln, aber wir haben nichts als Gerüchte.»

«Es wird doch nicht die Revolution sein, oder doch?»

«Es könnte alles Mögliche sein. Es gab viel Geschrei nach der Abdankung des Königs, dann ist die Polizei ausgerückt und hat den Platz und die Straßen geräumt, später marschierte das Militär auf. David ist zu uns gekommen und sagte, es gäbe dieses Gerücht über einen Angriff auf den Palast. Mehr wissen wir auch nicht.»

«Der König wird doch nicht abdanken, oder?»

David bekam die Frage mit und lachte schniefend. «Warten Sie nur ab», sagte er leise.

Jakimov nahm seinen Koffer und ging in sein Zimmer. Er ließ sich aufs Bett sinken, erschöpft und dennoch außerstande, eine Ruhepause auch nur in Betracht zu ziehen. Seine Bestürzung stützte sich nicht nur auf Hadjimoscos' Prophezeiung von Anarchie und der Guillotine, sondern auch auf die Tatsache, dass das Wort «Revolution» ihn schon immer nervös gemacht hatte. Eine Revolution hatte das Vermögen seiner Familie verschlungen und seinen armen alten Dad ins Exil getrieben. Er war mit den Geschichten seines Vaters über den Niedergang der russischen Monarchie und das entsetzliche Ende der Zarenfamilie aufgewachsen. In Jakimovs Vorstellung konnte es nicht mehr lange dauern, eine Stunde oder zwei vielleicht, bis die Züge, Flugzeuge und Schiffe stillstanden. Das Militär würde das Benzin beschlagnahmen. Sie würden alle festsitzen.

Freddi hatte ihn davon gewarnt, in Bukarest zu bleiben, und Freddi hatte gesagt, dass Rumänien als Nächstes an der Reihe wäre.

Alle hatten immer behauptet, die Deutschen könnten sich Unruhen hier nicht leisten. Ein Aufstand würde das Signal für sie sein, sofort einzumarschieren. Jakimov ging auf, dass er durch die Tatsache, dass er Guy verdächtig gemacht hatte – gemeinerweise, wie ihm nun klar wurde, aber er hatte jetzt keine Zeit für Gewissensbisse –, sich selbst in Schwierigkeiten gebracht haben könnte. Denn er gehörte zu einem in Misskredit geratenen Haushalt, und vielleicht würde er keine

Zeit bekommen zu beweisen, dass er nicht mit den anderen unter einer Decke steckte.

Seine Gedanken wanderten zum Orient-Express, aus dem er soeben ausgestiegen war und der immer mindestens eine Stunde lang am Bahnhof in Bukarest stand. Warum sollte er nicht schnell wieder einsteigen? Er war wohlbehalten zu Fuß hierhergelangt, also konnte er auch wohlbehalten zurückgehen. Und ausnahmsweise einmal war er durch Freddis Geld gut bei Kasse.

Er sagte sich: «Jetzt oder nie, lieber Junge», sprang auf und begann die restlichen Kleidungsstücke aus den Schränken zu ziehen. Er stopfte seinen Koffer voll.

All das erledigte er leise. Er hatte das Bedürfnis, seine Abreise geheim zu halten, nicht aus Furcht davor, zurückgehalten zu werden, sondern aus einer nervösen Scham heraus, sich selbst vom Acker zu machen, nachdem er den alten Guy verraten hatte. Wenn er versuchen würde, sein Weggehen zu erklären, würde er womöglich seinen Verrat verraten.

Sein Fenster ging zum Balkon hinaus. Während er herumschlich, konnte er David Boyd flüstern hören: «Da kommen sie. Jetzt kriegen wir was zu sehen.» Draußen wurde es laut. Er ging zum Fenster und sah auf den Platz hinunter. Die Straße wurde von einer Reihe Soldaten abgesperrt. Sie hielten ihre Gewehre im Anschlag.

Der Lärm schwoll an. Anscheinend steuerte irgendeine Art von Mob auf den Palast zu. Jakimov konnte nur hoffen, dass der Tumult hier die Aufmerksamkeit von den Nebenstraßen ablenken würde, auf denen er den Bahnhof erreichen wollte.

Bevor er ging, nahm er seinen zobelbesetzten Mantel vom Haken hinter der Tür. Mit dem Mantel, dem Koffer und dem, was von Freddis fünfundzwanzig «Tausis» übrig war, schlich er auf Zehenspitzen aus der Wohnung. Unten auf der Straße hörte er, wie Gewehre abgefeuert wurden, und rannte auf den Boulevard Brăteanu zu.

Ohne Zwischenfall und unversehrt erreichte er den Bahnhof. Der Orient-Express wartete, ahnungslos den Ereignissen gegenüber, die Jakimov hinter sich gelassen hatte, noch immer auf seine Fahrgäste, die eigenartigerweise nicht eintrafen. Nachdem er Jakimov aufgenommen hatte, schien er zufrieden und trat beinahe umgehend die Fahrt nach Bulgarien an. An der Grenze gab es eine kurze Auseinandersetzung, weil Jakimov kein rumänisches Ausreisevisum hatte, aber mit tausend *Lei* ließ sich die Sache beilegen.

Er erhielt eine Koje in dem beinahe leeren Schlafwagen und erwachte am nächsten Morgen im sicheren Istanbul.

3

DIE REVOLUTION

15

In den ersten Septembertagen war die Lärmkulisse von dem überfüllten Platz Harriet so vertraut geworden wie Verkehrsgeräusche. Kurz nachdem Jakimov nach Cluj abgereist war, entstand dort unten plötzlich Unruhe, es ertönten «*Abdică*»-Rufe und das Klirren von berstendem Glas. Hier war er nun endlich, der Aufstand, dachte sie. Als sie hinausging, um nachzusehen, gärte es in der Menge, und die Polizei brachte ihre Schläuche in Anschlag. Die Drohung genügte. Der Aufruhr beruhigte sich, aber die Menschen zerstreuten sich nicht. Dieses Mal waren sie nicht von der Stelle zu bewegen. Wenn sie nicht sprechen durften, konnten sie zumindest stehen bleiben, eine stumme Anklage gegen den Verbrecher im Palast.

Harriet erinnerte sich daran, wie sie, als sie die Wohnung gemietet hatten, zu Guy gesagt hatte: «Wir sind im Zentrum des Geschehens.» Nun, schien es, waren sie im Zentrum der Unruhen.

Etwas später am Tag, als die Büroangestellten sich dem Mob zugesellt hatten, brandete Jubel auf. Guy war soeben nach Hause gekommen und trat zu Harriet auf den Balkon hinaus. Mit ihrem guten Sehvermögen erblickte sie einen Mann in Armeeuniform mit erhobener Hand auf den Stufen des Palastes. Guy sah nichts davon, hörte aber die ekstatischen Freudenschreie der Menge.

«Kann das der König sein?», fragte Harriet. «Hat er endlich etwas gemacht, das sie zufriedenstellt?»

Guy hielt das für unwahrscheinlich. Despina kam ins Zimmer gerannt, schwenkte die Arme und rief, etwas Wunderbares sei geschehen. Antonescu sei ein drittes Mal aus dem Gefängnis geholt worden, und ihm sei zum dritten Mal der Posten des Premierministers angeboten worden – zu seinen eigenen Bedingungen. Er habe angenommen und umgehend den Rücktritt Urdărianus gefordert.

Und nun, rief Despina und schlug sich mit der Faust in die Handfläche, würde das Land wieder in Ordnung gebracht werden.

Das war anscheinend jedermanns Meinung. Antonescu wurde als Held gefeiert. Wegen des Andrangs seiner Bewunderer kam sein Wagen kaum aus dem Palasttor. Als er in den Boulevard Elisabeta einbog und verschwand, begannen sich alle in Bewegung zu setzen, als gäbe es keinen Grund mehr zu warten.

Am frühen Abend wurde Urdărianus Rücktritt verkündet. Guy und Harriet, die ausgingen, um sich mit David zu treffen, spürten eine atmosphärische Veränderung. Die rebellische Wut, die in der Luft gelegen hatte, war einer Hochstimmung gewichen. Sie hatten das Gefühl, dass dies lediglich ein Anfang war. Wie Despina gesagt hatte, das Land würde nun in Ordnung gebracht werden. Ein Mann rief seinem Freund zum Abschied zu: «*En nu abdic!*», und löste damit bei allen, die es hörten, Heiterkeit aus. Der Freund antwortete, dass Antonescu ihn dazu bringen werde, seine Meinung zu ändern.

David wollte mit den Pringles essen gehen und wartete in der Englischen Bar auf sie. Er schlug vor, zu Cina am großen Platz zu gehen. Sie konnten sich dieses Restaurant nur selten leisten, aber es war ein besonderer Abend.

«Nun kann alles Mögliche passieren», sagte er, «und wenn es passiert, haben wir einen Platz in der ersten Reihe.»

Es war ein sehr heißer Tag gewesen, und der Abend war so

warm wie mitten im Sommer. Die Tische im Garten waren sämtlich besetzt, die Stimmung war erwartungsfroh.

«Ob er nun abdankt?», fragte Guy.

David kicherte und sagte: «Man scheint davon auszugehen.»

Man gab ihnen einen Tisch an der Hecke. Von ihren Korbstühlen unter einer uralten Linde aus beobachteten sie die Vorübergehenden, die freundlich über den Platz schlenderten. Zwei oder drei Dutzend Leute, die von der morgendlichen Menschenmenge übriggeblieben waren, standen um die Statue von Carol I herum. Plötzlich horchten alle auf. Menschen begannen auf den Palast zuzulaufen. Die Gäste im Garten wurden unruhig, rutschten auf ihren Stühlen herum und forderten von den Kellnern Aufklärung. Als die Kellner ihnen nichts sagen konnten, beklagten sie sich, als würden ihnen Neuigkeiten unrechtmäßig vorenthalten. Mehrere riefen nach dem Oberkellner, einem alten Mann, der jeden kannte. Er betrat den Garten mit erhobener Hand und sagte lächelnd, mit sanftem Tadel: «Ein Dekret, bloß ein Dekret.» Dann gab er die Einzelheiten leise an die Kellner weiter, die von Tisch zu Tisch gingen und sie wiederholten.

Das Dekret hatte die königliche Diktatur beendet und ließ dem König lediglich das Recht, Orden zu tragen und sie anderen zu verleihen. Als man ihn aufgefordert hatte, es zu unterschreiben, hatte er gewütet wie ein Wahnsinniger und Antonescu des Hochverrats beschuldigt, aber letztendlich hatte man ihn zur Unterschrift gezwungen.

«O weh, der arme alte Hochwohlgeborene!», sagte David. «Er ist zum reinen Aushängeschild geworden. Und was wird der General als Nächstes tun? Er kann nicht allein regieren. Er muss sich auf die Eiserne Garde oder auf die Armee stützen, und ich schätze, er kennt die Armee zu gut, um ihr zu trauen.»

«Du glaubst, uns steht eine Diktatur der Eisernen Garde bevor?», fragte Guy.

David zuckte mit den Schultern. «Ich sehe keine Alternative.»

Also waren sie in einer noch heikleren Lage als je zuvor, dachte Harriet.

Als das Blätterdach über ihnen undurchdringlich dunkel geworden war, wurden die bunten Lichterketten zwischen den Ästen eingeschaltet. Im Palast, wo man dem König abgesehen von seinen Orden alles genommen hatte, leuchteten die Galaxien von Kronleuchtern auf. Über dem Palast erstrahlte hell funkelnd ein einzelner Stern auf dem ägyptisch blauen Satin des Himmels. Die Dächer schimmerten im letzten Licht von Westen.

Plötzlich sprang mitten im Garten das Licht der Orchesterbühne an, und die Musiker gingen in ihren weißen Hemden und samtenen Kniehosen im Gänsemarsch zwischen den Tischen hindurch und verneigten sich nach links und rechts. Sie erklommen die Bühne. Der Aufschrei einer Geige erklang, eine Pause, und dann brach eine musikalische Raserei über die Gäste herein.

Harriet dachte daran, wie sie das letzte Mal hier gegessen hatten. Es war mitten im Winter gewesen, sie hatten den Tisch vor dem Doppelfenster gehabt, der von dem Schimmer des schneebestäubten Gartens erleuchtet worden war. Zwei kaputte Rohrstühle mit Schneehaufen als Sitzkissen hatten auf der Terrasse gestanden. Der Schnee hatte das filigrane Muster der Stuhllehnen betont. Hinter den Bäumen, in einem Käfig aus verschlungenen Ästen, stand in ihrem Chinoiserie-Stil die schneebedeckte Orchesterbühne, golden und gelb lackiert. Wenn man sie jetzt sah, behängt mit Lichtern und Blättern und Blumen, konnte man sich kaum vorstellen, dass sie in einem Weilchen verlassen sein würde.

Letzten Herbst hatte Inchcape Harriet mit den Worten beruhigt, ein Feind würde niemals im Winter angreifen. Er hatte gesagt: «Bald kommt der Schnee, und dann schließen wir uns heil und unversehrt zusammen ein.»

Der Gedanke an den Schnee, der für sie die Freuden der Kindheit heraufbeschwor, die Sicherheit, die sie vor der Trennung ihrer Eltern erfahren hatte, weckte in ihr Nostalgie. Aber die Zeiten hatten sich geändert. Letzten Herbst waren die Deutschen noch zwei Landesgrenzen entfernt gewesen. Diesen Herbst würde der Schnee, wenn er die Pässe blockierte, eine Unzahl von Deutschen und die Eiserne Garde zusammen mit ihnen einschließen.

Am nächsten Morgen erwachten die Pringles in eine Stille hinein. Die Gardisten hatten bereits ihre Posten am Palastzaun bezogen, doch sie standen alleine dort. Die Bewohner der Stadt hatten beschlossen, die Angelegenheiten Antonescu zu überlassen.

Despina kam mit dem Frühstück herein und sprach aufgeregt über diesen Recken, der gekommen war, um jedem zu seinem Recht zu verhelfen. Er war derjenige gewesen, der es gewagt hatte, dem König die Stirn zu bieten, und er hatte für seinen Widerstand gelitten. Nun hatte er triumphiert. Er war der Herrscher. Was den König anging – sie machte eine Geste, als wollte sie ihre Hand mit einem Ruck vom Handgelenk schütteln. Der König war «niemand».

Ob der König ein Niemand war oder nicht, er war der Verbündete und Beschützer der englischen Kolonie gewesen. Harriet fand es nicht schlimm, dass er noch immer auf dem Thron saß.

Guy fand es ebenfalls nicht schlimm. Er war vom König zwar nicht begeistert, aber noch weniger war er es von Antonescu, den man inmitten von Wirren und Niedertracht aus reiner Not zum Symbol von Aufrichtigkeit und Stärke stilisiert hatte. Die Menschen betrachteten ihn als die Lösung ganz einfach deswegen, weil es keine Lösung gab. Vielleicht würden sie noch Anlass bekommen, ihre Illusion zu bereuen.

Der Tag verging ohne Zwischenfall. Den meisten Leuten erschien es so, als seien die Dinge geklärt, und so waren sie erstaunt, als am Abend die Polizei auftauchte und alle von den Straßen scheuchte.

Die Pringles wurden auf dem Weg zur Englischen Bar auf dem Platz umzingelt. Sie eilten auf das Hotel zu, um es zu erreichen, bevor man sie zwang umzudrehen, aber die Drehtür war abgeschlossen. Niemand konnte hinein oder heraus. Sie rannten zur Glastür des Friseursalons: Diese war ebenfalls abgeschlossen. In den Fenstern tauchten von innen immer mehr Gesichter der Hotelgäste auf. Harriet erblickte Clarence, der zu ihnen heraussah, und winkte ihm zu. Konnte er erreichen, dass sie eingelassen wurden? Er schüttelte in bestürzter Hilflosigkeit den Kopf.

Galpin, Screwby und andere Journalisten blickten aus einem Seitenfenster. Ein Portier drängte sich vor sie und zog die Jalousie herab.

Der leere Platz sah riesig aus, die Pflastersteine reflektierten die rosigen Strahlen des Sonnenuntergangs. Im Hotel, im Palast, im Cina und den anderen Gebäuden waren die Jalousien heruntergezogen worden, was dem Abend eine sonntägliche Leere aufzwang.

Ein Polizist gewahrte die Pringles, die nun weit und breit die einzigen Zivilisten waren, und sagte ihnen, sie sollten nach Hause gehen. Guy erkundigte sich nach dem Grund für diesen Polizeieinsatz und erfuhr, dass der Ausnahmezustand verhängt worden war.

«Warum?», fragte Guy. «Was ist passiert?»

Der Beamte zuckte mit den Schultern und bemühte sich um ein ausdrucksloses Gesicht, doch dann vermochte er sein Wissen nicht mehr für sich zu behalten und antwortete, dass ein Angriff auf den Palast kurz bevorstand.

«Von wem?»

Das wusste der Polizist nicht.

Als die Pringles sich aus dem abgesperrten Bereich entfernten, kamen auch schon Truppen in Lastwagen vorgefahren. Ein hellblau angemalter Panzer bezog vor dem Hotel Posten. Überall, wo es Deckung gab, wurden Maschinengewehre aufgestellt. Vor dem Eingang zum Wohnblock der Pringles forderte ein Militärfahrzeug mit Lautsprecher die Menschen dazu auf, nicht nur im Haus zu bleiben, sondern auch die Balkone zu verlassen und die Vorhänge zuzuziehen. Jeder, der sich nach halb sieben auf der Straße aufhielt, würde Gefahr laufen, verhaftet zu werden.

Als sie die Wohnung, fünfzehn Minuten nachdem sie sie verlassen hatten, wieder betraten, waren die Pringles entzückt festzustellen, dass während ihrer Abwesenheit David gekommen war und nun durch die Balkontür hinausspähte.

«Was passiert da?», fragte Harriet.

«Ein *coup*, denke ich», sagte David. «Vom General organisiert. Den König hat er kaltgestellt, aber die Lupescu und Urdărianu treiben sich immer noch im Palast herum. Tatsache ist, dass Leute, die Bescheid wissen, über das Dekret nur lachen. Der König wird einfach abwarten, bis er wieder nach der Macht greifen kann. Deswegen bekommen wir jetzt diesen

Angriff auf den Palast. Eine abgekartete Sache, aber vielleicht klappt es ja.»

«Es ist also eine Revolution?»

«Eine Art Revolution. Wenn wir uns ducken, damit man uns nicht sieht, werden wir alles verfolgen können.»

Vom Platz drang kein Laut nach oben. Der Verkehr war zum Erliegen gekommen. Dunkelheit senkte sich herab, und noch immer geschah nichts. Die beiden Männer lagen auf dem Boden und spähten durch das steinerne Muster der Balustrade, während Harriet sich an den Türrahmen drückte. Von unten kein Lebenszeichen. Polizei wie Militär verbargen sich in den Schatten. Der Reiter saß einsam auf seinem riesigen Ross. Die Lichter um ihn herum wurden von einer Welt aus poliertem Ebenholz gespiegelt.

Die Stille der wartenden Stadt hatte keine Untertöne. Sie war so allumfassend wie sonst nur die Stille auf dem Land.

Schließlich wurde es Harriet langweilig, und sie bekam Krämpfe, also ging sie in die Küche. Die Dienstboten waren alle auf dem Dach und harrten der Ereignisse. Harriet belegte Brote und nahm sie mit ins Wohnzimmer. Im Schneidersitz saßen sie dann auf dem Boden des Balkons und picknickten. Als Harriet an ihren Platz am Türrahmen zurückkehrte, sagte sie: «Ich kann Gesang hören.» Das Lied war kaum mehr als ein Pulsieren in der Luft. Während sie horchten, kam Jakimov nach Hause. Der Gesang wurde lauter. Er wurde vom Dröhnen marschierender Stiefel begleitet. Der Gesang hörte auf, zum Schweigen gebracht von einem Befehl, stattdessen ertönten Rufe. Die Stimmen kamen näher. Auf dem Platz erscholl ein Befehl. Die Schatten wurden plötzlich lebendig.

«Jetzt sollten wir etwas zu sehen bekommen», sagte David.

Soldaten mit Gewehren im Anschlag stürzten sich aus der

Dunkelheit und huschten über die Kreuzung Calea Victoriei und Boulevard Elisabeta.

Schritte und Stimmengewirr brandeten heran wie Wasser, und bald konnte man einzelne Drohungen gegen den König, gegen die Lupescu und Urdărianu ausmachen. Wiederholt wurde der Tod des Königs gefordert.

Der Aufmarsch war nun sehr nah. Auf dem Platz wurde ein weiterer Befehl erteilt. Die über den Boulevard Elisabeta verteilten Soldaten hoben ihre Gewehre. Die Marschierenden kamen in Sicht. Wieder bellte ein Offizier etwas. Die Soldaten schossen in die Luft. Es folgte ein Moment der Stille, das Scharren zurückweichender Schritte – doch in ihrem Rückzug stimmten die Marschierenden ein Lied des Widerstands an. Es war *«Capitanul»*.

Die Soldaten blieben auf ihren Positionen, doch es gab keine weiteren Befehle. *«Capitanul»* wurde wieder zu einem Pulsieren in der Luft und verebbte dann ganz.

Guy und David kamen auf die Füße. «Lasst uns etwas trinken», sagte Guy.

«Das war aber eine armselige Revolution, oder?», fragte Harriet.

«Sie hat gereicht», sagte David. «Jetzt kann Antonescu sagen: ‹Sie sind in Lebensgefahr. Ich kann Sie nicht schützen. Sie müssen gehen.›» Guy schenkte *ţuică* aus, und David erhob sein Glas. «Ein Lebewohl dem König! Vor morgen früh wird er fort sein.»

Später machte die Geschichte die Runde, Carol habe an dem Abend auf seine Menükarte «Auf Wiedersehen» geschrieben. Er habe sich damit abgefunden, gehen zu müssen, sei aber überzeugt davon, dass das Land einen solch scharfsinnigen König letzten Endes zurückrufen werde.

16

Am darauffolgenden Morgen konnte Harriet schon vom Bett aus das Stimmengewirr auf dem Platz hören. Die Stadt feierte.

Beim Frühstück kam Despina immer wieder ins Zimmer gelaufen, um die Geschichten weiterzugeben, die andere Dienstboten zu ihr heraufgerufen hatten. Der König, sagte sie, habe sich bis vier Uhr morgens geweigert, die Abdankungsurkunde zu unterschreiben, und hatte es dann nach einer Diskussion über das Ruhestandsgeld getan, das er erhalten würde. Dann war er sofort in einem deutschen Diplomatenfahrzeug hinaus nach Konstanza gefahren und an Bord seiner Yacht verfrachtet worden. Die Lupescu und Urdărianu hatten ihn begleitet, doch der Palast war nicht leer. Es gab einen neuen König, Michael. Er war jung, gutaussehend und gütig und würde wohlwollend regieren wie ein englischer König.

In der Zwischenzeit kamen die Menschen aus allen Seitenstraßen auf den Platz geströmt, viele von ihnen waren Bauern, die in ihren weißen Wollfriesen vom Land gekommen waren, die Frauen in ihren Festtagskleidern leuchteten bunt wie orientalische Vögel. Es war klar, dass an diesem Tag niemand arbeiten würde. Harriet sagte zu Guy: «Du musst doch bestimmt nicht zur Universität, oder?», aber er hielt es für angemessen, sich dort sehen zu lassen, und verließ wie üblich das Haus.

Harriet saß noch am Tisch, als sie unter dem Balkon Menschen *«Capitanul»* singen hörte. Sie rannte mit der Kaffeetasse in der Hand hinaus und sah auf die Reihen grün gekleideter Männer hinunter, die um die Kirche unter ihr marschierten. Sie schlugen quer über den Platz, auf den Palast zu, eine Schneise durch die Menge. Die Wachen, die noch in der Nacht zuvor über ihre Köpfe hinweg geschossen hatten, salutierten ihnen nun.

Zu Hunderten stellten sie sich in Reihen vor dem Palast auf, die Menge brandete heran, küsste ihnen die Hände und klopfte ihnen auf den Rücken.

Der Jubel steckte dermaßen an, dass Harriet ebenfalls das Gefühl hatte, frohlocken zu wollen. Doch was gab es eigentlich zu jauchzen? Das neue Regime verhieß vielleicht einen Neuanfang, aber die verlorenen Provinzen blieben verloren. Das Land musste sich noch immer den Forderungen seines unersättlichen Verbündeten beugen.

Der Ausruf «*Cornița!*» lockte Harriet wieder in die Wohnung. Despina war draußen gewesen und stand nun glühend von all den Empfindungen, Glückwünschen und Phantasiegespinsten, denen sie auf dem Markt ausgesetzt gewesen war, im Zimmer und hielt eine Hand hinter dem Rücken versteckt. Bei Harriets Eintritt zog sie sie schwungvoll hervor und präsentierte einen Braten.

Es war Freitag, ein fleischloser Tag. «Das gab es zusätzlich wegen der Abdankung», sagte sie, «und das ist kein Kalb, es ist Rind.» Sie hatten seit dem Frühjahr kein Rind mehr gegessen. «Jetzt, wo der König weg ist», rief sie, «wird es keine fleischlosen Tage mehr geben. Wir werden zu jeder Mahlzeit Rinderbraten essen!» Sie erzählte, dass sich ein Bauer, der sie als Ungarin erkannt hatte, geweigert habe, sie zu bedienen, und sie habe daraufhin «*Sitie kiansinlai blogi*» gerufen und einen Korb voller Tomaten umgeworfen. Die Umstehenden waren in solcher Feierstimmung gewesen, dass sie den Zwischenfall als Scherz behandelt hatten.

«Findet niemand schade, dass der König weg ist?», fragte Harriet.

Despina kreischte vor Lachen bei diesen Worten. «Niemand, wirklich niemand. Ein Gauner, ein Lügner, ein Lüstling – das war der König! Fort mit ihm!» Sie machte eine grob abfällige Handbewegung und berichtete, wie Carol und die Lupescu, als sie den Palast mit Kisten voller Juwelen und Säcken voller Gold verlassen wollten, von Horia Sima verhaftet und nach Berlin geflogen worden seien, wo der Führer darauf wartete, alte Rechnungen zu begleichen. *«O să-le taie gâtul»*, sagte sie und zog sich einen Finger über die Kehle.

«Ist das wirklich wahr?», fragte Harriet ungläubig.

Selbstverständlich war es wahr. Alle sprachen doch davon.

Tumult auf dem Platz ließ Harriet, gefolgt von Despina, hinausstürzen. Der junge König stand auf dem Hauptbalkon des Palasts – ein hochgewachsener junger Mann in Armeeuniform, die Minister hinter sich. Als er grüßend die Hand hob, johlte die Menge vor Begeisterung. Zum ersten Mal sah Harriet, wie Männer und kleine Jungen auf die Statue Carols des Großen kletterten. Soldaten schufen Platz für die Wagen, die versuchten, den Palast zu erreichen, und schüttelten nach allen Seiten Menschen aus der Menge die Hände.

Als sich der König in den Palast zurückzog, wagten sich einige in der Nähe des Palastzauns, mutig geworden durch die allgemeine Verbrüderung, auf das Gelände. Bald schlenderten Menschen ungezwungen zu den Toren hinein und um die kleinen Rasenflächen herum und wieder heraus.

Despina schnappte nach Luft. Noch nie, niemals, sei so etwas je zuvor geschehen.

Harriet verspürte den Wunsch, hinauszugehen und diese Wunder aus größerer Nähe zu sehen, doch als sie gerade die Wohnung verlassen wollte, läutete es an der Tür. Bella kam zu Besuch.

Harriet hatte seit ihrer zufälligen Begegnung auf der Calea Victoriei nichts mehr von ihr gehört. Nun stürzte Bella mit einem Arm voller Blumen und einer nie gesehenen Lebhaftigkeit auf Harriet zu. Sie überreichte ihr einen Strauß Rosen, als gäbe es für sie beide etwas zu feiern, und sagte: «Was für eine Aufregung! Es ist wunderbar. Wunderbar!» Dann sah sie, dass Harriet Handschuhe und ihre Tasche trug, und rief: «Aber du kannst jetzt nicht ausgehen! Du könntest angegriffen werden. Carol war pro-britisch, deswegen sind die Engländer jetzt schrecklich unbeliebt. Das wird natürlich vergehen – aber im Augenblick bist du im Haus sicherer.»

«Du bist nicht angegriffen worden.»

«O, bei mir ist das etwas anderes. Ich habe rumänische Papiere, und ich spreche Deutsch. Mein Deutsch ist so gut, dass die Ladenbesitzer sich überschlagen, mich zu bedienen.»

Harriet nahm sie mit hinaus auf den Balkon, wo sie es sich in einem der Liegestühle bequem machte und fragte: «Wozu ausgehen, wenn man einen Platz in der ersten Reihe hat?»

Mit ihrer aprikosenfarbenen Haut und ihren von der Sonne ausgebleichten Haaren sah Bella ausgesprochen bezaubernd aus und wirkte zudem berauscht von den Ereignissen der Nacht. «Wie herrlich es ist, einen starken Mann an der Spitze zu wissen!», sagte sie. «Alle sagen, dass Rumänien all seine Gebiete zurückbekommt.»

«Wie kommen sie darauf?»

«Weil Antonescu ein echter Diktator ist. Er weiß, wie er mit Hitler und Musso umzugehen hat. Er ist einer von ihnen. Ich wette mit dir, in drei Monaten ist dieses Land wieder auf den Beinen.»

«Was ist mit der Eisernen Garde? Sie könnte eine Menge Unheil anrichten.»

«Die doch nicht.» Bella johlte förmlich vor Belustigung über diesen Gedanken. «Der General wird sich von diesem Gesindel nichts bieten lassen. Ihre Anführer sind tot. Die Leute sagen, sie sind wie Kartoffeln. Das Beste von ihnen ist unter der Erde.»

Bella war so voller Zuversicht, dass sie Harriet beinahe von ihrem Glauben überzeugte, es gäbe nichts mehr zu befürchten. Ihre Welt würde wieder zur Ruhe kommen. Harriet fühlte sich von Bellas Besuch aufgeheitert, der die Freuden ihrer alten Kameradschaft zurückbrachte. In dieser Stadt konnte eine Frau allein nirgendwohin, aber zwei Frauen, die aufeinander aufpassten, hatten die Freiheit zu tun, was ihnen gefiel.

«Wenn das alles vorbei ist, lass uns wieder damit beginnen, ins Mavrodaphne zu gehen», sagte sie.

«Ja, unbedingt», pflichtete Bella ihr herzlich bei. Sie blickte neugierig zu Despina auf, die eilig zu einer Konditorei gelaufen war und nun ein Tablett mit Kaffee und Sahneschnitten absetzte. «Was bezahlst du diesem Mädchen?», fragte sie, als Despina gegangen war.

«Tausend pro Woche.»

«Um Himmels willen! So viel bekommt ein Schulmeister. Du verwöhnst sie alle. Das habe ich dir immer schon gesagt. Es macht die Sache für uns andere schwieriger.»

Neuer Jubel brandete auf, als Michael wieder auf dem Balkon erschien.

«Er ist ein netter Junge», sagte Bella, «aber weniger eindrucksvoll als sein Vater. Es ist eigentlich schade um Carol. Man sagt, er sei, als Antonescu ihm entgegengeschmettert hat: ‹Sie müssen abdanken!›, in Tränen ausgebrochen und habe gesagt: ‹Aber ich habe es doch gar nicht so schlecht gemacht.› Da hat er mir ziemlich leidgetan.»

«Er hat ein Talent dafür, im richtigen Moment in Tränen auszubrechen», entgegnete Harriet.

Das schien Bella zu ärgern. Sie sagte: «Er war sehr männlich.»

«David Boyle sagt, all diese Geschichten über seine Virilität seien vom Palast gestreut worden.»

«David Boyle!», sagte Bella verächtlich. «Als ob der viel darüber wüsste.»

Um Bellas gute Laune wiederherzustellen, bat Harriet sie um Informationen. «Was, glaubst du, geschieht jetzt mit Carol?»

«Das weiß niemand so genau.» Bella deutete mit dem Kinn auf den Palast. «Vielleicht ist er sogar noch da drüben», sagte sie.

Die Gardisten erschienen, aus voller Kehle singend, aus der Calea Victoriei.

«Schon wieder dieses verdammte Lied», sagte Bella. Aber warte nur ab. Der General macht aus denen Hackfleisch, sobald er fest im Sattel sitzt.»

Das kleine Aufgebot von Gardisten führte eine lange Prozession von Priestern und Nonnen an. Bella erläuterte, es sei Michaelistag – nicht bloß der Namenstag des neuen Königs, sondern auch derjenige von Michael Codreanu, des Heiligen der Eisernen Garde. Dieser Zufall beeindruckte die Menge offenbar, denn sie sahen in respektvollem Schweigen zu, bis es plötzlich neue Aufregung gab. Ein Mann verließ den Palast zu Fuß. Bella schrak hoch.

«Du liebe Güte», sagte sie, «das ist Antonescu persönlich. Die Leute sind ja von Sinnen. Ich muss hinunter und mir den Spaß ansehen.»

Als Harriet Anstalten machte aufzustehen, legte Bella ihr

die Hand auf die Schulter. «Nein, du bleibst hier», befahl sie. «Wir bleiben in Kontakt. Ich rufe dich jeden Tag an und erzähle dir die Neuigkeiten.»

Sobald der Fahrstuhl mit Bella darin losgefahren war, rannte Harriet die Treppe hinunter auf die Straße. Wegen Bellas Warnung mied sie den Platz und bog um die erste Ecke in den Boulevard Elisabeta ein. Sie war davon ausgegangen, dass die Geschäfte geschlossen hatten, aber das Leben ging seinen normalen Gang. Die Bauern hatten ihre Erzeugnisse auf Schubkarren herangekarrt. Die Restaurants hatten geöffnet. In den Cafégärten saßen die Leute unter gestreiften Sonnenschirmen und tranken ihren Morgenkaffee.

In der Calea Victoriei jedoch machte sich die neue Kraft bemerkbar. Junge Männer und Frauen drängten sich ungestüm durch die Menge und verteilten gardistische Flugblätter. Eine Gruppe von Mädchen mit roten Wangen und recht wildem Aussehen schien sich für die eigene Wichtigkeit noch ein wenig zu genieren und ging von Geschäft zu Geschäft und verteilte Plakate. So schnell sie zugestellt wurden, so schnell erschienen die Plakate auch in den Schaufenstern. Sie stellten einen auf romantische Weise gutaussehenden, zigeunerhaft dunklen jungen Mann mit langen Haaren und großen Augen dar, darunter standen die Worte: CORNELIU ZELEA CODREANU – PREZENT. Es war das idealisierte Bild des Anführers, der für seine Gefolgschaft einstehen würde.

Als Harriet die Universität betrat, wusste sie sofort, dass das Gebäude leer oder wenigstens beinahe leer war. Der Pförtner hatte sich offenbar den Tag freigenommen. Sie ging den Flur entlang. Die Tür zum Vorlesungsraum stand offen. Niemand hatte die Jalousien heruntergezogen. Die Mittagshitze lag über den leeren Plätzen.

Sie fand Guy in seinem Büro. Er saß scheinbar konzentriert vor irgendwelchen Aufgabenheften, und als sie eintrat, fuhr sein Kopf herum. Da er auf einen Studenten gehofft hatte, sah er bei ihrem Anblick überrascht aus. Er sagte: «Sie haben sich alle einen Tag freigenommen.»

«Warum bist du nicht nach Hause gekommen?»

«Für heute Morgen waren drei Kurse angesetzt. Jemand hätte kommen können.»

«Die Eiserne Garde ist mit einem Großaufgebot unterwegs.»

«Ich habe sie gehört. Du hast dir doch keine Sorgen um mich gemacht, oder?» Liebevoll nahm er ihre Hand. «Kein Grund zur Besorgnis. Die Gardisten werden im Augenblick keine Unruhe stiften. Sie wollen sich nicht die Chance auf die Macht verderben.»

«Jedenfalls musst du nicht länger hierbleiben. Lass uns durch den Park gehen.»

Er stand auf, dann kam ihm der Gedanke, auf die Uhr zu sehen. «Die letzte Stunde hat gerade erst begonnen», sagte er. «Ich muss ihnen noch ein wenig mehr Zeit geben. Vielleicht taucht jemand auf.»

«Es wird niemand kommen. Niemand wird das Risiko eingehen.»

Doch Guy wollte die Hoffnung nicht aufgeben. Er schlenderte durch das Büro und summte vor sich hin. Harriet schmerzte sein Anblick, und sie sagte: «Ich warte draußen auf der Terrasse.»

Er blieb noch zehn Minuten. Als er schließlich erschien, sagte er munter: «Dann komm mit. Gehen wir in den Park.»

Die Hitze lag auf den Menschen wie eine Daunendecke, aber die Aufregung wurde dadurch nicht gedämpft. Die Zigeuner zwischen ihren Blumenkörben waren ganz aus dem

Häuschen und kreischten herum, als sei der Tag ein Triumph für ihr Volk.

Der Park war voller Bauern. Wie üblich standen die meisten in Grüppchen zusammen und starrten den *tapis vert* an. Der Rasen war noch immer gewässert und gemäht, aber die prahlerischen Beete, die ihn säumten, begannen ihre Form zu verlieren. Die allgemeine Vernachlässigung war offensichtlich. Die Hecken waren nicht geschnitten, in den Beeten wucherten Unkraut und Gras. Das Indische Blumenrohr und die Gladiolen waren nicht geschnitten worden und fielen über die Wege. Die Dahlien, die letztes Jahr wie ein Feuerwerk gelodert hatten, gingen in einem Dschungel aus welken Blumen und Blattwerk unter.

Die Pringles schlugen den Pfad hinunter zum Seecafé ein. Im Schatten der Kastanien saßen Bauern, aber ganz steif, die Arme um die Knie geschlungen, unbehaglich hier in der Stadt, und sie strahlten trotz ihrer festlichen Kleidung eine stumme Duldsamkeit aus. In der Vergangenheit hatte hier immer ein halbes Dutzend Männer Sesamgebäck und Lokum verkauft, doch Süßigkeiten waren nun selten und kostspielig geworden, und so war nur noch ein Mann übrig. Er hielt ein Tablett mit Erdnüssen.

Guy und Harriet überquerten die Brücke zum Café und setzten sich an ihren üblichen Platz am Geländer. Guy hatte einen Stapel Aufgabenhefte mitgebracht, und während sie auf ihren Wein warteten, zog er einen Füllfederhalter heraus und begann zu arbeiten. Harriet hatte eine Ausgabe des gardistischen Nachrichtenblatts *Capitanul* gereicht bekommen und mühte sich durch den Leitartikel, der ein Loblied auf General Antonescu war. Den General hatte man bei Codreanus Prozess als Zeugen geladen und gefragt, ob er Codreanu für einen Verräter halte. Er hatte den Raum durchquert, Codreanus Hand ergriffen und gesagt: «Würde General Antonescu einem Verräter die Hand reichen?» Seither betrachteten die Gardisten ihn als einen der ihren.

Sie legte das Pamphlet beiseite und sah Guy beim Arbeiten zu. Sie verspürte jetzt kein Bedürfnis, dagegen zu protestieren oder ihn zu unterbrechen. Sie begann zu vermuten, dass, während Inchcape die Wahrheit ignorierte, Guy nur so tat als ob. Vielleicht wollte er um ihretwillen nicht zugeben, in was für einer hoffnungslosen Lage sie hier waren. Jedenfalls war ihr bewusst, dass er, solange sie blieben, so tun musste, als habe er Arbeit zu erledigen. Er musste daran glauben, gebraucht zu werden.

Sie blickte auf das schlierige schmutzige Wasser hinaus. Als sie vor einem Jahr hier gesessen hatten, war ihnen der Krieg vorgekommen wie eine kompakte Konfliktzone in vierhundert Kilometern Entfernung.

Damals war Rumänien ein Land des Überflusses gewesen, gepflegt und wohlhabend. Selbst in diesem Café, das zu den allerbilligsten gehörte, hatte man, wenn man ein Glas Wein bestellte, Tellerchen voll Oliven, Käse und Gewürzgurken dazu bekommen. Nun waren diese Dinge Mangelware. Sie meinte sich zu erinnern, das Wasser sei so durchsichtig gewesen wie Kristall. Nun roch es nach Algen. In dem verkrusteten Schaum um das Café schwammen Flaschen, Orangenschalen, Streichholzschachteln und Papiertüten. Was das Café selbst anging, spiegelte es mit seinem verwitterten, vergrauten Holz, den kippeligen Stühlen und schmutzigen Papiertischdecken den Verfall des ganzen Landes.

Sie seufzte. Guy dachte wohl, sie sei gelangweilt, und sagte: «Gleich fertig», doch sie war nicht gelangweilt. Da Guy stets beschäftigt war, hatte sie sich angewöhnt, sich in ihre Gedankenwelt zurückzuziehen. Jedes Gespräch mit ihm kreiste ohnehin um Themen, die zu allgemein waren, um Nähe zu erzeugen. Er verachtete alles Metaphysische und Persönliche und tratschte auch nicht. Sie begann zu glauben, dass es ihm grundsätzlich an Interesse für das Individuum mangelte – eine Annahme, die ihn gewiss erstaunt hätte. Aber sie warf es ihm nicht vor. Als sie ihn gefunden hatte, früher einmal, hatte sie geglaubt, *alles* gefunden zu haben. Nun war sie sich da nicht mehr so sicher. Doch hier saßen sie wie auf einer Insel, Schiffbrüchige am Rande Europas, und sie begann zu lernen, ihre Gedanken für sich zu behalten.

Als Guy seinen Füller ablegte, griff er nach dem Nachrichtenblatt und wies sie auf den Namen des Herausgebers hin. Er lautete Corneliu Zelea Codreanu. Dann folgten die Namen der Redaktionsmitglieder.

«Alle tot», sagte Guy. «Wusstest du, dass diese Namen bei jeder Konferenz als erste aufgerufen werden und dann irgendjemand ‹Anwesend!› ruft? Kein Wunder, dass man die Eiserne Garde auch die Geisterlegion nennt.»

«Trotzdem», sagte Harriet, «sie haben so einen Idealismus ...»

«In der Tat», Guy lachte und stand auf. «Wenn sie an die Macht kommen, werden dieselben Verbrechen verübt werden wie bisher, nur aus den bestmöglichen Gründen.»

Sie überquerten die Brücke über den See und wanderten durch die offene Parklandschaft ans hintere Tor, vor dem die Statue eines in Ungnade gefallenen Politikers stand. Solange Harriet in Bukarest war, war sein Kopf von einem Leinensack verhüllt gewesen. Heute war der Beutel verschwunden. Der Politiker, ein kleiner, stämmiger Mann mit in den Nacken gelegtem Kopf, vorgestrecktem Fuß und in dantonesker Geste ausgestreckter Hand, erwies sich als stupsnasig, sein Gesicht erinnerte an ein Bund Radieschen. In den Sockel war kein Name eingraviert.

Direkt vor dem Tor des Parks befand sich das herrschaftliche Mietshaus, in dem die Druckers gelebt hatten. Die Familie hatte das gesamte oberste Stockwerk bewohnt. In jenen Tagen waren die Vorhänge in dem großen Eckfenster aus pflaumenblauem Samt gewesen, nun waren sie aus rosa Brokat. Alle Besitztümer der Druckers, zweifellos einschließlich der pflaumenblauen Vorhänge, waren in den Besitz der Krone übergegangen.

Carol hatte den Prozess zügig über die Bühne gebracht und Drückers Ölanteile an Deutschland verkauft. Niemand scherte sich darum. Die ganze Affäre war in Vergessenheit geraten.

Als er sie zum obersten Stockwerk hinaufblicken sah, sagte Guy: «Ich habe über Sasha nachgedacht. Und ich habe mit David über das Problem gesprochen. Mir scheint, die einzige Antwort lautet: Wenn wir weggehen, müssen wir ihn mitnehmen.»

«Wie sollen wir das machen? Sie würden ihn niemals aus dem Land lassen.»

«Natürlich würde er einen Reisepass mit anderem Namen brauchen, aber so etwas lässt sich besorgen. Clarence hat eine ganze Abteilung damit beschäftigt, für die Polen Papiere zu fälschen. Er muss jemanden kennen, der dabei helfen kann.»

«Darling, du bist wunderbar!» Sie war entzückt von seinem Vorschlag. «Ich dachte, du würdest gar nicht darüber nachdenken.» Erfüllt von ihrer alten Bewunderung für ihn griff sie nach seinem Arm und fragte: «Wirst du mit Clarence sprechen?»

«Besser, du machst das. Für dich würde er alles tun.»

Da war sie sich nicht so sicher, aber die Schlichtheit der Lösung schien das Problem ausgelöscht zu haben.

Außerhalb des Parks gingen die Feierlichkeiten, an denen sie keinen Anteil hatten, weiter. Während sie lauschte, hatte sie das Gefühl, dass Guy und sie hier nicht am Leben teilnahmen. Selbst das Sasha-Problem, das für sie so etwas gewesen war wie der geheime Vorrat eines Alkoholikers, etwas, auf das man in schlimmen Zeiten zurückgriff, hatte sich in Luft aufgelöst. Welches Ziel konnten sie noch haben? Sie sehnte sich nach England, wo die Gefahr größer sein mochte, aber von allen geteilt wurde.

David kam zu Besuch, und sie setzten sich zu dritt auf den Balkon. Aus der Menge wurde häufig nach dem König gerufen. Jeder Neuankömmling im Palast wurde mit Applaus bedacht. Irgendjemand zündete Feuerwerkskörper. Die Lieferwagen der Gardisten übertrugen eine Radioansprache, in der Horia Sima den *coup d'état* als Morgenröte beschrieb.

«Meine Güte», sagte David. «Wir scheinen jeden Tag eine neue Morgenröte zu bekommen. Aber das liegt eben in der Natur der Sache.» Er kicherte.

Eine Rakete ging hoch, eine sehr kleine, die auf Höhe des Balkons den Schwung verlor. David kicherte erneut. «Ist euch bewusst», sagte er, «dass Rumänien in weniger als zwei Monaten über hunderttausend Quadratkilometer eingebüßt hat? Und damit auch sechs Millionen Menschen seiner Bevölkerung? Das Volkseinkommen wird um ungefähr fünfhundert Millionen Pfund Sterling sinken. Kein Grund zum Jubeln, oder wie würdet ihr das sehen?»

Der Himmel hinter dem Palast stand in Flammen. Bald dämpften Schleierwolken, dünn wie Rauch, das herbstliche

Feuer, und in den königlichen Gemächern ging das Licht an. Auf dem Palasthof erklang das Signalhorn. Harriet fand diese vertrauten Dinge tröstlich. Könige kamen und gingen, Nationen versanken, aber Ross und Reiter mussten nachts ruhen.

17

Am nächsten Morgen war der Frohsinn vorüber, und nur noch ein paar Bauern schlenderten über den Platz.

Bella rief wie versprochen an und berichtete, dass in der Nacht Gardisten durch das Ghetto marschiert waren und Drohungen gegen die Juden gebrüllt hatten.

«Wir wollen das alles nicht noch einmal erleben», sagte sie.

Das überraschte Harriet, soweit sie wusste, hatte Bella sich um die Juden noch nie Gedanken gemacht. Bella führte aus, dass sie um sich selbst besorgt sei. In diesem Land voll dunkelhaariger Südländer waren die Juden, die ja immer anders waren, häufig auffällig blond oder rothaarig. Und so wurde Bella oft verdächtigt, Jüdin zu sein. Guy erging es anscheinend ebenso, zumal er in dem Ruf stand, seine jüdischen Studenten zu bevorzugen.

Bella sagte: «Es nützt nichts, wenn man den Leuten sagt, dass es in England umgekehrt ist. Sie wollen einem nicht glauben. Sie verabscheuen den Gedanken, Juden könnten dunkle Haare haben. Die gebildeten Rumänen, mit denen wir verkehren, sind gereist und haben es mit eigenen Augen gesehen. Aber diese Gardisten sind Lumpengesindel. Sie wissen überhaupt nichts. Sie sind so ungebildet wie Dreck.»

«Und Antonescu? Hat er nicht rote Haare?»

«Ja, in seinen Adern fließt Tatarenblut, aber sie wissen alle, wer er ist. Was ihn angeht, läuft niemand Gefahr, einen Fehler zu machen. Mit mir ist das etwas anderes. Als es letztes Mal zu Unruhen kam, bin ich niemals allein vor die Tür gegangen. Sei vorsichtig.»

«Ich bin doch dunkelhaarig», sagte Harriet.

«Tja, aber Guy behältst du besser zu Hause.»

Bevor Bella sich verabschiedete, schlug Harriet vor, sich später irgendwo auf einen Kaffee zu treffen. Bella antwortete: «Nicht heute. Noch nicht. Lassen wir erst ein wenig Ruhe einkehren.» Sie war bereit, Harriet zu besuchen, aber es war eine andere Sache, in ihrer Begleitung gesehen zu werden.

Als Harriet zum Einkaufen aus dem Haus ging, nahm sie auf den Straßen eine ungute Stimmung wahr. Die Fleischereigeschäfte waren leer. Sämtliche Vorräte für die kommende Woche waren anlässlich der gestrigen Jubelfeiern verkauft worden – und nun waren die Feierlichkeiten vorbei. Wann würde es wieder Fleisch geben? Wer konnte das sagen? Was sollten die Menschen dieses Wochenende essen? Niemand wusste es. Die Leute fragten sich, was in Wirklichkeit geschehen war. Sie hatten einen Diktator gegen einen anderen eingetauscht: das Bekannte gegen das Unbekannte, und in dessen Gefolge möglicherweise die Eiserne Garde.

Wie um die Antiklimax zu verstärken, wurde der Sonntag zum Tag der Buße erklärt. Bukarest musste für sein Massaker an Codreanu und seinen Kameraden büßen, für seine probritische Vergangenheit und seine Frivolität. Die Kirchenglocken läuteten vom Morgengrauen bis spät in die Nacht hinein. Kinos, Cafés, Restaurants, selbst die Englische Bar, waren geschlossen. Jeder Rumäne war aufgefordert, wo auch immer er sich befand, um elf Uhr vormittags niederzuknien und die gardistischen Märtyrer um Verzeihung zu bitten. Prozessionen dunkel gewandeter Priester mit gesenkten Häuptern zogen den ganzen Tag über durch die klebrige Hitze.

Ein Anruf Galpins belebte die gedrückte Stimmung für die Pringles etwas. Er suchte nach Jakimov. Jakimov war nicht in seinem Zimmer.

«Wo ist er hin?», fragte Galpin wütend.

Harriet wusste es nicht. Zum ersten Mal fiel ihr auf, dass sie ihn seit Donnerstagabend nicht mehr gesehen hatte.

«War er gestern nicht in der Bar?», fragte sie.

«Nein. Hören Sie.» Galpin schlug einen anklagenden Ton an. «Er hat noch fünftausend von mir. *Und* ich habe seine Fahrt nach Cluj bezahlt.»

«Mit fünftausend wird er nicht weit kommen.»

«Das sollte er auch besser gar nicht erst versuchen», sagte Galpin und knallte den Hörer auf.

Harriet ging zu Despina, um sie zu fragen, wann sie Jakimov zuletzt gesehen habe. Despina war auf dem Dach gewesen, als er aus Cluj zurückgekehrt war, und hatte ihn seit dem Morgen, an dem er aufgebrochen war, nicht mehr gesehen. Sie sagte, sein Bett sei unberührt.

Harriet war ratlos und fragte sich, ob Jakimov tatsächlich zurückgekehrt war oder ob sein kurzes Auftauchen in dem düsteren Zimmer nur ein von den dramatischen Ereignissen des Abends heraufbeschworenes Trugbild gewesen war.

Als sie Guy darauf ansprach, sagte er: «Jaki würde nicht weggehen, ohne es uns zu sagen.»

«Wo ist er dann?»

Bevor Guy auf diese Frage eine Antwort gefunden hatte, hämmerte Galpin gegen die Wohnungstür. Er drängte herein, wohl in der Vorstellung, die Pringles könnten Jakimov verstecken. «Er hat mein Geld!», schrie Galpin, «und ich will meine Nachrichten!»

In Jakimovs Zimmer riss Galpin die Schränke auf und zog die Schubladen heraus, und da erkannte Harriet, dass abgesehen von ein paar Fetzen aussortierter Kleidung Jakimovs sämtliche Habe verschwunden war. Nicht einmal sein zobelbesetzter Mantel hing noch an seinem Haken. «Den hätte er nicht mitgenommen, wenn er wiederkommen würde», sagte sie.

«Der Mistkerl!», brüllte Galpin. «Er hat sich aus dem Staub gemacht. Wenn ich ihn jemals wiedersehe, drehe ich ihm den Hals um.»

Als Galpin gegangen war, sagte Guy versöhnlich: «Er wird zurückkommen.»

«Tja, hierher nicht», entgegnete Harriet entschieden. «Ich will, dass Sasha dieses Zimmer bekommt.»

Guy, hin- und hergerissen zwischen zwei Protegés, blickte betroffen drein.

Harriet setzte hinzu: «Es ist viel sicherer für uns alle, Sasha in die Wohnung zu holen.»

Guy pflichtete ihr bei. Plötzlich begeistert und alle Zweifel beiseiteschiebend, sagte er: «Aber natürlich muss der Junge das Zimmer bekommen. Er kann den Winter ja nicht auf dem Dach verbringen. Was macht er den ganzen Tag? Ich hatte wenig Zeit, ihn zu besuchen. Studiert er noch?»

«Er liest und zeichnet, aber er ist faul. Hier unten kannst du ein Auge auf ihn haben, und er kann das Radio benutzen. Er mag Musik.»

Guy nickte. «Er hat Saxophon gespielt. Wir müssen etwas für ihn tun. Ich wünschte, wir könnten uns ein Grammophon leihen.» Plötzlich erfüllte Sashas Fall ihn mit großer Dringlichkeit. «Lass ihn uns sofort herunterholen.» Noch während er sprach, rannte er los. Als er mit Sasha zurückkehrte, war er von dessen Umzug freudiger erregt als der Junge selbst.

Despina hatte im Zimmer sauber gemacht. «Es ist wunderbar», sagte Sasha und fügte, nachdem er sich auf den Bettrand gesetzt hatte, hinzu: «Toll, ein echtes Bett zu haben», doch Harriet hatte das Gefühl, dass es ihm beinahe gleichgültig war, wo er sich befand, solange jemand zwischen ihm und der verstörenden Welt dort draußen stand.

Als er seine Papierbögen und Bleistifte auf dem Nachttisch anordnete, bemerkte sie, dass er zusammen mit seinen anderen Sachen seine Militäruniform mit nach unten gebracht hatte.

Sie fragte: «Hattest du irgendwelche Papiere bei dir? Ich meine, einen Reisepass oder *permis de séjour*?»

«Ich habe das hier.» Er durchsuchte die Taschen seiner Uniform und zog eine *carte d'identité* heraus, wie sie Wehrdienstleistenden ausgestellt wurde.

Sie sah, dass darauf das klebte, wonach sie aus war, nämlich Sashas Foto, und sagte: «Das ist ein Beweisstück gegen dich. Besser, ich vernichte es.» Sie nahm die Karte mit in die Küche, wo sie das Foto ablöste und in ihre Handtasche steckte. Die Karte zerriss sie in Stücke und verbrannte sie in einem Aschenbecher.

An dem Abend setzte sich Sasha mit ihnen zum Abendessen. Beim Essen hörten sie die Nachrichten oder was in diesen Zeiten als Nachrichten galt. Dieses Mal handelten sie von einer Anklage gegen Carol, der als Büchse der Pandora bezeichnet wurde, Ursprung allen Übels, dem Rumänien nun ausgesetzt war. Doch Hoffnung, teilte man den Hörern mit, sei ganz unten auf dem Boden der Büchse eingesperrt gewesen, und Hoffnung befinde sich nun in Gestalt von General Antonescu im Aufnahmestudio. Er werde eine Ansprache halten.

Umgehend kam Antonescu ans Mikrophon. In einfacher biblischer Sprache verkündete er, dass das Land, sobald es seine Sünden gesühnt habe, wieder zu seiner alten Größe zurückfinden würde. Niemand müsse sich fürchten. Das neue Regime wolle weder Blutvergießen noch gegenseitige Schuldzuweisungen. Für jedes nützliche Mitglied der Gesellschaft würde es jenseits von Rasse und Glaubenszugehörigkeit ein geordnetes und behütetes Leben geben.

«Glaubt ihr, darauf können wir uns verlassen?», fragte Harriet.

«Wieso nicht?», entgegnete Guy. «Wir haben den Krieg noch nicht verloren, und vielleicht verlieren wir ihn auch gar nicht. Die Briten sind für ihr Durchhaltevermögen bekannt. Antonescu wird uns nicht gegen sich aufbringen wollen, und solange die Gesandtschaft hier ist, sind wir als Kolonie geduldet.»

Harriet fragte Sasha, was seine Familie von Antonescu gehalten habe. Sasha schüttelte unbestimmt den Kopf, anscheinend hatte er noch nie von ihm gehört. «Despina hält ihn für ziemlich anständig», sagte er.

Sasha hatte die Revolution vom Dach aus beobachtet. Was hielt er davon? Mit Sicherheit war er nicht beunruhigt. Ihm war vermutlich nie der Gedanke gekommen, dass die Ereignisse seinen Unterschlupf gefährdeten. Und was das Schicksal Rumäniens anging, was scherte es ihn? Obwohl er hier geboren war, bedeutete das Land ihm nicht mehr als den Pringles. Seine englische Privatschulaussprache sorgte dafür, begriff Harriet, dass er, egal wo er war, nirgendwo hingehören würde.

Guys Studenten, von der Rede des Generals beschwichtigt, tauchten am Montagmorgen in voller Zahl wieder in der Universität auf, doch die sonntägliche Schwermut hing noch immer in der Luft. Kinos und Theater sollten für den Rest der Woche geschlossen bleiben. Obwohl man sie zurück an die Arbeit beordert hatte, dehnten Tausende von Menschen ihren Urlaub aus und streunten durch die Straßen, als warteten sie auf ein Zeichen dafür, dass ihre in Unordnung geratene Welt sich wieder normalisierte.

Bella hatte Harriet am Morgen aufgeregt angerufen, weil sie recht damit behalten hatte, dass Carol nicht sofort nach seiner Abdankung abgereist war. Er hatte sich tatsächlich noch weitere vierundzwanzig Stunden im Palast aufgehalten und war dann mit dem Zug abgereist, wobei er eine Wagenladung voll Wertsachen mitgenommen hatte.

«Und alle El Grecos», sagte Bella empört.

«Aber hat die nicht sein Vater gekauft?»

«Ja, mit Staatsgeldern. Natürlich haben ihn Madame Lupescu und Urdărianu begleitet. Einer der Kellner aus dem Zug streut das Gerücht, die drei hätten die gesamte Strecke gestritten und sich gegenseitig die Schuld an den Ereignissen gegeben. An der Grenze hat die Eiserne Garde sie mit Maschinengewehren beschossen, und sie mussten sich flach auf den Boden legen. Stell dir das nur vor!» Bella kicherte.

Harriet verlieh ihrer Betroffenheit darüber Ausdruck, dass der Ex-König und seine Gefolgschaft sich den ganzen Tag im Palast befunden und den Jubel über ihren Niedergang mitangehört hatten.

«Ach», sagte Bella, «mach dir um diese Truppe keine Sorgen. Mit dem Geld, das sie heimlich beiseitegeschafft haben, werden sie im Luxus schwelgen. Nikko sagt, es war ein Fehler, sie gehen zu lassen. Man hätte sie verhaften, vor Gericht stellen und zwingen sollen, das Geld herauszugeben. Die Eiserne Garde braucht Ablenkung. Niemand weiß, was sie jetzt im Schilde führen.»

Bella schien nun weniger überzeugt davon, dass die Eiserne Garde nicht an die Macht kommen würde. «Wer ist sonst schon da?», fragte sie. «Maniu ist pro-britisch und Bratianu anti-deutsch. Ich sehe nicht, dass sich Hitler für einen der beiden ausspricht. Außerdem», fügte sie verdrossen hinzu, «haben wir diese elenden Flüchtlinge, die in die Stadt strömen und die Hotels und Cafés bevölkern und die Preise wieder nach oben treiben.»

«Was wird mit ihnen geschehen?»

«Das weiß der Himmel», sagte Bella.

Nachdem die Nachricht über die Revolution nach Siebenbürgen vorgedrungen war, hatte man die Zugverbindung für zwei Tage unterbrochen, und die meisten Flüchtlinge erreichten die Stadt erst jetzt. Diejenigen, die die Hotels und Cafés bevölkerten, gehörten zu den wenigen Glückspilzen. Die Mehrheit, die enteigneten Bauern, musste unter den Bäumen im Park und an der Chaussée Schutz suchen. Da sie in einem Interregnum eintrafen, erhielten sie weniger Hilfen als damals die Polen. Niemand sah sich in der Pflicht, sich um sie zu kümmern. Sie verbrachten ihre Tage damit, stumm vor irgendwelchen gewichtigen Gebäuden herumzustehen, in denen möglicherweise die Macht wohnte. Da sie glaubten, dass ihnen früher oder später Gerechtigkeit widerfahren müsse, waren sie bereit, Tage und Wochen zu warten. Und vermutlich würden sie warten müssen, denn es war noch kein Kabinett gebildet worden. In der *prefectura* und den Ministerien fehlten etliche Leute. Die gehobenen Beamten reihten sich in die

Umzüge der Büßer ein, die hinter den Priestern und Nonnen durch die Straßen zogen.

Harriet ging hinaus und nahm sich eine *trăsură* die Chaussée hinauf, bis zu dem Brunnen, der die Stadtgrenze markierte. Sie war auf dem Weg zu Clarence, der in einem neuen Wohnblock an einem noch nicht fertiggestellten Boulevard wohnte. Da sie noch nie zuvor dort gewesen war, hatte sie Schwierigkeiten, das Haus zu finden. Sie hätte Clarence auch anrufen und ein Treffen in der Englischen Bar ausmachen können, hatte aber das Gefühl, dass ein unerwarteter Besuch von ihr die Dringlichkeit ihrer Bitte unterstreichen würde.

Als Harriet die Köchin, eine schmuddelige, durchtrieben wirkende Person, nach Domnul Lawson fragte, zeigte diese grinsend auf den Balkon, als wollte sie sagen: «Er ist da, wo er immer ist.» Harriet traf ihn in einem Liegestuhl an, eine Ausgabe des *Bukarester Tageblatts* neben sich auf dem Boden. Er trug einen dicken weißen Pullover, über dessen Brust quer das Wort «Leander» stand. Seine Augen waren geschlossen. Er öffnete sie nicht, bis sie «Hallo, Clarence» sagte. Da schreckte er hoch, verwirrt, sie zu sehen, und ging sofort in die Defensive. In anklagendem Tonfall sagte er: «Ich soll viel ruhen. Morgens wird es schon kühl. Mit meiner schwachen Brust muss ich mich vorsehen.»

Der Balkon lag im Schatten und bot den Ausblick auf weite Felder, von denen die Andeutung eines Lüftchens heranwehte. Harriet schluckte eine spöttische Entgegnung hinunter und sagte sanft: «Es tut mir leid, wenn ich dich störe.»

Er warf ihr einen argwöhnischen Blick zu. Als er sah, dass sie es ernst meinte, sagte er: «Du hast es vermutlich gehört? Die Bombenangriffe auf London haben angefangen.»

Sie hatte an diesem Morgen nicht die Nachrichten gehört.

Mit einem Blick hinunter auf die deutsche Zeitung fragte sie: «Was steht da?»

«Diesem Revolverblatt zufolge steht die gesamte Stadt in Flammen. Sie sagen, die Feuerwehr komme mit der Arbeit nicht hinterher. Sie behaupten, erheblichen Schaden angerichtet zu haben, Tausende von Todesopfern und so weiter. Vermutlich ein Haufen Lügen – aber wer weiß?»

«Wenn wir nach Hause fahren, gibt es vielleicht nichts mehr, zu dem wir zurückkehren können.»

Er zuckte mit den Schultern und stemmte sich aus dem Stuhl hoch. «Wie wäre es mit einem Drink?»

Während er ins Zimmer ging und nach dem Dienstmädchen und Gläsern rief, blieb Harriet auf dem Balkon. Sie war schockiert von dem, was sie gehört hatte. Auf der anderen Straßenseite befand sich ein Maisfeld. Die Maisstauden, eine zweite oder dritte Ernte, waren kaum einen halben Meter hoch und noch graugrün. Die Einsprengsel von Klatschmohn verliehen der Aussicht etwas Frühlingshaftes, aber in der Ferne waren die Berge zu sehen – ein Zeichen dafür, dass die Sommerhitze nachließ und der Herbst begann. Auf dem höchsten Gipfel glitzerte sogar Schnee.

Clarence rief nach ihr. Sie ging ins Zimmer und sah sich zwischen den dunklen, mit Schnitzereien verzierten Möbeln um, den bemalten Tellern und den Tischdecken und Kissen, die mit Kreuzstich blau und rot bestickt waren.

«Bauernsachen», sagte Clarence. «Ich habe sie dem Vorbesitzer für ein paar Tausender abgekauft. Die Köchin habe ich auch übernommen. Sie schläft mit ihrem Mann und drei Kindern in der Küche. Keine idealen Bedingungen, aber wenn ich sie rauswerfen würde, hätten sie überhaupt keinen Platz mehr zum Übernachten.»

«Haben Bauern so gute Möbel?»

«Manche ja, aber selbst die wohlhabendsten unter ihnen ernähren sich schlecht.»

Er reichte ihr ein Glas *ţuică*. Sie blickte sich in dem Gefühl um, dass sie in diesem kleinen Raum, der so exponiert und ausgeleuchtet war wie ein Vogelkäfig an der Wand, an Klaustrophobie und Agoraphobie gleichzeitig leiden würde. Clarence jedoch schien sich wohlzufühlen.

Er sagte: «Die Wohnung gefällt mir. Ich lebe, esse und schlafe in einem einzigen Zimmer, doch das macht mir nichts aus. Ich habe alles, was ich brauche, in Griffweite. Aber ich trenne mich von ihr. Ich habe es noch niemandem gesagt: Ich gehe weg.»

«Aus Rumänien?»

«Genau.»

«O!» Harriet hatte auf der langen Fahrt die Chaussée hinauf an Clarence gedacht und ihn dankbar als jemanden empfunden, der in gefährlichen Zeiten an ihrer Seite stand, und nun sank ihr Mut. «Glaubst du, es ist an der Zeit wegzugehen? Dass hier etwas passiert?»

«Darum mache ich mir keine Sorgen. Es ist nur einfach so, dass ich hier nichts zu tun habe.»

«Was ist mit deiner Stelle im Propagandabüro?»

«Du weißt genauso gut wie ich, dass das Büro eine Farce ist.»

«Wann reist du ab?»

«Ach, es hat keine Eile.»

Das wenigstens war eine Erleichterung. «Und wohin gehst du?», fragte sie.

«Ägypten vielleicht. Brenda hat mir letzte Woche ein Telegramm geschickt.»

Clarences Verlobte lebte in England. Als Harriet zum ersten Mal ein Foto von ihr gesehen hatte, hatte sie gesagt: «Ein nettes, freundliches Gesicht», aber Clarence hatte keine Begeisterung an den Tag gelegt. Nun sagte er: «Sie ist irgendeiner weiblichen Hilfseinheit der Marine beigetreten und geht nach Alexandria. Sie will, dass wir uns dort treffen und heiraten.»

«Warum nicht?»

«In der Tat, warum nicht?»

«Natürlich musst du jetzt auch an Sophie denken.»

«Zum Teufel mit Sophie. Brenda würde mir wenigstens Respekt entgegenbringen.»

Harriet lächelte. «Wofür?»

Befriedigt darüber, dass er sie zu Spott provoziert hatte, lehnte er sich auf seinem Stuhl zurück und äffte sie nach. «Wofür?» Er schob die Unterlippe vor, ließ ein paar Augenblicke verstreichen und sagte dann: «Die bittere Galle der Enttäuschung ergießt sich seit Jahren in meinen Organismus. Am Ende werde ich daran sterben.» Er warf ihr einen langen, düsteren Blick zu, der bedeutsam wirken sollte, sodass sie Mühe hatte, nicht laut loszulachen.

Bevor es noch schlimmer wurde, änderte sie ihren Tonfall und appellierte an seine Großmut. «Ich bin hergekommen, um dich um deine Hilfe zu bitten. Bevor du gehst, gibt es etwas, was du für uns tun musst.»

«Aha!» Clarence blickte in sein Glas. Er rührte sich nicht, wirkte aber ermattet. Nach längerem Schweigen fragte er: «Was?»

«Wir müssen versuchen, jemanden außer Landes zu schaffen.»

«Doch nicht etwa Jakimov?»

«Jakimov ist fort.»

«Wirklich? Er hat nie die zehntausend zurückgezahlt, die er aus dem Hilfsfonds für die Polen bekommen hat.»

«Er hat nie irgendetwas zurückgezahlt. Wir machen uns Gedanken um Sasha Drucker. Wenn wir weggehen müssen, was wird dann aus ihm?»

«Es war ganz schön idiotisch von euch, ihn überhaupt bei euch aufzunehmen.»

«Tja, wir haben ihn aber aufgenommen, und jetzt müssen wir für ihn sorgen.»

«Wieso? Er ist doch kein Kind. Er kann doch bestimmt allein auf sich aufpassen? Er gehört hierher und muss Freunde haben ...»

«Hat er nicht. Ohnehin wären seine Freunde Juden. Sie könnten ihm nicht helfen.»

Ihr nachdrücklicher Einsatz sorgte dafür, dass Clarence sich ernüchtert und gereizt aufsetzte. In scharfem Ton sagte er: «Ich kann mir gut vorstellen, dass Guy ein Gewese um diesen Kerl macht. Aber warum bist du so involviert?»

Harriet dachte über die unterschiedlichen Instinkte nach, die sie dazu veranlassten, solch unschuldige Wesen wie Sasha und das rote Kätzchen zu beschützen, nahm aber nicht an, dass Clarence durch irgendeine Erklärung zufriedenzustellen wäre. Nach kurzem Zögern sagte sie: «Wir können ihn hier nicht einfach zurücklassen. Das musst du doch verstehen. Wir dachten, wenn wir es schaffen, ihm irgendeine Art von Reisepass zu besorgen, könnte er mit uns kommen.»

Clarence starrte sie ausdruckslos an.

«Guy sagt, du hättest jemanden an der Hand, der für die Polen Pässe gefälscht hat.»

Clarence begriff, worauf all dies abzielte, und lächelte in

sich hinein. «Sie sind von Polen für Polen gemacht worden.» Er rutschte auf seinem Stuhl zur Seite, legte ein Bein über die Armlehne und erklärte mit geduldiger Herablassung: «Das ganze System wurde von der polnischen Armee organisiert, und die rumänische Regierung hat weggesehen. Damals war Rumänien noch unser Verbündeter, und die Polen flohen, um sich den alliierten Streitkräften in Frankreich anzuschließen. Die Rumänen hatten keinen Schaden dadurch. Im Gegenteil: Für jede Flucht bekamen sie viel Geld. Das ging in die Tausende. Mit diesem Mann, von dem du redest, ist es eine ganz andere Sache. Er ist ein Deserteur, und alle Grenzbeamten fahnden nach ihm.»

«Ist von den Leuten, die du für die Polen angestellt hattest, noch jemand da?»

Clarence deutete mit einer Bewegung an, dass er, selbst wenn dem so wäre, jedenfalls kein Risiko eingehen würde.

«Du *könntest* helfen, Clarence. Bitte. Wenn du ihm einen Pass besorgen und ihn über die Grenze nach Bulgarien fahren könntest ...»

Clarence unterbrach sie mit einem ärgerlichen Auflachen. «Mein liebes Kind, ist dir klar, worum du mich da bittest? Wenn man mich mit diesem Mann im Auto schnappt, habe ich gute Chancen, meine Tage in einem rumänischen Gefängnis zu beenden.»

Mit süßer, werbender Stimme sagte sie: «Besorge mir wenigstens den Pass.»

Clarence starrte mürrisch aus dem Fenster, das Glas in seiner Hand schien er vergessen zu haben. Einmal hatte er zu ihr gesagt: «Wenn du mich anständig behandelst, kannst du von mir alles haben», aber Clarences wechselhafte Vorstellungen von anständiger Behandlung war natürlich die Schwierigkeit an der Sache. Jetzt sagte er kühl: «Du kannst sehr charmant sein, wenn du etwas haben willst.»

«Aber ich will ja nichts für mich selbst. Ich will Hilfe für diesen armen Jungen.»

«Warum? Was schert dich Sasha Drucker?» Er richtete seinen feindseligen Blick auf sie, der ihr klarmachte, dass er vielleicht für sie etwas tun würde, nicht aber für Sasha, und gleich gar nicht, wenn sie es war, die ihn darum bat. Es wäre besser gewesen, wenn Guy die Bitte an ihn gerichtet hätte.

Sie stand auf. «Wir haben ihn aufgenommen», sagte sie. «Wir empfinden für ihn dasselbe wir für ein Kind, wir finden, dass er ein Recht auf ein halbwegs anständiges Leben hat. Das ist alles.»

Clarence kam langsam auf die Beine. Sie wartete, doch er schwieg weiterhin, betreten, aber in seiner notorischen Eifersucht gefangen.

Harriet holte Sashas Foto hervor, legte es auf den Tisch und fragte noch ein letztes Mal: «Wirst du darüber nachdenken?»

Wütend fuhr er auf: «*Worüber*? Du bittest um etwas Unmögliches. Ich kann nichts machen.»

Sie ließ das Foto liegen in der Annahme, dass es für sich selbst sprechen würde, und verließ die Wohnung, ohne noch mehr zu sagen.

Die zweieinhalb Kilometer zurück in die Stadt ging sie zu Fuß. Den Großteil des Weges fühlte sie sich ganz leer vor Enttäuschung, dann begann sich die alte Angst wieder in ihr Bewusstsein zu schleichen. Was wie eine einfache Lösung für das Problem ausgesehen hatte, war überhaupt keine Lösung gewesen. Als sie Guy nach dem Mittagessen für sich hatte, erzählte sie ihm von Clarences Weigerung, den Reisepass zu besorgen. Als Erklärung, die ihre eigene Eitelkeit nicht zu sehr schmerzte, führte sie an: «Man hätte denken können, dass er auf den Jungen eifersüchtig ist.»

Guy lachte. «Das ist er vermutlich auch. Er war mir immer sehr ergeben und hat mir die Eigenschaften angedichtet, die ihm selbst fehlen.»

«Du meinst, er könnte eifersüchtig darauf sein, dass du dich mit Sasha angefreundet hast?»

«Worauf sonst?»

Harriet beließ es dabei und sagte: «Vielleicht hast du recht. Aber was sollen wir jetzt machen?»

«Wir sind nicht von Clarence abhängig. Gott helfe uns, wenn dem so wäre. Wir versuchen es bei jemand anderem.»

«Bei wem?»

«Ich weiß nicht. Ich spreche mal mit David. Überlass das mir und mach dir keine Sorgen.»

Gegen Ende der Woche begegneten die Pringles, als sie gerade das Athénée Palace betreten wollten, Prinzessin Teodorescu und Baron Steinfeld, die heraustraten. Der Baron kommandierte eine Reihe Hoteldiener, die Gepäckstücke zu seinem Mercedes trugen. Die Prinzessin funkelte die Pringles erbost an, als sei ihr Erscheinen zu genau diesem Augenblick der ungeheuerliche Schlusspunkt eines ungeheuerlichen Tages. Der Baron jedoch begrüßte sie mit einer wortreichen Erklärung für die Abreise. «Wir fahren in die Berge», sagte er. «Wir fahren spät, wir fahren voller Furcht, aber wir entfliehen der Hitze. Wenn wir hierbleiben, werden wir verglühen.»

«Hör doch auf!», sagte die Prinzessin auf Deutsch und schubste ihn in Richtung des Wagens.

Die Pringles waren weniger über die verspätete Abreise als

über die mit ihr verbundene Anspannung erstaunt und erwähnten sie in der Bar gegenüber Galpin.

«Sie entfliehen der Hitze, genau.» Galpin verzog die Lippen zu einem ironischen Grinsen. «Ich wette, da sind sie nicht die Einzigen.» Dann berichtete er, dass die Gardisten am Morgen in das Haus der Lupescu eingebrochen waren und eine Kiste mit Briefen gefunden hatten, welche einige der bekanntesten Persönlichkeiten des Landes belasteten.

«Der ganze Haufen hat so getan, als wären sie immer schon Gardisten gewesen. Jetzt bezeichnen sie die Lupescu als ‹dreckige Jüdin›, aber sie hat die Lacher auf ihrer Seite. Sie hat diese Kiste mit Briefen geöffnet auf dem Fußboden mitten in ihrem Schlafzimmer stehen lassen. Sie stammen von Leuten wie der Teodorescu, die sie darin mit *‹ma souveraine›* und ‹Ihre Majestät› ansprechen und beteuern, sie könnten den Tag nicht erwarten, an dem sie zur Königin gekrönt wird. Es ist verdammt witzig, aber die Eiserne Garde ist nicht amüsiert. Humor ist dieser Tage nicht in Mode. Ich nehme an, es werden heute einige Mitglieder der Hautevolée Bukarest hinter sich lassen, um der Hitze zu entfliehen.»

Die Zeitungen hatten bereits angekündigt, dass die Bußezeit der Stadt am Sonntag enden würde. Es war der Tag, an dem Königin Elena, die Königinmutter, aus dem Exil zurückkehren würde, um ihren Wohnsitz bei ihrem Sohn in Bukarest zu nehmen.

Das sonntägliche Gepränge nahm seinen Anfang mit Hufgeklapper. Das Regiment der Königin, seit ihrer Abreise in Ungnade gefallen, galoppierte in betressten Uniformen und Tschakos mit fliegenden Wimpeln über den Platz, um sie am Bahnhof in Empfang zu nehmen. Die ganze Stadt war auf den Beinen, um ihnen zuzujubeln. Antonescu hatte eine neue Ordnung, neue Hoffnung, erneuerte Größe versprochen, und all das, glaubte man, würde zusammen mit der Königin zurückkehren, welcher Unrecht geschehen war. Sie war das Symbol der ins Exil gegangenen Moral des Landes. Ihre Rückkehr war die Lösung, auf die jedermann gewartet hatte.

Der Lärm lockte Despina aus der Küche. Sie rannte durch das Zimmer und trat zu Guy, Harriet und Sasha auf den Balkon. Angesichts der Husaren und Flaggen quiekte sie vor Begeisterung auf. Hier war nun tatsächlich der Neuanfang! Doch noch während der Staub der Reiter in der Luft hing, konnte man hören, wie die Klänge von *«Capitanul»* von der Calea Victoriei her anschwollen.

In der Woche der Buße hatte man nichts von der Eisernen Garde mitbekommen. Gemeinhin wurde angenommen, dass sie den Mut verloren hatten, da Antonescu nach einer anderen Exekutive für sein Regime suchte. Ob das nun stimmte oder nicht, hier waren sie wieder, und etwas an ihrer Haltung hatte sich verändert. In ihren Märschen und Gesängen hatte immer eine Spur Trotz mitgeschwungen, aber nun klangen sie triumphierend. Als sie *«Capitanul»* beendet hatten, setzten sie zur Nationalhymne an, verknüpften die beiden Lieder, als hätten sie ein Sonderrecht an beiden.

Die führenden Gardisten wurden von der Menge auf dem Platz bejubelt, doch als die unteren Chargen mit harten, geringschätzigen Mienen vorübermarschierten, nahm der Applaus ab, und allmählich wurde es still.

Guy sagte: «Das gefällt mir nicht», wandte sich ab und ging hinein.

Die Gardisten marschierten noch, als plötzlich wieder Leben in die Menge kam. Der alte Metropolit war, mit Juwelen behängt wie ein indischer Prinz, aufgetaucht und ging neben einem goldenen Baldachin her. Seine Jünger, welche die Woche über als Büßer in Schwarz durch die Straßen gezogen waren, glänzten nun in goldenen Gewändern. Als diese fulminante Prozession auf dem Platz erschien, strömte die Menge darauf zu und ließ die Gardisten unbeachtet ihrer Wege stapfen.

Sasha beugte sich aufgeregt über die Brüstung, Despina klatschte in die Hände, hüpfte auf und ab und rief: «*Frumosa, frumosa, frumosa!*»

Noch lange nachdem sie den Platz umrundet hatten, konnte man die Priester in der Sonne funkelnd die zur Kathedrale ansteigende Straße entlangschreiten sehen. Schüsse kündigten die Ankunft der Königin an. Sofort begannen die Glocken der Stadt zu läuten, und vom Bahnhof herangetragener Jubel wurde von der Menge unter dem Balkon aufgegriffen und verstärkt. Der hallende Chor der Glocken begrub den Gesang der Gardisten unter sich, die die Köpfe hoben und lauter grölten, um noch Gehör zu finden.

Harriet warf einen kurzen Blick ins Zimmer und sagte: «Die Königin kommt!» Guy, der telefoniert hatte, legte den Hörer auf. «Ich habe gerade bei der Gesandtschaft angerufen», sagte er. «Die Eiserne Garde ist an der Macht.»

«Du meinst, das gesamte Kabinett besteht jetzt aus Gardisten?»

«Ja, abgesehen von ein oder zwei Militärs und Fachleuten. Die Gardisten haben alle wichtigen Ministerien erhalten.»

«Was kommt jetzt auf uns zu?»

«Chaos, nehme ich an.»

Als sie seine beunruhigte Miene sah, ergriff sie die Gelegenheit und sagte: «Du musst die Ferienkurse einstellen.»

Er wollte gerade antworten, als unten auf dem Platz neuer Jubel losbrach. Sie kehrten auf den Balkon zurück und sahen die Königin und ihren Sohn, eskortiert von den Husaren, in einer vergoldeten, über und über mit Rosen bedeckten Kutsche sitzen. Die Kutsche überquerte den Platz und fuhr weiter in Richtung Kathedrale. Plötzlich trat Stille ein, dann ertönte durch die Lautsprecher das zischelnde Murmeln der Messe, und als striche ein Wind über sie hinweg, sank die Menge auf die Knie. Harriet konnte sehen, wie Frauen ihre Taschentücher hervorzogen und vor Gefühlsüberschwang weinten.

Irgendwoher aus der Ferne trug der Wind noch immer den monotonen Rhythmus von «*Capitanul*» heran.

18

Hotel Splendide Suleiman Bay,
Istanbul

Lieber Junge,
ist das alte Mädchen verkauft? Falls dem so ist, lassen Sie Dobbie die Moneten per Diplomatensack schicken. Ihr Jaki ist knapp bei Kasse. Das Essen hier ist eher dürftig. Kebabs und so weiter. Die Englische Kolonie ein lustiger Haufen. Wenn ich erzähle, dass ich ein Flüchtling von den Ölfeldern bin, glaubt mir niemand.
Lasst schnell fließen
die Devisen!
Ihr armer, alter, bedürftiger Jaki

Harriet überquerte die Straße an der Ecke zum Boulevard Brăteanu und sah den Hispano noch immer im Schaufenster stehen. Er sah so unbeweglich aus wie ein Museumsstück. Sie ging hinein, um zu fragen, ob jemand Interesse an dem Wagen zeige. Der Verkäufer schüttelte niedergeschlagen den Kopf.

In jedem seiner Schaufenster hing ein Foto von Codreanu. Dasselbe Porträt blickte einem auch aus den Fenstern gegenüber entgegen, den leeren Schaufenstern von Dragomir, dem größten Lebensmittelgeschäft Europas. Die Leute warteten in Schlangen auf Nahrungsmittel, wie es sie dort zu kaufen gab.

Die Fenster klirrten, als mit hundert Kilometern pro Stunde eine Motorradflotte der Eisernen Garde über den Platz raste und auf den Boulevard Carol zuhielt, wo die reichsten Männer Rumäniens unter Hausarrest standen und auf die Ergebnisse von Horia Simas Untersuchung zum Ursprung ihrer Vermögen warteten. Vor jedem Tor stand ein bewaffneter Wachposten.

Jeden Tag gab es Selbstmorde. Einer der ersten war derjenige des Anführers der Jugendbewegung gewesen, der letzten Juni von Hitler ausgezeichnet worden war. Da er nicht in der Lage gewesen war, über den Verbleib von fehlenden zwölf Millionen *Lei* Rechenschaft abzulegen, hatte er sich erschossen. Die Polizei war in Streik getreten. Ihre Arbeit, sagte sie, sei zu gefährlich geworden. Diejenigen, die am einen Tag an der Macht waren, saßen am nächsten im Gefängnis; die Gefängnisinsassen waren nun an der Macht. Die Gardisten waren in die Bresche gesprungen und patrouillierten mit Gewehren auf den Straßen.

Als die Motorräder vorüberröhrten, hob der Verkäufer eine Augenbraue und eine Schulter. Wer sollte in Tagen wie diesen ein Symbol privaten Wohlstands kaufen wie den Hispano?

Bella hatte, als sie am Morgen anrief, gesagt: «Diese Gardistenpolizei ist schlimmer als überhaupt keine Polizei. Alles, was sie machen, ist, die Büros abzuklappern und Geld für die Parteikasse zu sammeln. Und nicht nur jüdische Büros. Ihnen ist egal, wem sie Geld abnehmen. Sie nennen es ‹im öffentlichen Leben aufräumen›, aber wenn man in seinem Haus auf einen Einbrecher trifft, wird kein Gardist kommen und ihn verhaften. Ich hoffe, du bleibst zu Hause. Es wird sich alles wieder beruhigen natürlich, aber wenn ich du wäre, würde ich das Haus eine ganze Weile nicht verlassen.»

Hätte Harriet Bellas Ratschlag angenommen, wäre sie genauso wie Carols Gelbgeber und Polizeichef und Geheimpolizeichef in ihrem eigenen Zuhause eingesperrt gewesen. Unter den gegebenen Umständen machte die Unsicherheit sie rastlos, und so schlenderte sie durch die Straßen und holte jeden Tag Guy vom Unterrichten ab. Sie glaubte, dass er weniger Gefahr lief, angegriffen zu werden, wenn er eine Frau bei sich hatte.

Man erzählte sich, Tausende seien verhaftet und Tausende hingerichtet worden.

Leute, die dabei geschnappt wurden, wie sie das Land verließen, wurden manchmal verhaftet, manchmal nahm man ihnen nur ihre Wertsachen ab und gestattete ihnen weiterzureisen.

«Dieser Ionescu ist fort», sagte Bella. «Der, der Propagandaminister war. Er hat vor lauter Anstrengung, sein Fähnchen in jeden Wind zu drehen, den Halt verloren. Er ist den Gardisten beigetreten, wusste aber, dass er sich auf etwas gefasst machen kann. Seine Kinder trugen kleine Pelzmuffs. Pelzmuffs! Um diese Jahreszeit, ich bitte dich. Natürlich haben sie Argwohn erregt. Die Zollbeamten haben die Dinger in Stücke gerissen und festgestellt, dass sie mit Juwelen und Gold gefüllt waren. Ich fand ihn schon immer unangenehm.»

Eine andere, die wegging, war Ionescus Geliebte, die Sängerin Florica. Sie gelangte bis nach Triest, machte dort kehrt und kam zurück. Angeblich hatte sie gesagt: «Ich habe an mein Land gedacht und begriffen, dass ich ihm in solchen Zeiten nicht den Rücken kehren kann.»

Wie Bella jedoch anmerkte, war sie Zigeunerin und keine echte Rumänin, und so war ihr Verhalten wie zu erwarten eigenartig.

Wenn Harriet in der Herbsthitze umherging, sah sie keine Anzeichen für Verfolgung, nicht einmal unter den Juden der Dâmbovița. Was sie jedoch sah, und zwar täglich, waren Prozessionen von Kabinettsministern, Beamten, Offizieren der Streitkräfte, Priestern, Nonnen und Schulkindern, welche den imposantesten Beerdigungen folgten. Denn die Gardisten waren damit beschäftigt, ihre Märtyrer zu exhumieren. Ein Schwung nach dem anderen wurde ausgegraben, mit heroischen Namen versehen wie *Decemvirü* oder *Nicadorii*, in gigantischen Särgen durch die ganze Stadt paradiert und in feierlichen Zeremonien beigesetzt, denen all diejenigen beiwohnen mussten, die im öffentlichen Leben noch irgendeine Position zu bekleiden wünschten.

Unten auf dem Geflügelmarkt traf Harriet auf eine Zeremonie, die an der Stelle abgehalten wurde, wo Calinescus Mörder gelegen hatten. Der zitternde alte Mann, der ihr einen Kohlkopf verkaufte, berichtete ihr, dass sich unter den Trauergästen «die wichtigsten Männer der Welt» befänden.

Wer das sei, wollte sie wissen, und erhielt die Antwort: «Hitler, Mussolini, Graf Ciano und der Kaiser von Japan.»

Nach der Zeremonie wurde der Schauplatz mit Bändern

abgesperrt und jeden Tag mit frischen Blumen bedeckt, was für das Markttreiben doch gewisse Unannehmlichkeiten bedeutete.

«Der große Tag wird natürlich der», sagte Bella, «an dem sie Codreanu in der Festung von Jilawa ausbuddeln. Sie werden damit bis November warten, dem Jahrestag seines Todes. Dann, sagt Nikko, fängt der Ärger wirklich an.»

Die Zeitungen verkündeten, dass der Andrang auf Beitritt zur Eisernen Garde so groß war, dass die Aufnahmelisten geschlossen werden mussten.

Unter denjenigen, die in der Uniform der Garde auftraten, befand sich auch der Vermieter der Pringles, der außerdem ihr unmittelbarer Nachbar war. Wenn er Harriet in der Vergangenheit im Treppenhaus begegnet war, hatte er sie höflich gegrüßt. Jetzt starrte er in grünem Hemd und Kniehosen über ihren Kopf hinweg, und sie begann ihn zu fürchten. Möglicherweise – ganz bestimmt – hatte er einen Schlüssel zu ihrer Wohnung. Sie dachte an das mysteriöse Verschwinden des Ölquellenplans. Für sie war er einer der Verdächtigen. Falls er in die Wohnung kam, während sie außer Haus waren, würde er mit an Sicherheit grenzender Wahrscheinlichkeit Sasha entdecken.

Ein- oder zweimal sah sie beim Verlassen der Wohnung einen Mann, der im Stockwerk unter ihr in die Schatten zurückwich. Sie sprach mit Guy darüber, der glaubte, es handle sich dabei um einen Spion des Vermieters. Da ihn seine englischen Mieter in Verlegenheit brachten, suchte er vielleicht nach einem Grund, ihnen zu kündigen.

Harriet wies Despina an: «Halte die Tür immer verriegelt. Wenn der Vermieter hereinwill, lass ihn nicht in die Wohnung.»

«Nein, nein, *cornița*», beruhigte Despina sie und schien die Situation zu erfassen. «Falls jemand kommt, mache ich so ...» Sie öffnete die Wohnzimmertür einen Spalt weit und steckte ihre Nase hinein. «Wenn es der Vermieter ist – mache ich so.» Sie schlug die Tür zu. «Er ist ein schlechter Mann», fügte sie hinzu. «Er schlägt seine Köchin.»

Nun gab es vier fleischlose Mahlzeiten in der Woche, doch selbst an den anderen Tagen war Fleisch nur schwer aufzutreiben. Despina war zwei oder drei Stunden unterwegs, um sich an Marktständen anzustellen. Oft hielt sie Harriet bei ihrer Rückkehr theatralisch ihren leeren Korb entgegen. «Auf dem Markt heute kein Zucker, kein Kaffee, kein Fleisch, kein Fisch, keine Eier. Nichts, gar nichts.»

Wenn sie die Prozessionen sah, den täglichen Prunk inmitten völligen Durcheinanders, schien es Harriet, als habe sich das ganze Land völlig widerstandslos einer irrsinnigen Autokratie ergeben.

Zu Guy sagte sie: «Jeder in Bukarest geht bei diesen gardistischen Umzügen mit. Wieso regt sich nirgendwo Widerstand dagegen?»

«Es gibt keine Möglichkeit, *aktiv* Widerstand zu leisten», sagte er. «Die einzigen Leute, die die Charakterstärke haben, sich zu widersetzen, sind im Gefängnis. Die Kommunisten, aber nicht nur die Kommunisten, auch die Liberaldemokraten, absolut jeder, der möglicherweise auch nur einen Funken Aufbegehren in sich hat: im Gefängnis.»

«Was ist mit Maniu?»

«Was kann Rumäniens Vorzeige-Menschenfreund schon tun? Er war Anführer der siebenbürgischen Bauern, und Siebenbürgen ist verloren. Du musst dir klarmachen, dass diese neue Diktatur viel härter durchgreift als die alte. Mittlerweile gibt es nicht mehr nur Gefängnisse, es gibt Konzentrationslager und dazu all diese in Dachau ausgebildeten jungen Männer, die nur auf die Gelegenheit warten, jemanden zusammenzuschlagen. Trotzdem», fügte Guy hinzu, «gibt es eine Art Widerstand. Einen typisch rumänischen Widerstand: Satire. Die ist am schwersten zu unterdrücken.» Er berichtete, dass es im Doi Trandafiri, dem Treffpunkt der Intellektuellen, Anzeichen dafür gebe, dass noch etwas von der liberalen Vernunft aus der Vergangenheit überlebt habe. Obwohl zu Tode geängstigt, lachte man dort und hatte der Eisernen Garde den Spitznahmen *«le régime des pompes funèbres»* verpasst, zudem waren jede Menge lustiger Geschichten über Horia Sima und seine Visionen in Umlauf. Sima lag mit Codreanus Vater im Streit, der erklärt hatte, sein Sohn missbillige den gegenwärtigen Anführer und habe seinen Vater zu seinem Stellvertreter auf Erden bestimmt. Der alte Mann musste unter Hausarrest gestellt werden, und da er wusste, dass er Gefahr lief, ermordet zu werden, verkündete er, sich sowieso lieber im Haus aufzuhalten, da sich dort weniger Unfälle ereigneten.

«Außerdem gibt es Gegenwind», sagte Guy, «vom deutschen Gesandten. Er ist diese dauernden Aufmärsche und ‹*Capitanul*›-Gesänge leid. Er will, dass das Land wieder an die Arbeit geht. Mehrere große Firmen mussten schließen, weil ihre Geschäftsführer im Gefängnis sitzen und die Arbeiter alle in der Eisernen Garde sind. Die finanzielle Lage ist desaströs, Carol hat das gesamte Volksvermögen im Ausland unter seinem Namen bei Banken deponiert. Jetzt ist es eingefroren. Zu allem Überfluss wollen die Gardisten mit einer großangelegten Judenverfolgung beginnen.»

«Würden die Deutschen das nicht gutheißen?»

«Nein. Ihnen ist die rassische Reinheit der Rumänen egal.

Das hier ist für sie lediglich eine Rohstoff-Zone. Fabricius hat zu Sima gesagt: ‹Verfolgung ist vielleicht in Deutschland eine gute Sache, wo zehn fleißige Deutsche auf einen fleißigen Juden kommen, aber hier kommt nicht einmal ein einziger fleißiger Rumäne auf zehn fleißige Juden.› Falls hier jemals Recht und Ordnung einkehren, müssen wir uns dafür vermutlich bei den Deutschen bedanken», entgegnete Guy bitter.

19

Guy wurde sich seiner Verantwortung für Sasha bewusst, nun, da er ihn jeden Tag zu Gesicht bekam. Nachdem er festgestellt hatte, dass er kein Grammophon leihen oder mieten konnte, hatte Guy wenigstens eine Mundharmonika erstanden, die Sasha begeistert entgegennahm. «Das ist ja famos», sagte er und musterte die Mundharmonika entzückt. «Wirklich famos», und dann nahm er sie sofort mit auf sein Zimmer.

Er hielt sein Zimmer in Ordnung und machte selbst sein Bett. Seine Zeichnungen hatte er an die Wand geheftet. Die Bücher, die er sich aus dem Wohnzimmer mitgenommen hatte, standen säuberlich aufgereiht auf dem Nachttisch. Seine Besitztümer – Bürste und Kamm, einige Bleistifte, Papier und Wasserfarben – hatte er ordentlich davor ausgelegt. Welche Unordnung auch immer von der Außenwelt Besitz ergriffen haben mochte, er lebte in geordneten Verhältnissen und war zufrieden.

Auf dem Bettrand sitzend entschied er sich für ein Lied, das sie im Radio gehört hatten und das Harriet auf ihre Lage schmerzlich anwendbar schien.

«Run rabbit, run rabbit, run, run run,
Don't give the farmer his fun, fun, fun ...»

Als sie allein waren, sagte Guy zu Harriet: «Ich habe mit David gesprochen. Er glaubt, Foxy Leverett würde uns vielleicht mit Sasha helfen.»

«Was könnte Foxy Leverett machen?»

«Anscheinend ist er versiert darin, Leute über Grenzen zu schmuggeln. Aber das Problem könnte sich auch auf andere Weise lösen. Angenommen, die Sowjets beschließen einzumarschieren? Sie könnten vor den Deutschen hier sein.»

«Du glaubst, die Russen würden den Sohn eines Bankiers, der für Deutschland gearbeitet und ein Vermögen in die Schweiz gebracht hat, unter ihren Schutz stellen?»

«Nein, aber er wäre nicht schlechter dran als alle anderen. Er könnte in der Menge untertauchen.»

Harriet begann zu fürchten, dass die Aussicht darauf, in der Menge unterzutauchen, das Beste war, was sie Sasha anbieten konnten.

Am nächsten Morgen rief, wie es inzwischen ihre Gewohnheit war, Bella an und fragte: «Ich vermute, ihr habt gestern Abend nicht die deutsche Propagandasendung im Radio gehört?»

«Wir hören nie deutsche Sendungen.»

«Wir auch nicht.» Bella hielt inne und machte sich offenbar bereit dafür, Harriet eine unwillkommene Wahrheit zu offenbaren. «Ich will dich nicht beunruhigen», sagte sie. «Aber ...»

Gereizt fragte Harriet: «Was ist?»

«Ich glaube, ich muss es dir sagen. Gestern Abend hat mich eine Freundin angerufen, Doamna Pavlovici – die Pavlovicis hören manchmal deutsche Sendungen, damit sie die echten Neuigkeiten erfahren.»

«Und?»

«Die Deutschen haben eine Liste in Bukarest befindlicher verdächtiger Engländer verlesen. Es sollte eine Warnung sein. Sie haben gesagt: ‹Diese Männer werden sich gegenüber der Gestapo verantworten müssen.›»

«Kennst du jemanden von der Liste?»

«Also ... ja. Foxy Leverett und David Boyd waren dabei, aber ihnen passiert nichts. Sie haben diplomatischen Schutz.»

«Wer noch?»

«Inchcape und Clarence Lawson.»

«Und Guy?»

«Doamna Pavlovici sagte, sie hätte den Namen Guy Pringle gehört – deswegen hat sie mich angerufen. Aber sie könnte sich geirrt haben.»

Harriet schnürte es die Kehle zu, und sie antwortete nicht. Hastig ergänzte Bella: «Ich musste es dir sagen. Du hättest es ohnehin erfahren. Ich dachte, du könntest vielleicht mit Guy sprechen. Er ist ja ein wenig tollkühn, weißt du. Er geht in dieses Doi Trandafiri – ein gefährlicher Ort, voll von Roten und Künstlern. Dort wird sehr bald eine Razzia stattfinden, du wirst sehen. Und die Ferienkurse mit all diesen Juden! Ich muss dir ja nicht sagen ...»

«Es sind inzwischen nicht mehr viele Studenten übrig.»

«Nein, wohl nicht, das denke ich mir.» Bella sprach es aus, als sei diese Tatsache von finsterer Bedeutsamkeit. Harriet fühlte sich zu ausgelaugt, um etwas zu sagen. Schließlich wurde das Schweigen von Bella durchbrochen, die erzählte, dass sie erneut Nikkos Freiheit erkauft habe und sie beschlossen hätten, die letzten Sommerwochen in Sinaia zu verbringen. «Wir können ‹*Capitanul*› und das ganze Blabla nicht mehr hören. Wir brauchen eine Pause. Also sage ich ‹Auf Wiedersehen›, meine Liebe, für den Fall, dass du bei unserer Rückkehr nicht mehr hier bist.»

Sobald Bella den Hörer aufgelegt hatte, rief Harriet Inchcape in seinem Büro an. Sein Amt verlangte, dass er die deutschen Nachrichtensendungen hörte. Er gab zu, vorige Nacht seinen Namen und die Namen von Guy und Clarence vernommen zu haben.

«Unter vielen anderen», sagte er. «Sie haben auch die Ingenieure genannt, die ihre Stellungen auf den Ölfeldern behalten haben. Ja, sie haben etwas von der Gestapo gesagt. Jede Menge leerer Drohungen. Jedenfalls ist die Gestapo nicht vor Ort, und ich bezweifle, dass sie es jemals sein wird.»

«Aber die Gardisten sind da», sagte Harriet. «Und sie werden nur zu gern die Arbeit für die Gestapo übernehmen. Die Ferienkurse können jetzt doch wohl eingestellt werden! Es ist nicht einmal mehr ein halbes Dutzend Studenten übrig. Guy ist jeden Tag dort. Beinahe allein. Er ist ein leichtes Ziel, und das für nichts und wieder nichts.»

«Die Kurse sind eine gute Sache. Wir zeigen Flagge. Wir drehen ihnen damit eine lange Nase. Würden wir die Kurse einstellen, würden wir ihnen damit eine gewaltige Freude bereiten. Sie versuchen, uns Angst einzujagen. Sie wollen, dass wir fliehen – und deswegen werden wir genau das nicht tun.»

Von seinem Maulheldentum zum Schweigen gebracht, hielt sich Harriet noch immer am Telefon fest und durchforstete ihren Kopf nach irgendeinem Appell, der Inchcape dazu bewegen könnte, Vernunft anzunehmen, aber Inchcape hatte es eilig. «Ich muss auflegen», sagte er. «Es gibt andere Dinge, um die ich mich kümmern muss. Ich habe gerade gehört, dass Pinkrose uns nun jeden Tag ins Haus flattern kann.» Er sagte es so, als sei die Ankunft des Professors eine unzumutbare Unverschämtheit.

«Aber erwarten Sie ihn nicht?», fragte Harriet.

Inchcape stieß ein gereiztes Lachen aus. «Um die Wahrheit zu sagen, hatte ich den alten Kauz in dem ganzen Drunter und Drüber ganz vergessen.»

«Er könnte zu keinem schlechteren Zeitpunkt anreisen», sagte Harriet in der Absicht, Mitgefühl zu zeigen, doch Inchcape wollte nichts davon wissen.

«Unsinn», sagte er. «Diese internen Händel sollten uns nicht bekümmern. Sie werden schreckhaft, mein Kind. Würde König Michael seine Mutter herholen, wenn es Grund zur Besorgnis gäbe?»

Bevor sie antworten konnte, legte Inchcape den Hörer auf. Sie ging ins Schlafzimmer, um sich anzuziehen. Die Hitze ließ nach, und es war nun wieder möglich, schwerere Stoffe zu tragen als Seide oder Baumwolle. Zum ersten Mal seit dem Frühling zog sie ein blaues Leinenkostüm an, das sie aus England mitgebracht hatte.

Als Sasha sie darin sah, legte er eine Hand auf ihren Ärmel und lächelte. Seine Augen waren warm vor Bewunderung, die zu verbergen er zu jung war. «Meine Mutter hatte genau so ein Kostüm.»

Auch wenn es noch früh war, ging Harriet zur Universität. Sie musste sich selbst davon überzeugen, dass die Sendung bisher noch keine Konsequenzen hatte.

Die Tür stand offen. Wie üblich war von dem Pförtner weit und breit nichts zu sehen. Jeder konnte eintreten. Sie war wütend auf den Mann. Wenn er auf seinem Posten wäre, könnte er Guy im Fall eines Angriffs wenigstens vorwarnen.

Sie setzte sich auf die Pförtnerbank und blickte durch das

spitze Tor hinaus auf die gleißende Straße. Die Zigeuner, die nun das Einzige verkauften, was es in Bukarest noch in großen Mengen gab, hatten ihre übliche gute Laune. Sie schwebten in genauso großer Gefahr wie die Juden, aber sie wussten nichts davon.

Auf halbem Weg den Flur hinunter konnte sie Guys Stimme aus einer geöffneten Tür dringen hören. Aus irgendwelchen Straßen in der Ferne vernahm sie auch «*Capitanul*». Sie hatte sich so sehr daran gewöhnt, dass sie es kaum bemerkt haben würde, hätte sie nicht darauf gehorcht. Die Gardisten näherten sich der Universität. Wenn einer von ihnen hierhin abbog, beschloss sie, würde sie zur Tür stürzen, sie schließen und den Riegel vorlegen. Sie fragte sich, ob die Gesandtschaft ihr wohl einen Revolver überlassen würde. Wie besessen von dem Wunsch, Guy und Sasha zu retten, und zugleich beinahe gelähmt saß sie da und stellte sich die beiden von einer schützenden Aura umgeben vor.

Sie fragte sich, wie viele Studenten wohl bei Guy im Zimmer waren. Die Studenten und ihre Ansprüche an ihn hatten sie schon immer ein wenig irritiert. Er lebte in der Vorstellung, seine Energie sei unerschöpflich, aber Harriet hatte das Gefühl, dass sie ihn restlos aussaugen würden, wenn man ihnen die Gelegenheit dazu gäbe. Und nun begab er sich hier ihretwegen in Gefahr.

Sie stand auf und ging leise den Flur entlang zum Hörsaal. In der Ferne war noch immer «*Capitanul*» zu hören. Es waren nicht viele, die sangen. Sie nahm an, es handelte sich um eine kleine Schar, die aber gewiss nicht ungefährlich war.

Die Tür von Guys Hörsaal wurde durch einen Keil offen gehalten, um einen Luftzug zu ermöglichen.

Harriet drückte sich an die Wand und konnte ungesehen

durch die Öffnung spähen. Es waren nur drei Studenten da – zwei Mädchen und ein Junge. Zusammen saßen sie in der ersten Reihe, die Gesichter in gespannter Aufmerksamkeit erhoben.

Harriet verlagerte ihre Position, um Guy sehen zu können. Ihr Fuß glitt dabei über das Linoleum und verursachte ein winziges Geräusch. Sofort war der Hörsaal in Anspannung versetzt. Die drei Köpfe drehten sich um. Guy sprach langsamer. Er hielt nicht inne, aber er blickte zur Tür. Harriet blieb bewegungslos stehen, atmete kaum. Das Seminar ging weiter.

Auf Zehenspitzen schlich sie zurück zu der Pförtnerbank und setzte sich wieder. Sie war befriedigt, festgestellt zu haben, dass er unter seiner zur Schau getragenen Sorglosigkeit genauso wachsam war wie sie.

20

Dieser Tag, ein Freitag, war der letzte, an dem die Ferienkurse stattfanden. Am darauffolgenden Nachmittag stattete Inchcape Guy einen Besuch ab, um ihm mitzuteilen, dass das neue Propagandaministerium verfügt hatte, die Kurse mit sofortiger Wirkung einzustellen und das Propagandabüro zu schließen.

Er sagte: «Was die Kurse angeht, musste ich zustimmen – da haben wir keine Wahl, wirklich nicht –, aber das Büro gehört zur Gesandtschaft. Ich war gerade bei Seiner Exzellenz. ‹Solange die Gesandtschaft hier ist›, habe ich gesagt, ‹haben wir ein Recht auf unser Büro.› Ich muss sagen, der alte Knabe war recht freundlich. Genau genommen kam er mir bedauernswert vor. Er wirkt ganz benommen angesichts der Entwicklungen. ‹In Ordnung, Inchcape›, hat er gesagt. ‹In Ordnung. Wenn Sie Ihre Klitsche geöffnet halten wollen, sehe ich zu, was ich tun kann, aber die Kurse müssen eingestellt werden.›»

«Warum?», fragte Guy.

Inchcape zuckte mit den Schultern. «Der Minister sagte, heute ist Schluss, sonst werden wir alle ohne Pardon ausgewiesen.»

Guy war damit nicht zufrieden. «Wenn sie einlenken, was das Büro angeht, ist es genauso wahrscheinlich, dass sie in Bezug auf die Ferienkurse nachgeben.»

«Nein. Etwas ist hier im Gange. Es gibt Gerüchte, eine deutsche Heeresmission sei unterwegs. Der gardistische Minister war unerbittlich. Sie haben – nachvollziehbarerweise, nehme ich an – das Gefühl, dass britische Ferienkurse eine Regelwidrigkeit vor ihrer Nase darstellen.» Inchcape klang selbstgefällig wie immer, doch es schwang eine Spur Trotz in seiner Stimme mit, und da begriff Harriet, dass er vermutlich die Kurse für das Büro geopfert hatte: «Lasst mir das eine, dann könnt ihr das andere einstellen.»

Was sie anging, so war sie nichts als dankbar dafür, die Kurse enden zu sehen. Sie sagte: «Also hält uns jetzt nichts mehr hier. Wir könnten Urlaub machen. Wir könnten nach Griechenland fahren.»

Guy blickte trübsinnig drein und sagte ohne Enthusiasmus: «Vielleicht kommen wir bis nach Predeal, aber weiter nicht. Ich muss mich auf das neue Semester vorbereiten …»

«Aber wenn die Englische Fakultät geschlossen wird …»

«Es war keine Rede davon, dass die Fakultät geschlossen wird», sagte Inchcape. «Sie haben lediglich die Einstellung der Ferienkurse verlangt.»

«Aber damit meinen sie doch sicher die gesamte Englische Fakultät. Gestern hatte Guy nur drei Studenten. Man kann ohne Studenten keine Fakultät betreiben.»

«Ach, die werden zurückkommen, wenn das Semester beginnt. In großer Zahl werden sie sich stark fühlen. Wir werden hier einen weiteren Winter überstehen.»

Harriet unternahm keinen Versuch zu widersprechen, sie ging davon aus, dass die Zeit ihr recht geben würde, und fragte lediglich: «Wann können wir nach Predeal fahren?»

Bevor Guy antworten konnte, mischte sich Inchcape ein: «Nicht nächste Woche. Unser werter Gast trifft nächste Woche ein. Das ist eine gute Gelegenheit, alles zu besprechen. Ich werde ihn natürlich in Baneasa abholen. Dann müssen wir eine Party geben, einen Empfang. Diesbezüglich können wir nichts unternehmen, bevor wir nicht sein genaues Ankunftsdatum kennen.»

«Wann soll die Cantacuzino-Vorlesung stattfinden?», fragte Harriet.

Inchcape sah Guy an und sagte: «Sie wird jedes zweite Jahr abgehalten. Sie müssen bei der letzten schon hier gewesen sein?»

«1938. Anfang Oktober. Das war mein erstes Semester hier. Die Cantacuzino-Vorlesung war in diesem Semester die Eröffnungsvorlesung.»

«So war es», nickte Inchcape, schnalzte nachdenklich mit der Zunge und sah auf seine Füße hinab, bis er sich plötzlich ruckartig aufrichtete.

«Der alte Knabe hat jedenfalls Kairo erreicht. Vielleicht bleibt er dort hängen, vielleicht nicht. Wir müssen vorbereitet sein.»

Am Mittwochmorgen weckte Despina Guy früh, um ihm mitzuteilen, dass Inchcape ihn am Telefon sprechen wolle. Anklagend rief Inchcape: «Der alte Trottel kommt schon heute an. Sie müssen aufstehen und zum Flughafen fahren. Ich schaffe es nicht.»

«Wann wird er erwartet?»

«Das ist das Problem. Er hat in letzter Minute ein Telegramm geschickt, in dem lediglich steht: ‹Mittwochvormittag.› Eventuell müssen Sie den halben Tag dort herumhängen. Ich muss diesen verdammten Empfang organisieren. Pauli wird die Einladungen austragen. Wir brauchen eine oder zwei Prinzessinnen.» Die unmittelbar bevorstehende Ankunft von Pinkrose schien Inchcape aus der Fassung gebracht zu haben. «Um die Wahrheit zu sagen, ich dachte nicht, dass er jemals hier ankommen würde», sagte er. «Ich dachte, er bleibt wochenlang in Kairo stecken. Er muss die Organisation dazu gebracht haben, ihm ein Flugzeug zu chartern. Schockierend, wenn man sich diese Verschwendung von Mitteln vor Augen ruft. Außerdem, wo sollen wir diese Vorlesung stattfinden lassen, das würde ich gerne wissen! Letztes Mal haben wir den Empfangssalon über dem Café Napoleon genommen, aber das wurde ja alles abgerissen. Das Auditorium in der Universität ist nicht annähernd groß genug. Jede mögliche Räumlichkeit in der Stadt ist in Divisionshauptquartiere der Eisernen Garde verwandelt worden. Ich schätze, wir könnten einen der öffentlichen Räume im Athénée Palace bekommen. Da ist zwar die Akustik schlecht, aber welche Rolle spielt das schon. Pinkrose ist als Dozent sowieso nicht besonders umwerfend. Also, geben Sie Gas und fahren Sie hin. Nehmen Sie Harriet mit. Legen Sie einen Auftritt hin. Der eitle alte Kerl wird das erwarten.»

Auf dem Weg zum Flughafen sollten die Pringles noch eine Reservierung für Pinkrose im Athénée Palace bestätigen.

Der Himmel war an diesem Morgen mit dünnen Wolken überzogen, ein Hinweis auf den Wechsel der Jahreszeiten. Es war windig, und zum ersten Mal seit dem Frühling konnte man glauben, dass die sibirische Kälte wiederkehren und das Land unter einer Schneedecke alle Farben verlieren und wie das Negativ einer Fotografie aussehen würde.

Harriet fragte: «Glaubst du wirklich, dass wir hier noch einen weiteren Winter verbringen werden?»

Guy machte keinen Versuch, Optimismus vorzuschützen, und schüttelte den Kopf. «Unmöglich, das zu wissen.»

Am Montag war ohne weitere Vorwarnung, abgesehen von ein oder zwei Tagen voller Gerüchte, die Vorhut der deutschen Heeresmission in Bukarest eingetroffen. Am Dienstag folgte eine deutsche Handelsdelegation. Der gesamte Parkplatz vor dem Athénée Palace füllte sich mit deutschen Automobilen und Militärlastwagen, an denen rote Standarten mit Hakenkreuzen befestigt waren. Die Ankömmlinge waren junge Offiziere, die vorausgeschickt worden waren, um den Weg für die ranghöheren Mitglieder der Mission zu ebnen.

Die Geschichte dazu lautete, Fabricius habe eine Demobilisierung Rumäniens gefordert. «Schicken Sie Ihre Männer zurück auf die Felder», hatte er gesagt. «Deutschland braucht Nahrungsmittel.» Antonescu hatte entgeistert geantwortet, er habe von dem Tag geträumt, an dem sein Land «Schulter an Schulter mit seinem großen Verbündeten» kämpfe. Schließlich gab er seine Einwilligung dazu, dass Deutschland die Neuorganisation sowohl der Armee als auch der Wirtschaft Rumäniens übernahm.

Als sie durch die Schwingtür ins Athénée Palace traten, sagte Guy: «Vielleicht ist das eine Alternative zur vollständigen Besatzung. Es könnte bedeuten, dass man uns in Ruhe lässt.»

Um diese Zeit am Morgen war das Vestibül leer. Die Reservierung hatte Inchcape vorsorglich für einen unbestimmten Tag dieser Woche vorgenommen, und nun war das Hotel voll mit Deutschen. Guy trat an den Empfangstresen und rechnete halb damit, abgewiesen zu werden, aber das Hotel erhielt seine Traditionen aufrecht. Es war schon immer von Briten beehrt worden, und vergangene Gunst wurde hier nicht vergessen. Guy wurde höflich empfangen. Für Professor Pinkrose war ein Zimmer zu haben.

Der Flugplatz lag am südlichen Rand der Stadt. Der hell leuchtende Himmel goss einen blassen Schimmer über die grasbewachsene Ebene, die sich sechzig Kilometer zur Donau hin erstreckte. Der Wind vom Balkan her war wie ein Wind vom Meer.

Am Flugfeld befand sich nichts als eine Zollbaracke. Die Pringles setzten sich auf die Bank davor und warteten. Seitdem die Ferienkurse eingestellt worden waren, war Guy schlechtgelaunt und rastlos gewesen. Man hatte ihm mitgeteilt, er dürfe weder die Universitätsbibliothek noch irgendeinen anderen Bereich des Gebäudes ohne Genehmigung nutzen. Manchmal ging er zum Propagandabüro, um in Inchcapes Büchern zu lesen und über die Lerninhalte des neuen Semesters nachzusinnen. Nun holte er einen Roman von Conrad aus der Tasche und zwei Bände mit Gedichten von Walter de la Mare, Harriet ihrerseits las D. H. Lawrences *Der Regenbogen.*

Sie hatten weniger als eine Stunde gewartet, als eines der kleinen, grauen Flugzeuge der rumänischen Fluglinie aus Sofia eintraf. Harriet senkte ihr Buch, um zuzusehen, wie die Passagiere ausstiegen. Nach der üblichen Mischung von Geschäftsleuten in grauen Anzügen, die sahnebonbonfarbene

Aktentaschen trugen, kam eine kleine männliche Gestalt, dick eingemummelt in einen Mantel. Er stieg langsam die Treppe herab, den Kragen hochgeschlagen, die Schultern hochgezogen, die Hände in den Taschen, und blickte sich unter der Krempe seines Filzhuts hervor um.

«Kann das Pinkrose sein?», fragte sie.

Guy rückte seine Brille zurecht und spähte über das Rollfeld. «Er kommt doch bestimmt nicht mit einem gewöhnlichen Flugzeug.»

Die Geschäftsleute kannten sich aus, strömten geradewegs auf die Zollbaracke zu und ließen den letzten Passagier verzagt auf dem Rollfeld zurück. Guy erhob sich und ging zu ihm hinüber. Zusammen kehrten sie zurück. Guy erläuterte, dass Inchcape damit beschäftigt sei, zu Pinkroses Ehren einen Empfang auszurichten, und deswegen nicht habe zum Flugplatz kommen können.

Pinkrose nahm diese Entschuldigung mit einem knappen Nicken und Grummeln entgegen.

Er war ein rundlicher Mann mit schmalen Schultern und ausladenden Hüften, der von der Hutspitze bis zum Saum seines Mantels immer breiter wurde. Seine gräulich stumpfe Nase stach zwischen Kragen und Hutkrempe hervor. Seine Augen, grau wie Regenwasser, bewegten sich aufmerksam und argwöhnisch hin und her wie die Augen eines Chamäleons. Sie verweilten eine Sekunde auf Harriet, schwenkten dann ab und flackerten über das Buch in ihren Händen, die Bank, auf der sie saß, die Baracke hinter ihr, den Boden, die Kofferträger, die in der Nähe standen.

Als sie ihm vorgestellt wurde, machte er hinter seinem Schal ein Geräusch und wandte das Gesicht ab, als sei es unanständig, ihr direkt ins Gesicht zu blicken.

Die Kofferträger schleppten sein Gepäck: mehrere Koffer und eine schwere Segeltuchtasche voll mit Büchern. Als alles in ein Taxi verladen wurde, nahm Pinkrose die Hand aus der Tasche. Er trug einen dunklen Strickhandschuh, und auf dem Handteller lag ein Dreipennystück. Dann zog er die andere, ebenfalls in einem Handschuh steckende Hand hervor, die ein Sixpencestück enthielt. Er blickte von der einen zur anderen und war sich offenbar unsicher, welche der Münzen angemessen war. Guy löste das Problem, indem er jedem Kofferträger hundert *Lei* gab.

Auf der Fahrt ins Stadtzentrum saß Pinkrose vorgebeugt auf seinem Sitz, und seine kurze, stumpfe Nase wandte sich, während er die Holzhütten der Vororte und die ausgewaschene, staubige Straße betrachtete, von einer Seite zur anderen. Beim Anblick der ersten Betonblocks verlor er das Interesse und nahm eine entspanntere Haltung ein.

Guy begann ihn nach der Situation in England zu fragen.

«Einigermaßen unerträglich», sagte Pinkrose mit dünner, klarer Stimme, die Harriet nun zum ersten Mal bewusst vernahm. Er sah Guy nicht an und verfiel sogleich wieder in Schweigen, bis er plötzlich hinzufügte: «Ich war dankbar, dort wegzukommen.»

Harriet hätte sich gern nach seiner Reise erkundigt, aber seine Ausstrahlung hielt sie davon ab. Sie hatte den Eindruck, dass jede Frage, die direkt auf seine Person zielte, als Dreistigkeit aufgefasst werden würde. Guy dachte wohl dasselbe, und so fuhren sie bis kurz vor der Einfahrt zum großen Platz schweigend weiter. An dieser Stelle wurde das Taxi von einer gewaltigen Prozession der Eisernen Garde aufgehalten, die aus der Richtung des großen Platzes kam.

Der Anblick verwunderte Pinkrose. Er rutschte auf dem

Sitz nach vorn und starrte zur Frontscheibe hinaus, nicht nur zu den in der Prozession mitmarschierenden Männern, sondern auch zu den Passanten, als erwartete er, dass alle seine Verwunderung teilen müssten. An diesem Morgen würdigte niemand die Gardisten auch nur eines Blickes. Ihre Prozessionen waren nicht nur alltäglich geworden, man wurde ihrer allmählich auch überdrüssig. Aus den um den Platz herum aufgestellten Lautsprechern jedoch hallte Jubel durch.

Pinkrose stockte der Atem, als auf die Gardisten ein Luftabwehrgeschütz und zwei Panzer folgten, die mit Hakenkreuzen bemalt waren und Nazi-Standarten trugen.

«Was ist *das* denn?», platzte es aus ihm heraus.

Guy erklärte, dass es sich um eine Prozession der Eisernen Garde handle. «Ich glaube, sie feiern den neuen Zehnjahrespakt zwischen Deutschland und Rumänien.»

«Grundgütiger! Ich dachte, Rumänien sei ein neutrales Land.»

«Das ist es auch, theoretisch.»

Nachdem die Prozession vorübergezogen war, überquerte das Taxi den Platz. Pinkroses Kopf schnellte in Erwartung weiterer Ungeheuerlichkeiten von rechts nach links. Und ein Schock erwartete sie alle drei. Als sie vor dem Hotel ausstiegen, entrollte sich an dessen Fassade eine gigantische Nazi-Flagge in Scharlachrot, Weiß und Schwarz. Pinkrose starrte hinauf, sein schmales Mündchen stand offen.

Schon in der Vergangenheit hatte das Athénée Palace zu bestimmten Anlässen mit dem Union Jack oder der rumänischen Flagge in ungewöhnlicher Größe aufgewartet. An diesem Morgen war eine neue, vergoldete Fahnenstange auf dem Dach angebracht worden, und das Hakenkreuz, das daran herunterhing, erstreckte sich über drei Stockwerke und berührte den Eingangsportikus.

«Was ist das für ein Gebäude?», fragte Pinkrose.

«Das wichtigste Hotel», sagte Guy.

Sie traten ein. Die Halle und das Vestibül wimmelten von all den morgendlichen Müßiggängern, die normalerweise die Cafés bevölkerten. Überall waren kleine Tische aufgestellt worden, um ihnen Platz zu bieten. Sie waren von der Hoffnung angezogen worden, die deutschen Offiziere zu sehen, und um ihre Aufregung zu verbergen, täuschten sie ein lebhaftes Interesse aneinander vor. Es gab zahlreiche, aufgedonnerte Frauen, die angespannt und wachsam miteinander flüsterten.

Hadjimoscos, Horvatz und Cici Palu, die sich um diese Uhrzeit üblicherweise in der Bar befanden, saßen aufgereiht auf dem Sofa gegenüber der Haupttreppe. Wie alle anderen tranken sie Kaffee und aßen aufwendige Kuchen aus Sojamehl und künstlicher Sahne.

Die wegen des Andrangs gehetzten Hoteldiener ignorierten Pinkroses Ankunft. Da er niemanden finden konnte, der das Gepäck hereinholte, trug Guy es selbst durch die Schwingtür. Mit den Worten «Ich muss Inchcape anrufen» ließ er Harriet mit Pinkrose stehen, der noch immer eingemummelt und mit in den Taschen vergrabenen Händen um sich blickte, verdutzt von der nervös angespannten Atmosphäre, die ihn umgab.

Alle Köpfe drehten sich in Richtung der Treppe. Ein halbes Dutzend Offiziere war dort erschienen, alle gutaussehend, alle elegant, einer mit Monokel, und sie stiegen mit zurückhaltender Erhabenheit herab, scheinbar ohne ihr Publikum wahrzunehmen.

Manche der Frauen nahmen eine anmutig gleichgültige Pose ein, aber die meisten blickten gebannt diese begehrenswerten jungen Männer an, die umso pikanter begehrenswert waren, als sie noch vor kurzem der Feind gewesen waren. Als die Deutschen nicht mehr zu sehen waren, sackten die Frauen in ekstatischem Wohlgefallen in sich zusammen. Ihre Augen glänzten, sie waren sich ihrer Sinnlichkeit durch die Nähe dieser Welteroberer deutlich bewusst.

Pinkroses graue Wangen nahmen einen gelblichen Farbton an. Als Neuankömmling aus einem Land im Krieg verunsicherte ihn dieser erste Anblick des Gegners so sehr, dass er Harriet direkt anblickte und fragte: «Wenn ich mich nicht irre, waren das Deutsche?»

Harriet erklärte ihm ihre Anwesenheit. «Es sind sehr viele Deutsche in Bukarest. Sie werden sich bald an sie gewöhnen.»

Guy kam in erregtem Laufschritt zurück und vermeldete, die Telefonkabinen seien sämtlich von Journalisten belegt, die irgendeine Nachricht an ihre Kontaktpersonen in der Schweiz durchgaben. «Ich weiß nicht, welche», sagte er, «es hat vermutlich etwas mit der Heeresmission zu tun. Wir werden warten müssen, also lassen Sie uns hineingehen.»

Pinkrose und Harriet folgten ihm durch das Vestibül. Als sie an der Reihe der Telefonkabinen vorüberkamen, schoss Galpin aus einer heraus und drängte sich, ohne sie zu sehen, an ihnen vorüber. Guy hielt ihn am Arm fest, stellte ihm Pinkrose vor, dessen Anwesenheit ihn zu erstaunen schien, und fragte dann: «Ist etwas passiert?»

«Mein Gott, haben Sie es noch nicht gehört?» Galpins Augen traten beinahe aus ihren Höhlen, so aufgeregt war er. «Foxy Leverett ist heute Morgen tot aufgefunden worden. Er lag keine hundert Meter von der Gesandtschaft entfernt auf dem Gehweg. Es sah so aus, als sei er aus einem Fenster gestürzt, aber das nächstgelegene Haus steht leer, alle Fensterläden sind geschlossen. Der Besitzer ist verhaftet worden.

Meine Vermutung ist, dass er aus einem Wagen geworfen wurde. Wie auch immer er dorthin gekommen ist, man hat ihn schrecklich zugerichtet. Dobson sagt, er hätte ihn nur an seinem roten Schnurrbart erkannt.»

«Wer hat ihn gefunden?»

«Arbeiter. Kurz nach Tagesanbruch. Und das ist noch nicht alles. Einer unserer wichtigsten Männer in Ploesti ist verschwunden. McGinty heißt er. Das haben wir soeben erfahren. Es ist offensichtlich, dass sich die Mistkerle nicht damit zufriedengeben, die jüdischen Büros zu plündern. Sie wollen Blut sehen.» Er sah zur Seite, gewahrte Pinkroses starren Blick und fragte plötzlich: «Wie ist dieser kleine Kamerad hier nach Bukarest gelangt?»

In einem Ton, der zu Respekt aufforderte, antwortete Guy: «Professor Lord Pinkrose ist angereist, um die Cantacuzino-Vorlesung zu halten.»

«Die was?»

Guy erläuterte, dass die jedes zweite Jahr stattfindende Vorlesung Teil der kulturellen Aufklärungsarbeit seiner Organisation sei.

Galpin warf den Kopf in den Nacken und stieß ein krächzendes Gelächter aus. «Göttlich!», sagte er, immer noch kichernd, ließ sie stehen und setzte seinen Weg zum Ausgang fort.

Pinkrose wandte sich steif um und blickte Guy an, als wäre, wenn schon keine Entschuldigung, dann zumindest eine Erklärung fällig, aber Guy war zu aufgewühlt, um darauf einzugehen. Er führte den Professor zu einem Sofa und fragte ihn, ob er einen Brandy wolle.

Pinkrose schüttelte gereizt den Kopf. «Ich trinke niemals Alkohol, aber es ist eine Weile her, seit ich gefrühstückt habe. Ich hätte gern ein Sandwich.»

Guy bestellte für ihn Sandwiches und Kaffee und ging dann zu den Telefonkabinen zurück. Wegen der Anzeichen für einen Wetterwechsel hatte man die Zentralheizung angestellt. Im Raum war es stickig, und nachdem Pinkrose in voller Montur ein paar Minuten dagesessen hatte, begann er sich aus seinen Kleidern zu schälen. Er wickelte sich aus zwei Schals und setzte den Hut ab, offenbarte eine hohe, knittrige Stirn, umgeben von einem Haarkranz in sattem Braun. Die Farbe stach Harriet ins Auge, weil sie so gar nicht zu seiner restlichen Erscheinung passte, und sie musste den Blick abwenden, um nicht zu starren.

Nach einer Weile wurde auch der Mantel ausgezogen. Pinkrose saß umgeben von seiner Straßenkleidung in einem schmalen, dunkelgrauen, altmodisch geschnittenen Fischgrät-Anzug da, mit Vatermörder und Strickkrawatte. Er warf Harriet versuchsweise ein oder zwei hastige Blicke zu, bevor er es wagte, sie erneut anzusprechen und zu fragen: «Was hat der Mann darüber gesagt, dass jemand tot aufgefunden wurde?»

«Der Tote war Attaché bei der Gesandtschaft. Wir glauben, dass er mit dem Secret Service zu tun hatte.»

«Ah!» Pinkrose nickte wissend. «Diese Leute sterben oft eines gewaltsamen Todes.» Er war beruhigt genug, um sich seinen Sandwiches zuzuwenden, als sie kamen.

Harriet betrachtete ihn und war ihrerseits überhaupt nicht beruhigt. Was Foxy zugestoßen war, konnte auch Guy zustoßen – genau genommen jedem von ihnen. Und Foxy war ein sympathischer Bekannter gewesen. Nicht nur das, er war auch der Einzige gewesen, der «versiert darin» gewesen war, «Leute über Grenzen zu schmuggeln», der Einzige, der ihnen möglicherweise mit Sasha hätte helfen können. An wen sollten sie sich jetzt wenden? Sie konnte sich nicht vorstellen, dass

Dobson eine große praktische Hilfe wäre, und andere höherrangige Mitarbeiter der Gesandtschaft kannten sie kaum.

Ein missbilligendes Schnalzen von Pinkrose rief ihr ihre gegenwärtigen Zuständigkeiten wieder ins Gedächtnis. Er spähte in das Sandwich hinein. Pingelig legte er es zur Seite, sagte: «Nicht besonders wohlschmeckend», und nahm einen Schluck Kaffee. Er verzog das Gesicht, als handle es sich um Cascara. «Vielleicht nehme ich doch einen kleinen Sherry», sagte er.

Guy kam gerade an den Tisch zurück, hörte den letzten Satz, und schlug scherzhaft vor: «Wie wäre es mit einer *țuică*, unserem feurigen Nationalgetränk?»

Pinkrose zuckte verärgert mit der Schulter. «Nein, nein, gewiss nicht. Aber zu einem Sherry würde ich nicht nein sagen, wenn er einigermaßen anständig ist.»

Unbeeindruckt bestellte Guy den Sherry, ließ sich dann auf Pinkroses Mantel fallen und sagte: «Professor Inchcape ist unterwegs.»

Indem er mit fahrigen, ärgerlichen Bewegungen seinen Mantel unter Guy wegzog, machte Pinkrose: «Ah!», als sei es nun aber auch an der Zeit.

Guy erkundigte sich bei ihm nach dem Thema seiner geplanten Vorlesung. Grummelnd, mit abgewandtem Gesicht und immer noch damit beschäftigt, den Mantel um sich herum zu arrangieren, verriet Pinkrose, einen Überblick über die Dichter von Chaucer bis hin zu Tennyson geben zu wollen. Guy sagte: «Eine vortreffliche Idee», und Pinkrose hob die Augenbrauen. Harriet wurde zunehmend klar, dass Guys Freundlichkeit bei dem Professor nichts als verärgerten Argwohn hervorrief.

Zuerst war sie davon überrascht, dann begann sie wütend

zu werden – nicht so sehr auf Pinkrose als vielmehr auf Guy, der begeistert über Pinkroses nicht übermäßig wagemutiges Projekt plauderte. War er wirklich so naiv, oder mochte er einfach nur nicht wahrhaben, dass ihn jemand nicht leiden konnte? Während er sprach, betrachtete Pinkrose ihn voller Abscheu.

Harriet sah Guy mit neuen Augen und stellte fest, dass sein Haar in Unordnung war, dass sich auf seiner Krawatte Weinflecken befanden, sein Frühstücksei ihm aufs Revers getropft war und dass seine Brille, deren Steg gebrochen war, mit Klebeband geflickt war.

Sie hatte sich dermaßen an sein Aussehen gewöhnt, dass sie nicht daran gedacht hatte, ihn vor ihrem Aufbruch sauberzumachen.

Sie war dankbar, als Inchcape eintraf, um die Bürde von Pinkroses Gesellschaft mit ihnen zu teilen. Inchcape fing Harriets Blick auf, lächelte, als hätte er ein Ass im Ärmel, und sagte dann zu Pinkrose: «Hier bist du also!»

Pinkrose erhob sich, einen Anflug von Farbe auf den Wangen, und vor Erleichterung, seinen Freund zu sehen, sagte er leutselig: «Ja, in der Tat! Hier bin ich!» Zum ersten Mal seit seiner Ankunft lächelte er und sah dabei aus wie ein steinalter Schuljunge. «Was war das für eine Reise!», fügte er an.

«Wir wollen unbedingt alles darüber hören.» Inchcape sprach, als wäre Pinkrose tatsächlich ein Schuljunge und er selbst der Schulrektor. «Aber zuerst brauche ich einen Drink.» Er wandte sich an Guy, warf ihm, warum auch immer, einen schelmischen Blick zu und fragte: «Was haben Sie da? *Ţuică*? Na gut, dann nehme ich auch eine *ţuică*.» Er setzte sich Pinkrose gegenüber und fragte: «Na, wie *bist* du hierhergelangt?»

Inchcapes Benehmen seinem alten Freund gegenüber, der auf seine Einladung hin gerade gute achttausend Kilometer gereist war, erschien Harriet ungeheuerlich, aber Pinkrose nahm es hin. Plötzlich ganz ungezwungen, lächelte er und erklärte, dass man ihm einen Dringlichkeitsflug nach Malta bewilligt habe.

«Und wie hast du das hinbekommen?», fragte Inchcape.

Mit dem Blick eines Mannes, der Diplomatie als eine Art Intrige betrachtet, antwortete Pinkrose: «Ein hochrangiger Freund. Außerdem, das kannst du mir glauben oder auch nicht, bin ich als *Bombe* gereist. Im Gepäckraum des Flugzeugs, weißt du? Der Pilot meinte zu mir: ‹Sie machen besser Ihren Frieden mit dem Herrgott. Wenn wir abstürzen, sind Sie weg vom Fenster.›» Pinkrose kicherte in sich hinein. «In Kairo bin ich auf Schwierigkeiten gestoßen. Niemand wusste irgendetwas über mich. Ich musste mich an den Botschafter wenden, und selbst danach haben sie mich aus irgendeinem Grund nur bis nach Athen gebracht. Dort habe ich zu meiner Erleichterung festgestellt, dass es Linienflüge nach Bukarest gibt, und hier bin ich also!»

Inchcape nickte. «Das sehe ich!», sagte er trocken.

Obwohl Pinkrose seine Erlebnisse beinahe leichthin erzählt hatte, war deutlich, dass er nur durch finstere Entschlossenheit hergelangt war. Einigermaßen verdrießlich fuhr er fort: «In England ist es heutzutage so unangenehm. Und so langweilig. Die Leute sprechen von nichts anderem als der elenden Invasion – die allmählich überfällig ist, möchte ich sagen. Sogar beim Mittagstisch der Professoren ist davon die Rede. Und das Leben im Allgemeinen! So viele neue Gesetze und Vorschriften und kleinliche Verbote! Die Verdunkelung, das Anstehen! Du, mein lieber Inchcape, hast weise gehandelt, als du das Land verlassen hast. Ich kann dir gar nicht sagen, wie sehr sich das Leben verschlechtert hat. Unter den Nazis könnte es auch nicht schlimmer sein, jedenfalls für Leute wie uns. Im Grunde genommen würde Göring an mir nichts auszusetzen haben. Ich war immer ein Familienmensch.»

«Ah!», machte Inchcape trocken. «Dann wird es dich ja nicht allzu sehr beunruhigen, wenn ich dir sage, dass wir hier bald unter Naziherrschaft stehen könnten.»

Pinkrose kicherte erneut. Inchcape trank seine *țuică* aus, seine Geduld war erschöpft, und er sagte: «Lasst uns essen gehen.»

Pinkrose sprang frohgemut auf. Während er seinen Mantel, den Hut und die Schals zusammenraffte, sagte er: «Ich freue mich auf etwas Gutes zu essen, das kann ich dir sagen. Weitgereiste Freunde haben mir gesagt, dass die Küche in Rumänien eine der besten in Europa ist.»

«Diese Information ist veraltet», sagte Inchcape.

Pinkrose gluckste. «Du hast mich schon immer gerne gefoppt.»

Der Speisesaal war leer, als sie eintraten. Drei große Tische in der Fensternische waren für die Offiziere der Wehrmacht reserviert. Obwohl keine anderen Tische reserviert waren, wurden sie von einem Kellner abgefangen und in eine finstere Ecke geführt, was Inchcape mit amüsiertem Schulterzucken quittierte. Er reichte Pinkrose die Speisekarte und sagte: «Es ist ein fleischloser Tag. Die Steaks und Braten, die hier stehen, sind wie Papiergeld, nicht von harter Währung gedeckt. Aber du kannst eins der drei Gerichte ganz unten bestellen. Ich empfehle das Fisch-Pilaw.»

Es dauerte ein paar Momente, bis Pinkrose davon überzeugt werden konnte, dass es sich nicht um einen Witz handelte. «Aber was ist mit Kaviar?», bettelte er. «Ist das nicht ein rumänisches Produkt?»

«Geht alles nach Deutschland.»

Pinkrose machte ein langes Gesicht. «Wenn ich daran denke», sagte er, «wie meine Kollegen mich beneidet haben ...»

«Heute Abend», entgegnete Inchcape tröstend, «wirst du alle Geistesmenschen und Schönheiten Bukarests kennenlernen. Ich habe mehrere Prinzessinnen eingeladen. Sie sind für ihre Gastfreundschaft bekannt, und in ihren Häusern gibt es so etwas wie fleischlose Tage nicht, das kann ich dir versichern. Sie werden dir sicher bald die Ehre erweisen! Aber in der Zwischenzeit nimm das Fisch-Pilaw.» Angesichts von Pinkroses Missbehagen blickte er grinsend zwischen Guy und Harriet hin und her und begann dann über den geheimnisvollen Tod Foxy Leveretts zu sprechen.

«Diese jungen Attachés wollen es wissen», sagte er. «Sie plustern sich auf in der Vorstellung, sie seien vor allem geschützt, was da kommen möge. Aber niemand ist vor einem Messer im Rücken geschützt. Ich habe gehört, dass Leverett gestern Abend betrunken im Amalfi war und den ganzen Tisch mit seiner Imitation von Horia Sima unterhalten hat. Schlechte Idee, wisst ihr! Man muss das bestehende Regime respektieren, was auch immer es sein mag. Und man muss lernen, damit zu leben.»

Harriet fragte: «Meinen Sie, wir können lernen, mit der Eisernen Garde zu leben?»

«Warum nicht? Das ist eine Frage der Persönlichkeit. Wenn Sie in der Lage sind, sich anzupassen, können Sie mit allen und jedem zusammenleben. Es sind die Leute, die sich nicht anpassen können, die in Schwierigkeiten geraten.»

Pinkrose nickte heftig. «Ich stimme unbedingt zu. Und

wissen Sie, wenn sich die Aufregung erst gelegt hat, sieht die Welt ziemlich genauso aus wie immer, egal, wer sie regiert.»

Inchcapes Spottlust war abgeklungen. Er sah seinen Freund ernst an. «Das Wichtigste ist, dass man überlebt», sagte er.

Bei seinen Worten kamen die deutschen Offiziere in den Raum. Mit dem souveränen Auftreten von Eroberern durchquerten sie den Speisesaal und setzten sich an die reservierten Tische.

Weder Inchcape noch Pinkrose gaben einen Kommentar dazu ab. Anscheinend hatten sie sich schon an das Zusammenleben mit dem Feind angepasst.

Nach dem Essen empfahl Inchcape, Pinkrose möge vor dem Empfang ein wenig ruhen. «Es wird eine recht große Angelegenheit», sagte er. «Morgen Abend, fürchte ich, bin ich aufgrund einer lange vereinbarten Verabredung verhindert. Ich speise mit einem jungen Freund, der mir von seinen Sorgen berichten will, aber», er lächelte Pinkrose fragend an, «ich nehme an, du findest dich zurecht.»

Guy sagte: «Vielleicht möchte Professor Pinkrose mit uns zu Abend essen? Danach könnten wir zu dem Brahms-Konzert in die Oper gehen.»

«Hervorragende Idee!», sagte Inchcape, ohne Pinkrose zu konsultieren.

Pinkrose wirkte wenig erfreut, doch Guy bemerkte in seinem Eifer nichts davon. Er sprang auf und kündigte an, sofort Karten kaufen zu wollen. Als er davoneilte, sah Harriet mit erbostem Mitgefühl, wie er über die Kante des Teppichs stolperte.

Inchcape hatte Guy damit beauftragt, Pinkrose an diesem Abend zu seiner Wohnung zu eskortieren, wobei er hinzufügte: «Und kommen Sie um Himmels willen früh und gehen Sie früh wieder. Ich ertrage es nicht, wenn solche Lustbarkeiten sich hinziehen.»

In der Folge trafen die Pringles zu früh im Athénée Palace ein und mussten zwanzig Minuten warten, bis Pinkrose bereit war. Er kam in einem uralten Frack die Treppe herunter, der an den Handgelenken und Knöcheln zu kurz war. In der Taille spannte er und zerrte an dem einzigen Knopf, der nur noch an einem einzelnen Faden hing.

«Ich muss sagen», sagte er und wurde vor Vorfreude beinahe jovial, «ich freue mich darauf, diese schönen und kultivierten Damen kennenzulernen, die anscheinend so üppige Gesellschaften geben.»

Guy sagte: «Ich werde sie den Müttern einiger meiner Studenten vorstellen. Doamna Blum beispielsweise und Doamna Teitelbaum. Sie sind äußerst kultiviert und wären entzückt, Sie kennenzulernen ...»

«Nein, nein», unterbrach Pinkrose ihn, «*solche* Leute meine ich nicht. Alle sagen mir, ich müsse unbedingt die berühmte Prinzessin Teodorescu kennenlernen.»

Säuerlich informierte Guy ihn darüber, dass diese Prinzessin nicht mehr in Bukarest weile. «Aber Prinzessinnen gibt es hier wie Sand am Meer. Es ist übrigens nur ein Ehrentitel, ohne Bedeutung. Sie werden heute Abend vermutlich einem halbe Dutzend von ihnen begegnen.»

Zitronengelbe und silbrige Strahlen fielen vom Himmel über den Platz, aber der kühle, feuchte und rauchschwangere Wind vom Park her roch nach Herbst.

Harriet kam es so vor, als habe sich ein Gefühl der Verlorenheit über die Stadt gesenkt. Es kam, glaubte sie, nicht nur von der saisonbedingten Übersiedelung nach drinnen

– der Abendspaziergang, der üblicherweise bis in den Oktober hinein gepflegt wurde, wurde nur noch von einem versprengten Häuflein aufrechterhalten –, sondern von der Angst. Die Juden fürchteten sich natürlich davor, aus dem Haus zu gehen, aber dieser Tage waren es nicht nur die Juden, die sich wie der alte Codreanu drinnen sicherer fühlten.

Sie war erleichtert, als sie in Inchcapes Wohnzimmer ankamen, in dem die Lampen in ihren goldenen Schirmen hell leuchteten. Inchcape war noch nicht aufgetaucht. Clarence, der als Erster eingetroffen war, saß alleine da.

Seit ihrem Besuch bei ihm in der Wohnung hatte Harriet ihn nicht mehr gesehen. Er war in eine Art von Klausur gegangen. Guy hatte ihn mehrmals angerufen, um ein Treffen vorzuschlagen, aber Clarence hatte sich immer mit dem Vorwand entschuldigt, es gehe ihm nicht gut. Harriet hatte sich vorgestellt, wie er den ganzen Tag auf seinem Balkon lag, auf das offene Gelände hinausblickte und über seinen eigenen Unzulänglichkeiten brütete, doch nun sah er eigentlich recht blühend aus. Er zeigte jedoch kein Verlangen, sich zu unterhalten.

Als man ihm Pinkrose vorstellte, erhob er sich widerwillig und murmelte irgendetwas. Pinkrose murmelte zurück. Da keiner von beiden die Gabe besaß, im anderen Redseligkeit zu wecken, strebten sie auseinander, sobald es die Höflichkeit gestattete, und unternahmen keinen weiteren Versuch mehr, miteinander zu sprechen.

Inchcape kam bester Laune herein. Pauli, der ihm auf dem Fuß folgte, hatte eine geöffnete Champagnerflasche in der Hand, deren Etikett unter einer Serviette verborgen war. Während er ausschenkte, holte Inchcape mit einem leisen Lächeln seine neueste Anschaffung hervor: drei Aronstäbe aus

Porzellan, unter einer Glaskuppel, auf einem herzförmigen lila Samtkissen. «Hübsch, nicht?», sagte er. «Das habe ich auf dem Lipscani-Markt gekauft.»

Pinkrose beugte sich darüber, lächelte schmal und pflichtete ihm bei. «Es hat seinen ganz eigenen makabren Charme.»

Als sie die Gesichter der beiden älteren Männer betrachtete, nahm Harriet in ihnen plötzlich eine Ähnlichkeit und Verbundenheit wahr.

Inchcape versprach Pinkrose: «Ich nehme dich mit hinunter zur Dâmbovița. Du wirst entzückt sein, wenn du den Krimskrams siehst, den man dort bekommt. Ikonen zum Beispiel. In meinem Schlafzimmer habe ich eine richtige Ikonen-Sammlung.»

Die Zeit verstrich. Die anderen Gäste ließen auf sich warten. Schließlich läutete es an der Tür, doch es waren nur Dobson und David Boyd.

Dobson, normalerweise ein lebhafter Gast, war wegen Foxy Leveretts Tod gedrückter Stimmung. Er sagte, er könne nur kurz bleiben und sei nur gekommen, um Lord Pinkroses Bekanntschaft zu machen.

«Als ich die Gesandtschaft verlassen habe, herrschte dort helle Aufregung», sagte er. «Heute Nachmittag hat man McGinty gefunden, hier in Bukarest, in einer Gasse hinter dem Gerichtsgebäude. Er ist in keinem guten Zustand.»

«Sie meinen, man hat ihn misshandelt?», fragte Inchcape.

«Man hat ihn gefoltert. Zumindest wurde er an den Handgelenken aufgehängt und geschlagen. Sein Rücken sah erschreckend aus. Ich muss sagen, Seine Exzellenz hat sich in all dem großartig verhalten. Er ist direkt zum Innenminister gefahren und hat umfassende Ermittlungen im Hinblick auf Foxys Tod und diese Sache mit McGinty gefordert. Er hat gesagt, er würde nicht ruhen, bevor die Schuldigen nicht ihrer Strafe zugeführt seien. Es war wie in den großen Tagen von Palmerston und Stratford-Canning. Und der Innenminister hat geweint. Er soll Gardist sein, aber er hat gesagt: «Ihr Engländer seid großartige Leute. Wir haben euch immer geliebt. Manche von uns glauben sogar jetzt noch, dass ihr den Krieg gewinnen werdet. Aber was können wir tun? Es gibt zu viele von diesen jungen Männern. Wir können sie nicht alle überwachen.»

«Aber wieso McGinty? Was hat er getan?»

«Nichts. Aber sein Name stand auf der Liste ...» Dobson hielt inne, trank einen Schluck und begriff dann, dass er, da er nun schon so viel preisgegeben hatte, mehr sagen musste. «Vor dem Krieg haben Großbritannien, Frankreich und Rumänien eine Liste von Ingenieuren zusammengestellt, die im Falle einer deutschen Besatzung Rumäniens die Ölquellen zerstören könnten. Diese Liste ist von der Vichy-Regierung an die Deutschen übergeben worden. Freiwillig, darf ich hinzufügen. Die Namen der Männer, die gekidnappt worden sind, standen darauf.»

Clarence fragte scharf: «Sie meinen, McGinty ist nicht der Einzige?»

Dobson sah sich nervös um. «Hören Sie», entgegnete er. «Sie müssen das alles für sich behalten. Niemandem ist geholfen, wenn wir hier eine Panik auslösen. Diese Männer waren Spezialisten. Sie kannten das Risiko, das sie eingegangen sind. Sie hätten das Land verlassen können, als die anderen abgereist sind. Aber sie haben sich entschieden zu bleiben.»

«Wie viele sind gekidnappt worden?», fragte Clarence hartnäckig.

«Mit McGinty vier. Die Eiserne Garde bildet sich ein, es gäbe da einen Plan, die Ölquellen in die Luft zu jagen. Sie sind ein

Haufen von ungehobelten Trotteln. Sie fordern Informationen. Und sie glauben, die könnten sie bekommen, indem sie diese Burschen zusammenschlagen.»

«Was ist mit den anderen dreien?», fragte Guy.

«Da gibt es noch nichts Neues.» Dobson setzte sein Glas ab, wandte sich mit seinem offiziellen Lächeln an Pinkrose, hielt eine kleine Rede, in der er ihn im Namen Sir Montagus, der an seinen Schreibtisch gefesselt sei, willkommen hieß. «Ich fürchte, es sind schwierige Zeiten», fügte Dobson lächelnd an.

Pinkrose pflichtete ihm in überraschtem Tonfall bei. «Die Dinge scheinen tatsächlich ein wenig aus dem Gleichgewicht ...»

«Ein wenig, ein wenig. Aber Seine Exzellenz ist der Ansicht, dass wir bleiben sollten, solange wir können. Denen zeigen, dass wir noch nicht geschlagen sind.»

«Ich stimme aus vollem Herzen zu», sagte Inchcape.

Als Dobson gegangen war, traten David und Guy zum Reden hinaus auf die Terrasse. Inchcape begann sich bei Pinkrose freundlich nach ihren gemeinsamen Bekannten in Cambridge zu erkundigen. Harriet stand eine Weile herum, und als Clarence keine Anstalten machte, sich mit ihr zu unterhalten, ging sie hinaus auf die Terrasse, wo sie David schniefend lachen hörte. Er sagte: «Die jüngsten Ereignisse haben Sir Montagu bis ins Mark erschüttert. Man hat ihn sagen hören, das habe ich natürlich von Dobson: ‹Also hatte der junge David Boyd recht. Alles hat sich so aufgelöst, wie er es vorhergesagt hat.›» David blickte bescheiden auf seine Füße hinab. Er schniefte wieder amüsiert und sagte dann lässig: «Sportlich von dem alten Knaben, das zuzugeben, findest du nicht? Aber Tatsache ist, er glaubt noch immer, dass man die Situation auf die eine oder andere Weise retten kann.»

Guy entgegnete: «Sie könnte noch gerettet werden – durch eine russische Invasion. Nicht, dass Sir Montagu eine solche gutheißen würde.»

«Nein, in der Tat! Aber leider gibt es dafür wenig Hoffnung. Die Russen fühlen sich nicht allzu sicher. Es ist unwahrscheinlich, dass sie die Frontlinie verlängern werden, die sie vielleicht verteidigen müssen.»

In der darauffolgenden Gesprächspause ergriff Harriet die Gelegenheit, Sasha Drucker anzusprechen. «Was können wir tun, jetzt, wo Foxy tot ist?»

«Ich würde mir da keine Sorgen machen», sagte David. «Wenn eine Gesandtschaft die Zelte abbricht, gibt es immer eine gewisse Anzahl von Ausländern, denen man verpflichtet ist und die mit in den Diplomatenzug steigen. Das wird als selbstverständlich betrachtet. Da werden keine Fragen gestellt.»

«Du meinst, sie könnten Sasha mitnehmen? Das wäre wunderbar. Aber angenommen, wir müssen gehen, bevor die Gesandtschaft geht. Was sollen wir mit ihm machen?»

Guy nahm sie am Arm. «Lass uns über diese Probleme nachdenken, wenn sie eintreten», sagte er und führte sie zurück ins Zimmer.

Eine gewisse Trübsal überschattete die Veranstaltung. Es waren keine anderen Gäste gekommen. Inchcape langweilte sich allmählich, und Clarence blieb stumm in seinem Sessel sitzen. Als es an der Tür läutete, blickte Pinkrose hoffnungsvoll auf, aber der Neuankömmling war keine schöne, gastfreundliche Prinzessin, sondern Woolley. Er machte ein kummervolles Gesicht und trug nicht dazu bei, dass die Stimmung sich besserte. Wie Inchcape neigte er dazu, Foxy selbst die Schuld an seiner Ermordung zu geben, doch McGintys Misshandlung fasste er als Warnung dafür auf, dass ein solches

Schicksal sie alle ereilen könnte. Er erwähnte nicht die anderen Ingenieure, die ebenfalls vermisst wurden, sagte jedoch: «Die Sache gefällt mir nicht. Überhaupt nicht. Die Leute verlassen das Land, und ich kann es ihnen nicht verübeln. Die Rettisons sind fort. Haben seit drei Generationen hier gelebt. Jetzt sind sie in der Levante. All diese Wechsel und Veränderungen sind nicht gut fürs Geschäft. Man kann die Geschehnisse des nächsten Tages nicht vorhersehen.» Er brütete eine Weile vor sich hin, sein längliches, teigiges Gesicht wippte über seinem Glas, dann sah er auf und erblickte seine alte Feindin Harriet. «Meine Gattin hat sich außer Landes begeben, wie es sich gehört. Seine Exzellenz möchte die Damen aus dem Weg haben. Erst gestern hat er zu mir gesagt: ‹Wenn ich die englische Kolonie evakuieren muss, werde ich nur junge Männer im wehrfähigen Alter mitnehmen.›»

Harriets Antwort erfolgte schnell und heftig: «Wenn Sir Montagu glaubt, er könnte meinen Mann mitnehmen und mich zurücklassen, hat er noch einiges zu lernen.»

Woolley warf ihr einen langen, drohenden Blick zu. «Wir werden sehen», sagte er.

«Ja, wir werden sehen», pflichtete Harriet ihm nachdrücklich bei.

Das Schweigen zog sich, bis plötzlich Pinkrose die Hände in die Luft warf wie ein Mann, dessen Geduld über Gebühr strapaziert worden ist. «Was soll das alles heißen, Inchcape? Die britische Kolonie evakuieren? Junge Männer im wehrfähigen Alter mitnehmen? Was ist hier los?»

Inchcape antwortete ruhig: «Wie du selbst angemerkt hast, mein Lieber, sind die Dinge ein wenig aus dem Gleichgewicht. Immerhin hat es hier eine Revolution gegeben. Du musst davon gehört haben.»

«Etwas habe ich gehört. In der *Times* stand, König Carol sei des Throns enthoben worden. Das passiert auf dem Balkan ständig. Niemand hat zu irgendeinem Zeitpunkt angedeutet, dass es hier gefährlich sein könnte.»

«Niemand hat angedeutet, dass es gefährlich sein könnte!» Inchcape öffnete die Lippen und blickte sich um. Er fragte in den Raum hinein: «Was haben sich die Beamten in London dabei gedacht? Sind sie dermaßen mit ihrem lächerlichen Verwaltungskram beschäftigt, dass ihnen die Lage in Osteuropa vollkommen entgangen ist?»

«Du hättest mich warnen müssen, Inchcape», erwiderte Pinkrose. «Das nehme ich dir übel. Das nehme ich dir äußerst übel.»

«Du meine Güte!» Inchcape begann, sich über seinen Freund lustig zu machen. «Ist es heutzutage nicht überall gefährlich? War es in England nicht gefährlich? Dort warst du *wirklich* in Gefahr, würde ich behaupten. Steht eine Invasion dort nicht jeden Tag bevor? Hier herrscht nur ein Nervenkrieg. Ich persönlich glaube, dass sich die Dinge regeln werden. Der junge König und seine Mutter sind sehr beliebt. Gestern sind sie ausgegangen und haben im Capşa Kuchen gekauft. Ja, sie sind wirklich zu Fuß gegangen, genau wie unsere eigene Königsfamilie! In einem Land, wo das geschieht, kann nicht viel im Argen liegen.»

Pinkrose sah ein wenig besänftigt aus. «Trotzdem», sagte er, «wurde ich falsch unterrichtet. In deinem Brief im Frühjahr hast du hervorragendes Essen beschrieben, eine feudale Atmosphäre, uralte Aristokratie, opulente Gesellschaften, jeden Luxus – kurzum, eine Rückkehr in die guten alten Tage. Und was finde ich vor, nachdem ich die ganze Strecke in der Bombenkammer gereist bin? Kein Fleisch auf der Speisekarte.

Und was, wenn ich fragen darf, ist mit den Geistreichen und Schönen von Bukarest passiert? Dein Empfang scheint bedauerlicherweise nicht gut besucht zu sein.»

Inchcape öffnete den Mund, um zu antworten, dann zögerte er. Harriet beobachtete ihn interessiert, sie hatte noch nie zuvor gesehen, dass er um Worte verlegen war. Schließlich antwortete er: «Die Engländer sind im Augenblick in Ungnade gefallen. Ich glaube, im Athénée Palace findet gerade ein Empfang für die deutschen Offiziere statt. Unsere rumänischen Gäste, fürchte ich, sind alle dort und unterhalten unsere Feinde.»

«Aha!», machte Pinkrose. Beschwichtigt durch Inchcapes demütiges Geständnis, sagte er nichts weiter dazu.

Woolley, der sich aus diesem Wortwechsel herausgehalten hatte, sagte plötzlich: «Ich muss los», knallte sein Glas auf den Tisch und ging ohne ein weiteres Wort.

Clarence gluckste. Er hatte die ganze Zeit über getrunken, und die Auswirkungen wurden nun sichtbar. «Wie ich gehört habe», sagte er, «hat Woolley nach der Abreise seiner Frau eine kleine rumänische Freundin gefunden.» Er hielt sein Glas ausgestreckt von sich und rief: «Hey, Pauli, Nachschub.» Pauli kam grinsend zu ihm herüber. Über betrunkene Engländer scherzte man in Bukarest standardmäßig.

Pinkrose, der ebenfalls getrunken hatte, nahm Inchcape zur Seite und flüsterte ihm etwas zu.

«Hier entlang», sagte Inchcape knapp. Er führte Pinkrose hinaus, eilte einen Augenblick später allein wieder ins Zimmer und platzte, an Guy, Harriet und Clarence gewandt, verschwörerisch heraus: «Hören Sie zu! So wie es aussieht, bekommen wir für den alten Knaben kein Publikum zusammen. Die Sache ist, wir müssen ihn darauf vorbereiten. Sie werden mithelfen müssen. Beginnen Sie anzudeuten, dass dies weder der Ort noch die Zeit für eine öffentliche Vorlesung auf Englisch ist. Weisen Sie darauf hin, dass er Pöbeleien ausgesetzt sein könnte. Machen Sie ihm solche Angst, dass er die Vorlesung nicht wird halten wollen. Verstanden? Aber tun Sie es taktvoll ...» Inchcape unterbrach sich abrupt, als er Schritte hörte. Pinkrose trat ein.

«Gut, und nun», sagte Inchcape freudig, «machen wir Pläne für zukünftige Vergnügungen. Was ist mit dem kommenden Wochenende? Ich bin leider in Sinaia, ich habe mein Zimmer schon vor Wochen gebucht. Ich habe mir einen Tag freigenommen, bevor das Wetter umschwingt. Aber ich bin sicher, unsere jungen Freunde hier ...» Er lächelte Guy, Harriet und Clarence auffordernd an. «Was haben Sie alle vor?»

Guy antwortete, wie man es von ihm verlangte. «Wir fahren nach Predeal», sagte er. «Vielleicht möchte Professor Pinkrose uns begleiten ...» Er warf Harriet einen Blick zu, der um Unterstützung warb.

Sie sagte voller Überzeugung: «Ich bin mir sicher, Professor Pinkrose möchte lieber mit Professor Inchcape nach Sinaia fahren.»

Inchcape runzelte die Stirn, schabte mit seinem Fuß über den Teppich und sagte: «Warum nicht? Warum nicht?»

Clarence war in seinem Sessel inzwischen so tief gerutscht, dass sein Hintern in der Luft hing, und lallte: «Ich fahre auch weg.»

Alle sahen ihn an. «Richtig weg», sagte er. «Haben Sie das gehört, Inch, Sie alter Vogel Strauß? Ich gehe richtig weg, weg aus Ihrer verdammten Organisation. Weg aus dem, was Sie Ihren Einflussbereich nennen. In wärmere, buntere Gefilde. Und Sie können nichts dagegen machen!»

Inchcape stockte, als er begriff, dass ihm gerade etwas mitgeteilt wurde. Er fragte: «Was haben Sie da gesagt?»

Clarence wiederholte das meiste von dem, was er gesagt hatte.

Inchcape explodierte. «Sie verlassen uns? In diesen Zeiten! Und ohne Vorwarnung!»

Clarence rutschte noch tiefer, sein Glas hielt er auf Höhe seiner Nase. «Nicht ohne Vorwarnung», sagte er. «Ich habe Ihnen schon vor Wochen gesagt, dass ich es leid bin, hier herumzuhängen und nichts zu tun. Ich bin nur geblieben, um Sie zufriedenzustellen. Sie brauchen Ihren kleinen Hofstaat. Sie müssen den Anschein aufrechterhalten, dass Sie eine Stellung haben und Angestellte. Aber ich habe die Nase voll. Ich habe ein Telegramm nach Kairo geschickt. Ich bin weg, sobald ich Anweisungen erhalte.»

Inchcape hatte Clarence mit bitterem Blick betrachtet. Nun fuhr er zu Pinkrose herum und erklärte: «Lawson ist vom British Council zu uns abgestellt worden. Wenn er entschlossen ist zu gehen, können wir nichts dagegen tun. Aber das wäre ein herber Verlust. Heutzutage bekommt man keinen Ersatz mehr.»

Pinkrose nickte mitfühlend und bedachte Clarence ebenfalls mit einem bitteren Blick.

«Ich bin kein Verlust», lallte Clarence. «Wenn Sie es wären, der geht, Inchilein, wäre das etwas anderes. Den Schlag würde das Ansehen Englands nicht verkraften.»

Inchcape ignorierte ihn und sprach weiter mit Pinkrose. «Meinem Empfinden nach sollte ein Mann ungeachtet etwaiger Gefahren seinen Posten nicht verlassen.»

Clarence stieß ein Lachen aus. «Sie sind nicht in Gefahr. Und Ihr Posten ist ein Witz.»

Daraufhin fuhr Inchcape in Rage zu ihm herum. «Ich bleibe wenigstens dabei. Und was Gefahren angeht, darf ich Sie daran erinnern, dass ich an Calinescus Beerdigung teilgenommen habe.»

«Ganz Bukarest hat an Calinescus Beerdigung teilgenommen.»

Pinkrose saß mit glühenden Wangen aufrecht da und blickte begierig zwischen den beiden Kontrahenten hin und her. Zum ersten Mal seit seiner Ankunft erweckte er den Anschein, als amüsierte er sich.

Guy ging zum Flügel hinüber, auf dem Inchcapes chinesisches Schachspiel aufgestellt stand. Wie er da so lehnte und Figuren herumschob, wirkte er in Gedanken versunken, aber sein Gesicht war so traurig wie das eines Hundes, und als Clarence sich aufrappelte, um noch ein bisschen zu streiten: «Das reicht, Clarence.»

«Du hast natürlich recht.» Clarence streckte den Arm aus und packte Guys Hand. Während Pinkrose bei diesem Verhalten beinahe die Augen aus dem Kopf fielen, sagte Clarence: «Du hast immer recht. Du bist der Einzige von uns, der seine Anwesenheit hier rechtfertigen kann. Die Ferienkurse sind vielleicht nichts Tolles, aber sie sind wenigstens eine Herausforderung ...»

Guy entzog ihm seine Hand. «Die Ferienkurse sind letzte Woche eingestellt worden.»

Clarence sackte mit einem tiefen Seufzer zurück in seinen Sessel. «Was spielt das schon für eine Rolle?», murmelte er.

Die Tür öffnete sich, und Pauli trat mit zwei großen Platten ins Zimmer. Auf der einen befand sich Reis, auf der anderen eine Art Schmorgericht. Er befüllte Teller und reichte sie mit überschwänglichem Lächeln herum. Es wurde Wein aus der Region serviert.

Beim Essen teilte David mit, dass er nächstes Wochenende ebenfalls verreisen werde, ins Delta.

«Ha, das Delta!», sagte Clarence wissend und boshaft. «Er sagt, er fährt ins Delta.»

Pinkrose blickte Clarence verwundert an. Bis zum Ende der Mahlzeit sprach niemand mehr, dann erhob sich Inchcape, um anzuzeigen, dass der Abend beendet sei. Die Geste war überflüssig. Seine Gäste machten sich schon bereit zu gehen.

21

Am nächsten Abend fühlte sich Harriet als Gastgeberin unwohl. Das Knochengerüst von Pinkroses Geltungsbedürfnis blieb unter dem Schleier gesellschaftsfähigen Verhaltens sichtbar. Er war ein Gast, aber ein widerwilliger Gast. Er machte kaum Zugeständnisse an gute Manieren.

Es war einer der Morgen gewesen, an denen es auf dem Markt nichts zu kaufen gegeben hatte. «Nichts als Kohl», sagte Despina.

Harriet war zu Dragomir gegangen, wo es Nahrungsmittel für diejenigen gab, die dafür zahlen konnten. Die bevorzugten Kunden dort waren nicht mehr rumänische Männer, sondern deutsche Frauen: die Ehefrauen der Unmengen an Attachés, die an einer der beiden großen deutschen diplomatischen Niederlassungen arbeiteten. Sie waren kräftig gebaut und entschlossen und profitierten dermaßen vom günstigen Wechselkurs, dass sie mit Bündeln von Tausend-*Lei*-Scheinen in den Händen einkaufen gingen. Die Frauen waren respekteinflößende Rivalinnen, mit denen Harriet es nur aufnahm, wenn sie verzweifelt war. Sie verhalf sich zu zwei mageren, kleinen Hühnchen. Dann versuchte sie eine Flasche Sherry zu finden, aber Sherry war aus den Geschäften verschwunden. Letztendlich kaufte sie einen nachgemachten Madeira.

Als er ihn angeboten bekam, musterte Pinkrose einige Augenblicke mit hochgezogenen Augenbrauen die Flasche, bevor er sagte: «Vielleicht probiere ich ein halbes Gläschen.» Er nippte daran, fand ihn besser als erwartet und drückte seine Zufriedenheit dadurch aus, dass er mit seinem Hintern auf dem Stuhl herumrutschte. Er gestattete, dass man ihm nachschenkte, und sagte: «Ich kann nicht begreifen, warum Professor Inchcape mich in diesem Hotel untergebracht hat.»

Harriet war überrascht. «Das Athénée Palace war früher beinahe ein englisches Hotel», sagte sie. «Wir betrachten es als Zufluchtsort, und die englischen Journalisten, die dort wohnen, verlassen es so gut wie nie.»

«Es wimmelt dort von Deutschen», beklagte sich Pinkrose.

«In dem anderen Hotel, dem Minerva, ist es viel schlimmer. Es ist voll von deutschen Diplomaten. Die Offiziere der Heeresmission sind nur deswegen im Athénée Palace, weil das Minerva für sie keinen Platz mehr hat.»

«Tatsächlich!» Nachdem er sich dieserart um die Unterhaltung bemüht hatte, zog sich Pinkrose in Schweigen zurück, aber seine Augen nahmen jede Einzelheit seiner Umgebung auf. Als sie seinen Blick von den schäbigen Polstermöbeln zu den schäbigen Teppichen gleiten sah, sagte Harriet: «Wir haben diese Wohnung möbliert übernommen. Die Dinge sind von Vormietern abgenutzt.»

Bei ihren Worten senkte er den Blick, und seine Wangen nahmen eine rosa Färbung an. Beinahe freundlich sagte er: «Die Bücher, nehme ich an, gehören Ihnen?»

Sie erläuterte, dass Guy die Bücher, von denen die meisten aus zweiter Hand stammten, gesammelt und in Säcken nach Rumänien gebracht habe. Er nickte interessiert. Obwohl er Harriet nicht ansah, richtete er doch seine Aufmerksamkeit in ihre Richtung, und wenn Guy sich in das Gespräch einmischte, blickte er ablehnend zur Seite.

Guy besaß mehrere Gedichtbände von Dichtern, die er als Student gekannt hatte. Er begann diese herauszunehmen und Pinkrose die Signaturen und Widmungen zu zeigen, aber Pinkrose ließ sich davon nicht beeindrucken. «Diese jungen Männer müssen noch vieles lernen», sagte er.

Sofort sprang Guy den Dichtern seiner Generation bei und schenkte Pinkrose, während er redete, nach. Er war zu vertieft in seinen Vortrag und zu kurzsichtig, um zu bemerken, dass das Glas voll war, und so goss er immer weiter, bis der Madeira vom Tisch floss und auf Pinkrose tropfte, der verärgert mit der Zunge schnalzte. Unter vielfachen Bitten um Verzeihung begann Guy an Pinkroses Hose herumzureiben. Pinkrose zischte missbilligend und entzog ihm seine Beine.

Harriet rief nach Despina, der nichts besser gefiel, als ins Wohnzimmer zu kommen, während Besuch da war. Sie verbrachte so viel Zeit damit, um Pinkroses Füße herumzuwischen, dass er in hohem, irritiertem Tonfall sagte: «Wenn wir nicht bald zu Abend essen, kommen wir zu spät zum Konzert.»

Das Abendessen, das er schicksalsergeben verspeiste, war eine eilige Angelegenheit.

Als sie durch den Haupteingang ins Opernhaus traten, waren die Pringles davon überrascht, wie prächtig sich die anderen ausstaffiert hatten. Alle trugen Abendgarderobe, die Männer ihre Orden, die Frauen waren tief dekolletiert und reich mit Schmuck behängt. Harriet beschlich das Gefühl, dass etwas nicht stimmte. Dies war kein normales rumänisches Publikum. Die Menschen waren alle zu groß, sahen zu wichtig aus, und sie sprachen alle deutsch. Das Vestibül quoll von Blumen über.

Pinkrose seufzte vor Wohlgefallen angesichts von so viel Glanz. «Heutzutage», sagte er, «bekommen wir *so etwas* zu Hause nicht mehr zu sehen.»

Harriet bemerkte, dass jeder, der einmal zufällig in Richtung der englischen Gruppe blickte, in augenscheinlichem Unglauben ein zweites Mal herübersah. Sie fragte Guy: «Findest du, wir sind unangemessen gekleidet?» Er machte sich über die Frage lustig, und es schien tatsächlich so, als gäben sie selbst und nicht ihre Kleidung Anlass für das Erstaunen.

Auf dem Weg zu ihren Plätzen flüsterte man und drehte sich nach ihnen um. Dem wurde durch das Eintreten des Orchesters ein Ende gesetzt. Als die Musiker ihre Stühle erreicht hatten, blieben sie stehen, und der Konzertmeister blickte hinüber zur Hauptloge auf Höhe der Bühne. Das Publikum verlor das Interesse an den Pringles und richtete seine Blicke ebenfalls auf die Loge.

Harriet sagte zu Pinkrose: «Ich glaube, der König kommt.» Pinkrose rutschte vor Wohlgefallen auf seinem Sitz herum.

Im hinteren Teil der Loge öffnete sich die Tür, und man sah Hemden aufblitzen. Das Publikum begann zu applaudieren. Dann traten nacheinander Menschen in der einstudiert huldvollen Haltung des Adels in die Loge, angeführt von einem großen Mann, der an die Brüstung trat und dort stehen blieb. Die Pringles erkannten die schwere, finstere, unverkennbare Gestalt von Dr. Fabricius. In den Applaus mischten sich Rufe. Eine Frau in goldenem Gewand, seine Ehefrau vielleicht, vollführte eine königinnenhafte Geste mit der Hand. Fabricius verbeugte sich.

«Das ist doch sicher nicht der junge König?», fragte Pinkrose.

Guy sagte ihm, es sei der deutsche Botschafter. Pinkroses Mund blieb vor Enttäuschung offen stehen, aber er nickte, nun offenbar auf das Schlimmste gefasst.

Während die Gruppe aus der Botschaft eintrat, hatte sich die gegenüberliegende Loge mit Offizieren der Heeresmission gefüllt, die einige prunkvoll gekleidete Frauen eskortierten. Harriet konnte ein Grinsen nicht unterdrücken und flüsterte Pinkrose zu: «Dort sind einige der Prinzessinnen, die Sie kennenlernen wollten.»

Der Dirigent hob den Taktstock. Das Publikum erhob sich. In Erwartung der rumänischen Nationalhymne taten die Pringles es den anderen gleich. Es vergingen ein paar Augenblicke, bis die Pringles begriffen, dass sie für *Deutschland über alles* aufgestanden waren. Als es ihm klar wurde, ließ sich Guy zurück auf seinen Sitz fallen, und langsamer folgte Harriet seinem Beispiel. Pinkrose, von ihrem Benehmen unangenehm berührt, blieb aufrecht stehen. Die Hymne verklang, eine Pause trat ein, dann folgte das Horst-Wessel-Lied.

Verdutzt begann Guy in seinem Programm zu lesen. Er warf Harriet einen Blick zu und zischte: «Gieseking.»

Sie begriff, was geschehen war. Guy hatte in seinem Eifer und seiner Kurzsichtigkeit Karten gekauft, ohne das Programm auf den Anschlagtafeln vor dem Theater zu lesen. Dies war ein deutsches Propagandakonzert.

Als Pinkrose sich setzte, begann Harriet, ihm den Fehler zu erklären, aber er war schon selbst darauf gekommen und brachte sie mit einer Handbewegung zum Schweigen. «Wo wir schon einmal hier sind», sagte er, «lassen Sie uns die Musik genießen.»

Der Pianist hatte seinen Platz eingenommen, und Beethovens Fünftes Klavierkonzert begann.

Harriet war dankbar für Pinkroses Haltung und teilte seine Einstellung, aber Guy sah jämmerlich unglücklich aus. Den ersten Satz hindurch saß er mit verschränkten Armen und auf die Brust gesunkenem Kinn da, und sobald er zu Ende war, stand er auf.

Pinkrose starrte gereizt zu ihm hoch. Guy flüsterte: «Es hat keinen Zweck. Ich gehe.»

Harriet war von der Darbietung ganz verzaubert und bat ihn: «Bitte bleib doch», aber er drängte sich an ihr vorbei. Sie fühlte sich verpflichtet, mit ihm zu gehen, doch als sie sich erhob, flüsterte Pinkrose erschrocken: «Ich möchte nicht alleine hierbleiben.»

Der Pianist saß bewegungslos da und wartete auf das Ende der Unterbrechung. So amüsiert wie verärgert beobachtete das Publikum die drei englischen Eindringlinge, die sich so schnell davonmachten, wie sie nur konnten.

Im Vestibül entschuldigte sich Guy mit schweißnassem Gesicht dafür, sie erst in diese Situation gebracht und sie nun herausgerissen zu haben. «Ich konnte es nicht aushalten», sagte er. «Ich musste dauernd an die Konzentrationslager denken.»

Zu wütend, um zu sprechen, wandte sich Pinkrose ab und stolzierte aus dem Opernhaus. Die Pringles folgten ihm, aber es gelang ihm, den ganzen Weg zurück zum Hotel vor ihnen herzumarschieren.

Als er von der Drehtür aufgehalten wurde, versuchte Guy sich erneut zu entschuldigen, doch Pinkrose hob die Hand. Er hatte genug erlitten. Er wollte nichts weiter hören.

4

DER ÜBERFALL

22

Der Zug trug in sich verschlossen die schwere Stadtluft hinauf in die Berge. Im Laufe der Woche hatte die Hitze noch einmal zugenommen. Bukarest durchlitt die letzten, schleppenden Sommertage.

In Ploesti, wo ein langer Zwischenhalt erfolgte, stand das Leben still. Wie Sirup ergoss sich Sonnenlicht über die Erde und glänzte auf dem Metall der Raffinerien und Lagertanks. Züge für den Öltransport standen auf den Nebengleisen, und jeder Öltank war mit seinem Bestimmungsort versehen: Frankfurt, Stuttgart, Dresden, München, Hamburg, Berlin.

Im Waggon, in dem die Pringles saßen, war abgesehen von einem gelegentlichen Ächzen und dem Summen der eingeschlossenen Fliegen kein Laut zu hören. Die dunkelblaue Sitzpolsterung roch nach Kohle und klebte an der Haut. Zwischen dem Staub auf den Fensterbrettern lagen Kohlekörnchen. Die anderen Insassen des Waggons waren Armeeoffiziere, die gelangweilt und schläfrig auf ihren Sitzen flegelten. Sie waren auf dem Weg an die Grenze, wo sie ein Land schützen sollten, das beinahe all seine Güter verloren hatte.

Guy saß mit seinem Rucksack voller Bücher zwischen den Knien in der prallen Sonne und schob sich immer wieder die Brille die schweißnasse Nase hinauf. Er bereitete einen Studiengang vor.

Die englischen Journalisten, die eingeflogen waren, um über die Abdankung zu berichten, waren noch immer in Bukarest, wo sie von einer Hiobsbotschaft nach der anderen aufgehalten wurden. Insgesamt waren acht Ölingenieure von der Eisernen Garde entführt worden. Einen hatte man tot (an einem Herzinfarkt gestorben, berichteten die Zeitungen) in einer Seitengasse in Ploesti aufgefunden. Der Rest überlebte, wenn auch durch die Misshandlungen gezeichnet.

An diesem Morgen hatte man den alten Minister, der es für vorteilhafter gehalten hatte, unter den Russen vereint zu bleiben, ebenfalls tot im Wald von Snagov entdeckt. Haare und Bart waren ihm ausgerissen und in den Mund gestopft worden. Zuletzt war er noch zum fanatischen Gardisten mutiert, aber das hatte ihn nicht gerettet.

Galpin verließ das Athénée Palace niemals. Wie ein Prophet, der seine schlimmsten Prophezeiungen wahr werden sieht, sagte er zu jedem, der die Bar betrat: «Jetzt ist die Frage nur noch: *Wer ist der Nächste?*»

Harriet schien es, als warteten sie alle auf den endgültigen Zusammenbruch, der sie möglicherweise auslöschen würde. Zumindest alle außer Guy. Da das neue Semester näherrückte, war er vollkommen in seine Vorbereitungen vertieft. Er schaffte es, beschäftigter zu sein, als er es je zuvor gewesen war. Harriet verbrachte indessen immer mehr Zeit mit Sasha. Wie Leute in einem Wartezimmer saßen sie auf dem Balkon und teilten Scherzgedichte, spielten Spiele auf Zetteln, erzählten sich alberne Witze und kicherten miteinander wie Kinder. Es blieb keine Zeit, sich mit ernsthafteren Dingen zu beschäftigen. Sie wusste, dass sie am Rande des Chaos balancierten, aber Sasha schien zu glauben, ihr Leben könne für immer so weitergehen, ereignislos und sorgenfrei.

Sie hatte sich danach gesehnt, die Hauptstadt zu verlassen, aber nun, da ihr Wochenende gekommen war, wuchsen ihre Befürchtungen. Alles Mögliche konnte geschehen, solange sie fort waren. Und was war mit Sasha, den sie in Despinas Obhut zurückließen? Während ihrer letzten Reise nach Predeal war das Kätzchen in den Tod gestürzt. Despina, die ihre Furcht nachfühlen konnte, versprach, niemandem die Tür zu öffnen. Sasha hingegen war von ihrer Abreise nicht beunruhigter gewesen als damals das Kätzchen.

Er sagte: «Wir haben eine Villa in Sinaia», und klang dabei, als stünde sie leer und warte auf die Rückkehr der Familie. «Ich kenne Predeal. Sarah ist dort zur Schule gegangen. Hannah wollte nicht – sie wollte bei Vater bleiben.»

Harriet erinnerte sich an das kleine Mädchen. «Ich konnte sehen, wie sehr sie deinen Vater vergöttert hat», sagte sie.

Sasha nickte. «Sie hat die ganze Nacht hindurch geweint, als er wieder geheiratet hat.»

«Hat dir das etwas ausgemacht?»

«Es hat uns allen etwas ausgemacht, aber Hannah am meisten. Wir wollten keine andere Mutter.»

«Du hast ihn sehr geliebt, nicht?»

«Wir haben ihn alle geliebt.» Sasha sah sich noch immer als Teil der Familie. «*Sie* wollte ihn uns wegnehmen», fügte er hinzu. «Sie war abscheulich, regelrecht bösartig.»

Harriet lachte. «Als Kind dachte ich, meine Tante sei eine böse Stiefmutter, aber jetzt ist mir klar, dass sie bloß dumm war. Sie hat alles ausgesprochen, was ihr in den Kopf kam. Im nächsten Moment hatte sie es vermutlich schon wieder vergessen und ging davon aus, dass ich es ebenfalls vergesse.»

Nach langer Verzögerung rollte der Zug aus Ploesti hinaus in ein Vorgebirge, in dem alte hölzerne Öltürme standen. Im Hintergrund lagen Bergwiesen, die jedoch bald von Felsen durchbrochen wurden und in die Landschaft aus Kiefern und grauem Schiefer übergingen, die für die niedrigeren Regionen der Transsilvanischen Alpen charakteristisch war.

Aus der abgestandenen, stickigen Luft des Waggons kommend, wurden die Pringles von der gläsernen Luft draußen überrascht. Sie war geruchlos in ihrer Reinheit und auf der Haut so kalt wie Äther. Sie wären am liebsten sofort losgewandert, doch zuerst mussten sie ihre Ankunft bei der Polizei melden. Der unrasierte und schmuddelige Polizist roch nach Knoblauch und schob eine Sammlung schmutziger Kaffeetassen zur Seite, um ihre Genehmigungen mit äußerster Gemächlichkeit abzustempeln. Nachdem es ihnen nun erlaubt war, sich nicht länger als eine Woche lang in Predeal aufzuhalten, trugen sie ihr Gepäck durch die lange Hauptstraße zum Hotel.

Der Ort mit seinem grauen, bergdörflichen Anstrich lag im Schatten, aber die Gipfel über ihnen waren noch ins rötliche Licht der Abendsonne getaucht. Feine Gletscher, die aussahen wie marmorne Venen, zogen sich die grauen Felsen hinunter. Weiter oben lag bereits Schnee. In diesen Höhen war der Herbst weit fortgeschritten. Die Buchenwälder hatten sich goldgelb und bräunlich verfärbt und bildeten helle Flecken im Schwarz der Fichten, wie zwischen das schwarze Fell der Fichten gestreute Löwenfelle.

Predeal war sowohl ein Winter- als auch ein Sommerurlaubsort und so hinter dem Mond, dass im Gemeindezentrum ein englischer Film angekündigt wurde.

Die Stille im Ort verunsicherte Harriet ein wenig. Sie hatte das Gefühl, dass es verrückt von ihnen gewesen war, in einer solchen Zeit die Hauptstadt zu verlassen. Sollte es zu einer Invasion kommen, würde sie hier niemand warnen. Doch Guy streckte die Arme aus und schüttelte die Sorgen eines ganzen Jahres in einem einzigen Augenblick ab. Er atmete tief die leichte und erfrischende Luft ein und sagte: «Das fühlt sich an, wie aus einem Nebel hinaus ins Licht zu fliegen.»

Ihr Zimmer war klein und kahl und hatte einen Ofen, der abends angezündet und mit Kiefernscheiten gefüttert wurde. Der Duft von Holzrauch kam ihnen entgegen, und Harriet empfand ihn als angenehm und tröstlich. Sie begann sich auf ihren Urlaub zu freuen. Sobald sie ihre Taschen abgesetzt hatten, gingen sie hinaus in die blaue, kühle Luft. Der Himmel changierte ins Türkise. In den Geschäften gingen die Lichter an. Die Dorfstraße hing am Berg wie eine Lichterkette. Nachdem die Läden schlossen, senkte sich eine winterliche Düsterkeit auf das Dorf. Es gab kein anderes Unterhaltungsangebot als das Kino, in dem der Film während einer Vorführung ein Dutzend Mal riss. Jede Reparatur wurde auf der Leinwand nummeriert und als «Pause» deklariert. In ihrem kleinen Skihotel packte Guy seine Bücher mit Gedichten und die Conrad-Romane aus und bereitete sich darauf vor, den Urlaub mit Arbeit zu verbringen.

An ihrem ersten Morgen suchte er sich einen Armvoll Bücher aus, die er mit in den öffentlichen Park nehmen wollte, und Harriet fragte: «Aber können wir nicht einen Spaziergang machen?»

«Später», versprach Guy. «Lass mich erst das Schlimmste hinter mich bringen.»

Sie könne ja, schlug er vor, der berühmten *confiserie* einen Besuch abstatten, deren vorausschauender Inhaber im Frühsommer riesige Zuckervorräte angelegt hatte. Nun kamen die Leute aus allen großen Städten angereist, um seine Kuchen zu essen.

Harriet war überrascht festzustellen, welche Gier sie bei seinen Worten überkam.

Guy suchte sich einen Platz in dem kleinen Ziergarten, dessen feuchtgrünes Gras in dem milden, diesigen Sonnenlicht mit rostbraunen Blättern übersät war. Es gab dort nichts zu sehen als ein paar Beete mit kleinen, ziegelfarbenen Dahlien. Harriet schlenderte über einen benachbarten Markt, auf dessen Boden sich Äpfel, Tomaten und schwarze Trauben häuften. Es standen ein paar der berüchtigten Laétši-Zigeuner herum – wilde Männer mit zottigem Haar und langen Bärten, die sie beäugten wie Kannibalen.

Die *confiserie* war überfüllt. Die Tische drinnen waren alle besetzt, und am Tresen drängten sich Menschen, die ihre Teller hoch über ihre Köpfe halten mussten. Draußen in der Nähe des Geländers gab es freie Stühle. Harriet verstand rasch, warum. Schon als sie sich setzte, standen die Bettler neben ihr, zwischen ihnen drei ausgemergelte Kinder in ölverschmierten Lumpen. Eines hatte ein verkrüppeltes Bein und humpelte, auf die Schulter eines kleineren Jungen gestützt, heran. Das dritte Kind, ein Mädchen, war auf einem Auge blind. Weiß und leer lag der Augapfel in der Höhle, wie eine Füllung aus Schweineschmalz. Die Kinder wurden von zwei Mädchen im Teenageralter nach vorn gedrängt, dann hörten sie mit ihrem «*Foame*»-Gewinsel auf und kicherten, als sei diese Belästigung einer Ausländerin zu komisch, um Worte dafür zu finden.

Harriet verteilte ihr Kleingeld, aber es war nicht genug, um sich freizukaufen. Die Kinder hörten nicht auf, neben ihr auf und ab zu hüpfen und zu jammern. Während sie darauf wartete, bedient zu werden, betrachtete sie einen kleinen grüngoldenen Käfer, der auf dem Geländer neben ihr auf ein Loch zukrabbelte. Wenn er nach rechts abbog, würden sie davonkommen. Er schlug den Weg nach links ein, und plötzlich hatte sie das Gefühl, in akuter Gefahr zu schweben. Der Appetit war ihr vergangen. Sie bestellte Kaffee. Beim Warten starrte sie hinaus auf die Straße und sah zu, wie ein Bauer ein

Pferd mit Karren aus einer gegenüberliegenden Gasse führte. Die Knochen des Pferdes staken heraus, und als das Tier die gepflasterte Hauptstraße erreichte, strauchelte es. Augenblicklich holte der Bauer mit der Peitsche aus und schlug der Kreatur auf die Augen. Die Hiebe erfolgten mit ungezügelter wütender Absicht.

Harriet sprang mit einem Schrei auf, zu entsetzt, um sich darum zu kümmern, was die anderen Gäste denken mochten. Als sie den Gehweg erreicht hatte, war es vorbei. Pferd und Bauer waren um die Ecke gebogen und die Straße hinunter verschwunden. Sie wusste, wenn sie ihnen folgte, wäre ihr Rumänisch nicht gut genug, um mit ihrem Protest Wirkung zu erzielen. Er würde ohnehin ignoriert werden.

Sie verwarf jeglichen Gedanken an Kuchen oder Kaffee und eilte zurück in den öffentlichen Park. Als sie bei Guy anlangte, war sie kaum in der Lage zu sprechen. Erstaunt über ihre Aufregung fragte er: «Was ist denn passiert?»

Erschöpft setzte sie sich und schluckte ihre Tränen hinunter. Sie hatte den Bauern lebhaft vor Augen, sein entmenschtes Gesicht bei seinem Gewaltausbruch, und sagte: «Ich halte es an diesem Ort nicht aus. Die Bauern sind widerwärtig. Ich hasse sie.» Sie wurde von ihren Gefühlen geschüttelt, als sie fortfuhr: «Überall in diesem Land müssen Tiere leiden – und wir können nichts dagegen tun.» Sie vergrub ihr Gesicht an Guys Schulter.

Er legte zur Beruhigung den Arm um sie. «Die Bauern sind viehisch, weil sie behandelt werden wie Vieh. Sie leiden selbst. Ihr Verhalten hat mit Verzweiflung zu tun.»

«Das ist keine Entschuldigung.»

«Vielleicht nicht, aber es ist eine Erklärung. Man muss versuchen, sie zu verstehen.»

«Warum sollte man versuchen, Grausamkeit und Dummheit zu verstehen?»

«Weil man selbst diese Dinge verstehen kann. Und wenn man sie versteht, kann man sie abschaffen.»

Er drückte ihre Hand, aber sie reagierte nicht. Um sie abzulenken, redete er weiter, aber sie blieb in sich gekehrt, zu erschüttert, um antworten.

Nach einer Weile griff er wieder nach seinen Büchern. «Warum machst du nicht richtig Urlaub?», schlug er vor. «Bei dem momentanen Wechselkurs sind wir recht wohlhabend. Hättest du nicht Lust, ein Schiff nach Athen zu nehmen?»

Ihr Gesichtsausdruck hellte sich ein wenig auf. «Du meinst, du würdest mit mir kommen?»

«Du weißt doch, das kann ich nicht. Inchcape möchte nicht, dass ich das Land verlasse. Und ich muss das nächste Semester vorbereiten. Aber das ist alles kein Grund, warum du nicht fahren solltest.»

Sie schüttelte den Kopf. «Wenn wir fahren, fahren wir zusammen.»

Nach dem Tee hatte Guy das Gefühl, für den Tag genug erledigt zu haben, und war bereit, einen Spaziergang zu machen. Als sie den Wald erreichten, spähte er durch die Reihen der Fichten und weigerte sich hineinzugehen. Er behauptete, dass seit Menschengedenken Bären darin lebten. «Bleiben wir auf der Straße. Das ist sicherer.» Die Straße führte sie über die Wälder hinaus auf ein nacktes Geröllfeld, auf dem es empfindlich kalt war. Der Himmel war von kleinen Wölkchen gesprenkelt, und hier und da hing Frost in der Luft wie gepudertes Glas. Zuerst dachte Harriet, von einem Lagerfeuer werde Asche herangeweht, dann stellte sie fest, dass es auf ihrer Haut schmolz. Voll Verwunderung sagte sie: «Das ist Schnee.»

Als sie das erste Schneefeld erreichten, drückte sie ihre Hand hinein und hinterließ einen Abdruck ihrer Handfläche und Finger. Da sie deutlich leichtfüßiger war als Guy, kletterte sie, beschwingt von der dünnen Luft, mit großem Tempo aufwärts, bis sie in der Stille der obersten Hänge ganz allein war. Sie hörte Guy rufen und erblickte ihn, als sie sich umsah, ein gutes Stück unter sich. Er sah aus wie ein unglücklicher Bär, der das lose Geröll auf dem Weg nicht überwinden konnte. Sie rannte hinunter, in seine Arme.

Sie kehrten ins Hotel zurück, das neben einer welligen Wiese voller kleiner Blumen stand. Während ihrer Abwesenheit hatte man einige Kühe auf die Wiese getrieben, und Guy blieb stehen, unwillig, zwischen ihnen hindurchzugehen. Tiere betrachtete er als potenzielle Feinde. Er traute den Bukarester Droschkenpferden nicht und hatte sich sogar vor Harriets rotem Kätzchen gefürchtet. Sie nahm seine Hand und zog ihn zu der Kuh, die am nächsten stand. Diese hob den Kopf, um sie anzustarren, hörte dabei jedoch nicht auf wiederzukäuen. Guy betrachtete das lose von einer Seite zur anderen gleitende Maul und sagte: «Diese Biester sind vermutlich gefährlich.»

Harriet lachte. «Ich liebe sie», sagte sie.

«Was, diese fürchterlichen Kreaturen?»

«Nicht nur die. Alle Tiere.»

«Wie kann man etwas lieben, das sich so sehr von einem selbst unterscheidet.»

«Wieso nicht? Ich liebe nicht nur mich. Ich glaube, ich liebe sie gerade dafür, dass sie anders sind als ich. Sie sind unschuldig. Sie werden gejagt, geschunden und geschlachtet von Menschen, die meinen, sie hätten ein gottgegebenes Recht, alles zu zerstören, was zu zerstören in ihrem Interesse liegt.»

Guy nickte. «Du willst sie beschützen. Das kann ich verstehen. Aber wieso diese große Liebe zu ihnen? Das erscheint mir nicht angemessen.»

Sie versuchte nicht, es zu erklären. Sie wusste, Guy glaubte, dass das Mitgefühl des Menschen für seinesgleichen das einzige Mitgefühl sei, das in diesem kalten Universum existierte. Sie aber sehnte sich nach dem Beweis für ein uneigennützigeres Mitgefühl, nach einer höheren Gerechtigkeit, die all diese gequälten und hilflosen Unschuldslämmer rächen würde. Zitternd vor Gefühlsüberschwang streckte sie die Hand nach der Kuh aus, die jedoch misstrauisch zurückwich.

Nach dem Abendessen bettete sich Guy auf die Kissen auf dem Bett und vertiefte sich wieder in seine Bücher. Harriet lag, von der Bergluft müde geworden, in seiner Armbeuge und fühlte sich an seinem warmen Körper wohl. Er unterbrach seine Lektüre, um zu sagen: «Zurzeit bekommst du Bella nicht viel zu Gesicht. Oder Clarence. Du hast in Bukarest so wenige Freundschaften geschlossen! Brauchst du keine anderen Menschen?»

Sie sagte: «Nicht, wenn ich dich habe – was nicht oft der Fall ist.»

«Du hast mich oft genug. Wenn du mich mehr hättest, wärst du gelangweilt.»

Sie blickte zu ihm auf, begriff, dass er das wirklich glaubte, und bestritt es mit einem Lächeln, aber er sah sie nicht an. Sie schloss die Augen und schlief ein.

Als sie am Sonntag zum Frühstück herunterkamen und Dobson an einem der Tische vorfanden, gab es ein großes Hallo. Guy wäre, das wusste Harriet, gleichermaßen begeistert gewesen, wenn der Neuankömmling irgendein anderer ihrer Bekannten gewesen wäre, und es hätte wahrlich ein Unerfreulicherer sein können als Dobson, der entzückt schien, sie zu sehen. Er war in der vorangegangenen Nacht in die Berge heraufgefahren, «um frische Luft zu schnappen», und hatte nur einen Tag in Predeal vor sich. Er schlug vor, gleich nach dem Frühstück zusammen einen Spaziergang zu machen.

Harriet überließ es Guy, sich eine Ausrede einfallen zu lassen, aber er war machtlos gegen die Einladung. Das lag nicht nur daran, dass sie ihm ein wenig schmeichelte, frischer Gesellschaft konnte er einfach nicht widerstehen.

Als sie das Hotel verließen, schlug Dobson vor, eine russisch-orthodoxe Kirche zu besichtigen, die ein paar Meilen entfernt lag. «Vielleicht bekommen wir sogar etwas Interessantes zu hören. Als ich letztes Mal dort war, hatte ich solches Glück. Sie haben für die Toten das *Kontakion* gesungen.»

Dobson war beinahe atemlos vor Vorfreude, sodass Guy nach nur kurzem Stocken sagte: «Na gut.» Gleichzeitig sah er Harriet an, als könnte sie ihn retten, doch sie sagte leicht ungehalten, sie könne sich nichts Schöneres vorstellen.

Sie ließen das Dorf hinter sich und erklommen einen steilen Weg zwischen kleinen Chalets und Villen hindurch. Der Pfad war staubig, rutschig durch die Feuersteine und von alten Kastanienbäumen beschattet, die mit ihren ockerfarben und rötlich verfärbten Blättern Sonnenschirme bildeten und den Schatten aufleuchten ließen. Der Erdboden unter ihnen war mit zertretenen Nüssen und Blättern bedeckt. In einem der Gärten stand ein riesiger Vogelbeerbaum, rotbraun beladen mit Beeren. Bei vielen der Villen waren die Fensterläden verschlossen und die Gärten verwildert, als seien sie den ganzen Sommer über nicht besucht worden.

Der Pfad wurde schmaler und ließ die Häuser hinter sich. Sie erreichten ein Plateau, das sich bis zu den Vorgebirgshügeln in der Ferne erstreckte. Schweigend gingen sie über das kurze Gras, das gräulich aussah und in dem Glockenblumen und Skabiosen sprossen.

Dobson plauderte lässig und angenehm mit ihnen. Harriet fand seine Anwesenheit in Predeal beruhigend. Es stimmte zwar, dass er als Diplomat weniger zu befürchten hatte als sie, aber es war unwahrscheinlich, dass er Bukarest verlassen hätte, wenn unmittelbare Gefahr drohte. Harriet begann sich mit ihren zwei Tagen Abstand von den Spannungen in der Hauptstadt wie eine Patientin zu fühlen, die man nach einer Operation erstmals aufgesetzt hat. Guy fragte, ob seit ihrer Abreise aus Bukarest etwas geschehen sei.

«Na ja», sagte Dobson, «am Freitag hat sich ja, das wissen Sie sicher, Calinescus Todestag gejährt. Die Gardisten sind den ganzen Tag über herummarschiert.»

Nun kam die Senke in Sichtweite, in der zwischen Bäumen die goldenen Kuppeln der russisch-orthodoxen Kirche glänzten.

Abrupt wechselte Dobson das Thema. «Dieses Kloster wurde von einer russischen Prinzessin gegründet, einer Äbtissin, die hier nach der Revolution mit einer Gefolgschaft aus Nonnen herkam. Königin Marie gab ihnen das Land. Sie versammelten einen Haufen Flüchtlinge um sich, viele von denen leben noch. Über diese Gemeinschaft kursieren ein paar düstere Geschichten voller Intrigen und Morde. Was für einen Roman man daraus machen könnte!»

Die Pringles hatten Dobson als einen angenehmen Mann kennengelernt, der sie und ihre Ausweisungsbescheide mit einer nebulösen Heiterkeit behandelte. Nun kamen sie in den Genuss seines engagierten Charmes und fanden ihn reizend.

Harriet betrachtete ihn, wie er so vor ihr herging mit seinem Hohlkreuz, den abfallenden Schultern, seinem runden

Hinterteil, das sich mit jedem Trippelschritt hob und senkte, und sie fragte sich, wieso sie einmal entschieden hatte, dass es schwer sein würde, ihn wirklich kennenzulernen. Wie konnte jemand ungezwungener sein? Und damit bot sich, kam es ihr in den Sinn, die Gelegenheit, sich für Sasha einzusetzen! Und doch zögerte sie – beinahe ohne zu wissen warum.

Sie hatte Foxy Leverett instinktiv vertraut. Obwohl er ein Draufgänger und recht lax gewesen war, war er ihr wie ein geborener Liberaler vorgekommen. Mit Dobson war es bei aller Leutseligkeit etwas anderes. Angenommen, sein Diplomatenkodex verlangte von ihm, den Jungen zu verraten? Also sagte sie lieber nichts und fürchtete, Guy könnte ihn darauf ansprechen. Guy jedoch erwähnte Sasha nicht und verschwendete vermutlich keinen Gedanken an den Jungen.

Sie stiegen in die Senke hinab, wo die Luft schwül und warm war und das hohe, federige Gras noch taufeucht. Dobson führte sie in den Schatten eines alten Apfelgartens, wo außer dem Summen der Wespen und dem Knarren der sich unter der Last der Früchte biegenden Äste kein Laut zu hören war. Sie stapften durch einen Kompost aus fauligen Früchten und erreichten ein flaches Feld, durch das ein Fluss floss, dessen Ufer auf einer Höhe mit dem Wasser waren. Die Kirche stand inmitten silberner Birken, mit Blättern, gelblich wie Zitronenholz. Für Harriet gemahnte nicht nur die Kirche an Russland, sondern auch der das Licht zwischen den Birken spiegelnde Fluss und die in einem rotgoldenen Nebelschleier um das Gebäude gruppierten Bäume. Dies war kein abschreckender Ort, aber er war eigenartig. «Ein fernes Land», dachte sie, wenn sie auch nicht hätte sagen können, von wo aus betrachtet es in der Ferne lag. In diesem Land waren sie, egal wo sie sich befanden, weit weg von zu Hause.

Sie überquerten die Brücke und schlugen den Weg zum Kloster ein. Die steinerne Kirche und das Hauptgebäude waren von tristen hölzernen Baracken umgeben, den Unterkünften der Laiengemeinschaft. Vier in Schwarz gekleidete Frauen kamen, schwarze Tücher eng um den Kopf gebunden, einen Weg entlang auf die Kirche zu, wobei jede zu den anderen einigen Abstand hielt. Die erste von ihnen, eine sehr dünne alte Dame, starrte die Besucher interessiert an, und ihr von Leiden gezeichnetes, zerknittertes, zahnloses Gesicht nahm einen schmeichlerischen, listigen Ausdruck an. Sie machte einen halben Knicks vor ihnen und wandte sich dann zur Kirche.

Guy blieb mit unbehaglich verzogenem Gesicht stehen, doch Dobson ging weiter, ohne sich umzusehen, und trat durch die schwere Holztür ein.

Harriet sagte: «Komm, Darling, lass uns den Innenraum ansehen», und führte ihn hinter Dobson her. Sie erhaschte jedoch nur einen kurzen Blick auf den kerzenerleuchteten Kirchenraum, in dem ein Priester mit erhobenen Händen über zwei vor ihm auf dem Boden liegenden Nonnen, die aussahen wie schwarz gekleidete, umgestürzte Puppen, Gesten vollführte. Guy keuchte auf und ergriff die Flucht, wobei er die Tür hinter sich zufallen ließ. Die alten Frauen der Gemeinde drehten sich um, der Priester blickte auf, selbst die Nonnen auf dem Boden regten sich.

Zu Tode erschrocken eilte Harriet hinter ihm her. Bevor sie ihn schelten konnte, ging er auf sie los. «Wie konntest du nur diesen abscheulichen Ort betreten, solange darin dieser faule Zauber vonstattengeht?»

Wenige Minuten später kam mit ausdrucksloser Miene Dobson herausgeschlendert, – doch auf dem Heimweg war er nicht mehr in Plauderlaune.

Harriet wanderte schweigend und sagte kein Wort. Ihr war bewusst, dass Guy durch sein Verhalten möglicherweise die gesamte mächtige Welt der Gesandtschaft gegen sich aufgebracht hatte. Guy war ebenfalls still, was vermutlich eine Reaktion auf die Szene war, die ihn in der Kirche so abgestoßen hatte.

Der Rückweg führte sie durch eine schäbige Gegend mit ungepflegtem, struppigem Gras, in der klapprige Chalets als Pensionen und private Sanatorien deklariert waren. Die Straße querte ein klares Bächlein, das verrostete Dosen und alte Matratzen überspülte. Harriet blieb stehen, um hinunterzusehen, und Dobson, dem ihr Missbehagen vielleicht bewusst war, lehnte sich neben sie an die Brüstung und sagte: «Wenn Sie eine große Dame des ausgehenden achtzehnten Jahrhunderts wären, Lady Hester Stanhope zum Beispiel, stünden Sie jetzt an der Grenzlinie zwischen Österreich und dem Osmanischen Reich.» Als Harriet bei dem Vergleich leicht rosa anlief, beschwichtigte Dobson sie mit einem bewundernden Lächeln.

Er gesellte sich beim Lunch und beim Tee zu ihnen. Nach dem Tee lud er sie ein, mit ihm nach Sinaia zu fahren.

Als er den Wagen aus der Hotelgarage holte, stellte sich heraus, dass es sich um Foxy Leveretts De Dion-Bouton handelte. Er hatte, golden abgesetzt, die Farbe von Clairet und eine kleine, eckige Kühlerhaube. Seine lange Karosserie öffnete sich wie eine Tulpe und gab weinrote Sitzpolster aus eng geknöpftem Leder frei. Die Scheinwerfer aus Messing und die große Hupe waren blitzblank poliert. Dobson betrachtete den Wagen mit einem zufriedenen Lächeln. «Ich denke, er schafft es dorthin», sagte er. «Er ist in hervorragendem Zustand.»

Auf der Straße nach Sinaia erwies Dobson sich als so redselig wie eh und je. Indem er über die Hochebene auf einige kahle, aschgraue Berge zeigte, fragte er: «Haben Sie jemals solch niederträchtige Gipfel gesehen? Sie sehen aus, als hätten sie etwas zu verbergen, nicht wahr? Unter den Bauern hier haben sie einen schlechten Ruf. Ich weiß noch, als Foxy und ich letzten Winter hier waren, haben wir uns gedacht, probieren wir doch diese Berge einmal aus. Als wir unserer Köchin Ileana sagten, wohin wir wollten, fiel sie auf die Knie und stieß ein regelrechtes Geheul aus. ‹Nein, *domnuli*, niemand geht dort hinauf. Das ist verfluchtes Land.› Sie schluchzte die ganze Zeit, in der sie uns unsere Brote schmierte, vor sich hin. Dann küsste sie uns die Hände, als sei sie sicher, dass sie uns niemals wiedersehen würde.

Wir sind jedenfalls hingefahren und haben einen langen Aufstieg bewältigt – sie sind höher, als sie aussehen. Der Schnee war phantastisch. Als wir auf dem Gipfel ankamen, sagte Foxy: ‹Wie lächerlich zu behaupten, dass hier nie jemand herkommt. Schau dir diese Hundespuren an.› Dann haben wir es kapiert. Wir haben uns die Skier angeschnallt und sind diesen Berg hinuntergerast. Als wir zurückkamen, hatte Ileana alle Köchinnen aus der Nachbarschaft zu einer Totenwache für uns zusammengetrommelt. Sie haben sich die Seelen aus dem Leib geschrien, als sie uns erblickten. Sie dachten, wir wären Geister.» Beim Erzählen hatte Dobson beschleunigt, und nun deutete er stolz auf die Anzeige. «Fünfundsechzig Sachen», sagte er. Der Wagen zitterte unter dieser Leistung.

Das Gespräch drehte sich nun ausschließlich um Foxy. Wie Foxy in den Westkarpaten den Bären getötet hatte, wie Foxy im Delta Enten geschossen hatte, wie Foxy eine Rekordzahl an Alpenschneehühnern erlegt hatte.

Harriet platzte heraus: «Ich hasse diese Jagerei.»

«Ich auch», pflichtete ihr Dobson fröhlich bei, «aber es ist ganz schön, ein wenig Geflügel in der Vorratskammer zu haben. Dann hat man etwas zu knabbern, wenn man spät nach Hause kommt.»

Sie fuhren an Bauern auf einem Wagen vorbei, die auf den De Dion-Bouton zeigten. Die Männer brüllten vor Lachen, die Frauen kicherten hinter vorgehaltenen Händen.

Dobson stimmte in ihr Lachen ein und sagte: «Das hätte Foxy aber gefallen.» Dann fuhr er mit seiner Grabrede auf seinen Freund fort – den Jäger, Playboy und Spaßvogel der Gesandtschaft. «Er war der weltbeste Kerl! Wir haben uns auf dem Boulevard Carlo eine Wohnung geteilt.» Im Folgenden beschrieb er, wie Foxy geübt hatte, mit einem Revolver zu schießen, indem er eine Louis-XIV-Uhr als Zielscheibe benutzt hatte. Eines Nachts schoss er in die Decke und jagte eine Kugel in das Bett des Vermieters, woraufhin dieser sagte: ‹Wenn es sich um irgendjemand anderen als Sie gehandelt hätte, Domnul Leverett, hätte ich gesagt: Jetzt reicht es.›»

Die Straße war von Gartenrestaurants gesäumt. Alles wirkte sehr städtisch, aber sobald der Wagen von der Hauptstraße abbog, kamen sie in eine wilde Landschaft voller steinerner, moosbewachsener Kuppen. Abgesehen von ein paar Wacholderbüschen gab es kaum Vegetation. In jeder Senke zwischen den Kuppen lag dunkel und bewegungslos ein kleiner See.

Dobson hielt, und sie machten einen Spaziergang über den Ascheboden zwischen den Felsen. Um die Seen wuchs ein wenig Gras, auf dem ein paar magere Kühe grasten. Guy zeigte auf eine von ihnen und sagte: «Harriet behauptet, diese Kreaturen zu lieben.»

Dobson stieß sein unbefangenes Lachen aus. «Sie ist aber doch bereit, sie zu essen», entgegnete er, und Harriet starrte auf ihre Füße, ihr Dilemma war ihr nur allzu bewusst.

Guy legte ihr einen Arm um die Schultern und hänselte sie. «Komm schon, sag uns, warum du sie liebst.»

Verärgert darüber, dass er sie vor Dobson so bloßstellte, antwortete sie trotzig: «Weil sie unschuldig sind.»

«Und wir sind schuldig?»

Sie zuckte mit den Schultern. «Sind wir das nicht? Wir sind menschliche Tiere, erhalten uns auf Kosten unserer Menschlichkeit am Leben.»

Guy drückte ihre Schulter. «Schuldgefühle sind eine Krankheit des Geistes», sagte er. «Sie sind uns von denen eingeredet worden, die an der Macht sind. Was sie damit beabsichtigen, ist, die Natur des Menschen aufzuspalten und gegen sich selbst zu richten. Das erlaubt einer Minderheit, über eine Mehrheit zu herrschen.»

Dobson lächelte höflich und hielt sich demonstrativ aus der Unterhaltung der Pringles heraus, aber Harriet war sich sicher, dass er genau zuhörte, und ermutigte Guy nicht zu weiteren Aussagen zu diesem Thema.

Als der Abend anbrach, fuhren sie nach Sinaia hinein. Dobson schlug vor: «Essen wir einen Bissen, bevor wir unser Glück wagen.» Er sah es als gesichert an, dass die Pringles genauso freudig wie er selbst dem Abend im Casino entgegenfieberten, um dort Geld zu verlieren.

Das Casino war um eine Erhabenheit bemüht, die von südosteuropäischer Gleichgültigkeit und den rauen Steilhängen über ihren Köpfen geschmälert wurde. Nach Einbruch der Dunkelheit war die Luft kühl geworden. Die gelben Glühlampen, die den Garten des Casinos erhellten und deren Licht auf Felsen und Bäume und die schwankenden Spitzen von Pampasgras fiel, vermochten die Trübseligkeit des schwindenden Jahres nicht zu vertreiben. Die Wege glitzerten feucht.

Die große Eingangshalle war menschenleer. Sämtliche Gäste befanden sich im Hauptsalon, wo nur ein Tisch in Benutzung war. Erleuchtet von tiefhängenden Lampen mit grünen Schirmen saßen die Spieler konzentriert und schweigend in dämmrigem Licht um den Tisch.

Dobson setzte sich auf einen Platz. Guy stellte sich hinter ihn und verfolgte das Spiel, Harriet hingegen schlich auf Zehenspitzen zum Tischende, von wo sie die Reihe der Gesichter im Blick hatte, die das Rouletterad nicht aus den Augen ließen. Sie dachte: «Was für eine Ansammlung von komischen Vögeln!» Sie kamen ihr vor wie aus ihren Stühlen wachsende Pilze. Ein Mann, dessen Schultern außerordentlich breit waren, der aber kaum fünfzig Zentimeter über die Tischplatte hinausragte, hatte ein formloses Pudding-Gesicht, das ungesund glänzte. Neben ihm saß ein uraltes weibliches Skelett, dessen Mund schief offen stand. Der Kopf eines Mannes war abnorm groß, als läge ein Fall von Gigantismus vor. Hier und da waren Gesichter zu sehen, die auf geisterhafte Weise weder alt noch jung waren.

Harriet kam es so vor, als existierten diese Leute mit ihrer Stubenhockerblässe in diesem fensterlosen Raum, der tags wie nachts künstlich erleuchtet wurde, in einer eigenen Welt, die sich des Krieges, des Regierungswechsels oder der drohenden Invasion nicht bewusst war, ja die sich einer Außenwelt grundsätzlich nicht bewusst war. Sie würden wohl nicht einmal bemerken, wenn der Jüngste Tag über ihnen anbräche. Die Großartigkeit des Lebens reduzierte sich für sie auf eine kleine Kugel, die in einer hölzernen Schüssel kreiste.

Die Kugel rollte in eine Kerbe. Eine Regung, etwas wie ein Seufzen, durchlief die Spieler. Darauf folgte eine so vollkommene Stille, dass Harriet plötzlich genauso wie vermutlich auch die Spieler spüren konnte, dass jeder Konflikt, den es womöglich irgendwo gab, zu weit entfernt war, um von Belang zu sein.

Der Rechen des Croupiers tauchte im Lichtkegel auf und zog die Chips heran. Niemand lächelte oder ließ Besorgnis oder Freude erkennen, doch als ein Spieler seinen Einsatz platzierte und dabei aus Versehen den eines anderen berührte, brach zwischen ihnen ein Streit los, kurz, aber heftig, wie zwischen Schwachsinnigen.

Die Kugel wurde erneut ins Rollen gebracht. Harriet trat einen Schritt vor, um besser sehen zu können, und sofort drehte sich der Mann auf dem Stuhl vor ihr gereizt um; dass sie ihm so nah war, störte ihn. Sie schlich auf Zehenspitzen weiter.

Als sie die andere Tischseite erreichte, sah sie zu Dobson hinüber und bemerkte, dass Guy nicht mehr da war. Er hatte in dem düsteren, leeren Raum jenseits des Tisches einen Gesprächspartner gefunden. Als sie bei ihm ankam, stellte sie fest, dass er mit Inchcape und Pinkrose zusammenstand. Er sprach mit seiner üblichen Lebhaftigkeit, während Inchcape mit gesenktem Kopf und in die Hosentaschen geschobenen Händen auf den Fersen vor und zurück wippte. Pinkrose hielt sich etwas abseits und betrachtete Guy mit einem Gesichtsausdruck, der Harriet verriet, dass das Gieseking-Konzert nicht so schnell in Vergessenheit geraten würde. Inchcape blickte auf.

«Ha! Da sind Sie also!», sagte er, als sie näherkam. «Gehen wir und besorgen uns einen Drink.» Er ging voraus, blickte sich aber nach Harriet um, und als sie zu ihm aufschloss, fragte er: «Genießen Sie Ihren Urlaub?»

«Sehr. Und selbst?»

«Fragen Sie nicht.» Er senkte die Stimme. «Ich konnte den alten Mann noch nie ausstehen.»

«Warum haben Sie ihn dann nach Rumänien eingeladen?»

«Wer wäre in diesen Zeiten sonst schon gekommen? Was haben Sie für einen Eindruck von ihm?»

«Also ...» Harriet wich der Frage aus, indem sie sich erkundigte: «Warum ist er Guy gegenüber so misstrauisch, frage ich mich.»

«Der!» Inchcape schnaubte amüsiert und verächtlich. «Er würde selbst dem Lamm Gottes misstrauen.»

In der Bar, die groß, düster, kahl und abgesehen von dem Barkeeper leer war, berichtete ihnen Inchcape, er habe Jetons im Wert von fünftausend *Lei* verloren. «Das war mein Limit», sagte er. «Aber was Pinkrose hier angeht: Der alte Geizhals war nicht zu bewegen, auch nur einen einzigen *leu* zu setzen.» Er wandte sich an Pinkrose. «Du bist ein knauseriger alter Griesgram, stimmt's?» Er knuffte Pinkrose gegen die Schulter. «Stimmt's?», beharrte er und starrte ihn mit drolliger Entrüstung an.

Pinkrose, der mit eng nebeneinander aufgestellten Beinen und parallel ausgerichteten Füßen dasaß und seine kleinen wächsernen Hände vor dem Bauch gefaltet hatte, lächelte unbestimmt und fasste Inchcapes Flachserei offenbar als eine Art von Bewunderung auf, was sie vielleicht auch war.

In der Bar war es kalt. Die Fenster hatten den Tag über offen gestanden und waren noch immer geöffnet. Sie ließen feuchte, eisige Windstöße herein. Pinkrose begann hin- und herzurutschen. Er zog seine Schals enger um sich und sah unglücklich aus, doch bevor er etwas sagen konnte, kam der Kellner auf sie zu.

«Ich verstehe das», sagte Inchcape nachsichtig und bestellte. «Deshalb trinken wir hier heiße *țuică*. Wir feiern den kommenden Winter. Ich halte gerne Winterschlaf. Die nächsten sechs Monate werde ich Henry James widmen.»

Die *ţuică* wurde in kleinen Teekannen serviert. Wenn man den Schnaps zusammen mit Zucker und Pfefferkörnern erhitzte, verlor er seine Schärfe und schmeckte viel milder. Pinkrose fuhr zurück, als die Kanne vor ihm abgesetzt wurde, und sagte: «Nein, wirklich, ich glaube eher nicht.»

«Ach, trink schon», sagte Inchcape so ärgerlich, dass sich Pinkrose einen Schluck in seine Tasse goss und daran nippte.

«Hmmm», machte er und gab kurz darauf zu: «Angenehm wärmend.»

Auf der Suche nach ihnen kam Dobson herein, und als er sich setzte, fragte Guy: «Hatten Sie Glück?»

«Nein», berichtete er ihnen bester Dinge. «Aber man rechnet ja auch nicht damit zu gewinnen. Man spielt, weil es Spaß macht. Du meine Güte!» Er streckte seine Beine aus und fuhr sich mit einem Seidentaschentuch über die Glatze. «Wie man sich nach einem normalen Leben sehnt! Ich bin nicht mehr so jung wie früher, aber ich wäre außer mir vor Begeisterung, wenn ich die Augen schließen, sie dann wieder öffnen und mich auf einem Ball im Dorchester oder Claridge's wiederfinden könnte!» Er lächelte in die Runde und hegte nicht den geringsten Zweifel daran, dass sich die anderen über eine solche Möglichkeit ebenso freuen würden wie er selbst. «Wie die Dinge liegen» – sorgfältig faltete er sein Taschentuch und steckte es weg –, «muss ich morgen wieder ackern.» An Pinkrose gewandt erkundigte er sich freundlich: «Bleiben Sie noch lange?»

Pinkrose zuckte zusammen, als sei das eine unentschuldbar persönliche Frage. «Das kann ich wirklich nicht sagen», antwortete er.

Inchcape sagte: «Ach, er wird sich bald aus dem Staub machen.» Er warf Pinkrose einen anzüglichen Blick zu und wiederholte, als wäre sein Freund taub: «Ich habe gerade gesagt, du wirst dich bald aus dem Staub machen.»

«Gott im Himmel! Ich bin doch gerade erst angekommen!», sagte Pinkrose. «Es musste eigens für mich ein Reiseweg organisiert werden, und ich gehe davon aus, dass das auch bei der Rückreise der Fall sein wird.»

«Wer, denkst du, wird das organisieren?», fragte Inchcape.

Pinkrose ignorierte seine Frage und fuhr fort: «Und was ist mit meiner Vorlesung, das würde ich gerne wissen. Ist es nicht an der Zeit, dass du dafür einen Termin festlegst?»

«Wir werden von der Vorlesung Abstand nehmen müssen.»

«Von der Vorlesung Abstand nehmen? Ist das dein Ernst, Inchcape? Ich plane einen Überblick über unsere Dichtung von Chaucer bis Tennyson. Die Hauptverwaltung ist der Ansicht, dass das erheblichen Einfluss auf die rumänische Politik haben wird.»

Inchcape lachte durch zusammengebissene Zähne. «Mein Bester, es hätte nicht einmal einen Einfluss auf die rumänische Politik, wenn Chaucer selbst herkäme. Nicht einmal wenn Byron käme, wenn Oscar Wilde persönlich käme, würden sie ein Publikum finden für eine Vorlesung über englische Literatur.»

«Willst du damit andeuten, dass ich, ohne meinen Vortrag gehalten zu haben, abreisen soll? Da würde ich mich schön lächerlich machen! Was würden die Kollegen sagen?»

«Erzähl ihnen, dass du zu lange gewartet hast. Du hättest vor sechs Monaten herkommen sollen.»

«Vor sechs Monaten war ich nicht eingeladen.» Pinkroses Unterlippe zitterte. Einen Moment lang sah er so aus, als würde er gleich in Tränen ausbrechen, dann lächelte er plötzlich. «Aber du verkohlst mich, wie man so schön sagt. Du nimmst mich auf die Schippe, oder?» Er blickte sich fragend in der Runde um, doch niemand sagte etwas.

Harriet hatte eine eigene Frage: «Wenn schon niemand zur Cantacuzino-Vorlesung kommt, wer wird dann zu Guys Seminaren kommen?»

«Das ist etwas anderes. Die Studenten sind jung, loyal, ohne feste Überzeugungen, lernbegierig ... Aber es geht auch um die Außenwirkung. Wir müssen öffnen.»

«Soll Guy die Fakultät alleine am Laufen halten?»

«Also, wenn die Studenten in voller Zahl erscheinen, übernehme ich vielleicht ein Seminar für ihn.»

Ein langes Schweigen entstand. Harriet hatte das Gefühl, noch mehr sagen zu müssen, aber das warme, süße Getränk entband sie allmählich von ihren Sorgen. Was spielte es für eine Rolle, wenn das hier nicht die beste aller möglichen Welten war? Vielleicht kam das Beste ja erst noch.

Dobson gähnte und verkündete, dass er einen kurzen Urlaub in Sofia machen werde. «Ich will ein paar Opern hören», sagte er.

Guy wandte sich an Harriet. «Warum fährst du nicht mit?», schlug er vor.

Harriets flüchtiges Glück war verflogen. Ein paar Augenblicke lang war sie zu peinlich berührt, um zu sprechen, dann protestierte sie: «Darling, du bist wirklich merkwürdig. Was bringt dich auf den Gedanken, dass Dobbie mich mit nach Sofia nehmen möchte?»

Dobson setzte sich auf und versicherte: «Ich wäre hocherfreut.»

«Natürlich», sagte Guy, der daran nie gezweifelt hatte. Er sah Dobson an und erklärte: «Die Situation hier wird zu viel für sie.»

«Das hätte ich nie vermutet.» Dobson lächelte, als wäre Guy einfach nur albern. «Und das ist er auch», dachte Harriet. Sie ärgerte sich besonders darüber, dass die Frage ihrer Abreise, nachdem sie sie ein für allemal abschlägig beantwortet hatte, nun wieder aufgebracht worden war.

Pinkrose hatte seine Kanne *țuică* ausgetrunken, und seine Augenlider waren schwer geworden. Er sackte ein Stück nach vorn, schrak zusammen, richtete sich wieder auf und sagte: «Ich werde mich ins Hotel zurückziehen. Ich gehe gerne früh schlafen.»

«Ja.» Inchcape erhob sich und sagte entschlossen: «Ins Bett. Wohin soll man in diesem barbarischen Winkel Europas sonst gehen?»

Draußen fegte ein winterlicher Wind zwischen den Bäumen hindurch. Dobson stellte fest, dass Inchcape und Pinkrose am nächsten Morgen ebenfalls zurück nach Bukarest wollten, und bot an, sie mitzunehmen. Inchcape war geneigt anzunehmen, doch als Pinkrose den De Dion-Bouton erblickte, schüttelte er entschieden den Kopf. «O nein! Meine Güte, nein! Ich könnte niemals in einem offenen Wagen fahren.»

«Ach, du alter Spielverderber!» Inchcapes Gereiztheit überstieg nun seine Duldsamkeit, und er versetzte Pinkrose einen Stoß, der ihn zum Taumeln brachte, die Hauptstraße hinunter, auf das erste Hotel am Platz zu.

Die Fahrt zurück nach Predeal war sehr kalt. Harriet war deprimiert und fand Guy unmöglich. Als sie in ihr Zimmer kamen, legte er, da er ihre Reserviertheit bemerkt hatte, den Arm um sie und sagte: «Keine Sorge. Uns passiert nichts.»

«Ich mache mir keine Sorgen», erwiderte sie kalt.

«Dir tut es also nicht leid, dass du mit mir nach Rumänien gekommen bist?»

Sie schüttelte den Kopf, trat jedoch aus seiner Umarmung zurück.

«Tut es dir leid, dass du mich geheiratet hast?»

Offenbar hatte er Bestätigung nötig, denn als sie «manchmal» sagte, sah er sehr betrübt aus. Er fragte: «Hast du das Gefühl, dass du eine andere Sorte Mann brauchst als mich?»

«Vielleicht.»

«Wen? Clarence?»

«Du lieber Himmel, nein. Nein, niemanden, den ich kenne. Vielleicht niemanden, den ich jemals kennenlernen werde.»

Bedrückt fragte er: «Du meinst, du liebst mich nicht mehr?»

«Das meine ich nicht, aber ich bin mir nicht sicher, ob du besonders geliebt werden möchtest. Du möchtest Raum haben für viele andere Menschen und Dinge.»

«Ich muss eben arbeiten», protestierte er. «Ich muss mich mit Leuten treffen, in Bewegung sein. Du bist doch auch in Bewegung ...»

«Ja, es ist ein großes Geben und Nehmen. Du lässt mich bereitwillig so viel Zeit mit anderen Menschen verbringen, wie ich will: Clarence zum Beispiel oder Sasha. Das verschafft dir Freiheit, und du weißt, du gehst damit kein Risiko ein. Du denkst, ich würde dich nie verlassen, großartig, wie du bist.»

Er starrte sie verletzt an und erweckte den Anschein, als sei das alles zu viel für ihn, und sie begriff, dass sie auf unterschiedlichen Ebenen miteinander sprachen. Er war rational, sie emotional. Sie hätte ihm gern Egoismus vorgeworfen, ihm nachgewiesen, dass sein Wunsch nach ständigem Kontakt mit der Außenwelt für Untreue und Maßlosigkeit stand, doch ihr war klar, dass er niemals verstehen würde, was sie meinte.

«Du hast noch nie gesagt, dass du unzufrieden bist.»

«Nicht?» Sie lachte. «Die Wahrheit ist ein Luxus. Wir können ihn uns nur hin und wieder leisten.»

Er lachte ebenfalls, seine Niedergeschlagenheit war augenblicklich verflogen. Zufrieden und schief summend machte er sich bettfertig.

Dobson war abgereist, bevor die Pringles zum Frühstück herunterkamen. Die Kälte der vorangegangenen Nacht war der Vorbote eines Wetterwechsels gewesen. Der Himmel war bewölkt. Weißer Nebel lag zwischen den Berggipfeln wie Watte. Alles draußen sah trüb und nass aus.

Das Hotel war trostlos in seiner Düsterkeit. Am Morgen hatte man die Zentralheizung angestellt, aber bislang hatte sie nicht mehr bewerkstelligt, als die Luft mit dem Geruch nach Öl und Rost zu erfüllen. Im Hauptsaal fühlten sich die nackten Holzstühle und Bambustische klamm an. Von den Rohrkolben, die in Töpfen herumstanden, ging ein muffiger Geruch aus.

Draußen begann es zu nieseln. In Bukarest dachte niemand an Regen, und die Pringles waren angereist, ohne darauf vorbereitet zu sein. Mit den Worten: «Heute willst du ja wohl nicht spazieren gehen», machte es sich Guy mit seinen Büchern bequem.

Harriet wünschte, sie wären mit Dobson zurückgefahren. Obwohl ihre Rückkehr ihr vorkam wie ein Kopfsprung in einen köchelnden Hexenkessel, freute sie sich doch auf die Wärme und die Zerstreuungen der Hauptstadt. Außerdem machte sie sich Sorgen um Sasha.

Während sie Guy zusah, der sich zufrieden auf ein Seminar vorbereitete, für das es vielleicht keine Studenten geben würde, fragte sie sich, wo für ihn die Grenzen der Realität waren.

Man konnte ihn durch das Plausible in die Irre führen, durch Selbstbetrug täuschen, mit Zweitklassigem beeindrucken, natürlich alles im Namen der Nächstenliebe. Aber war eine solche Nächstenliebe wirklich wohltätig?

Früher einmal hatte sie sich darüber geärgert, wenn andere ihn kritisierten. Nun übte sie selbst Kritik. Und was noch überraschender war, sie konnte sich in seiner Gegenwart langweilen.

Und doch berührte er ihr Herz, wie er dort saß und mit keinerlei Kritik oder Langeweile rechnete – ein freigiebiger Mann von durch und durch gutartigem Wesen. Sie dachte über den Prozess der Auseinandersetzung und Ernüchterung nach, den eine Ehe darstellte, und ihr wurde klar, dass man sich nichtsahnend darauf einließ, um dann eines Tages nichtsahnend festzustellen, dass man darin gefangen war.

23

Bukarest war, als sie dort ankamen, ebenfalls nass und nicht mehr warm. Die Straßen wirkten trist. Der Wohnblock, der so entworfen war, dass er das Sonnenlicht reflektierte, sah in der grauen Luft fleckig und fahl aus. Dies war ein Tag wie damals jener von Calinescus Beerdigung, der wie eine Drohung in das verblassende Leuchten des Sommers einbrach.

Sobald sie die Wohnung betraten, hörten sie Sasha *We're Gonna Hang Out the Washing on the Siegfried Line* spielen, und Harriet begriff, dass sie auch zu ihren alten Ängsten zurückgekehrt waren, und der Klang der Mundharmonika erleichterte und verstimmte sie gleichzeitig. Das Instrument schien ihr für Sashas unhinterfragte Überzeugung zu stehen, dass sie ihn behüten würden. Sie ging mit dem Vorsatz in sein Zimmer, ihn dafür zu schelten, dass er seine Zeit so verschwendete, doch er blickte mit so viel Freude über ihre Rückkehr auf, dass sie ihren Ärger vergaß.

Lieber Junge,
hier glaubt man, ich wäre ein Spion oder so etwas, und will mich mit Schimpf und Schande davonjagen. Wohin nun? Das frage ich mich. Wie ich höre, ist Bukarest voller Nazis, die mit Lei *nur so um sich werfen. Wenn einer von ihnen sich um den Hispano bemüht, ergreifen Sie die Gelegenheit. Vergessen Sie nicht Ihren armen, alten, verzweifelten Jaki.*

Das Telefon klingelte. Mit Dringlichkeit in der Stimme sagte Clarence, er sei froh, dass sie zurück seien, er werde gleich herüberkommen. «Ja, bitte komm», erwiderte Harriet, dankbar für eine Ablenkung von der freudlosen Antiklimax ihrer Rückkehr.

Als Clarence die Wohnung betrat, war augenblicklich klar, dass er wichtige Neuigkeiten im Gepäck hatte. Er blickte mit gerunzelter Stirn an die Decke, und sobald er seinen Drink in der Hand hatte, sagte er abrupt: «Ich bin gekommen, um mich zu verabschieden.»

Bestürzt fragte Guy: «Gehst du schon so bald?»

«Ich nehme den Nachtzug. Ich fahre nach Ankara.»

Beide Pringles waren von dieser Neuigkeit erschüttert, Guy noch mehr als Harriet, denn was auch immer er zu glauben beliebte, nun war offensichtlich, dass ihr Kreis sich auflöste.

«Warum nach Ankara?», fragte Harriet.

«Ich muss mich bei einem Vertreter des British Council

melden. Es gab Gespräche über die Möglichkeit einer Entsendung nach Srinagar.»

«Wie schön! Du bist ja einmal schon beinahe nach Kaschmir gefahren.»

«Dieses Mal komme ich vielleicht wirklich hin. Aber es ist genauso wahrscheinlich, dass ich in Ägypten lande.»

«Wo du dich mit Brenda treffen würdest?»

Clarence gab darauf keine Antwort, streckte sich aber mit einem leisen Schmunzeln auf seinem Stuhl aus und sagte: «Die arme, alte Brenda! Was hat sie bloß in mir gesehen?»

«Möglicherweise dachte sie, du brauchst sie.»

Clarence zuckte mit den Schultern und sagte gedehnt: «Wer weiß schon, was ich brauche!»

Er schien sich dagegen zu wappnen, dass Harriet ihn verspotten würde, und blickte sie fest an. Deshalb sagte Harriet behutsam: «Also, falls du nach Kaschmir gehst, beneide ich dich.»

Clarence hob wie in Zeitlupe den Kopf und warf ihr einen langen Blick zu, dann senkte er ihn wieder und sagte distanziert und wohlüberlegt: «Sophie kommt mit mir mit.»

Harriet war so überrascht, dass sie «Ach du lieber Gott!» ausrief, und Clarence lächelte befriedigt.

«Aber das ist ja phantastisch!», rief Guy, sprang auf und schenkte allen nach, damit sie darauf anstoßen konnten. «Ihr heiratet natürlich?»

Clarences Lächeln verblasste, und er zuckte erneut mit den Schultern. «Ich schätze ja. Sie will das jedenfalls.» Er warf Harriet einen kurzen, vorwurfsvollen Blick zu. Sie dachte: «Er tut das, um sich selbst zu bestrafen», aber Guy sprudelte über vor Glückwünschen und Zuspruch.

«Das ist das Beste, was man sich für Sophie wünschen kann», sagte er. «Sie ist kein schlechtes Mädchen. Sie hatte nur nie eine Chance, so wie sie hier lebte, allein, als Waise, als Halbjüdin, die zu keiner Gemeinschaft gehörte. Sie hier wegzubringen, wird einen riesigen Unterschied machen. Du wirst sehen. Aus ihr wird eine hervorragende Ehefrau werden.»

Harriet hatte da so ihre Zweifel und Clarence anscheinend auch. Er reagierte nicht auf Guys Enthusiasmus, und nachdem Guy Sophies Tugenden weiter angepriesen hatte, murmelte Clarence finster: «Ich wollte schon immer jemandem helfen. Vielleicht kann ich ja ihr helfen.»

«Du kannst ihr unglaublich viel Gutes tun», versicherte Guy ihm zuversichtlich.

Clarence wandte Harriet das Gesicht zu. Sein Blick war sehnsüchtig und kläglich, als hoffte er, dass sie jetzt noch einlenken und ihn retten würde. Aber das würde sie natürlich nicht tun. Nein, nicht sie. Er wandte sich brüsk ab, trank sein Glas aus, setzte sich auf und sagte: «Eines muss ich noch erledigen, bevor ich abreise. Ich muss diese Hemden in das polnische Lager zurückbringen.»

«Du meinst die Hemden, die du Guy geschenkt hast?»

«Du weißt, dass ich sie ihm nicht geschenkt habe. Sie gehörten nicht mir, also konnte ich sie nur verleihen. Und jetzt müssen sie zurückgegeben werden.»

«Aber das Lager ist geschlossen. Du hast die ganzen Sachen an die rumänische Armee verkauft.»

«Wir verhandeln noch immer darüber. Es dauert, bis solche Geschäfte zustande kommen. Ich übergebe diese Angelegenheit einem Unterhändler. Ich habe ihm eine Bestandsliste angefertigt mit allem darauf, was noch fehlt. Da waren auch noch ein paar Westen und eine Sturmhaube.»

«Diese lächerliche Haube!» Harriets Entrüstung fiel in sich zusammen und wurde zu Erheiterung.

Als wäre die Forderung vollkommen plausibel, sagte Guy: «Natürlich müssen wir die Sachen zurückgeben.» Er blickte Harriet an, die die Einzige war, die wusste, wo sie sich befanden.

Anstandslos ging sie ins Schlafzimmer und begann, die Schubladen zu durchsuchen. Die Westen waren in der Wäsche. Die Sturmhaube hatte Guy schon lange verloren. Sie ging mit drei Hemden in der Hand zurück ins Wohnzimmer.

«Alles, was übrig ist», sagte sie.

Clarence sah aus, als fühlte er sich bestätigt, und stand grimmig auf, um sie entgegenzunehmen, doch Harriet gab sie ihm nicht. Stattdessen ging sie mit großen Schritten hinaus auf den Balkon und warf sie über das Geländer. «Wenn du sie haben willst», sagte sie, «musst du runtergehen und sie dir holen.»

Er eilte auf den Balkon und starrte hinunter auf die Hemden, die auf den nassen, grauen Pflastersteinen lagen.

«Also *wirklich*!» Empört sah er zu, wie mehrere Bettler sich auf die Beute stürzten.

Hilfesuchend sah Clarence Guy an.

«Darling, das hättest du nicht tun sollen!», sagte Guy ohne echte Überzeugung, dass es seiner Befugnis entsprach, Harriet Vorhaltungen zu machen.

Ohne die beiden zu beachten, winkte sie den Bettlern, die zu ihr heraufstarrten.

Tief verletzt kehrte Clarence ins Zimmer zurück und ließ sich wieder auf seinen Stuhl sinken. Er vergrub die Hände in den Taschen. «Wie konntest du nur?» Er brütete noch einen Moment vor sich hin, dann fuhr er fort: «Und gerade jetzt, wo ich dir mitbringe, worum du mich gebeten hast.» Er zog ein kleines Büchlein aus seiner Tasche.

Glühend vor Erheiterung über ihre eigene Kühnheit entriss Harriet ihm das kleine Buch und blätterte es durch. Sie stieß auf ein Foto von Sasha.

«Ein Pass?»

«Ja, für euren jungen Freund Drucker.»

«Clarence!» Harriet streckte ihre Arme nach ihm aus, und er lächelte stolz.

Er stand auf und erläuterte: «Das ist ein ungarischer Reisepass – auf den Namen Gabor. Die meisten Ausländer sind der *prefectura* bekannt, aber Ungarn gibt es so viele, dass keiner den Überblick hat. Wir haben Visa für die Türkei, Bulgarien und Griechenland beigelegt. Jetzt braucht er nur noch ein Ausreisevisum, wenn es so weit ist.»

Harriet, die begriff, dass der Pass Abschiedsgeschenk und Friedensangebot in einem war, stürzte auf Clarence zu und umarmte ihn mit einer Innigkeit, die er erwiderte. Er hielt sie ein wenig zu lange fest und fragte: «Du vergisst mich doch nicht?»

«Niemals, niemals!», rief sie aus.

Guy sagte: «Wir werden dich vermissen.»

«Bald wird niemand mehr übrig sein», ergänzte Harriet.

Clarence griff nach seinem Schal und machte sich bereit aufzubrechen.

«Aber das ist nicht das Ende», sagte Guy, unwillig, ihn gehen zu lassen. «Wir werden zum Bahnhof kommen und dich verabschieden.»

«Nein. Ich hasse Abschiedsszenen an Zügen. Ich sage lieber jetzt gleich auf Wiedersehen.» Clarence sprach mit großer Entschiedenheit, und Harriet hatte das Gefühl, dass er sich ihnen nicht als Sophies Eigentum zeigen wollte. Ebenso wenig wollte sie ihn in dieser Rolle sehen.

«Was geschieht mit deiner Wohnung?», fragte sie.

«Nächste Woche zieht ein neuer Mieter ein: ein deutscher Konsulatsbeamter. Ich bin froh, dass er Ergie behält, meine Köchin, samt ihrer Familie. Ich weiß nicht, wohin sie gehen würden, wenn man sie vor die Tür setzte, die Ärmsten!»

Sie traten mit ihm hinaus ins Treppenhaus.

«Wir sehen uns wieder», sagte Guy.

«Wenn ihr hier wegmüsst, wieso kommt ihr dann nicht nach Kaschmir? Wir würden schon eine Stelle für dich finden.» Clarence wrang Guys Hand, dann nahm er Harriet bei der Hüfte und gab ihr nervös einen flüchtigen Kuss. Sie bemerkte, dass er nicht besonders nüchtern war und feuchte Augen hatte. Er wartete nicht, bis der Aufzug da war, sondern fuhr herum und stürmte die Treppe hinunter.

24

Das neue Semester sollte Anfang Oktober beginnen. Guy hatte wegen der Wiedereröffnung seiner Fakultät nichts weiter gehört, bereitete sich aber darauf vor. Ein oder zwei Tage nach Clarences Abreise beschloss er, der Universität einen Erkundungsbesuch abzustatten. Vielleicht lief er ja dem Dekan oder einem der Professoren in die Arme, oder er traf seine Studenten im Gemeinschaftsraum an wie früher. Auf alle Fälle würde jemand da sein, der ihm etwas zu erzählen hätte.

Harriet hatte ihre Zweifel an diesem Vorstoß auf verbotenes Terrain, aber Guy war nicht davon abzubringen. Er betrachtete die Angestellten der Universität als seine Freunde. Er war dort stets beliebt und privilegiert gewesen und war sich sicher, auch jetzt willkommen zu sein. Die Stippvisite würde mit allen Unsicherheiten aufräumen. Als sie begriff, dass er fest entschlossen war, begleitete sie ihn bis vor das Gebäude und kündigte an, im Cişmigiu auf ihn zu warten. Als sie sich am Parktor trennten, schlug sie den Hauptweg ein in der Absicht, sich ins Café zu setzen.

Es waren kaum Menschen unterwegs. Ein Dunstschleier versilberte den Himmel und verlieh dem Licht eine gespenstische Weichheit. Die Berge in der Ferne sahen aus wie Wellen aus transparentem Perlmutt.

Die Blumenbeete hatten nun abgesehen von den dürren Stängeln verwelkter Pflanzen beinahe nichts mehr vorzuweisen. Dahlien und Chrysanthemen hingen tropfnass über die Wege. An den langen und beinahe blattlosen Zweigen der Rosenbüsche waren ein paar Blüten, klein und farblos und notleidend.

Die Taubenschläge schienen leer zu stehen. Von irgendwoher aus der Ferne drangen die klagenden Schreie der weißen Pfauen heran.

Die Blätter fielen, bedeckten das Gras und klebten in Klumpen auf dem nassen Asphalt der Wege, aber die Bäume am See waren noch dichtbelaubt, streckten ihre Äste über dem Wasser aus.

Harriet fand das Café geschlossen vor. Sie ging zu der Brücke, blickte hinüber zum Steg und den mit Planen abgedeckten, verzurrten, winterfest gemachten Stühlen und Tischen. Plötzlich machte die Veränderung sie traurig. Wo würden sie sein, wenn das Café wieder öffnete?

Der See war dunkel wie Zinn, hier und da von Strömungen silbern gekräuselt und von den Spuren der Stockenten durchzogen. Hinter ihr sprudelte wie ein geborstenes Rohr freudlos der Wasserfall.

Als sie Schritte vernahm, drehte sie sich um und stand Nikko gegenüber, Bellas Mann. Verlegen sah er sie an, doch als sie sagte: «Nikko! Wie schön, dich zu sehen! Seit wann seid ihr zurück?», rief er aus: «Harry-ott!», und stolperte, entzückt darüber, dass seine englischen Freunde trotz allem noch immer seine Freunde waren, auf sie zu. Seine schwarzen Augen leuchteten, und unter seinem schwarzen Schnurrbart blitzten die Zähne hervor.

«Als wir zurückkamen, dachten wir, ihr wärt abgereist», sagte er, «aber jetzt treffe ich dich hier und bin so froh darüber.»

«Ja, und Guy glaubt sogar, dass die Englische Fakultät wieder öffnen wird. Was meinst du?»

«Wer kann das schon sagen?»

Da er der Frage auswich, wechselte Harriet das Thema und fragte: «Wie geht es Bella?»

«Sehr gut. Unser Urlaub hat sie wiederhergestellt. Aber der Sommer war eine Herausforderung für sie. Normalerweise sind wir die ganze Zeit über in den Bergen. Meine arme Bella! Sie leidet darunter, dass ich so viel weg bin. Ich bekomme nur wenig Urlaub, dann beruft man mich wieder ab, und sie weint. Jeden Monat wird es schwieriger. Unser großer Verbündeter», er zog eine Grimasse, «fordert, dass Offiziere immer in Gefechtsbereitschaft sind. Wozu, frage ich dich? Aber genug von mir … Wohin bist du unterwegs?»

Als sie hörte, dass er den Park zum rückwärtigen Tor hin durchquerte, entschloss sie sich, ihn zu begleiten.

Während sie gemeinsam über die Brücke gingen, zeigte sich am Himmel die Sonne hinter dem Dunstschleier als weißlicher Fleck, der immerhin die Kraft hatte, den See in Silber zu verwandeln. Die stehende, feuchte Luft schluckte die

Verkehrsgeräusche, sodass Harriet und Nikko sich in Gefilde gedämpfter Stille hineinbewegten.

An die Brücke schloss sich eine Lindenallee an, die in der grauen Luft gelb leuchtete. Unter den Bäumen schlenderten mit schwingenden Trenchcoats und auf klackernden Stiefelabsätzen zwei deutsche Offiziere einher. Sie erweckten den Eindruck, äußerst gelangweilt zu sein.

Nikko, der keine Uniform trug, beäugte sie und schwieg vorsorglich, bis er und Harriet ein gutes Stück an ihnen vorüber waren, dann sagte er leise: «Sie haben den Krieg noch nicht gewonnen. Ich kann dir sagen, Harry-ott, wir sind die Forderungen der Deutschen so leid. Sie werden uns verschlingen. Die Leute erinnern sich an die Engländer, die so ehrlich, so ehrwürdig, so großzügig waren, und sie sagen: ‹Vielleicht gewinnen die Alliierten ja trotz allem doch noch.› Und ich sage: ‹Wieso denn auch nicht?› Der September ist zu Ende, und es hat noch immer keine Invasion stattgefunden. Was, fragen wir, ist denn nun mit dieser vielbeschworenen Invasion? Die Deutschen haben sie abgeblasen. Sie ergehen sich in Ausflüchten. Zitiere mich bitte nicht, aber wir wissen, dass es schon zu spät ist. Sie *können* nicht einmarschieren.»

Harriet wandte sich ihm hoffnungsvoll überrascht zu. «Wieso nicht?»

«Wieso nicht?» Nikko warf ihr einen erstaunten Blick zu. «DU musst doch wissen, warum nicht. Schon jetzt hüllen Nebel unsere Küsten ein. Die Deutschen finden den Weg nicht.»

«Ach so!» Harriet stieß ein enttäuschtes Lachen aus. «Ich fürchte, auf Nebel können wir uns nicht verlassen.»

Nikko wusste es besser. «Warum marschieren sie dann nicht ein?», fragte er. Kurz darauf fügt er hinzu: «Das sind eigenartige Leute. Ich weiß noch, als sie das letzte Mal kamen, war ich ein kleiner Junge. Wir hatten einen deutschen Offizier, der bei uns einquartiert war. Er war nicht wirklich übel, weißt du. Es war eine Zeit großer Angst, und wir haben für ihn getan, was wir konnten. Als sie abgezogen sind und alles mitgenommen haben, was sie tragen konnten, gab dieser Mann meiner Mutter zum Abschied ein beträchtliches Paket – groß, wirklich enorm. Er sagte: ‹Das ist ein Geschenk. Es ist für Sie, weil Sie so freundlich waren.› Nachdem er fort war, hat sie es geöffnet, und es befand sich eine Steppdecke darin. Wir haben sie alle angesehen und gedacht, wie nett, aber meine Mutter sagte: ‹Ich habe genau so eine Steppdecke›, und sie ging nach oben, um im Schrank nachzusehen. Und stell dir vor, er hat doch tatsächlich meiner Mutter ihre eigene Steppdecke geschenkt! Sind dir solche eigenartigen Menschen schon einmal begegnet?»

Als Harriet lachte, fuhr Nikko fort: «Ich habe England geliebt. Lange Zeit richtete sich mein Ehrgeiz darauf, in England zu arbeiten. Ich habe mich nur für die besten Stellen interessiert, denn ich habe die besten Qualifikationen. Ich habe *Punch* und die *Times* gelesen – jetzt natürlich nicht mehr, sie kommen ja nicht mehr ins Land, aber mein Abonnement ist bezahlt. Und mein Englisch ist, wie du merkst, sehr sicher. Aber der Krieg hat mir einen Strich durch die Rechnung gemacht.»

Harriet lachte erneut. «Der Krieg hat uns allen einen Strich durch die Rechnung gemacht», sagte sie.

Nachdem Nikko sich gerade seine Begeisterung für England in Erinnerung gerufen hatte, sagte er voller Überzeugung: «Ich glaube, die Englische Fakultät wird wieder geöffnet. Warum auch nicht? Sie wird geöffnet, weil sie Guy mögen. Er ist ein großartiger Mann.»

«Findest du? Na ja, vielleicht ist er das, auf gewisse Weise ...»

«Ein großartiger Mann!», beharrte Nikko und gestattete keine Vorbehalte. «Und warum? Weil er er selbst ist. Viele Engländer sind hergekommen, um wichtig zu sein – die Sahibs hat man sie genannt. Sie wollten diesen Ausländern Kultur einbläuen. Aber nicht Guy. Er ist als einer von uns gekommen – als Kamerad sozusagen, als Mensch. Erst gestern, als wir wieder nach Bukarest kamen, habe ich zu Bella gesagt: ‹Ich wünschte, ich hätte Guy Pringle besser kennengelernt. Jetzt ist er vermutlich fort, und ich werde ihn nie näher kennen.›»

Harriet lächelte angesichts dieser Lobeshymne und schwieg.

Nikko spürte, dass sie an seiner Ernsthaftigkeit zweifelte, und sagte: «Bevor du hier warst, hatte ich wenig Gelegenheiten, das leuchtet dir sicher ein. Guy und Bella hatten wenig Gemeinsamkeiten. Sie hat ihn zu einer Cocktailparty eingeladen, und er ist nicht aufgetaucht. Sie sagte: ‹Dieser junge Mann ist kein sehr gutes Aushängeschild für England. Sie hätten ihn nicht herschicken sollen. Er ist schlecht gekleidet, verkehrt mit Juden, er passt nicht auf, was er sagt. Die wichtigen Engländer sind mit ihm nicht einverstanden.› All das war vielleicht richtig, aber ich war mit ihm einverstanden. Ich sagte: ‹Lade ihn noch einmal ein. Er ist eben sehr beschäftigt ...›»

«Viel zu beschäftigt», merkte Harriet an.

«Aber sie wollte ihn nicht noch einmal einladen, nicht, bis du kamst. Dich fand sie gut.»

«O», sagte Harriet, unsicher, wie sie das zu nehmen hatte.

«Aber ich habe Guy bewundert», fuhr Nikko fort, der das Thema noch nicht für erschöpfend behandelt hielt. «Ich habe ihn bewundert, weil er sich mit allen und jedem unterhalten hat und so schlecht angezogen war. Kennst du noch diesen alten Mantel? Die Engländer hier würden sich um nichts in der Welt in einem solchen Mantel blicken lassen. Nein, nein, sie müssen uns ja beeindrucken. Aber das ist gar nicht nötig, weißt du. Wir sind von den englischen Charaktereigenschaften auch so schon beeindruckt. Wir wissen hier, Engländer zu sein bedeutet, dass man ehrlich ist. Ihr tut Dinge, die zu eurem Nachteil sind, weil ihr sie für richtig haltet. Das ist beachtlich, das kann ich dir sagen. Deswegen lieben wir euch.»

«Da bin ich mir nicht so sicher», entgegnete Harriet in dem Bedürfnis, dem Gespräch zu etwas Nüchternheit zu verhelfen. «Ich habe oft das Gefühl, dass die Rumänen uns mit Argwohn begegnen, mit Groll.»

«Vielleicht ein bisschen.» Nikko ließ diesem Aspekt nicht zu viel Aufmerksamkeit zuteil werden. «Wir beneiden euch», fuhr er enthusiastisch fort. «Ihr seid eine große, reiche Nation. Wir glauben, dass ihr uns verachtet, aber wir lieben euch dennoch. Schau!» Er blieb vor einem umzäunten, ungemähten Rasenstück stehen, auf dem wild irgendwelche Blumen wucherten. «Das ist der Englische Garten.»

Harriet blickte erstaunt über den Zaun. Mehr als einmal hatte sie sich gefragt, was das für ein Stück Land war, hätte es jedoch nicht als Garten erkannt.

«Doch», versicherte ihr Nikko. «Es ist eine echte englische Wildnis. Du siehst also», er nickte, als habe er damit seine These bewiesen, «wir haben eine Englische Bar und einen Englischen Garten.»

«Ja», sagte Harriet. Sie waren nun am Tor angekommen, und sie zögerte einen Moment, bevor sie anfügte, dass sie nun zurückgehen müsse.

Nikko nahm ihre Hand. «Auf Wiedersehen, Harry-ott. Lass

uns diesen Winter mehr voneinander sehen. Du musst Guy überreden, zu uns zu kommen und mit uns zu Abend zu essen.»

Sie versprach es. Nikko sah erfreut aus, als läge in der Zukunft eine Freundschaft vor ihnen, doch als sie sich trennten, empfand Harriet dabei einen Anklang von Abschied.

Als sie zum See zurückkam, sah sie Guy mit aufgewühlter Miene zügig zwischen den Chrysanthemenbeeten hindurchgehen. Er sah noch zerraufter aus als sonst. Als sie seinen Namen rief, sah er zu ihr herüber, lächelte jedoch nicht.

«Was ist los?», fragte sie.

«Ich muss Inchcape sprechen. Kommst du mit?»

Als sie zusammen zurück in Richtung Hauptstraße gingen, berichtete er, dass er beim Betreten des Universitätsgebäudes alle Türen zu seiner Fakultät verschlossen vorgefunden hatte. Selbst die Tür zu seinem eigenen Büro hatte man vor ihm abgeschlossen. Er hatte bemerkt, wie sich der Pförtner, der stets sehr zuvorkommend gewesen war, bei seinem Eintritt davongestohlen hatte. Entschlossen, mit ihm zu sprechen, hatte Guy ihn schließlich im Heizungsraum im Keller aufgespürt. Der alte Mann hatte verlegen gestammelt: Was sollte ein armer Bauer dagegen unternehmen? «Das sind böse Tage, *domnule*! Schlechte Männer verfügen über unser Land, und unsere Freunde und wir werden auseinandergerissen.»

«Das hat er gesagt?», fragte Harriet voller Bewunderung.

«Etwas in der Art», entgegnete Guy. «Er sagte, er hätte keine Schlüssel für meine Räume. Sie seien alle vom Außenministerium mitgenommen worden.»

«Hast du in deinem Büro viele Sachen?»

«Einige meiner Bücher. Viele von Inchcape. Meinen Mantel.»

«Ach, na ja», sagte Harriet in dem Gefühl, dass es hätte schlimmer kommen können.

Guy seufzte. Anscheinend traf ihn die Abfuhr, die sie in keiner Weise überraschend fand, unvorbereitet.

«Meinst du, Inchcape kann irgendetwas tun?», fragte sie.

«Ich weiß nicht.»

Sie konnte auf dem Weg zum Propagandabüro kaum mit ihm Schritt halten. Es war nicht ihr Wunsch, dass die Fakultät wieder öffnen würde, aber als ihr einfiel, wie Guy am Tag der Abdankung auf die Studenten gewartet hatte, die nicht kamen, verspürte sie heftiges Mitgefühl für ihn. Was auch immer er entschied zu tun – und er tat es immerhin aus einem Verantwortungsgefühl heraus und um Beschäftigung zu haben –, musste für sie Priorität haben.

Als sie zur Hauptstraße kamen, wurde ihnen bewusst, dass etwas geschehen sein musste. Eine Menschenmenge stand auf der dem Englischen Propagandabüro gegenüberliegenden Straßenseite und starrte hinüber. Manche der Schaulustigen waren auf die Straße getreten. Das Ergebnis war ein hysterisches Hupkonzert.

Als Guy und Harriet die Straße überquerten, war ihnen bewusst, dass sie beobachtet wurden. Der Gehweg vor dem Büro war übersät von zersplittertem Holz, Glas und Kartonfetzen. Das Schaufenster war eingeschlagen, der verblasste Aushang darin zerstört worden. Das Modell des Dünkirchener Brückenkopfes schien mit brutalen Hammerschlägen attackiert worden zu sein. Die «Schönes Großbritannien»-Plakate hatte man heruntergerissen und zerknüllt. Überall lagen Reste der Fotos von Schiffen und Soldaten herum.

Trotz des Chaos war nirgendwo Polizei zu sehen.

Guy sagte: «Warte hier. Ich schaue hinein», aber Harriet

blieb an seiner Seite. Die Tür stand offen. Inchcape befand sich allein in dem Büro im Erdgeschoss. Er saß auf dem Stuhl der Schreibkraft und presste sich ein gefaltetes Taschentuch an den Mundwinkel. Mit einem schiefen Grinsen sah er den Pringles entgegen.

«Alles in Ordnung», sagte er. «Sie haben mich kaum angerührt.»

Beim Sprechen quoll Blut aus seinem Mundwinkel und rann ihm das Kinn hinunter. Blut und Wundsekret aus einer Verletzung unter seinem Haar tropfte in sein linkes Ohr. Seine übliche Blässe hatte einen grünlichen Ton angenommen.

«Um Himmel willen», sagte Guy. «Wir müssen einen Arzt rufen ...» Er ging zum Telefon, doch Inchcape hielt ihn mit einer Handbewegung zurück.

«Glauben Sie mir, es ist nichts.»

Draußen wurden Wagentüren zugeschlagen, dann kam Galpin mit Screwby und drei anderen Journalisten aus der Englischen Bar herein. Galpin ging zu Inchcape hinüber, musterte ihn eingehend, klappte ein Notizbuch auf und fragte: «Was ist passiert? Was haben die mit Ihnen gemacht?»

Inchcape betrachtete ihn abfällig. «Ein, zwei versehentliche Stöße. Sie sind nur gekommen, um die Arbeit des Büros zu sabotieren. Der Angriff war nach wenigen Minuten vorbei.» Er wandte sich an Guy und sagte in verändertem Tonfall und mit einem Lächeln: «Ich habe zuerst bei Ihnen zu Hause angerufen. Als ich Sie nicht erreicht habe, habe ich Dobson angerufen. Er ist unterwegs.»

Galpin richtete seine Aufmerksamkeit auf den Zustand des Büros. «Die haben ganze Arbeit geleistet.» Er sah seine Begleiter an und sagte: «Mein freier Mitarbeiter hier sagte mir, dass ein paar Krawallmacher den Laden aufgemischt hätten,

Fenster eingeschlagen, Sachen kaputtgehauen – und das am helllichten Tage, in einer belebten Straße. Und keiner hat auch nur einen Finger gerührt. Die Leute sind einfach vorbeigelaufen. Seht sie euch an.» Er wies auf die Menschenmenge auf der anderen Straßenseite. «Machen sich gleich in die Hosen.» Wieder an Inchcape gewandt sagte er wie zu einem Minderbemittelten: «Wir hätten gern eine Stellungnahme von Ihnen. Sagen Sie in Ihren eigenen Worten: Wann ist es passiert, wie ist es passiert, und wer, glauben Sie, waren die Angreifer.»

Inchcape wandte langsam den Kopf und starrte Galpin direkt ins Gesicht. «Ich warte auf Mr. Dobson.» Er imitierte Galpins Sprechweise, als er fortfuhr. «Falls ich eine Stellungnahme abgebe, wird das geschehen, wenn er eingetroffen ist.»

Verdutzt trat Galpin einen Schritt zurück und prallte gegen Screwby, der vortrat und überschwänglich sagte: «Ich muss sagen, Sir, ich bewundere Ihren Schneid.»

Inchcape quittierte diesen Tribut lediglich mit einem Zucken seiner Mundwinkel, das ihn aufstöhnen ließ. Erneut quoll Blut aus der Wunde.

Pikiert murmelte Galpin den anderen zu: «Also, ich kann nur hoffen, dass jemand einen Arzt gerufen hat. Das könnte schlimmer sein, als es aussieht.»

«Es ist kein Arzt gerufen worden, und ich will auch keinen Arzt», sagte Inchcape, warf Harriet einen Seitenblick zu und fügte an: «Das Schicksal möge mir rumänische Ärzte ersparen.»

Dobson traf ein. Er sah sich um und sagte: «Oje.» Nervös und verlegen blieb er stehen, zog sich die Handschuhe aus und wurde dann plötzlich geschäftsmäßig. «Die Kerle, die das angerichtet haben, trugen die Uniform?»

«Nein.»

«Aha, ein inoffizieller Angriff. Wenn wir Protest einlegen, wird niemand etwas davon wissen. Falls wir hartnäckig bleiben, bekommen wir womöglich eine Entschuldigung, aber das war es dann auch schon. Die Behörden sind machtlos, natürlich.»

Galpin sagte: «Wir sind alle machtlos.» Anzeichen von Ungeduld machten sich bei ihm bemerkbar. «Was ist jetzt mit dieser Stellungnahme?», fragte er.

Alle warteten. Inchcape, der Mittelpunkt der Aufmerksamkeit, wischte sich wieder über den Mund. «Ich war oben in meinem Büro», sagte er dann, «und las arglos Miss Austen, als ich hier unten Lärm hörte. Ein halbes Dutzend junger Männer war eingedrungen und dabei, alles kurz und klein zu schlagen. Ich hörte meine Sekretärin schreien. Als ich herunterkam, ergriff sie gerade die Flucht – zweifellos eine weise Entscheidung. Sie hatte ohnehin begonnen, an der Sache der Alliierten zu zweifeln.»

Inchcape hielt inne und lächelte in sich hinein, anscheinend rief er sich die Ereignisse mit philosophischer Belustigung in Erinnerung. «Als ich auftauchte», fuhr er fort, «schlug einer der Kerle die Tür zu und schloss ab. Sie waren zu siebt oder acht. Zwei oder drei widmeten sich mir, die anderen waren von ihrer Zerstörungswut in Anspruch genommen. Man hat mir mit dem gerahmten Porträt unseres geschätzten Gesandten eins übergebraten ...»

«Vorsätzlich?», fragte Galpin.

«Das weiß ich nicht. Der Schlag hat mich rückwärts auf diesen Stuhl befördert. Als ich versuchte aufzustehen, hat jemand meine Schultern gepackt und mich nach unten gedrückt. Einer von ihnen – der Anführer, nehme ich an – hielt es dann für nötig, mich zu befragen.»

«Welche Fragen hat man Ihnen gestellt?», fragte Dobson.

«Ach, die üblichen. Sie wollten wissen, wer den Secret Service hier leitet. Ich sagte: ‹Sir Montagu.› Das hat sie verblüfft.» Bei der Erinnerung musste Inchcape lachen, doch Dobson verzog das Gesicht wie ein unglückliches Baby und platzte heraus: «Wirklich, es bestand kein Anlass, Seine Exzellenz in die Sache hineinzuziehen.»

«Diese Kerle kommen doch sowieso nicht an ihn heran. Selbst wenn sie es versuchen sollten, er wird gut geschützt.»

Dobson wollte etwas einwenden, doch dann klappte er den Mund wieder zu. Die Veränderung, die mit Inchcape vonstattenging, ließ ihn verstummen. Auf Inchcapes Stirn und Wangen begannen sich bleifarben Blutergüsse abzuzeichnen. Sein Taschentuch war dunkel von Blut. Guy bot ihm ein anderes an, aber er schüttelte den Kopf. «Alles in Ordnung», sagte er.

«Die müssen Sie ziemlich verdroschen haben», sagte Galpin.

Inchcape, der eindeutig mitgenommener war, als er eingestehen wollte, holte Luft und antwortete in sardonischer Kürze. «Ein wenig vielleicht.»

Obwohl er die Demütigung nicht eingestehen mochte, ließen sich die Journalisten nicht täuschen. Einer sagte: «Ich glaube nicht, dass ein paar versehentliche Stöße Sie in diesen Zustand versetzt haben.»

«Wollen Sie damit andeuten, dass ich lüge?», fuhr Inchcape auf.

«Schon gut.» Galpin ließ das Band um sein Notizbuch schnellen und steckte es weg. Er knöpfte sein Jackett zu und sah sich nach seinen Begleitern um. «Wir sehen besser zu, dass wir zurückfahren», sagte er.

Sie setzten sich in Marsch. Guy kündigte an, Inchcape nach Hause zu bringen, und ging hinaus auf die Straße, um ein

Taxi zu finden. Draußen auf dem Gehweg sagte Galpin: «Ich bin der Ansicht, er hat sich das selbst zuzuschreiben.»

«Inwiefern?», fragte Guy.

Galpin deutete mit dem Daumen auf das Büro. «Er hat entgegen aller Ratschläge darauf bestanden, es weiterhin geöffnet zu halten. Aber es steckt noch mehr dahinter. Ich wette, die Kerle *kannten* ihn. Kannten ihn zu gut, meine ich. Deswegen hält er den Mund. Er war schon immer ein Fiesling. Wenn Sie mich fragen, hatten die Burschen etwas gegen ihn in der Hand.»

«Was für ein Schwachsinn!», sagte Guy angewidert. «Das war ganz offensichtlich ein Anschlag der Gardisten.»

Galpin schnaubte. Er stieg in den Wagen und rief zum Abschied: «Man muss für seine Vergnügungen bezahlen, wissen Sie.»

Inchcape ging mit wenig überzeugend wirkendem Elan zum Taxi. Beim Einsteigen strauchelte er, und Guy musste ihn stützen.

Pauli stieß beim Anblick seines Dienstherrn einen gepeinigten Schrei aus und wedelte linkisch mit den Armen. Mit liebevoller Ungeduld schob Inchcape ihn zur Seite und sagte: «Geh und mach uns eine Kanne starken Tee.»

Als sie ihn tranken, freute sich Inchcape händereibend über die Geistesgegenwart, mit der er Sir Montagu als Leiter des Secret Service genannt hatte. «Sie hätten die Gesichter von denen sehen sollen. Sie wussten genau, dass der alte Charmeur außerhalb ihrer Reichweite ist. Und nachdem sie ihre Antwort bekommen hatten, fielen ihnen keine weiteren Fragen an mich ein.»

Bevor die Pringles gingen, sagte Inchcape noch zu ihnen: «Lassen Sie um Himmels willen nichts von alledem zu Pinkrose durchdringen. Er würde in Panik geraten. Versprechen Sie mir das, kein Wort.»

Die Pringles versprachen es.

25

Am nächsten Morgen rief Pauli Guy an, um zu berichten, dass der Zustand seines Herrn ihn beunruhige. Am Vorabend habe Inchcape zwar darauf beharrt, dass es ihm bestens ginge, sei aber ohne Veronal nicht in der Lage gewesen einzuschlafen. Jetzt am Morgen sehe er viel schlechter aus, und alles Leben sei aus ihm gewichen. Paulis Ansicht nach war er sehr krank, und er habe nach Guy gefragt.

Als dieser Anruf kam, war Harriet gerade im Bad. Guy rief ihr zu, er sei zum Mittagessen zurück, und verließ die Wohnung, bevor sie fragen konnte, wohin er ging. Als sie auf den Balkon hinaustrat, konnte sie sehen, wie er hastig über den Platz eilte.

Tatsächlich war er ungewöhnlich beunruhigt, und zwar nicht nur wegen Inchcape. Am Vorabend hatte er einen Drink gebraucht und war in die Englische Bar gegangen, wo Galpin behauptet hatte, über Insiderinformationen zu verfügen, die besagten, dass der Heeresmission in Kürze die Gestapo folgen werde. Die Deutschen hatten bereits einen Gauleiter installiert, der Stadtgespräch war. Angeblich war er von der Taille abwärts gelähmt. Obwohl er den ganzen Tag über im Bett lag und außer seinen Gehilfen niemanden sah, wusste er alles über jeden. Galpin sagte: «Die gesamte deutsche Kolonie macht sich vor Angst in die Hosen. Sogar Fabricius. Die Rumänen auch.

Man sagt, eine Abordnung rumänischer Staatsmänner sei gestern Abend bei Fabricius vorstellig geworden und habe darum gebeten, der Führer möge eine Besatzungsarmee schicken. Er hat geantwortet, Deutschland habe im Augenblick noch nicht vor, Rumänien zu besetzen. Das ist doch gequirlte Kacke. Alles deutet darauf hin, dass es jeden Tag so weit sein kann.»

Harriet, die mit Sasha Galgenraten gespielt hatte, war nicht mit Guy in die Bar gegangen. Als er nach Hause kam, sagte er ihr nicht, was er dort erfahren hatte.

Von ihrem Ausbruch in Predeal kopfscheu gemacht, hatte er erstmals begonnen, sich um sie Sorgen zu machen. Er hatte sie immer für den Inbegriff von Mut gehalten, für jemanden, der härter im Nehmen war als er selbst, um den er sich nicht sorgen musste. Nun begann ihm klar zu werden, dass ihrer Kühnheit die Ausdauer fehlte. Er meisterte schwierige Situationen, indem er potenzielle Gefahren ignorierte. Harriets Methode bestand darin, potenzielle Gefahren im Blick zu behalten, damit sie ihr nicht hinterrücks zum Verhängnis wurden. Sie lebte in einem Zustand ständigen Gewappnetseins, was seiner Meinung nach unnötig anstrengend war. Er musste sie, sagte er sich, vor ihrem eigenen Temperament schützen. Er würde sie vor Schrecken bewahren, selbst wenn es nur darum ging, dass sie Inchcape nicht in seinem angegriffenen Zustand sah.

Guy stand selbst unter Schock. Sowohl Inchcape als auch er selbst waren im deutschen Radio namentlich genannt worden. Das machte beide zu natürlichen Opfern nicht nur der Eisernen Garde, sondern auch der Gestapo, die Gerüchten zufolge auf dem Weg nach Bukarest war.

Überzeugt davon, dass eine Zeit der Bewährung vor ihnen lag, versuchte er sich einzureden, er wisse nun genau, was passieren würde. Man würde ihn überfallen, und Schlägertypen würden auf sein Gesicht und den Kopf einprügeln. Er begriff, dass er, indem er sich das wieder und wieder vor Augen hielt, einfach Harriets Methode imitierte. Und wohin führte einen das? An den Rand des Nervenzusammenbruchs. Er konnte nur hoffen, dass ihn, wenn sein Tag gekommen war, der Stolz aufrecht halten würde wie Inchcape. Doch ihm graute vor körperlicher Gewalt, und er vermochte nicht vorherzusehen, wie seine Reaktion ausfallen würde. Selbst Harriet, die nur halb so groß war wie er, konnte ihm Angst einjagen, wenn sie die Beherrschung verlor. Sobald ihm Schmerzen zugefügt wurden, zuckte er zusammen und stieß einen Schrei aus. Danach konnte er sich zusammenreißen, aber diesen ersten Moment empfand er stets als Verrat an sich selbst.

Was auch immer geschah, er musste sich vor Harriets wachsamem Blick schützen.

Pauli öffnete ihm die Tür und hob die Hand in stummem Entsetzen über das, was Guy erwartete. Guy sagte nichts, sondern ging zügig in Inchcapes Schlafzimmer. Er hatte gefürchtet, Inchcape liegen zu sehen, und war erleichtert, dass er aufrecht im Bett saß, doch die Erleichterung verpuffte, sobald Inchcape den Kopf drehte.

Dieser bemerkte die Veränderung in Guys Miene und sagte: «Die haben mich nicht gerade verschönert, nicht wahr?»

«Es könnte schlimmer sein.»

«Wie viel schlimmer?» Bei seinem Versuch zu scherzen, zuckte Inchcape zusammen. Er hatte zwei blaue Augen, ein Lid war zugeschwollen. Ein violetter Bluterguss erstreckte sich von seinem Haaransatz über eine gesamte Gesichtshälfte. Seine Lippen waren angeschwollen und die Gesichtszüge so entstellt, dass er vor den weißen Laken aussah wie eine groteske Eingeborenenmaske.

Seit Jahren trug Guy die Erinnerung an Simons blutendes, bewusstloses Gesicht mit sich herum – aber Simon war das Opfer von Amateuren geworden. Seitdem hatte die Brutalität Fortschritte gemacht.

Guy fragte: «Abgesehen von den Blutergüssen, haben Sie sonst noch Verletzungen?»

«Der Rücken schmerzt ein wenig. Nehmen Sie sich einen Drink.» Inchcape wollte nach der Brandyflasche auf dem Tisch neben sich greifen, fiel jedoch mit einem Stöhnen zurück in die Kissen. Er sah Guy an, rang nach Luft und sagte: «Stehen Sie nicht da und glotzen. Setzen Sie sich, um Himmels willen.» Er bemühte sich um seine alte Ungeduld, doch es war nicht viel übrig.

«Lassen Sie mich.» Guy schenkte den Brandy ein, bevor er sich setzte.

Das Schlafzimmer war klein, das einzelne Fenster von Platanenblättern verhangen. An den Wänden hingen Ikonen, die so dunkel waren, dass Guy in ihnen nichts erkannte. Er fragte sich, ob es an dem seltsamen Zwielicht lag, dass Inchcape so krank aussah.

Inchcape nippte an seinem Brandy und begann zu sprechen. «Ich habe heute Morgen Seine Exzellenz angerufen. Ich sagte, ich ließe mich von diesen Rüpeln nicht unter Druck setzen. Ich war entschlossen, das Büro wieder zu öffnen, doch es ist anscheinend von den rumänischen Behörden offiziell geschlossen worden. Das werde ich trotzdem nicht hinnehmen. Ich werde kämpfen.» Er grub die Ellenbogen in die Kissen und unternahm einen weiteren gereizten Versuch, sich aufzusetzen, scheiterte aber erneut.

Inchcape war ein älterer Mann, aber einer, der sich Vitalität und Jugendfrische erhalten hatte. Nun war ihm irgendeine innere Kraft abhandengekommen. Sein aus der Pyjamajacke ragender Hals sah erbärmlich mager aus. Sein gesamter Körper schien über Nacht gealtert und schwach geworden zu sein. Er sagte: «Vor einer Weile hat Dobson angerufen und war wie immer sehr hilfsbereit. Er hat mir geraten, in die Türkei auszureisen. Ich sagte, das fiele mir im Traum nicht ein. So leicht jagt man mir keine Angst ein.»

Guy nickte. Doch wenn die Englische Fakultät sowie das Büro geschlossen waren, wäre es für Inchcape nicht besser zu gehen? Er war davon ausgegangen, dass die Präsenz der Gesandtschaft ihrer aller Sicherheit garantierte. Tja, diesbezüglich konnte er sich nun keinen Illusionen mehr hingeben. Seine Arbeit war im Sande verlaufen. Man hatte ihn misshandelt. Es blieb nichts übrig außer seiner Entschlossenheit, so lange zu bleiben, wie Sir Montagu blieb.

«Trotzdem», sagte Guy, «es besteht kein Grund, warum Sie nach dem hier nicht ein paar Wochen Urlaub machen sollten.»

Inchcapes nicht zugeschwollenes Auge funkelte ihn an, und Guys Laune schnellte nach oben. Der Trotz war also nur vorgetäuscht! Inchcape wollte überredet werden – ansonsten würde sein Stolz vermutlich dafür sorgen, dass er hier ausharrte. Plötzlich erkannte Guy für Harriet und sich die Chance, unbeschadet herauszukommen. Wenn nämlich Inchcape abreiste, konnte er kaum von ihnen verlangen zu bleiben.

«Immerhin», sagte Guy, «ist Dobson bald auf dem Weg nach Sofia.»

«Das stimmt. Obwohl ich nicht sagen kann, dass ich davon viel halte. Und wie ich gehört habe, hat der alte Charmeur höchstselbst kürzlich ein Flugzeug gechartert und ist nach Korfu geflogen. Hat dort eine Woche verbracht. Interessante Idee, das muss ich schon sagen, in Zeiten wie diesen.»

«Ach, ich weiß nicht.» Aus Furcht, Inchcapes sturköpfigen Widerspruch zu provozieren, verfiel Guy in Klischees. «Es ist doch eine gute Sache, von einer Situation einen Schritt zurückzutreten – es erlaubt einem, sie klarer zu sehen.»

Inchcape schloss sich Guys beschwichtigendem Ton an und gestattete sich ein gewisses Maß an Zustimmung. «Hinter solchen Reisen steckt natürlich mehr, als man auf Anhieb erkennen kann. Niemand kann wissen, wen Sir Montagu dort unten getroffen hat oder was besprochen wurde. Ich habe oft selbst gedacht, ich könnte unserem Vertreter in Beirut einmal einen Besuch abstatten und ein paar Lichter aufstecken. Er steht noch immer in direktem telefonischem Kontakt mit dem Londoner Büro, wissen Sie. Und man sollte dafür sorgen, dass die Leute dort wissen, wie sich die Lage hier verändert. Die steigenden Lebenshaltungskosten beispielsweise! Wir können nicht ewig von unseren Vorkriegsgehältern leben.»

Guy hatte von diesem Vertreter zuvor noch nie gehört, war aber bereit, an ihn zu glauben. Er sagte: «Vermutlich gibt es eine Flugverbindung zwischen Istanbul und Beirut.»

Inchcape öffnete den Mund, sagte aber nichts. Ein Schweigen entstand, dann nickte er. Guy hatte den Eindruck, dass die Reise nun beschlossene Sache sei. Er wollte gerade vorschlagen, dass Harriet und er in der Zeit, in der Inchcape nach Beirut fuhr, Athen besuchen könnten, als er bemerkte, wie Inchcapes Hand auf der Tagesdecke aus weißem Satin zitterte. Guy fühlte sich gespalten. Er machte sich bewusst, dass er diesen älteren und einsamen Mann von dem einzigen Ort der Welt vertrieb, an dem er Bedeutung hatte, legte die Hand auf die von Inchcape und drückte sie.

Bei dieser Berührung zitterten Inchcapes Lippen. Eine Träne rann über sein geschundenes Gesicht. «Wir dürfen nicht aufgeben, Guy», sagte er. «Wir dürfen nicht weglaufen. Wir müssen hier vertreten sein.»

«Wir laufen nicht weg», versicherte Guy ihm. «Sie nehmen sich lediglich Urlaub, der Ihnen zusteht. Ich werde hier sein, um Sie zu vertreten.»

«Das stimmt.» Als wüsste er, dass er sich auf die Niederlage hatte einschwören lassen, legte Inchcape den Kopf in den Nacken und schluchzte ungehemmt.

Erschüttert von diesem Zusammenbruch eines Mannes, der bislang einen unbeugsamen Eindruck gemacht hatte, begriff Guy, dass er Inchcape immer ohne genaueres Hinsehen kritiklos als seinen Vorgesetzten angenommen hatte, dem man gehorchen und den man ehren musste. Er hatte niemals Zweifel daran gehabt, dass ein Großteil von Inchcapes Verwegenheit Selbstbetrug war, aber es erschreckte ihn zu sehen, wie diese Verwegenheit angesichts der Realität in sich zusammenfiel. Vielleicht war es auch die Demütigung, die Inchcape so zusetzte. Die ganze Stadt musste ihm durch diesen Überfall verleidet sein. Kein Wunder, dass er fortwollte.

Eine ganze Weile saß Guy, verlegen angesichts von Inchcapes Schluchzen, da und schwieg, dann wurde ihm bewusst, dass es nun an ihm war, die Führung zu übernehmen, und er sagte: «Noch etwas: Das Londoner Büro muss davon in Kenntnis gesetzt werden, dass wir hier mit einer endgültigen Auflösung konfrontiert sind. Wir müssen in Erfahrung bringen, wohin wir gehen sollen und was wir zu tun haben, wenn wir dort ankommen. Wir wollen ja keine arbeitslosen Flüchtlinge werden.»

Inchcape nickte erneut. Er angelte nach einem Taschentuch und betupfte sich damit sanft seine Augen und die Nase. «Da haben Sie recht», sagte er. «Es ist nicht nur ratsam, dass ich gehe, es ist geradezu zwingend erforderlich. Und wir haben keine Zeit zu verlieren.»

«Überhaupt keine. Sie sollten abreisen, sobald Sie sich dazu in der Lage fühlen.»

«Ach, mir geht's gut.» Inchcape brachte irgendetwas zwischen einem Lachen und einem Würgen hervor. Er machte einen neuen Versuch sich aufzusetzen, und dieses Mal gelang es ihm. «Ich bin kein Krüppel. Je früher ich losfahre, desto schneller bin ich wieder zurück. Ich nehme nicht viel mit: Wechselwäsche, ein paar Bücher – nur einen Handkoffer und eine Aktentasche. Ich reise gern mit leichtem Gepäck. Falls es nach Beirut keinen Flug gibt, sollte irgendein Zug hinfahren. Eine scheußliche Reise, vermute ich, aber interessant. Falls nichts Wesentliches mehr geschieht, könnte ich Sonntagabend den Orient-Express nehmen.»

«Glauben Sie, es geht Ihnen gut genug?»

«Ich habe nichts. Nur ein paar blaue Flecken.» Und nun, da diese Sache geklärt war, schien es Inchcape tatsächlich um einiges besserzugehen. Er warf die Decke zurück, schwang die Beine aus dem Bett und begann matt, nach seinen Hausschuhen zu tasten. Als er sie nicht fand, gab er auf und ließ sich wieder zurück in die Kissen sinken, aber er warf Guy einen scharfen Blick zu. «Sie haben Pinkrose gegenüber kein Wort gesagt?»

«Nein. Ich habe ihn nicht gesehen seitdem.»

«Gut. Auf anderen Wegen wird er es vermutlich nicht erfahren. Er ist stolz auf sein Einzelgängertum. Als er gestern Abend anrief, hat Pauli ihm gesagt, ich läge mit Fieber im Bett. Das wird mir den alten Stinker vom Leib halten. Er wird nicht das Risiko eingehen, sich etwas einzufangen.»

«Meinen Sie nicht, wir sollten ihn wissen lassen, dass Sie abreisen?»

«Nein, absolut nicht. Er würde einen Herzinfarkt bekommen. Oder noch schlimmer, er könnte darauf bestehen, mit mir zu kommen. Das würde ich nicht ertragen.» Mit kläglicher Miene sah Inchcape Guy an. «Dafür bin ich nicht fit genug.»

Guy fragte sich, was sie nach Inchcapes Abreise mit Pinkrose anfangen sollten, aber aus Furcht, ein Problem anzusprechen, das den Plan behindern könnte, sagte er: «In Ordnung.»

«Sagen Sie es niemandem», fuhr Inchcape fort. «Ich werde zurück sein, bevor überhaupt jemand erfahren hat, dass ich das Land verlassen habe.»

Auf dem Weg nach Hause war Guy klar, dass Inchcape nur nach ihm geschickt hatte, weil er jemanden gebraucht hatte, der ihn überredete. Guy konnte sich nicht zugutehalten, dass er viel dazu getan hätte, aber ein mildes Hochgefühl und Stolz ergriffen ihn bei dem Gedanken, dass er den alten Knaben mit der richtigen Geste davon überzeugt hatte, sich in Sicherheit zu bringen. Die allzu Resoluten, das begriff er, waren schwächer, als es den Anschein hatte.

Ihm kam der Gedanke, dass Harriet, wenn man ihr indirekt ins Gewissen redete, möglicherweise genauso schnell umkippen würde. Wobei die Bedingungen natürlich ganz andere wären. Inchcape war beim ersten Einbruch der Realität in sich zusammengefallen. Harriet hatte die Realität nie aus den Augen verloren. Als sie gesagt hatte, dass sie nicht abreisen würde, hatte sie genauso gut wie Guy die Gefahren gesehen, die das Bleiben mit sich brachte – vermutlich sogar noch klarer als er. Aber er konnte sehr stur sein. Sie hatte zwei Schwächen, bei denen man ansetzen konnte: ihn selbst und Sasha. Angenommen, er überredete sie, in seinem Auftrag nach Athen zu fahren! Vielleicht war es aber besser, sie dazu zu überreden, die Reise als Sashas Freundin und Beschützerin zu unternehmen.

Ohne dass er etwas daran auszusetzen gehabt hätte, wusste er seit langem, wie sehr sie an dem Jungen hing. Er war froh, dass die beiden ihre gegenseitige Gesellschaft genossen. Und er machte sich in Bezug auf sich selbst nichts vor. Er war allzu gesellig und beschäftigt, um sich irgendwelche Beschränkungen auferlegen zu lassen. Würde er sie beschuldigen, ihn zu vernachlässigen, hätte sie mehr als genug Stoff für einen Gegenvorwurf. Wenn sie das Bedürfnis nach einem Freund oder Gefährten verspürte, dann war eine unschuldige Beziehung besser als eine, die sich als weniger unschuldig erweisen konnte. Und irgendetwas musste wegen Sasha ja tatsächlich unternommen werden. Selbst wenn er nicht in Gefahr schwebte, sein Leben, wie er es jetzt lebte, war hoffnungslos unnütz. Er war nie ein brillanter Schüler gewesen, aber ein bemühter. Jetzt in Gefangenschaft war er faul geworden und wollte sich nicht auf die Aufgaben konzentrieren, die Guy ihm stellte. Er wollte nicht einmal lesen. Das Äußerste, was er unternahm, war, mit Harriet Spiele zu spielen oder die großen Bögen Zeichenpapier, die sie für ihn kaufte, mit kindischen Zeichnungen zu bedecken. Manchmal unterhielt er sich damit, dass er Despina in der Küche half, aber das lief hauptsächlich auf Klatsch und Gekicher hinaus.

Als Harriet ihm den gefälschten Pass gezeigt hatte, hatte er ihn ausdruckslos angesehen. Auf ihre Erklärung: «Das bedeutet, dass du Rumänien verlassen kannst», hatte seine Antwort gelautet: «Aber ich muss nicht, oder?»

«Natürlich nicht jetzt. Aber wenn wir gehen – und das müssen wir vielleicht –, kannst du mit uns kommen.»

Sashas Miene hatte seine Angst vor Veränderung verraten,

vor jeglicher Art von Umzug, selbst wenn er in ihrer Begleitung erfolgte. Er wollte den Rest seines Lebens wie ein Haustier im Käfig verbringen.

Als Guy ins Wohnzimmer kam, traf er auf Sasha und Despina, die Messer und Gabeln auslegten. Die beiden lachten zusammen über irgendetwas.

Despina, die mit Harriet vertraut umging und mit Sasha mütterlich, hielt es mit der östlichen Tradition, dass der Herr des Hauses als minderschwerer Despot zu betrachten sei. Bei Guys Anblick machte sie sich aus dem Staub.

Sasha sagte: «Despina ist so witzig. Sie hat die Köchin von unten nachgemacht, die sich in unsere Küche stiehlt und sich etwas von unserem Zucker abzwackt. Wenn irgendwer sie dabei ertappt, jammert sie: ‹Ach bitte, bitte, ich wollte mir doch nur das Tranchiermesser ausleihen!›»

Guy lächelte, dachte aber bei sich, dass Sasha, der daherredete wie ein Schuljunge, doch eigentlich ein erwachsener Mann war. In seinem Alter waren viele Rumänen bereits verheiratet. Die einzige Hoffnung für den Jungen bestand darin, dass er zu einem unabhängigen Leben gezwungen würde. Wenn Sasha und Harriet zusammen auf Reisen gingen, musste er dafür sorgen, dass Sasha sich nicht als Schützling betrachtete, sondern als Beschützer.

Sobald er Harriet für sich allein hatte, erzählte Guy ihr von Inchcapes Zusammenbruch. «Er fährt am Sonntag nach Beirut.»

Ihr Kopf schoss hoch, ihr Gesicht leuchtete vor Erregung. «Geht er endgültig?»

«Angeblich nicht, aber ich bezweifle, dass er zurückkommt.»

«Also gibt es in Wirklichkeit nichts, was uns hier noch

hält. Wir können gehen. Wir können nach Athen fahren, und Sasha kann mit uns kommen. Wir können alle gemeinsam fahren.»

Guy musste ihrer fieberhaften Freude einen Dämpfer versetzen. «Nein, ich kann nicht weg. Noch nicht. Ich musste Inchcape versprechen, dass ich bleibe. Sonst wäre er nicht gefahren. Er hatte das Gefühl, dass jemand ihn hier vertreten muss. Und dann ist da noch Pinkrose. Aber hör mal» – er nahm ihre Hand, als ihre Miene sich verdüsterte –, «hör mal», beschwor er sie, «du musst etwas für mich tun.»

«Was?»

«Fahr mit Dobson nach Sofia.»

Verärgert entzog sie ihm ihre Hände und sagte: «Nein, ich würde ohnehin nicht nach Sofia gehen. Der einzige Ort, an den ich will, ist Griechenland, aber ich fahre nicht ohne dich.»

«Na gut, noch besser, fahr nach Athen. Nimm Sasha mit. Und ich kann euch dann dort treffen. Hör zu, Darling. Sei vernünftig. Es gibt zwei Gründe, warum du gehen musst. Ich glaube, wir müssen Sasha hier rechtzeitig wegbringen. Wenn er mit dir und Dobson im Flugzeug sitzt, könnt ihr ihn schützen. Sie werden vermutlich nicht einmal nach dem Grund für die Reise fragen. Man wird ihn bevorzugt behandeln. Wenn es Ärger gibt, können wir uns darauf verlassen, dass Dobson seinen Einfluss geltend macht.»

«Wie kommst du darauf?»

«Ich bin mir sicher, Dobson wird auf euch beide aufpassen. Er wird wie eine Mutter für dich sein.»

Weder stimmte sie ihm zu, noch widersprach sie, sondern fragte nur: «Und der andere Grund?»

«Wenn ich in die Türkei gehe, werde ich vermutlich in den Mittleren Osten geschickt. Ich hasse diese heißen, sandigen Länder. Ich will nach Griechenland, genau wie du, und wenn du schon da bist, habe ich den Vorwand, dass ich zu dir muss.»

Bevor sie das Gesicht abwandte, konnte er sehen, dass der Gedanke, einen Auftrag zu haben, in ihr arbeitete. Sie biss sich zweifelnd auf die Unterlippe.

«Und wenn sich die Lage hier beruhigt», sagte er, «kannst du zurückkommen.»

Doch sie war noch immer widerstrebend. «Die Unsicherheit kann noch Monate andauern. Wir haben einfach nicht das Geld ...»

Er fiel ihr ins Wort und drängte: «Fahr wenigstens für ein paar Wochen. Besuch den Chef der Organisation in Athen. Sag ihm, dass ich dort arbeiten möchte. Du weißt, du kannst das. Wenn er dich mag, wird er mich anstellen wollen. Und wenn ich dann hier wegmuss, wird es für mich einen Ort geben, an den ich gehen kann.»

Harriet erschien seine Argumentation eigentümlich, wie jenseits der Realität, und doch ließ das Gespräch ihren Widerstand erlahmen. Bestürzt, aber schon halb überzeugt, sagte sie: «Wenn ich hierher zurückkommen will, lassen sie mich vielleicht nicht. Es werden andauernd Leute ausgewiesen.»

«Wenn du dir vor der Abreise ein Wiedereinreisevisum besorgst, müssen sich dich reinlassen.»

Noch immer unwillig nachzugeben, zog sie den Schlagabtausch in die Länge, doch am Ende stellte sie fest, dass sie zugesichert hatte, sich ein Wiedereinreisevisum zu beschaffen. Wenn sie das in der Tasche hatte, konnte sie Sasha nach Athen begleiten und allein zurückkommen, falls Guy sich dort nicht zu ihnen gesellte.

Obwohl sie von der Aussicht auf ein Entkommen beinahe

berauscht war, störte sich Harriet an der Tatsache, dass Guy sie überredet hatte zu fahren.

Männer wie Woolley betrachteten Frauen in Zeiten der Gefahr als Last. Mrs. Woolley war bei Kriegsausbruch nach England geschickt worden und kürzlich irgendwo anders hin. Harriet gehörte einer anderen Generation an und begriff sich als Gleichgestellte und Kameradin. Sie würde sich nicht auf diese Art verschicken lassen – und doch hatte sie sich gegen ihren Willen dazu überreden lassen abzureisen.

Für Guy war es ein Tag kleiner Triumphe. Indem er Harriet, Sasha und diesen alten Feigling Inchcape vorausschickte, schützte er sie nicht nur, sondern machte gleichzeitig die Bahn frei für einen Kampf, den er entschlossen war zu führen, den Kampf gegen den Despotismus. Er glaubte, dass die letzte Schlacht nun unmittelbar bevorstand. Jetzt konnte er dem Feind allein entgegentreten.

26

Harriet begann nicht mit Reisevorbereitungen. Sie erwähnte ihre Pläne Sasha gegenüber nicht einmal. Sie würde gar nichts unternehmen, bevor sie nicht das Visum hatte, das ihre Rückkehr garantierte. Als es so schien, als würde sie es nicht bekommen, verschaffte ihr das eine düstere und glanzlose Befriedigung.

Für das Ausreisevisum hatte sie Schlange stehen müssen, aber es wurde ihr ohne Umstände ausgestellt. Bei der Abteilung für das Wiedereinreisevisum wartete niemand. Sie blieb eine Weile stehen und fragte dann nach, erfuhr jedoch, der

Sachbearbeiter sei nicht im Haus. Er würde vielleicht um fünf Uhr wiederkommen.

Am späten Nachmittag kehrte sie in die *prefectura* zurück, doch die Abteilung war noch immer unbesetzt. Sie verlangte, den zuständigen Beamten zu sprechen. Als er endlich kam, nahm er ihr ihren Pass weg und ließ sie zwanzig Minuten warten, bevor er ihn wieder zurückbrachte. Sie brauche ein Empfehlungsschreiben der Gesandtschaft, um ein Wiedereinreisevisum zu bekommen, teilte er ihr mit.

Entmutigt machte sie sich auf den Weg zur Gesandtschaft. Aus einer Seitenstraße vernahm sie die Drehorgel, die das alte rumänische Lied spielte, dessen Titel ihr niemand nennen konnte. Es war eindringlich und einfach und erinnerte sie an den Tag, an dem sie mit Guy und Clarence im Pferdeschlitten die Chaussée hinaufgefahren war. Sie dachte daran, wie die Lichter aus den Geschäften den Schnee mit Gold übergossen hatten, und eine heftige, nostalgische Sehnsucht nach dem Winter überkam sie. Sie würde nicht weggehen, sagte sie sich. Sie konnte Guy nicht zurücklassen. Nicht einmal Bukarest wollte sie verlassen.

Sie schlenderte weiter, überquerte den Platz und entdeckte Bella, die auf das Athénée Palace zuging. Unter der Nazi-Flagge trafen sie aufeinander.

Es war ein milder, sonniger Herbsttag, und Bella trug ein neues Wollkostüm und Nerze um den Hals, die ihr bis zu den Ellenbogen hinunterreichten. Es war das erste Mal seit Bellas Rückkehr nach Bukarest, dass sie einander begegneten. Als sie Harriet erblickte, rief Bella aus: «Ich wollte dich anrufen! Was denkst du, was ich heute auf dem Schwarzmarkt bekommen habe? Sechstausend für ein Pfund! Und der Kurs steigt noch. Meine Liebe, wir sind reich! Ich habe alles gekauft, was ich zwischen die Finger bekommen konnte. Schließlich weiß man ja nie, oder? Ich habe gerade einen neuen Mantel bestellt – Angoralamm natürlich. Ich habe die Felle selbst ausgesucht. *Winzige* Dingerchen! Bei jedem habe ich meinen Namen auf die Rückseite geschrieben, damit nichts schiefgeht. Für Nikko bekomme ich ein halbes Dutzend neuer Anzüge – bester englischer Tweed. Was man jetzt machen muss, ist, Restbestände aufkaufen. *Und* Schuhe – ein Dutzend Paar für jeden von uns. Warum nicht, frage ich dich? Wir haben Geld im Überfluss.» Beschwingt blickte sie nach oben, lächelte die Fahne an und auch den klaren blassen Himmel darüber. «Ich liebe diese Jahreszeit», sagte sie. «Wie herrlich nach dem Sommermief. Man fühlt sich so *lebendig*.» Sie schien vor Leben nur so zu sprühen, tanzte in ihren neuen grünen Schuhen aus Eidechsenleder förmlich auf dem Pflaster. Da Harriet kaum reagierte, nahm sie sie genauer in Augenschein und fragte hastig: «Aber wie geht es dir und Guy? Was haltet ihr von allem?»

Harriet sah zu dem Hakenkreuz hinauf. «Stört dich das nicht?»

Bella blickte erneut nach oben und stieß ein unsicheres Lachen aus. «Ob mich das stört?», wiederholte sie. «Ich weiß nicht. Auf gewisse Weise gibt es mir ein Gefühl von Sicherheit. Es ist so schön, beschützt zu werden, sogar von den Deutschen. Weißt du», mit Trotz in den Augen blickte sie Harriet ernst an, «Rumänien ist sehr ungerecht behandelt worden. Die Alliierten haben eine Garantie ausgesprochen und dann nichts unternommen. *Nichts*. Danach gab es diesen Plan, die Ölquellen in die Luft zu jagen, und schon immer haben in Ploesti ausländische Interessen alles bestimmt. Ausländische Ingenieure überall. Kein Wunder, dass wir in so eine eigenartige Lage geraten sind. Man kann den Rumänen nicht übelnehmen, dass sie die Ausländer aus dem Land haben wollen.»

«Was werden die Rumänen tun, wenn die Ausländer weg sind?»

«Deutsche Fachleute hereinholen, schätze ich.»

«Dann werden in Ploesti auch wieder ausländische Interessen vertreten! Oder sind die Deutschen keine Ausländer mehr?»

Eingeschnappt reckte Bella das Kinn. Sie erweckte den Eindruck, weitergehen zu wollen, doch von irgendeiner Erinnerung an ihre frühere Freundschaft aufgehalten, warf sie Harriet einen zugleich ärgerlichen und mitleidigen Blick zu. «Aber was ist mit dir? Macht es dich nicht nervös, hier zu sein? Ich meine, ich habe immerhin einen rumänischen Pass.» Plötzlich ließ ein Gedanke ihren Humor wieder aufflackern. Sie stieß ein Lachen aus. «Weißt du was, die Leute halten mich für eine Deutsche. Ich kriege, was ich will.»

Harriet hatte aus Furcht davor, Bellas Gefühl der Isolation noch zu verschlimmern, nicht erwähnt, dass sie möglicherweise bald abreisen würde, aber nun wurde ihr klar, dass Bellas gute Laune nichts mit Hysterie zu tun hatte. Vielmehr schüttelte sie gerade ihre alte Identität ab und nahm den Blinkwinkel des Feindes ein.

Harriet sagte: «Guy möchte, dass ich für ein paar Wochen nach Athen fahre, aber ich habe Schwierigkeiten, ein Wiedereinreisevisum zu bekommen.»

Kichernd nahm Bella Harriet beim Arm. «Meine Liebe, du musst nur einmal blinzeln, dann hast du eines. Man muss es bloß richtig angehen. Leg einen Tausend-*Lei*-Schein in deinen Pass. Aber wieso willst du ein Wiedereinreisevisum? Sobald du erst angekommen bist, bleibst du dort.»

«Ich muss zurückkommen. Guy kann hier nicht weg.»

«Ach, ich werde ein Auge auf ihn haben. Ich sehe zu, dass er keinen Unsinn anstellt.»

Bella ging es hervorragend. Während sie es sicher und gemütlich hatte, mussten sich andere ins Exil begeben. Sie konnte von ihrem hohen Ross herab Ratschläge erteilen. «Vielleicht möchtest du ja, dass ich auf ein paar deiner Sachen aufpasse», sagte sie. «Diese hübschen ungarischen Teller zum Beispiel. Ich wäre nicht abgeneigt, ihnen ein neues Zuhause zu geben.»

«Wenn wir endgültig gehen, kannst du dir nehmen, was dir gefällt.»

«Tja, ich muss weiter.» Bella zog ihre Nerze um sich. «Ich habe heute Abend noch mehrere Anproben. Ich will Handschuhe kaufen. Hör mal, ruf mich an und erzähl mir, wie du mit dem Visum vorankommst. Ich komme bei dir vorbei, bevor du gehst.» Mit einem fröhlichen «Mach's gut!» eilte sie weiter, und Harriet kehrte in die *prefectura* zurück, wo sie erneut nach dem verantwortlichen Beamten fragte. Als er auf den Tausend-*Lei*-Schein in ihrem Reisepass stieß, riss er ihn so schnell heraus, dass Harriet ihn kaum verschwinden sah. Er stempelte ihr Wiedereinreisevisum hinein.

«Doamna ist furchtlos», sagte er auf Englisch. «In diesen Zeiten haben die Briten, die ausreisen, nicht den Wunsch wiederzukommen.» Grinsend und mit einer kleinen Verbeugung reichte er ihr den Pass.

Sasha nahm die Neuigkeit von ihrer Abreise regungslos zur Kenntnis. Schließlich, dachte sie, lebte er einfach so, wie seine Familie seit Generationen gelebt hatte: abgeschieden, in Furcht vor der Flucht, aber auf sie vorbereitet.

«Was ist mit Guy?», fragte er.

«Er stößt zu uns, sobald er kann.»

Sie und Guy hatten vorgehabt, Sasha zu unterstützen, bis er Arbeit finden konnte. Nun überraschte er sie mit der unmittelbaren Einschätzung seiner Lage im Ausland. Jenseits rumänischer Rechtshoheit hätte er Zugriff auf das Vermögen, das auf seinen Namen bei einer Schweizer Bank lag.

«Ich werde sehr reich sein», sagte er. «Wenn ihr Geld braucht, kann ich euch welches geben.»

«Du müsstest deine Identität nachweisen.»

«Das könnten doch sicher meine Verwandten tun?»

Harriet lächelte und stimmte ihm zu, fragte sich aber, wo seine Verwandten wohl sein mochten.

Inchcape hatte nur noch vier Tage, um alles zu regeln, aber er tat es voller Eifer. Er beschloss, seine Wohnung aufzugeben.

Bei seiner Rückkehr, erläuterte er Guy, würde er eine *pension* beziehen. «Es nützt ja nichts, wenn wir die Augen vor den Tatsachen verschließen», sagte er. «Früher oder später werden wir uns aus dem Staub machen müssen, vermutlich von einem Moment auf den anderen. Dann ist man besser vorbereitet. Außerdem ist man in einer *pension* sicherer, als wenn man allein lebt.»

Als die Pringles am Sonntag bei ihm eintrafen, öffnete ihnen mit rotgeränderten Augen Pauli die Tür. Er führte sie durch den Flur, in dem Packkisten standen, in das unordentliche Wohnzimmer, in dem alle goldenen Lampen brannten, und begann ihnen jammernd seine Zwickmühle zu schildern.

Es sei der größte Wunsch in seinem Leben, dem Professor überallhin zu folgen. Doch leider hatte Pauli eine Frau und drei Kinder. Er sei bereit gewesen, sie zu verlassen, aber der Professor, der gnädigste aller Herren, habe darauf beharrt, dass Paulis Verpflichtungen hier seien.

Pauli gab sich keine Mühe, so zu tun, als glaubte er, Inchcape würde zurückkehren. Zu vieles sprach gegen diese Annahme. Bei dem Gedanken an ihre Trennung auf ewig liefen Pauli die Augen über, seine Schultern zuckten. Er zog ein nasses Taschentuchknäuel heraus und rubbelte sich damit über das Gesicht, während Guy ihm die Schulter tätschelte und sagte: «Wenn der Krieg vorüber ist, sehen wir uns alle wieder.»

«Dupa răsboiul», wiederholte Pauli, und als käme ihm der Gedanke, dass der Krieg irgendwann enden könnte, zum ersten Mal, heiterte seine Miene sich auf. Nickend putzte er sich die Nase, sagte wieder und wieder *«Dupa răsboiul»* und eilte davon, um Inchcape mitzuteilen, dass sie eingetroffen waren.

Harriet sagte: *«Dupa răsboiul!»*, und dachte an den Krieg, der sie wie ein Meer von Fortschritt und Wohlstand in der Welt abschnitt. Möglicherweise würde alles, was sie in ihrem Leben erreicht hatten, darin untergehen. «Und was wird danach noch übrig sein?», fragte sie. «Wir sind dann vielleicht nicht mehr jung, nicht einmal mehr ehrgeizig. Und vielleicht endet der Krieg nie. Vielleicht werden wir nie ein Zuhause haben.»

Sie schlenderte zwischen den Kisten umher, blieb an den Tischchen stehen und bewunderte Inchcapes Schüssel mit den künstlichen Früchten. Da war eine Feige aus Malachit, eine lila Pflaume, eine feuerfarbene Khakifrucht. Sie hielt eine Birne gegen das Licht, betrachtete die glitzernden Plättchen darin und fragte: «Glaubst du, er würde mir die schenken, wenn ich ihn darum bitte?»

«Natürlich nicht.» Guy war von dem Gedanken schockiert und fügte, als er Inchcapes Schritte vernahm, warnend hinzu: «Leg sie wieder hin.»

Inchcapes Blutergüsse hatten sich nun grün und violett verfärbt. Er sah kaum besser aus als am Morgen nach dem Überfall, hatte aber seine sardonische Arroganz wiedergewonnen. Er ging zu einem chinesischen Schränkchen hinüber und holte drei Flaschen heraus, die alle beinahe leer waren.

«Die können wir genauso gut austrinken», sagte er. «Was möchtet ihr haben? Brandy, Gin, *țuică*?»

Er trug seinen Mantel, und man konnte hören, wie Pauli im Flur Gepäck auftürmte, doch Inchcape schien es nicht eilig zu haben. Nachdem er die Drinks eingeschenkt hatte, ging er herum, rückte die Lampenschirme zurecht und betrachtete die Wirkung seines Tuns. Eine der Schachfiguren aus Elfenbein war umgefallen. Er stellte sie wieder auf. Befriedigt blickte er sich zwischen seinen Besitztümern um und sagte: «Pauli wird alles sorgfältig verpacken. Er wird die Sachen einlagern und für mich ein Auge darauf haben.» Er ließ kein sonderlich großes Bedauern darüber erkennen, dass er seine Habseligkeiten zurücklassen musste, aber er war kein mittelloser Mann. Er konnte sie ersetzen.

Pauli kam herein, um zu vermelden, er habe ein Taxi gefunden und das Gepäck nach unten gebracht. Als sie aus dem Zimmer kamen, stand er schniefend an der geöffneten Wohnungstür. Beim Anblick von Paulis Kummer versiegte Inchcapes Munterkeit, und sein Gesicht nahm einen angestrengten Ausdruck an. Er legte die Hände auf Paulis Schultern und schien etwas sagen zu wollen, doch Augenblicke verstrichen, bevor er hervorbrachte: «Auf Wiedersehen, Pauli, mein Lieber.»

Das war zu viel für Pauli, der mit einem gequälten Aufschrei auf die Knie sank, nach Inchcapes Hand griff und sie mit Küssen bedeckte.

Inchcape lächelte wieder. Er begann in Richtung Tür zurückzuweichen, aber Pauli rutschte ihm auf den Knien hinterher und ließ ihn nicht los, bis sie im Treppenhaus angelangt waren. Mit einer schnellen, aber sanften Bewegung machte sich Inchcape los und eilte die Treppe hinunter. Guy und Harriet taten es ihm gleich, verfolgt von Paulis herzzerreißendem Schluchzen.

Auf der langen Fahrt durch die dunklen Nebenstraßen zum Bahnhof schwiegen sie. Inchcapes Miene war düster, dann blickte er plötzlich auf und sagte: «Sie haben Pinkrose gegenüber kein Wort davon erwähnt?»

Das hatten sie nicht, fühlten sich aber Pinkrose gegenüber, der allein in seinem Hotel saß, schuldig. Wäre er mit irgendeiner Freundschaftsbezeugung auf sie zugegangen, hätten sie Schwierigkeiten gehabt, die Täuschung aufrechtzuerhalten, aber er hatte sie gemieden und für sich bleiben wollen.

«Es wäre unerträglich, den alten Knaben im Zug anzutreffen.» Inchcape sah Guy an. «Morgen können Sie ihm sagen, dass mich dringende Geschäfte abberufen haben. Sagen Sie ihm nicht, wohin ich gefahren bin. Sagen Sie, dass ich wiederkomme, aber falls er selbst abreisen möchte, ermutigen Sie ihn dazu. Hier gibt es für ihn nichts zu tun. Wenn er nach Athen fahren würde, gäbe es dort vielleicht ein griechisches Schiff nach Alexandria.»

«Und wo könnte er von dort aus hin?», fragte Guy.

Inchcape kicherte. «Das weiß der Himmel. Lassen Sie ihn seine Rückfahrt selbst organisieren. Er hat schließlich auch jede Menge Elan aufgebracht, um hierherzukommen.» Er lächelte, dachte über seinen Freund nach und sagte dann mit tiefster Ablehnung: «Er ist natürlich kein Adeliger. Führt einen schottischen Titel, glaube ich, ohne dass eine Spur von schottischem Blut in ihm ist. So ein Titel ist bloß Klimbim. Ich würde selbst keinen führen. Und er hat sehr wenig Geld geerbt. Schon als junger Mann war er ein komischer Kauz. Er ist einfach nach Cambridge gekommen und hat es nie wieder verlassen. Er hat dort alles bekommen, was er jemals haben wollte.» Inchcape lachte in sich hinein. «Er erzählt immer gern diese alte Geschichte von einem Universitätsprofessor, dem von Napoleon eine Unterredung gewährt wurde. ‹Zweifellos ein beachtlicher Bursche›, sagt er dann, ‹aber jeder konnte sofort sehen, dass er nicht in Cambridge war.›»

Eine ganze Weile saß Inchcape darauf still da und wurde von Belustigung geschüttelt, vielleicht über die Anekdote, vielleicht auch über Pinkrose, aber noch wahrscheinlicher lachte er darüber, dachte Harriet, dass er selbst davonkam und Pinkrose hier seinem Schicksal überließ.

Drei Kofferträger mussten damit beauftragt werden, Inchcapes Gepäck zum Zug zu tragen. Als ihm auffiel, dass Harriet die Prozession von Koffern betrachtete, erklärte er: «Ich nehme meine Sommerkleidung und ein paar Wertsachen mit, um sie in Sicherheit zu bringen. Man möchte ja nicht noch das letzte Hemd verlieren.»

Der Express stand am Bahnhof, aber um ihn herum gab es wenig Bewegung. Die meisten Waggons waren leer. In diesen Zeiten unternahm niemand eine Vergnügungsreise. Die wenigen Fahrgäste, die auf dem Bahnsteig herumstanden, schmorten in ihrem Trübsinn. Eine Gruppe bestand aus den jungen englischen Ingenieuren der Telefongesellschaft. Guy blieb stehen, sprach mit ihnen und erfuhr, dass man ihnen vor wenigen Stunden mitgeteilt hatte, sie müssten das Land verlassen. Als sie bei der Gesandtschaft um Hilfe baten, riet man ihnen, die Ausweisung zu akzeptieren und zu gehen.

Nachdem Inchcape sich seinen Schlafwagen gesichert und sein Gepäck verstaut hatte, stellte er sich an ein Flurfenster.

Er lächelte auf Guy und Harriet herab, die auf dem Bahnsteig standen und unsicher waren, ob sie gehen oder bleiben sollten. «Tja, gute Erholung und viel Vergnügen!», sagte er. Dann, nach kurzem Zögern: «Passen Sie auf sich auf. Ich werde unseren Fall mit Nachdruck vorantreiben, wenn ich dort bin. Wir fordern eine Gehaltserhöhung und das Recht, von Bord zu gehen, wenn wir es für ratsam halten, stimmt's?»

Ein langes, mutloses Schweigen entstand. Vielleicht wirkten die beiden jungen Menschen auf ihn etwas verloren, denn er sagte in rechtfertigendem Ton: «Sie kommen zurecht. Sie sind jung.»

«Macht das einen Unterschied?», fragte Harriet.

«Aber sicher doch. Vor vierzig denkt man nicht an den Tod. Nach vierzig denkt man an nichts anderes mehr.» Er lachte, doch wie er sie in dem trüben Licht so anlächelte, machte er auf Harriet einen bemitleidenswert ältlichen und kranken Eindruck. «Außerdem», ergänzte er, «wären Sie in England schlechter dran.»

Harriet entgegnete: «Ich würde lieber zusammen mit meinen eigenen Leuten bombardiert werden als hier abgeschnitten zu sein.»

Inchcape stieß ein Lachen aus. «Das glauben Sie nur.»

Das Gespräch versiegte erneut. Inchcape warf einen Blick über die Schulter durch die offene Tür, die seine Schlafwagenpritsche freigab, und sagte: «Hören Sie, es nützt ja niemandem, wenn Sie sich hier weiter die Beine in den Bauch stehen. Wann dieser Zug losfährt, steht in den Sternen. Ich fühle mich ein bisschen angeschlagen, also verabschiede ich mich jetzt und lege mich aufs Ohr.» Er streckte die Arme aus dem Fenster und reichte eine Hand Harriet, die andere Guy. Er lächelte sein altes, sardonisches Lächeln, und eine einzelne Träne rann sein verfärbtes, zerschlagenes Gesicht herunter. «Auf Wiedersehen, auf Wiedersehen. Ich werde zurück sein, bevor Sie Zeit haben, mich zu vermissen.» Mit einem Ruck befreite er seine Hände, wandte sich abrupt um, betrat das Schlafabteil und schloss die Tür.

Harriet legte ihre Hand in Guys. Als sie durch das höhlenartige Dunkel des Bahnhofs, mit seinem Geruch nach Kohle und Dampf, davongingen, durch diese hoffnungslose Abschiedsstimmung, dachte Harriet, dass auch sie selbst in ein oder zwei Tagen fort sein und Guy allein zurückbleiben würde.

27

Obwohl ihn die Untätigkeit rastlos machte, hatte Guy es nicht eilig damit, Pinkrose alles zu erklären. Er hatte vorgehabt, am Montagmorgen ins Athénée Palace zu gehen, schob es aber so lange auf, dass das Mittagessen bereits auf dem Tisch stand, und da beschloss er, noch bis zum Abend zu warten.

Als sie gerade essen wollten, läutete das Telefon. Es war Dobson, der ihnen mitteilte, dass Pinkrose in höchst alarmiertem Zustand in der Gesandtschaft aufgetaucht sei. Am Morgen habe Galpin ihn in der Hotelhalle angehalten und es für nötig erachtet, ihm von dem Überfall auf Inchcape zu erzählen. Pinkrose sei umgehend zu Inchcapes Wohnung gegangen, wo er von Pauli erfahren habe, sein Freund habe Rumänien verlassen. In Panik sei er zur Gesandtschaft geeilt und habe gefordert, dass augenblicklich ein Flugzeug gechartert werden müsse, um ihn nach Hause zu fliegen.

«Übrigens», unterbrach sich Dobson, «stimmt das? *Hat* Inchcape sich aus dem Staub gemacht?»

«Ja.»

«Und wozu diese Heimlichtuerei?» Dobson schlug einen leichten, beinahe amüsierten Ton an, aber die Schärfe darunter war unüberhörbar. Ohne auf Antwort zu warten, sprach er schnell weiter. «Nun, mein lieber Freund, der vornehme Lord fällt jetzt in Ihren Zuständigkeitsbereich. Er war über eine Stunde hier und hat unser aller Zeit verschwendet, lächerliche Forderungen hinsichtlich seiner Rückreise gestellt et cetera. Wir haben einfach nicht die Zeit, uns um so etwas zu kümmern. Seine Exzellenz hat ihm gesagt, er solle nach Persien oder Indien fliegen, aber er behauptet, kein Geld zu haben. Ich habe ihm nahegelegt, nach Athen zu gehen, wo er aus der Schusslinie ist und vermutlich verwandten Geistern begegnen wird. Jedenfalls haben wir ihm ein Ausreisevisum besorgt. Er ist frei, zu gehen, wohin er will. Seien Sie so gut und halten Sie ihn uns in der Zwischenzeit vom Leib. Versuchen Sie, ihm klarzumachen, dass die Aktivitäten der Gardistenbewegung entgegen seiner Überzeugung nicht, ich wiederhole, *nicht*, gegen ihn persönlich gerichtet sind.» Dobson schloss mit einem Lachen, legte dann unvermittelt auf.

Guy setzte sich an den Tisch und sagte: «Ich gehe direkt nach dem Mittagessen.»

Nach dem Mittagessen blieb er sitzen. Da sie wusste, wie unangenehm die bevorstehende Unterredung für ihn werden würde, machte Harriet keinen Versuch, ihn anzutreiben. Sie würde am folgenden Tag abreisen und ging ins Schlafzimmer, um die Kleidungsstücke auszusuchen, die sie mitnehmen wollte. Nach ein paar Minuten kam er ihr mit hängendem Kopf nach und sagte: «Vielleicht könntest du ja mit mir kommen. Die Tatsache, dass du noch hier bist, beruhigt ihn möglicherweise.»

«Na gut, aber ich muss zuerst mit Sasha sprechen.»

Sie hatte Sasha einen kleinen, billigen Koffer gekauft, in den die Kleidungsstücke passten, die Guy ihm abgetreten hatte. Er wollte einige seiner Zeichnungen mitnehmen, und da diese auf den Boden von Harriets Handkoffer gelegt werden mussten, ging sie in sein Zimmer. Sie fand ihn wie ein Kätzchen zusammengerollt auf dem Bett vor.

Da sie sich über die Dauerbeschallung durch die Mundharmonika beklagt hatte, spielt er sie nun, umklammert mit beiden Händen, beinahe tonlos.

Seine Habseligkeiten waren ordentlich auf dem Tisch ausgelegt. Die Zeichnungen lagen bereit, sodass sie sie einpacken konnte.

Sie fragte: «Was ist das für eine alberne Melodie, die du da spielst?»

Er löste seine Lippen von der Mundharmonika, um zu sagen: «‹*Hey, hey, hey Ionesculi*›. Das singt Despina immer.»

Sie versuchte streng zu klingen. «Du weißt bestimmt, wenn wir nach Athen kommen, wirst du ein ernsthaftes Studium anfangen müssen.»

Er lächelte sie über das Instrument hinweg an, dann setzte er es sich wieder an die Lippen.

Obwohl Guy und Harriet zur Siesta-Zeit im Hotel ankamen, waren die Halle und das Vestibül voller Menschen. Wie an dem Tag, an dem die Heeresmission eingetroffen war, konnten die Hotelangestellten nicht einmal der Hälfte der Menschen einen Sitzplatz anbieten, die für ihren Kaffee nach dem Mittagessen gekommen waren.

Galpin stand in der Halle und studierte die Ansammlung mit säuerlichem Blick. Den Pringles sagte er, es gehe das Gerücht, dass ein hochrangiger deutscher Offizier namens Speidel an diesem Nachmittag eintreffen sollte. «Er ist jung und gutaussehend, hört man. Schaut euch diese verfluchten Frauenzimmer an! Und da ist auch wieder diese Schlampe, rollig wie eh und je.»

Prinzessin Teodorescu hatte das Hotel betreten. Wie andere aus ihrer Gesellschaftsschicht war sie in dem Vertrauen nach Bukarest zurückgekehrt, dass ihre deutschen Kontakte sie vor der Eisernen Garde schützen würden. Man munkelte, sie habe unter den jungen deutschen Offizieren bereits einen Liebhaber gefunden. Einige dieser Offiziere standen um sie herum, während sie fieberhaft redete, zuckende Bewegungen mit den Schultern machte und wild gestikulierte. Sie trug einen neuen Leopardenfellmantel. Gab es einen abstoßenderen Anblick, fragte Harriet sich, als den einer dummen, egoistischen, habgierigen Frau im Fell eines Tieres, das so viel ehrfurchtgebietender war als sie selbst?

Hadjimoscos war Teil der Gruppe. Er glitt auf seinen Kinderschuhen umher, und sein rundlicher kleiner Körper sah seltsam weich aus, wie mit Sägespänen gefüllt. Er ging von einem Offizier zum nächsten, vertiefte sich in ernsthafte Gespräche, hob entzückt sein flaches, weißes Tatarengesicht und legte ab und an seine kleine, weiße, wulstige Hand auf einen deutschen Unterarm. Ein stämmiger, plattfüßiger Mann, der sich bewegte wie ein Wanderfalke, gesellte sich zu ihnen: ein bekannter deutscher Finanzier, den man hergeholt hatte, damit er Rumäniens in Auflösung begriffener Wirtschaft mit seinem Rat zur Seite stand.

«Aber das Beste haben Sie noch gar nicht gesehen.» Galpin drehte sich langsam um und deutete mit dem Kinn in Richtung Rezeption. «Sehen Sie mal, wer da ist.» Die Pringles folgten seinem Blick und sahen, dass das Geschehen von zwei hundsgesichtigen, dienstfertigen Gesellen in den schwarzen Uniformen der Gestapo scharf beobachtet wurde.

«Seit wann sind die da?», fragte Guy starr.

«Das weiß keiner. Aber die zwei sind nicht die Einzigen. Es sind Dutzende. Haben Sie das von Wanda gehört?»

«Nein», antworteten die Pringles, die die Verpflichtung verspürten, allmählich Pinkrose aufzusuchen, sich jedoch nur zu gern aufhalten ließen.

«Ah!» Galpin hob theatralisch sein langes, griesgrämiges, unaufrichtiges Gesicht. «Sie haben sie rausgeworfen, die Mistkerle.»

Da hatten sie also eine weitere Person, die aus dem Kreis der Engländer verschwunden war.

Pinkrose rief, als Guy an seine Tür klopfte, mit hoher, erregter Stimme: *«Entrez, entrez.»*

Sie trafen ihn auf Knien an, er stopfte gerade seine Kleider in seine Reisetasche. Er trug einen geblümten Baumwoll-Kimono, wie ihn in Japan die jungen Frauen in den Teehäusern trugen. Sein Kopf fuhr herum, und als er die Pringles erblickte, schien ihre Dreistigkeit ihn zu erstaunen, aber er hatte nichts zu sagen und wandte sich wieder dem Packen zu.

Guy versuchte, Inchcapes Abreise zu erklären. «Er hofft, sehr bald wieder hier zu sein», sagte er.

Pinkrose schien nicht zuzuhören. Er rappelte sich auf, zog den Kimono aus und stopfte ihn zu den anderen Sachen. Er trug Hemd, Hose und mehrere Wollstrickjacken. Hastig schlüpfte er in sein Jackett und sagte: «Ich nehme den nächsten Zug zur Fähre nach Konstanza.» Er ging herum und sammelte letzte

Habseligkeiten ein, wobei er auf Abstand zu den Pringles achtete, als fürchtete er, sie könnten versuchen, ihn aufzuhalten. Atemlos sagte er dabei: «Das nehme ich Ihnen übel, Pringle. Ich nehme es Ihnen sehr übel. Ich werde es nicht vergessen. Inchcape hat nicht zum letzten Mal von mir gehört, auf keinen Fall. Sein Diener hat mich *angelogen*. Er hat mir mehrfach gesagt, Inchcape läge krank im Bett. Und dabei hat er die ganze Zeit geplant, sich heimlich in Sicherheit zu bringen und mich, seinen Gast, zurückzulassen in einer fremden Stadt, in der ich Gefahr laufe, von Verbrechern angegriffen zu werden. Das ist unverzeihlich. Ich bin mehrere tausend Kilometer gereist, um eine wichtige Vorlesung zu halten, und ...»

Während er sich in Einzelheiten seiner Reise nach Bukarest erging und ihre Gefahren und Unannehmlichkeiten hervorhob, rammte er eine große Anzahl kleiner Fläschchen in ein tragbares Arzneiköfferchen.

«Und Sie, Pringle», sagte er und warf Guy einen bösen Blick zu, «Sie waren an der Sache beteiligt. Ich habe Sie mehr als einmal im Hotel gesehen. Sie haben sich entschieden, mich nicht wissen zu lassen, was vor sich ging. Ich musste es von einem Fremden erfahren.»

Nachdem Guy, der alles mit kläglichem Schuldbewusstsein über sich ergehen ließ, keinen Versuch unternahm, sich zu verteidigen, fiel Harriet Pinkrose ins Wort. «Professor Inchcape wollte Sie nicht beunruhigen. Er hat uns strikte Anweisung erteilt, Ihnen bis zu seiner Abreise nichts zu sagen.»

Pinkrose, der sich gerade diverse Schals um den Hals wickelte, sog Luft durch die Zähne ein, gab aber keinen Kommentar dazu ab. Ein kleines, drohendes Lächeln lag auf seinen Lippen. Nach einigen Momenten sagte er: «Die Zentralverwaltung wird von alledem im Detail erfahren. Soll der Vorstand sich ein Urteil bilden. Zwischenzeitlich bin ich gezwungen, meine Reise nach Griechenland aus eigener Tasche zu bezahlen. Ich gehe davon aus, dass man mir die Auslagen erstatten wird, und kann nur hoffen, dass das Büro in Athen mir mit der Zuvorkommenheit und dem Taktgefühl begegnen wird, die ich hier schmerzlich vermisst habe.»

Der Zug zur Fähre nach Konstanza ging um halb vier. Pinkrose blieb kaum noch Zeit, ihn zu erwischen. Dieser Umstand und die Tatsache, dass das Schwarze Meer um diese Jahreszeit einigen Seegang aufweisen konnte, ließ Guy seine Sprache wiederfinden. «Warum warten Sie nicht bis morgen? Meine Frau nimmt das Flugzeug nach Athen. Dobson fliegt ebenfalls ...»

«Nein, nein», unterbrach Pinkrose ihn ungeduldig, «ich freue mich auf die Seereise. Sie wird mir guttun.» Er nahm seinen Mantel. Als Guy vortrat, um ihm hineinzuhelfen, wich er schwungvoll zurück und warf ihm einen vernichtenden Blick zu.

Ein Hoteldiener kam herein, um das Gepäck zu holen. Pinkrose hatte ein Taxi bestellt, das nun auf ihn wartete.

Harriet sagte: «Auf Wiedersehen.» Pinkrose blickte zu ihr herüber, offensichtlich hielt er sie für unschuldig, und machte eine Bewegung auf sie zu, die, wenn man ihr Zeit gegeben hätte, in einen Handschlag hätte münden können – aber er konnte nicht warten. Ohne ein Wort an Guy ging er hinaus.

Allein im Zimmer hatten die Pringles das Gefühl, unbefugt dort zu sein. Harriet legte den Arm um Guys Taille. «Darling, wie kann ich morgen abreisen und dich hier zurücklassen?»

«Du wirst mir eine Stelle besorgen», rief er ihr ins Gedächtnis.

Ihre Trübseligkeit hellte sich ein wenig auf, als sie auf den

Treppenabsatz traten und unten in der Halle David erblickten. Er war, als sie in Predeal gewesen waren, «ins Delta» gefahren – was immer das hieß –, und nun tauchte er zum ersten Mal wieder auf. Insgeheim hatte Harriet befürchtet, er könnte vielleicht gar nicht zurückkommen. Seine geheimen Missionen konnten in diesen Zeiten leicht ins Verderben führen. In dem Wissen, dass ihre Tage hier gezählt waren, hätte er sich auch auf den Weg zur Grenze machen können. Aber hier war er und sah so ungezwungen und selbstbewusst aus wie immer, und sein Anblick wärmte Harriet das Herz. Als Guy entzückt die Stufen hinuntereilte, um ihn zu begrüßen, verzog David amüsiert über den Überschwang seines Freundes die Mundwinkel leicht nach oben. Er hatte sich gerade in das Anmeldebuch eintragen wollen und sagte: «Als ich heute Morgen zurückgekommen bin, musste ich feststellen, dass das Minerva mich verlorengegeben hat. Ein Mitglied der Herrenrasse haust in meinem Zimmer. Mein Gepäck hat man in den Keller gebracht. Zum Glück ist hier gerade ein Zimmer frei geworden, als ich angekommen bin.»

«Pinkroses Zimmer, nehme ich an», sagte Guy, erzählte von dem Überfall auf Inchcape und dem, was er «die Flucht der Professoren» nannte.

David kicherte bei der Vorstellung von Pinkrose in dem japanischen Hausmantel in sich hinein. «Ich kenne mehr als einen, der für diesen Anblick viel Geld bezahlen würde», sagte er. «Der Einsiedler besitzt eines der prachtvollsten Häuser in Cambridge, aber niemand hat es je von innen gesehen. Das Traurige an alledem ist, dass Inchcape vermutlich sein einziger Freund ist.»

Als er vernahm, dass Clarence ebenfalls fort war, lächelte David nachsichtig. «Ich *mochte* den alten Clarence», sagte er und musste vor Überraschung über sein Eingeständnis lachen. «Ich glaube nicht, dass irgendeiner von uns hier noch lange ausharren wird», fügt er hinzu, und die Pringles stellten keine Fragen, da sie wussten, dass er ihnen mehr nicht sagen konnte.

Als sie zusammen durch die Halle gingen, stockte David, als er die schwarzen Gestalten von der Gestapo zum ersten Mal sah. An Guy gewandt hob er eine Augenbraue, doch keiner von ihnen sagte etwas. Sie verließen das Hotel in dem Gefühl, dass es nichts zu tun gab, als auf das Ende zu warten. Sie wollten sich nicht trennen.

David musste sich in der Gesandtschaft melden und bat die Pringles, mit ihm zu kommen.

Als sie am Randstein standen und auf eine *trăsură* warteten, beobachteten sie eine gardistische Motorradkolonne in neuen Lederjacken und Fellkappen. Lärmend und zielgerichtet brausten sie vorbei, mit harten Gesichtern, als seien sie auf dem Weg zu einer Hinrichtung oder dem Verhör eines Verräters, doch nachdem sie den Platz mit Höchstgeschwindigkeit einmal umrundet und dabei Fußgänger und Autos an den Fahrbahnrand getrieben hatten, verschwanden sie in die Richtung, aus der sie gekommen waren.

«Keine besonders nützliche Beschäftigung», sagte Harriet, «aber es macht bestimmt großen Spaß.»

Sie blieben in der *trăsură* sitzen, während David seine Rückkehr vermeldete, und Harriet hielt dabei fest Guys Hand. Um sie zu trösten, sagte er: «Hast du gehört, was David gesagt hat? Vielleicht komme ich hier schneller weg, als wir glauben.»

«Hm.» Harriet hegte die Befürchtung, dass er zu lange ausharren würde und dann vielleicht überhaupt nicht mehr abreisen könnte, aber sie hatte aufgehört, ihn anzuflehen. Sie wusste, dass er sich verpflichtet fühlte, seine Arbeit zu einem

Abschluss zu bringen, um welche Sorte Abschluss es sich auch immer handeln mochte.

Als sich David wieder zu ihnen gesellte, sagte er: «Ich muss mich mit jemandem treffen, aber noch nicht gleich. Wollen wir die Chaussée hinauffahren?»

Die Sonne stand tief am Himmel. Sie hatten das Verdeck der *trăsură* heruntergeklappt und spürten die schneidende kleine Brise im Gesicht, die in den kommenden Wochen zu dem Wind werden würde, der den Schnee mit sich brachte. Die Chaussée wirkte bereits winterlich. Die von der glühenden Sommerhitze vertrockneten Bäume waren vollkommen kahl. In den Gartenrestaurants war alles abgedeckt. Die Cafés hatten die Markisen und Sonnenschirme hereingeholt, manche hatten gleich ganz geschlossen. Der Oktober war da, und das Leben spielte sich wieder drinnen ab.

David sagte: «Es macht das Gerücht die Runde, Deutschland habe wichtige Pläne für Rumänien und dass es dadurch seinen Rang in der Welt zurückgewinnen wird.» Als er darauf in sich hineinkicherte, fragte Guy: «Und was hältst du davon?»

«Ich glaube, die Deutschen werden dieses Land ohne die geringsten Skrupel verschlingen. Sie fordern bereits Rekruten. In den Zeitungen steht davon natürlich kein Wort, aber ich höre, dass rumänische Bauern in Viehwaggons verladen und zur Ausbildung nach Deutschland verschickt werden. Die armen Kerle, sie gehen freiwillig, weil ihre Offiziere ihnen erzählen, sie würden für England kämpfen.»

Harriet fragte: «Denken die wirklich, die Deutschen seien Engländer?»

«Sie denken überhaupt nicht. Aber wenn es so weit ist, wird man ihnen sagen: ‹Das da ist der Feind. Kämpft!› Und sie werden kämpfen und sterben.»

Sie befanden sich nun auf offenem Gelände und konnten in der Ferne wie einen pflaumenblauen Dunstschleier den Wald von Snagov sehen. Der See von Snagov spiegelte einen metallgrauen Himmel. Die abgeernteten Felder hatten in dem schweren, herbstlichen Licht etwas Tristes, Ödes.

David sagte: «Ich muss diesen Menschen im Golfclub treffen.»

«Im Golfclub!»

David lachte. «Es soll ein geheimes Treffen sein. Deswegen hat man sich für den Golfclub entschieden.»

«Ich war noch nie im Golfclub», sagte Harriet.

«Dann komm mit und schau ihn dir jetzt an. Möglicherweise ist es die letzte Gelegenheit.»

Der hinter einer Wand von immergrünen Pflanzen versteckte Club war in den Zwanzigern von englischen Geschäftsleuten gegründet worden, deren Geschäft hier florierte. Mit beachtlicher Kunstfertigkeit hatten sie aus dunklen Ziegeln, moosigen Rasenflächen und feuchten Wegen einen englischen Landsitz des späten neunzehnten Jahrhunderts reproduziert. Die Tür zum Clubhaus stand offen. Das Haus wirkte verlassen. Guy, Harriet und David gingen zum Salon durch, dessen zwei große, bodentiefe Fenster auf den Golfplatz hinausgingen, der sich auf der Rückseite des Hauses erstreckte. Die zahlreichen Sessel im Raum waren mit verblasstem Chintz bezogen. Auf kleinen Tischen stapelten sich zerfledderte Ausgaben englischer Zeitungen.

Durch die offenen Glastüren drang mit der Luft der Geruch von kalter, feuchter Erde herein. Von irgendwoher im oberen Stockwerk drang das Brr-Brr eines Telefons herunter, an das niemand ging.

Die Pringles fragten nicht, wen David hier treffen wollte,

doch er sagte: «Ich sehe keinen Grund für Heimlichtuerei. Der Mann, der gleich eintrifft, ist der Vorsitzende eines neuen Beratungsausschusses, der in Kairo gegründet wurde. Er ist diensteifrig hier eingeflogen und macht sich zweifellos vor, dass man selbst zu diesem späten Zeitpunkt noch etwas bewirken kann. Die Diplomatie ist so weit von der Realität entrückt, dass Seine Exzellenz noch immer nicht genau weiß, was genau eigentlich schiefgelaufen ist, und mich deshalb abgestellt hat, die Sachlage zu erläutern.» Zwei Männer waren seitlich um das Haus herumgekommen. «Da sind sie ja», sagte David und ging zu ihnen hinaus.

Der eine Mann war Wheeler, ein hochrangiger Beamter der Gesandtschaft, den die Pringles von Gesellschaften her kannten. Der andere war ein Fremder, gutaussehend, mittelgroß und mittleren Alters. Er trug einen dunklen Mantel und eine Melone und hatte einen zusammengeklappten Regenschirm dabei.

Als sie David bemerkten, der sich selbstbewusst, aber, da er so viel jünger war als sie, mit einer gewissen Ehrerbietung näherte, blieben die beiden Männer stehen. Die drei begannen zusammen auf und ab zu gehen, spazierten langsam vierzig Meter in die eine Richtung, dann machten sie kehrt und gingen wieder zurück. Aus dem regengrünen Gras, das in dem Zwielicht leuchtete, stieg Nebel auf, verschleierte die Büsche in der Ferne und waberte um die Beine der dahinschlendernden Männer.

Harriet erinnerte sich an die Zeit, in der Frankreich gefallen war, als sie Tag für Tag mit anderen Engländern im Garten des Athénée Palace gesessen hatte, den sie seitdem nicht mehr betreten hatte. Nun befand sie sich in der nächsten angespannten Situation, im Golfclub, den sie nie zuvor besucht hatte und vermutlich nie wieder besuchen würde. Sie wandte sich vom Fenster ab und sagte: «Was sollen wir machen?» Sie hatte das Gefühl, Guy und sie seien allein in einer leeren Welt. Alles gehörte ihnen. Sie konnten tun und lassen, was sie wollten, aber es gab nichts zu tun. Sie begann durch das Zimmer zu schlendern, nahm Zeitungen in die Hand und legte sie wieder hin. Auf der einen Seite des Raums befand sich eine geschlossene, mit einem Vorhängeschloss gesicherte Bar. An den Wänden hingen Geweihe, Hörner und viele andere zweitklassige Jagdtrophäen. Es gab auch gekreuzte Speere und irgendwelche Schilde, die man einem afrikanischen Stamm weggenommen hatte.

Sie fragte: «Dachten die, dass es zu Hause so aussieht?»

Guy nahm einen Putter, den jemand in der Ecke hatte stehenlassen, und sagte: «Lass uns rausgehen.»

Sie spazierten zum ersten Green. In unaufdringlicher Entfernung zu den drei Konferierenden blieben sie stehen, und Guy begann mit einem imaginären Ball zu spielen. Für Harriet gab es nichts zu tun, als zuzusehen.

Die Luft war erfüllt vom Zirpen der Grashüpfer. Die Sonne war untergegangen, und es begann zu dämmern, als die Pringles bemerkten, wie der Vorsitzende des Beratungsausschusses, David und Wheeler im Schlepptau, mit amüsierter Miene auf sie zukam. Ohne darauf zu warten, dass sie einander vorgestellt wurden, sprach er Guy mit der ungezwungenen Leutseligkeit eines Mannes an, der zur Bedeutsamkeit erzogen worden ist.

«Von da drüben sah es aus, als würden Sie hier Schlangen töten.»

Guy errötete leicht und lachte. «Nein, ich schlage nur die Zeit tot.»

Der Ausschussvorsitzende schien von dieser schlichten Schlagfertigkeit entzückt und sah Wheeler an, der seinerseits Guy ansah, als habe er ein neues Interesse an ihm gefasst. «Das ist Guy Pringle. Er war Dozent an der hiesigen Universität.» Die Vergangenheitsform ließ er für sich sprechen.

«Aha», machte der Mann und nickte mitfühlend.

Harriet wurde vorgestellt. Der Mann, Sir Brian Love, stützte sich auf seinen Regenschirm, hielt sein glattes, gut rasiertes und wohlgenährt rosafarbenes Gesicht in die Luft und sog den feuchten Waldgeruch ein. «Sehr angenehm hier», sagte er und strahlte Wohlbehagen aus. Wheeler, ein dünner Mann, dessen dünner Schnurrbart zwischen faltigen Wangen herabhing, wartete und spielte an seinem Autoschlüssel herum.

Die drei jungen Leute warteten ebenfalls, dass sie entlassen würden, doch Sir Brian schien es mit der Rückreise nicht eilig zu haben. «Riecht nach England», sagte er. «In Kairo herrscht eine Bruthitze. Keine Spur von Herbst. Ich bezweifle, dass sie da einen Herbst *haben.*» Er lachte und sagte zu Wheeler: «Könnten wir nicht alle irgendwohin fahren und etwas trinken?»

Wheeler sah überrascht aus und entgegnete dann: «Dafür fehlt uns wirklich die Zeit, Sir Brian. Seine Exzellenz isst um sieben Uhr zu Abend, und da Sie heute Nacht noch zurückfliegen ...»

Sir Brian nickte, zeigte aber keine Neigung, sich von der Stelle zu rühren. Er blickte zu den dunklen Fenstern des Clubs auf. «Hier ist ja nicht viel los», sagte er.

«Von den Mitgliedern ist praktisch niemand mehr da», antwortete Wheeler.

«Trotzdem ist es nach dem Mittleren Osten eine Wonne.»

«Waren Sie in letzter Zeit in England, Sir?», fragte Guy.

«Vor weniger als einem Monat. Sie würden es sehr verändert finden, nehme ich an. Verändert zum Guten, meine ich.»

Während Wheeler sich mit gerunzelter Stirn darauf konzentrierte, den Wagenschlüssel vom Schlüsselring zu bekommen, sprach Sir Brian ohne Eile von dem neuen Kameradschaftsgefühl, das, wie er sagte, die Klassenschranken in England durchbrach und die Menschen zusammenschweißte. «Die Sekretärin nennt einen ‹Brian›, und der Fahrstuhlführer sagt: ‹Wir sitzen alle im selben Boot.› Das gefällt mir. Das gefällt mir sehr.» Beim Sprechen hatte er ein- oder zweimal einen neckischen Seitenblick zu Wheeler hinübergeschickt, was die anderen für ihn einnahm. Sie bekamen das Gefühl, er sei einer von ihnen und schlage sich entgegen der starren Vorurteile der Gesandtschaft auf ihre Seite.

Wheeler, der nicht zuhörte, seufzte auf. Der Wagenschlüssel hatte sich vom Ring lösen lassen. Er sah ihn verblüfft an und nahm sich dann die schwierigere Aufgabe vor, ihn wieder draufzuzwängen.

«Nach dem Krieg werden wir eine neue Welt kennenlernen», sagte Sir Brian und lächelte die drei jungen Leute an, die ihn alle mit hingerissenen, wehmütigen Blicken ansahen. «Eine klassenlose Welt, möchte ich meinen.»

Harriet dachte darüber nach, wie seltsam es war, in diesem melancholischen Licht diesem wichtigen Menschen zu lauschen, der heute Nachmittag eingeflogen war und abends wieder wegfliegen würde – ein unwirklicher Besuch in einer Situation, die ihm unwirklich vorkommen musste. Und doch, wirklich oder nicht, die anderen Männer würden zurückbleiben und dem Risiko ausgesetzt sein, dass man sie verhaftete, folterte und umbrachte.

Sir Brian unterbrach sich in seiner Rede über England und sagte: «Hier ist also alles vorbei, was? Die Geographie hat uns besiegt. Die Würfel waren gezinkt. Daran kann man niemandem die Schuld geben. Da lässt sich nichts machen.»

Es klang abschließend, er stand aufrecht da, bereit zum Aufbruch.

David trat vor. «Meiner Ansicht nach», sagte er, «hätte man etwas machen können.»

«Tatsächlich!» Der Vorsitzende hielt überrascht inne.

«Wir haben dieses Land vor Monaten durch die idiotische Entscheidung verloren, Carol um jeden Preis zu unterstützen. Die besseren Elemente hier haben sich geweigert, einer solchen Regierung zu dienen. Maniu und die anderen Liberalen hätten sich auf unsere Seite geschlagen, aber wir konnten mit ihnen nichts anfangen. Wir haben dafür gesorgt, dass eine Bande von Schurken an der Macht bleibt. Kein Wunder, dass das Land gespalten wurde.»

«O.» Sir Brian blieb unverbindlich, ein unparteiischer Mann, der bereit war, sich beide Seiten anzuhören. «Und wie schätzen Sie die Situation ein?»

Wheeler rieb sich entnervt über die Stirn.

Mit Bestimmtheit und nun ohne jede Befangenheit antwortete David: «Ein vereintes Rumänien – das heißt, ein Rumänien, das die Loyalität all seiner Minderheiten gewonnen hätte, indem es sie fair behandelt hätte – hätte sich den ungarischen Forderungen widersetzen können. Vielleicht hätte es sich sogar Russland widersetzen können. Wäre es stabil geblieben, hätten sich Jugoslawien und Griechenland mit ihm verbündet, vielleicht auch Bulgarien. Eine Balkan-*Entente*! Was vielleicht nicht viel, aber besser als nichts gewesen wäre. In einem stabilen Land mit vernünftiger Innenpolitik wäre die Eiserne Garde niemals wieder erstarkt. Sie wäre niemals auf diese Weise an die Macht gekommen.»

Sir Brian hatte beide Hände auf den Griff seines Schirms gelegt, stand aufrecht da, den Kopf gesenkt.

Wheeler räusperte sich und bereitete sich darauf vor, diese Einschätzung einzukassieren, aber David ließ sich nicht einkassieren. «Und», beharrte er, «da sind die Bauern, eine eindrucksvolle Streitmacht, wenn wir uns dazu durchgerungen hätten, sie zu organisieren. Man hätte sie dazu ausbilden können, bei jedem Hinweis auf eine Unterwanderung durch die Deutschen einen Aufstand anzuzetteln. Und ich kann Ihnen sagen, die Deutschen legen keinen Wert auf Ärger an dieser Front. Sie würde nicht versuchen, ein widerspenstiges Rumänien niederzuhalten. Jetzt sieht es so aus, dass das Land in Stücke zerfallen ist, die Eiserne Garde die Macht ergriffen und die Deutschen eingeladen hat, nach Belieben hereinzuspazieren. Kurz gesagt, unsere Strategie hat dem Feind in die Hände gespielt.»

Sir Brians Kopf ruckte hoch. Lebhaft fragte er: «Und jetzt ist es also zu spät?»

«Allerdings», bestätigte David.

Der Vorsitzende warf Wheeler einen Blick zu, der nicht mehr neckisch war. Er hatte nach dem Stand der Dinge gefragt, aber so genau hatte er es dann doch nicht wissen wollen. Wheeler verlor ebenfalls die Geduld. «Ich glaube wirklich ...», setzte er an.

«Meine Güte, ja, wir müssen.» Sir Brians Hand schoss vor und schüttelte Davids, Guys, Harriets Hand. «Das war alles sehr interessant. Sehr interessant, in der Tat!» Zwar war sein Charme nicht beeinträchtigt, doch irgendetwas stimmte daran nicht. Er ging voran, um das Haus, die anderen folgten ihm.

Er sprach nun wieder ganz liebenswürdig, aber dieses Mal galt die Liebenswürdigkeit Wheeler.

Es war beinahe dunkel. Weiterhin war kein Anzeichen von Licht oder Leben im Haus zu erkennen, aber durch die noch offen stehende Vordertür erspähte Harriet das Aufblitzen des weißen Jacketts eines Bediensteten, dessen Schlüssel in seiner Hand klimperten. Er wartete darauf abzuschließen, sobald sie, die letzten Briten, davonfuhren.

Während Wheeler ihm die Wagentür öffnete, blickte sich Sir Brian zu den drei jungen Menschen um und berührte mit dem Griff des Regenschirms seine Hutkrempe, bevor er einstieg. Er lächelte nicht. Wheeler sagte kein Wort, sondern schlug wütend die Wagentür zu, stieg selbst ein und fuhr los. Guy sah zu, wie sich die roten Rücklichter entfernten, und sagte: «Wir sitzen alle im selben Boot? Dieser *Mistkerl*!»

David blieb nachsichtig. «Das ist einfach die Doppelzüngigkeit, die seine Stellung mit sich bringt. Und Wheeler ist ein Trottel erster Güte. Er hat einmal zu mir gesagt: ‹Wenn es mit der Diplomatie so einfach wäre, wie es Außenstehenden erscheinen mag, mein lieber Boyd, würden wir überhaupt keine Kriege führen.›»

Man hatte sie wegen ihrer Jugend missachtet, und so bogen sich die drei auf der Rückfahrt in die Stadt vor Lachen, während der Wind über die dunklen, verlassenen *grădinăs* kalt heranwehte. Sie waren froh, als sie die beleuchteten Straßen erreichten.

Als sie auf den Platz einbogen, blickte Harriet zu dem großen, hell erleuchteten Schaufenster an der Ecke des Boulevard Brâteanu hinüber und sah, dass es leer war. Der Hispano, der dort seit zwei Monaten gestanden hatte wie ein Standbild, war nicht mehr da. Guy wies die *trăsură* an, vor dem Ausstellungsraum zu halten, und ging hinein, um nachzufragen. Er erfuhr, dass der Wagen von einem deutschen Offizier erstanden worden sei, der ohne nachzufragen die vollen sechzigtausend *Lei* dafür bezahlt hatte. Kein Wunder, der Wechselkurs zur Reichsmark war dergestalt, dass der Hispano so viel gekostet hatte wie ein Spielzeug. Das Geld würde an Mr. Dobson bei der Britischen Gesandtschaft geschickt werden.

David fragte, wo sie essen würden. Harriet wollte ihr Abschiedsessen gerne bei Cina oder Capşa einnehmen, und sie entschieden, zu Capşa zu fahren.

Die wichtigsten Restaurants waren, wenn sie für die Wintermonate wieder in die Innenräume umzogen, stets renoviert und versprühten das Flair einer neuen Saison mit den ihr eigenen Aufregungen. Als sie, durchgefroren von der Fahrt in der offenen *trăsură*, eintraten, waren sie geblendet von dem roten Plüsch und dem Gold und den riesigen Kristallkronleuchtern des Capşa.

Das Essen war nun nicht mehr nur karg, oft war es auch schlecht, denn die Lebensmittelknappheit hatte zum Hamstern und das Hamstern zum Niedergang geführt. Doch das Capşa, das hoch in der Gunst der Deutschen stand, hatte sich einen gewissen Standard bewahrt. Die besten Fleischstücke wurden natürlich für hochrangige Deutsche und ihre Gäste zurückgelegt, aber auf der offenen Speisekarte standen normalerweise Hühnchen oder Kaninchen, auch Hasen, wenn es die Saison dafür war, und selbst eine Art von Kaviar. Im Laufe des Abends würde es hier voll werden, aber jetzt gab es eine ganze Reihe freier Tische.

An der Tür saßen in Begleitung zweier junger Offiziere der Heeresmission Prinzessin Mimi und Prinzessin Lulie. Beim Anblick der Engländer blieben ihre Gesichter ausdruckslos.

Als die drei weitergingen, ging eine Bewegung durch den Raum. Der Oberkellner trat ihnen mit einem überrascht fragenden Blick in den Weg, als könnten sie möglicherweise etwas anderes wollen als essen.

Auf Rumänisch bat David um einen Tisch. Der Oberkellner entgegnete auf Deutsch: «Es tut mir leid. Wir haben keine freien Tische.»

David wandte auf Englisch ein: «Aber die Hälfte der Tische ist nicht besetzt.»

Der andere entgegnete aus alter Gewohnheit in derselben Sprache: «Sie sind alle reserviert. Heutzutage braucht man eine Reservierung.»

David öffnete den Mund, um dagegenzuhalten, doch Harriet sagte: «Das Essen hier ist ohnehin abscheulich. Gehen wir ins Cina.» Mit dem Stolz der Geschlagenen wandte sie sich um, und als sie an den Prinzessinnen vorbeiging, fing sie den Blick eines der jungen Deutschen auf, der sie mit mitleidiger Belustigung betrachtete.

«Na gut, dann eben ins Cina», sagte David, als sie wieder auf dem Gehweg standen.

«Nein», entgegnete Harriet, den Tränen nahe. «Man wird uns bloß wieder abweisen. Lasst uns irgendwohin gehen, wo man uns nicht kennt.»

Sie entschieden sich für das Polişinel, ein Restaurant, das seit den Tagen der Bojaren existierte und einmal sehr in Mode gewesen war. Guy und David hatten dort oft gegessen, als Guy noch Junggeselle gewesen war. Sie trieben eine neue *trăsură* auf und fuhren hinunter in die Dâmboviţa.

Das Polişinel war zu einer Zeit erbaut worden, als es noch Land in Hülle und Fülle gegeben hatte, und hatte einen großen Gastgarten. Sie betraten den Hauptraum, der von ein paar bräunlichen Glühbirnen mehr schlecht als recht erhellt wurde. Nur der Inhaber war da und aß mit seiner Familie zu Abend. Beim Anblick der Ausländer erhob er sich hocherfreut und brüllte wichtigtuerisch nach dem Kellner. Vermutlich hielt er sie für Deutsche, aber die auf diese Weise willkommen geheißenen Engländer waren angesichts ihrer vorangegangenen Erfahrung dankbar.

Ein alter Kellner machte viel Wirbel um sie, setzte sie an einen Fenstertisch mit Blick auf den Garten und eilte dann davon, um weitere Lampen zu holen. Er brachte ihnen eine große, schmutzige Speisekarte, die mit violetter Tinte von Hand geschrieben war, und flüsterte: «*Fripturǎ,* ja?» Es war kein fleischloser Tag, aber er tat so, als lege er ihnen einen verbotenen Genuss ans Herz, und die drei stimmten dankbar zu.

Der Inhaber schrie erneut etwas, und ein heruntergekommenes Zigeunerorchester trat ein, das beim Anblick der Gäste beschwingt in die Saiten griff.

«Ach du lieber Gott!», sagte David. «Die denken, wir sind reich.»

«Das sind wir auch, nach ihren Maßstäben», sagte Guy.

David drehte seinen Stuhl, sodass er den unablässig lächelnden Musikanten den Rücken zuwandte, und gab sich Mühe, über das Getöse hinweg zu sprechen. «Da gibt es diese Geschichte, die gerade die Runde macht. Horia Sima und seine Burschen sind bei der Heiligen Synode vorstellig geworden und haben gefordert, dass Codreanu heiliggesprochen wird. Der Präses sagte: ‹Mein Sohn, es dauert zweihundert Jahre, jemanden heiligzusprechen. Wenn diese verstrichen sind, kannst du gern wiederkommen.›»

David schien die Musik gar nicht mehr zu bemerken. Er und Guy sprachen über Russland. Keiner von ihnen hatte das

Land, von dem sie sich die Erneuerung der Welt erhofften, je besucht, aber im vorangegangenen Frühling, als gemunkelt wurde, dass sich Sowjettruppen für die Invasion in Bessarabien bereitmachten, war David an der russischen Grenze gewesen. Er hatte am Dnjestr gestanden und zu ein paar verlassen wirkenden Hütten hinübergeblickt. Weit und breit keine Menschenseele, nur eine alte Bäuerin hatte er gesehen, die in ihrem Garten gearbeitet hatte.

Die Tatsache, dass er ihnen so viel von seinen Reisen durch Rumänien erzählte, war ein klares Zeichen dafür, dass ihr Leben hier zu Ende war und seine Reisen Vergangenheit waren.

«Konnte man über den Fluss nach Russland?», fragte Harriet.

«Nein, es gab kein Boot und keine Brücke, keine Möglichkeit, den Fluss zu überqueren. Es gab nur das Wasser, grau vor Kälte und von dem bitterkalten Wind aufgewühlt, und hinter dem Wasser grenzenlose, mit Schneeflächen bedeckte Weiten gelblicher Erde, die sich in die Endlosigkeit erstreckten.»

Harriet erzählte ihnen von dem jüdischen Grenzdorf, das Sasha ihr beschrieben hatte. Sie fragte: «Waren alle Bessarabier so bettelarm?»

«Vielleicht nicht bettelarm», entgegnete David, «aber arm waren sie. Deshalb haben die meisten von ihnen natürlich die Russen willkommen geheißen. Rumänien hat nie begriffen, dass man regiert, indem man die Leute von sich überzeugt, anstatt Gewalt anzuwenden. Rumänien hat es verdient, seine Minderheiten zu verlieren. Nicht dass es seine eigenen Leute viel besser behandeln würde. Die Bauern hat man immer schon ausgebeutet. Wieso sollten sie arbeiten wollen, wenn man ihnen alles, was sie produzieren, wegnimmt? Sie sind immer schon von allen ausgenommen worden, von Steuereintreibern, von Geldverleihern, von ihrer eigenen Armee oder irgendeiner anderen Armee. Im Augenblick verpflegen sie die Deutschen. Sie sind im Grunde immer Leibeigene geblieben, und doch glaube ich, wenn man ihnen die Gelegenheit gäbe, würden sie sich als intelligent, kreativ und arbeitsam erweisen. Meiner Ansicht nach ist das Beste, was diesem Land passieren kann, das, wovor es sich am meisten fürchtet – von den Russen überrannt und gezwungen zu werden, die sowjetische Gesellschafts- und Wirtschaftsordnung zu übernehmen.»

Guy lächelte wehmütig bei dieser Aussicht. «Wird dieser Tag jemals kommen?», fragte er.

«Vielleicht früher, als du denkst. Die Rumänen glauben, dass sie mit deutscher Unterstützung Bessarabien zurückbekommen können. Falls sie das versuchen, könnte das Ergebnis sein, dass Russland Rumänien besetzt und vielleicht gleich ganz Osteuropa.»

Ein Blumenmädchen trat an den Tisch und entnahm ihrem Korb kleine Sträußchen aus Ringelblumen und Pompon-Dahlien, die sie auf den Tisch legte, um dann in respektvollem Abstand zu warten, ob die Essensgäste kaufen wollten oder nicht. Guy gab ihr den geringen Betrag, um den sie gebeten hatte, aber sie wirkte überrascht. Sie hatte nur anfangen wollen zu handeln.

Mit dem bitteren, durchdringenden Geruch der Ringelblumen in der Nase blickte Harriet in den Garten hinaus, der gekiest und mit zahlreichen Statuen vollgestellt war. Es gab mehrere alte Bäume, die bis auf die Höhe der umliegenden Gebäude gewachsen waren und gebeugt im Wind rauschten. Dem Garten gegenüber lagen die einst berühmten *salons particuliers*, in denen alle Fenster erleuchtet waren. Bei einigen waren die Vorhänge zugezogen, als seien die Zimmer in Benutzung. In anderen Fenstern waren die Vorhänge mit dicken Kordeln zurückgebunden, sodass man die goldenen und weißen Wände sehen konnte und die Kronleuchter, in denen Glühbirnen zerbrochen waren und Kristalle fehlten. In dem nächstliegenden Fenster erblickte Harriet einen Tisch, der für zwei gedeckt war, und ein mit grünem Satin bezogenes Sofa – ein blasses Seerosengrün, vermutlich sehr schmutzig. Die Räume hatten sich in den letzten fünfzig Jahren nicht verändert, und manche behaupteten, geputzt worden seien sie auch nicht. Es berührte Harriet, inmitten des allgemeinen Zerfalls diese heruntergekommene Pracht zu sehen, die es noch immer schaffte zu beeindrucken.

Als Guy bemerkte, dass sie dem Gespräch nicht folgte, sagte er: «Sie misst vorübergehenden Ereignissen keine Bedeutung bei.»

Harriet lachte. «Man muss sie nur vergehen lassen, dann verlieren sie ihre Bedeutung.»

«Du könntest mit ihnen vergehen», sagte David mit einem düsteren Lächeln.

Das Essen wurde nur schleppend serviert. Man hatte ihnen Suppe gebracht. Gute zwanzig Minuten vergingen, bis der Kellner Messer und Gabeln hinlegte, dann kam endlich die *friptură*.

«Zu seinen Glanzzeiten hat dieses Restaurant die besten Steaks Europas aufgetischt», sagte David.

«Was haben wir da jetzt bekommen, was meint ihr?», fragte Guy.

David kicherte. «Offenbar hat irgendeine *trăsură* jetzt kein Pferd mehr.»

Die Männer erinnerten sich an den Frühling und den Frühsommer des vorangegangenen Jahres, als sie oft ins Polişinel gekommen waren und über den Krieg gesprochen hatten, dessen Ahnung drohend über ihnen allen hing. Gäste trafen damals noch um Mitternacht ein und blieben, bis das erste sahnefarbene Morgenlicht zwischen den Bäumen hindurchschimmerte. Solange auch nur ein Gast noch da war, spielten Musiker eine Abfolge kleiner Lieder, rührselig, banal, hübsch, aber mit Rücksicht auf die vorgerückte Stunde spielten sie immer leiser, brachen oft mitten in einer Phrase ab und fingen mit etwas anderem an, oder sie zupften lediglich hier und da ein paar Töne als Andeutung von Musik und warteten geduldig auf ihren Lohn.

«Womit sollen wir sie jetzt bezahlen?», fragte Guy und zog einen Tausend-*Lei*-Schein heraus.

Harriet und David sahen ihn an, entgeistert über so viel Extravaganz, aber er überreichte das Geld. «Für vergangene Freuden», sagte er.

Als sie vor der Wohnung der Pringles ankamen, war es kurz nach elf Uhr, und David ließ sich überreden, auf ein letztes Getränk mit hineinzukommen. Die Eingangshalle lag im Dunkeln. Der Pförtner war schon lange zum Militär eingezogen und nie ersetzt worden. Sie stellten fest, dass der Aufzug nicht funktionierte.

Irgendwas an dem Haus kam Harriet merkwürdig vor – vielleicht die Tatsache, dass kein Geräusch zu hören war. Rumänen blieben lange wach. Normalerweise hörte man im Treppenhaus bis in die frühen Morgenstunden Stimmen und Musik. Jetzt waren weder Stimmen noch Musik zu vernehmen. Die drei stiegen von einem dunklen Treppenabsatz zum nächsten und hörten nichts als ihre eigenen Schritte. Aus dem achten Stock fiel ein schräger Lichtschein herunter.

Harriet sagte: «Das kommt aus unserer Wohnung. Unsere Tür steht offen.»

Sie blieben stehen und horchten. Die Stille war allumfassend. Nach ein paar Augenblicken begann Guy, gefolgt von David, lautlos den letzten Treppenabsatz hinaufzuschleichen. Harriet hielt inne, verunsichert von der Stille und dem Anblick der weit geöffneten Wohnungstür. Vorsichtig stieg sie ein oder zwei Stufen weiter, sodass sie an den Männern vorbei in den Wohnungsflur sehen konnte. Die Wohnzimmertür war angelehnt. Im Zimmer brannte Licht.

Guy hörte ihren Schritt auf der Treppe und flüsterte: «Warte.» Er versetzte der Wohnzimmertür einen Stoß, sodass sie ganz aufschwang. Nichts bewegte sich dahinter.

David sagte: «Man muss sich nicht lange fragen, was hier passiert ist.»

Guy kam heraus und berichtete Harriet: «Wir sind durchsucht worden.»

«Und Sasha und Despina? Wo können sie sein?»

«Sie verstecken sich bestimmt irgendwo.»

Sie gingen durch die Wohnung und stiegen dabei über ein Durcheinander aus Papieren, Büchern, Kleidern und zerbrochenem Glas. Schubladen waren geleert, Betten abgezogen, Bücher aus den Regalen gezerrt, Bilder zertrümmert, Teppiche vom Boden gerissen worden. Sie begriffen, dass all das nicht in blinder Zerstörungswut erfolgt, sondern eine Suchaktion mit System gewesen war. Die Unordnung und die zu Bruch gegangen Gegenstände waren nur zufällige Folgen. Aber wonach hatten sie gesucht? Nach etwas, das man in einer Schublade oder einer Matratze verstecken konnte – also nicht nach Sasha. Aber vielleicht war Sasha das, was sie gefunden hatten.

Jedenfalls gab es von ihm keine Spur. Sein Zimmer war genauso wie der Rest der Wohnung verwüstet.

Guy ging voran in die Küche, wo die Tür zur Feuerleiter offen stand. Die Schränke waren ausgeräumt worden, Dosen mit Tee, Kaffee und getrockneten Nahrungsmitteln hatte man auf dem Boden auf einen Haufen ausgeleert.

Harriet warf einen Blick in Despinas Zimmer. Es war leer. Ihre Habseligkeiten waren verschwunden.

Sie traten hinaus auf die Feuerleiter. In dem schmalen Innenhof auf der Rückseite des Hauses, zu dem die Küche hinausging, herrschte sonst selbst um diese Uhrzeit lautstarkes Treiben. Heute Abend waren alle Türen bis auf ihre geschlossen. Es brannten keine Lampen. Die Küchen schienen verlassen zu sein.

Harriet stieg die Leiter zum Dach hinauf. Die Türen der Dienstbotenhütten waren geschlossen. Harriet zog die Tür zu derjenigen auf, in der Sasha gewohnt hatte. Es befand sich nichts darin. Sie rief: «Sasha! Despina!» Niemand antwortete.

Zusammen kehrten sie in Sashas Zimmer zurück. Die Bettdecken lagen auf dem Boden, und als Harriet sie wieder auf das Bett schichtete, fiel die Mundharmonika heraus. Sie reichte sie Guy als Beweis dafür, dass man ihn mitgenommen hatte, und zwar gewaltsam. Unter den Decken befand sich auch der gefälschte Pass, halb durchgerissen – anscheinend voller Hohn.

Die Haustiere ihrer Kindheit fielen Harriet ein, deren Tode ihr das Herz gebrochen hatten, und sie sagte: «Sie werden ihn natürlich ermorden.»

«Nein», sagte Guy. «Wieso sollten sie! Ich gehe morgen zur Gesandtschaft. Man wird Nachforschungen anstellen. Mach dir keine Sorgen. Wir lassen das nicht auf sich beruhen.»

Harriet schüttelte den Kopf, sie war nicht in der Lage zu sprechen. Sie wusste, dass es nichts gab, was man tun konnte.

Die rumänischen Behörden hatten der Eisernen Garde kaum etwas entgegenzusetzen, die Britische Gesandtschaft gar nichts. Wie man es auch wendete, Sasha war ein Deserteur. Seine Verhaftung war rechtmäßig, und er hatte keine Chance.

David sagte: «Ich denke, wir sollten hier nicht bleiben. Sie kommen wahrscheinlich zurück.»

Er stand auf dem Treppenabsatz Wache, während Harriet hastig ihren Koffer packte. Guy stopfte wahllos ein paar Hemden und Unterwäsche in seinen Rucksack, ging dann ins Wohnzimmer und begann, seine Bücher aufzuheben. Auf einigen war herumgetrampelt worden, ihre Rücken waren gebrochen, und die Seiten wiesen Stiefelabdrücke auf. Er erkannte die Brutalität, gegen die er stets Stellung bezogen hatte, und sagte sich: «Die Bestie ist eingedrungen.» Er war dankbar, dass Harriet am nächsten Tag abreisen würde. Jetzt konnte alles passieren.

Es gelang ihm, zwei Dutzend Bücher in den Rucksack zu stecken und sechs weitere in seine Taschen. Das letzte klemmte er sich unter den Arm. Es enthielt Shakespeares Sonette.

Bevor sie die Wohnung verließen, schlossen sie die Tür zum Innenhof und löschten das Licht. Sie hatten keine Zeit aufzuräumen. Sie ließen alles so liegen, wie sie es vorgefunden hatten. Als sie auf die Straße traten, hatten sie das Gefühl, entkommen zu sein.

«Ich war ziemlich nervös da drin», sagte David.

«Mein Gott», entgegnete Guy, «ich hatte noch nie in meinem Leben solche Angst.»

Harriet schwieg, bis sie den großen Platz erreicht hatten, dann sagte sie: «Ich kann morgen nicht abreisen. Jetzt gibt es keinen Grund mehr.»

«O doch, du musst gehen», erwiderte Guy. «Du musst mir

eine Stelle besorgen. Du kannst nichts ausrichten, wenn du hierbleibst. Und Dobson wartet am Flughafen auf dich.»

In Davids Hotelzimmer gab es zwei Betten. Harriet fühlte sich von dem Schrecken plötzlich völlig ausgelaugt, warf sich auf eines davon und war Sekunden später eingeschlafen. Die Männer waren zu aufgeschreckt, um zu schlafen. Sie saßen den größten Teil der Nacht zusammen, redeten, tranken und spielten Schach.

28

Als Harriet beim Aufwachen am nächsten Morgen einfiel, was geschehen war, überraschte es sie, dass sie nichts empfand. Sie machte sich für die Abreise bereit, es war ihr inzwischen egal, ob sie ging oder blieb.

David war in die Gesandtschaft einbestellt worden und verabschiedete sich im Vestibül von Harriet. Als sie das Hotel mit Guy verließ, sahen sie Galpin, der Gepäck in seinen Wagen lud. Guy fragte ihn, ob er abreiste.

Galpin schüttelte den Kopf, sagte jedoch: «Irgendwas liegt in der Luft. Ich habe das Gefühl, es geht los.»

«Glauben Sie, es ist eine Frage von Tagen?»

«Es ist eine Frage von Stunden. Ich bin jedenfalls vorbereitet. Wenn Sie möchten, nehme ich Sie mit.»

«Harriet fliegt heute Morgen nach Athen. Ich bleibe hier.»

«Hierbleiben? Wozu? Wollen Sie eine Kugel in den Rücken?»

«Ich habe einen Aufgabe zu erfüllen», sagte Guy, und Harriet konnte nicht anders, als ihn für verbohrt zu halten.

«Tja.» Galpin trat zurück und schlüpfte dabei in seinen Regenmantel. «Wer jedenfalls kein Risiko eingeht, ist meine Wenigkeit.» Er eilte zurück ins Hotel.

Als die Pringles eintrafen, war Dobson bereits auf dem Flugplatz. Es war ein kühler Morgen, und er trug einen Mantel mit Astrachankragen. Da sie ihm gesagt hatten, dass einer von Guys Studenten Harriet begleiten würde, fragte er: «Wo ist Ihr junger Freund?»

Guy berichtete ihm, was geschehen war. Der Student sei Sasha Drucker – es bestehe kein Anlass mehr, ihm das zu verschweigen. Guy sagte, er beabsichtige, die Sache der Gesandtschaft vorzutragen und Fitzsimon, der in seinem Theaterstück den Troilus gespielt hatte, in die Pflicht zu nehmen.

Seinem Gesichtsausdruck nach schien er sich zu fragen, was sich Guy davon erhoffte. Wenn die Britische Gesandtschaft die eigenen Staatsangehörigen nicht mehr schützen konnte, was sollte sie da für einen in Ungnade gefallenen jüdischen Jungen tun, der in dem Chaos verschwunden war? Mit einer verzagten Handbewegung sagte er: «Überall in Europa gibt es Leute wie Sasha Drucker ...»

Guy sah Harriet an. «Ich bin mir sicher, Fitzsimon wird tun, was er kann.»

Harriet wandte den Blick ab. Sie ging fest davon aus, dass Sasha tot war, und wollte alles, was mit ihm zu tun hatte, hinter sich lassen. «Ich denke, wir nehmen besser unsere Plätze ein», sagte sie.

Guy war beunruhigt, weil sie keinerlei Gefühle zeigte, und sagte: «Schick mir ein Telegramm, sobald du angekommen bist.»

«Natürlich.» Sie richtete ihre Aufmerksamkeit auf die Flughafenbeamten, von denen einer gerade ihren Pass mitnahm.

Sie protestierte, und man sagte ihr, sie würde ihn im Flugzeug zurückbekommen.

Als Guy den Arm um sie legte, um sie zu küssen, war ihr einziger Gedanke, den Abschied schnell hinter sich zu bringen. Dobson nahm ihren Arm und half ihr über die letzten nervenzerfetzenden Augenblicke hinweg, indem er die Reise herunterspielte. «Ich finde diesen kleinen Hüpfer über den Balkan immer sehr vergnüglich», sagte er.

Kurz vor dem Abflug trat ein Beamter ein, salutierte und gab ihr ihren Pass zurück. Die Türen wurden geschlossen, das Flugzeug rollte los. Als sie abhoben, sah Harriet hinunter, entdeckte Guys einsame Gestalt, die ihr nachblickte, und ein Gedanke durchfuhr sie: «Vielleicht sehe ich ihn nie wieder.» Sofort wäre sie am liebsten umgekehrt und hätte sich ihm in die Arme geworfen. Stattdessen klappte sie ihren Pass auf und sah, dass auf ihr Wiedereinreisevisum das Wort *«annulat»* gestempelt worden war. Entsetzt sagte sie: «Die haben mein Visum für ungültig erklärt!» Panik übermannte sie angesichts der Tatsache, dass ihre Abreise Wirklichkeit geworden war, und sie sagte: «Aber ich muss zurück! Die können mich doch nicht von meinem Mann trennen!»

Dobson beruhigte sie. «Sie können sich in Athen ein Visum besorgen. Der rumänische Konsul ist ein charmanter Mensch. Für eine Dame tut er alles.» Dann begann er über die Donau zu plaudern, die unter ihnen aufgetaucht war, ein breites silbernes Band, auf dem Flussschiffe und schwarze Ölschuten zu erkennen waren. «Wussten Sie, dass es Karten aus dem vierten Jahrhundert vor Christus gibt, die zeigen, dass die Donau in den Pyrenäen entspringt?»

«Aber sie entspringt doch sicher nicht in den Pyrenäen?»

Dobson lachte, er war von ihrer Unwissenheit so entzückt,

dass sie sich wohler zu fühlen begann. Sie war dankbar für seine Gesellschaft. Wenn sie vor dem Krieg allein gereist war, hatte sie ihre Unabhängigkeit genossen. Jetzt hätte sie sich an Dobson als Rudiment ihres normalen Lebens mit Guy am liebsten festgeklammert. Sie hielt sich durch den Gedanken aufrecht, dass sie eine Mission hatte. Sie musste eine Stelle für Guy finden und einen Zufluchtsort für sie beide. Sie dachte an Bella, die als einzige Engländerin in Bukarest zurückbleiben würde, wenn ihre englischen Freunde das Land verließen. Sie sprach Dobson darauf an, der unbesorgt lächelte und sagte: «Ich habe Bella angeboten, dass die Gesandtschaft sie mitnehmen kann, wenn wir die Zelte abbrechen müssen, bin damit aber nicht auf Interesse gestoßen.»

«Man kann von ihr nicht erwarten, dass sie Nikko zurücklässt.»

«O, wir würden auch Nikko mitnehmen. Sie sprechen beide mehrere Sprachen. Man könnte sie gut einsetzen.» Dobson stieß ein Lachen aus, das eine Spur ärgerlich klang. «Sie glaubt, dass sie es dort, wo sie ist, wesentlich behaglicher haben wird.»

Über der Grenze war nichts zu sehen als ein Teppich aus weißen Wolken, durch den wie Inseln dunkelblau die Bergspitzen ragten. Im Verlauf des Morgens löste sich die Wolkendecke auf und gab das sonnenverbrannte Hochland des Balkans frei. Mehrmals geriet das Flugzeug in ein Luftloch und sackte steil ab, und dann wurden in allen Einzelheiten Steine, Felsspalten und Alpenblumen sichtbar.

Sofia tauchte zwischen den Bergen auf, eine kleine Stadt, grau unter einem grauen Himmel. Es schien das Reiseziel der meisten Passagiere zu sein. «Ich wünschte, ich könnte hierbleiben», sagte Harriet.

Dobson lächelte über ihre Albernheit. «Athen ist herrlich», sagte er. «Sie werden die einnehmendsten Menschen kennenlernen.» Er sah überhaupt keinen Grund, warum sie sich nicht freuen sollte, alleine weiterzureisen.

Als das Flugzeug gelandet war, begleitete Harriet Dobson über das Flugfeld bis zur Schranke. Ein Chauffeur wartete auf ihn, und als er ihm seinen Koffer reichte, blickte sich Harriet um und sah, dass man ihren Koffer aufs Gras gestellt hatte. Ihr Flugzeug rollte gerade über das Feld.

Sie stieß einen Schrei aus uns rief: «Sie fliegen ohne mich los!»

«Sicherlich nicht», sagte Dobson, aber das Flugzeug hob bereits ab. Er sprach mit dem bulgarischen Chauffeur, der in die Zollbaracke ging und mit der Information zurückkehrte, das rumänische Flugzeug habe verkündet, von hier aus nicht weiterzufliegen. Passagiere nach Athen müssten mit der Deutschen Lufthansa weiterreisen.

«Aber wieso?» Harriet war alarmiert. Ihr fiel wieder ein, wie Galpin gesagt hatte: «Wenn es Gefechte gibt, wird der Flugverkehr als Erstes eingestellt.» Sie fragte: «Was ist passiert?»

Dobson mutmaßte: «Vielleicht hat irgendein Gerücht sie erschreckt. Sie wissen doch, wie die Rumänen sind.»

«Ich kann nicht mit der Lufthansa fliegen», sagte Harriet. Sie war ernsthaft verängstigt. In Bukarest war eine Geschichte in Umlauf, derzufolge britische Geschäftsleute, die mit der Lufthansa geflogen waren, aus der Türkei planwidrig nicht nach Sofia, sondern nach Wien gebracht worden seien, wo man sie verhaftet und interniert habe.

Dobson lächelte über ihre Ängste. «Also, ich würde mich in einem Lufthansa-Flieger sicherer fühlen als in jedem rumänischen Flugzeug.»

«Aber es ist verboten.»

«Nur theoretisch. Sie dürfen nicht durch diese Schranke hier. Sie können nicht zurück nach Bukarest. Also haben Sie keine Wahl, als das Transportmittel zu nutzen, das Ihnen zur Verfügung steht.»

Die große Lufthansa-Maschine stand auf dem Rollfeld, ein deutscher Beamter wachte an der Gangway. Von dem Anblick wurde Harriet schlecht. Von ihrer Notlage demoralisiert, flehte sie Dobson an: «Bitte warten Sie mit mir, bis ich abfliege.»

Er entgegnete: «Tut mir leid, ich kann nicht. Der Gesandte erwartet mich zum Lunch.»

Den Tränen nahe, bat sie: «Es sind nur ungefähr zwanzig Minuten.»

«Tut mir leid», murmelte Dobson. Er hatte seine Umgänglichkeit eingebüßt, und sie spürte etwas Unbeugsames in der Ehrfurcht, mit der er sagte: «Ich darf den Gesandten nicht warten lassen.»

Nachdem Dobson davongefahren worden war, saß Harriet eine Weile auf der Bank vor der Baracke und blickte das deutsche Flugzeug an. Die Fluggäste begannen einzusteigen, und sie wusste, es war zwecklos, es hinauszuzögern. Wie Dobson gesagt hatte, sie konnte weder hierbleiben noch dorthin zurückkehren, woher sie gekommen war. Nun wusste sie, wie es war, staaten- und obdachlos zu sein.

Drei Männer standen auf der Gangway zum Flugzeug, und sie alle erschienen ihr feindselig. Direkt vor ihr war ein kleiner alter Herr, der einen Spielzeughund an einer Leine hinter sich herzog, eine Art Spardose. Er blickte sich mit einem Lächeln zu ihr um, und als sie sein zerzaustes gelbgraues Haar sah, das rosa Gesicht mit der Stupsnase und den wässrigen blauen Augen, fand sie, dass er ebenso unheimlich aussah wie die anderen. Als er jedoch bei dem Beamten am Fuß der Gangway ankam, zeigte er einen britischen Pass vor, und sein Anblick wandelte sich in ihren Augen. Sie spähte über seine Schulter hinweg und las, dass es sich um einen Konsul im Ruhestand namens Liversage handelte, wohnhaft in Sofia, geboren 1865. Die Deutschen behandelten die beiden britischen Staatsbürger mit eisiger Höflichkeit. Harriet war dankbar für die Gegenwart dieses alten Mannes mit seinem Spielzeughund.

Als sie das Flugzeug bestiegen, trat er zur Seite, um sie einen Platz aussuchen zu lassen, und nachdem sie sich gesetzt hatte, setzte er sich neben sie. Er nahm den Spielzeughund auf den Schoß, tätschelte sein abgegriffenes Fell und erklärte: «Ich sammle Geld für Krankenhäuser. Habe zweihundert Pfund eingetrieben, wissen Sie. Das mache ich seit fünfzig Jahren.»

Die Reise jagte ihr keine Angst mehr ein. Wie wahrscheinlich war es, fragte sie sich, dass sie das Flugzeug umleiten würden, nur um sich eine junge Engländerin und einen Fünfundsiebzigjährigen zu schnappen?

Während sie die Berge überflogen, sprach Mr. Liversage ohne Unterlass und verstummte nur, um die Antworten auf die Fragen entgegenzunehmen, die er gestellt hatte. Woher kam sie? Wohin war sie unterwegs? Was machte sie in diesem Teil der Welt?

«Ist Ihr Mann an der Universität?», fragte er. Er klang liebenswürdig, aber die Frage war für ihn eindeutig von Bedeutung. Ihre Antwort würde sie für ihn verorten. Konnte man eine Provinzhochschule als «die Universität» bezeichnen?, fragte sie sich. Sie beschloss, mit «ja» zu antworten, und Mr. Liversage schien befriedigt.

In der Nähe der bulgarischen Grenze begann der Himmel

aufzuheitern. Über Mazedonien tauchte das Flugzeug plötzlich ins Licht, und beinahe umgehend kam die Ägäis in Sicht, deren pfauenblaues und grünes Wasser an die goldenen Strände von Thrakien schlug. Beinahe auf Augenhöhe flogen sie an einem Berg vorbei, der aussah wie ein umgedrehter Eimer, doch bevor sie einen Kommentar dazu machen konnte, hatte Mr. Liversage sie beide daran vorbeigeplaudert. Während sie unter sich die von Seegras lila umrandeten Sporaden sah, die inmitten von jadegrünem und türkisfarbenem seichtem Wasser lagen, sprach Mr. Liversage von seinem Leben in Sofia, wo er «ein hübsches Haus, einen hübschen Garten» gehabt und «sehr glücklich gelebt» hatte. Aber man hatte ihm nahegelegt, das Land zu verlassen. Bulgarien war ebenfalls vom Krieg bedroht, der immer weiter nach Osten kroch wie graue Lava, um sie alle unter sich zu begraben.

«Und so sind wir also hier gelandet!», sagte er und tätschelte mit seiner betagten Hand, deren faltige Haut voller Altersflecken war, den Körper des Hundes. «Auf dem Weg nach Athen. Lasse mich vermutlich dort nieder. Ulkig, nicht?»

Vielleicht war es das. Harriet lächelte zum ersten Mal, seitdem sie am Abend zuvor die verwüstete Wohnung betreten hatte. Die Erinnerung begann zu verblassen, jetzt, wo sie aus der Welt des Balkans hinausflogen und alles Herbstliche hinter sich ließen, um in den Sommer zurückzukehren. Alles unter ihnen war goldrosa und ausgedörrt. Die Sonne, die durch die Fenster hereinfiel, gewann mit dem Vorrücken der Tageszeit an Kraft.

Den ganzen Flug über, der bis zum Abend dauerte, hielt Mr. Liversage seinen Hund auf den Knien. Er hatte eine Packung Kekse dabei, die er mit Harriet teilte. Manchmal krampften sich beim Reden seine Hände um den Hund, sodass seine Knöchel hell hervortraten, aber seine sachliche und aufgeräumte Art ließ einen annehmen, dass es für ihn etwas Alltägliches war, auf diese Weise entwurzelt zu werden. Das Flugzeug flog nach Süden, wie es geboten war, und machte keine Anstalten, von seinem Kurs abzuweichen. Vielmehr bemerkte Harriet, dass sie sich bereits über Athen befanden.

«Wir werden uns wiedersehen», sagte Mr. Liversage, als sie zur Landung ansetzten.

Harriet erblickte die Marmorfassaden und die sie umgebenden Hügel im rosigen Abendlicht und war dankbar dafür, an einem solch schönen Ort zur Ruhe kommen zu dürfen.

29

Als Harriet am nächsten Tag nach dem Mittagessen Jakimov in die Arme lief, erschrak sie.

Sie war ganz losgelöst von allem, was sie hinter sich gelassen hatte, durch die unbekannten Straßen geschlendert. Am Vorabend war sie ins Kino gegangen, und der Nachrichtenfilm dort hatte nicht etwa die unerbittliche Macht deutscher Panzerdivisionen gezeigt, sondern eine Handvoll britischer Pioniere, die im struppigen nordafrikanischen Busch eine Mine gelegt hatten. In ihrem Hinterkopf saß noch der feste Vorsatz, nach Bukarest zurückzukehren, aber in der Zwischenzeit war es tröstlich, in dieser neuen Welt zu sein, in der sie als Engländerin willkommen war.

Jakimov, der wie eine Heuschrecke auf einem altmodischen Fahrrad hockte, sprang bei ihrem Anblick von dem Gefährt, rannte den Hügel herunter und rief: «Liebes Mädchen! Das ist ja wundervoll! Was für Neuigkeiten gibt es von meinem Hispano?»

«Er ist verkauft worden.»

«Nein!» Atemlos kam er neben ihr zum Stehen und wischte sich aufgeregt das Gesicht trocken. «Gerade, wo der arme alte Jaki sich gefragt hat, wie er ein bisschen Bares auftreiben kann! Was hat er eingebracht?»

«Sechzigtausend.»

«Mein liebes Mädchen!» Seine großen, blassen, flachen Augen schienen vor Verzückung aus ihren Höhlen zu treten, und so brachte sie es nicht übers Herz, ihm zu sagen, dass sechzigtausend nun keine zehn Pfund mehr wert waren.

Er trug seinen Anzug aus Tussahseide und das indischgelbe Hemd. Die dunklen Flecken unter den Achseln waren noch dunkler geworden und von Salzrändern umgeben. An einem Lederriemen über seiner Schulter hing eine Ledertasche. Sie fragte ihn, warum er in der Nachmittagshitze auf seinem Fahrrad herumfuhr.

«Ich muss die hier austragen», sagte er. «Nachrichtenblätter, die das Informationsbüro herausgibt. Bedeutungsvolle Aufgabe. Sie haben mich dazu vergattert, sobald ich angekommen war. Vermutlich ist ihnen zu Ohren gekommen, dass ich Kriegsreporter gewesen bin. Ich konnte nicht ablehnen. Muss ja meinen Beitrag leisten. Tja ...» Er machte sich bereit, wieder aufzusteigen, wobei er das Fahrrad ein Stück von sich weghielt, als sei es nicht nur unhandlich, sondern heimtückisch. «Sie sind gerade noch rechtzeitig rausgekommen, wenn ich das so sagen darf.»

Sie packte seinen Arm. «Ist etwas passiert?»

«Na ja, es gibt diese Gerüchte über einen Einmarsch der Deutschen.»

«Aber Guy ist noch in Bukarest.»

Jakimov verharrte mit einem Fuß auf dem oberen Pedal, blinzelte sie betroffen an und sagte dann: «Ich würde mir keine Sorgen machen, liebes Mädchen. Sie wissen doch, was man auf diese Gerüchte geben kann.» Er schwang sich auf das Rad, setzte sich wackelnd in Bewegung und bemühte sich, sein kleinkindhaftes Winken zustande zu bringen. «Wir sehen uns wieder», sagte er. «Ich bin immer im Zonar.»

Harriet stand auf der Straße und blickte ihm nach. Die vertraute Unruhe ergriff wieder von ihr Besitz, und sie fragte sich, wie sie an diesem fremden Ort, an dem sie nicht einmal das Alphabet lesen konnte, in Erfahrung bringen sollte, was los war. Ihr Hotel war klein, bieder und billig, ein Zufluchtsort für Engländer. Irgendjemand dort konnte ihr vielleicht etwas sagen.

Im Aufenthaltsraum für die Logiergäste saßen vier Frauen, jede in ihrer eigenen Ecke. Die Hagere, die Tee trank, konnte nur Engländerin sein, entschied Harriet, und sprach sie an. «Bitte, können Sie mir sagen, ob es Neuigkeiten aus Rumänien gibt?»

Die Frau wirkte erst verblüfft, dann skeptisch, da Harriet sie in ihrer Sorge einfach so angesprochen hatte. Es entstand ein Schweigen, bevor sie antwortete: «Tatsächlich haben wir gerade die Nachrichten gehört. Die Deutschen haben Rumänien besetzt.»

Für diese Frauen war es eindeutig keine Angelegenheit von Interesse. Da Harriet das Gefühl hatte, dass nur sie allein die Wirklichkeit hinter dieser Bekanntgabe ermessen konnte, platzte sie heraus: «Mein Mann ist noch dort.» Ihr fiel wieder ein, wie sie gedacht hatte, dass sie ihn vielleicht nie wiedersehen würde.

Die Frau, die sie angesprochen hatte, sagte: «Man wird ihn in ein Gefangenenlager stecken. Nach dem Krieg bekommen Sie ihn wieder. Mein Mann ist tot.» Und nachdem sie diesen barschen Trost erteilt hatte, schenkte sie sich eine weitere Tasse Tee ein.

Harriet ging ins Foyer und bat den Hotelangestellten, ihr zu sagen, wo sie die Britische Gesandtschaft finden könne. Sie machte sich auf den Weg durch die verlassenen Straßen mit den im Licht der Abendsonne blendend weißen Hauswänden und stellte fest, dass sich um diese Uhrzeit außer dem maltesischen Pförtner niemand in der Gesandtschaft aufhielt. Sie erzählte ihm ihre Geschichte und sagte: «Niemand kann sagen, was die Deutschen meinem Mann antun werden. Er steht auf einer Liste der Gestapo.» Sie schlug sich die Hände vors Gesicht, Angst schnürte ihr die Kehle zu, und Gewissensbisse quälten sie, weil sie ihn zurückgelassen hatte.

Der Pförtner war freundlich und wollte gerne helfen. «Vielleicht ist überhaupt nichts geschehen», sagte er. «Sie wissen doch, wie solche Neuigkeiten in Umlauf geraten. Ich sage Ihnen, was ich tun werde, ich rufe in Bukarest an. Ich frage in der Gesandtschaft dort nach Neuigkeiten. Insbesondere werde ich mich nach Ihrem Ehemann erkundigen.»

«Und wie lange wird das dauern?»

«Eine Stunde, vielleicht zwei Stunden. Gehen Sie in ein Café und trinken Sie einen Tee. Gehen Sie spazieren. Und wenn Sie zurückkommen, werde ich gute Neuigkeiten haben, denke ich.»

Doch als sie zurückkehrte, gab es keine Neuigkeiten. Es war dem Pförtner nicht gelungen, Bukarest zu kontaktieren. «Sie haben dichtgemacht», sagte er und gab sich Mühe, Optimismus auszustrahlen, doch sie spürte seine Verunsicherung.

Dieses «Dichtmachen» war der Beweis dafür, dass in dem Land etwas passiert war oder passieren würde. Er versprach, es noch einmal zu versuchen, und wieder ging sie los, um die Zeit totzuschlagen, erst in die eine Richtung, dann in die andere.

Als es Abend wurde, stand sie wieder vor der Gesandtschaft. Der Pförtner konnte nur den Kopf schütteln. «Später», sagte er, «dann versuche ich es noch einmal.»

Zu erschöpft, um weiter umherzugehen, setzte sich Harriet auf eine Bank im Flur der Botschaftskanzlei und sah zu, wie Leute kamen und gingen. Die Beamten waren wieder da, und der Pförtner hatte Aufgaben, denen er nachgehen musste. Niemand sprach mit ihr, und sie verspürte ebenfalls Widerwillen, mit anderen zu sprechen. Wenn sie die Beamten belästigte, würde sie damit auch nichts erreichen. Falls es Neuigkeiten gab, würde der Pförtner sie ihr bringen. Einige Zeit nach Einbruch der Dunkelheit kam er aus seinem Büro und sah sie an. Es war ihm peinlich, nichts für sie tun zu können. «Sie gehen besser nach Hause», sagte er. «Kommen Sie morgen früh wieder. Vielleicht kommen wir heute Nacht durch.»

«Ist nachts jemand hier?»

«Es ist immer jemand hier.»

«Dann kann ich also auch später wiederkommen?»

«Wenn Sie möchten. Sie könnten es gegen elf Uhr versuchen.»

Wieder auf die Straße hinausgedrängt, sehnte sie sich danach, ihr Elend mit jemandem zu teilen, und ihr fiel nur Jakimov ein. Plötzlich betrachtete sie ihn als Freund – als alten Freund. Anders als die Frauen im Hotel kannte er Guy und würde ihren Kummer mitfühlen.

Sie rannte den Hügel hinunter ins Stadtzentrum. Auf der

Hauptstraße begann sie damit, die Cafés nach ihm abzusuchen, die sie nicht auseinanderhalten konnte. Früher am Tag hatten die Menschen auf dem Gehweg draußen gesessen, aber jetzt am Abend war es kühler geworden. Die Stühle waren leer. Sie betrat ein Café nach dem anderen, eilte um die Tische, geriet in eine beinahe fieberhafte Suche. Als sie Jakimov schließlich fand, war sie der Verzweiflung nahe und zitterte vor Bedrängnis.

Schockiert von ihrem Anblick erhob er sich und fragte: «Liebes Mädchen, was ist denn nur los?»

Sie versuchte zu sprechen, fürchtete jedoch, in Tränen auszubrechen, und konnte nur den Kopf schütteln.

«Setzen Sie sich», sagte er. «Trinken Sie.»

Jakimov war in Begleitung eines älteren Herrn von schwerem Körperbau, dessen weißes Haar sich gegen seine beinahe rosinenfarbene Haut abhob. Um ihr Zeit zu verschaffen, sagte Jakimov leutselig: «Darf ich Ihnen Mustafa Bey vorstellen. Mus, lieber Junge, das ist Mrs. Pringle aus Bukarest. Sie ist mit dem armen alten Jaki nicht ganz einverstanden.» Er lächelte sie an. «Was möchten Sie trinken? Wir trinken Brandy, aber Sie können hier alles bekommen. Whisky, Gin, *ouzo* – was auch immer Sie haben wollen. Es geht alles auf Mus.»

Sie nahm Brandy, und beim Trinken gewann sie genügend Selbstbeherrschung zurück, um sprechen zu können. «Was den deutschen Einmarsch in Rumänien angeht», sagte sie. «Es stimmt wohl. Man hat dort ‹dichtgemacht›. Sie wissen, was das bedeutet.»

Mustafa Bey nickte mit seinem dunklen, schweren Kopf. «Es stimmt», sagte er.

Harriet stockte der Atem, und sie fragte: «Was wird mit Guy geschehen?»

«Guy ist nicht auf den Kopf gefallen», sagte Jakimov. «Er kann auf sich selbst aufpassen, das wissen Sie doch.»

«Am Abend vor meiner Abreise wurde unsere Wohnung verwüstet.» Bei ihren Worten sah Harriet ein leichtes Zittern über Jakimovs Gesicht huschen, und sie dachte an den Plan von der Ölquelle. Das Zittern verriet ihn. Sie wusste, wer den Plan genommen hatte, aber es spielte keine Rolle mehr. Sie hatte größere Sorgen.

Jakimov sagte: «Die Gesandtschaft wird sich um den lieben Jungen kümmern. Sie haben alle möglichen Leute aus Frankreich und Italien hinausbekommen. Dobbie mag Guy, und Dobbie ist ein guter Kerl. Er würde einen Freund niemals im Stich lassen.»

«Dobson ist in Sofia», entgegnete Harriet.

«Nein! Ach du liebe Güte.» Zweifellos dachte Jakimov an seine sechzigtausend *Lei*, als er nun zu Mustafa Bey sagte: «Ich könnte noch einen gebrauchen, lieber Junge.»

Mustafa Bey hob eine große graulila Hand und winkte den Kellner heran. Man brachte ihnen mehr Brandy.

Harriet, deren Erregung für den Augenblick abgeklungen war, fühlte sich sehr müde. Sie betrachtete die Uhr an der Wand hinter Jakimov, während er von den Vorzügen Athens berichtete. Nahrungsmittel, sagte er, gebe es in Hülle und Fülle.

«Und es sind viele unserer Freunde hier: Toby Lush zum Beispiel.»

«Toby Lush ist hier?»

«Ja. In einer sehr verantwortungsvollen Position, wie ich höre. Sein Freund Dubedat genauso. Und ein Lord Pinkrose ist soeben aus Bukarest eingetroffen. Sie werden sich hier recht zu Hause fühlen, wenn Sie sich erst eingelebt haben.»

Harriet nickte. Sie dachte an Guy und an Sasha. Sie fragte sich, ob sie sich ohne die beiden jemals wieder irgendwo auf der Welt zu Hause fühlen würde. Dann erkundigte sie sich, wie lange Jakimov schon in Athen sei.

«Erst eine Woche.» Jakimov hatte die schlichte Würde wiedererlangt, mit der er die Bukarester Gesellschaft anfänglich für sich eingenommen hatte, und schien sich an seinem neuen Lieblingsort, an dem man ihm noch nicht auf die Schliche gekommen war, heimisch zu fühlen.

Als der Zeiger der Uhr sich der Elf näherte, vermochte Harriet kaum noch zu atmen. Dann plötzlich sprang sie auf, unfähig, es noch länger auszuhalten, und sagte: «Ich muss zurück zur Gesandtschaft.»

Jakimov erhob sich mit ihr. «Ich begleite Sie.»

Sie war überrascht. «Bitte, machen Sie sich keine Mühe», sagte sie. «Sie waren sehr freundlich, aber ...»

«Natürlich komme ich mit, liebes Mädchen. Ihr armer alter Jaki ist nicht so schlecht, wie Sie denken. Nicht vollkommen unritterlich, wissen Sie, nicht vollkommen unritterlich.» Sein zobelbesetzter Mantel hing hinter ihm über dem Stuhl. Nun drapierte er ihn sich um die Schultern, womit er sich eine verwegene Eleganz verlieh, und sagte zu Mustafa Bey: «Ich bin bald zurück.»

Mustafa Bey nickte mit bedeutungsvollem Ernst.

«Reizendes Café», sagte Jakimov, als sie auf der Straße standen. «Die nettesten Leute. Mustafa ist ein lieber alter Freund. Dollie und ich haben ihn in Smyrna besucht, als er dort ein Haus hatte. Er war mal Millionär oder etwas in der Art. Jetzt nagt er am Hungertuch, genau wie der arme alte Jaki.»

In Erinnerungen an bessere Tage schwelgend, stieg er mit ihr den Hügel zur Villa der Gesandtschaft hinauf. Als sie vor der Tür ankamen, bat sie: «Würden Sie hineingehen und für mich nachfragen?»

Jakimov trabte hinein, als wollte er ihr demonstrieren, dass es nichts zu befürchten gab. Sie lehnte sich an einen Laternenpfahl. Die Straße war leer, und abgesehen von dem Lichtschein aus der Botschaftskanzlei war kein Lebenszeichen zu sehen. Sie betrachtete die Tür, durch die Jakimov hineingegangen war. Kaum hatte er das Gebäude betreten, kam er auch schon wieder heraus, mit dem Lächeln eines Menschen, der ein Geschenk zu überreichen hat. Ihre Stimmung änderte sich schlagartig, als er fröhlich sagte: «Genau, wie ich dachte, liebes Mädchen. Alles in Ordnung. In Bukarest ist es ruhig. Es stimmt zwar, dass man mit einer Besatzungsarmee rechnet, aber noch ist davon nichts zu sehen. Die Gesandtschaft bewegt sich nicht vom Fleck, und sie sagen, dass man britische Staatsbürger nicht belästigen wird. Ich schätze, Sie haben den lieben Jungen in null Komma nichts wieder bei sich.»

Urplötzlich aller unguten Gedanken entledigt und zu müde, um zu sprechen, begann sie zu weinen. Sie weinte um Sasha, um ihr rotes Kätzchen, um Guy, der allein auf dem Flugfeld stand, um die verlassene Wohnung, die beschädigten Bücher auf dem Fußboden, sie weinte wegen des Krieges und des unermesslichen Leids und des Chaos, in das die Welt gestürzt war.

Jakimov sagte kein Wort und führte sie behutsam den Hügel hinunter. Als sie schniefte und sich die Nase putzte, fragte er, wo sie untergekommen sei.

Vor dem Hoteleingang sagte er: «Wenn Sie sich ordentlich ausgeschlafen haben, sieht die Welt wieder ganz anders aus.»

«Sie waren sehr gütig zu mir», sagte Harriet. «Ich wünschte, ich könnte im Gegenzug etwas für Sie tun.»

Erstaunt lachte er auf. «Aber mein liebes Mädchen, überlegen Sie doch, was Sie getan haben! Sie haben Jaki aufgenommen. Sie haben ihm ein Zuhause gegeben. Wer könnte mehr tun?»

«Ich fürchte, das war Guys Idee.»

«Aber Sie haben mich verpflegt. Sie haben mich bleiben lassen.»

Sie schämte sich dafür, dass sie das, was sie getan hatte, so widerwillig getan hatte, und sagte: «Wie ich sehe, haben Sie Ihren herrlichen Mantel noch.»

Er bejahte eifrig, schlug den Vordersaum um und deckte im Licht des Hoteleingangs den abgetragenen Zobel auf der Innenseite auf. «Habe ich Ihnen je erzählt, dass der Zar ihn meinem armen alten Papa geschenkt hat?»

«Ich glaube, das haben Sie mir einmal gesagt.»

Er hob ihre Hand und berührte sie mit seinen Lippen. «Wenn Sie mich brauchen, finden Sie mich immer im Zonar.» Er tätschelte ihre Hand, bevor er sie losließ und sagte: «Gute Nacht, liebes Mädchen.»

«Gute Nacht.»

Er winkte und wandte sich dann ab. Als er davonging, schleifte der Saum seines Mantels hinter ihm über den Gehweg.

Die Rowohlt Verlage haben sich zu einer nachhaltigen Buchproduktion verpflichtet. Gemeinsam mit unseren Partnern und Lieferanten setzen wir uns für eine klimaneutrale Buchproduktion ein, die den Erwerb von Klimazertifikaten zur Kompensation des CO_2-Ausstoßes einschließt.

www.klimaneutralerverlag.de

FSC
www.fsc.org
MIX
Papier aus verantwortungsvollen Quellen
FSC® C083411